PIER EN OCEAAN

OEK DE JONG

PIER EN OCEAAN

ROMAN

Uitgeverij Augustus
Amsterdam • Antwerpen

De auteur ontving voor het schrijven van deze roman een subsidie van het Nederlands Letterenfonds

Nederlands letterenfonds
dutch foundation
for literature

Eerste druk oktober 2012
Tweede druk november 2012
Derde druk januari 2013
Vierde druk april 2013
Vijfde druk november 2013
Zesde druk januari 2014
Zevende druk mei 2014

Omslagbeeld Nationaal Archief/Spaarnestad Photo/
Wiel van der Randen
Foto van de auteur Koos Breukel
Omslagontwerp Tessa van der Waals
Vormgeving binnenwerk Suzan Beijer
Drukkerij Wilco, Amersfoort

ISBN 978 90 254 4373 3
D/2014/0108/711
NUR 301

www.oekdejong.nl
www.atlascontact.nl

INHOUD

DEEL EEN

1952

DEEL TWEE

1959-1960

PATER FAMILIAS

1959

DE LAATSTE DAG

1960

DEEL DRIE

1960-1964

DEEL VIER

1968-1969

DEEL VIJF

1971

Voor Jeanne

DEEL EEN

1952

I

DE HOSPITA

Toen Dina wakker werd, was ze vergeten dat ze zwanger was. Ze werd gewekt door het gerinkel van melkflessen, dat weerklonk over het water van de Delpratsingel. Ze hoorde de voetstappen van de melkman, het rinkelen van de lege flessen in het rek op het ritme van zijn stappen, hoe hij bij de melkkar de lege flessen door volle verving en terugliep naar de huizenrij. Door het open dakraam stroomde koele lucht naar binnen en gleed over haar gezicht. Met gesloten ogen luisterde ze naar de melkman, die van huis naar huis ging.

Toen ze zich op haar zij draaide, voelde ze het kind bewegen in haar buik. Er trok een blos over haar wangen. Ze was wakker geworden zonder eraan te denken. Ze was vergeten dat het er was.

Liggend op haar zij, een hand tussen haar dijen, zag ze een lange jongeman in een militair uniform voor zich. Hij zat in een bos bij een vuur en dronk koffie uit een aluminium mok. Rondom stonden groene legertenten. Hij gaf bevelen aan zijn manschappen. Ze kon hem zich moeilijk voorstellen als een man die andere mannen bevelen gaf. Maar nu hij officier was geworden, zou hij dat moeten leren. Het zou hem goeddoen. Hij kon dat wel gebruiken: meer overwicht. Vanavond was hij er weer, na vijf dagen bivak.

Ze stond op, gespannen, zoals elke ochtend. Achter het kamerscherm goot ze water uit de lampetkan in de waskom. Ze waste zich. Haar buik was al zo dik dat ze haar wassende hand tussen haar benen niet meer kon zien. Zedigheid verbood haar om ernaar te kijken. Ze wílde haar gezwollen buik liever ook niet zien en keek omhoog door het dakraam. Ze zag de kruin van een van de iepen die langs de singel stonden en verlangde ernaar om buiten te zijn. Snel trok ze haar kleren aan. Onderwijl herinnerde ze zich beschaamd de vorige avond.

Haar hospita, juffrouw Niesten, had familie op bezoek gekregen en haar gevraagd erbij te komen zitten, ook een borreltje te drinken, nu ze al vijf avonden alleen had doorgebracht. Dina sloeg het aanbod af. Ze voelde zich niet op haar gemak onder vreemden, zeker niet als er gedronken werd. Maar terwijl ze in de langzaam donker wordende kamer zat te lezen en door de dunne scheidswand het praten en lachen in de voorkamer hoorde, voelde ze zich ongelukkig, steeds ongelukkiger. Ze was vroeg naar bed gegaan. Kom er toch bij zitten, riep juffrouw Niesten nog tegen haar, verhit door de drank, terwijl ze de trap naar zolder al beklom. Vanuit haar ooghoeken had ze het gezicht van de hospita gezien: glanzend en verjongd, niet langer het wat uitgebluste gezicht van een ongetrouwde vrouw halverwege de veertig. Van schrik had ze haar hospita geen antwoord gegeven en was doorgelopen naar boven. Een ogenblik later was er in de voorkamer hard gelachen.

Nu moest ze naar beneden. Ze hoorde juffrouw Niesten in de keuken scharrelen en hoesten. Dina wachtte bij het trapgat, maar besefte dat haar opstaan niet onopgemerkt was gebleven – de zoldervloer kraakte immers onder elke stap. Ze geneerde zich ervoor juffrouw Niesten onder ogen te komen met het grijze, vuil bevlokte waswater in de kom. Ze dwong zichzelf om de zoldertrap af te lopen. Zweetdruppels verschenen op haar voorhoofd, haar blote armen voelden nu al klam aan, ondanks het vroege uur.

In de gang had juffrouw Niesten zich voor de gesloten keukendeur geposteerd, haar lichaam in een lichte curve, een verwrongen glimlach op haar gezicht. Dina stond stil. Haar adem stokte. Juffrouw Niesten sprak geen woord. Uit de voorkamer klonk het getsjilp van de twee parkieten. De hospita droeg haar donkerrode peignoir, die aan de randen met zwart fluweel was afgezet. Van een onaangename intimiteit waren voor Dina de blote onderbenen van de vrouw, haar blote voeten in leren muiltjes. Haar haren waren nog ongekamd, slordig opgestoken op haar achterhoofd. De huid van haar gezicht had iets pafferigs. Van haar gebruikelijke, overdreven beleefdheid viel niets meer te bekennen. Ze leek niet te zijn wie ze gewoonlijk was. Geschrokken keek Dina weg naar de deur van de voorkamer, die op een kier stond.

Toen ze haar blik weer op juffrouw Niesten richtte – de kom met water trillend in haar handen – had de hospita het koord van haar peignoir losgetrokken. Ze pakte de revers en met een vlugge beweging trok ze hem open. Er kwam een schorre lach uit haar keel. Dina zag haar naakte lichaam, in de schemer van de gang, maar duidelijk genoeg. De hangende borsten, met tepelhoven die zo groot waren dat ze iets schunnigs hadden, de grote navel, diep verzonken in het vlees van haar gewelfde buik. Een woeste bos zwart schaamhaar hing langs haar dijen naar beneden – als een baard.

Eenmaal in haar kamer, die ze achter zich op slot had gedraaid, durfde Dina geen stap meer te zetten. Ze stond in een hoek bij het raam, ademend met open mond. Zonlicht schampte de kruin van de kastanje in de achtertuin, die nog in de schaduw lag en met zijn bemoste klinkerpad, schutting en schuurtje een groezelige en naargeestige indruk op haar maakte. In alle hoeken school opeens het bederf.

II

EEN TREINREIS

1

Een halfuur later zat ze in de trein: Dina Houttuyn, een forse vrouw van zevenentwintig. Ze staarde naar buiten. Dwars over haar schoot lag een linnen jasje met grote knopen en naast haar stond haar van dun riet gevlochten handtas. In het bagagenet boven haar hoofd een krant, die heen en weer schoof terwijl de trein, schokkend op de wissels, het station van Breda verliet. In haar linkerhand klemde ze het kartonnen spoorkaartje, waarvan ze de uiteinden naar elkaar toe boog, steeds verder, tot het dubbel klapte.

Tegenover haar in de verder lege coupé zat een oude vrouw, van top tot teen in het zwart gekleed. Haar lange jas van een stijve, matglanzende stof – hij deed aan het pantser van een insect denken – had ze uitgetrokken en keurig opgevouwen in het bagagenet gelegd, hijgend, zuchtend, de conversatie al half en half openend met een langgerekt 'hè hè'. Haar hoedje met voile had ze op gehouden, haar gezicht ging schuil achter het gaas. Tussen haar knoestige vingers verscheen een rozenkrans. Nadat ze een blik op Dina's afgewende gezicht had geworpen, prevelden haar lippen geluidloos de weesgegroetjes en Onzevaders. Achter de voile gingen ondertussen haar ogen heen en weer.

'Ge zijt al een aardig eind op weg,' zei ze ten slotte met verstikte stem – ze hield het niet meer uit om niet te praten. 'In welke maand zijde gij nou?'

'In de zevende,' antwoordde Dina.

'In de zevende. Net wa 'k dacht.'

De vrouw zette haar gebeden voort. Dina's hart bonsde. Bij elk kraken van de schoenen van de vrouw, bij elk geritsel van haar jurk, herinnerde ze zich het naakte lichaam van juffrouw Niesten: de plukken okselhaar, de hangborsten, de grote tepelhoven en de zwarte baard tussen haar benen. De schrik zat nog in haar lijf. Het was of deze oude vrouw met de rozenkrans van het ene op het andere moment ook een gedaantewisseling kon ondergaan. De stekelige, zwarte haren op haar bovenlip leken daarvan een voorbode.

'En waar gaat ge met dat buikske naartoe, a 'k vragen mag?'

'Naar Amsterdam.'

'Ach, Amsterdam, die grote stad. Daar zal het ook wel warm zijn. En, schupt het al?'

'Schuppen?'

'Ja, schupt het al?'

'Af en toe.'

''t Zijn de jongens die het hardst schuppen. In de buik doen ze hun moeder al pijn.'

Dina kreeg het steeds benauwder. Het mens verspreidde een misselijk makende geur van zweet en mottenballen. De stijve, vooroorlogse kleding herinnerde haar aan haar ooms en tantes in hun Amsterdamse bovenwoningen bij wie ze met haar moeder op bezoek ging en stil moest zitten, terwijl de volwassenen zich met elkaar onderhielden, en waar ze eens, aan het toeziend oog ontsnapt, in de keuken drie puilogende vissen op het aanrecht had zien liggen.

Stuurs en verlegen staarde ze uit het raam, net zolang tot ze voelde dat de vrouw haar gebeden had hervat. Er gleden weilanden voorbij waarop het gemaaide gras in hoppers stond te drogen. Koeien, nu al opeengedrongen in de schaduw onder een boom. Dina leunde achterover, een hand op haar buik, en sloot haar ogen. Ze leek het volste recht te hebben op haar afzijdigheid, en toch kwam het haar voor of ze iets onnatuurlijks deed, zich ergens schuldig aan maakte, onrecht deed. De vrouw bekeek haar van achter de voile – dat voelde ze. Zodra ze door haar wimpers gluurde en een glimp opving van de zwarte jurk, dacht ze aan juffrouw

Niesten, die in de schemerige gang haar peignoir opensloeg. Ze kreeg het zo benauwd dat ze zich voornam om op het volgende station te doen of ze onwel werd – en dan door de trein naar een andere coupé te lopen.

Het was of de vrouw het voelde, want ze begon weer te praten en bood pepermunt aan: een grote, dikke pepermunt uit een dorpse puntzak. Ze durfde niet te weigeren. De vrouw nam de gelegenheid te baat en in een onstuitbare stroom kwam nu naar buiten wat ze al veel eerder had willen vertellen. Dat ze die ochtend om zes uur op pad was gegaan, haar zoon had haar van de hoeve naar het station gebracht met de sjees die nog van meneer baron was geweest, het paard was gaan hinken, maar ze had goddank toch op tijd de boemel naar Breda kunnen nemen, en nu was ze op weg naar een zuster in Rotterdam die te bed lag met een wond die maar niet genas. Dina voelde zich verplicht om te luisteren, de vrouw aan te horen, terwijl die haar wijdlopig verhaal deed, steeds meer in dialect. Ze schaamde zich voor haar weigering met haar te praten, voor het oordeel dat ze over dit 'boerenmens' had gehad.

Vlak voor de Moerdijk borg de vrouw haar rozenkrans op.

'Boven de Moerdijk voel ik me niet meer zo op m'n gemak met m'n kranske,' verklaarde ze.

De trein reed protestants Nederland binnen, denderend over de lange brug, die sedert 1871 het Hollands Diep overspant. Oorverdovend lawaai golfde door het open raam naar binnen. De ijzeren balken van de brug flitsten voorbij en daarachter lag in de diepte het blikkerende water. Dina keek naar links en rechts, een ogenblik van haar beklemming bevrijd, en stelde zich voor dat ze met haar jongetje – daar hoopte ze op – de Moerdijkbrug overstak en hem optilde om hem met zijn nog wankele beentjes op haar knieën te laten staan, zodat hij naar buiten zou kunnen kijken. Ritmisch flitsten de staande en gekruiste balken voorbij, ritmisch gleden hun schaduwen door de coupé. Dina genoot van de weidsheid van het water achter het web van balken. Aken, klein als speelgoed, trokken er hun witte zog. Een stoet dekschuiten gleed juist onder de brug door, de sleepboot met zijn lange schoorsteen was al aan de andere kant. Ze zag het met zijn ogen.

Maar het lawaai werkte op haar zenuwen. Het coupéraam rammelde, rukwinden sloegen haar in het gezicht, er kwam geen eind aan het gedender van ijzer op ijzer. De oude vrouw wees naar het open raam. Dina stond op om het te sluiten, maar de hendel draaide zo stroef dat het haar niet lukte. Opeens stond het 'boerenmens' naast haar, in haar lucht van zweet en mottenballen. Het was of iets dierlijks zich tegen haar aan drong, een groot zwart dier. Dina deinsde terug. Een ogenblik later had ze haar jasje en handtas gepakt en stond ze buiten de coupé. Het lawaai, waarin ze zichzelf niet meer kon horen, leek haar smadelijke aftocht te dekken.

Tussen twee wagons in stond ze stil op de bewegende vloerdelen, boog zich voorover en liet de pepermunt uit haar mond vallen in de ruimte tussen de ijzeren platen en de leren overkapping. Ze zag hem onder de trein op een balk stuiteren, wegspringen en toen vallen, de diepte in, het water tegemoet. Moeizaam liep ze door de schokkende trein. In een lege coupé plofte ze neer, en op hetzelfde moment werd het stil. Ze had het land van juffrouw Niesten verlaten.

Om zichzelf te laten zien dat ze zich in de coupé durfde te bewegen stond ze op en draaide het raam open. In de stof van haar jurk waren onder haar oksels donkere plekken verschenen. Ze wilde ze niet zien. Maar ze had zich al de vlek in haar trouwjurk herinnerd, de donkere vochtvlek ter hoogte van haar linkerborst die haar had verraden.

2

Bij het poseren op het balkon van de hotelkamer was er nog niets te zien geweest. De fotograaf, haar broer Gregoor, had haar daar neergezet voor een reeks foto's: zij alleen, aan de arm van Lieuwe, met de bruidsmeisjes, met de getuigen. Ze hield het bruidsboeket voor haar buik. In de hotelkamer stond Gregoor gebogen over zijn Rolleiflex, onderwijl met zijn voeten in de weg staande stoelen opzijschuivend. Hij praatte en maakte grappen, zoals hij altijd deed wanneer hij portretfoto's nam, maar haar glimlach bleef aarzelend. Ze had het de hele dag al gevoeld, vooral als er foto's werden genomen: in de trouwzaal op het stadhuis, op de stoep van het stadhuis, in de kerk, bij het verlaten van de kerk, zelfs in de achtertuin van haar ouders na een vrolijke lunch – hij wilde maar niet doorbreken, haar stralende, gelukkige glimlach. Lieuwe had zich groot gehouden en voelde zich heel wat in zijn jacquet.

Bijna niemand wist het. Angstvallig was het binnen de familie gehouden. Maar alom heerste het sensationele en schokkende vermoeden, want de bruiloft was onverwacht gekomen, op een ongebruikelijk moment: geen man trouwde immers zolang hij nog zijn militaire dienst vervulde, zolang hij geen baan en geen inkomen had. Haar vader had voor het nodige decorum gezorgd: een stijlvolle trouwzaal in het stadhuis, een rij trouwauto's op de gracht, een receptie in een groot hotel. Er was geen enkel verschil met andere bruiloften. Maar het vermoeden was gebleven. Ze voelde het om zich heen.

En aarzelend kwam steeds haar glimlach, zelfs op het balkon van de hotelkamer, waar haar broer fotografeerde met zijn hoge hoed kolderiek achter op zijn hoofd geschoven. Lieuwe had zijn verleidersblik uitgeprobeerd: van onder zijn wenkbrauwen in de camera kijken. In de straat reden auto's, passanten keken omhoog naar het balkon, wandelaars kwamen uit het Vondelpark – en zij probeerde te glimlachen naar het kille dubbeloog van de Rolleiflex, terwijl afwezigheid haar meer en meer in bezit nam.

Tijdens de receptie ontdekte ze op haar bruidsjurk, ter hoogte van haar linkerborst, een donkere vlek, die haar meteen hevig verontrustte. Maar ze kon niet weg. Ze moest felicitaties in ontvangst nemen. Bij het wegzetten van een cadeau op de tafel achter haar wierp ze een blik in de metershoge spiegel: op haar vermagerde gezicht, waarin de grote neus nog meer opviel, op het deftig geklede gezelschap onder de kroonluchters, ze zag ook de rug van Lieuwe en het hoog opgeschoren haar op zijn achterhoofd. Toen keek ze tersluiks naar haar buik en een ogenblik later zag ze de vlek op de glanzend witte zijde bij haar borst.

Met Cora, haar meest nabije zusje, haastte ze zich de trappen op naar de hotelkamer. De stoelen stonden er nog schots en scheef op het parket.

'Dit bestaat niet,' hijgde ze, naar de vlek starend. 'Dit bestaat gewoon niet! Ik ben pas in de vijfde maand!'

Het moest de eerste moedermelk zijn die uit haar borst kwam gedropen of een voorschot erop – ze had geen flauw idee, ze wist vrijwel niets van zwanger zijn. Nadat haastig de bruidsjurk op haar rug was opengemaakt en langs haar armen omlaag geschoven, zag ze met eigen ogen een dikke, lichtgele druppel uit haar linkertepel opwellen.

'Dit bestaat niet,' zei ze nog eens. 'Hoe kan dit nou?'

'Kind, maak je niet druk.'

'Wat moet ik?'

'We stoppen er gewoon een zakdoek in, en aan de andere kant ook een, en we verplaatsen je corsage.'

3

In de treincoupé herinnerde Dina zich dit alles. Met een verhit gezicht was ze de trappen weer af gelopen, door de gangen, in de richting van het geroezemoes in de receptiezaal, waar zich ondertussen de geur van garnalenkroketjes had verspreid. Waar was je nou, had Lieuwe gevraagd. Ik moest een plas, had ze plompverloren geantwoord, niet in staat iets beters te verzinnen. Tegenover Lieuwe stonden juist vijf artillerie-officieren.

Tijdens het diner was ze steeds afweziger geworden. Grappen drongen niet tot haar door. Haar glimlach kwam steeds moeizamer. In een waas ging het allemaal aan haar voorbij.

Ze hadden de nacht in het hotel doorgebracht, in die hoge en stille kamer waar alleen het geluid van passerende trams doordrong. In bed had Lieuwe er een echte huwelijksnacht van willen maken, maar ze had hem afgeweerd, en toen hij aandrong, was ze in woede uitgebarsten. Alles wat haar die dag had dwarsgezeten, was eruit gekomen, terwijl ze in dat vreemde bed lagen. Ik wil je niet meer bij me hebben, had ze gezegd, tot het kind er is. Sinds die nacht in januari waarin ze zwanger was geraakt had ze niet meer met hem willen vrijen. Ze voelde zich bezoedeld. Dat ze nu getrouwd was, veranderde er niets aan. Eerst moest het kind er zijn. Ondanks haar woede-uitbarsting sliep Lieuwe, zoals altijd, uitstekend. Zij deed geen oog dicht. Ze hoorde de laatste tram en uren later de eerste. Na het ontbijt borg ze haar bruidsjapon op in de bijgeleverde doos en gaf hem mee aan een loopjongen, die hem zou afleveren bij de winkel waar hij was gehuurd. Dit leek de straf die haar ouders haar hadden gegeven. Voor haar drie oudere zusjes lieten ze bij hun trouwen een bruidsjurk maken, maar die van haar was gehuurd, terwijl er tijd genoeg was geweest om er een te maken – zijzelf waren nog twee weken naar Nice gegaan omdat 'de reis nu eenmaal al was betaald'. Ze had de loopjongen met de doos het hotel uit zien lopen en ze hoefde haar ogen maar te sluiten om weer te zien hoe hij met die doos in de menigte op het trottoir verdween.

Bepakt en bezakt waren ze in de loop van de ochtend in de trein naar Breda gestapt. De trein was overvol. Ze moesten de hele reis staan. Op de Moerdijkbrug, in het oorverdovende lawaai, was het haar te veel geworden: ze was flauwgevallen. Lieuwe had haar in een coupé op een bank gelegd. Later vertelde hij daar trots over. Aan het begin van de middag waren ze aan de Delpratsingel verwelkomd door juffrouw Niesten, die hen 'de jonggehuwden' noemde. Nog diezelfde dag was Lieuwe teruggekeerd naar de kazerne: zijn verlof zat erop. Hij zou alleen in de weekeinden bij haar kunnen zijn. Voor haar was het lange wachten begonnen.

4

De trein reed Rotterdam al binnen. Dina schrok ervan. Elke minuut verwijderde ze zich verder van de plaats waar ze hoorde te zijn. Wat ging ze in hemelsnaam doen in Amsterdam? Niemand verwachtte haar en ze wilde liever niemand onder ogen komen in deze labiele toestand. Ze was zonder noodzaak op reis gegaan, ze had zomaar een duur treinkaartje gekocht terwijl ze momenteel 'op de zak van anderen teerden'. Ze had boodschappen moeten doen, het huis gezellig maken. Andermaal brak het zweet haar uit.

Opnieuw het gedender van ijzer op ijzer, opnieuw flitsten schaduwen in snelle opeenvolging door de coupé: de trein reed over de Maasbrug. Op de rivier was het een en al bedrijvigheid van aken, sleepboten en dekschuiten. Op de noordelijke oever zag Dina nog rijen half ingestorte huizen, puinhopen met schuttingen eromheen, en ze herinnerde zich het radiobericht over het bombardement en de brandende stad, de schrik en consternatie in huis, haar vader die de bijbel had gepakt om een psalm voor te lezen en zo de gemoederen tot bedaren te brengen.

In Rotterdam wilde ze uitstappen, de trein terug nemen, maar ze bleef zitten, transpirerend, met een zacht schoppend kind in haar buik. Ze keek weg van het overvolle perron, het gedrang, om zo lang mogelijk alleen te zijn in de coupé, nu al in verlegenheid gebracht door de reizigers die zo dadelijk zouden binnenkomen en die ze zou moeten groeten. In de omgeving van het station dreunden de heimachines. Ze hoorde de harde klappen van de heiblokken op de palen, in een chaotisch ritme, weerkaatsend tegen onzichtbare gebouwen.

'Goedemorgen, mevrouw!'

Het klonk geaffecteerd. Er kwam een man in een linnen pak de coupé binnen, een strooien hoed op zijn hoofd, en hij werd op de voet gevolgd door een potige knaap die zijn koffer droeg. Een kruier, meende Dina, ook al droeg hij niet het witte jasje van kruiers. Maar de knaap bleek bij de man te horen, want hij ging tegenover hem zitten. Hij sprak met een sterk Rotterdams accent en rook naar brillantine. Zijn haar was hoog opgeschoren en wat er boven op zijn hoofd aan haar restte, was vanuit het midden naar links en rechts gekamd in kleine, vettig glanzende golfjes. De heer woof zich koelte toe met zijn hoed. Al zijn gebaren hadden iets aanstellerigs. Ze herinnerde zich hoe ze eens op het Leidseplein, bij de Stadsschouwburg, een man had zien lopen die haar was opgevallen omdat hij zo aanstellerig het uiteinde van zijn shawl over zijn schouder wierp. Vast een toneelspeler, had ze toen gedacht. Ook de heer in het linnen kostuum leek haar nu een toneelspeler. Een toneelspeler met zijn knechtje. De coupé liep vol. De mensen stonden in het gangpad. Of ze nu wilde of niet: haar blik werd getrokken door het tweetal bij het raam. De knaap zat voorovergebogen, met zijn ellebogen steunend op zijn knieën, tot de heer hem met de rand van zijn hoed een tikje onder zijn kin gaf – toen ging hij grijnzend rechtop zitten. Van onder zijn hoed wierp de heer een blik op haar, een blik die ze langs haar buik voelde glijden, ijskoud.

Met gesloten ogen leunde Dina achterover in haar hoek. De trein schokte over de wissels. Toen hij vaart begon te maken, stoof een warme wind door de coupé. Nog steeds de chaotische ritmes van heimachines, nu eens hier, dan weer daar, ten slotte pal aan de spoorbaan, naar binnen waaiend, en opeens was het stil en rook ze de geur van hooi.

Er werd niet of nauwelijks gesproken. Het was er te warm voor. Iemand dronk uit een fles bier. Ze rook het en hoorde het metaal van de beugel tegen de fles tikken. In de volle trein begon ze zich beter te voelen. De laatste resten van de schrik die juffrouw Niesten haar had aangejaagd met haar naakte lichaam en schorre lach waren verdwenen. In de drukte voelde ze zich opgenomen onder de mensen. Ze hoorde erbij. Zij was ook een reiziger, ze had een kaartje en recht op een zitplaats, zeker nu ze in verwachting was.

Ze hield haar ogen gesloten om niet te kijken naar het tweetal bij het raam, de toneelspeler en zijn knechtje. Waren dit, vroeg ze zich af, waren dit nu... Ze durfde het woord niet te denken. Was juffrouw Niesten zo iemand? Was ze daarom ongetrouwd gebleven, had ze daarom haar naakte lichaam aan haar laten zien? Had het mens iets van haar gewild? Dat wat Elena had gewild? Ze schudde het van zich af. Ze was nu op weg naar Amsterdam en ging proberen er een mooie dag van te maken.

III

DE OVERTOCHT

1

Op het perron in Amsterdam was het of ze thuiskwam. Van kindsbeen af was ze hier in en uit treinen gestapt. Opgelucht liet ze zich meevoeren in de menigte. Die zee van hoeden en petten om haar heen, de karren van de koffiemannen als golfbrekers ertussenin, de kruiers in hun witte jasjes, families op weg naar het strand, het dreunen van aankomende en vertrekkende treinen, het geklepper van duivenvleugels boven haar hoofd – dit alles was haar zo vertrouwd. Ze herkende zelfs de geur die in het station hing.

Op het stationsplein stapte ze in lijn 16, in de voorste van de twee wagons, zoals altijd, en het deed haar goed de gladde houten bank te voelen, om haar schoenen op de vloer van een Amsterdamse tram te zien, de geluiden van de stad te horen, die door de nog openstaande klapdeuren naar binnen stroomden, en stemmen in onvervalst plat-Amsterdams. Tranen sprongen in haar ogen. Herinneringen aan haar kindertijd kwamen op en met een schok besefte ze dat ze over niet al te lange tijd met een kind op haar schoot in deze tram zou zitten, het op zijn wankele beentjes oprichtend en vasthoudend, zodat hij naar buiten zou kunnen kijken.

Schokkerig sloten zich de deuren. De bestuurder trapte op zijn bel en draaide aan het kleine houten rad. De tram reed. Dina zette haar elleboog op het raamkozijn en steunde met haar kin op haar hand om peinzend de stad aan zich voorbij te laten glijden. Het was een balorige houding. Onmiddellijk besefte ze dat haar moeder die houding zou hebben afgekeurd, want 'zo zit een net meisje niet in de tram'. Ze keek naar de stad. Maar algauw nam ze toch haar elleboog van het kozijn, want ze vond nu ook zelf dat een getrouwde vrouw, zwanger en wel, niet zo kon zitten, als een schoolmeid.

De stad baadde in overdadig zonlicht. De hitte trilde al boven het asfalt. Voor de gevels van kantoren en hotels waren de markiezen neergelaten. Op het chroom van autobumpers spatte het licht uiteen. Ergens aan de rand van een trottoir zag ze drie jongens in korte broek gehurkt rond een oude krant zitten, waarop een van hen een brandglas had gericht. Op een halte golfde de muziek van een draaiorgel naar binnen – ze hoorde de centen op en neer dansen in het centenbakje van de orgeldraaier. Voor de stilstaande tram stak een massa mensen de straat over. Nooit eerder had ze zo genoten van dat tafereel, zich zo gelaafd aan gezichten en gestaltes die voorbijstroomden.

In de Vijzelstraat reed de tram eindelijk in de schaduw. Dina keek naar het kolossale en langgerekte bankgebouw dat haar altijd deed denken aan de grote kantoorgebouwen in Amerika die ze op foto's en in de bioscoop had gezien. Tegelijkertijd had dit gebouw met zijn metselwerk, versieringen en getrapte opbouw voor haar iets oosters. Ergens in het midden van die kolos lag de ingang, klein en onopvallend. Ze was er dikwijls binnengelopen aan de hand van haar vader en herinnerde zich nu de immense hal, waarin het geratel van typemachines weerkaatste. Het was of ze in Amerika was. Zo groot, zo bedrijvig was het in Amerika. Op vier, vijf verdiepingen in de hal leunden mannen over de balustrade. Er kwam geen eind aan het geratel van de typemachines, het ging maar door en door. Ze had eens, terwijl ze haar kousen ophees, over de balie naar een typiste met een bochel gestaard en beschaamd haar ogen neergeslagen toen haar blik werd opgemerkt. 'Houttuyn, met een i-grec,' hoorde ze haar vader zeggen, zoals altijd voorafgegaan door een kort, nerveus keelschrapen. Even later zette hij zijn snelle en scherpgepunte handtekening.

2

In de Gabriël Metsustraat was het rustig, zoals altijd. Dina kon de zoemende elektromotor van de wegrijdende tram nog geruime tijd horen, en daarna was er alleen nog het ruisen van de bomen. In het plantsoen op de hoek stond het standbeeld waar ze als kind altijd een beetje beducht voor was geweest omdat het zo'n strenge indruk op haar maakte. Nog altijd wist ze niet wie de gestileerde mannenfiguur, die een boek tegen zijn borst gedrukt hield, voorstelde. Aan het eind van de straat lag het Concertgebouw. Een stroom auto's, glinsterend in het helle licht, ging daar voorbij. Maar hier, in de Metsustraat, was het rustig.

Meneer en mevrouw Houttuyn hielden van rustige straten, zoals ze hielden van rustige mensen, rustige plekken, rustige dominees en rustige muziek. Als Lieuwe piano speelde, was het hun algauw te luid. Zacht spelen, dat was mooi. Een rustige straat met bomen, twee Delfts blauwe vazen op een mahoniehouten kast, een schilderij van een heide met een schaapskudde, een zacht tikkende pendule en af en toe een grapje, dat was allemaal mooi en goed. Zes kinderen hadden ze grootgebracht, in de vreze des Heren. Na een overhaaste trouwerij was de jongste nu ook 'uitgevlogen'. Meneer Houttuyn stond op het punt zijn verzekeringskantoor, door hem in 1916 opgericht en tot grote bloei gebracht, over te doen aan een schoonzoon, op voorwaarde dat de naam – Houttuyn Assurantiën – behouden zou blijven. Voortaan zou hij elk voorjaar met zijn vrouw naar Nice reizen om er wandelingetjes te maken op de Promenade des Anglais en te ruiken aan de bloeiende mimosa.

Dina stak vanaf de halte de straat over naar het deftige huizenblok, timide opeens, al bij voorbaat verlegen. Drie stoeptreden leidden er naar monumentale voordeuren. Langs de hele voorgevel van het blok was op de eerste verdieping een stenen balkon gemetseld. Enkele jaren geleden hadden hier haar ouders gestaan om de rijtuigen van de koninklijke familie voorbij te zien rijden, na de troonsafstand van Wilhelmina, en ze hadden er gestaan in gezelschap van Lieuwes ouders, die ervoor waren overgekomen uit het verre Friesland – en eufoor terugreisden, omdat ze in zo'n deftig huis hadden gelogeerd en vanaf het balkon de oude en de nieuwe koningin in hun rijtuig hadden aanschouwd.

Op dat balkon richtte zich Dina's schuwe blik. Zeven maanden geleden, in een ijskoude januari-nacht, was ze over dit balkon naar de kamer geslopen waar haar verloofde sliep. Nu leek het of het zou instorten, juist als zij de drie treden naar de voordeur beklom. Ze zou onder puin bedolven raken, alsnog gestenigd voor haar zonde.

Uit de richting van het Concertgebouw naderde een tram, zoals altijd wanneer ze hier was uitgestapt. Soms stond haar vader voor het raam, met zijn horloge in zijn hand, om te controleren of de tram van de kant van het Concertgebouw wel precies twee minuten na zijn tegenligger op de halte arriveerde. Wanneer hij had geconstateerd dat de bestuurder de dienstregeling stipt uitvoerde, klapte hij zijn horloge tevreden dicht en stopte het weer in zijn vestzak. 'Onschuldig vermaak' noemde hij het – alsof het nog iets anders zou kunnen zijn.

In de vestibule stond ze stil en luisterde. Door de tochtdeur met zijn figuren van melkglas viel maar weinig licht. Ze hoorde niets. Geen voetstappen, gedempt door lopers of tapijt. Waren ze uit? Waren ze de hitte in de stad ontvlucht? Het luchtte haar op dat ze voorlopig alleen zou kunnen zijn in deze vertrouwde omgeving. Nu kon ze zich in alle rust opfrissen, een uurtje slapen op haar eigen bed. In de brievenbus vond ze de post van vier dagen. Toen wist ze het zeker: haar ouders zaten ergens in een hotel aan zee.

Ze ging naar boven om zich te wassen in de badkamer. Warm en koud water dat uit gulle kranen gutste, terwijl ze zich op de zolder aan de Delpratsingel al maandenlang moest behelpen met een lampetkan. Ze had de badkuip op zijn leeuwenpoten kunnen laten vollopen, maar ze wilde niet in het bad waarin haar vader en moeder zich wekelijks onderdompelden, oprezen uit vuil geworden water en hun oude lichaam afdroogden. Met een zekere afkeer herkende ze op de wastafel de toiletspullen van haar moeder. Elk blijk van haar vaders en moeders lichamelijke intimiteit stond haar tegen. Zelfs de geur die in de badkamer hing wekte haar weerzin op.

Nadat ze zich had opgefrist bekeek ze haar gezicht in de spiegel. Ze had kringen onder haar ogen. Bijna automatisch duwde ze op de punt van haar neus. Er waren mensen bij wie de neus in de loop van hun leven scheef ging staan, opzijgroeide. Als het haar overkwam, zou hij scheefgroeien uit verlegenheid. Ze bedekte met haar hand beurtelings de ene en de andere helft van haar gezicht om te kijken of ze het verschil tussen de twee gezichtshelften kon zien en om vast te stellen waar het hem in zat.

'Jij deugt niet,' zei ze opeens fel, wijzend naar haar spiegelbeeld, 'jij deugt niet! Dat is het!'

Zittend op een kruk, een knie opgetrokken langs haar buik, knipte ze haar teennagels met de speciale nageltang van haar moeder. Allebei hadden ze harde teennagels. In een paar jaar waren haar grote tenen naar binnen gegroeid, over de ernaast gelegen teen heen, en de gewrichten waren grote knobbels geworden. Het kostte haar altijd moeite schoenen te vinden die haar pasten. Het liefst liep ze op sandalen.

Het geluid van de nageltang weerkaatste in de hoge badkamer. Terwijl ze met haar kin op haar opgetrokken knie steunde, gleden er tranen over haar wangen.

'Je bent gewoon doodmoe,' zei ze.

Maar waar was ze dan de afgelopen maanden in godsnaam zo doodmoe van geworden? Ze had niet veel meer gedaan dan twee kamers inrichten en schoonhouden, een wieg bekleden, wassen en koken, nu en dan een brief schrijven. In de weekeinden kwam Lieuwe uit de kazerne. Ze had weinig meer hoeven te doen dan zwanger zijn en wachten. Om de vele lege uren door te komen was ze een vertaling van Homerus gaan lezen, vastbesloten zichzelf te scholen, maar ze was erin vastgelopen.

Nadat ze ontslag had genomen in het kindertehuis, waar ze twee jaar had gewerkt, enige tientallen kinderen onder haar hoede had gehad en verstrikt was geraakt in die affaire met Elena, was ze teruggekeerd naar Amsterdam en weer bij haar ouders ingetrokken in het pas gekochte huis aan de Metsustraat. Ze vond werk als hulpverpleegster in een ziekenhuis, het oudste van de stad, waar ze bedden verschoonde, de gangen dweilde en in de rommelhokken schrok van in onbruik geraakte medische instrumenten, waar haar hart begon te bonzen als ze in een ziekenzaal achter een bedscherm ijselijke kreten hoorde, waar haar adem stokte door wat ze in de bedden aantrof aan vuil, etter, stinkend en rottend vlees, en ze zich geen raad wist met de hulpeloosheid van wie erin lagen, de smekende blikken, de verwarde geesten, de krachteloos geworden oude handen die haar vastpakten, en waar ze ondanks alles toch geprobeerd had om te dienen. Ze durfde haar ouders niet te vertellen wat voor werk ze deed, uit angst dat ze het haar zouden verbieden. Ze had veel last van hoofdpijn. Ze had een sterk lijf, maar een 'zwak hoofd', zoals haar Friese schoonvader nuchter had vastgesteld. Onophoudelijk dacht ze aan Elena, aan wat er was gebeurd, zich afvragend waarom het was gebeurd. Hield ze van Elena? Hield ze, hoe onbegrijpelijk het ook was, van vrouwen? Was dat de verklaring voor haar altijd weer oplaaiende ontevredenheid over Lieuwe, voor de onoverwinnelijke verlegenheid die mannen in haar opriepen? Ze had zichzelf dit zware en vuile werk opgelegd om boete te doen. Ten slotte was ze in die januari-nacht, misschien wel om een eind te maken aan alle innerlijke tweestrijd, bij Lieuwe in bed gekropen en zwanger geraakt.

3

Het was stil in het huis aan de Metsustraat. Alleen het geluid van passerende trams drong er gedempt in door, in dat huis vol tapijten, dikke lopers en zware gordijnen, waarin elk scherp geluid werd gesmoord. Beneden had de pendule twaalf heldere slagen laten horen, licht en zilverig.

Dina verliet op blote voeten de badkamer, terwijl ze met de muis van haar hand nog een paar tranen van haar wangen veegde, en liep naar de grote en lichte kamer aan de straatkant. Ze schoof er de vitrage opzij en opende de balkondeuren om frisse lucht binnen te laten en de geluiden van de stad. Het balkon betrad ze niet, bang dat God, die een genadige maar ook een wrekende God was, het onder haar voeten zou laten instorten. Ze strekte zich uit op het bed om te rusten, maar stond vrijwel meteen weer op.

In deze kamer had ze wekenlang, avond aan avond, geprobeerd de moed te vinden naar beneden te gaan en haar ouders te vertellen wat ze Lieuwe in de hal van het Amstelstation had verteld, toen ze hem daar van de trein haalde. Hier schreef ze haar ouders een brief om haar misstap op te biechten. Hier sprak haar vader haar woedend toe, nu eens in zijn eigen woorden, dan weer in de taal van dominees, en onderhield haar over haar zonde, de heiligheid van het lichaam en de heiligheid van het huwelijk. Hij was zo ontdaan dat hij die dag niet naar kantoor was gegaan; voor het eerst in zijn werkzame leven had hij een dag verzuimd. In deze kamer zat ze met Lieuwe op een zondagmiddag te wachten tot ze naar beneden werd geroepen om voor een dominee en twee ouderlingen haar schuld te bekennen, te knielen voor die in het zwart geklede mannen. In deze kamer zag ze haar zusjes de gehuurde bruidsjurk uit de doos halen, liet ze zich in het maagdelijk wit kleden en hoorde ze haar moeder vanuit de deuropening zeggen: ‘Kind, ik hoop dat het toch de mooiste dag van je leven wordt.’

Ze ging in een rotanstoel voor de open balkondeuren zitten en hoorde hem kraken onder haar gewicht. Ze was vele kilo’s aangekomen. Haar lichaam oogde blozend en gezond. Het trok zich niets aan van haar neerslachtigheid, het ging zijn eigen gang, het deed wat het moest doen. Ze trok haar jurk omhoog, tot op haar dijen, omdat het niet mocht, en liet haar knieën opzijvallen. Ik zou wel een week achter elkaar kunnen slapen, dacht ze. Het was of ze was thuisgekomen van een lange reis.

Beneden, op het bureau van haar vader, vond ze de foto's. Een stapel glanzende zwart-witfoto's lag op een aan haar geadresseerde envelop naast een leeg vel briefpapier. De foto's waren gemaakt door Gregoor. Het waren foto's zoals ze die in tijdschriften aantrof: indrukwekkend anders dan de gebruikelijke familiekiekjes. Hij drukte ze af zonder kader – dat was modern. Bovenop lagen nagekomen foto's van de bruiloft. Ze schrok ervan. Ze wilde liever geen enkele foto van haar bruiloft meer zien. Eronder vond ze foto's die waren genomen op de avond van haar verloving, vijf jaar geleden, en die ze nooit onder ogen had gekregen. Achteloze oudere broer. Jongste zusje dat nooit zo had meegeteld. Maar nu had hij ze eindelijk afgedrukt en bij de bruiloftsfoto's gestopt. Hij liet het aan zijn vader over ze te sturen.

Toen kon ze wél lachen, constateerde ze. Lieuwe zat in een fauteuil, zij op de leuning, en ze had een arm om zijn schouders geslagen, haar wang tegen zijn slaap gedrukt. Ze lachte: haar mond stond open. Aan de manier waarop kon ze zien dat ze lachte om haar broer, die op zijn knieën op de vloer was gaan zitten met zijn camera en rare dingen riep. Maar zelfs in dat harde lachen bespeurde ze een aarzeling. Ze kon eruit afleiden dat hij haar plaagde, zoals hij altijd deed, en dat ze niet wist waar hij op uit was.

Onderop lag een foto die haar overrompelde. Hij was genomen in de oorlog. Ze wist het meteen. Maar was Gregoor bij dat afscheid geweest? Ze kon het zich niet herinneren. Links op de voorgrond stond haar vader op een havenkade, een schriele figuur. Hij woof met zijn hoed naar twee meisjes met een rugzak op het achterdek van een sleepboot, die zich juist had losgemaakt van de kade. Er dreven ijsschotsen in het zwarte water. In de verte, aan de overkant van het water, waren de contouren te zien van verwoeste gebouwen: verwrongen staal, ingestorte daken.

4

Op een dag in februari '45 had meneer Houttuyn zich naar de havens gesleept, nog altijd onberispelijk gekleed in driedelig pak, ook al slobberde het om zijn lichaam, in een jas die te groot voor hem was geworden; alleen zijn hoed paste nog en dekte zijn kale schedel. Hij liep over de kades waar de binnenvaartschepen lagen afgemeerd, aken en tjalken, in dichte rijen, in het ijs geklonken, zonder werk. Zijn adem kwam in witte pluimen uit zijn mond. Hij was kortademig en verzwakt door ondervoeding. Hij sprak met de schippers op de zakelijke en kordate toon die hij zich in het verzekeringswezen had eigen gemaakt, maar moest onverrichter zake naar huis terugkeren. Na drie dagen zoeken vond hij een sleepboot die met een stoet lege schuiten naar Friesland zou varen om aardappels te halen. Er werd voor de overtocht grof geld gevraagd.

Toen Dina het grote hoekhuis in De Lairessestraat verliet, de weke kus van haar moeder nog op haar voorhoofd, dacht ze aan de Joden die ze vanuit de veilige erker daar boven met hun rugzakken en koffers in colonnes door de straat had zien trekken. Nu stond ze zelf met een rugzak op straat, naast haar zusje Cora en haar vader. Ze rook opeens heel sterk zijn scheerzeep, maar verder had de wereld weinig vertrouwds meer.

Het was een barre tocht naar de havens. De trams reden niet meer, haar schoenen knelden, ze was verzwakt. Het was ijzig koud en de stad leek nog kouder nu de straten er zo verlaten bij lagen. Overal waren bomen omgehakt, hun versplinterde stronken staken uit het plaveisel. Op de Nieuwezijds Voorburgwal, achter het Paleis, passeerde ze een bedelende oude man, die een bord met wat onbeholpen geschreven woorden om zijn nek had hangen. Uitgemergelde kinderen die in een kluitje in de bleke zon stonden en hun iets nariepen wat dreigend klonk. *Pas d'attention*, zei haar vader over zijn schouder in het krukkige Frans dat in de familie soms nog werd gebruikt, en ze versnelden hun pas. Op de hoeken van de stegen staarden mannen hen aan. Ondanks de kou was het zweet haar uitgebroken. Ze was duizelig, slap als een vaatdoek. Maar pas bij het Centraal Station durfden ze stil te staan.

Bij de afvaart van de sleepboot bleef haar vader op de kade achter, klein en bleek, wuivend met zijn hoed. Ze was twintig en nooit langer dan twee, drie dagen van huis geweest.

Nota bene tussen een stel Duitse legervrachtwagens, roekeloos brutaal, had Gregoor Houttuyn gestaan, zijn camera verborgen achter de panden van zijn lange winterjas. Even glinsterde de lens. Hij hoefde maar één keer af te drukken.

5

Een week zaten ze op de sleepboot, die met zijn lange rij schuiten maar langzaam vorderde in het ijs onder de kust van het IJsselmeer, en een week lang waren ze bang geweest. Ze waren ondergebracht in de roef van de schipper, de enige verwarmde plek aan boord, ze sliepen in zijn kooi tot hij naar beneden kwam om zelf een paar uur slaap te pakken. Op een stormachtige dag viel in de roef de potkachel om, waarop een pan met bruine bonen stond te pruttelen. Vloekend en tierend zette de schipper de kachel overeind; de zusjes lepelden de bonen van de houten vloer en deden ze terug in de pan. In de haven van Enkhuizen vergezelde Dina de schipper naar een vissersschuit om pakken zout te ruilen tegen een emmer vis; 's avonds in de roef overwon ze voor het eerst in haar leven haar afkeer van vis en smulde van het zachte, witte vlees. De schipper en zijn knecht dronken jenever. Het woord 'jenever' klonk voor haar naar achterbuurten, dronken kerels en verslonsde vrouwen. Toen haar een kelkje werd aangeboden, beschouwde ze dat als een poging om haar dronken te voeren. Een enkele keer had ze zich aan dek gewaagd. Ze zag dan om zich heen niets dan een eindeloze vlakte van ijsschotsen, rook de stoom die in dikke wolken uit de schoorsteenpijp werd gestuwd en neersloeg op het dek. De lucht was vervuld van het angstaanjagende geluid van ijsschotsen die tegen de boeg stootten en langs de romp schuurden. Achter de sleepboot steeds die rij lege schuiten, waarop roerloos een aantal meeuwen zat.

In Lemmer waren ze met hun rugzakken aan wal gezet. Nog een dag liepen ze over het besneeuwde en doodstille Friese platteland, voordat ze het veendorp bereikten waar ze werden opgenomen in een domineesgezin. Ze moesten het werk van dienstmeisjes doen, maar konden voortaan dagelijks hun vorken in grote, kruimige aardappels prikken.

Een dag na haar aankomst al zag Dina in het huis van de dominee een lange jongen met zwart haar en blauwe ogen. Lieuwe heette hij. Hij was een vriend van de domineeszoon en kwam bijna dagelijks. Hij speelde op de piano en werd verlegen als ze elkaar tegenkwamen in de gang. Hij kletste met haar in de keuken terwijl zij de aardappels schilde en leerde haar Friese woorden. Ze werd in de vriendenkring opgenomen en draaide sigaretten voor de jongens wanneer ze na de kerk met elkaar op de zolderkamer zaten. Lieuwes vader was meubelmaker en had een kleine 'fabriek' met enkele knechts en een winkel. Ze liep door de hoofdstraat van het dorp om de winkel te zien en zag toen achter de spiegelende etalageruit de gestalte van zijn moeder.

Elke avond bad ze voor haar ouders, haar twee achtergebleven zusjes en haar twee broers, die beiden in het verzet zaten. Wanneer ze aan Amsterdam dacht, zag ze straten waar alle bomen waren omgehakt, de bedelende grijsaard met het bord om zijn nek achter het Paleis. Intussen begon ze weer op krachten te komen en liep verliefd door de smeltende sneeuw.

In Amsterdam was ze jarenlang verliefd geweest op een jongen die haar niet wilde. Elke blik die hij op haar wierp, elk woord dat hij tot haar sprak, gaf haar een schok en stortte haar in diepe dromen. Ze had zijn gezelschap gezocht, zonder zich op te dringen. Maar hij wilde haar niet en nam een ander. Nadat ze jarenlang tevergeefs geduld had geoefend – God zou hem bij haar brengen, daar was ze van overtuigd – richtte al haar affectie zich nu op deze Friese jongen, die psalmen, marsen en Beethoven speelde op de piano en moederlijke gevoelens in haar opriep. Hij hield de door haar gedraaide sigaret tussen zijn vingers en liet zo zijn mooie, lange handen zien.

Op de dag dat de Canadezen op hun tanks het dorp binnenreden zoenden ze voor de eerste keer. Ze rookten Players uit een van de doosjes die de Canadezen hadden rondgestrooid. Het lege doosje drukte ze plat om het te bewaren in haar dagboek. 's Avonds in bed vertelde ze aan haar zus over Lieuwe en vroeg haar wat ze ervan dacht. Er viel een lange stilte. In de verte klonken schoten. Er zit wat in, luidde ten slotte het antwoord van haar zus. In het voorzichtige, half ironische en een beetje geringschattende van dat antwoord hoorde Dina haar moeder – zij had dat net zo kunnen zeggen. Cora's antwoord bracht haar aan het twijfelen en riep tegelijkertijd een felle koppigheid in haar op. Koppigheid was haar enige verweer tegen anderen.

Twee jaar later was ze verloofd.

6

Nu zag ze voor het eerst de foto's van haar verlovingsfeest: groot, glanzend, schokkend helder en scherp in vergelijking met de kiekjes die Lieuwes boxcamera produceerde. Ze was die avond op de leuning van zijn stoel gaan zitten, terwijl Gregoor met zijn camera op zijn knieën voor hen lag, en ze lachte. Ze lachte te hard, vond ze nu, een beetje gemaakt. Het was onherroepelijk vastgelegd. Lelijk vond ze zichzelf. Ze zou haar hoofd zo uit de foto willen knippen, zoals ze dat bij andere foto's had gedaan.

Ook Lieuwe lachte. Ze keek naar zijn gebit. Voor het eerst in zeven jaar werd ze onaangenaam getroffen door de onregelmatigheid van zijn boventanden: schots en scheef stonden ze in zijn bovenkaak, sommige tanden waren over elkaar heen gegroeid. Waarom had hij daar nooit iets aan laten doen? Viel de lelijkheid ervan hem werkelijk niet op? Waarom was het háár nooit echt opgevallen? Zoals haar eigen vergroeide voeten haar soms verontrustten, zo verontrustte haar nu die lelijke rij tanden in de bovenkaak van haar man.

IV

HET BEZOEK

1

Op de hoek van de steeg bleef ze aarzelend staan. Smal, overhuifd door bomen, met de oude huizen aan weerszijden van het water, maakte de gracht een ogenblik een idyllische indruk: het oude Amsterdam, zoals het in het huis van haar ouders op stemmige etsen te zien was. Maar toen rook ze de stank: overal in het water dreef afval, dat in de warmte zijn geuren uitbundig prijsgaf. Uit het café op de hoek van de steeg, net schoongemaakt, dreef de geur van verschaald bier naar buiten. Ook aan het schaamteloos uitgehangen wasgoed voor de gevels van de huizen herkende Dina de 'volksbuurt'.

Was het hier? Nog steeds durfde ze niet verder. Een paar huizen verderop hesen twee mannen in hemdsmouwen met een touw stapels dakpannen langs de gevel omhoog. Aan de voet van een boom trok een kat met zijn pootje een dichtgevouwen krant open. Ergens verderop klosten klompen en werd een emmer water in de gracht leeggekieperd. Toen viel haar blik op een vrouw die geeuwend in de deuropening van een souterrain stond, kennelijk net wakker geworden. Ze keek naar de mannen met het hijstouw en schurkte haar heup tegen de deurpost.

'Bij wie mot je weze, schat?'

Het was onmogelijk de vrouw te negeren.

'Bij Gregoor Houttuyn.'

'Gregoor Houttuyn? Die kenne we hier niet.'

'Hij is fotograaf.'

'O, Greg! Ja, die kenne we! Is dat soms je broer?'

'Ja, hij is inderdaad mijn broer.'

Met een zin die langer was dan noodzakelijk probeerde Dina zichzelf steviger neer te zetten.

'Zo, is dat je broer. Dus jij bent ze zus. En Greg wordt oom binnenkort, zo te zien. Is het je eerste?'

'Ja, dit is mijn eerste.'

'Dacht ik al. Schat, je mot aan de overkant weze. Dat hoge huis daar.'

In verwarring vervolgde Dina haar weg en beklom een smalle ijzeren brug, optornend tegen de blikken van twee jongemannen die met hun billen tegen de balustrade leunden. Ze was geïntimideerd door de vrouw in de deuropening, die ze nauwelijks had durven aankijken. Door het raam naast de deur, onder straatniveau, had ze een kleine kamer gezien met een bed, dat door een kamerscherm maar half aan het oog werd onttrokken, een potkachel, afbladderend pleisterwerk; ze had een onthutste blik geworpen op het decolleté van de vrouw, waarin borsten als uiers lagen, omhooggeduwd door haar over elkaar geslagen armen, in haar gezicht had ze een grove schoonheid ontdekt – dit alles in een waas van verlegenheid en angst. Met neergeslagen ogen passeerde Dina de jongemannen op de brug en liep door de zojuist door hen uitgeblazen sigarettenrook.

2

Nooit eerder was Dina bij haar oudste broer op bezoek geweest. Hij was veertien jaar ouder dan zij, ze was vijf toen hij het huis uit ging. Ze zag hem in het huis aan De Lairessestraat alleen in het voorbijgaan, toen hij daar nog op het kantoor van zijn vader werkte, en later in de Metsustraat als hij kwam aanwaaien, meestal om geld te lenen, en verder kende ze hem voornamelijk uit de zorgelijke verhalen van haar ouders.

Nadat Gregoor Houttuyn tien jaar op het verzekeringskantoor had gewerkt, beoogd opvolger in de firma, had hij ontslag genomen en was fotograaf geworden. Het was aan het begin van de oorlog. Zijn ontworsteling aan het vaderlijk gezag was gepaard gegaan met ruzies en stemverheffingen die met geen tapijt of gordijn te dempen vielen. Zijn nieuwe bestaan had hem naar de Amsterdamse bohème gevoerd, naar een zolderverdieping in de overbevolkte en half oriëntaalse Jodenbuurt, en naar de ateliers van een aantal bekende beeldhouwers, waar hij met een platencamera zijn eerste grote opdracht uitvoerde: verstilde foto's van verstilde ateliers, waar een gietijzeren potkachel nooit ontbrak. Dina kreeg het boek met deze foto's in handen en sindsdien stelde ze zich hem voor in zo'n omgeving van ateliers met licht uit hooggeplaatste ramen, pijprokende en alpinopet dragende beeldhouwers, naaktmodellen op een verhoging, met natte lappen afgedekte en ingesnoerde kleimodellen. De enkele keer dat ze haar broer nog zag beantwoordde hij door zijn kleding en manier van doen aan haar beeld van 'de' kunstenaar.

Een 'grote troost' was het voor meneer en mevrouw Houttuyn dat hun tweede zoon, Otto, wel had gedaan waartoe ze hem hadden voorbestemd: hij was dominee geworden, de in de familie meest geëerde professie. Hij was zwijgzaam en zachtmoedig. Door zijn ouders en vier zussen werd hij geadoreerd. Als hij op bezoek kwam, heerste er in huis een weliswaar bedwongen, maar toch merkbare opwinding. Er werden grapjes over hem gemaakt, maar dat deed niets af aan hun eerbied. Hoezeer hij ook 'gewoon' probeerde te doen, zoon en broer te zijn, zelfs als hij zijn jasje had uitgetrokken en jongensachtig in een crapaud zat, bleef hij toch de dominee, een man Gods. Zijn ingetogenheid verliet hem nooit, net zomin als zijn verzoenende manier van spreken. Aan tafel vroeg zijn vader hem om 'voor te gaan' in gebed. Het elektriseerde Dina. Geroerd luisterde ze naar zijn zachte stem, zijn zoekende woorden, zijn aarzelingen. Eens trof ze hem in de voorkamer met een opgestroopte broekspijp aan, terwijl hij een melkwit onderbeen zat te krabben. Ze geneerde zich ervoor hem zo te zien – de man die kort tevoren nog plechtig een van zijn preken had voorgelezen.

Aan Gregoor durfde Dina geen brieven te schrijven. Aan Otto

schreef ze zo een paar kantjes. Nadat hij met zijn jonge vrouw naar Indië was gegaan, om als zendeling te werken op Soemba, schreef ze hem geregeld. Maar toen ze zwanger was geworden, durfde ze hem dat niet te vertellen. Een dag voor haar trouwen had ze van Soemba zijn brief met gelukwensen ontvangen en zich geschaamd voor haar zwijgen. Pas onlangs had ze hem opgebiecht wat haar was overkomen en verteld over haar lange en eenzame dagen aan de Delpratsingel. Hij beantwoordde haar brief op de dag van ontvangst, koortsig door de malaria. De luchtpostenvelop zat in haar tas. Ze herlas soms de aanhef: 'Lieve lieve Dina', en schoof hem dan weer tussen de andere brieven.

Met Gregoor wist ze het nooit. Hij was altijd haastig, hij plaagde haar, hij nam haar in de maling, en dan was hij weer weg. Ze noemde hem, net als haar moeder en zussen, een 'glibber'.

In de oorlog was hij 'flink' geweest. Hoeveel er voor haar en haar zusters ook verborgen was gehouden, zoveel had ze toch wel begrepen. Hij werkte als fotograaf voor het verzet, hij fotografeerde op straat de bezetting, zijn camera verborgen achter zijn jaspanden. Hij was opgepakt, naar het gehate en gevreesde gebouw van de Groote Club aan de Dam gebracht voor verhoor, met de eenvoudige doch krachtig uitgesproken zin 'Ich muss scheissen' had hij zijn Duitse bewakers misleid, was door het wc-raam gekropen, met een sprong in een steeg beland en zo aan het kamp of zelfs de kogel ontkomen.

Na de bevrijding was hij bekend geworden door zijn oorlogsfoto's. Dina had ze in een boek gezien en er taferelen op aangetroffen die haar volledig onbekend waren. Bij de eerste Dodenherdenking op de Dam had Gregoor vier dames met hoeden en strenge brillen voor een etalage van de Bijenkorf gefotografeerd. Zij was erbij geweest en verbaasde zich erover hoe handig hij dat deed: in een oogwenk die vier stuurse vrouwen bepraten, voor de spiegelende ruit zetten en fotograferen. 'Ernstig kijken, dames, blijf ernstig!' Hij lachte. Het was gebeurd voor ze er erg in hadden.

Gregoor was een 'glibber', hij vloekte als een ketter, hij was communist geworden en noemde de oorlog 'de mooiste tijd van mijn leven'. Hij paste niet meer zo in de familie.

Maar ze hield meteen van Aleid, zijn vrouw, die als jong meisje voor schilders en beeldhouwers had geposeerd. Altijd als Dina op de Stadhouderskade het gebouw van de Rijksakademie passeerde, keek ze naar de hoge ramen van de leslokalen met de gedachte dat Aleid daar ooit naakt op een verhoging had gestaan, omringd door jongemannen met alpinopetten, die ernstig aan hun kleimodellen werkten. In de kunst was naakt iets heel anders dan in het dagelijks leven, meende ze, maar toch vond ze het moeilijk om naar Aleid te kijken zonder aan haar naakte lichaam te denken. Zelfs toen het voormalig model kinderen had gekregen en een eerbare moeder was geworden, nam de gereserveerdheid van haar ouders niet af. In het huis aan de Oudezijds Achterburgwal kwamen ze niet, onder geen beding, en de vier zussen evenmin.

Nu leek het moment gekomen om hen te bezoeken. Ze kon zeggen, had ze bedacht, dat ze was gekomen om hem te bedanken voor de mooie foto's. Ze zaten in haar tas.

3

Eerst zag ze niemand. Maar terwijl het trektouw, waaraan iemand wild had staan rukken, nog tegen de muur kletste, begon ze boven aan de trap, in het tegenlicht van een deuropening, de contouren van haar oudste broer te onderscheiden.

'Hé, zusje! Godsallejezus, wat doe jij hier? Kom boven!'

Na deze eerste, haastige begroeting verdween hij weer naar binnen, alsof hij daar iets dringends had af te handelen. Met bonzend hart beklom ze de trap. Zodra ze de etagewoning betrad, Gregoor in een half dichtgeknoopt overhemd zag en een glimp opving van een wegschietende Aleid, voelde ze dat ze stoorde.

'Zusje, wat enig! We zijn er zo! Ga vast zitten.'

Ook Gregoor verdween.

Dina liep naar de twee ramen aan de gracht, waar het zonlicht naar binnen stroomde, gefilterd door de bladeren van de boom vlak voor het huis. Ze keek naar de brug waarop ze zoëven had gelopen; de jongens leunden nog steeds tegen de balustrade. Ze bekeek de kamer. De inrichting van Gregoors huis was in alles het tegendeel van het huis aan de Metsustraat. Geen logge crapauds, maar lichte buisstoelen. Geen dressoir, maar een blankhouten kast op vierkante poten. Geen notenhouten salontafel, elke dag glanzend gewreven en angstvallig tegen vlekken beschermd, maar een rotantafel met een glasplaat. Geen Perzische tapijten, maar een houten vloer met kokosmatten, en aan de muur geen stemmige etsen maar kleurige lappen uit Indië, foto's die met punaises waren vastgeprikt en een abstract schilderij.

'Mijn zusje in blijde verwachting,' zei Gregoor spottend, nadat hij haar een kus had gegeven. 'Opeens zie je het. Wat een lief buikie. Mag ik even voelen?'

'Jezus, Gregoor, stel je niet aan,' riep Aleid vanuit de keuken, waar ze met schuin gehouden hoofd haar haren stond te borstelen.

'Maar ik wil er altijd zo graag aan voelen. Mag het, zusje? De dokter mag het ook. En het is goed voor het kind. Dat weet je toch?'

Verbluft liet Dina hem zijn gang gaan. Afgezien van Lieuwe had nog niemand aan haar zwellende buik gevoeld. Gregoor kwam naast haar staan, tegen haar aan, hij legde één hand op haar rug, de andere op haar buik en wreef er zacht over. Opeens voelde ze zich weer het kind dat zich gedwee en een beetje angstig aan de wil van haar oudere broer onderwerpt. Maar toen wrong ze zich uit zijn handen en duwde hem weg.

'Groot gelijk, Dina.'

Aleid kwam uit de keuken met koffie. Ze liep op blote voeten en droeg een jurk die aan de voorkant met knopen werd gesloten. Vanboven stonden er een paar open en vanonder ook. Het was of ze niets aanhad onder die jurk, of ze hem zo had aangeschoten over haar naakte lijf. Ze gingen in de buisstoelen zitten. Aleid met gespreide benen, de jurk tussen haar dijen duwend. Dina bloosde.

Alleen al aan de voeten van Aleid meende ze te kunnen zien dat ze pottenbakster was, en aan haar handen natuurlijk, die net zo breed en sterk waren, gewend om de klei te kneden.

'Waar zijn de kinderen eigenlijk?' vroeg ze.

'Die hebben we weggedaan,' antwoordde haar broer en hij glimlachte. 'We hadden zo schoon genoeg van ze. Dat geklier de hele tijd. Eerst wilde ik ze gewoon slachten en opeten. Maar dat wilde Aleid niet. Hè, Aleid?'

'Begint-ie weer.'

Aleid trok een been onder zich in de stoel. Een grote, ronde knie kwam tevoorschijn.

'Toen hebben we besloten ze voor een tijdje weg te doen. Hè, Aleid? We hebben ze naar een boerderij gebracht, helemaal aan het eind van de wereld. Elektriciteit hebben ze daar nog niet, zelfs geen stromend water. Daar zitten ze nu tussen de varkens en de vrome boeren. Voor twee weken zijn wij eindelijk even van ze af.'

'Hoe oud zijn ze nu eigenlijk?'

'Negen en zeven,' antwoordde Aleid en geeuwde achter haar hand.

'Ach god,' zei Gregoor, 'ze moesten zó verschrikkelijk huilen toen we wegreden.' Hij schudde van het ingehouden lachen toen hij de onzekere uitdrukking op Dina's gezicht zag. 'Nee hoor, Dina, niet waar. Ik verzin het maar. Het is allemaal gelogen. Maar een beetje verdrietig waren ze natuurlijk wel.'

'Hou op met dat geklier, Gregoor. Je zus is er!'

'Zijn jullie gisteravond uit geweest?' vroeg Dina.

'Ja, en het is nogal laat geworden,' antwoordde Aleid.

Ze trok het dubbelgevouwen been weer onder zich vandaan. Toen ze zich vooroverboog om de as van haar sigaret te tikken, zag Dina haar borsten hangen in haar jurk.

'We hebben het vertrek van de kinderen gevierd,' zei haar broer, nog steeds met dat ingehouden lachen. 'Meteen straalbezopen geworden, echt stráálbezopen. Eerst bij Eijlders, daarna nog doorgezakt op het atelier van Appel. Ken je Appel, zus? Karel Appel? Dat is de nieuwste schilderkunst. Hij heeft dat ding hier gemaakt.'

Hij wees naar het schilderij aan de muur. Het was met dikke penselen geschilderd, opzettelijk primitief, en stelde een vogel voor.

'Ik vind het wel mooi,' zei Dina.

'Het is een van zijn minste dingen,' meende Aleid.

Het achteloze woord 'ding' als aanduiding van een schilderij, een kunstwerk, imponeerde Dina.

'En dat geeft hij dan aan Gregoor om hem te betalen voor een serie foto's van zijn werk.'

'Ik heb het zelf uitgekozen,' zei de fotograaf. 'Eerst wilde hij me dit niet eens geven. Hij was er te veel aan gehecht, zei hij. Ik kon drie andere krijgen in plaats van dit ene. Toen wist ik zeker dat het een goed ding was en heb ik natuurlijk m'n poot stijf gehouden. Verf je naam er nog even op, heb ik gezegd.' Hij moest er weer om lachen. 'Ach, wat maakt het allemaal uit? Als het maar heel veel geld waard wordt, hè, zusje?'

Grinnikend keek hij haar aan en draaide zich toen half om in zijn stoel om weer eens een blik te werpen op *Vogel 1951*, zoals hij het grappend noemde.

'Op een dag flikker ik het misschien gewoon in de gracht. Maar eerst wachten we rustig de prijsontwikkeling af. Misschien wordt dit gevalletje nog eens mijn pensioen. Die Van Goghs waren eerst ook niks waard. Geen hond wilde ze hebben.'

'Greg, je zus is er.'

'Dag, zus!' Hij woof naar Dina.

'Dag, broer.'

'Vertel es, zus, hoe gaat het in het zuiden? Vermaak je je een beetje of zit je de hele dag sip te kijken omdat je hebt gezondigd?'

'Het gaat best, hoor.'

Gregoor Houttuyn hield zijn hoofd op een snaakse manier schuin – hij had een leuke kop, vond men altijd – en keek haar onderzoekend aan.

'Echt waar, zusje?'

'Ja, het gaat heel goed.'

'Heel goed zelfs! Nou, dat hoor je ook niet elke dag! Meestal gaat het zo zo met mensen. En lees je nog gedichten? Je houdt toch zo van gedichten?'

Dina zweeg. Naar Aleid kijken om steun te zoeken, dat durfde ze ook niet, want Aleid zat met haar benen wijd, de jurk er maar half overheen, en haar opgeheven handen op haar achterhoofd, alsof ze poseerde.

'Vertel nou es, zusje. Wij lezen ook wel eens een gedicht. Gister heb ik nog een gedicht gelezen.'

Dina stond op. Het was gebeurd voordat ze het wist. 'Ik ga weg,' zei ze.

'Ben je gek!'

'Ja, ik wil weg.'

'Maar Dina, zusje, zusje. Ik plaag je alleen maar. Begrijp dat nou.'

'Blijf nou lekker hier,' zei Aleid. 'We sturen die lul naar buiten om broodjes te halen voor de lunch. Dan kun jij even op adem komen. Hij is al dagen aan het klieren.'

Maar Dina liet zich niet overreden. Zwijgend, met een rood hoofd, pakte ze haar tas, sloeg haar jasje over haar onderarm en probeerde nog iets te bedenken waarmee ze zich voor haar abrupte vertrek kon verontschuldigen. Maar ze kon niks bedenken. Bij de deur viel haar oog op de tientallen foto's van de twee kinderen van Gregoor en Aleid die erop waren geprikt. Om het kale hout aan het oog te onttrekken waren er die foto's op geprikt: steeds hetzelfde jongetje en hetzelfde meisje, gefotografeerd vanaf hun geboorte, de jongen in korte broek en met scheefgeknipte pony, het meisje met een paardenstaart. Ze richtte haar blik op de foto die in het midden hing: een foto van Aleid, de jonge Aleid, in de tijd dat ze nog poseerde. Ze stond op klompen in een weiland – in Friesland, dacht Dina, in het wijde Friese land waar zijzelf op die dag in februari '45 voor het eerst had gelopen. Aleid geflankeerd door twee paarden die ze bij de teugel hield. Twee paardenhoofden vlak naast het hare. Het woei – dat zag je aan de manen van de paarden.

'Wat een enige foto,' zei ze.

'Neem hem maar mee,' zei Aleid en schoof langs haar schoonzus om de foto los te trekken.

'Ben je gek! Die is van jullie, hoor!'

'Neem hem nou gewoon! Gregoor drukt wel een nieuwe af.'

Terwijl Dina de foto in haar handtas stopte, hield ze die voor haar buik, bang dat haar broer hem bij het afscheid opnieuw zou willen strelen.

Aleid gaf haar op elke wang een zoen. 'Lief dat je langskwam.'

'Wacht even, zusje.'

Op een paar pas afstand stond haar broer in een bekende houding: gebogen over de Rolleiflex, waarvan hij het zoekvenster had opengeklapt, bezig scherp te stellen. Dina verstarde. Ze voelde haar grote neus staan. Haar haren plakten aan haar bezwete slapen. Als een in het nauw gedreven dier poseerde ze voor die deur met kinderfoto's, haar tas tegen haar gezwollen buik, het jasje eroverheen. Ze slaagde erin om te lachen, net op tijd, maar ze lachte te hard, net als op haar verlovingsfoto's.

Zwangere jonge vrouw, 1952 zou de foto gaan heten. Het zou negentien jaar duren voordat ze hem onder ogen kreeg.

V

ELENA

1

Aan zee stond een straffe wind. Het duinzand was tot op het stationsplein gestoven, het lag tegen de banden van de geparkeerde auto's. Het licht was zo fel dat ze in de schaduw van het station bleef staan om eerst haar zonnebril uit haar tas te pakken. Ze rook de duinen, de kruidige geur van de duinen waarop de zon stond te branden, en ze zag ze, bijna kleurloos in het overweldigende licht, zich uitstrekkend tot aan de horizon.

Dina bleef stokstijf staan. Over het stationsplein liep een vrouw, vergezeld van een korte schaduw, ze stak over van de kiosk in het midden naar de rand van het plein. Snel gleden haar ogen langs het profiel van de vrouw. Ze herkende haar niet. Toch was ze er pas gerust op toen de lange vrouwengestalte om een straathoek was verdwenen. Ze herademde en veegde haar bezwete haren achter haar oren. Meeuwen zeilden over het plein. Ze hoorde zandkorrels tikken tegen een krant die zich om een paaltje had gevouwen. Uit de verte kwam het geluid van de branding, het gejoel op het strand. Het was of ze maandenlang opgesloten had gezeten.

Dina wandelde naar de boulevard, zich koesterend in de warme wind. Haar tas hield ze tegen haar buik om het kind daar binnen niet bloot te stellen aan de brandende zon. Hier zul je van gaan houden, zei ze in gedachten, hier gaan we naartoe zodra je kunt lopen, zodra je er bent. Misschien hoorde het nu al vaag de branding. Was dat mogelijk? Kon het na zeven maanden al iets horen? Het bewoog in zijn eigen zee, onder water. Maar misschien drong er al iets uit de buitenwereld tot hem door.

Ze ging op een bank zitten en keek de boulevard af: een vertrouwd gezicht. De vlaggen van de strandpaviljoens stonden strak in de wind. Op het strand, schots en scheef door elkaar, honderden rieten badstoelen. Ze hoorde voorbijgangers Duits spreken en herinnerde zich de prikkeldraadversperringen. Een groot deel van de oorlog was dit strand verboden gebied geweest. Ze keek naar de figuurtjes die in de branding op en neer sprongen, zich door de brekende golven omver lieten werpen. Boven zee vloog de zeppelin met de rode letters van een biermerk op zijn flanken, die ze ook al boven Amsterdam had gezien en die nu kennelijk de kust afwerkte.

2

Aan het eind van het dorp lag op het duin een bakstenen gebouw. In de gangen en zalen weerkaatsten alle dagen de stemmen van kinderen en hun leidsters, rennende voeten, gezang, het geluid van borden die werden opgestapeld, het blaffen van een hond. Zelden of nooit klonk er een mannenstem, want er werkten in het tehuis alleen vrouwen. Zes dagen in de week werkten ze, van zeven uur in de ochtend tot 's avonds de laatste kinderen naar bed waren gegaan en in de eetzaal was gedekt voor het ontbijt. Rond de honderd kinderen groeiden hier op. Er werd altijd de nadruk op gelegd dat zij 'tenminste frisse lucht inademden'. Altijd immers woei de zeelucht rond en door het gebouw. Gezonde lucht, werd eraan toegevoegd, was 'een groot goed'.

Achter het gebouw lag een ommuurde speelplaats. Op haar veertiende was Dina eens alleen door het dorp geslenterd, weg van haar ouders, die in hun badstoelen zaten te keuvelen, weg van haar familie. Ze was gaan zwerven, tegen steentjes schoppend. Ze was bij het kindertehuis gekomen en had over de muur van de speelplaats gekeken naar een paar spelende kinderen – de enige die er midden in de zomer nog waren achtergebleven –, naar een vrouw die op de bovenste verdieping uit een raam leunde en rookte, en had toen opeens het verlangen gevoeld om hier ooit te werken.

Tien jaar later werkte ze er. Altijd aan zee, zoals ze van kindsbeen af had gewild, altijd omringd door kinderen, wat haar beter beviel dan het gezelschap van volwassenen, en eindelijk een hond: Jack, een Ierse setter, waarmee ze elke dag op het strand speelde, steeds opnieuw zijn stok voor hem weggooiend. De kinderen hechtten zich algauw aan haar en zij hechtte zich aan hen. Na het werk wandelde ze met een van de andere leidsters op de boulevard of in de duinen.

Op haar vrije dag spoorde ze naar Amsterdam om bij Lieuwe te zijn, die een kamer had aan de Prinsengracht. Dina vond het vervelend hem maar één keer in de week te zien, maar hij scheen zich er niet om te bekommeren, zozeer ging hij op in zijn studentenbestaan. Bij elk weerzien moest ze aan hem wennen, en de dag was al half voorbij wanneer ze daarin was geslaagd. Ze ruimde zijn kamer op en maakte die 'weer gezellig', terwijl hij tegen haar aan praatte, achter elkaar door. Als zij over haar kinderen en hun geschiedenis vertelde, leek hij afwezig. Wanneer ze 's avonds terugkwam in het dorp was ze bekaf, ze liep met een omweg naar het tehuis, snoof de zeelucht op en langzaam maar zeker kwam ze tot zichzelf. Aan het eind van de boulevard lag het gebouw op haar te wachten, groot en onverzettelijk. Daar vond ze de rust van slapende kinderen. Met zachte tred liep ze de trappen op naar haar kamer. Ze hing nog een tijd uit het raam om naar de zee te kijken en een sigaret te roken. Dan ging ze zitten en schreef Lieuwe een brief: over dingen die die dag waren gebeurd, over de dingen die ze niet had kunnen zeggen, over de dingen die ze aan hem had opgemerkt.

Na een paar weken al had ze in het tehuis een vriendin, uitzonderlijk snel voor haar doen. Het was Ank, die de groep oudere jongens onder haar hoede had, een Friese boerendochter met een lage, altijd ietwat hese stem. Ze kon koeien melken, een paard berijden en hield vijftien jongens zonder veel moeite onder de duim. Ze voetbalde met hen op het strand. Ank was stoer. Ank kegelde jongens omver. Dina keek naar haar als ze voetbalde en genoot van haar hese lach. Gearmd wandelden ze door de duinen.

De eerste maanden leefde ze in een roes: voor het eerst was ze ergens op haar plaats, voor het eerst 'geknipt' voor het werk dat ze deed, zoals de directrice algauw had vastgesteld. 's Avonds, als het eindelijk stil was geworden in het gebouw, liep ze de trappen op naar haar kamer op de bovenste verdieping. Ze had er Tolstoj gelezen, zijn novelle *Vader Sergius,* en was tot haar verbazing in tranen uitgebarsten bij de passage waarin de beroemde monnik Sergius, op de vlucht geslagen voor zijn bewonderaars, zich een onnozel nichtje herinnert dat hij als jongen met zijn broers voor de gek heeft gehouden – ze lieten haar droogzwemmen in het gras om onder haar rokken te kunnen kijken – en dan in het immense Rusland naar haar op zoek gaat, haar terugvindt en aantreft in een armoedig huishouden, afgebeuld, voor alles opdraaiend, en tot het besef komt dat deze eenvoudige vrouw, die zich een leven lang heeft opgeofferd, mijlenver boven hem staat. Met een van haar potloodstompjes (ze bewaarde alle potloodstompjes die ze tegenkwam) had ze deze passage aangestreept. Lieuwe vertelde ze er niets over, bang dat hij haar met zijn kennis zou overdonderen. Ze wilde deze schat voor zichzelf houden, ongeschonden. Ze las ook over handleeskunde en bestudeerde de lijnen in haar eigen handpalmen. Ze verdiepte zich in een boek over fysiognomie, waarin gezichtshelften met elkaar werden vergeleken en op foto's twee rechterhelften en twee linkerhelften tegen elkaar waren geschoven om de verschillen zichtbaar te maken. In die eerste maanden kon ze vlot en zonder verlammende onzekerheid haar brieven schrijven. Aan de wand waakten de portretten van Tolstoj en Tagore over haar.

Op een avond nodigde de directrice haar uit op haar kamer om eens 'wat langer met elkaar te praten'. Dina voelde zich niet op haar gemak in die kamer door de aanwezigheid van twee enorme ficussen, die tot het plafond reikten en zelfs langs het plafond doorgroeiden. Steeds zag ze de gestalte van de directrice tegen de achtergrond van die wildernis van diepgroene en vet glanzende ficusbladeren. Het verontrustte haar. Het was vooral de directrice die praatte, alsof zij degene was die indruk moest maken. In de loop van de avond waren ze elkaar gaan tutoyeren. Bij het afscheid had Dina het niet voor zich kunnen houden en gezegd: 'Waarom knip je niet een stuk van die ficussen af?'

'Weet jij dan hoe dat moet?'

'Je kunt ze gewoon afknippen, hoor.'

'Wil jij dat dan een keer voor me doen? Ik ben zo onhandig in dat soort dingen.'

Na dit gesprek was het begonnen. In de gangen van het gebouw, in de eetzaal, in de keuken, op de speelplaats, overal voelde Dina de ogen van de directrice op zich gericht. Soms trok ze onwillekeurig een kind tegen zich aan om zichzelf te beschermen tegen die blik. Op het strand, als tijdens de zaterdagse wandeling de kinderen in een colonne langs de zee trokken, kwam de directrice naast haar lopen. Dina's stem werd schor als ze iets moest zeggen en ze vermeed het om de voornaam van de directrice uit te spreken.

Elena heette ze.

Op haar negenendertigste was ze nog ongetrouwd en ze was van plan het te blijven. Ze kwam uit een rijke familie, en aan haar stem kon je horen dat het ook een deftige familie was. Haar vader bezat textielfabrieken. Maar Elena had 'afstand genomen van haar milieu', zoals ze dat uitdrukte. Ze had als kind Frans geleerd en kon goed tekenen. Het afgelopen voorjaar was ze naar Arles gereisd, ze had een bedevaart gemaakt langs alle Van Goghplaatsen in de Provence. Op die eerste avond had ze haar foto's van die reis laten zien. 'Alles wat hij daar heeft geschilderd, kun je nog zo terugvinden.' Dina koesterde al jaren een foto van een oude olijfboom zoals Van Gogh hem had kunnen schilderen. Van Gogh – hoe weinig ze ook van hem wist, hoe weinig ze ook van zijn werk had gezien, zijn naam riep bij haar hetzelfde warme gevoel op als de naam Tolstoj.

Intussen wandelde ze naast Elena op het strand en wist ze met moeite enkele zinnen uit te brengen. Algauw liep Elena weer ergens anders, maar ze kwam tijdens zo'n wandeling drie, vier keer terug. Ze sprak niet veel, hoe welbespraakt ze gewoonlijk ook was, en verviel gaandeweg zelfs tot een ongemakkelijk stilzwijgen. Dina was blij als ze weer alleen liep. Ze hoorde de brekende golven en verwaaide kinderstemmen, ze zag voor zich uit de lange rij kinderen, die af en toe een slinger maakte om een op het strand geworpen kwal, een zwerm strandlopertjes vloog op en repte zich weg over de kruivende golven, zonlicht sneed in schuine banen tussen de wolken door, en intussen stelde zij zich voor dat ze met Elena naar Arles reisde, waarbij ze zich Elena voorstelde als een jongeman en zichzelf verkleed als jongen, een vol etmaal zaten ze in de trein, steeds zuidelijker oogde het landschap, de eerste olijfbomen verschenen, en eindelijk konden ze uitstappen in de droge hitte van de Provence.

Op een dag verstrengelde Elena's hand zich met de hare. Het gebeurde op een slaapzaal waar ze bezig was om vuil beddengoed af te nemen. Elena moest haar achterna zijn gelopen, want op een slaapzaal had zij niets te zoeken. Ze stelde een vraag die ze ook later had kunnen stellen. Toen boog ze zich voorover en hielp haar met het instoppen van een schoon laken. Even later stond Elena bijna tegen haar aan tussen de open deuren van een kast met linnengoed. Dina schrok ervan. Nadat ze samen nog een aantal bedden hadden opgemaakt, hoorden ze geratel op de boulevard. Naast elkaar leunden ze op de vensterbank van een van de hoge ramen en zagen de koetsen van een bruiloftsstoet voorbijrijden. De manen van de paarden woeien opzij in de voorjaarswind.

'Weet jij al wanneer je gaat trouwen?' vroeg Elena.

'Over een jaar of vier. Als Lieuwe is afgestudeerd en een baan heeft. Hij moet ook zijn militaire dienst nog doen.'

Onder de vensterbank had Elena toen haar hand gepakt, haar vingers met de hare vervlochten.

'Dus je blijft hier nog vier jaar.'

'Dat weet ik niet, hoor.'

’s Avonds vond Dina in haar kamer een onder de deur door geschoven brief, waarin Elena haar in bedekte termen iets probeerde uit te leggen wat onvatbaar voor haar bleef en alleen maar het beeld opriep van die wildernis van ficusbladeren. Ze probeerde een boek te lezen, maar steeds herinnerde ze zich de hand van Elena, verstrengeld met de hare. Het was of ze iets had gedaan wat verboden was: ze had het niet onplezierig gevonden dat Elena haar hand vasthield. Het was of ze zichzelf had bezoedeld.

Na die dag ontliep ze Elena en schrok als ze haar tegenkwam in een lege gang. Totdat Elena zei: ‘Kun je straks even bij me komen voor overleg?’ In haar kamer overlegden ze over een aantal kinderen, het dossier erbij, en onderwijl hield Elena, onder het afhangend tafelkleed, haar hand vast, streelde die met haar duim. Dina stond het toe, ook bij volgende gelegenheden. Ze raakte eraan gewend, en Elena leek zich zichtbaar beter te voelen als ze zo een halfuurtje naast elkaar hadden gezeten, het dossier op tafel, steeds meer ook over andere zaken pratend. Soms beefden of stokten hun stemmen.

Tijdens de zaterdagse wandelingen gaf Elena haar nu een arm en zo liepen ze achter de colonne kinderen, die zich langs de vloedlijn voortbewoog. Elke dag en overal voelde Dina de blik van Elena op zich rusten, die treurige, donkere ogen die haar iets zeiden of vroegen wat ze niet begreep. Met Lieuwe durfde ze er niet over te praten. Soms, als ze terugkeerde van haar vrije dag, voelde ze zich de gevangene van de directrice.

3

Ze stelde het uit en bleef op haar bank zitten. Eerst keek ze nog het luchtschip na dat zacht schommelend langs de kust vloog en zijn langgerekte schaduw op de branding en de baders wierp. Ze gaf zichzelf nog tien minuten om bij te komen en zich op het weerzien in te stellen. Ze kamde haar haar, zette haar wenkbrauwen aan met een potloodje. Toen stond ze op en wandelde over de boulevard naar het eind van het dorp.

Alles was haar nog vertrouwd. De dagjesmensen, zeulend met hun tassen. De terrassen, waar men in de schaduw van parasols zat, de obers met hun witte voorschoten die af en aan liepen met hun dienbladen. Voor de gevels van de hotels waren de markiezen neergelaten. Van het strand kwam een onophoudelijk gejoel van stemmen, vermengd met het geluid van brekende golven – steeds die zware, doffe slag. Ze passeerde de ijsman, klein en dik achter zijn kar, en keek naar zijn zwart behaarde onderarm, die tot aan de elleboog in de ijsbakken verdween. In de menigte zag ze ook de pindachinees met de houten bak voor zijn buik – en ze hoorde zijn monotone roep: 'Pinda pinda, lekka lekka!' – en overal de wit oplichtende meeuwen, wachtend op hun kans. Het was een jaar geleden dat ze ontslag had genomen, nog maar een jaar geleden was het dat ze hier elke dag liep.

Tegen de kinderen had ze gezegd dat ze wegging om haar zieke ouders te verplegen – afgezien van trouwen het enige wat haar plotselinge vertrek leek te kunnen rechtvaardigen. Ze had erop geoefend om het zonder blikken of blozen te kunnen vertellen, maar had toch gebloosd. De oudere meisjes was het niet ontgaan – ze hadden gevoeld dat er een andere reden was. Haar collega's had ze, met nog minder overtuigingskracht, hetzelfde verhaal opgedist. Al haar kinderen hadden gehuild. Toontje, Beppie en anderen hadden wekenlang getreurd, nog maanden naar haar gevraagd, en nog een jaar had ze post gekregen van haar kinderen: briefjes, tekeningen, foto's. Bij elke envelop die ze opende had ze zich schuldig gevoeld, terug willen gaan, totdat ze van Ank hoorde dat haar plaats door een ander was ingenomen.

Ook Elena had haar geschreven, ziek van het missen, de ene na de andere sollicitant afwijzend – 'want ik zie steeds alleen jou'. Ten slotte had Lieuwe Elena geschreven. Daarna kwamen er geen brieven meer van haar. Het was of ze ook Elena in de steek had gelaten – die treurige, donkere ogen, die hand die zich onder het afhangend tafelkleed met de hare verstrengelde, nerveus, nooit rustig, terwijl ze toch zo lang en mooi was, Elena. Alleen met Ank schreef ze nog. Ank hield haar trouw op de hoogte. Bij elke brief hoorde ze haar hese stem, de lach waarmee ze op het strand achter een bal aan rende en jongens omverkegelde.

Dina zag het gebouw nu liggen: hoog oprijzend, robuust en onverzettelijk. Op de trap naar de ingang, aan de korte kant van het gebouw, was niemand te zien. Aan de zeekant stonden op verschillende verdiepingen ramen open. Naderbij komend keek Dina naar die vensters met hun stalen kozijnen, loodrecht op de gevel, de wolken weerspiegelend. Daar kon een hoofd opduiken, een bekend profiel, ogen die haar zagen. Nog langzamer liep ze, haar tas en jasje voor haar buik. Ze drukte de zonnebril steviger op haar neus.

Plotseling trilden haar benen, en toen ze stilstond trilden ze nog heviger. Ze boog af naar een trap die naar het strand voerde, die zo vertrouwde trap met zijn glad geworden houten leuning, zijn half onder stuifzand verdwenen treden. Haastig, met een onbeheersbare angst in haar benen, liep ze de trap af. Terwijl ze niet durfde om te kijken, wilde ze toch niets liever dan omzien naar die hoge ramen met onderin de vensters die openstonden. Dikwijls had ze zich uit zo'n open raam gebogen om de zon op haar gezicht te voelen, de zeelucht op te snuiven.

Bij de zee gekomen volgde ze de vloedlijn, ze liep nog verder weg van het gebouw, van het dorp. Ze wilde haar schoenen en sokken uittrekken om op blote voeten door het water te waden. Maar ze durfde het niet: het was of het haar weerloos zou maken. Het zou ook alleen maar pijnlijke herinneringen oproepen. Het liefst stond ze op blote voeten in het water, dat schuimde rond haar kuiten, omzwermd door haar meisjes in hun badpakken, een of twee hingen er aan haar arm, en zij werden weer omzwermd door de jongens, die elkaar achternazaten, hun forten van zand opwierpen en geulen groeven, en ergens het diep gebruinde gezicht van Ank, haar roepende stem, en Jack, die ronddraafde en alles in de gaten hield, overal bij wilde zijn.

Ze liep weg uit de drukte. Over haar schouder durfde ze nu een blik te werpen op het gebouw. Maar pas in een holte tussen twee duinen, onzichtbaar voor anderen, voelde ze zich veilig.

4

Toen ze met Elena in de duinen lag, onder een verwaaide en kromgegroeide boom, waarvan ze beiden vonden dat Van Gogh hem had kunnen schilderen, was er een vlinder neergestreken op haar ontblote bovenbeen, op de binnenkant van haar dij. Roerloos zat hij daar, nu en dan zijn vleugels openend als de wind hem uit zijn evenwicht dreigde te brengen.

Elena boog zich over haar heen. 'Mag ik hem wegjagen?'

'Waarom?'

'Omdat ik niet verdraag dat hij zomaar op jouw dij mag zitten!'

Met een handbeweging joeg Elena de vlinder weg. Daarna lag plotseling haar hand op die dij, drukkend in het zachte vlees.

Elena had haar meegelokt – zo was ze het later gaan zien – op een fietstocht door de duinen. Tweemaal had ze er met een smoes onderuit kunnen komen, maar bij een derde uitnodiging had ze niet meer durven te weigeren. Ze waren afgestapt bij die kromme den met zijn verwrongen takken. Dina had zich uitgestrekt onder de boom, die de lucht kruidde met een harsgeur, en in onbegrijpelijke roekeloosheid had ze haar jurk opgetrokken om haar benen bruin te laten worden.

Nu rustte Elena's hand op haar dij.

'Niet schrikken, lieverd, niet schrikken, alsjeblieft.'

Elena's stem was schor. Nooit eerder was haar gezicht Dina zo vreemd voorgekomen als nu ze het vlak boven zich zag. Het leek haast het gezicht van iemand anders. Het was Elena en het was een ander. Nog dieper boog Elena zich over haar heen, ze hijgde een beetje, haar oogleden waren halfgesloten, haar haren vielen naar voren. Ze kuste haar gezicht en drukte zich tegen haar aan. Dina stond het toe. Verbouwereerd hield ze Elena vast.

Steeds verder had Elena haar meegelokt. Aanvankelijk drong

het niet tot haar door, zo druk waren ze aan het praten – terwijl hun benen de trappers ronddraaiden, terwijl hun ellebogen elkaar onder het rijden steeds vaker raakten. Het praten wond haar zo op dat ze niet meer op de weg lette. Ze had over *Vader Sergius* verteld en was over gezichtshelften begonnen, omdat dat zo'n openbaring voor haar was geweest en meende daarmee iets te berde te brengen dat Elena niet wist. Elena liet haar stilhouden in een bos – doodstil was het er en hoog boven hun hoofden suisde de wind door de toppen van de dennenbomen – en lachend bedekten ze voor elkaar met hun handen nu eens de ene en dan weer de andere helft van hun gezicht en met een hand voor hun gezicht kusten ze elkaar.

Het liep tegen zevenen toen ze ergens in een bos afstapten bij een hotel om iets te eten. Met vermoeide en stramme benen beklommen ze de trap naar de veranda. Hun gezichten gloeiden van de zon. Uit de eetzaal klonk geroezemoes en het getik van bestek op borden. Uitgehongerd snoof Dina de lucht op van een pittige saus, van vlees en kruimige aardappels. Door de vertrouwde geuren en de aanwezigheid van anderen verminderde haar onrust. Na het eten zouden ze nog gemakkelijk naar huis kunnen fietsen, bedacht ze, en het zou prachtig zijn om bij het licht van de maan door de duinen te rijden. Elena trakteerde.

'Waar zijn we eigenlijk?' vroeg Dina.

Elena vertelde het haar, maar een paar minuten later was ze de naam van de plek alweer vergeten. Elena bestelde bij het eten een fles wijn en leek dat de gewoonste zaak van de wereld te vinden. Dina kon zich haar laatste glas wijn niet meer herinneren – het moest op de avond van haar verloving zijn geweest. Maar ze liet zich een glas inschenken van de volle, donkere Rhône-wijn, bekeek de afbeelding van het château op het etiket en begon over Arles, de ritseling van de olijfbomen, die ze zo graag wilde horen, in de hoop dat Elena meer zou vertellen over de Provence. Ze genoot van de aardappelkroketjes, de runderrollade en de dikke sperziebonen met nootmuskaat. Toen Elena haar nog maar half leeggedronken glas wilde bijschenken zei ze: 'Ik hoef niet meer. Als ik nu nog meer neem, kan ik straks echt niet meer terugfietsen.'

Ze voelde dat het woord 'terugfietsen' bij Elena op een muur van afweer stuitte. Vanaf dat ogenblik begon het gesprek te stokken. In de schemering zaten ze nog steeds in de eetzaal, waar de meeste tafels al waren afgeruimd. Buiten in het bos klonken stemmen. Een heer zwaaide met zijn hoed naar een wegrijdende auto en keerde zichtbaar vergenoegd naar het hotel terug. Beiden volgden ze hem met hun blik. Elena, die veel had gesproken, leunde mat en zwijgend achterover en met het heft van haar mes trok ze rusteloos steeds dezelfde figuur in het damast. Dina keek met bonzend hart naar de afruimende obers, naar wegrijdende fietsers, en ten slotte vouwde ze haar servet op en schoof het in de ring. Opeens had ze toen, om aan het drukkende zwijgen een einde te maken, zelf voorgesteld: 'Laten we hier maar blijven.'

In de hotelkamer maakten ze geen licht. Ze zetten de balkondeuren open en kleedden zich in het schemerdonker uit, terwijl in het bos stemmen en fietsbellen klonken. Haar keel was droog van de spanning. Opeens voelde ze – er ging een huivering door haar heen – Elena's blote borsten tegen haar blote rug, het schaamhaar van een andere vrouw tegen haar billen. Ze maakte zich los en zei: 'Blijf van me af!' Elena kalmeerde haar en nam haar mee naar de badkamer. Algauw, verbluffend gauw, wende ze eraan om een naakt vrouwenlichaam te zien. Onder de douche sponsten ze elkaar af. Eenmaal tussen de lakens, loom en zwaar, liet ze Elena haar gang gaan.

5

Ruw werd Dina uit haar sluimering gewekt. Twee hondenpoten stonden op haar borst. Ze strekte haar handen uit naar het dier om het af te weren en voelde een hondenlijf in een opgetogen kwispeling, een natte snuit, een tong die haar handen likte, ze hoorde een hond die jankte van opwinding. Het was Jack, de Ierse setter. Toen ze zich oprichtte, nog steeds belaagd door het uitgelaten dier, zag ze langs de zee een kleine troep kinderen lopen. In de lange gestalte die de rij sloot herkende ze Elena.

'Ja, rustig nou maar, ouwe jongen! Rustig nou maar! Ik ben het! Rustig nou maar!'

Toen de hond haar stem hoorde, begon hij blaffend om haar heen te dansen. Hij rende bij haar vandaan, alsof hij haar de weg wilde wijzen naar de anderen, en toen ze zich niet verroerde, kwam hij terug en sprong woest tegen haar op.

'Ja, jochie, rustig nou maar, ik begrijp je wel. Rustig nou maar!'

Aan zijn halsband trok ze de hond naar een plek waar ze vanaf het strand niet gezien kon worden en daar knielde ze in het zand. Ze trok de hond tegen zich aan, streelde zijn kop en flanken, tot hij tot rust begon te komen. Maar toen richtte ze zich haastig op, om zich van het dier los te maken, en vluchtte door de duinen naar het dorp, steeds de haar achternalopende hond wegsturend, angstig, bijna boos op hem, tot hij eindelijk wegrende naar het strand om daar een bericht te brengen dat niemand zou begrijpen.

Langs een omweg bereikte ze het dorp en de boulevard. Pas toen ze weer tussen de badgasten liep, kalmeerde ze. Juist toen ze voor het eerst durfde om te kijken en haar blik op het gebouw richtte, zag ze Elena en de kinderen de strandtrap op komen en oversteken naar het tehuis. Ze ging op een bank zitten en rookte een sigaret, zo onopvallend mogelijk. Het was niet netjes voor een vrouw om op straat te roken. Maar ze had het nodig. Ze kon nauwelijks geloven dat ze Elena had teruggezien, dat dat figuurtje bij de branding Elena was geweest. Nu ze Jack had gezien, nu ze de hond in haar armen had gehouden, onderging ze ook Elena's lijfelijke aanwezigheid. Elena's handen die haar lichaam streelden. Haar treurige, donkere ogen in het langwerpige gezicht. De speelsheid en warmbloedigheid die ze achter haar gedistingeerde houding bleek te verbergen. Elena, die 's avonds laat, als de zware adem van de slapenden in het gebouw hing, de trappen beklom, zacht op de deur van haar kamer klopte en met een lach binnenkwam. Het was of

Elena's schaduw elk ogenblik over haar heen kon vallen.

Ze inhaleerde diep en keek om zich heen. Voor de strandpaviljoens stonden de vlaggen nog steeds strak in de wind. Van het strand kwam het gejoel, steeds die doffe klap van een brekende golf. Er was niets veranderd aan de geluiden van een uur geleden. Ze moest hier weg, zo gauw mogelijk, ze moest doorgaan met haar leven elders. Het was heerlijk dat ze de zeelucht had kunnen opsnuiven, maar nu moest ze terug.

Ze liep de boulevard nog een eind verder af, naar Hotel Royal, waar haar ouders wel eens zaten. Naast het hotel voerde een straat het dorp in en naar het station. Daar hoorde ze achter zich die snelle en kwieke passen, het knersen van zand onder schoenzolen.

'Dina!'

Ze liep nog even door.

'Dina, kind!'

Toen ze zich omdraaide, zag ze haar vader.

VI

GOD ZORGT

1

Om aan de drukkende warmte in de stad te ontkomen hadden meneer en mevrouw Houttuyn zich geïnstalleerd in Royal, waar ze al jaren kwamen, altijd voor een paar dagen, om de zeelucht op te snuiven en omdat het zo prettig was er eens 'helemaal uit te zijn'. Sinds meneer Houttuyn het hotel een brandverzekering had kunnen leveren, voelde hij er zich nog meer thuis. Elke ochtend daalde hij af naar het strand, naar de voor hem gereserveerde badstoel, en vond daar een vers exemplaar van *Het Financieele Dagblad*. Niets kon hem omstreeks tien uur in de ochtend meer genoegen doen dan deze kleine attentie van het hotel. Hijzelf bracht *Trouw* mee, de krant die zijn godsdienstige opvattingen weerspiegelde – ook al spande deze zich naar zijn bescheiden mening te weinig in om 'de wereld weer onder het juk van Christus' te brengen.

Evangelisatie was meneer Houttuyns grote bekommernis, na de oorlog nog meer dan ervoor. Elk jaar regelde hij de financiering van de grote tent die aan het begin van de zomer voor evangelisatiebijeenkomsten in het Vondelpark werd opgezet. Onlangs had hij weer bedrijvig heen en weer gelopen in die tent, dankbaar dat er elke dag honderden waren toegestroomd. De beroemdste en meest welsprekende predikanten waren aangetrokken om het publiek te lokken. Nerveus kuchend leidde meneer Houttuyn de grootheid naar zijn klapstoel op de eerste rij en stelde hem aan anderen voor. Als dan Gods vuur in de tent werd ontstoken, als de Heilige Geest aanwezig leek, boog meneer Houttuyn in vervoering zijn hoofd. Hij voelde zich gegrepen. Ging het niet om dat ene: de Liefde? Zijn hart zwoegde in de drukkende warmte van de tent, het stak wel eens pijnlijk. Maar hij sloeg er zo weinig mogelijk acht op. Hij had het overgegeven, hij had geen artsen nodig of een van die kwakzalvertjes met wie zijn vrouw altijd in de weer was. God bepaalt toch de ure, hield hij haar voor, Hij alleen bepaalt de tijd en de plaats, lieve. Aan die laatste week met bijeenkomsten in de tent, met het laaiend vuur van dominee Buskes tot slot – wat had hij de mensen bij hun lurven gepakt! – dacht hij nu dankbaar terug, in zijn badstoel, terwijl in zijn handen de krant ritselde en op het nog stille strand kleine, rustige golfjes braken.

Om halfelf werd door een jongen van Royal de koffie gebracht.

Rond elf uur maakte meneer Houttuyn met zijn vrouw een wandelingetje langs de zee, met een strohoed op zijn hoofd en in vest en hemdsmouwen als het voor het dragen van een jasje echt te warm was. In enkele dagen was de bloeddruk van zijn vrouw, door haar zorgelijke natuur weer eens veel te hoog opgestuwd, al aardig gedaald. De dorpsarts – ook bij de firma verzekerd – had het tevreden vastgesteld. Ze ontspande, ze wandelde elke dag wat langer en was niet meer zo stil als ze was geweest. Het geval met Dina had haar erg aangegrepen.

2

'Kind, wat ben je bezweet,' zei mevrouw Houttuyn een beetje afwerend, nadat haar jongste dochter haar een kus op de wang had gegeven.

'Dag, mam.' Dina's stem klonk afgeknepen. 'Hoe gaat het met u?'

'Het gaat wel, kind.'

'Het gaat stukken beter,' zei meneer Houttuyn, die al doende was een ober te wenken. 'Kind, wat een geweldige verrassing! Heb je die stakkers in het tehuis nog eens opgezocht?'

'Ja, ik heb ze allemaal weer even gezien,' antwoordde Dina.

Ze ging zitten in een van de rieten stoelen onder de parasol, tussen haar vader en moeder in. Op het terras van Royal, hoger gelegen dan de drukke boulevard, was het rustig. Ondanks de warmte droeg de ober zijn zwarte jasje en een smetteloos wit voorschoot.

'Kind, neem een sorbet,' zei meneer Houttuyn. 'Daar koel je van af. Of moet je eerst nog iets eten?'

'Ik rammel van de honger.'

'Neem de vissoep.'

Dina stak vol afschuw haar tong uit en schudde haar hoofd.

'Neem dan de goulashkroketjes. Die zijn hier befaamd goed.'

Ze bestelde de kroketten en haalde toen een zakdoek uit haar tas om haar gezicht te betten. Ze was de schok van de ontmoeting nog niet te boven. Er viel een stilte. Meneer Houttuyn wreef zich niet langer vergenoegd in de handen. Hij kuchte. Om zijn gemoedsaandoening de baas te worden trok hij zijn horloge uit zijn vestzak, klapte met zijn duim het deksel open en bezag de wijzerplaat. Mevrouw Houttuyn, de handen in de schoot, keek naar haar dochter, die haar niet durfde aan te kijken.

'Ach kind,' zei ze toen met trillende lippen, 'we hebben je zo gemist.'

Meneer Houttuyn stopte zijn horloge weg en vroeg – om de gemoederen tot bedaren te brengen – hoe zij gereisd was. Hij wilde dat precies weten en rustte niet voordat hij wist hoe laat zij die ochtend uit Breda was vertrokken, hoe laat zij in de Metsustraat was geweest, waar zij hen natuurlijk niet had aangetroffen, hoe ze zomaar bij Gregoor en Aleid aan de Oudezijds Achterburgwal was beland en hoe laat ze hier was gearriveerd om het tehuis terug te zien. Wonderlijk vond hij het dat zij op weg naar het station langs Royal was gelopen en dat hij haar bovendien had opgemerkt.

'God zorgt, kind! Wat een vreugde dat we elkaar hier nu mogen zien!'

Intussen was het hem niet ontgaan dat zijn dochter al 'toonde'. Het choqueerde hem, ook al was ze nu getrouwd. Hij vond het niet welgevoeglijk om er, als man, iets over te zeggen. Dat was iets voor vrouwen onder elkaar.

'Je ziet er goed uit, kind,' zei hij toen maar.

'Ze toont al,' zei zijn vrouw. 'Zie je dat dan niet?'

‘Natuurlijk heb ik dat gezien, lieve.’

‘Ach, kind toch!’

Mevrouw Houttuyn kon niet meer uit haar woorden komen. De dunne, blauwige huid onder haar ogen glansde vochtig. Op haar negenenzestigste was ze een door zenuwen verzwakte vrouw. Meneer Houttuyn pakte de hand van zijn dochter, wat ze hem onwillig toestond. Dina keek stug recht voor zich uit naar de zee, naar het profiel van twee dames met hoed die voor haar zaten. Pas na enige tijd, toch weer gedwee, keek zij haar vader aan.

‘Je moeder en ik hebben je zo gemist,’ zei hij. ‘Plotseling, van de ene op de andere dag, was je weg.’

‘Ik geloof er niks van,’ antwoordde Dina.

‘Zo mag je niet spreken, kind.’

‘Eert uw vader en uw moeder,’ voegde mevrouw Houttuyn eraan toe.

De kroketten en een glas melk werden voor Dina neergezet. Ze was flauw van de honger. Nadat ze het naakte lichaam van juffrouw Niesten had gezien en naar haar kamer was gevlucht, had ze niet meer naar de keuken durven te gaan om een ontbijt te maken, en nadat ze zich dat dure treinkaartje had gepermitteerd, had ze geen geld willen uitgeven aan koffie met een broodje. Met het mooie, verzilverde bestek van Royal hakte ze nu op de kroketten in.

3

Na de bruiloft had Dina haar ouders niet meer gezien. Uit plichtsgevoel schreef ze hun enkele brieven, waarbij ze zich moeite gaf een opgewekte indruk te maken. Haar vader antwoordde haar, hij stuurde extra geld en kondigde een bezoek aan, dat steeds werd uitgesteld. Haar moeder kreeg een zenuwcrisis: ze moest op bed liggen om haar bloeddruk omlaag te krijgen. Ze had eigenlijk steeds wel iets ‘onder de leden’ – en Dina voelde zich schuldig over de lichamelijke klachten van haar moeder. Jarenlang was het Gregoor die met zijn goddeloos bestaan de zenuwen van zijn moeder beproefde en haar bloeddruk omhoog joeg. Het afgelopen halfjaar was zij het geweest. Je moeder trekt zich de dingen te veel aan, meende haar vader. Maar het veranderde niets aan Dina's gevoel dat zij het was die haar moeders lichaam sloopte. Ze had dat al gedaan door geboren te worden. Haar moeder was drieënveertig toen zij nogmaals zwanger werd, terwijl ze geen kind meer wilde, en deze laatste bevalling had haar toch al niet sterke gestel voorgoed ondermijnd.

Eerst was zijzelf ongewenst geweest – langzaam was dat besef in haar gegroeid – en nu droeg ze zelf een kind dat ze bij vlagen niet wenste. Ze wachtte te lang met het uitleggen van haar jurken. Op sommige dagen wilde ze haar buik niet zien. Tijdens een van haar wandelingen in het bos had ze zich tegen een boom gedrukt, om omhoog te kijken langs de machtige stam, dacht ze, maar ze had zo hard gedrukt dat het leek of ze de vrucht van haar schoot er voortijdig uit had willen persen.

'Smaken de kroketjes?' vroeg meneer Houttuyn.

'Heerlijk, pa.' Ze sprak met volle mond. Haastig legde Dina haar bestek neer en drukte het servet tegen haar lippen, terwijl ze doorging met kauwen op de hete kroket. Ze verslikte zich. Hoestend dronk ze van haar melk.

'Rustig aan, kind.'

'Ik eet te snel.'

'Ze zijn ook zó lekker! Het vlees goed draderig, dat het bijna uit elkaar valt, en goed kruidig ook. Ik mag van je moeder maar om de dag de goulashkroketjes bestellen bij de lunch.' Glimlachend klopte meneer Houttuyn op het embonpoint onder zijn strakgespannen vest.

'Ik word ook met de dag zwaarder,' zei Dina.

'Kind,' merkte haar moeder op, 'dat hoort er gewoon bij. Ik ben minstens vijftien kilo aangekomen toen ik jou droeg. Ik heb daarna nog lang moeten liggen om op te knappen. Ik hoop dat het jou niet hoeft te overkomen.'

'We moeten het maar overgeven, moeder,' zei meneer Houttuyn. 'God zorgt.'

Ze zwegen, zoals altijd wanneer meneer Houttuyn een stichtelijk woordje had gesproken.

'Hoe was het met Gregoor?' vroeg hij.

'Hij was aan het klieren. Helemaal niet leuk.'

'Let toch op je woorden, kind.'

'Ik zeg het zoals het is. Misselijk vond ik het!'

'Zo is hij nu eenmaal sinds hij…' Mevrouw Houttuyn aarzelde. 'Sinds hij heeft gezeten.'

'Heeft gezeten?' vroeg Dina verbaasd, maar een ogenblik later begreep ze het en bloosde.

Er viel een stilte. Dina herinnerde zich hoe haar broer die ochtend tegen haar aan was gaan staan, met zijn kruis tegen haar heup, zijn linkerhand tegen haar onderrug drukkend, vlak boven haar billen, en met zijn rechter zacht wrijvend over haar gezwollen buik – met zo'n lachje erbij. Hij was een verleider, hij had je vast voor je er erg in had. Verleden jaar was hij opeens voor iedereen onvindbaar geweest, als van de aardbodem verdwenen. Aleid wilde er niet over praten. Niemand leek te weten waar hij was. Er had een donkere wolk boven de familie gehangen. Ze hoorde haar moeder huilen achter de slaapkamerdeur, de sussende stem van haar vader, zijn zenuwkuchjes. Er was iets met Gregoor gebeurd en het was iets wat verzwegen moest worden. In huis ging het gesprek elke dag over de kwalen van haar moeder. Ze had gal gespuwd. Ze lag dagen in het donker. Ze kreeg kalmerende injecties. Ten slotte had ze weer in haar crapaud voor het raam gezeten en geprobeerd 'haar ziel in lijdzaamheid te bezitten', zoals ze het uitdrukte.

Lieuwe, de aartsnieuwsgierige, was erachter gekomen. 'Gregoor zit in de bak,' had hij op een dag tegen haar gezegd. 'Hij heeft een minderjarig meisje verleid. Zij heeft het aan haar ouders verteld, haar ouders zijn naar de politie gegaan en hebben aangifte gedaan. Hij is gearresteerd en veroordeeld. Je broer zit in de bak.'

Ze had iets triomfantelijks in zijn stem gehoord wat haar niet beviel.

Toen Gregoor weer op vrije voeten was en naar de Metsustraat kwam om geld te lenen, lagen de 'godverdommes' hem in de mond bestorven. Hij had meteen, zei hij, zijn vrouw en kinderen naakt gefotografeerd en een lange kras gezet op de auto van de rechter die hem had veroordeeld.

'Gregoor heeft me laten weten dat hij weer in de bijbel leest,' verklaarde meneer Houttuyn. Achter de montuurloze glazen van zijn bril begonnen zijn fletsblauwe ogen te stralen. 'Kijk, als ik zoiets hoor, dan valt alle zwarigheid van me af!' Hij rechtte zijn rug en zocht met driftige gebaren naar zijn zakdoek. 'Ja, kind, als de Here werkt, dan is er geen keren.'

'Hij zegt dat om geld van u te krijgen, pa.'

'Zo mag je niet denken, kind.' Meneer Houttuyn bette zijn gezicht met zijn zakdoek. 'Gregoor heeft het me gezegd op een manier die niet mis te verstaan was. De Here werkt in hem. Misschien al langer dan we denken.'

Meneer en mevrouw Houttuyn lieten weer een eerbiedige stilte vallen. Dina drukte met haar tong het laatste stukje kroket tegen haar gehemelte uiteen, een beetje beschaamd dat ze zat te kauwen nadat haar vader deze plechtige woorden had gesproken.

'Als hij nu maar niet weer met die mensen in aanraking komt,' verzuchtte haar moeder.

'Welke mensen?' vroeg Dina.

'Dat kunstenaarsvolk,' antwoordde haar vader. 'De goede niet te na gesproken natuurlijk, de echte kunstenaars. Maar er zijn eronder die hem op het slechte pad hebben gebracht. De dronkaards, de hoereerders, de ontuchtigen, en dan weten we nog niet half met wie hij allemaal heeft verkeerd!'

'Laat het nu maar rusten, man.' Mevrouw Houttuyn hief op een dwingende manier haar kin.

'Maar het mag ook wel eens gezegd! En Dina is nu een volwassen vrouw.'

'Laat het nu maar rusten.'

'Natuurlijk, lieve.'

Meneer Houttuyn wenkte de ober en bestelde thee en een schaal met hartige koekjes, want daar werd het nu wel tijd voor, en hij wist Dina ertoe te bewegen nog een sorbet te nemen.

'De kok van Royal is uitstekend en hij is ook de patissier. Die man kan alles! Hij is een halfbloed, maar je ziet nog zo de Javaan in hem. Dat trotse en vormelijke. En dan die lenige vingers. Moeder, zou hij niet magnetische krachten hebben? Moeten we hem eens vragen voor je arme hoofd?'

Hij lachte, blij dat de moeilijkheden nu achter de rug schenen. Mevrouw Houttuyn, eindelijk gewend aan de aanwezigheid van haar dochter, nam Dina's hand in de hare.

'Kindje, hoe is het nu met je?'

'Goed, mams.'

'Echt goed, kind?'

'Ja, mams, echt.'

Dina keek haar moeder aan om haar gerust te stellen, maar hield het niet lang vol om in die peilende ogen te kijken. Haar blik gleed over de dunne, bleekblauwe huid onder haar moeders ogen, naar de blauw dooraderde slapen en eindigde bij de zware knot van witte haren op haar achterhoofd. Enkele haren die waren losgeraakt stonden bijna recht omhoog in de wind, die onder de parasol door stoof. Als kind had Dina altijd een afkeer gehad van haar moeders lange, tot op haar achterste reikende, grijze haren, die allengs wit waren geworden en die ze soms te zien kreeg als haar moeder net uit bed kwam en ze zittend voor de spiegel van haar kaptafel borstelde. Die haren maakten haar moeder oud.

'Komt de huur op tijd?' informeerde haar vader.

'Ik weet het niet, paps.'

'Maar de juffrouw vraagt er niet naar?'

'Nee, paps.'

'Dan zal het wel in orde zijn.'

Meneer Houttuyn kuchte. Maandelijks maakte hij de huur over voor de kamers aan de Delpratsingel, totdat Lieuwe een salaris zou verdienen waarmee zij zich zelf konden bedruipen. Hij vroeg Dina naar de kamers, of ze haar bevielen, en naar de singel met de over het water hangende bomen die hij zo prachtig vond en de oude stadswal aan de overkant. Nog steeds was hij er trots op dat hij na die rampzalige tijding, die hem tot in het merg had geschokt, onmiddellijk tot handelen was overgegaan. Hij hield beraad, prikte een datum, reserveerde een hotel voor een receptie en een diner, hij besprak in het stadhuis de trouwzaal en deed meteen al het andere dat noodzakelijk was – met een napoleontische energie, zoals hij het graag noemde, was hij te werk gegaan. In een onbekende stad, ten slotte, vond hij binnen enkele uren passende kamers voor het jonge stel. Kordaat optreden, resoluut zijn, daar ging het altijd weer om.

Nog steeds hield mevrouw Houttuyn de hand van haar dochter vast. Dina probeerde haar hand zo ontspannen mogelijk te laten liggen op de rieten leuning, maar op haar rug sprong het zweet uit haar poriën. Ze zou dit niet lang meer volhouden.

'Is het wel verstandig, kind, om in deze toestand in die hete zon te lopen?'

'Ik heb nergens last van, mam.'

Mevrouw Houttuyn herinnerde zich hoe zij zelf voor de eerste maal zwanger was geweest, in het jaar 1911, en hoe zij toen hier aan de kust over een duinpad had gewandeld in een lange, over het schelpenpad slepende jurk, haar zwellende buik in het korset gekneld, zodat ze hijgde bij elke trap. Ze had een breedgerande hoed gedragen, witte handschoenen en een kleine parasol, en ze had ervoor gezorgd steeds in de schaduw van haar parasol te lopen. Even flakkerde die herinnering op in haar afgematte brein.

'Kind, toch weet ik niet of je er goed aan doet.'

'In Afrika blijven zwangere vrouwen toch ook niet binnen,' grapte meneer Houttuyn.

'Over Afrika weet ik niets.'

'Dat hoeft ook niet, lieve, dat hoeft ook niet.'

Mevrouw Houttuyn liet haar dochters hand los. Terwijl het theeblad op tafel werd gezet, de schaal met hartige koekjes en de sorbet, druipend van helrood bessensap, wendde mevrouw Houttuyn haar blik naar de zee. Ze was bang dat het niet goed was met haar dochter. Dina behoorde hier niet te zijn. Waarom was ze plotseling op de trein gestapt? Was ze op de vlucht geslagen?

4

Terwijl Dina met haar ouders sprak, was er nog iets anders wat haar onrustig maakte en bezighield. Ze leek het meest op haar moeder, of ze wilde of niet, en net als haar moeder had ze voorgevoelens – voorgevoelens die werden bewaarheid. Haar vader dreef de spot met de 'kwakzalvertjes': de stoet van magnetiseurs, handopleggers en kruidendokters die haar moeder in de loop van haar leven had geraadpleegd. Maar hij zei ook: ik moet toegeven dat je moeder één bijzondere gave heeft, en dat zijn haar voorgevoelens.

Steeds onrustiger werd Dina door iets wat dreigde of leek te dreigen, en ze wist niet wat het was. Ze lepelde snel haar sorbet op. Toen ze klaar was, zei ze tegen haar vader: 'Ik voel me zo plakkerig, pa. Kan ik me niet even opfrissen op jullie kamer?'

'Natuurlijk, kind. Neem een stortbad. Dat zal je goeddoen.'

Opeens bevond ze zich in een luxe hotel, in een hal met palmplanten, een kroonluchter, gebrandschilderd glas, glanzend mahonie en koper, en gedempt sprekend personeel. Ze meed de lift met de liftboy, omdat ze nooit iets tegen zo'n jongen wist te zeggen en de stilte in de lift haar benauwde. Ze haastte zich langs de trappen omhoog en opnieuw zat die onbeheersbare angst in haar benen en dreef haar voort.

De kamer van haar ouders was groot en hoog. Aan de kant van de zee, achter een bollende vitrage, gaven twee dubbele glazen deuren elk toegang tot een balkon met elegant hekwerk, beschaduwd door markiezen. De gordijnen, van een donkerrood velours, reikten van plafond tot vloer. Het tapijt was zo dik dat haar schoenen erin wegzonken. Het was het comfort waar haar vader zo op was gesteld (comfort kalmeerde hem) en dat haar moeder (altijd bang dat hij te veel geld uitgaf) zo overdreven vond. Zeelicht vulde de badkamer, de branding ruiste in de betegelde ruimte. Ernaast trof ze een klein kabinet met een kaptafel, een canapé en een schrijftafeltje. Op het notenhout lag het briefpapier van haar vader. Het was of ze duizend kilometer van de Delpratsingel was verwijderd, dagen had gereisd en er nooit meer zou terugkeren.

Nadat ze zich had opgefrist – ze was te onrustig voor een douche – ging ze op bed liggen. Ze was moe. Ze zou dagen kunnen slapen. De luxe van het hotel, de bescherming van haar ouders lokte. Ze hoefde maar een kik te geven of haar vader zou haar uitnodigen te blijven. Kind, wat zou dat gezellig zijn, je moeder en ik zijn zo met je bezig geweest, en nu heeft de Here je hier bij ons gebracht, dat kan niet zómaar zijn, wacht, ik reserveer meteen een kamer voor je of laat in de onze een extra bed plaatsen als er geen meer is, en wacht, dadelijk laat ik ook de receptie een telegram aan Lieuwe opnemen, noteer jij het maar vast, en vraag hem voor het weekeinde hiernaartoe te komen, ik betaal de treinreis wel – kind, kind, wat een zegen! Ze hoorde het hem zeggen, ze zag hem al met zijn kleine, kwieke passen de hotellobby in dribbelen. Binnen vijf minuten zou het allemaal zijn geregeld.

Dina was naar de hotelkamer gegaan om zich schuil te houden. Maar de verleiding van het balkon kon ze niet weerstaan. Ze schoof de vitrage opzij, opende de op een kier staande deuren, stapte in de warme lucht en schrok. Op de boulevard zag ze Elena en de hond. Ze deinsde terug achter de vitrage, haar blik gericht op die twee daar beneden. De hond, aangelijnd, wilde oversteken naar het hotel. Elena trok aan de lijn om hem tegen te houden. Dina's hart bonsde. Ze wilde zich nog verder terugtrekken. Maar in plaats daarvan stapte ze, tot haar eigen ontzetting, het balkon weer op.

Elena zag haar bijna onmiddellijk. Er vloog een ongelovige lach over haar gezicht, onmiddellijk gevolgd door een soort huilkramp, een snik van vreugde, en daarop schoot haar hand de lucht in en woof. Ze sloeg een hand voor haar mond en woof nog eens, maar nu naar een alweer leeg balkon.

5

Tussen de lakens, in die schemerige hotelkamer, had ze zich aan Elena gegeven. Omdat Elena het zo graag wilde, had ze zichzelf wijsgemaakt, om ervanaf te zijn. De lakens waren heerlijk schoon en koel. Na een lange dag in de duinen was het bed een weldaad voor haar vermoeide lichaam. Het was vreemd om naakt naast een andere vrouw te liggen en door haar gestreeld te worden, terwijl uit het bos de gewone geluiden kwamen: stemmen, een fietsbel, het blaffen van een hond. Ze had zich niet onmiddellijk kunnen geven. Ik moet nog wennen, had ze met gesmoorde stem gezegd.

Aan Elena dankte ze haar eerste orgasme. Als meisje had ze van niets geweten en was ze nooit verder gekomen dan in bed haar benen stijf tegen elkaar drukken met een kussen tussen haar dijen. In de vijf jaar van haar verloving met Lieuwe had ze haar lichaam ontdekt, maar beiden hadden ze dat ene niet willen doen. Zij had zichzelf willen 'bewaren voor het huwelijk'. Lieuwe was als de dood haar zwanger te maken. In donkere portieken had hij zich zelf haastig bevredigd door zijn onderlijf tegen het hare aan te duwen. Ze zagen elkaar ook maar eenmaal in de week. Alleen in de zomer waren ze langere tijd samen, ze sliepen in een tent of een zeilboot, maar meestal met vrienden erbij, en ze waakten ervoor dat hun bloed begon te razen. Wat ze vooral deden was praten, urenlang, of ze lagen op een divan naar muziek te luisteren. Als ze gescheiden waren, schreven ze elkaar brieven en keken in de schemering naar de Avondster, in de wetenschap dat de ander er ook naar keek, misschien wel op hetzelfde ogenblik.

Nadat ze met Elena had geslapen, kon ze 'het' niet langer tegenhouden. Het was of haar de schellen van de ogen waren gevallen: opeens zag ze 'het' overal. Op de bioscoopaffiches, die ze eerder alleen maar met een vluchtig dedain had bekeken, in de manier waarop een vrouw lachte of tegen een man aan stond op een tramhalte, in de blik van een slagersjongen op haar lichaam. Het was of ze uit een lange sluimer was gewekt. Haar lichaam vroeg er plotseling ook om. Hun jarenlange onthouding leek haar nu geforceerd, onnatuurlijk. Het was of ze minder schuldig was als ze Lieuwe toestond wat ze Elena had toegestaan. Ze begonnen in elkaars kleren te tasten. Ze kreeg zijn gezwollen penis in haar hand gedrukt. Zweterig lagen ze op haar of zijn opgemaakte bed, altijd bang om betrapt te worden, en ze werden ook betrapt, door haar vader, die Lieuwe op zijn kantoor ontbood en kleineerde. Daarna zochten ze andere plekken.

Omdat ze Elena wilde vergeten, was ze met Lieuwe steeds verder gegaan. Ten slotte was ze in die januarinacht in de Metsustraat over het balkon naar de logeerkamer geslopen en bij Lieuwe in bed gekropen. Nog voordat er een echt bewijs was, wist ze het al. Als een onontkoombare doem hing het in haar. Weken wachtte ze op haar menstruatie, die maar uitbleef. Ze bezocht een arts. Nog eens weken liep ze rond met de wetenschap dat ze zwanger was. In de hal van het Amstelstation, waar ze hem opwachtte, vertelde ze Lieuwe dat ze in verwachting was. Na een lichte wankeling, die ze in zijn ogen zag, vatte hij het goed op. Hij was zelfs strijdlustig en ondernemend geworden.

Daarna was het denken aan Elena opgehouden en ook het dromen over een reis naar Arles. De foto van de oude olijfboom, die Van Gogh geschilderd had kunnen hebben, had ze weggestopt. Haar leven was in een stroomversnelling geraakt, het had een doel gekregen.

Maar in die achterkamer aan de Delpratsingel was het weer begonnen. Ze had de foto van de oude olijfboom op de muur geprikt. Ze was gaan dromen van een ander bestaan, en een ander bestaan, dat was Elena, werken in het tehuis, haar eigen geld verdienen, op reis gaan, een dag en een nacht in de trein, Arles zien, de vissersboten op het strand aan de Middellandse Zee, die Van Gogh ook had geschilderd. Heel haar felle wil was in opstand gekomen. Had ze verkeerd gekozen? In de weekeinden was Lieuwe er om haar op te monteren, vol van de nieuwe wereld waarin hij was beland: hij zou officier worden. Op zolder, in het echtelijk bed, zocht hij haar lichaam, onhandig en onzeker. Zij wees hem af, bang voor dat grote mannenlichaam dat boven op haar kwam, ze had een afkeer van de geluiden die hij maakte.

6

In de hotelkamer deed ze de deur op slot en trok zich terug in het kabinet, bij de schrijftafel van haar vader, en deed ook nog de deur van het kabinet op slot. Ze luisterde met bonzend hart. Toen maakte ze alle bewegingen nogmaals, maar in omgekeerde volgorde, want ze kon zich niet langer verstoppen als een kind, vond ze.

Na een paar minuten werd er op de deur geklopt. Dina keek naar de openstaande balkondeuren, waardoor ze het strand kon zien, de glinsterende zee, de baders. Geruststellende geluiden stroomden naar binnen. Het was al haast of er niet was geklopt.

Met een gedwongen glimlach en de schrik in haar ogen deed ze open. Daar stond Elena, lang, mooi en diep gebruind.

'Niet schrikken,' zei ze ironisch. 'Ik kom alleen maar even gedag zeggen.'

Ze droeg een jurk die Dina niet kende.

'Stoor ik? Ben je hier met Lieuwe?'

Dina schudde haar hoofd.

'Gaat het goed?'

'Ja, heel goed,' antwoordde ze met gesmoorde stem.

'Wat een verrassing om je plotseling terug te zien. In blijde verwachting nog wel.'

'Waar is Jack?'

'Hij moest beneden blijven.'

'Hoort hij nu bij jou?'

'Jij was natuurlijk zijn grote liefde,' zei Elena, nog altijd ironisch. 'Maar toen je wegging, wilde hij bij mij zijn. Zijn mand staat nu op mijn kamer.'

Ze zwegen. Toen pakte Dina de hand van Elena en trok haar zonder een woord te zeggen naar binnen. De deur werd gesloten, en daar stonden ze in die grote en hoge kamer, in de stilte, nadat ze elkaar een jaar niet hadden gezien.

'Mijn ouders zitten beneden,' zei Dina. 'Ik ben hier alleen maar om me op te frissen.'

Elena liet zich in een fauteuil zakken, sloeg haar ene lange been over het andere, een gebruind en atletisch been, en stak een sigaret op.

'Eén sigaret,' zei ze, 'dan ben ik weer weg.'

Dina vond haar een verleidster. Haar stugheid deed Elena glimlachen. Dina zag dat en het kwetste haar trots. Intussen wist ze zich geen raad met haar buik. Evenmin met Elena's ironie.

'Wat heeft dit voor zin?' vroeg ze ten slotte.

'Maak het niet zo zwaar, lieverd. Vertel es iets. Hoe gáát het? We hebben elkaar een jaar niet gezien.'

'Ik vind dit grote onzin!'

Vijf minuten later stond ze met Elena op het strand, aan de vloedlijn, kijkend naar een stel kinderen die in de golven sprongen en een paar jongens die elkaar achternazaten met handenvol nat zand, hun wollen zwembroeken zwaar van het water, lubberend om hun magere lijven. Haar stugheid omsloot haar als een pantser. Ze zei niets.

Toen zag ze vanuit haar ooghoeken de hond. Met felle rukken van zijn hele lijf schoot hij vooruit over het strand, in een roodbruine golving, zijn oren platgedrukt, weldra op volle snelheid. Dina's gezicht begon te stralen.

'Daar komt Jack!'

Ze hoorde zijn poten kletsen op het natte zand. Hij schoot vlak langs haar met een korte, uitdagende blaf. Eenmaal aan haar voorbij, in opspattend water, remde hij en draaide tegelijkertijd, maar zo wild en uitgelaten dat hij over de kop sloeg. Meteen stond hij weer op zijn poten, druipnat, en keek naar haar, door zijn voorpoten zakkend, wachtend op de stok.

'Ik laat jullie,' zei Elena abrupt. 'Jack brengt je wel naar het station.'

Zonder omzien liep ze weg langs de vloedlijn. Dina keek haar na, terwijl haar rechterhand tussen de zacht bijtende tanden van de hond zat, wiens onderkaak ze speels omklemd hield.

Bij het afscheid stopte haar vader haar twee briefjes van vijfentwintig gulden toe.

'Hier, kind. Eet vooral goed. En vergeet niet: God zorgt, kind, God zorgt.'

Over een duinpad liep ze terug naar het station, in zichzelf gekeerd. Ze had geen aandacht meer voor de hond, en dat voelde hij. Maar hij bleef trouw naast haar lopen, zonder zich op te dringen, nu en dan naar haar opkijkend. Bij het station nam ze afscheid van hem, op haar hurken. Hij bleef bij de ingang staan en keek haar na, terwijl ze naar hem zwaaide.

VII

EEN BRIEF VAN SOEMBA

1

Op het Centraal Station wachtte ze op de trein naar het zuiden. Ze zat op een bank op het perron en keek naar de mensen, haast zoals een kind dat doet: onverholen. Jarenlang had haar moeder geprobeerd het haar af te leren. Kind, staar de mensen toch niet zo aan!

Er kwam een man naast haar zitten, hij leunde met zijn onderarmen op zijn knieën, vouwde zijn krant open en begon te lezen. Ze kroop in haar schulp. Uit de naam van de krant leidde ze af dat hij een socialist moest zijn of daaromtrent, en socialisten waren goddelozen, ánders in elk geval, en bovendien was het een kerel die zomaar iets tegen haar zou kunnen zeggen. Het verbaasde haar niet dat hij begon met de sportpagina. Vanuit haar ooghoeken zag ze een foto van een atleet die met opgeheven armen door het finishlint stormde. Sportwedstrijden had ze nooit bezocht. Het stond haar tegen: de hordes die naar het stadion trekken, het gebrul, de dronken kerels na de voetbalwedstrijd. Niettemin had ze er als kind van gedroomd om wedstrijdzwemster te zijn. In het zwembad had een badjuffrouw haar brede schouders en krachtige schoolslag opgemerkt en gezegd dat ze wedstrijdzwemster zou kunnen worden. Trots had ze het haar ouders verteld, maar die hadden hun hoofd geschud: nee kind, laat die badjuffrouw nu maar praten. Later had ze willen tennissen, bij een keurige club in het Vondelpark, en ook toen hadden haar ouders hun hoofd geschud: nee kind, beter van niet. De man stak een sigaret op. Aan zijn rechterhand waren de toppen van zijn wijs- en middelvinger bruin van het roken. Ze begon hem te ruiken: hij rook naar zweet. Hij zakte achterover en las onderuitgezakt verder. Geen houding, zo'n man! Ze voelde dat al dit klakkeloos oordelen haar alleen maar nog triester stemde en wendde haar blik af.

Ze zag een jongen die met zijn schouder tegen een pijler van de perronoverkapping leunde, wankelend, en steeds voorover dreigde te vallen – en het duurde even voordat ze besefte dat hij niet ziek was maar dronken. Haar blik rustte ook op een kleine Joodse man met een gleufhoed en een kartonnen koffer, die ze in gedachten 'het gesjochten Joodje' noemde, omdat hij er zo stil en treurig bij stond. Ze volgde, met een mengeling van afkeer en deernis, een jongen wiens blote voeten in kapotgelopen schoenen staken en die tussen de wachtenden op het perron door sloop, zich her en der bukkend om een sigarettenpeuk op te rapen, alsof de oorlog niet al zeven jaar voorbij was.

Roerloos zat ze daar en keek naar de mensen. In haar hoofd leefde nog het beeld van de zee, het overweldigende licht, de brekende golven, de drukte op het strand, de zeppelin, schommelend in de wind. Ze zag Jack voor zich, zoals hij in de branding voor haar had gestaan, door zijn voorpoten zakkend, en hoe hij haar bij de ingang van het station nakeek met scheefgehouden kop, en Elena in de hotelkamer, Elena op het strand, haar ouders op het terras van Royal – een chaotische warreling van indrukken die ze voorlopig niet geordend kreeg. Als verdoofd zat ze daar. Ze voelde haar gezicht gloeien: in die paar uur aan zee was het al verbrand. Ze rook de arbeider die naast haar zat, naar wie ze steeds wilde kijken, omdat hij anders was. Ze hoorde zijn krant ritselen, ze hoorde het geklepper van duivenvleugels in de stationskap en werd almaar triester zonder te begrijpen waarom.

2

Over de spoordijk reed de trein door de stad. Dina zat bij het raam en keek omlaag in de sleuven van de met laag zonlicht gevulde straten, haaks op de spoordijk, en ze was jaloers op de mensen die daar liepen, uit een raam hingen, rond een bakfiets samendromden. Ze wilde in de stad blijven, ze zou willen terugkeren naar de tijd waarin ze op een avond als deze onder de bomen van de Metsustraat naar de ijssalon liep en vrij was.

Toen de trein de stad achter zich had gelaten en haar terugvoerde naar het zuiden, keerde de beklemming terug, alles wat haar de afgelopen maanden zo had bedrukt. Ze zag de achterkamer aan de Delpratsingel voor zich, de potkachel in het midden, de gebatikte lap uit Indië die haar broer haar voor haar trouwen had gestuurd aan de muur, de schemerige gang, de gestalte van juffrouw Niesten, de zolder met het bed waarin ze zou bevallen. Ze was op weg naar huis en onmiddellijk herleefde haar neerslachtige zelf.

Op het volgende station kwamen er mensen in de coupé die ook een dag aan het strand waren geweest. Ze zag het aan hun kleren, hun tassen, hun verbrande koppen, aan het uitgelatene in hun manier van doen. Zolang ze naar hen kon kijken, naar scheppen en een vlieger die uit een tas staken, bleef het ook in haar nog leven. Maar toen ze een tijdje later in het westen de ondergaande zon zag, was haar uitstap voorbij.

Ze opende haar handtas. De vertrouwde aanblik van de tas en de altijd heerlijke geur van het leer van de voering stelden haar niet gerust – ze versterkten nu alleen maar haar beklemming. Haar vulpen, de rafelranden van het pakje brieven, foto's, haar portemonnee, het doosje Golden Fiction, de pepermuntrol, het flesje eau de cologne, haar zakdoek, de dichtbundel – alles op zijn vertrouwde plaats. Het beklemde haar. Omzichtig, beducht voor de blik van de anderen in de coupé, trok ze een luchtpostenvelop uit haar tas: de brief die ze van haar broer op Soemba had ontvangen, nadat ze hem eindelijk haar zwangerschap had durven op te biechten. Die brief, de envelop met het blauw-rode bandje langs de randen en de uitheemse postzegels, deed haar goed. Het was al haast voldoende om hem te zien. Ze herlas op de achterkant het adres van de afzender: Houttuyn, Melolo, Soemba, Indonesia – en ze begon een bergachtig eiland te zien met ergens, oprijzend uit het oerwoud, de kegel van een vulkaan. In de bergen leefden nog kannibalen. Een paar jaar geleden hadden ze een blanke vermoord en opgegeten; het leger had nadien zijn resten gevonden. Haar broer woonde met zijn vrouw en twee kleine kinderen in het laagland. Zijn houten huis had diepe veranda's en lag in een tuin vol bomen. Water werd uit een put omhooggehaald. 's Avonds schreef hij zijn brieven bij het licht van een olielamp. In het natte seizoen werd alles in huis klam en raakte beschimmeld: kleren, tapijten, boeken. De klamboe hing als een witte tent boven hun bed. Hij had hem in een eerdere brief voor haar getekend. Soemba, een klein eiland aan de andere kant van de aardbol. Was het daar nu nacht? Lag Otto naast zijn vrouw onder de klamboe te slapen?

Zich afwendend naar het treinraam, haar gezicht in de gloed van de ondergaande zon, vouwde Dina de brief open. Ze herlas hem woord voor woord. 'Lieve lieve Dina'. Zo schreef alleen haar broer Otto. 'Lieve lieve Dina'. Eerst zat hij, koortsig van de malaria, in de laadbak van een vrachtwagen, op weg naar een van de dorpen in de omgeving. Er was een vrachtwagen uit tegengestelde richting gekomen, de chauffeurs waren gestopt, zoals gebruikelijk, om nieuws uit te wisselen. De andere chauffeur had de postzak bij zich. Haar broer had er zijn brieven uit gehaald en uit het stapeltje meteen haar brief 'geratst'. Tijdens het middageten was haar schoonzusje in tranen geraakt nadat ze het nieuws had vernomen. 'Van niemand hoorden wij dit nog.' Niemand had hij onderstreept. Iedereen in de familie had het dus voor hen verzwegen. Verderop las ze: 'Wij hadden het ook geen zeven jaar uitgehouden!'

Na het middageten had haar broer het brief schrijven hervat. Dina liet haar handen met het knisperend velletje luchtpostpapier zakken, beducht voor de zinnen die nu kwamen. Ze moest zich ertoe zetten om ze te lezen. 'En nu wil ik je ook nog dit zeggen, zusje. Wie God liefheeft komt herhaaldelijk voor de afgronden van zijn zondig ik te staan, ze zijn peilloos diep en luguber. Maar God zet er de bergen van zijn genade naast. Ze zijn onmetelijk hoog en huiveringwekkend schoon. Vergeet dat niet, zusje.'

Over de affaire met Elena had ze hem niet geschreven. Niemand had ze het verhaal van zichzelf en Elena verteld; zelfs Lieuwe kende er maar een klein deel van. Niet verteld had ze hem over de vlinder op haar dijbeen en Elena's jaloezie op die vlinder. Niet over de geluiden uit het bos, die hadden geklonken als geluiden uit een andere wereld, terwijl zij lag uit te hijgen in Elena's armen. Niet hoe haar vingers hadden geroken naar het liefdesvocht van Elena. Niet hoe ze haar verlovingsring van haar vinger had getrokken en in het donker van de hotelkamer had gegooid na hun eerste omhelzing.

Was Elena het kwaad? Was Elena de slang, de listige en verleidelijke slang van het kwaad, die ze niet had herkend? Ze had zich gegeven om Elena te troosten in haar eenzaamheid. Was zij de slang – de mooie, lange Elena van wie ze zoveel had geleerd? Was het toch een zonde geweest: om haar hand, die trilde van verlangen, vast te houden onder het tafelkleed? Na die nacht in het hotel was ze nooit meer zover gegaan. Alleen nog kussen en naast elkaar op bed liggen en praten, eindeloos praten.

Was dat alles de afgrond van haar zondig ik? Of liet ze zich voor de zoveelste keer kleineren? Was niet iedereen eropuit om haar te kleineren? Dina voelde een blos van woede uit haar hals omhoogtrekken en had de neiging om de brief van haar broer in snippers te scheuren en uit het raam van de trein te gooien. Lieve lieve Dina. Opeens hoorde ze zelfs in de aanhef de zalvende predikantentoon waar ze zo'n hekel aan had.

3

Op haar knieën had ze op een zondagmiddag in de achterkamer van haar ouderlijk huis gelegen. Achter haar rug waren de suitedeuren naar de voorkamer gesloten en aan de andere kant van de kamer waren de gordijnen voor de serre dichtgetrokken. De bedompte warmte van de kachel hing in de kamer. Aan de eettafel zaten de dominee, twee ouderlingen en haar vader in zwarte pakken. Naast haar had Lieuwe op zijn knieën gelegen. Hij had nog geprobeerd het knielen te voorkomen door met een van woede trillende stem te zeggen: 'Ik kniel alleen voor God.' Waarop de dominee antwoordde: 'U knielt hier ook niet voor ons, jongeman, u knielt hier voor God!'

Daar lagen ze, met gevouwen handen en gebogen hoofd, terwijl in de Metsustraat de tram voorbijreed. De dominee was gaan staan. Hij had de rits van zijn leren zakbijbel geopend, het boek opengeslagen op zijn handpalm gelegd, een vingertop met zijn tong bevochtigd om de bladzijden van rijstpapier gemakkelijker om te kunnen slaan en zijn tekst te zoeken. Alles kalm en langzaam, terwijl haar hart bonkte in haar borst. Hij stelde hun de schuldvraag, en zij beantwoordden die met 'ja'. Hij sprak over de heiligheid van het lichaam en de heiligheid van het huwelijk. Lieuwe moest zijn vermaning incasseren. Daarna zijzelf, langduriger, omdat zij gelegenheid had geboden en de verleidster was geweest. Lang werd er ten slotte gebeden en steeds heviger werd haar aandrang om te plassen. Ze had het weten op te houden. Maar toen ze eindelijk overeind mocht komen, voelde ze het warme vocht in haar onderbroek en ze was de kamer uit gevlucht, naar boven. In de badkamer droop het langs haar kousen. Nadat ze zich had verschoond, durfde ze niet meer naar beneden. Lieuwe was haar niet achternagekomen. Ze had maar zitten wachten in haar kamer. De ene tram na de andere reed voorbij. Na een halfuur had ze stemmen gehoord in de gang, het geluid van de deur naar de vestibule: de heren werden uitgelaten.

Lieuwe was naar boven gekomen en aan zijn gezicht zag ze al dat hij zoete broodjes had staan bakken, ook al probeerde hij nu een bezorgde indruk te maken – het leugenachtige deel van zijn persoonlijkheid had voor haar al geen geheimen meer. Waar bleef je nou? Waarom kwam je me niet halen? O, wilde je dat dan? Hij was beneden gebleven om 'de honneurs waar te nemen'. Jouw honneurs! Nee, lieverd, de onze. Zijn hele manier van doen wees erop dat hij beneden was gebleven om bij die kerels in het gevlij te komen, zijn kennis te etaleren, zichzélf, als veelbelovende jongeman. De heren waren tevreden over hem geweest – ook dat was haar niet ontgaan. Maar ze liet zich bepraten, zoals gebruikelijk. Ze was gaan janken, niet om zichzelf, maar om hém, om hen tweeën, en probeerde zich te laten troosten door iemand die haar nog nooit had kunnen troosten.

4

Ze borg de brief uit Soemba weg en verliet de coupé – ze kreeg geen lucht meer. Wankelend, heen en weer geslingerd, liep ze door de trein. Rukwinden sloegen haar in het gezicht. Ze kwam bij de verbinding tussen twee wagons, door een leren kap overhuifd. In de doorgang schoven de vloerplaten knarsend over elkaar. Ze zag de rails eronderdoor schieten. Ze werd duizelig en voelde het zwart in zich opkomen, net als toen. Ze zakte weg, net als toen, de dag na haar huwelijk, in de overvolle trein. Ze klampte zich vast aan een stang. Het was of ze wegzonk in zwart water en niet meer boven kon komen, over een rand gleed en nergens houvast had. Ze boog zich opzij om over te geven. Oorverdovend lawaai vulde de trein, die in volle vaart de Moerdijkbrug op reed. Haar hoofd leek op barsten te staan. Steeds opnieuw moest ze overgeven, hangend aan die stang, en door de tranen in haar ogen zag ze, tussen de vloerplaten door, de ijzeren balken van de brug, en in de diepte het glanzende water, waarin een aak geluidloos twee lange plooien trok.

VIII

DE OPDRACHT

1

In het huis aan de Delpratsingel stond juffrouw Niesten haar op te wachten. Toen Dina in het halfdonker boven aan de trap was gekomen, stond haar hospita in de gang, in de deuropening van de keuken, precies op de plaats waar ze die ochtend had gestaan en zich had ontbloot. Nu was ze keurig gekleed, extra keurig zelfs. Dina wist niets te zeggen en staarde haar aan. Maar juffrouw Niesten had de begroeting van haar huurster goed voorbereid.

'U moet vanochtend voor dag en dauw zijn opgestaan,' zei ze met een aanminnig glimlachje. 'Ik heb u niet eens horen vertrekken.'

'Zo vroeg was het anders niet.'

Het duurde even voordat Dina de manoeuvre van juffrouw Niesten doorzag.

'Maar toch wel zo vroeg dat ik u niet heb horen vertrekken,' antwoordde de hospita. 'Bent u op reis geweest?'

'Op reis? Ik ben een dagje naar Amsterdam geweest.'

'Ach, Amsterdam, die grote stad... Was het naar genoegen? Maar kom, ik zal u niet langer ophouden. Uw man is thuisgekomen.'

Juffrouw Niesten liep naar de voorkamer en streek in het voorbijgaan haar jurk nog eens extra glad. Ze liet Dina verbluft achter. Op de plek waar de hospita zoëven had gestaan hing een penetrante zweetlucht.

2

In de achterkamer trof ze Lieuwe aan in een leunstoel, nog in uniform – zelfs zijn bestofte soldatenkistjes had hij nog aan. De radio speelde. Onderuitgezakt, zijn benen gestrekt, ellebogen op de stoelleuningen, zat hij te lezen.

Lieuwe had het door Dina achtergelaten briefje gevonden en was, na een kortstondige teleurstelling, bijna opgelucht geweest dat hij na een week te velde, in beslag genomen door de dienst en zijn kameraden, weer eens even alleen kon zijn. Hij had haar gesprekje met de hospita gebruikt om nog snel een alinea ten einde te lezen, maar nu moest hij wel opkijken. Hij had enige neerslachtigheid verwacht, want ze verdroeg zijn afwezigheid steeds slechter, maar hij schrok van de donkere wolk die haar nu omhulde.

'Hé, Dina!'

'Dag, lieverd.'

Haar stem klonk mat. Ze gooide haar jasje en tas op tafel en liep naar het raam. Lieuwe kreeg meteen haar rug te zien. Hij bleef nog even zitten. Maar toen klapte hij zijn boek dicht, kwam overeind en sprong in de houding.

'Roorda, tweede luitenant der artillerie, meldt zich!'

Ze draaide zich om.

'Ben je er al lang?'

'Aankomst Delpratsingel: zes uur precies!' Lachend liet hij zijn saluerende hand zakken. 'Hé Dina, traag wezen, kom eens hier.'

'Traag wezen?'

Lieuwe trok haar tegen zich aan, voelde haar buik, hard, en de weerspannigheid in haar lijf.

'Je moet je nodig eens wassen,' zei ze.

'Maar dat is nou juist een echte mannenlucht! Zweet, leer, uniformen – wat wil je nog meer?'

'Kon je niet douchen in de kazerne?'

'Ik had geen zin meer om daar nog tussen te staan en ben meteen de poort uit gelopen.'

Zonder hem aan te kijken liep Dina naar de keuken: om zich op te frissen en de smaak van het braaksel uit haar mond te spoelen. Ze begon het avondeten klaar te maken. Lieuwe kwam haar achterna.

'Nou, ze hebben ons flink afgeknepen,' zei hij, trots dat hij de beproeving van lange marsen met volledige bepakking en nachtelijke droppings goed had doorstaan. 'Vanochtend nog schietoefeningen met de houwitsers. Ik had een batterij onder mijn bevel.'

Ze voelde dat het de bedoeling was dat ze nu een vraag stelde. 'Ging het goed?'

'Ja, ze leken nogal tevreden over me. Wie had ooit gedacht dat ik nog eens het bevel zou voeren over een batterij geschut.'

Dina vroeg hem de tafel te dekken. Buiten begon het te schemeren. In huis bleef de hitte hangen, door de open ramen kwam nog steeds geen koelere lucht naar binnen. De volle maan verscheen boven het roerloze silhouet van de kastanje achter in de tuin.

Ze aten brood. Lieuwe zat in zijn onderhemd aan tafel, half in en half buiten de lichtkring van de lamp. Hij was naar zolder gegaan om zich te wassen en had zijn natte, zwarte haren strak achterovergekamd. Door de aanraking met de washand was zijn geslacht gezwollen. Lang en loom, half opgericht, voelde hij het in zijn broek liggen.

'Hoe kwam je zo op het idee om naar Amsterdam te gaan?' vroeg hij voorzichtig.

'Ik hield het hier niet meer uit,' zei ze. 'Ik ben naar zee gegaan. Ik had het zo nodig.'

'Heb je nog iemand gezien?'

'Natuurlijk heb ik iemand gezien.'

Hij zweeg en luisterde met een half oor naar de radio: er werd een sonate van Schubert aangekondigd. Deutsch 894, zei de omroeper. De sonate D. 894. Lieuwe kende die niet.

'Ik heb Gregoor en Aleid gezien aan de Oudezijds. Ik vond het zo bespottelijk dat ik daar nog nooit op bezoek was geweest.'

'En je ouders?'

'Ik kwam ze nota bene in Zandvoort tegen. Ze zaten op het terras van Royal. Pa heeft me nog vijftig gulden meegegeven.'

'Ben je nog bij de kinderen geweest?'

'Nee, ik durfde het niet.'

Tranen verstikten opeens haar stem.

'Begin ik weer te janken.'

Ze veegde de tranen weg. Lieuwe werd afgeleid door de eerste maten van de sonate.

'Wat is er met je?' vroeg hij, maar net een paar seconden te laat.

'Jij luistert naar die muziek.'

'Nee, lieverd, vertel me nou toch wat je is overkomen. Duurden die vijf dagen zo lang?' Hij stond op om naar haar toe te gaan.

'Raak me niet aan!'

Hij ging weer zitten. In de halfdonkere kamer gloeide het groene kattenoog van de radio en trok onweerstaanbaar zijn blik. Hij had al zijn wilskracht nodig om naar zijn jonge vrouw te kijken, die zich kennelijk weer dagenlang had lopen opwinden, die hem in gedachten lange brieven had geschreven over zijn gedrag, zijn karakter, en dat hij moest veranderen.

'Vertel!'

'Vanochtend vroeg is hier in huis iets gebeurd. Daarom ben ik weggegaan.'

Met gedempte stem, over de tafel gebogen, vertelde ze hoe juffrouw Niesten zich in de halfdonkere gang aan haar had vertoond. Lieuwe deed zijn best om te luisteren, even was hij ook werkelijk geboeid: toen hij zich het naakte lichaam van de juffrouw voorstelde tussen de panden van een opengeslagen peignoir. Maar hij begreep niet waarom ze zo geschokt was, haar angst voor juffrouw Niesten begreep hij niet, en algauw luisterde hij weer met een half oor naar de muziek. Tijdens het bivak had hij dat nog het meest gemist: muziek. Bij zijn thuiskomst had hij werkelijk gehongerd naar een paar maten muziek, alsof hij een maand in de rimboe had doorgebracht. Op de lange marsen, als niemand meer sprak, nam hij een thema en maakte er in zijn hoofd variaties op.

Toen hij in een doodstille maannacht in een bos lag, was hem een schubertiaanse melodie ingevallen, het zou de melodie van een lied kunnen zijn, een lied dat de maannacht opriep, de diepe rust, een melodie die terugkwam nu hij deze sonate hoorde en die hij dolgraag op de piano wilde uitwerken. Maar er was hier geen piano. Hij had al wekenlang niet gespeeld. Lieuwe hing een beetje scheef in zijn stoel, in de richting van de zacht spelende radio, leunend op een elleboog, zodat het haar niet zou opvallen.

'Dringt het wel tot je door wat ik zeg?'

'Natuurlijk, lieverd. Ik zit er even over na te denken, ik laat het even op me inwerken. Dit is niet niks.'

'Waarom doet ze zoiets?'

'Ja, waarom doet ze zoiets?'

'Ze wilde gewoon de spot met me drijven.'

'De spot met je drijven?'

'Met mijn verlegenheid.'

Het eerste deel van de sonate ontwikkelde zich prachtig. Eenendertig toen hij stierf, Schubert, en al onvoorstelbaar veel geschreven. Soms wel vier liederen op een dag. Maar in de pianopartijen zat natuurlijk veel herhaling, elke strofe dezelfde melodie, maar toch, vier liederen per dag. Zou hij dat kunnen? Met een ganzenveer... Bach, componeerde ook razendsnel. Maar veel met becijferde bas, dat scheelde al. Van een cantate hoefde hij maar enkele stemmen helemaal uit te schrijven... Ja, hij ging die impromptu van Schubert weer studeren... Intussen probeerde hij ook naar Dina te luisteren: haar verhaal over juffrouw Niesten, die vreemde trekjes had, nieuwsgierige vragen stelde, haar bespioneerde, en vanochtend die peignoir die werd opengetrokken. Vier liederen per dag. Stond natuurlijk om zes uur op, landelijke rust, zelfs in een stad als Wenen, weinig afleiding, dat leven bestond gewoon niet meer.

'Vind je dat ik er iets van moet zeggen?' vroeg hij.

Dina zweeg.

'Wat is er nou?'

'Zoiets vraag je toch niet? Dat dóe je gewoon!'

'Maar het kan toch geen kwaad om te overleggen? Misschien wil jij wel helemaal niet dat ik naar haar toe ga.'

Dina smeet haar bestek op haar bord en na het gekletter trad de stilte in. Roerloos zaten ze tegenover elkaar. Lieuwe, die zich begon voor te stellen hoe hij juffrouw Niesten opzocht in haar kamer, voelde plotseling zijn geslacht weer zwellen, alsof zij hem daar in het halfdonker met opengeslagen peignoir zou opwachten. Ook al was ze in de veertig, hij vond haar niet onaantrekkelijk. Ze lonkte naar hem, ze was in de gang eens zo langs hem gestreken. De loom makende warmte en vijf dagen niets dan fysieke arbeid versterkten zijn opwinding. Met zijn lusten kon hij bij zijn jonge vrouw voorlopig niet terecht.

'Goed, dan ga ik wel even naar haar toe,' zei hij sussend.

Hij trok zijn uniformjasje weer aan en knoopte het dicht, tot boven toe, hij deed zijn koppelriem om en verliet de kamer. Een paar minuten later was hij alweer terug.

'Nou, het valt allemaal nogal mee,' zei hij. 'Zij zegt dat het een grap was. Ze was nog vrolijk van het feestje van gisteravond. Nog een beetje tipsy, denk ik. Ze is er zelf ook van geschrokken en heeft haar verontschuldigingen aangeboden. Laten we er nu maar over ophouden.'

3

Tegen elven maakten ze nog een wandeling langs de singel. Dina liep aan de arm van Lieuwe, nog altijd niet aan hem gewend. Het viel haar op dat hij kaarsrecht liep, terwijl hij door zijn lengte altijd de neiging had licht gebogen te lopen. Nog steeds droeg hij zijn uniform. Hij was nooit op zijn uniform gesteld geweest en trok het uit zodra het kon. Maar nu, na het bivak en het bevel over een batterij geschut, wilde hij het opeens blijven dragen en liep hij met zijn borst vooruit.

Meer nog dan over zijn uniform, zijn houding en de bevelen die hij had gegeven, was Lieuwe tevreden over zijn fysieke conditie.

Hij had de afgelopen week elke nacht niet meer dan vier uur slaap gehad en het deed hem hoegenaamd niets. Hij kon nog een artikel schrijven of zijn schubertiaanse melodie uitwerken. Nog nooit had hij zich zo sterk gevoeld als na dit bivak. Een jaar lang had hij elke ochtend om zeven uur met zijn peloton moeten hardlopen over de singel, vijf kilometer, op zijn soldatenkistjes. Hij was gedrild, hij was afgebekt en afgemat en nog nooit had hij zich zo sterk gevoeld.

Doorgaans had hij er weinig last van, maar vanavond stond het hem tegen: Dina's stugheid, dat ze altijd weer aan hem moest wennen als ze hem een tijd niet had gezien, dat ze zo moeilijk kon vertellen over wat ze had meegemaakt, omdat het allemaal weer zo 'intens' was geweest. Een spontane vrouw die er zin in had – hoe zou dat zijn? Een lief meisje, had zijn vader over Dina gezegd, maar zwak in het hoofd. Waarom was hij juist bij haar terechtgekomen? In een van de dorpen waar hij met zijn troep doorheen marcheerde, had hij de blik van een jonge vrouw gevangen. Hij had haar zijn lege veldfles gegeven, zonder nadenken. Het was in één vloeiende beweging gebeurd. Even later was een jongetje rennend langszij gekomen met een volle veldfles. Hij had over zijn schouder gekeken en haar nogmaals gezien, ze zwaaide naar hem.

Dina keek naar de maan, die groot en stil boven de bomen stond, achter een vuilgeel waas. De maan riep het naakte lichaam van de hospita weer op. Uit dat vlezige, maanbleke lichaam was die afschuwelijke, schorre lach gekomen. Lieuwe begreep totaal niet hoe vergaand dit was geweest. Hij wilde zich niet in zulke dingen verdiepen en stapte er zo gauw mogelijk overheen. En als hij hier al overheen stapte, hoe zou ze dan met hem over al die andere dingen kunnen praten: Elena, het vrijen, dat hij haar niet achterna was gekomen nadat zij de kamer met de dominee en de ouderlingen was ontvlucht, dat hij haar toen in de steek had gelaten, dat hij dat niet eens besefte of verdrong, zoals hij zoveel verdrong of niet besefte, als hij er zelf maar goed van afkwam, en dat geen enkel verwijt, geen enkele kritiek hem bereikte omdat hij er zich altijd weer uit kletste, hoe moedeloos ze daarvan werd, en hoe ellendig en hopeloos ze zich vandaag op de terugreis had gevoeld, alsof ze terugging naar een gevangenis, alsof ze haar leven offerde – hoe zou ze ooit over dergelijke dingen met hem kunnen praten?

Ze herinnerde zich nachten op het water in Friesland – als ze met hem in de boot sliep. Urenlang had ze naar de maan gekeken, naar het silhouet van rietpluimen voor de maan, urenlang hadden ze gekletst en in de stiltes geluisterd naar de golfjes die aan de boot likten. Het leek haar zo'n onschuldige tijd.

'Wat heb je eigenlijk gedaan in de Metsustraat?' vroeg Lieuwe.

'Ik heb een tijd in mijn oude kamer gezeten.'

'Alleen maar gezeten?'

'Ik heb de balkondeuren opengezet en naar de geluiden zitten luisteren.'

'Ik hoor meteen het geluid van de tram, die dalende toon als hij remt voor de halte, en de pendule beneden.'

'Dat vreselijke ding.'

'Tieng, tieng, tieng.'

Hij deed het zilverige geluid na van de pendule, die meneer Houttuyn elke dag opwond. Hij trof precies de goede toonhoogte. Het verwonderde hem dat hij uit het niets de toonhoogte van de pendule kon oproepen die hij al maanden niet had gehoord, en dat hij wist dat het een cis was.

'Alles kwam weer boven,' zei Dina.

'Over twee maanden is het kind er, lieverd, dan zul je je beter voelen.'

Dina keek weer naar de maan, vol en groot, en herinnerde zich hoe ze in het ziekenhuis op een avond het bevuilde laken had moeten wegtrekken onder een net gestorven vrouw, die door andere verpleegsters op haar zij was gerold. Ze herinnerde zich de trieste aanblik van dat naakte, uitgezakte, voor altijd roerloos geworden lichaam.

4

Aan de rand van de stad kwamen ze bij het bos waar Dina bijna elke dag een wandeling maakte. Op de driesprong stond een kapel. Het was niet meer dan een grote stenen nis, open aan de voorkant, met een crucifix erin. Dina hield altijd afstand tot deze cultusplaats van een ander geloof, ze liep er zelfs met een boog omheen, een beetje schichtig, wanneer ze er iemand, meestal een vrouw, geknield zag liggen. Achter de kapel lag het bos, stil en donker, met in de wakken tussen de boomkruinen het maanlicht. Ze roken het zand, de dennennaalden, de harsgeur. Lieuwe had verwacht dat de plek haar zou kalmeren, maar plotseling hoorde hij haar huilen, een zacht janken als van een dier, dat eerst werd onderdrukt, maar toen niet meer te onderdrukken viel en overging in een heftig snikken. Hij voelde een steek in zijn hart.

'Dina.'

Toen hij zijn arm om haar heen legde, probeerde ze hem weg te duwen, en toen hij zich niet weg liet duwen, werd ze kwaad.

'Laat me los!'

Hij pakte haar arm. 'Dina, luister.'

'Laat me los!'

Nog razender klonk haar stem, nogmaals weergalmde het haast krijsend uitgesproken 'los' tussen de bomen. Met haar handen tegen haar buik gedrukt rende ze weg over het zandpad. Lieuwe herkende het: deze uitbarstingen, maar ditmaal schrok hij heviger dan anders. Op zijn lange benen rende hij haar achterna. Maar toen hij haar vastgreep en tot staan probeerde te brengen, rukte ze zich nog wilder los, sterk als een beest.

'Ga weg,' smeekte ze. 'Ga alsjeblieft weg!'

Ze rende verder.

'Blijf op het pad!' riep hij haar achterna.

Ze had geen enkel oriëntatievermogen, wist hij, zelfs een pad dat ze al tien keer had gelopen herkende ze vaak niet. Hij keek haar na: een lichte vlek tussen de stammen van de bomen. Als ze huilde, wilde ze alleen zijn. In de zeven jaar dat ze bij elkaar waren had hij haar nooit mogen troosten: ze stond het niet toe. Elke aanraking was verkeerd, was haar te veel. Ze wilde niets zeggen. Ze wilde alleen zijn tot ze weer 'normaal' was.

Lieuwe liep terug naar de kapel en zette zich op een boomstronk. Hij luisterde. Het bos had haar opgeslokt. Alsof ze er nooit was geweest. Misschien is ze wel voor altijd verdwenen, dacht hij, geïnspireerd door de sprookjesachtige entourage van de kapel op de driesprong en het maanverlichte bos. Een ogenblik wás het zo: ze wás weg, verzwolgen door het bos, ze bestond niet meer. Hij was zesentwintig en alles lag nog voor hem open. Hij was vrijgezel, een student op weg naar zijn bul, die zijn militaire dienstplicht vervulde. Vanhier wandelde hij terug naar de kazerne, de enige plek in de stad waar hij iets te zoeken had – de Delpratsingel kende hij alleen van het hardlopen.

Hij spitste zijn oren en luisterde. Soms bleef ze een uur of langer weg. Hij doorzocht de zakken van zijn uniform, hij moest nog ergens een peuk hebben, maar vond hem niet. Soms bedrukte hem het vooruitzicht met een vrouw en weldra een stel kinderen in één huis te moeten leven, voortdurend afgeleid van wat hem bezighield. Het was of hij het niet werkelijk nodig had. Hij kon met zo weinig toe, was met zo weinig tevreden. Net als Friese paarden. Ze zijn sterk, ze werken graag en hebben maar weinig nodig, had een boer eens tegen hem gezegd. Waar was dat geweest? Op een avond, ja, toen hij in het riet lag met zijn boot en naar een boerderij was gelopen om melk te halen. Dina was erbij geweest en had de donkere paarden gestreeld – ze was altijd goed met dieren, ze praatte met ze en ze vertrouwden haar. Zou er ooit nog zo'n avond komen? Waren ze niet gelukkiger geweest zonder dat ene? Toen ze alleen maar kusten en tegen elkaar aan lagen en urenlang praatten? Maar dat was een verloren onschuld. Waarom wilde ze het niet meer, terwijl ze het zelf had gezocht? Was hij zo onhandig geweest? Gaf ze hem zonder het te willen toch de schuld van wat er was gebeurd? Hij probeerde niet te zwaar te tillen aan haar afweer, geduld te hebben, haar niets kwalijk te nemen – en intussen stak het hem en groeide de onrust. Had hij verkeerd gekozen? Was hij gemakzuchtig geweest? Schubert was alleen gebleven. Op zijn eenendertigste had hij al dat kolossale oeuvre geschreven. *Der Erlkönig.* Componeerde hij op zijn achttiende. Op zijn achttiende! Een *Geniestreich,* had zijn professor het genoemd. *Geniestreich,* schitterend woord. Hij vond nu toch de peuk en stak hem op. De uitgeblazen rook bleef hangen in de lucht. Uit verveling stond hij op van de boomstronk, liep naar de kapel en bezag de crucifix, de veldboeketten achter het hekwerk, hij liep terug naar de boomstronk en spiedde in het bos. Hij hoorde de eerste akkoorden van de sonate D. 894, die aarzelende, vragende akkoorden. Hij begon ongeduldig te worden, hij wilde naar huis, hij wilde aan het werk.

5

Dina was steeds dieper het bos in gelopen. Na een paar honderd meter herkende ze al niets meer. Het maanlicht gaf alles een ander aanzien. Ze stond stil. Was dit wel het bos waarin ze altijd wandelde? Ze kwam bij een beek. Het leek de beek die ze altijd overstak, maar toch twijfelde ze er nu aan. Ze liep verder en onder het lopen bukte ze zich en gooide handenvol dorre bladeren omhoog, eerst in de lucht, toen over zichzelf heen.

Opeens stond ze op een open plek waar ze eenmaal eerder was geweest en die ze daarna nooit meer had kunnen terugvinden. Ze herkende hem aan drie majestueuze beuken. Onder een van de beuken trok ze haar schoenen uit, knellend om haar vergroeide voeten, strekte zich uit en gooide nog eens handenvol bladeren over zich heen.

Toen ze eindelijk was gekalmeerd, dacht ze weer aan de pas gestorven vrouw onder wie ze het bevuilde laken had moeten wegtrekken. Ze herinnerde zich dat ze van het laken een prop had gemaakt en het in een mand had geduwd. Rond het bed stonden de witte bedschermen, elders in de zaal lag iemand in zijn slaap te praten. Ze had geen goed geheugen, maar dit tafereel zag ze nog zo voor zich, tot aan de blauwige spataderen op de benen van de vrouw toe. Ze had de mand met het vuile beddengoed weggebracht, ander werk gedaan, terwijl de vrouw werd afgelegd. Vlak voor het einde van haar dienst was ze teruggegaan en stond ze te kijken naar het gezicht van de vrouw, dat zich nu leek te ontspannen. Als kind had ze haar dode grootvader gezien en dat had haar de stuipen op het lijf gejaagd, ze was de kamer uit gerend. Maar dit keer was ze niet bang. Ze keek naar het gezicht van de dode en naar de hand, die een uur geleden nog warm in de hare had gelegen. Eindelijk ben je vrij, had ze gedacht.

Loodzwaar lag ze onder die boom en rookte een sigaret.

Nadat Gregoor eens een steenfabriek had moeten fotograferen, had hij haar een verkeerd gebakken steen laten zien, misvormd in de hitte van de steenoven. Kijk, dat is nou een misbaksel. Hij had ze grappig gevonden, die misbaksels. Vanmiddag had ze ze in zijn huis aan de Oudezijds teruggezien. Hij had er een stel pontificaal op de schoorsteenmantel gezet, op de plek waar zijn vader een kostbare pendule en Chinese vazen had staan. Ze had zich meteen weer aangetrokken gevoeld tot die misvormde stenen.

Dina luisterde naar de stilte in het bos, steeds met de vage verwachting dat iets of iemand haar te hulp zou komen als ze maar diep genoeg doordrong in die stilte. Als kind had ze dat al gedacht. Opnieuw herinnerde ze zich de gestorven vrouw, dat naakte, oude en dode lichaam, dat door de verpleegsters met vereende krachten, zo lomp en ruw, op een zij was gerold. Ze had er een gedicht over willen schrijven. Zoiets als 'De idioot in het bad' van Vasalis. Maar dat kon ze niet. Zoiets zou ze nooit kunnen. Ze had er nu eenmaal de hersens niet voor. De poep en het braaksel opruimen – daar was ze goed voor.

Tegen middernacht was ze aan het bed van de stervende vrouw gaan zitten om haar hand vast te houden, zoals ze had beloofd. Als het zover is, wil je dan... De vrouw lag te hijgen en te rochelen, ze herkende haar misschien niet eens meer. Eerst was ze bang geweest om die zo zwak geworden hand – nog altijd een geduchte werkklauw om te zien –, om die hand van een vreemde en stervende vast te houden. Maar toen was die ommekeer gekomen, alsof ze de vrouw in een ander licht was gaan zien. Toen had ze het gekund en urenlang bij haar gezeten, nu en dan opstaand om haar uitgedroogde lippen te bevochtigen. Precies toen ze tegen het ochtendgloren even bij haar was weggeglipt, was de vrouw gestorven.

6

Lieuwe zag haar aankomen over het bospad, nu eens in het donker onder de bomen, dan weer in een plas maanlicht. Hij barstte zo ongeveer van ergernis en ongeduld. Hij had nog willen lezen en genieten van haar gezelschap na een week vol ontberingen. Hij had zich kwaad gemaakt en haar in gedachten toegesproken over 'gewoon doen' en 'niet zoveel aandacht besteden aan stemmingen'. Nu zag hij haar naderen tussen de boomstammen en aan de manier waarop ze liep kon hij al zien dat ze zich beter voelde. Zijn woede verdween.

Hij liep haar tegemoet. Mijn vrouw, zei hij tegen zichzelf, zich verwonderend over het feit dat hij in een bos zijn zwangere vrouw tegemoet liep. Dina zei niets, hing meteen om zijn hals, zoals hij had gehoopt dat ze bij zijn thuiskomst zou doen, en kuste hem.

'Het is over, hoor,' zei ze om hem gerust te stellen. 'Ik ben weer normaal. Ik vind het zo naar dat ik er niet was toen je thuiskwam. Ik ben de afgelopen week zo *down* geweest, gewoon niet mijzelf. Laten we elkaar een kus geven voor de kapel. Dan is het allemaal weer goed.'

Onwillig liet Lieuwe zich meeslepen en kuste haar voor het ijzeren hek van de kapel.

'Je moet me helpen,' zei Dina. 'Als ik je dichtbij voel, gaat alles beter.'

Ze liepen terug naar de stad. Dina hing aan Lieuwes arm. Ze hield van zijn lieve, zachte ogen. Het kinderlijke en op zichzelf gerichte, dat nog zo in hem zat, zou wel verdwijnen als hij eenmaal vader was geworden. Zijzelf zou een streep zetten onder het verleden. Ze voelde het kind bewegen. Toen ze de Delpratsingel bereikten, had ze zichzelf er weer van weten te overtuigen dat ze op aarde was om te dienen. Een hogere opdracht was er niet.

DEEL TWEE

1959-1960

TERUG NAAR DE METSUSTRAAT

1959

I

WINTER IN FRIESLAND

1

Boven het huizenblok in de verte stond de rode winterzon. Abel zag hem door een kleine cirkel in de ijsbloemen die hij met zijn adem had gemaakt. Naast hem stond zijn broertje Otto, net als hij in pyjama met een trui eroverheen en dikke sokken aan zijn voeten. Ze waren wakker geworden en uit bed gegleden, aangetrokken door de waaiers van ijsbloemen op het raam.

Terwijl hij naar buiten keek, gleed zijn tong naar de holte in zijn mond. Napijn klopte.

Hij maakte het gaatje groter en zag het braakliggende en besneeuwde terrein tussen vier blokken nieuwbouwwoningen. De kou hing als een damp boven het veld. Kraaien fladderden om een berg aarde. Hij was wakker geworden toen zijn moeder beneden de kolenkachel opporde en nu zag hij haar naar buiten komen, een sjaal om haar hals geslagen, om de asla leeg te strooien op het pad naar het schuurtje. De jongens liepen naar de studeerkamer aan de voorkant van het huis en maakten ook daar kijkgaatjes in de ijsbloemen op het raam. Besneeuwde velden tot aan de horizon, het zwarte profiel van een hoeve omringd door bomen. In de voortuin de drie kale berken. Een auto reed stapvoets voorbij tussen de sneeuwranden aan weerszijden van de weg.

Abel sperde zijn mond open om Otto de bebloede holte te laten zien.

De avond tevoren was hij uit bed gehaald en slaapdronken naar beneden gebracht. Er brandden alleen twee schemerlampen, de gordijnen waren gesloten. Hij was in de kleine fauteuil van zijn moeder gezet. Een onbekende man had zich over hem heen gebogen – hij had de kou nog bij zich –, met zijn vingers zijn mond geopend, naar zijn pijnlijke kies gekeken en er wat aan gewrikt. Hij haalde zijn instrumenten uit de zak van zijn jas en legde ze op een bord. Ze tikten kil op het aardewerk. Toen pakten zijn ouders hem vast, zijn moeder drukkend op zijn knieën, zijn vader zijn armen naar achter trekkend, terwijl ze kalmerend op hem inpraatten. Met zijn sterke vingers duwde de man zijn weerspannige mond open. Koel metaal gleed langs zijn lippen. Hij probeerde flink te zijn, zoals hem was opgedragen. Maar toen zijn zere kies door de tang werd omklemd, was hij gaan schreeuwen en spartelen, meer van schrik en woede dan van pijn. Ondanks de behoedzaamheid van zijn vader en moeder was het voor de net wakker geworden jongen een overval. Hij sliep nog half, de droomwereld was nog dichtbij. Voor hem was het of zijn ouders hem hadden overgeleverd aan een onbekende man, aan een gruwelijke rite in een halfdonkere kamer.

Toen hij die zondagochtend beneden kwam, was hij half en half afkerig van zijn ouders. Met tegenzin liet hij zijn moeder in zijn mond kijken en hij meed zijn vader, die in de voorkamer aan de piano zat. Hij zag de kleine fauteuil waarin hij de vorige avond was vastgehouden en bleef erbij weg. Steeds drukte hij zijn tong tegen de kloppende holte. Zijn vader trok hem op zijn knie. Hij liet hem met een wijsvinger een deuntje van een paar noten spelen en speelde er zelf omheen. Abel speelde met tegenzin.

Na het ontbijt vertrok zijn vader om in de kerk orgel te spelen. Abel bleef met zijn moeder, zijn broertje en zusje thuis, in de nu behaaglijk warme kamers en keuken, nog steeds in pyjama. Hij wist niet wat hij moest doen en stond in de voorkamer voor het raam naar de besneeuwde tuin te kijken, naar de drie berken, met zijn tong onophoudelijk de wond betastend. In zijn ene hand hield hij *De gele taxi*, zijn eerste boek, in de andere een rood met grijs geschilderde vrachtwagen, zo groot als zijn pink, zijn mooiste auto.

Om hem af te leiden zette zijn moeder een plaat op. Zittend op de vloer bij de radio en pick-up luisterde hij naar de muziek: vier korte pianostukjes – licht, helder en melancholiek – die hem altijd betoverden. Terwijl hij naar de draaiende plaat keek, naar de naald op het zwarte vinyl, kwam zijn broertje naast hem zitten, leunde met zijn kin op een opgetrokken knie en liet een auto over de ribbels van de kokosmat rijden. Abel zag opeens Otto's kin op diens knie, zoals hij dat nog nooit had gezien, hij zag zijn eigen knieën, zijn eigen lichaam. Hij zag de dingen om zich heen en alle dingen leken eenzaam. Ook uit de muziek en de besneeuwde wereld buiten kwam de eenzaamheid.

2

Hij werd die dag samen met zijn broertje meegenomen naar een kortebaanwedstrijd. Hij had nooit eerder zo'n wedstrijd gezien. Hij wist niet dat het bestond. Rond de ijsbaan zag het zwart van de mensen. Hij hoorde een stem uit een luidspreker schallen en ontdekte bij een houten keet een tros luidsprekers aan een paal. Er werd gedronken uit dampende bekers en kleine glazen. De mensen stampten met hun voeten op het ijs om ze te warmen. In een haag van toeschouwers stonden ze aan de rand van de baan.

Twee lange knapen stelden zich naast elkaar op, zakten door hun knieën en bogen zich voorover. Er klonk een schot, gevolgd door geschreeuw. Met maaiende armen en klauwende schaatsen vlogen de rijders weg. Ze flitsten voorbij. Een ogenblik hoorde Abel hun ijzers. Hij keek ze na tot ze aan het eind van de baan over de finish gingen.

Vijf, zes paren zag hij voorbijflitsen. Toen trok hij zijn vader aan zijn mouw en zei: 'Kunnen we niet dáár gaan staan?' Hij wees naar het eind van de baan.

'We staan hier toch goed? Op de eerste rij.'

'Maar daar zien we ze aankomen.'

Even later stonden ze recht tegenover de finish, nu met zicht op het hele verloop van de wedstijd. Terwijl Abel het schouwspel in zich opnam, hield hij de hand van zijn vader stevig omklemd en nu en dan keek hij met een verrukt gezicht naar hem op.

Een van de rijders stond vlak voor hen uit te hijgen en moest zich tegen spottende opmerkingen uit het publiek verweren. Abel schrok ervan. Intussen keek hij naar de stalen noren van de man, schaatsen waarop alleen hardrijders reden, naar de trainingsbroek die hij in zijn sokken had gestopt, naar de trui die hij met een riem om zijn middel had gesnoerd en de korte das om zijn hals. De man hijgde zwaar: in snelle stoten kwamen de witte pluimen uit zijn mond. Hij spuwde op het ijs. Abel begreep niet goed wat er werd geroepen, hij trok aan de mouw van zijn vader en vroeg:

'Waar gaat het over?'

Zijn vader boog zich voorover en zei vlak bij zijn oor:

'De mensen vinden dat hij er te oud voor wordt en dat hij er maar beter mee uit kan scheiden.'

'Omdat hij zo hijgt?'

'Stil, jongen. Het zijn maar grappen.'

Later zag hij de winnaar van de wedstrijd: een jonge kerel met een glunderend gezicht die met een krans omhangen en zwaaiend langs het publiek reed. 't Is Ypma weer, werd er om hem heen gezegd, 't is Ypma weer. Nooit vergat hij die naam.

3

De vorige winter had hij zijn eerste schaatsen gekregen. Een smal stuk hout dat aan de voorkant opkrulde, een stuk ijzer eronder dat door liep tot achter het hout. Bij de voorvoet en de hiel waren gaten in het hout geboord voor twee leren banden, waar een lange veter doorheen was gehaald. Friese doorlopers werden ze genoemd. Ze waren tevoorschijn gekomen uit vergeelde kranten. Zijn vader had de ijzers met schuurpapier van roest ontdaan en ze in het vet gezet. Er was een nieuwe veter door de leren banden gehaald. De plechtige woorden van zijn vader – 'je grootvader heeft hier als jongen nog op gereden' – hadden de ultieme aanbeveling voor deze schaatsen moeten zijn.

Abel had geprobeerd er blij mee te zijn. Hij wilde niets liever dan blij zijn met zijn eerste schaatsen. Hij had ze zelfs mee naar bed genomen om ernaar te kijken. Maar in bed had hij nog sterker gevoeld dat hij er nooit van zou kunnen houden. Het waren en bleven oude schaatsen. Het hout was dof, het leer had zijn soepelheid verloren en was gebarsten, en waar de naam van de fabriek in het ijzer was gestanst – juist daar waar de nieuwheid van de schaatsen stralend had moeten blijken – was de roest blijven zitten. Bovendien waren ze te groot. Hoe hij zijn schoenen er ook op zette, hoe hij ze ook onderbond, de schaatsen bleven te groot. Elke blik erop stemde hem treurig.

Op een brede sloot in de besneeuwde velden had hij leren schaatsen. Nadat hij aan de hand van zijn vader zijn eerste slagen had gemaakt, leerde hij met letterlijk vallen en opstaan. Hij hield er niet van om onderwezen te worden en wilde ook de halfhartige inzet en het ongeduld van zijn vader niet langer voelen. Laat mij maar, zei hij, ik leer het zelf wel. Schaatsen achter een stoel, zoals sommige kinderen deden, was hem te min.

Leren schaatsen was zijn eerste grote beproeving. De smakken die hij maakte schokten niet zozeer zijn kleine lijf als wel zijn zelfvertrouwen, altijd wankel. Elke val was een vernedering. Schaatsen leren was onophoudelijk falen. Zijn ergernis richtte zich op de eerst nat geworden en vervolgens stijf bevroren wollen handschoenen, op de ook al bevroren veters, die hij met verstijfde vingers moest lospeuteren om zijn schaatsen opnieuw onder te binden. En de schaatsen zelf ergerden hem: te groot, oud, versleten. Soms kon hij niets anders meer dan naar de andere kinderen kijken, naar zijn jongere broertje, dat zijn onevenwichtigheid en razernij niet leek te kennen en het rustig en geduldig bleef proberen. Merkwaardig plat voelden de zolen van zijn schoenen aan als hij eindelijk weer op de straatweg naar huis liep. Soms meed hij dagenlang het harde en meedogenloze ijs.

Maar op een middag wist hij voor het eerst het eind van de sloot te bereiken, ver van de laatste huizen. Daar doorgloeide hem het geluk, terwijl hij zich vasthield aan een paaltje en de kramp in zijn voeten voelde wegtrekken.

Nadat zijn vader hem had meegenomen naar de kortebaanwedstrijd, schaatste hij plotseling beter. Zijn slagen werden krachtiger. Hij reed ook niet langer in zijn onhandig dikke winterjas, maar met twee truien over elkaar, die hij met een riem om zijn middel had gesnoerd – die riem maakte hem een hele zaterdag gelukkig. Het lukte hem nu opeens om zonder te vallen van het begin naar het eind van de sloot te schaatsen.

Op een late middag was hij er alleen met twee mannen. De zon was dik en rood achter de horizon verdwenen. De temperatuur daalde. Maar zijn lichaam gloeide. In het donker ging hij door met schaatsen bij het licht van die ene straatlantaarn op de weg en van de opkomende maan. De hele ijsvloer had hij in de loop van de middag in zijn geheugen geprent: hij wist elke barst en scheur te zitten, elke rietpol die hem ten val kon brengen. Met maaiende armen schaatste hij op en neer, genietend van zijn plotselinge kunnen. De mannen sloegen geen acht op hem, maar zolang zij er waren kon hem niets overkomen.

Aan het eind van de sloot stond hij steeds uit te hijgen, zonder zich vast te houden aan het paaltje, en ver van de huizen onderging hij de eenzaamheid van de besneeuwde velden, die zich opmaakten voor de nacht. Hij keek naar een hek, dat de hele nacht alleen zou zijn in de ijzige kou. Geheimzinnig was het om daar te staan – aan de rand van de wildernis.

II

HET KIND VAN DE ZONDE

1

Er werd een koffer van zolder gehaald. Er werden kleren gestreken en klaargelegd. Zijn moeder schuierde haar zondagse mantel af en kwam thuis met nieuwe leren handschoenen. Hijzelf moest naar de kapper. Dagenlang werd het vertrek voorbereid. Hij zou alleen met zijn moeder gaan. Hij vroeg waarom zijn broertje niet mee mocht en zei dat hij dat veel liever had dan alleen meegaan, maar zijn moeder hield hem voor dat dat te druk zou zijn voor zijn grootouders, die al oude mensen waren. Aan haar nervositeit merkte hij dat het voor zijn moeder om een belangrijk bezoek ging.

Het was nog donker toen ze opstonden en nog donker toen ze naar de bushalte liepen. Hij rook de kou. In de lichtbundels die de bus door het duister wierp dreef een witte damp.

De bus reed langzaam, van het ene dorp naar het andere, terwijl de hemel grijze en roze tinten kreeg en de zon boven de horizon verscheen. Op elke halte golfde de kou door de geopende deuren naar binnen. Onder de schoenen van de passagiers vormden zich plassen op de rubbermatten. Buiten verdween het land alweer in een dichte sneeuwjacht.

Ze stapten uit in het dorp waar het spoor begon. In de hal van het kleine station kocht zijn moeder kaartjes. Hun verre bestemming baarde enig opzien en werd van achter het loket opgewekt van commentaar voorzien. Hij zag dat zijn moeder de man, die Fries sprak, niet goed verstond en maar wat lachte. In de wachtkamer keek hij naar de sneeuwjacht, naar de lege bus voor het station, de mensen die binnenkwamen en de sneeuw van zich af klopten.

Er kwam een man binnen in een lange leren jas waar hij kranten onder had gestopt tegen de kou. Er werd gesproken over de strenge winter, over dorpen die onbereikbaar waren geworden en auto's die over het ijs reden, over nog strengere winters van lang geleden.

In de trein genoot Dina van de plotselinge vrijheid. Op het station van Leeuwarden, waar ze moest overstappen, gebruikte ze de wachttijd om in de restauratie een kop koffie te drinken en ze nam er ondanks het vroege uur een broodje met warme worst bij, waar de juffrouw achter het buffet de mosterd lekker dik op streek. Als gevolg van bevroren wissels moest ze langer dan een uur wachten op aansluiting, maar het deerde haar niet. In de drukke restauratiezaal keek ze haar ogen uit naar de mensen.

Ze herlas het laatste briefje van haar vader. Haar moeder werd oud en stil, schreef hij. Hij drong erop aan dat ze zou komen.

'Ik ga nóg zo'n lekker broodje halen,' zei ze.

Abel hoorde haar maar half. Hij keek naar twee mannen op klompen, die zich gelijktijdig vooroverbogen naar de kelkjes jenever die voor hen op tafel waren gezet, boordevol. Dina liep naar het buffet, naar dezelfde buffetjuffrouw als zoëven. Toen ze terugkwam zat de jongen nog steeds naar de mannen te kijken. Sigarenrook hing om hun gegroefde koppen.

'Niet zo kijken,' zei ze.

Ze sneed het broodje doormidden en gaf de helft aan Abel. Met haar vingers veegde ze de restjes mosterd van het bord en likte ze af. Toen ze verzadigd achteroverleunde, herinnerde ze zich dat ze die nacht van haar moeder had gedroomd. Ze had haar voor zich gezien in haar nachthemd en met loshangende witte haren.

In de trein las ze het tijdschrift dat ze had gekocht en liet het kind meekijken naar de foto's. Lange tijd stonden ze stil in de besneeuwde velden, zonder te weten wat er aan de hand was. Maar haar deerde het niet. Uur na uur genoot ze van de vrijheid, met een uitbundigheid die ze lang niet had gekend.

2

Op het Centraal Station bespeurde ze in zichzelf de eerste wankeling. De drukte overviel haar. Verbaasd keek ze naar de dichte rijen auto's die voor het station langsgleden en ze omklemde Abels hand. Meer dan een jaar was ze niet in Amsterdam geweest. Ze was gewend geraakt aan stille straten waar slechts nu en dan een auto voorbijkwam en de mensen opkeken als er een auto naderde om te zien wie erin zat. Ze voelde zich een provinciaaltje. Zeven jaar woonde ze nu op het Friese platteland, in een uithoek van de provincie, alle kleren die ze droeg had ze daar gekocht. Maar het was iets anders wat haar zelfvertrouwen aan het wankelen bracht, terwijl ze kort tevoren nog een trotse moeder was die met haar oudste zoon bij haar ouders op bezoek ging.

Intussen viel de jongen als een blok voor de trams. Onmiddellijk zag hij de nummers van de tramlijnen, die in de beugel op het dak van de voorste van de twee wagons hingen. Grote cijfers, die door de grijze lucht gleden. Wel tien van die beugels met cijfers zag hij boven het stationsplein, terwijl hij aan de hand van zijn moeder naar de halte liep. Onder het lopen trok hij de capuchon van zijn hoofd om beter om zich heen te kunnen kijken en meer te kunnen zien.

'We nemen lijn 16,' zei Dina.

Het uitspreken van het zo vertrouwd klinkende 'lijn 16', die hen naar de Metsustraat zou brengen, bracht haar innerlijk nog meer aan het wankelen. Toen ze bij het instappen haar oude en gebutste koffer in de wagon zette, kwam het ding haar opeens armoedig voor en het ergerde haar dat ze van Lieuwe, altijd zuinig, geen nieuwe had mogen kopen. De tram reed de bekende route door de stad. Het kind stond tussen haar knieën bij het raam, het praatte, vroeg en wees. Dina gaf antwoord, maar haar aandacht was er niet bij. Ze voelde een lichte misselijkheid opkomen.

In de Metsustraat stapten ze uit en staken de weg over in een bruinwitte smurrie, waar ze tot hun enkels in wegzakten. Abel merkte dat zijn moeder gespannen was en werd het zelf ook. Hij registreerde al haar stemmingen. Nu merkte hij het aan de manier waarop ze hem meetrok, terwijl hij nog de wegrijdende tram stond na te kijken.

3

Na zeven jaar was er in de logeerkamer niets veranderd. Dezelfde meubels als toen. Boven het hoofdeind van het bed hing nog altijd de ets van een schaapskooi op de hei met op de voorgrond een herder die er in de avond zijn kudde heen dreef. De rozen in het behang waren misschien iets meer verbleekt. De deuren van de klerenkast klemden, zoals altijd. Toen Dina er haar kleren in ophing, herkende ze de geur van mahoniehout vermengd met die van lavendel.

Ze had meteen de vitrage opzijgeschoven en het raam geopend om frisse lucht binnen te laten, ook al was die ijzig koud.

De koffer stond geopend op het bed. Het kind van de zonde zat ernaast, het volgde haar bewegingen en nam intussen de kamer in zich op – de kamer waar het was verwekt, zeven jaar geleden.

'Je hebt hier nog in de broodmand geslapen,' zei Dina.

'Toen was ik nog een baby.'

'Vier maanden was je. Zo'n klein frommeltje.'

Het was de eerste keer dat ze hier met hem en Lieuwe had gelogeerd. Omdat er geen wieg was, had ze de broodmand uit de keuken gehaald en er een wieg van gemaakt. Ze herinnerde zich die mand, de geïmproviseerde wieg van toen – het had iets avontuurlijks gehad. Ze herinnerde het zich ook omdat het die nacht zo verschrikkelijk had gestormd. In de straat waren takken van de bomen afgebroken, dakpannen waren op het wegdek uiteengespat. Het was angstaanjagend. Ze hadden er wakker van gelegen. De volgende ochtend had de radio gemeld dat op de Zeeuwse en Zuid-Hollandse eilanden de dijken waren gebroken, dat halve eilanden onder water waren verdwenen. Terwijl zij in hun bed lagen, de baby in de broodmand, waren daar honderden mensen verdronken.

Dina keek naar de jongen, die naast de koffer op de rand van het bed zat, bengelend met zijn benen, verwachtingsvol. Toen hij zag dat ze naar hem keek, glimlachte hij naar haar en begon zijn benen nog sneller te bewegen.

'Niet doen, lieverd.' Ze wilde het geluid van het bewegende bed niet horen. 'Help me maar met uitpakken.'

Er werd geklopt. Haar vader kwam binnen, handenwrijvend, kwiek, snaaks – zoals hij altijd binnenkwam. De glazen van zijn montuurloze bril glinsterden, zijn statige, kale schedel glansde. Nerveus schraapte hij zijn keel voordat hij begon te praten. Dina rook dat hij zich had opgefrist na zijn middagdutje, zoals hij altijd deed. Ze rook de lotion die hij op zijn schedel wreef en een vage lucht van sigaren. Ongewild keerde ze hem de rug toe en begon kleren in de kast te leggen.

III

HET STILLE HUIS

1

In het huis van de grootouders heerste stilte. Harde geluiden waren hier uit den boze. Nooit verhief iemand zijn stem. Voetstappen werden overal gedempt door tapijten. Wanneer de radio aanstond, speelde hij zacht. Het meeste geluid kwam uit de keuken, als de keukenmeid Agaath er aan het werk was. Dat werd als 'hinderlijk' ervaren. Maar als zij na het middageten naar huis was gegaan, was het ook daar weer stil.

Abel sloop weg bij de volwassenen. In de gang hingen tochtgordijnen voor de deuren van voor- en achterkamer. De jongen stond erachter in het halfdonker, in een heerlijke verborgenheid, en luisterde naar de schaarse geluiden: het gesprek van zijn moeder en grootouders aan de andere kant van de deur, het geluid van een kopje dat op een schotel werd gezet, het slaan van de pendule, het dreunen van een passerende tram. Door een kier in het gordijn zag hij de tochtdeur naar de vestibule en op het glas, in grijswit, de voorstelling van een man en een vrouw onder een boom met een hondje aan hun voeten. Hij duwde de tochtdeur open en daalde af naar de vestibule. Het geluid van het verkeer werd sterker. Wanneer hij de brievenbus opende, hoorde hij de tram haast of hij zelf buiten stond en voelde hij de winterkou langs zijn gezicht strijken.

Hij sloop de trap op, onhoorbaar op de dikke loper. De koperen roeden glansden. Wanneer hij eenmaal boven was, bonsde zijn hart. Hij stond zo lang stil dat het was of hij tot het meubilair op de overloop ging behoren, of er tegen zijn aanwezigheid geen bezwaar meer was. Door daar een tijdje bewegingloos te staan maakte hij zich ook los van de macht van zijn grootouders. Hier heersten de dingen en geleidelijk aan schenen ze hem toe te laten in hun midden.

Hij richtte zijn blik op de badkamer, waarvan de deur op een kier stond. Ook het binnengaan van de badkamer vereiste tijd, ook daarvoor moest hij op de een of andere manier toestemming zien te krijgen en ook die verkreeg hij door roerloosheid. Terwijl hij wachtte en zichzelf onderdanig probeerde te maken aan de dingen, zag hij het winterse licht, een stuk van de marmeren vloer, en rook een onbekende geur. Het was vooral deze geur, de geur van anderen, die hem de toegang tot de badkamer verbood.

Nooit eerder had hij een badkamer gezien. Er stond een badkuip op leeuwenpoten, half en half aan het oog onttrokken door een wit gordijn eromheen, dat afhing van een rails aan het plafond. Hij liep naar de badkuip om zich over zijn grootte te verbazen, hij boog zich, op zijn tenen staand, over de rand, legde zijn hand op de kranen en duwde huiverend van afschuw zijn vingers in de brede bek om te voelen of er nog water in zat. Hij stond voor de twee wasbakken en keek naar de tubes, doosjes, flesjes en potjes die onder de spiegels in het gelid stonden. Overal glansde het van koper en chroom.

De geur in de badkamer was er vooral een van zeep en rubber. Op de wasbakken lagen blokken Savon de Marseille, en in de zachte en zoete zeeplucht drong zich de wrange geur van rubber. Hij kon niet ontdekken waar die vandaan kwam, totdat hij onder de badkuip een rode nap met een stok eraan zag liggen. Hij wist niet wat het was, maar toen hij op zijn knieën ging liggen om het voorwerp te bekijken, kwam de geur van rubber hem tegemoet. Het was een geur die hem weerzin inboezemde. In het ziekenhuis was een rubber kap over zijn neus en mond gedrukt toen zijn amandelen geknipt moesten worden. Nog altijd herinnerde de wrange geur van rubber hem aan die dwelmkap, die hem onverwacht achterover in het duister had doen tuimelen.

Niet lang durfde hij zich in de badkamer op te houden. Even onderging hij de betovering van het grijze licht, van de stille voorwerpen, de geuren, de badkuip achter het gordijn. Toen begon hij zich een indringer te voelen. De dingen, die hij eerst had weten te bezweren, keerden zich weer tegen hem, en haastig trok hij zich terug.

2

’s Avonds lag hij met open ogen in het donker van de logeerkamer. Hij hoorde de tram remmen voor de halte en weer optrekken. Wanneer in de dwarsstraat een auto naderde, gleed het licht van de koplampen als een grote zoekende hand door de kamer.

Op de tweede avond durfde hij uit bed te komen en naar het raam te gaan. Hij schoof de gordijnen verder open. Op het balkon glinsterde de sneeuw. Om de straat te kunnen zien klom hij op een stoel. Hij keek naar de trams. Twee spaarzaam verlichte wagons met donkere silhouetten achter de ramen. Vanaf zijn hoge standpunt kon hij zelfs in de wagons kijken en de lege banken zien. Hij volgde de passagiers die waren uitgestapt met zijn blik tot hij ze uit het oog verloor en wachtte dan op de volgende tram.

In bed dacht hij aan Samuël, die door zijn ouders naar de tempel was gebracht om voor de hogepriester te werken. Aan de tekeningen van Jetses in de kinderbijbel ontleende zijn brein de beelden. De muren van gehouwen steenblokken, de voorhof en de zuilen van de tempel kon hij zich goed voorstellen. Hij zag ook de olielamp die ’s nachts in de tempel het heilige der heiligen verlichtte – Samuël sliep daar vlakbij – en daar de ark des verbonds waarop het bladgoud glansde, de stokken waarmee de ark kon worden opgetild en gedragen, de twee engelen met hun gespreide vleugels op de korte zijden. Zijn vader had hem het verhaal van Samuël voorgelezen. Abel herinnerde zich hoe hij de stem had nagebootst die de uit zijn slaap gewekte jongen hoorde, de zachte en steeds dringender stem die zei: ‘Samuël… Samuël… Sa-muël!’ Eerst had hij gemeend dat het de hogepriester was die hem riep en ging hij naar hem toe. Maar na de derde keer bleef hij liggen in zijn aardedonkere kamer en antwoordde, zoals de hogepriester hem had opgedragen: 'Spreek Heer, uw knecht hoort.'

Hij was Samuël en voelde zich veilig in de tempel, bij de hogepriester en de ark, door engelen bewaakt. Overdag rende hij door de straten van Jeruzalem om boodschappen te doen, en al rennend veranderde hij in de jongen die zijn vader het blindengeleidejongetje had genoemd, degene die de blind gemaakte en geboeide Simson naar de tempel van de Filistijnen had geleid. Net als op de tekening van Jetses zag hij de reus met zijn afgesneden haren en het naar hem opkijkende jongetje schuin van achteren.

Zo dwaalde hij door bijbelse geschiedenissen, door de tot leven gekomen tekeningen van Jetses, tot hij insluimerde. Rond elf uur werd hij door zijn moeder overeind gehesen om te plassen. Slaapdronken leunde hij tegen haar borst, zijn hoofd op haar schouder, en hij sliep alweer wanneer ze naast hem in bed gleed.

3

'Dag kind.'

Stil en afwezig zat zijn grootmoeder in haar fauteuil. Een groot deel van haar dagen bracht ze door in die fauteuil voor het raam aan de Metsustraat. Halverwege de zeventig was ze, een afgeleefde vrouw, verzwakt door de eindeloze reeks kwalen en kwaaltjes die haar leven hadden beheerst. Ze was ervan overtuigd dat God haar dat alles had opgelegd en dat Hij daar zijn bedoeling mee had. Misschien was het om haar trots te breken. Misschien was het om haar altijd dicht bij Hem te laten zijn, want haar pijnen brachten haar dicht bij Hem. Ze hadden haar geleerd deemoedig te zijn. Maar ondanks Gods bedoelingen had ze haar hele leven dokters bezocht, ze had er stad en land voor afgereisd, tot diep in de Achterhoek en de Peel was ze doorgedrongen, in nederige stulpen was ze binnengegaan, op zoek naar genezing. Nu was dat alles voorbij. Ze bezocht ze niet langer, haar kruidendokters, iriscopisten, magnetiseurs, helderzienden en wichelaars. Ze probeerde niet langer het raadsel van haar kwalen te doorgronden. Ze nam alleen nog druppels uit bruine flesjes en zat hele dagen stil voor zich uit te staren.

Mevrouw Houttuyn begon 'te verlangen naar haar Schepper', zoals dat werd uitgedrukt in de prekenbundels die ze altijd graag had gelezen.

Ze streelde het haar van haar kleinzoon, zijn wangen, zijn arm en laafde zich nog een ogenblik aan zijn jonge lichaam. Met tegenzin onderging Abel haar streling, verlegen, niet in staat iets te zeggen. Zijn grootmoeders handen waren overdekt met kleine, bruine vlekken. Door haar witte haren heen zag hij haar hoofdhuid schemeren. Haar krachteloze handen beefden. Algauw verschoof hij ongeduldig een voet.

'Mag ik naar de schelp kijken?'

'De schelp? Natuurlijk, kind.'

Achter haar fauteuil stond op hoge poten een glazen kastje, waarin een schelp werd bewaard. Hij was aan de andere kant van de aardbol uit de oceaan opgedoken en door meneer Houttuyn bij zijn antiquair gekocht. In de zitkamer was dit het voorwerp dat de jongen het meest aantrok en intrigeerde. De schelp was uitzonderlijk groot. Hij wist niet dat er zulke grote schelpen bestonden. Aan de buitenkant was hij wit, aan de binnenkant was hij van een glad en glanzend roze. Twee roze welvingen, die bijeenkwamen in een spleet, vormden de opening tot de onzichtbare binnenkant van de schelp. Hem trok die binnenkant. Nooit zou iemand zijn vingers door die nauwe opening schuiven, tastend naar het binnenste van de schelp. Het hield hem bezig dat nooit iemand de binnenkant van de schelp zou kunnen zien, dat die binnenkant altijd alleen en ongezien was.

Een familielid dat in de dokken van de marinewerf bij het Arsenaal had gewerkt, had de schelp van een scheepswand geplukt – zo luidde het verhaal van zijn moeder, die hem alleen maar had verteld wat zij zelf als kind over die schelp had gefantaseerd en vervolgens was gaan geloven. In een vissershaven in het noorden had Abel een boot in een dok zien liggen, de romp bedekt met wieren. Terwijl hij om het glazen kastje heen draaide en de schelp van alle kanten bekeek, de ruwe en de gladde gedeeltes, het parelmoer en de glanzende roze welvingen, was er steeds een beeld van een scheepsdok, veel groter nog dan hij had gezien, met daarin een oorlogsschip dat uit verre zeeën was teruggekeerd en een man die een ladder tegen de romp zette, erop klom en uit het aangroeisel een schelp plukte, precies deze, nadat hij die tussen de slierten zeewier had ontdekt.

'Nu is het wel genoeg, kind.'

Lang mocht hij er nooit naar kijken, want zijn grootmoeder hield er niet van als er 'iemand achter haar stond'. Ze had inmiddels een prekenbundel opengeslagen en vroeg hem naast haar te komen staan. Haar wijsvinger gleed langs de regels, terwijl de jongen bedeesd zinnen voorlas die voor hem net zo mysterieus waren als de schelp in het glazen kastje.

Zo groot en roerloos als zijn grootmoeder was, zo klein en beweeglijk was zijn grootvader. Zijn kale en glanzende hoofd, dat de kleur had van oud ivoor, imponeerde de jongen. Passend bij die glanzende kaalheid leken zijn fonkelende brillenglazen en de kromme neus, waarover de huid strak spande. Hij had grote, vlezige oren.

Om het kind te vermaken boog meneer Houttuyn zich voorover en liet hem zien dat hij zijn oren onafhankelijk van elkaar kon laten bewegen. Op en neer gingen ze aan dat kale hoofd. Abel had er gauw genoeg van. Hij hield er ook niet van als zijn grootvader zo dicht bij hem kwam met zijn gezicht, zijn naar pepermunt en sigaren ruikende adem.

Maar veel succes had de grootvader met het horloge dat hij in zijn vestzak droeg. Aan de gouden ketting, die aan een van de knoopsgaten van zijn vest was bevestigd, trok hij het tevoorschijn, nam het in zijn hand en klapte het deksel open. Het was een zelfbewust gebaar, dat zonder haast werd gemaakt. Bedaard ook werd het horloge dichtgeklapt en in de vestzak geschoven, waarop het opzijgeschoven jaspand weer in positie werd gebracht.

Zittend op een eetkamerstoel liet meneer Houttuyn de jongen

naar zijn horloge luisteren. Hij moest zich daartoe opstellen tussen de knieën van zijn grootvader. Hij mocht het gouden klepje bekijken. Van dun, geplet goud was het en in het goud was een voorstelling gegraveerd die zijn grootvader hem uitlegde: de zonnewagen, getrokken door vier paarden. Het horloge werd tegen zijn oor gedrukt. Hij hoorde het tikken, een ragfijn en precies tikken, heel snel. Hij drukte zijn oor steviger tegen het glas voor de wijzerplaat om het beter te horen. Zo ragfijn klonk het, zo precies en regelmatig was het en van zo'n opgewekt, snel tempo! Er was iets in dat tikken wat hem hypnotiseerde. Hoe weinig op zijn gemak hij zich ook voelde tussen de knieën van zijn grootvader, hij moest ernaar luisteren.

4

Tijdens de maaltijden werd Abel geacht zijn mond te houden en alleen iets te zeggen als hem wat werd gevraagd. Zijn grootouders vroegen hem zelden iets. Maar op een dag liet zijn moeder hem vertellen over wat hij had gezien op de ijsbaan. Hij vertelde over de kortebaanwedstrijd en om over zijn verlegenheid heen te komen begon hij steeds sneller en luider te praten en ook steeds meer met een Fries accent.

'Wat spreekt dat kind toch lelijk,' zei mevrouw Houttuyn, toen hij was uitverteld.

'Lelijk?' Dina kreeg een kleur.

'Je hoort gewoon dat hij opgroeit tussen de boerenpummels.'

'In het hoge noord'n,' zei meneer Houttuyn en hij probeerde de laatste n in te slikken in een poging een noordelijk accent na te bootsen.

'Op straat praat hij met de andere kinderen Fries,' zei Dina, 'maar in huis gewoon Nederlands. Ik hoor niets lelijks.'

'Kind,' zei haar moeder, 'dat kún jij ook niet horen, want je zit er elke dag tussen.'

'Tuss'n de boer'npummels,' zei haar vader snaaks.

'Ik begrijp niet waar u zich druk om maakt,' zei Dina met verstikte stem.

Er viel een stilte.

'Ik vind dat opa en oma Amsterdams praten,' zei Abel toen. 'Maar dat kunnen zijzelf natuurlijk niet horen.'

Er viel een nog langere stilte. Meneer Houttuyn schraapte zijn keel. Nu moest hij handelend optreden, zijn gezag laten gelden. Hij schraapte nogmaals zijn keel. Toen was zijn vrouw hem voor.

'Kind,' zei ze tegen haar dochter, 'je mag die jongen wel eens betere manieren leren.'

'Manier'n,' grapte meneer Houttuyn.

Nadien voelde het kind zich verstarren zodra het alleen was met zijn grootouders. Hij vroeg zijn grootvader niet meer of hij naar zijn horloge mocht luisteren, naar de schelp keek hij niet meer en zijn grootmoeder voorlezen wilde hij ook niet langer. Hij stond bij het raam naar buiten te kijken. Zijn verblijf in het stille huis had iets treurigs gekregen.

IV

DE MANTEL DER LIEFDE

1

Tussen zijn moeder en zijn tante Cora in, stevig bij de hand vastgehouden, liep hij over het Muntplein. In de tram had hij zijn capuchon van zijn hoofd getrokken. Maar voordat ze uitstapten had zijn moeder hem weer opgezet, want er stond een 'venijnig koude wind' en hij was al 'snipverkouden'. Ontstemd liep de jongen tussen de vrouwen. Hij haatte het wanneer zijn capuchon met een das rond zijn keel zat dichtgesnoerd.

Boven het Muntplein ontdekte hij een wirwar van tramkabels, een web, bewegend in de harde wind. Hij zag hoe verschillende tramlijnen elkaar hier kruisten. Met een ruk van beide handen wist hij zijn moeder en zijn tante tot staan te brengen.

'Mam, een 4,' riep hij, 'kijk, een 4!'

Boven op het dak van de tram, die schokkerig de Reguliersbreestraat in draaide, hing in de beugel het getal 4. De beugel zwenkte gevaarlijk ver uit, maar bleef toch aan de kabel kleven. Hij wilde de tram nakijken om te zien of de beugel langs de kabel bleef glijden, maar er was geen tijd voor, want over het Rokin naderde een 14. Ook dit getal in de beugel, afgetekend tegen de grijze lucht, was van een onverklaarbare schoonheid.

'En daar een 16!'

'Ja, kom nu maar, we gaan naar de Cineac,' zei Dina.

'Daar ga je wat beleven, knul,' voegde zijn tante eraan toe.

Er stond een lange rij voor de bioscoop. Toen hij andere kinderen zag, wendde hij zich van hen af. Hij probeerde zijn hoofd zo te houden dat ze alleen zijn rechteroog konden zien en niet het loensende linker. Hier uitgescholden worden voor 'schele', waar zijn moeder en zijn tante bij waren, leek hem een ondraaglijke schande. Kopschuw werd hij ook omdat hij niet op eigen terrein was, zoals de andere kinderen: ze klommen op een hek, ze hadden hun jas al open en schreeuwden naar elkaar.

Opeens ging het snel. Voor hij het wist stond hij in een donkere zaal vol mensen. Er liep een vrouw voor hen uit over het hellend gangpad, zwaaiend met een zaklamp die ze op de vloer gericht hield. Hij hoorde muziek, zag op een gigantisch scherm voor in de zaal bewegende beelden, die het publiek schimmig verlichtten. Ze schoven langs een rij mensen en gingen zitten. Hij keek achterom en zag een balkon, dat angstaanjagend steil opliep, en vandaar kwam uit een gat in de muur een lichtbundel, die zich verwijdde in het donker en veranderde in beelden zodra hij het scherm had bereikt.

Bewegende beelden had hij nooit eerder gezien, maar ze verbaasden hem toch niet bijzonder. Hij deinsde niet terug toen de Queen Mary – 'thans het grootste passagiersschip ter wereld', zoals een opgewonden commentaarstem meldde – recht op hem afvoer, toen de voorsteven, omzwermd door dwergachtig kleine sleepboten, het hele scherm vulde. Hij leunde alleen een beetje verder achterover en zijn mond zakte open. Toen draaide hij zijn hoofd en keek naar de lichtbundel, die de zaal doorkliefde. Maar niets wees daarin op de Queen Mary. Dit bleef het grote raadsel van die middag.

Na de Queen Mary zag hij een Super Constellation – 'het hypermoderne, viermotorige propellorvliegtuig voor trans-Atlantische vluchten'. Langzaam taxiede 'de blinkende vogel' van de landingsbaan naar een rij lage gebouwen en kwam daar tot stilstand. Het beeld versprong. In de romp van het vliegtuig ging een deur open, er werd een trap tegenaan gerold. Het beeld versprong opnieuw. In de vliegtuigdeur, boven aan de trap, stond een stralende jonge vrouw te zwaaien. Ze liet haar bontjas openvallen.

'Wat een ordinair mens,' hoorde hij zijn moeder zeggen.

Abel zag alleen een stralende verschijning in een bontjas, die in een spervuur van flitslampen de trap afdaalde, en dat deze dame met een gigantisch boeket werd verwelkomd door een man wiens haar glom van de brillantine.

'Allemaal namaak,' zei zijn moeder tegen tante Cora. 'Die lach, dat zwaaien, allemaal nep.'

Omstuwd door driftig in hun blocnotes schrijvende mannen sprak de dame een paar woorden, steeds beminnelijk glimlachend. Hij hoorde haar stem, het geluid van de camera's en ten slotte het lachen van de mannen om iets wat zij had gezegd. Het beeld versprong. Ze stapte in een auto, leunde achterover in de kussens en zwaaide nog eens van achter het portierraam, terwijl de commentaarstem vertelde hoeveel dagen zij in 'ons land' zou verblijven, deze vrouw die 'alle mannenharten sneller doet kloppen'.

'Dat ze zoiets laten zien,' zei zijn moeder. 'Is dat nou nieuws?'

Abel keek weer omhoog naar de zich verwijdende lichtbundel die de donkere zaal doorkliefde, eropuit in dat licht iets van het filmbeeld te ontdekken – alsof het erin zou kunnen zweven als stofdeeltjes in een bundel zonlicht. Maar het raadsel bleef.

Bij het verlaten van de bioscoop verstopte hij zich tussen zijn moeder en zijn tante en meed de blik van de kinderen in de rij voor de kassa. Juist toen hij aan het gevaar van een vernedering leek te zijn ontkomen, trof hem de blik van een meisje dat hem een ogenblik aanstaarde, het besmuikte lachen al op haar gezicht, en toen – hij zag het nog net vanuit zijn ooghoeken – aan de mouw van haar moeders jas trok. Terwijl ze wegliepen, voelde hij zich nagekeken en nagewezen.

Ze liepen over het Rokin, langs etalageruiten waarin hij zichzelf en zijn moeder weerspiegeld zag te midden van de drukte van een grote stad. Het interesseerde hem niet meer. Alles had zijn glans verloren door die ene blik bij het verlaten van de bioscoop. Door de felle wind begon zijn neus te lopen. Hij haalde hem op, maar het snot bleef eruit lopen, het koekte aan op zijn bovenlip, en hij kon het niet afvegen, want de vrouwen klemden zijn handen stevig vast en trokken hem voort. Ten slotte hield hij het niet meer uit, dat aangekoekte snot op zijn bovenlip, en trok hij de arm van zijn tante naar zich toe. Terwijl hij de beweging maakte, voelde hij dat hij iets ging doen wat niet kon, iets verschrikkelijks, maar hij deed het toch: hij veegde zijn neus af aan haar mouw.

Onmiddellijk stond zijn tante stil.

'Ben je nou helemaal gek geworden? Dina! Moet je zien wat dat joch doet!'

Er zat een langgerekt, zilverig slijmspoor op de mouw van haar jas.

'Hij veegt gewoon zijn neus af aan mijn mouw!'

Beschaamd keek Abel naar de mouw van zijn tantes jas. Toen zijn moeder het slijm eraf had geveegd, bleef er een vochtige plek zichtbaar. Het was zijn tantes 'beste mantel', werd hem te verstaan gegeven.

'Dat je die jongen niet op zijn kop geeft!'

'Hij liep gewoon te dromen. Wat geeft dat nou?'

'Altijd vergoelijk je de idiote dingen die hij uithaalt! Je hebt te veel geduld met dat joch.'

'Ik voel me gewoon schuldig!'

Abel begreep niet wat zijn moeder zei, maar hij hoorde des te duidelijker de alarmerende trilling in haar stem, ditmaal de trilling van een naderende huilbui. Ze hield zijn hand vast, maar scheen te zijn vergeten dat hij naast haar stond.

'Schuldig? Weer wat nieuws! Abel, lieverd, jij gaat nooit meer je neus afvegen aan je tantes mouw.'

Ze liepen verder, op weg naar een kop koffie in de Bijenkorf. Hij durfde de hand van zijn kordate tante nauwelijks meer vast te houden. Haar in een leren handschoen gehulde hand, die de zijne zo vol en warm had omkneld, leek opeens minder hartelijk. In die leren holte, waarin zijn hand zo zorgeloos had gelegen, was nu een duister gebied van schuld ontstaan.

2

's Avonds stond hij in de badkuip, waar het gordijn omheen was getrokken. Met opgestroopte mouwen stond zijn moeder voor de opening en zeepte hem in.

'Je begint al echt een kereltje te worden,' zei ze. 'Een lekker kereltje.'

Hij mocht zelf de sproeikop van de douche vasthouden. Uit die sproeikop sprietste in tientallen straaltjes het warme water. Thuis werd hij eenmaal in de week, op zaterdagavond, in een teil in de keuken gewassen, gevolgd door zijn broertje en zusje, voor wie hetzelfde water werd gebruikt, aangevuld met een nieuwe ketel heet water. Nu stond hij op een doordeweekse avond in deze badkuip en begon zich een zaterdagavond-gevoel van hem meester te maken, alsof er ook nu schoon ondergoed, een schone pyjama en langer opblijven in het verschiet lagen.

Toen zijn moeder zijn benen inzeepte, nam ze ook zijn geslacht onder handen. Ze duwde de voorhuid terug, legde een toef schuim op zijn piemel en zeepte hem in. Terloops omvatte ze de kleine balzak met haar vingertoppen vol zeep. Zonder het zeepschuim op haar hand had ze dit niet durven doen. Ze was trots op hem. Ook al was hij klein voor zijn leeftijd, uit het kleuterlichaam begon nu een jongetje tevoorschijn te komen: tenger, maar goed gebouwd, met gespierde schouders en een mooie platte buik.

'Een mooi, mooi kereltje word je.'

'Mam, wat betekent eigenlijk Cineac?'

Het letterbeeld, in neon op de gevel van de bioscoop aangebracht, hield hem bezig.

'Cine is iets met film.'

'Maar er stond Cineac.'

Met een achterwaartse beweging ontwrong hij zich aan de hand waarmee ze zijn geslacht omvat hield.

'Wat vond je het mooiste in de Cineac?' vroeg ze, ietwat haastig, en ze boog haar hoofd om haar blos te verbergen.

'Dat vliegtuig. Of dat schip dat zo knalgroot op je afkwam met al die kleine bootjes eromheen. Of het schaatsen. Maar dat was minder, want dat zag je alleen uit de verte. Ik bedoel: niet van zo heel dichtbij, zoals dat vliegtuig en dat schip, echt zo knalgroot.'

Dina zeepte zijn rug in. Ook zijn rug begon op die van een kereltje te lijken, breder wordend naar boven toe, met schouderbladen die uit zijn vel staken als hij ze bewoog, spieren langs zijn ruggengraat en kleine, harde billen. Haar blos trok weg, maar haar hart bonsde nog. Er waren gewone aanrakingen en er waren schuldige aanrakingen. Dit was een schuldige aanraking geweest. Ze kon hem niet misleiden. Zodra haar aanraking langer duurde dan nodig was, voelde de jongen dat en maakte zich van haar los. Soms zelfs was haar blik op hem schuldig, haar blik die zijn geslacht zocht. Ze verafschuwde zichzelf erom. Altijd dacht ze dan aan het geslacht van haar man. Na zeven jaar huwelijk vond ze het nog steeds eng om het aan te raken en te strelen.

Opeens hoorde ze iets wat op regen leek. Abel stond op het badgordijn te sproeien, verrukt over het roffelende, regenachtige geluid dat het gaf.

'Niet doen,' zei ze. 'Laat dat. Al dat water druipt op de vloer. En ík kan het straks opdweilen.'

Ze trok de douchekop uit zijn handen en begon zijn ingezeepte lijf af te spoelen. Ze droogde hem af. Toen tilde ze hem op, in de handdoek gewikkeld, één arm om zijn schouders, de andere tussen zijn dijen door naar zijn rug, en knuffelde hem. Langs de onderarm die tussen zijn bovenbenen doorstak voelde ze zijn geslacht slieren. Het was of er een ander in haar school die in onbewaakte ogenblikken de dingen deed die zijzelf nooit ofte nimmer zou hebben gedaan. Ergens in haar leefde een ander.

In zijn pyjama liep Abel naar beneden om zijn grootmoeder een nachtzoen te geven. Huiverend, denkend aan bevende oude handen die hem wilden grijpen, glipte hij door het tochtgordijn voor de kamerdeur. Hij zag ertegen op om zijn lippen op het slappe en gerimpelde vel van zijn grootmoeders wang te moeten drukken.

Ze zat in haar fauteuil, in de lichtkring van een schemerlamp. De schelp in het glazen kastje lag in het halfdonker. Toen zijn grootmoeder zich vooroverboog om gekust te worden, ontsnapte haar een wind. Het klamme en ontluisterende geluid deed hem verstarren.

3

Nadat Dina zich eindelijk van het kind had weten los te maken (ze gaf steeds weer toe aan zijn smeekbedes om te blijven zitten op de rand van zijn bed), ging ze terug naar de badkamer. Op haar knieen dweilde ze het water onder de badkuip op. Ze had hoofdpijn.

Voor een van de wasbakken deed ze haar kunstgebit uit. Het knelde om haar tandvlees. In de spiegel bekeek ze haar mond, ze deed hem open en bezag de roze richels in de mondholte. Nog steeds kon ze niet geloven dat er geen tand of kies was overgebleven, dat ze allemaal waren verdwenen. Het zweet brak haar uit. Elke keer als ze zichzelf zo tandeloos zag, brak het zweet haar uit. Ze was pas vierendertig.

De tandarts had haar omgepraat. Het was een donkere, sterk behaarde man in een witte jas. Zelfs op de rug van zijn handen groeiden haartjes. Je zag die haarvacht uit de mouwen van zijn overhemd kruipen tot aan zijn eerste vingerkootjes. Ze moest ernaar kijken, naar die donkere beharing op de rug van zijn handen, en soms gleed haar blik zelfs in de manchetten van zijn overhemd. Ook tegen zijn autoriteit had ze geen verweer. Nooit meer pijn, had hij gezegd, nooit meer tandartsrekeningen en de rest van uw leven een mooi gebit, de techniek maakt het nu voor iedereen mogelijk, over een tijdje is dit heel gewoon. Altijd een mooi gebit, had ze gedacht, maar het zijn niet mijn eigen tanden. Maar als mensen op haar inpraatten zwichtte ze: ze raakte in de war, ze wist niet wat ze denken of zeggen moest, ze wilde zich niet belachelijk maken en dan zwichtte ze maar. Lieuwe was de enige met wie ze erover kon praten, maar hij had ook niet geweten wat haar te raden en vond het een onaangenaam onderwerp. Ze had zichzelf opgepept: flink zijn. Na elke trekking was ze met bloedende mond naar huis gefietst. Toen haar mond leeg was en het tandvlees genas, had ze uitgezien naar haar mooie, nieuwe gebit. Maar toen het geplaatst werd, in de tandartsstoel al, had ze zich vernederd gevoeld. Ze was erin gelopen, ze had zich laten ompraten. Nadien was ze daar alleen maar dieper van overtuigd geraakt: dit was niet nodig geweest.

Ze deed het gebit weer in en keek naar haar mond. Haar moeder had gezegd dat haar lippen dunner waren geworden. Dat was het enige wat ze over haar uiterlijk had gezegd: dat haar lippen dunner waren geworden.

's Avonds om elf uur stond Dina in de donkere logeerkamer voor het raam. Achter haar rug lag het kind te slapen. Ze had het laten plassen en toen weer onder de dekens geschoven en nu stond ze klaarwakker tussen het gordijn en het raam en staarde naar de besneeuwde straat. Ze was verhit. Haar hoofd tolde en suisde, haar slapen bonsden.

'Jullie hebben mij toen zo vernederd.'

Na zeven jaar had ze het durven zeggen. Ze had het níet willen zeggen. Zulke oude mensen. Nu nog daarmee aankomen. Het kon gewoon niet. Maar ze had het gezegd. Het was haar ontglipt. Nadat ze 's middags op het Rokin, na de Cineac, al die rare bekentenis aan haar zusje had gedaan – dat ze zich schuldig voelde aan Abels nervositeit en onevenwichtigheid – was haar ook dit ontglipt. Ze was het niet van plan geweest. Ze was niet naar Amsterdam gekomen om hun dit voor de voeten te werpen. Het was het allerlaatste wat ze tegen haar ouders had willen zeggen, en juist die woorden waren uit haar toegeknepen keel gekomen. Meteen was ze in tranen uitgebarsten. Ook dat nog.

'Maar kind toch.' 'Jullie hebben mij hier laten knielen!' 'Kind...' 'Voor die afschuwelijke hoe heet hij ook alweer...' 'Maar kind, dat was juist...' 'Maandenlang heb ik me daardoor zo verschrikkelijk...' 'We hebben alles gedaan wat we...' 'Ja, voor de schijn, de eer van de familie en...' 'Dat je zulke dingen durft te zeggen.' 'En voor jullie zelf!' 'We hebben alles met de mantel der liefde willen bedekken.' 'Jullie mantel.' 'Er is maar één mantel der liefde, kind.' 'Ik zou hem hier onder jullie ogen aan stukken kunnen scheuren!' 'Je bent altijd al opstandig geweest.' 'Omdat ik me nooit...' 'Kind, laten we hierover ophouden...' 'We zijn net begonnen!' 'Gedraag je nu toch, kind!'

In flarden hoorde ze het hele gesprek nog een keer. Nadat ze was uitgehuild, nadat ze met bevende hand het haar gebrachte glas water had gedronken, had haar vader als antwoord op haar aanklacht een psalm gelezen, de lievelingspsalm van haar moeder. Hij had het er nog bij gezegd. De lievelingspsalm van je moeder, kind. Er was geen woord tot haar doorgedrongen. Na de psalm had haar vader een gebed uitgesproken. Ze had niet willen luisteren en haar ogen opengedaan. Ze had naar haar biddende moeder gekeken. Toen had haar moeder ook haar ogen opengedaan en haar aangekeken, met die aloude blik, de neerbuigende blik waar ze nog altijd bang voor was.

Met trillende handen opende ze nu het raam. Het was het raam waardoor ze zeven jaar geleden naar binnen was gekomen om bij Lieuwe in bed te kruipen. In een winternacht als deze was ze over het balkon geslopen en door het open raam naar binnen gestapt. Ze had zich laten bezwangeren, zoals haar oudste broer smalend had gezegd. Misschien wel met opzet. Om zich los te maken van Elena, om haar leven een doel te geven. Ze wist het niet. Het was gebeurd. Het was beladen geraakt. Was toen haar geremdheid in bed ontstaan? Voordien had ze er met Elena geen last van gehad, en ook met Lieuwe had ze onbekommerd gevreeën. Daarna was ze bang geworden, onzeker, en ze had een afkeer van zijn lichaam gekregen: zijn ademhaling, zijn grote ding, zijn onhandigheid. Tijdens die hele eerste zwangerschap had ze hem niet meer in zich willen hebben. Meteen na de geboorte van de eerste was ze opnieuw zwanger geraakt, maar nu als getrouwde vrouw. Een volkomen andere zwangerschap, waaruit een volkomen ander kind was geboren. Maar haar remmingen waren niet verdwenen, en ook niet de heimelijke afkeer van zijn lichaam, die ze zichzelf zo kwalijk nam.

Dina trok het raam weer dicht. Ze wilde er niet langer voor staan, ze wilde het zelfs niet meer aanraken. Ze kroop in bed. Het logeerbed kraakte, nog precies zoals het destijds had gekraakt. Ze wist dat haar vader nu geknield voor zijn bed lag te bidden en dat hij ook voor haar bad, om vergeving vroeg voor haar. Tot diep in de nacht lag ze wakker.

V

DE FOTOGRAAF

1

De volgende ochtend werd er in stilte ontbeten. Agaath was bezig in de keuken, in de voorkamer tikte de pendule, nu en dan passeerde met een gedempt dreunen een tram. Dina zag bleek en had barstende hoofdpijn. Haar ouders zwegen. Met neergeslagen ogen at Dina haar boterham, maar onder de tafel trilden haar benen. Nu eens wilde ze zich aan de voeten van haar moeder werpen, dan weer overwoog ze haar koffer te pakken en te vertrekken. Aan het eind van het ontbijt liet haar vader tot haar schrik de bijbellezing achterwege, een teken van grote ontstemming. In deze toestand 'wilde en kon' hij niet voorlezen uit 'de heilige schrift'. Zijn gebed was vlak en bevatte geen enkele verwijzing naar wat zich had voorgedaan.

Nadat hij was opgestaan van tafel schraapte hij zijn keel en zei tegen Dina: 'Gregoor komt vanmiddag.'

'Vanmiddag?'

'We laten het gewoon doorgaan, kind.'

In de loop van de ochtend kreeg haar moeder een 'zenuwtoeval' en trok zich terug in haar slaapkamer. Haar vader liet onmiddellijk de huisarts komen, die haar een kalmerend middel toediende en de bekende 'absolute rust' voorschreef. Haar bloeddruk was veel te hoog. Als een toornige godin trok haar moeder zich in haar slaapvertrek terug. Haar toevallen en daaropvolgende retraites konden dagenlang duren en maakten diepe indruk op haar huisgenoten. Nog altijd reageerde en regeerde ze met haar lichaam.

Na zijn kordate optreden trok meneer Houttuyn zich terug in zijn werkkamer. Dina wist haast wel zeker dat hij haar daar een brief zou schrijven, in domineestaal en vol bijbelcitaten. Intussen leek Agaath in de keuken de borden extra luid te laten kletteren.

Halverwege de middag nam Dina de jongen mee naar de badkamer en vertelde hem dat zijn oom zo dadelijk foto's van hem zou nemen. Of hij dat niet ontzettend leuk vond. Abel verborg zijn ongemak. Hij had er een hekel aan gefotografeerd te worden. Op elke foto had hij 'rare' ogen. Op elke foto zag je het. Maar nu haalde hij zijn schouders op en vroeg alleen of het een echte fotograaf was. Het was een echte fotograaf. Met een natgemaakte kam werd zijn haar in een scheiding gekamd en zijn weerspannig en wegdraaiend gezicht werd met een washand afgeveegd. Hij kreeg een schone bloes aan.

'Ik vind het hier allang niet leuk meer,' zei hij.

Het liefst had hij met zijn hoge schoenen, die waren voorzien van 'stalen neuzen', ergens een trap tegen gegeven. Zijn moeder liet hem nog maar eens naar de wc gaan.

Beneden in de gang stond een man in een leren jas met een vliegenierskap op zijn hoofd. Hij straalde een levendigheid uit die ongebruikelijk was in het stille huis.

'Hé, neef!'

Gregoor Houttuyn was gebeld door zijn vader en hij was gekomen, want hij had geld nodig. Kinderportretten maken voor de rijken in Oud-Zuid deed hij nog altijd, maar hij begon er genoeg van te krijgen. Hij kon ze wel uitkotsen, die opgepoetste kinderen en vooral hun opgepoetste ouders, die al precies wisten hoe ze hun kinderen geportretteerd wensten te zien, en hij kotste sowieso van de romantiek van het gezin, gelukkig verenigd op zijn foto's, terwijl hij meestal al na vijf minuten in de gaten had dat er geen donder van klopte. Maar nu had hij geld nodig, en zo zag hij zijn zusje ook weer eens.

Hij had haar jaren niet gezien, sinds haar bruiloft eigenlijk niet meer, zeven jaar geleden. Nu ja, na de bruiloft was ze nog een keer bij hem langsgekomen op de Oudezijds, zwanger, op een snikhete dag. Opeens had ze in haar eentje voor de deur gestaan. Hij had een kater en was half ruziënd met Aleid aan het vrijen toen Dina aanbelde, en bij haar vertrek had hij haar met haar dikke buik gefotografeerd. Op weg naar de Metsustraat, huiverend in zijn tochtige jeep, was het vooral haar bruiloft die Gregoor Houttuyn zich herinnerde. Dina bleekjes, niet blij. Ze had zich laten bezwangeren, en die vent van haar in zijn artistieke ribfluwelen jasjes had kennelijk geen idee gehad hoe dit te voorkomen. En die Friese familie van hem, allemaal voor het eerst in de hoofdstad. De paardentanden van die lui, die ook nog eens schots en scheef in hun mond stonden. Je moest echt wachten tot ze hun mond dicht hadden voordat je afdrukte. Maar die monden hadden voortdurend opengestaan, want ze waren luidruchtig, die lui, Friezen die wilden laten weten dat ze er waren. Daar zat zij nu elke dag tussen, die arme Dina, die zich alles liet gezeggen, zijn kleine zusje.

Voordat Gregoor in de Metsustraat uit zijn jeep stapte, had hij zijn hand op zijn kruis gelegd en hem vervolgens naar zijn neus gebracht. Hij was net afgegaan met zijn vrouw, en een zaadlucht kon zo in je kleren blijven hangen.

'Hé, neef uit het noorden!'

Hij schrok van het joch. Van achter die naar hem opgeheven brillenglazen keek alleen het rechteroog hem aan, het linker was naar binnen gedraaid en lag in de hoek van de oogkas bij de neus. Het loenste zo verschrikkelijk dat hij zijn lachen haast niet kon houden.

2

Voor Dina was het een schok haar broer na zeven jaar terug te zien. Hij was vrijwel kaal geworden. Toen hij met een grijns de vliegenierskap van zijn hoofd trok, was het of ze een jongere uitvoering van het hoofd van haar vader zag: diezelfde statige schedel, maar zonder haar vaders solide en gesoigneerde uitstraling. Zijn ogen waren bloeddoorlopen, op zijn kaken stond een stoppelbaard. Bij de lange leren jas, die hij tweedehands gekocht moest hebben, leek een heel ander soort man te horen: een paardenhandelaar, een boer op de veemarkt. Nog meer dan vroeger was haar broer een jachtige en ongrijpbare man.

Toch was het niet zijn uiterlijke verschijning die haar schokte, maar wat ze over hem had gehoord: dat hij was gescheiden en een nieuwe vrouw had en jonge kinderen. Het was een paar jaar geleden gebeurd. Maar pas nu ze hem terugzag werd het werkelijkheid. Het verbaasde haar dat hij niet was getekend door zo'n catastrofe. Hij was nog dezelfde grappenmaker, dezelfde plaaggeest als altijd. Ze zag dat hij meteen zag dat ze een gebit had. Hij zei er niets van, maar ontblootte alleen even nadrukkelijk zijn zogenaamd stralend witte tanden terwijl hij haar plagend aankeek.

Gregoor Houttuyn maakte zijn foto's in de serre. Hij zette er een lamp met paraplu bij. Voor de mensen werd het dan helemaal echt. Zoals een arts met een stethoscoop om zijn hals rondliep en daardoor 'de dokter' werd, zo hoefde hij maar die lamp met paraplu neer te zetten om in de ogen van die rijke stinkerds opeens 'de fotograaf' te zijn.

Eerst fotografeerde hij het kind met zijn moeder. Hij begon altijd met de groepsportretten, want dan kon het wennen en stond het niet meteen alleen voor de lens. Maar dit kind wende niet.

'Zet je bril eens af,' zei hij.

Schoorvoetend voldeed de jongen aan zijn verzoek. Zijn oom zette hem de vliegenierskap op. Het ding was veel te groot voor hem, maar met een omgeslagen rand kon hij het net dragen. Ook al durfde hij zich nauwelijks te bewegen, toch hief hij zijn handen op en betastte het leer dat zijn hoofd bedekte. Even verscheen er iets blijs op zijn gezicht. Gregoor Houttuyn drukte af.

'Die is leuk,' zei hij. 'Zou jij wel zo'n kap willen hebben?'

De jongen knikte.

'Ik ben bang dat zo'n ding nog te groot is voor dat koppie van jou. Kijk eens even deze kant op en nou nog even je handen op je hoofd, daar word je blij van, ja, zo, blijf kijken, nee, niet naar je moeder, maar naar de lens, hier zit-ie, jaaah, die wordt het.'

Hij drukte af. Hij zette het kind zijn bril weer op en nam de kap van zijn hoofd. Dina schoot toe om zijn haar te fatsoeneren.

'Nu de officiële portretten. Ga es bij het raam staan. Zo, ja. En draai je ogen nu eens langzaam in mijn richting, langzaam draaien, stop.'

Verwoed zocht hij naar een manier om de scheelheid van het kind te verdoezelen of althans af te zwakken. Hij praatte onophoudelijk om het op zijn gemak te stellen en uit zijn tent te lokken. Steeds had Abel de neiging om zijn hoofd af te wenden van de camera en naar buiten te kijken, naar de besneeuwde tuin, naar de koolmees die aan een snoer apennootjes hing. Maar hij moest kijken naar dat koude, glanzende oog dat hem bespiedde.

'Laten we nog even naar buiten gaan,' zei zijn oom zuchtend, 'dan maak ik daar mijn film vol.'

Buiten leek de jongen zich vrijer te voelen. Hier wist Gregoor een aantal aardige foto's van hem te maken.

Ten slotte zette hij moeder en kind op de tramhalte en liep achteruit, met zijn Rolleiflex voor zijn buik, hij nam steeds meer afstand van hen, tot ze twee zwarte figuurtjes werden op een tramhalte in een besneeuwde straat met bomen, niet langer zijn zusje en haar zoon. Nu werd het voor hemzelf ook interessant. Hij zag het stilleven. Hij klom op de motorkap van zijn jeep, zodat hij een hoger standpunt had. Van daaruit leek de straat nog leger en was het patroon van bandensporen in de sneeuw beter zichtbaar. Hij fotografeerde een moeder met kind op een tramhalte in een deftige Amsterdamse straat. In hun houding lag iets geslagens.

3

Gregoor nam hen mee de stad in. Eerst reed hij zomaar wat rond om de jongen een plezier te doen. Abel stond tussen de knieën van zijn moeder, zich vasthoudend aan het dashboard, en zag de grote stad door de voorruit van een jeep. Ze reden langs een rivier vol ijsschotsen. Op de grachten werd geschaatst. Het meest indrukwekkend vond hij het verkeerslawaai, op sommige plaatsen zo luid dat je elkaar in de jeep niet kon verstaan.

Onder het rijden en het wachten voor stoplichten bezag Gregoor zijn zusje van opzij. Moeder van drie kinderen. Vierendertig moest ze nu zijn. Ze was een stuk volwassener geworden.

Hij parkeerde op het Spui. Herkende ze niet. Hè, is dit het Spui? Ze zat kennelijk ook niet vaak in een auto, want ze kon het portier met geen mogelijkheid open krijgen. Hij hield het voor haar open en zag, plotseling ontroerd, zijn jongste zusje op het Spui uit zijn jeep stappen. Eerst de jongen. Toen zij. Toen ze vlak langs hem ging, kon hij zich niet inhouden, hij legde een arm om haar middel en trok haar tegen zich aan.

'Dag, lief zusje. Wat heb je mooie tanden.'

'Pestkop!'

Ze probeerde hem van zich af te duwen, maar hij hield haar vast.

'Ik bedoel het anders.'

'Ja, jij bedoelt het altijd anders.'

Hij lachte en liet haar los. Hij dook zijn jeep nog even in en toen hij weer tevoorschijn kwam droeg hij een wollen pet. Dina herkende hierin haar broer. Hij was van de hoofddeksels. Altijd had hij weer iets anders op, altijd iets geks. Ze staken het besneeuwde Spui over en liepen een smalle zijstraat in, de jongen tussen zich in.

'Gregoor en zijn kleine zusje,' zei de fotograaf onder het lopen.

'Dina en haar grote broer.'

'En Abel in het midden,' zei de jongen.

Ze lachten.

Aan de hand van zijn oom beklom Abel een lange en uitgesleten houten trap. Er sloeg meteen iets van diens losheid op hem over. Hij keek lachend om naar zijn moeder en was niet bang voor wat er op hem afkwam. Hij voelde zich veilig naast deze man in zijn leren jas, die in een jeep door Amsterdam scheurde. Aan de hand van zijn eigen vader zou Abel diens voorzichtigheid hebben gevoeld, aan de hand van zijn moeder haar afkeer van het onbekende.

In het biljartlokaal was het rustig. Het was een kleine zaal zonder ramen, door een rij gietijzeren zuilen in tweeën gedeeld. Bij het binnenkomen leek het er halfdonker. Laag boven de cafétafels hingen lampen, een gelig schijnsel viel in kegels onder de lampenkappen. Het door rook bruin geworden plafond was nauwelijks te zien. Alleen boven de biljarttafels brandden felle lampen. Daarheen gleed dan ook Abels blik toen hij binnenkwam.

Voordat hij het wist, meegevoerd aan de hand van zijn oom naar een van de tafeltjes bij de biljarten, stond hij voor een vrouw met kortgeknipt zwart haar, felrode lippen en grote, enigszins uitpuilende ogen. Haar gezicht had iets van een masker. Zijn oom boog zich voorover en kuste haar op beide wangen.

'Dag Siets, lieve schat.'

'Hé, dag Greg.'

Haar stem was laag.

'Siets, lieverd, zou jij niet effe...' Hij begon in gebarentaal te spreken. 'Ik moet effe met iemand praten, me zus, en as jij nou effe...' Weer gebarentaal. 'En het knaapje schijnt uitstekend Fries te spreken. Dus jullie zijn onder elkaar.'

Voordat Abel het wist was hij achtergelaten bij deze vrouw aan haar cafétafel. Naast haar stond een meisje van zijn eigen leeftijd nieuwsgierig naar hem te kijken. Ze had het dikke, zwarte haar van haar moeder en droeg een jurkje waarop twee olifanten waren geborduurd die elkaar bij de slurf vasthielden, een gele maillot en bontlaarsjes. Een eindje verderop, bij de hoge potkachel, zaten zijn moeder en zijn oom en glimlachten naar hem.

'Hé... eh... geloof jij nog?'

Samenzweerderig boog de fotograaf zich over het tafeltje naar zijn zusje toe, een grimas op het gezicht. Dina glimlachte krampachtig. Ze zag zijn glimmende schedel, zijn bloeddoorlopen ogen in de lichtkring verschijnen.

'Geloof jij nog, zusje?'

'Ja, dahag!'

'Nee, even serieus.' Hij kon zijn lachen haast niet houden. 'Geloof je nog?'

'Leukerd.'

'Maar jij bent toch altijd zo met het geloof bezig?'

'Niet zoals jij denkt.'

'Maar je bent er dus mee bezig.'

Een glas bier en een glas sherry werden voor hen neergezet. Met haar ogen volgde Dina de ober, die met zijn dienblad doorliep naar het tafeltje waaraan Abel zat, en zag hem twee koppen chocola met slagroom neerzetten voor de kinderen en een glas rode wijn voor de vrouw met de felrode lippen en het maskerachtige gezicht, die ze voor zichzelf al 'de circusvrouw' had genoemd.

'Proost, meissie,' zei Gregoor. 'We hebben elkaar jaren niet gezien, maar het is toch meteen weer vertrouwd.'

'Waar zijn we eigenlijk?'

'Dit is mijn biljartcafé. Als ik in de war ben, als ik *down* ben, ga ik biljarten. Helpt geweldig!'

'En hoe gaat het met je werk?'

'Keurige vraag, zusje. Echt keurig.'

'Mag ik dat dan niet vragen?'

'Beleefdheidsvragen. Dat vind ik zo'n flauwekul. De vrouw van de burgemeester stelt beleefdheidsvragen. Dat hoef jij toch niet te doen! Nou, schrik er maar niet van. Mijn werk, ach, dat gaat wel. Ik rommel maar door. Ik ben hartstikke bekend. Maar wat heb ik eraan? Geen bliksem!'

'Pa zei dat je een baggerboek hebt gemaakt.'

'Wekenlang op baggermolens gefotografeerd. Voor een baggermaatschappij. Ik ben er nog voor in Arabië geweest, want daar baggeren onze jongens tegenwoordig ook. Ach, Dientje.'

Hij leunde achterover en keek haar aan, onderzoekend, plagend.

Maar zijn ogen gleden weg toen ze hem met een verschrikte, maar ook felle, roofvogelachtige blik bleef aanstaren.

'Vertel jij es. Hoe is het in het hoge noorden? Ik lees dat complete dorpen zijn ingesneeuwd. Hartpatiënten die met heli's uit hun dorp worden gehaald. Het moet daar nu echt Siberisch zijn.'

Dina zei niets.

'Je hebt een gebit, hè?'

'Ja.'

'Heb je echt alles laten trekken?'

'Laten we het er maar niet over hebben, want dan breekt het zweet me uit.'

'Zo'n klootzak zeker die zei: nooit meer pijn, nooit meer tandartsrekeningen. Ze moesten alle tanden uit zijn bek slaan.'

In een impuls opende Dina haar handtas en haalde een foto tevoorschijn, een oude foto waarvan de hoeken waren beschadigd, en gaf hem aan haar broer.

'Ach, jezus!'

Het was de foto van Aleid met de paarden, die hij haar zeven jaar geleden had gegeven, op die snikhete dag waarop ze hem zwanger en wel had bezocht aan de Oudezijds Achterburgwal. De foto van Aleid in een weiland met aan elke hand een paard.

'Ach, ja.' Na een snelle blik op de foto gaf Gregoor hem terug. 'Heb je die echt al die jaren in je tas gehad?'

'Hoe is het met haar?'

'Met Aleid?'

'Ja, met Aleid.'

'We hebben geen contact meer. Ze is ergens in de bossen gaan wonen. Ga straks nog effe mee, dan stel ik je voor aan mijn Doenja. Zo'n lieve meid. Eerst deed ze alleen het huishouden, ik bleef met twee kinderen achter, weet je, en toen is er tussen ons iets moois gegroeid. Ik zal je foto's sturen.'

Dina was ervan geschrokken dat ze zomaar, door die foto tevoorschijn te halen, de echtscheiding van haar broer ter sprake had gebracht. Het was of ze het hem verweet. Die arme Aleid.

Maar misschien had Aleid wel weg gewild. Ze had haar broer willen vragen hoe het was om gescheiden te zijn, maar ze durfde het niet. De vreemde omgeving leidde haar ook te veel af. Ze hoorde de hele tijd het geklik van biljartballen.

Intussen keek Gregoor naar zijn jongste zusje, zijn dierbaarste, zoals hij opnieuw besefte. Ze was een vrouw uit de provincie geworden. Ze droeg stijve kleren, ze had haar mooie, dikke haar godbetert laten permanenten, zoals alle vrouwen daar deden, ze had zich laten opschepen met een kunstgebit. Er was niets meer over van de dwarskop die ze als kind was geweest. En ze was niet gelukkig. Hij rook het gewoon aan haar.

'Geloof jij nog?' vroeg ze.

'Daar ben ik goddank helemaal van af, zusje.'

'Dat bestaat niet.'

Het ongeloof kon ze zich nog moeilijker voorstellen dan het gescheiden zijn.

'Toch is het zo. Een mooie carambole, dat is mijn ontmoeting met God!'

Lachend stond hij op. Een van de biljarts was vrijgekomen.

Weldra zag Dina hoe haar broer zich vooroverboog in de lichtkring boven het biljart, de keu in zijn handen. Hij praatte met de kinderen, die bij hem waren komen staan, en maakte zijn carамboles. Dina nam nog een slokje van haar sherry. Ze keek naar de vrouw met de felrode lippen, het maskerachtige gezicht, en hun blikken kruisten elkaar. Ze voelde dat ze maar hoefde te glimlachen of de vrouw zou bij haar komen zitten. Ze wendde zich af en nam het zichzelf kwalijk. Waarom niet? Waarom niet met zo'n mens praten? Maar het was al te laat. Ze keek naar Gregoor, die om het biljart liep, zijn keu krijtte, zijn stoten berekende en onderwijl babbelde met de kinderen. Ze nam hem goed in zich op: hoe hij met de kinderen omging, zijn lach, zijn grappige gezichtsuitdrukkingen – die dingen in hem waar ze van hield. Het was of ze hem lang niet zou zien.

VI

HET GESLOTEN GORDIJN

1

Aan het Rijksmuseum viel niet te ontkomen. Op de laatste dag werd Abel langs de schilderijen gevoerd. Hij rook de boenwas en hoorde in de zalen en kabinetten het parket onder zijn voeten kraken. Hij keek naar de suppoosten, de wolken achter de hoog geplaatste ramen, naar de schaarse bezoekers die ze tegenkwamen op dat ochtendlijke uur en naar de schilderijen, die bijna allemaal zo hoog hingen dat hij ernaar moest opkijken. Zijn moeder wees hem op een ooievaar aan een kleine plas, op schaatsers in een winterlandschap en op een dikke jongen met een kanten kraag en kleren van glanzende zijde.

Het enige schilderij dat indruk op hem maakte, stelde een opvliegende zwaan voor, levensgroot afgebeeld, van dichtbij – een close-up uit de zeventiende eeuw. Het dier vulde met zijn gespreide vleugels het hele doek. Hij keek er lang naar, zo fel en groot was de zwaan en zozeer leek hij op hem af te komen. Het verbaasde hem om een zwaan van zo dichtbij te kunnen zien, zo groot, net als de Queen Mary op het scherm in de Cineac.

Wanneer hij met zijn dinky toys speelde, lag hij liefst languit op de vloer, zijn hoofd op zijn arm, en de auto die hij voortbewoog vlak bij zijn gezicht. Hij hield ervan om een weckpot, gevuld met slootwater en waterplanten, dicht voor zijn goede oog te houden en naar de kikkervisjes te kijken, die bijna doorzichtige visjes waar de zon doorheen scheen. Of te kijken naar een paard, zo dichtbij dat hij zijn huid kon zien rillen en trekken onder de erop neergestreken vliegen. Hij hield ervan om dingen van dichtbij te zien.

Nu stond hij naar die opvliegende zwaan te kijken, half achter zijn moeder, zijn hoofd tegen haar heup gedrukt en op haar rug twee vingers gehaakt achter de ceintuur van haar jurk.

Dina had het nodige in zichzelf moeten overwinnen om het Rijksmuseum binnen te gaan en in de statige vestibule aan het loket twee kaartjes te kopen. Maar toen ze de monumentale trappen op liep was ze blij dat ze het had gedurfd. Ze wilde Abel het museum laten zien waar zijzelf als kind door haar vader was rondgeleid. Omdat de jongen zo leergierig was, waagde ze het er maar op, ook al was hij met zijn zes jaar misschien te jong voor de ernst van een museum. Zijzelf verlangde ernaar weer eens omringd te zijn door 'mooie dingen'. Ze was het nauwelijks meer gewend om er persoonlijke verlangens op na te houden, laat staan eraan toe te geven, en daarom voelde ze zich er nu ook haast schuldig over dat ze hier zomaar liep voor haar eigen plezier.

Het museum imponeerde haar nog net zo als in haar kinderjaren en nog altijd was ze bang er te zullen verdwalen. Ze verdwaalde dan ook. De afdeling met de antieke poppenhuizen en harnassen, die ze het kind wilde laten zien, bleef onvindbaar. Na drie keer durfde ze niet nog eens de weg te vragen. Met moeite vond ze ten slotte de schilderijen terug.

Maar toen ze daar het gloeiende, diepe rood met goud van het *Joodse bruidje* zag, was het of ze al dwalend toch haar doel had bereikt. Zonder het te beseffen was ze hier naar op zoek geweest: naar een Rembrandt, naar wat een Rembrandt in haar opriep. Ze wist niet wat het was. Ze zag het in zijn tekening van een liggende leeuw, waarvan ze een ansichtkaart al jaren in haar tas had zitten, ze had het gezien in de ets van de drie bomen op een heuvel, waarvan het plaatje in het kindertehuis naast haar bed had gehangen, en ze zag het nu in dit schilderij, nog versterkt door de symboliek van het paar. Vlak bij het schilderij stond een ronde bank, bekleed met een donkergroen pluche. Ze ging erop zitten en leunde achterover. De jongen nam naast haar plaats, stond weer op, liep een tijd alleen door de zaal en ging ten slotte naast haar liggen, met zijn hoofd op haar schoot. Ze keek naar het *Joodse bruidje* en de andere Rembrandts en streelde intussen het hoofd van haar kind.

Opeens voelde ze zich aan de wereld ontkomen. Ze was niet langer bang voor het verdwaald zijn – iemand zou hen wel naar de uitgang brengen. Ze keek om zich heen in die grote zaal vol schilderijen en tranen van opluchting liepen over haar wangen.

Later, terugdenkend aan die dag, herinnerde ze zich niet dat ze voor het *Joodse bruidje* had gezeten met het hoofd van het kind op haar schoot. Het beeld werd uitgewist. Wel herinnerde ze zich altijd hoe ze onder het museum door was gewandeld en dat ze daar achter de halfronde ramen onder de gewelven de oude vaandels had teruggezien, stoffige en doodse draperieën die haar als kind altijd zo treurig stemden. Het halflicht tussen de zuilen, de echo van hun voetstappen, de draperieën – toen ze daar liep was die onrust ontstaan, het gevoel dat ze naar huis moest.

Maar Abel had haar meegetrokken naar het Concertgebouw. Ook dat wilde hij van dichtbij zien. Voor hem had het geen naam. Hij had alleen maar elke dag aan het eind van de Metsustraat, in de verte, een gebouw zien liggen zoals hij er nog nooit een had gezien. Eenmaal had het daar in een plas zonlicht liggen blinken. Door de zuilen in de voorgevel had het hem aan de tempel van Jeruzalem doen denken zoals hij die kende van de tekeningen van Jetses. Toen het gebouw in het zonlicht lag te blinken, was de associatie nog sterker geworden. Op de nok boven het timpaan had hij iets ontdekt, verguld en blinkend, dat hij vanuit de verte niet kon herkennen, maar waarvan hij zich voorstelde dat het een engel was, zoals er twee op de ark in de tempel stonden.

Naderbij komend over het plein zag hij de hoektorens, de kolossale zuilen, in het midden het timpaan, waarop niet een engel stond maar een sierlijke vorm die zijn moeder aanduidde als 'het een of andere muziekinstrument'. Toen ze hem vertelde dat in dit gebouw orkesten speelden en dat zijn grootouders erheen gingen om te luisteren, drong dat nauwelijks tot hem door. Het mysterie van het gebouw zelf was te groot en te overweldigend.

'Zullen we nog dichterbij gaan, mam?'

'Maar dan moeten we die drukke straat oversteken, lieverd. En je ziet het gebouw van hieraf toch beter.'

De onrust werd haar haast te machtig.

'Ik wil er graag vlak voor staan, zodat ik kan zien hoe hoog het is.'

Ze staken over. Hij werd stil. Het staren was weer begonnen. Terwijl hij haar hand vasthield, was hij haar zo goed als vergeten. Ook toen hij vlak voor het gebouw stond, de affiches zag, door de glazen deuren in de vestibule met zijn rode loper en rode gordijnen kon kijken, bleef het mysterie intact, het werd zelfs alleen maar groter.

Abel zag zichzelf en zijn moeder in de glazen deur. Daar stonden ze, weerspiegeld in de glazen deur van een kolossaal gebouw met een rij auto's en de wagons van een tram achter zich. Grootsteedser kon het niet. Meer dan al het tastbare bevestigde deze weerspiegeling plotseling zijn aanwezigheid in Amsterdam.

2

Toen ze het huis in de Metsustraat naderden begon Dina zich zwaar te voelen. Het kind zag het eerder dan zij: het huiveringwekkende teken dat ze nooit zou vergeten.

'De gordijnen zijn dicht, mam.'

Het was tegen het middaguur, en de gordijnen in de voorkamer van haar ouders huis waren gesloten. Het was niet Agaath die opendeed, maar haar zuster Cora.

'Laat Abel eerst maar even naar boven gaan,' zei ze.

Met zijn jas nog aan werd de jongen naar boven gestuurd. De dienstmeid was niet in de keuken, zag hij, en de geur van het middageten ontbrak. In de logeerkamer ging hij op een stoel voor het raam staan en probeerde aan het eind van de Metsustraat het gebouw te zien dat op de tempel leek, zijn wang tegen het glas drukkend. Terwijl hij daar stond maakte de beklemming zich van hem meester. Hij voelde zijn hart bonzen tegen het glas.

Een uur later werd hij naar de divan in de achterkamer geleid om afscheid te nemen van zijn grootvader. De deuren naar de voorkamer waren gesloten en het gordijn tussen achterkamer en serre was grotendeels dichtgetrokken. Voor het raam van de serre hing een koolmees aan het snoer met apennootjes, overvloedig zonlicht viel door het glazen dak.

Abel zag zijn grootvader op de divan liggen met zijn handen op zijn buik gevouwen, nog bijna de man zoals hij hem vanochtend aan het ontbijt had gezien. Alleen was zijn gezicht nu bleek en glad. Het vel leek strakker over zijn kromme neus te staan dan anders. Achter zijn glinsterende brillenglazen waren zijn ogen gesloten. Bij het hoofdeinde van de divan brandden twee kaarsen. Alle dingen stonden roerloos op hun plek. Maar het was of in de kamer zojuist een storm tot bedaren was gekomen.

Aan de hand van zijn moeder stond hij bij de divan, ter hoogte van zijn grootvaders buik, waar hij maar net overheen kon kijken. Boven zich hoorde hij zijn moeder snikken, haar hand was klam. Rond zijn grootvader hing een vreemde lucht. Abel keek naar het bleke en strakke gezicht, naar de gesloten ogen, en wendde zijn blik af toen hij plotseling in de donkere holtes van zijn grootvaders neusgaten keek.

VII

DE IJSVLAKTE

1

Thuis voegde hij zich weer in de gang der dagen. 's Ochtends blies hij met zijn adem een kijkgaatje in de ijsbloemen op de ramen en zag niet zijn moeder, maar Atsje, het dienstmeisje, de asla uitstrooien op het tuinpad. Zijn vader was nu ook naar Amsterdam vertrokken. Onder Atsjes regime was alles anders. Het rook zelfs anders in huis.

Op straat, onder de jongens uit de buurt, waren zijn recente ervaringen van geen enkele betekenis. Geen van de jongens vroeg hem iets, niemand had hem gemist. Eerder was het zo dat híj belangrijke gebeurtenissen had gemist: er was een vrachtauto van de weg geraakt, er was iemand door het ijs gezakt en een van de jongens had zijn pols gebroken. Hij was er een week niet geweest en moest zich inspannen om er weer bij te horen, terwijl hij als een van de jongsten, klein voor zijn leeftijd, scheel en een halve buitenstaander, toch al weinig in de melk te brokkelen had. Hij richtte zich op zijn buurjongen Gjalt om aansluiting te vinden. Van diens moeder kreeg hij smalend de vraag voorgelegd: 'Zo, ben je het Fries nog niet verleerd?' – alsof ze het maar niks vond dat hij een reis had gemaakt naar het verre Holland. Zijn jongere broer vergezelde hem nu elke dag als een schaduw. Samen stonden ze sterker.

Hij miste zijn vader en moeder. In de koude en lege studeerkamer van zijn vader drukte hij de toetsen van de schrijfmachine in en hing er rond, totdat hij door Atsje naar beneden werd geroepen en met zijn schaatsen naar buiten gestuurd.

2

Op een middag stond hij na schooltijd vlak buiten de stad aan de rand van een ijsvlakte. Hij had zich onttrokken aan de troep jongens, hij had zich losgemaakt van zijn broertje en was naar de plek gelopen waar 's winters de weilanden onder water liepen en bij vorst een ijsvlakte ontstond. Hij stond op een lage dijk en keek over het ijs, dat in de verte in een grijze nevel verdween. Uit het ijs staken her en der plukken gras, riet, een wilgenbosje. De wind blies de stuifsneeuw in lange slierten voor zich uit.

Hij gleed omlaag langs de helling van het dijkje, naar een plek waar stukken karton in de sneeuw lagen. Daar waren anderen. Zolang hij tussen anderen zat was hij minder beducht voor die grijze leegte. Zolang hij bezig was zijn schaatsen onder te binden, kon hij daar zitten, zolang hij nog doende was met zijn schaatsen kon hij niet falen en zolang hij nog op zijn stuk karton zat met zijn door een riem omsnoerde truien, viel hij niet op. Maar ten slotte kon hij niet langer blijven zitten.

Tegen de harde noordooster kon hij maar nauwelijks optornen. Zwaaiend met zijn armen maakte hij tien, vijftien slagen en stond dan stil om op adem te komen. Als hij zich niet schrapzette, werd hij door de wind teruggedreven. Hij maakte opnieuw enkele slagen, liep vast op een grashalm en viel. Het ijs leek hier harder en vijandiger dan het ijs op de sloot in de weilanden voor het huis. Met grote krachtsinspanning wist hij een wilgenbosje te bereiken en stond daar in de luwte uit te hijgen. Toen liet hij zich door de wind terugdrijven, nu en dan een paar slagen makend. Steeds weer probeerde hij dat wilgenbosje te bereiken. Zijn wanten bevroren, zijn vingers en tenen werden gevoelloos. Uiteindelijk kon hij niets anders dan uitgeput met zijn rug naar de wind op het ijs staan.

Plotseling werd hij van achteren opgetild en meegevoerd door een rijder die hij kennelijk in de weg stond. In volle vaart plukte een man hem van het ijs en zette hem een tiental meters verderop weer neer. Verbaasd keek Abel hem na, de man wiens bescherming hij had gevoeld, en zag hem voorovergebogen, zijn handen op zijn rug, verdwijnen in de nevel. Het was of dit voorval hem verloste. Opeens kon hij op huis aan.

Toen hij zich op de weg naar de stad nog eens omdraaide, zag hij vlak boven de weg de rode bol van de ondergaande zon. Hij stond stil en keek ernaar. Precies aan het einde van de weg, waar de lijnen samenkwamen, lag die vuurrode, uitdijende en aan de randen trillende zon, die van onder de wolken kwam zakken aan het eind van een grauwe dag. Hij had zoiets nog nooit gezien en beschouwde het als iets wonderbaarlijks, zoiets als de vuurkolom die de Israëlieten was voorgegaan door de woestijn. Vagelijk herinnerde hij zich zijn grootvader, zoals hij hem op de divan had zien liggen, en het was of hij in de stilte van de winteravond het getik van zijn horloge kon horen.

Lopend over het pad achter de huizen begon hij het al te voelen, en toen hij bij de schuur het tuinpad op kwam, zag hij achter het verlichte raam zijn vader en moeder zitten. Het was of in één enkele seconde zijn uit het lood geslagen wereld zich herstelde.

PATER FAMILIAS

1959

I

AAN HET GRAF

1

Na het middagmaal, waaraan ook zijn Friese grootvader in een zwart pak had aangezeten, kwamen ze aangereden: de hooiwagens. Twee wagens, elk getrokken door twee paarden, die hotsend en rammelend het weiland in reden. De jongens vlogen erop af. Ze wilden erachteraan rennen, maar er was iets wat hen deed aarzelen: de norsheid van de mannen op de bok, die totaal geen notitie van hen namen. Roerloos keken ze de wagens na – drie jongens in korte broek, op rubberlaarzen. Ze hadden hun kleistokken bij zich: een wilgentak waarop ze een bolletje zachtgeknede klei drukten om het weg te zwiepen. Hun handen roken naar de klei die ze hadden gekneed en die nu in grijze korsten droogde op hun huid. Terwijl ze de wagens nakeken, sloegen ze met de stokken tegen hun laarzen, als om zichzelf aan te sporen.

Opeens durfden ze. Omzichtig rukten ze op langs de rand van het weiland. Abel ging voorop. Hij moest voor zijn jongere broertje uit lopen en wilde per se niet dat Gjalt voorop zou gaan. Dankzij de voor het huis geparkeerde auto van zijn grootvader had hij een tijdelijk overwicht verkregen op zijn vriend. Ze slopen langs de slootrand. Elk ogenblik verwachtten ze een kreet, een gebaar van de mannen dat hen terugwees. Maar er werd geen acht op hen geslagen. Ze waagden zich op het gemaaide veld, naderden de wagens en stonden toe te kijken hoe het hooi werd opgetast.

Abel had zijn handen in zijn broekzakken gestoken, alsof hij zich op zijn gemak voelde. Hij keek naar de mannen die bossen hooi op hun hooivork staken, boven hun hoofd tilden en ze, er half onder schuilgaand, naar de wagens droegen. De paarden lieten hun hoofd hangen en zwiepten met hun staart. Het tuig spande zich rinkelend wanneer ze aanzetten om de wagens te verplaatsen. Van tijd tot tijd wierp Abel een blik op de huizen in de verte om te voelen hoe diep ze in het weiland waren doorgedrongen.

Vanuit zijn ooghoeken zag hij dat Gjalt een paar woorden wisselde met een van de knechts. Het prikkelde zijn eerzucht. Hij wilde ook iets tegen deze knecht zeggen en nog meer dat deze iets tegen hém zou zeggen. Gjalt riep nu zelfs iets tegen de knecht, uitdagend, waarop die hem lachend opzijschoof voordat hij zijn vork in het hooi stak. Abel keek de andere kant op. Toen liep hij naar zijn broer en begon tegen hem te praten, alleen maar om een ongedwongen indruk te maken op de knechts. Hij liep naar Gjalt en fluisterde hem in het oor dat ze straks, als de hooiwagens wegreden, aan de achterste wagen zouden gaan hangen. Terwijl hij zich naar Gjalt toe boog, was hij bang dat de jongen hem zou negeren nu een van de hooiers het woord tot hem had gericht.

Traag en schommelend reden de wagens het veld af. Op de weg gingen de paarden over in draf. Ze renden achter de achterste wagen aan en toen, met een verrukkelijke angst in hun keel, hingen ze eraan. Zouden de mannen het merken? Bij de brug over de vaart sloegen de wagens af en reden over het pad langs het water. Ze passeerden het zwembad, dat als een houten vesting op pontons in de vaart lag. Twee vlaggen stonden strak in de wind boven de ingang. Gejoel steeg eruit op. Op de duiktoren staakte een knaap zijn verende sprongen, zijn lichaam kromp ineen op het uiteinde van de duikplank. Abel had willen zien hoe het verder ging, maar hangend aan de wagen kon hij niet omkijken. Hij hoorde het ruisen van het riet, toen het ruisen van de bomen om de boerderij, dat zo sterk was dat het het geluid van de paardenhoeven bijna overstemde.

Achter de wagens renden ze het erf op, alsof ze nijvere helpers waren. Maar op eerbiedige afstand hielden ze halt. Omzichtig naderden ze de hoge mendeuren, die openstonden om de wagens binnen te laten. Achterwaarts liepen de paarden en duwden de wagens de schuur in, met hun hoeven schrapend over de keien. Nooit eerder had hij paarden achteruit zien lopen. Zich tegen de schuurdeur drukkend rook hij de dieren, hoorde hun staarten tegen hun flanken zwiepen, hij zag hun met vliegen overdekte flanken rillen en trekken – hij was er nu vlakbij. Vanaf de wagens werden plukken hooi opgestoken naar de hooizolder. Abel keek naar de knecht die met Gjalt had gesproken. Het zweet liep in straaltjes over zijn gezicht, zijn hemd plakte aan zijn lijf.

Op de terugweg stonden ze op de lege wagen, zich vasthoudend aan het hekwerk achter de bok. Er passeerde hen een zwarte Citroën. In een flits zag Abel de strakke gezichten van zijn vader en grootvader achter de voorruit. Toen de hooiwagen stilhield bij het weiland, sprong hij eraf en rende, gevolgd door zijn broer, naar huis. In de achtertuin vonden ze het dienstmeisje, dat op hun zusje paste. Het huis was leeg, onheilspellend leeg. De rest van de middag brachten de drie kinderen in de achtertuin door, 'nogal stilletjes', zoals het meisje later wist te melden.

2

In een kleine stoet liepen ze naar het graf. Voorop, in vol ornaat, de doodgraver, die het kistje op zijn onderarmen droeg, daarachter de dominee, ondanks de warmte in een lange zwarte jas, daarachter Lieuwe Roorda en zijn vader. Uitgestorven lag de begraafplaats erbij in het helle juli-licht. De bomen ruisten, de wind rukte aan alles waar hij vat op kreeg. Ergens viel een zinken emmer om en rolde rinkelend over een tegelpad. Uit de verte kwam het gejoel van het zwembad. Plechtig schreed de doodgraver met het kistje in zijn armen over de paden. Hij probeerde er nog iets van te maken.

Al vanaf dat hij de begraafplaats had betreden geneerde Lieuwe zich. Hij was de enige zonder hoed. Al drie keer had hij zijn hand naar zijn haren gebracht, als om ze te fatsoeneren. Zou je toch geen hoed opzetten, jong, had zijn vader in de auto nog gezegd. Hij had moeten bekennen dat hij geen hoed bezat en hij had zich belachelijk gevoeld, een kleine jongen haast. Maar hij hield er nu eenmaal niet van om zo'n ding te dragen. Het was niets voor hem om op straat met een uitgestreken gezicht zijn hoed te lichten voor de vrouw van die en die, voor een meneer zus en zo, die op zijn beurt zijn hoed lichtte voor hém. Hij vond het potsierlijk gedoe. Hij liep het liefst blootshoofds, en als het erg koud was droeg hij een pet – waarmee hij dan opzien baarde want hier droegen alleen boeren en arbeiders een pet. Hij werd nageroepen om zijn pet. Het kon hem niet schelen. Maar nu, op de begraafplaats, miste hij opeens een hoed. Vanuit zijn ooghoeken keek hij naar zijn vader, naar de scherpe vouw in diens pantalon, naar zijn hoofddeksel. Het grind knerste onder hun schoenen. Het leek of het onder de schoenen van zijn vader scherper, gedecideerder knerste dan onder de zijne.

Nu hij even niets anders hoefde te doen dan over een grindpad lopen, voelde hij dat hij vermoeid was. Zes weken was hij achter elkaar doorgegaan met werken en zorgen, vanaf die nacht waarin Dina, zes maanden zwanger, was gaan bloeden. Hij had het vlakbij gelegen ziekenhuis gebeld. Met de twee brancardiers had hij Dina naar beneden geholpen, een verpleegster was bij de wakker geworden kinderen gebleven, en opeens liep hij in de zoele voorjaarsnacht naast een brancard over straat. Dina had in het ziekenhuis moeten blijven. Op school had hij de drukte van de eindexamens en de laatste repetities, thuis een ontwricht gezin met een dienstmeisje dat niet met de kinderen overweg kon – bedrukt en soms huilend stonden ze hem op te wachten als hij thuiskwam, het meisje hokte verongelijkt en verbeten in de keuken. In het ziekenhuis had hij met Dina te stellen: ze was bang dat het kind niet goed zou zijn. Terwijl hij toevallig naast haar bed stond, waren plotseling de weeën begonnen, 's middags om halfeen. Het komt, had ze angstig geroepen. Tien minuten later lag er een scharminkelig, onvolgroeid jongetje tussen haar met bloed bespatte dijen.

Nog een pad. Kinderen werden apart begraven, in een uithoek van de begraafplaats. Lieuwe tastte nogmaals naar zijn haren zonder hoed. De warme wind blies hem vol in het gezicht. Schitterend zeilweer was het. Hij kon haast voelen in zijn lichaam hoe het was om met deze wind over de Wijde Ee te schuimen. Daar ging zijn kind. Met elke stap kwam het dichter bij het graf, nadat het maar een dag had geleefd. Zijn kind. Zijn kind ging daar. Aan weerszijden van de doodgraver staken de uiteinden van het kistje uit. Zijn vader had dat kistje gemaakt. Pal voor het ziekenhuis had hij het uit de kofferbak van de Citroën getild, alsof hij een kastje kwam afleveren.

Moest hij straks met zijn vader een borrel gaan drinken bij De Posthoorn? Moest hij de dominee ook uitnodigen? In elk geval uitnodigen. Maar pas op het laatst, bij het uiteengaan, zodat hij zou begrijpen dat het maar uit beleefdheid was. Als de dominee toch meekwam, moest hij maar hopen dat zijn vader het op het terras van De Posthoorn niet in zijn hoofd zou halen om de man terecht te wijzen. Hij mocht zo graag mensen terechtwijzen, vooral als ze boven hem geplaatst waren. Een ingenieur die iets níet wist wat hij als eenvoudig meubelmaker wél wist – hij kon er jaren later nog over gloriëren. En dominees terechtwijzen, daar had hij ook een handje van. Eén kleine vergissing in een uit het hoofd opgedist bijbelcitaat was al voldoende. Nou moet ik dominee toch even op iets wijzen... Daar lag het graf, de berg aarde aan weerszijden al door de zon gedroogd. Over de strak geschoren haag woei hem de hooigeur uit de weilanden tegemoet. Het zou een kind van de hooimaand zijn geweest.

Geschaard om het graf – de doodgraver aan het hoofdeind, de dominee aan het voeteneind, Lieuwe en zijn vader tegenover elkaar aan weerszijden – namen de mannen hun hoed af en drukten hem tegen hun borst. Bij ieder liet de afgenomen hoed een zweetrand achter in het haar. De doodgraver wiste zijn gezicht af met een zakdoek, maar zijn zwarte jas met zilveren tressen bleef tot de bovenste knoop toe dicht.

Lieuwe voelde zich beter nu de anderen hun hoed hadden afgezet, minder het jonge broekje van drieëndertig dat geen hoed bezat. Even kwam hem in gedachten dat hij conrector was, de 'jongste conrector van Nederland', zoals hem was verzekerd. Maar het woog niet op tegen het niet bezitten van een hoed aan het graf van zijn kind. Hij vouwde zijn handen, rechtte zijn rug. Toen drong tot hem door dat er geen bloemen waren. Hij had er niet aan gedacht, hij had er ook niet aan gedacht om een krans, of wat moest er op zo'n kist liggen, bij de begrafenisondernemer te bestellen, en zijn vader had het natuurlijk voldoende gevonden dat hij gratis de kist leverde.

Hij boog zijn hoofd, onthutst, en keek naar de kist. Ja, dit was wel kaal. Gelukkig had zijn vader op het deksel een klein houten kruis gelijmd. Zijn kind werd in elk geval onder het teken van het kruis begraven. Was dat niet voldoende? Was juist uiterste soberheid in dit geval niet geboden? Met een bosje bloemen in zijn hand had hij hier te kijk gestaan als een sentimentele knaap. Ja, dit was het beste, deze soberheid: vier mannen, een door zijn vader gemaakte kist, en daarop het kleine kruis. Onder het teken van het kruis werd hij begraven, ook al was hij niet gedoopt, toch opgenomen in het grote geheel. En de grafsteen stond er al, met de naam van het kind erop. Dat moest hij niet vergeten. Dat de grafsteen er ook nog stond. Dat had hij toch maar voor elkaar gekregen. De steenhouwer was aangedaan geweest toen hij had gezegd dat het voor een kind was. Hij las de tekst die hij op de steen had laten zetten: 'God is licht, en in Hem is geen duisternis.' Trots gleden zijn ogen over de in de steen uitgehouwen woorden, haast alsof hij iets van zichzelf gedrukt zag.

De dominee sprak. Zijn verschijning werd nu gecompleteerd door een zakbijbel met vergulde duimgrepen, die hij in zijn rechterhand hield. Hij sprak met galmende stem. Het was de preekstem waar Dina zo'n hekel aan had, besefte Lieuwe. Zij vond het 'onecht' klinken en hij vond dat eigenlijk ook wel. Toch gaf het hem rust, die vertrouwde galm en de vertrouwde formules.

Tijdens het gebed keek hij door zijn oogharen naar de kist. Daar onder het deksel lag het. Ternauwernood één dag op aarde geweest. Hij had het niet aangeraakt, niet in zijn handen gehad en het alleen maar tussen Dina's benen zien liggen en later achter glas. Dina was niet gaan kijken. Hij had het haar afgeraden, de artsen hadden het ook afgeraden – door het te zien zou ze zich eraan hechten. 's Avonds had hij nogmaals bij het kind gestaan, geprobeerd er iets in te herkennen, maar niets herkend. Nu lag het daar in zijn kistje, op het punt om voorgoed te verdwijnen. Hij draaide zijn hoofd in de richting van de velden, naar waar de wind vandaan kwam.

3

Na de begrafenis zaten vader en zoon op het terras van De Posthoorn en dronken een glas bier, ook al was het een doordeweekse dag. De dominee had zich bij het hek van de begraafplaats uit de voeten gemaakt, hem wachtten weer 'andere taken', zoals hij zei. Hij moet thuis het gras nog maaien, had Roorda smalend gezegd, terwijl ze hem nakeken. Op het terras van De Posthoorn waren ze halverwege de middag de enige gasten.

'Als één man,' zei Roorda, halverwege zijn tweede glas bier, 'als één man kwam de hele kerk overeind om een danklied te zingen. Zo hadden de mensen met ons meegeleefd na de dood van de eerste Lieuwe. Ik voelde het al toen moeder met jou in haar armen binnenkwam, na de preek. Er was beroering. En nadat je gedoopt was, toen het orgel inzette, kwamen ze als één man overeind. Ja jong, dat was wat. De rillingen liepen me over de rug.'

Hij zweeg. Lieuwe zweeg eveneens. Het verhaal verveelde hem. Het was een ergerlijke gewoonte in de familie bepaalde verhalen steeds opnieuw te vertellen, liefst in de beproefde formuleringen. Dit was het 'als één man'-verhaal, waarbij zijn vader steevast een brok in zijn keel kreeg, net als wanneer hij uit de Friese bijbelvertaling voorlas.

'Nooit is een moeder zo blij geweest met haar kind als jouw moeder met jou, jong. Dat moet je wel beseffen. Jij bent gekoesterd. Ik weet wat ik zeg, want als kind heb ik nooit de liefde van mijn moeder gehad. Alles was voor de meisjes en mij lustte ze niet. Maar jij bent gekoesterd. Daarom was je ook zo voorlijk. Op je vijfde begon je al met lezen.'

'Vader...'

'Op je tiende kon je de namen van alle honderd Kamerleden uit je hoofd opzeggen. Dat gebeurde op een zondagochtend bij de koffie. We hadden visite. De mensen stonden versteld.'

'Vader...'

'Een uur later heb je het nog eens gepresteerd. Wist je dat?'

'Ja, vader.'

'De hele kamer zat vol.'

'Vader...'

'Dominee Wiebenga was er ook, en weet je wat die zei? Het ware beter geweest als een jongen met zo'n excellent geheugen alle verzen van de honderdnegentiende psalm uit zijn hoofd had geleerd, dan had hij een schat voor het leven gehad. Maar toen heb ik hem terechtgewezen, want er staat nergens in de bijbel dat wij het zonder wereldse kennis zouden moeten doen.'

Hij leegde zijn glas.

'We moesten maar eens opstappen, jong.'

In de auto, zijn handen op het stuur, keek Roorda geruime tijd zwijgend voor zich uit.

'Zorg goed voor Dina,' zei hij toen. 'Vrouwen hebben van deze dingen veel meer te lijden dan wij ons kunnen voorstellen. Je moeder is nooit echt over de dood van de eerste Lieuwe heen gekomen, ook al heeft ze daarna nog vijf kinderen gekregen.'

Hij startte de motor.

'En nu gaan we nog een keer naar het graf, jong, zonder die vreemden.'

Op de begraafplaats lag het graf nog open. Roorda nam zijn hoed af. Uit het hoofd reciteerde hij een stuk uit de honderdnegenendertigste psalm. Daarna sprak hij een gebed uit voor het dode kind, voor Dina en voor zijn zoon. Lieuwe keek naar de kleine kist zonder bloemen en wilde zo snel mogelijk weg bij het graf.

II

ONREIN

1

Een week later werden de twee jongens op de bus gezet. Het was precies hetzelfde weer als op de dag van de begrafenis: dezelfde volle, stuivende wind die de wolken voortstuwde – onophoudelijk gleden hun schaduwen over de weilanden en de nieuwbouwwijk. Toen de bus wegreed, zwaaiden ze naar hun vader en moeder, die bij het bushok achterbleven; hun kleine zusje zat op hun vaders arm. Toen ze zich omdraaiden en door de voorruit van de bus keken, waren ze opeens alleen.

Boven hun hoofden lag in het bagagerek de koffer. Een bruine koffer die al dagen geleden hun vertrek had aangekondigd. Hun moeder moest 'aansterken', heette het. Belangrijker was voor hen vooralsnog het vertrek van het dienstmeisje, dat er in zes weken niet in was geslaagd hun vertrouwen te winnen. Nauwelijks waren ze met hun moeder herenigd of die koffer was tevoorschijn gehaald. Gevuld met zijn kleren en met die van zijn broer had hij een onschuldig aanzien, maar gesloten stemde hij hem triest en voorspelde onheil. Nu, in de voortdenderende bus, keek Abel van tijd tot tijd omhoog naar het bagagerek en zag daar die koffer, die hem bewees dat hij op weg was naar zijn grootouders, dat hij met zijn broertje uit logeren was gestuurd.

In de dorpen en op kruispunten in de velden stapten nieuwe passagiers in. Door de opengeklapte deur drongen de geluiden van een dorpsstraat naar binnen of het ruisen van bomen langs een kanaal, soms een paar woorden van degene die achterbleef. Abel keek naar de nieuwkomers. Elke keer weer volgde hij de hand van de chauffeur, die op het kaartjesapparaat de gele en rode palletjes verzette, aan een hendel draaide en het tevoorschijn gekomen kaartje afscheurde. Hij vond het jammer als de deur van de bus dichtklapte en hem afsloot van de buitenwereld, van de stuivende wind, het wijde land.

Zoals hij met zijn ogen steeds de koffer in het bagagerek zocht, zo keek hij ook steeds omlaag naar zijn bengelende voeten. Vlak voor het vertrek was hij naar boven gelopen, had zijn hoge schoenen uit de kast gepakt en gezegd dat hij die aan wilde. De hoge schoenen met de haakjes en de 'stalen neuzen'. Maar zijn moeder had ze hem afgepakt omdat het winterschoenen waren, en hem zijn sandalen weer laten aantrekken. Hij had een afkeer van sandalen. Hij hield van hoge schoenen die strak om zijn enkels sloten.

De bus trilde hevig onder het rijden – misschien droeg dat ertoe bij. Het wegdek bestond uit klinkers, die geen effen rijweg boden. Soms waren ze verzakt in kuilen, soms juist omhooggeduwd door de boomwortels eronder. Voortdurend trilden de wielen van de bus, trilde de carrosserie, trilden de banken, en al dat trillen plantte zich voort in zijn lichaam, tot in zijn gespannen blaas. Er kwam een moment waarop dat schokken en trillen ondraaglijk werd. Hij moest het laten gaan. Er verspreidde zich een vochtige warmte in zijn kruis.

Even luchtte het hem op, hij ontspande zich, maar tegelijkertijd ontstonden de schrik en het afgrijzen. Hij verstarde. Hij schoof behoedzaam naar voren over de bank, tot hij alleen nog met zijn billen op de rand zat en met de punten van zijn sandalen op de vloer kon steunen. Een heimelijke blik omlaag leerde hem dat het zichtbaar was: een donkere vlek in zijn korte broek. Er gleden druppels langs zijn been. Hij bleef roerloos zitten, verlamd van schrik, nog een beetje loom door de heftige ontlading. De geringste beweging kon hem nu verraden, wist hij uit ervaring, want door zich te bewegen verspreidde hij de geur.

Na enige tijd kwam hij op het idee om zijn windjack uit te trekken, alsof hij het warm had, en dat over zijn bovenbenen te spreiden. Meteen schoof hij iets bij zijn broer vandaan. Hij plaatste zijn benen wijder uiteen, zodat de tochtstroom in de bus ook door zijn broek kon circuleren. Hij wist niet hoelang de reis zou duren, maar het kon nooit lang genoeg zijn om zijn broek te laten drogen. Gespannen zwijgend keek hij naar buiten.

2

Op het busstation stond hun grootmoeder hen op te wachten. Abel had haar al gezien voordat de bus stopte: een vrouw in een lichte zomermantel. Hij herkende de bult op haar voorhoofd, de kromme neus en haar vochtige lippen, die altijd iets naar voren staken, als de bek van een vis. Ze had zich pal naast het haltebord opgesteld, daar waar zo dadelijk de deur van de bus zou opengaan en haar kleinzoons zouden uitstappen.

Als laatsten kwamen de jongens de bus uit, voorafgegaan door de chauffeur, die hun koffer droeg. Hij maakte een praatje met de grootmoeder en slenterde weg, zijn geldtas aan zijn schouder, zijn jasje over zijn arm, naar het lokaal van de chauffeurs.

'Nou jong,' zei ze tegen Abel, 'wat zie jij er beteuterd uit. Is er onderweg wat gebeurd?'

De jongen schudde zijn hoofd. Hij had het windjack met de mouwen om zijn middel gebonden om zijn schande te verbergen, maar hij had niet aan zijn gezicht gedacht, en met zijn gezicht kon hij nog niet liegen.

'Zeg eens wat, jong.'

Ze hurkte voor hem neer. Daar kwam de bult op haar voorhoofd naar hem toe, en de geur van eau-de-cologne. Toen hij wegkeek, pakte ze hem bij zijn bovenarmen en schudde hem door elkaar. Omdat hem over wonderen was verteld, over een zee die zich tot twee muren van water verhief en een pad vrijliet voor de Israëlieten, over een rots die openspleet onder de slagen van Mozes' staf en water gaf, hoopte hij nu op een wonder: dat hij het zich alleen maar had ingebeeld, dat alles was uitgewist, dat er niets was gebeurd. Maar een ogenblik later hoorde hij haar zeggen:

'Nou nou nou! En dat voor zo'n grote jongen.'

Ze liepen het dorp in. Met haar ene hand hield de grootmoeder de jongste vast en in de andere droeg ze de koffer. Abel liep 'los'. Het gaf hem weer enig zelfrespect: dat hij in elk geval los liep, terwijl zijn broertje bij de hand werd vastgehouden. Onder het lopen schuurde zijn natte broek langs zijn dijen, zijn huid begon te schrijnen.

Zolang hij met zijn grootmoeder door het dorp liep, het windjack om zijn middel gesnoerd, was hij veilig. Maar één blik in zijn grootvaders meubelzaak was voldoende om zijn angst te laten oplaaien. Achter het spiegelende glas van de etalageruit stonden de tafels, stoelen, kasten, fauteuils en dressoirs in stijve formaties opgesteld. In de hol klinkende steeg naast het huis zag hij de fiets van zijn grootvader, groot en zwart. Op de binnenplaats vermeed hij het naar de deur van de fabriek te kijken.

In de keuken rook het naar warm eten: gebraden vlees, aardappels, soep en een vleug azijn die van de geraspte komkommer af kwam. De jongens moesten hun handen wassen en stonden op hun tenen voor het aanrecht, terwijl de grootmoeder de koffer opende en er schoon ondergoed uit pakte. Toen hoorde Abel op de binnenplaats de deur van de fabriek opengaan. Klossende voetstappen die in de steeg verdwenen. Zijn koffertje werd haastig dichtgeklapt. Opeens stond zijn grootvader achter hen: in hemdsmouwen, met het zweet op zijn gezicht en fijn, blond zaagsel dat aan de zweetdruppels was gaan kleven.

'Zo, daar is het kleine spul!'

Hij duwde de jongens opzij, plensde met beide handen water in zijn gezicht en tastte opzij naar de handdoek. Toen hij zijn gezicht had afgedroogd en zijn bril weer had opgezet, zei hij: 'Mensen, mensen, helemaal alleen de grote reis gemaakt! En nu willen jullie blijven logeren...'

'Toe, vader moest die kinderen niet bang maken.'

'Of willen jullie niet blijven logeren?'

Verlegen gaven de kinderen hem een hand. Hij kneep erin en liet de botjes in hun handen over elkaar schuiven. De een na de ander tilde hij de jongens boven zijn hoofd. Toen hij Abel naar de zoldering hief, trok er een grimas over zijn gezicht en zette hij hem haastig weer neer. Er viel een stilte. Abel keek naar de grond en zijn grootmoeder roerde angstig in de soep.

'Deze jongen riekt onrein!'

De grootvader begaf zich naar zijn stoel aan het hoofd van de tafel en dronk het daar gereedstaande glas melk in één lange teug leeg. Abel staarde als verlamd naar het bewegend strottenhoofd van zijn grootvader.

Na het eten werden de jongens door hun grootmoeder naar hun kamer gebracht. Hij lag op de eerste verdieping, aan de straatkant, hoog en stil, ondanks de geluiden van buiten. Er hing een grote spiegel waar het weer in zat, zoals hun grootmoeder uitlegde: een grote hoeveelheid kleine, bruine vlekken in het zilverige van de spiegel. Die enorme spiegel met zijn vlekken, vooroverhellend boven de schoorsteenmantel, stemde Abel nog triester. Hij zag zichzelf en zijn broer zitten, elk op het voeteneind van een bed, twee jongens in een korte broek.

Hun grootmoeder gaf hun boeken om te lezen. De boeken waren oud, en ook op sommige boeken zaten bruine vlekken. Ze ging op een bed zitten en liet hen naast zich plaatsnemen, elk aan een kant. Terwijl zijn grootmoeder voorlas, probeerde Abel haar dijbeen niet te raken met zijn been. Maar als hij even niet oplette, zakte hij tegen haar aan en voelde door de stof van haar jurk heen iets hards, wat hem afkeer inboezemde.

Na het voorlezen vertelde de grootmoeder over zichzelf, nadat ze een blik op de kamerdeur had geworpen om te zien of die wel was gesloten. Ze vertelde hun dat ze onderwijzeres was geweest. Als meisje van zestien al had ze op de school waar haar vader 'hoofd' was als invalster voor de klas gestaan. Het hele geschiedenisboek kende ze uit haar hoofd, van de eerste tot de laatste zin, nog altijd. Om het te demonstreren zei ze een passage uit het hoofd op. Gedwee hoorden de jongens het aan.

'En houden jullie wel van zingen?'

Met zachte stem zeiden de jongens dat ze wel van zingen hielden, terwijl ze wiebelden met hun benen en hun blik naar de twee ramen ging waar ze de straat konden zien.

'Jullie grootmoeder zingt elk jaar in het koor van de *Mattheüs*, en ze heeft dat al zo vaak gedaan dat ze alle koralen uit haar hoofd kent.'

Stralend van trots en genoegen begon ze te zingen. Abel keek naar de knobbel op haar voorhoofd, naar haar boezem, die omhoogkwam als ze een teug lucht naar binnen zoog, en naar de vooroverhellende spiegel met de bruine vlekken. Hij kon het woord 'onrein' niet van zich afzetten. Juist omdat het zo'n plechtig woord was, drukte het nog zwaarder op hem.

III

ONLUST

1

Ze moesten er hun schroom voor overwinnen, elke dag opnieuw. Wanneer ze de binnenplaats waren overgestoken en door de deur met ruitjes waren gegaan, stonden ze in een schemerige gang waarin hout op stellingen lag opgeslagen, planken en latten, in alle soorten en maten. Aan het eind van de gang gloorde licht: daar werd gewerkt. Tussen het hout klonken hun voetstappen gedempt. Met elke stap verwijderden ze zich verder van de hun welgezinde grootmoeder en naderden ze hun onvoorspelbare grootvader.

Halverwege de gang was een trap, die omhoogvoerde naar een verdieping waar de stoffen lagen waarmee stoelen en banken werden bekleed. Aan het eind van de stoffenopslag lag het kantoor van hun grootvader, dat uitkeek op de binnenplaats. Zich behoedzaam oprichtend opzij van het raam zagen ze onder de perenboom hun grootmoeder de dagelijkse kilo aardappels schillen. De dunne schillen kringelden onder het mesje in de mand op haar schoot.

In het kantoor was een Underwood-schrijfmachine het voornaamste attribuut. Ze stond op het bureau en vormde een stemmig stilleven met de telefoon van zwart bakeliet, een donkergroen vloeiblad, een aantal scherpgepunte potloden, een zakmes en het briefpapier van de firma. Op een plank stonden ordners met rekeningen en correspondentie van meer dan dertig jaar. Ergens hing achter glas de bouwtekening van de fabriek. Voor Abel was de Underwood onweerstaanbaar: dit bouwwerk van gietijzer met zijn slagpennen en met inkt bevlekte letterkoppen, de ronde toetsen met de vuilresten aan de rand van de witte letterplaatjes, de papierrol die hij kon ronddraaien, de gouden krulletters waarmee de naam Underwood op de zijkant van de machine was aangebracht en het donkere interieur van de machine – dit alles betoverde hem. Langzaam een toets indrukken, net zolang totdat de wagen met een rukje opschoof naar links – het deed zijn hart bonzen. Hij was graag in het kantoor. Met zijn broer kroop hij onder het bureau en daar zaten ze tegenover elkaar, knieën tegen elkaar aan gedrukt. Uit de prullenmand steeg de geur op van vers potloodslijpsel.

In de fabriek werkte hun grootvader met een knecht en een stoffeerder. Het daglicht viel naar binnen door boogvensters in de achtermuur. Werkbanken en machines stonden in rijen opgesteld. Op de werkbanken lagen hele en halve meubels en eronder de geurige houtkrullen. Voor de machines waren ze beducht: in werking gesteld maakten ze een oorverdovend lawaai en deden de vloer trillen. In de fabriek zag Abel nieuwe gedaantes van zijn grootvader: hoe hij geconcentreerd een plank door de snerpende cirkelzaag duwde, geërgerd een stuk hout wegschopte dat hem in de weg lag, en hoe zijn handen beefden als hij met iets bezig was dat hem niet meteen lukte. De bovenverdieping met zijn lichtkappen, ooit het tweede werklokaal, was afgesloten en werd alleen nog gebruikt voor de opslag van meubels en om te lakken.

In de jaren twintig en dertig hadden in deze fabriek tien, soms vijftien knechts gewerkt. Met een fabriek elders in de provincie maakte Roorda 'complete ameublementen'. Wekelijks reden vrachtauto's het land in om meubels af te leveren. In die jaren werden er foto's genomen van het 'voltallige personeel', opgesteld rond een van de nieuwe machines die uit Engeland waren gekomen: jonge kerels met opgerolde hemdsmouwen en een voorschoot, de armen gekruist voor de borst, en hun jonge patroon in het midden, zonder voorschoot, zijn haar opgeschoren en door een kaarsrechte scheiding in tweeën gedeeld.

Op zijn twintigste was Roorda deze onderneming begonnen.

Na drie jaar had hij de fabriek laten bouwen. Na tien jaar was hij in zichzelf een industrieel gaan zien: hij maakte plannen voor de Eerste Nederlandse Potlodenfabriek en toog naar het ministerie om geld los te praten. Hij reed in een auto en droeg maatpakken. Hij kocht een cello, leerde zichzelf spelen en trad toe tot een strijkje dat salonmuziek ten gehore bracht. Hij hield van de fijne smaak van de Poire William, die hij op de binnenplaats achter zijn huis had geplant, en eens, achteroverleunend na de maaltijd, verraste hij vrouw en kinderen met de uitspraak dat hij wel 'wijnproever' had kunnen worden. Voor zijn plezier begon hij in de fabriek zeilboten te bouwen. Op zaterdag sloot hij om twaalf uur precies de fabriek, na het middageten ging hij zeilen en liet de winkel over aan zijn vrouw, die, zoals hij graag zei, 'nog geen flesje meubelolie kon verkopen'.

Het was hem goed gegaan. Maar na de oorlog hadden de grote meubelfabrieken de markt veroverd. Er viel niet tegen te concurreren. Knarsetandend had Roorda moeten besluiten om meubels te verkopen die hij niet zelf had gemaakt. Hij had een van zijn zoons in de zaak genomen – hij zag een goede verkoper in de jongen, die net zo graag mocht praten als zijn moeder. Hij liet de knaap 'onderop beginnen' – alsof hij een fabriek met vijfhonderd man had en wilde laten zien dat zijn zoon pas in de directie zou worden opgenomen nadat hij het bedrijf 'van onder tot boven' had leren kennen. Jarenlang had hij alle veranderingen die zijn zoon voorstelde tegengehouden, toen was de jongen weggelopen. Voor zijn gefnuikte ambities zocht Roorda een uitweg in de gemeentepolitiek. Hij bracht het tot wethouder. Het was voor hem niet genoeg. Maar hij wist dat hij nooit zou weggaan uit het veendorp, uit deze streek. Waar moest hij heen, en wat moest hij daar doen? Hij was aangewezen op dagdromen, op plannen die zijn vrouw 'fantasterij' noemde, en in de buitenwereld op zijn sarcasme, dat hem weinig bemind maakte.

2

Elke dag, na het warme middagmaal, nam Roorda de tijd om zich met zijn kleinzoons te onderhouden over het boek der boeken. De voetstappen van de knecht en de stoffeerder klosten over de binnenplaats, maar de patroon bleef in hemdsmouwen aan tafel zitten, rookte een sigaret en ondervroeg de jongens over de bekendste figuren in het Oude Testament. Ondertussen ruimde zijn vrouw de tafel af en deed de vaat.

'Zo,' zei hij handenwrijvend, 'nu ga ik jullie eens flink in de tang nemen.'

'Vader, moest die kinderen niet zo bang maken.'

'Hou jij je erbuiten, lieve.'

'Altijd die bangmakerij! Straks willen die jongens niet meer komen logeren.'

'Heb je vandaag nog niet genoeg gekletst, lieve?'

'Nou, nou, nou!'

'Wees gij een dienstmaagd in het huis van uw Heer en doe de vaat.'

'En gij, hebt gij uw naaste lief als uzelf.'

'Uit liefde gebied ik je nu om te zwijgen, vrouw.'

Hoofdschuddend, uit gewoonte goedig lachend, maar ontdaan en gekwetst dribbelde ze voor het aanrecht heen en weer en zweeg. De grootvader prikte met de punt van zijn mes een plakje rosbief van de vleesschaal die voor hem was blijven staan en stak het in zijn mond. Hij had de rosbief zelf gesneden, de plakken mooi dun, nadat hij met een voor de jongens indrukwekkende handigheid het vleesmes op het wetstaal had geslepen.

'Wie was David?' vroeg hij aan Abel.

'David was een koning.'

'Koning over wie?'

'Over het volk Israël.'

'En weet je ook al uit hoeveel stammen het volk Israël bestond?'

'Twaalf.'

'En hoe heetten die twaalf stammen?'

De jongens zwegen en knepen plooien in het tafelkleed.

'Luister goed,' zei zijn grootvader, 'dan zal ik ze voor jullie opzeggen. Daar komen ze: Ruben, Simeon, Levi, Juda, Zebulon, Issaschar...' Hier kon zijn grootmoeder zich niet langer bedwingen, luidkeels viel zij in en gezamenlijk maakten zij het rijtje af: '... Dan, Gad, Aser, Nafthali, Jozef en Benjamin. Dit zijn de twaalf stammen Israëls!'

Roorda drukte zijn sigaret uit.

'Jullie grootmoeder wil laten zien dat zij het ook weet.'

'Anders jij wel, vader.'

'Zo is het wel genoeg, lieve.'

Met gebogen hoofd ging zij weer aan het werk. Abel zag dat ze het warm had gekregen: ze blies een paar losgeraakte haren uit haar verhitte gezicht.

'Wie was Adam?' vroeg de grootvader aan de jongste.

'Adam en Eva,' antwoordde die triomfantelijk.

'Adam en Eva in het paradijs,' vulde Abel aan.

'Maar wie wás Adam?'

Het werd stil. De grootmoeder was met de vleespan afgedaald in de koele kelder, door de open ramen kwam het gedempte geluid van de cirkelzaag in de fabriek, een aasvlieg vloog in de richting van de rosbief – en intussen voelde Abel een haast ondraaglijke spanning en opwinding in zichzelf ontstaan. Hij wist het, maar hij aarzelde. Het bloed steeg naar zijn hoofd. Toen hield hij het niet langer uit, stak zijn vinger op, net als in het klaslokaal, en antwoordde met schorre stem:

'Adam was de eerste mens.'

'Je bloost ervan, m'n jong. Maar het is goed: Adam was de eerste mens.'

Met de eerste mens was Abel al enige jaren vertrouwd. Vanaf zijn vijfde was hij voorgelezen uit de kinderbijbel. Het was het eerste en enige boek waaruit hij kreeg voorgelezen en hij had niet alleen de verhalen als moedermelk ingedronken, maar ook woorden geleerd die niet bij zijn leeftijd pasten, plechtstatige woorden die grote en duistere zaken aanduidden. De ‘goddelozen’ werden gestraft, wist hij. De steden Sodom en Gomorra waren om de ‘goddeloosheid’ van hun inwoners door het vuur verteerd. De vrouw van Lot, die er op de vlucht naar omkeek, was veranderd in een zoutpilaar.

Met de punt van zijn mes verjoeg de grootvader de aasvlieg, waar de kinderen aandachtig naar hadden gekeken.

‘Waar stond de tempel van God?’

‘In Jeruzalem,’ antwoordde de jongste prompt en keek weer verlangend naar buiten. In een hoek van de fabriek was hij bezig met het timmeren van een huis en hij wilde daar nu graag mee doorgaan. Abel daarentegen wilde niets liever dan zijn grootvaders vragen over de bijbel beantwoorden, want dat leek hem de enige manier om in diens achting te stijgen.

3

’s Middags werkte Roorda aan een zeilboot, die in een hoek van de fabriek lag, ondersteund door balken. Hij lag tegen een van de korte zijden van de fabriek, niet ver van de achteruitgang waardoor hij in het voorjaar, als hij klaar was, naar buiten zou worden gereden en op een vrachtwagen getakeld, centimeter voor centimeter omhooggehesen met zijn loodzware kiel, om ten slotte in de vaart te water te worden gelaten.

Dit jaar was hij laat met zijn boot. Het was het gevolg van de slechte winter die hij achter de rug had. Hij was neerslachtig geweest. Hij had veel staan ‘prakkezeren’, zoals zijn vrouw het noemde, in zijn kantoor, soms dagen achtereen. Hij stond bij het raam te roken, voedde de potkachel met resthout en krullen uit de fabriek en kwam tot niets. Nadat hij in de krant had gelezen over de ontdekking van grafkamers in de Egyptische woestijn en over de precisie waarmee de steenhouwers van destijds hun stenen voegden, had hij gedroomd dat hij in een grafkamer zat opgesloten en in het aardedonker zijn handen over de gladde wanden liet glijden, op zoek naar een naad, een geringe oneffenheid, die ene plek waar hij, door erop te drukken, een geheime deur zou kunnen openen. Met bonzend hart was hij wakker geworden uit zijn droom. In huis was hij die winter ongenietbaar: hij snauwde zijn vrouw af, hij snoerde haar de mond, hij kon haar gebabbel, die ziekelijke behoefte om maar te praten en te praten, niet meer verdragen. Maar in het voorjaar was hij zich beter gaan voelen en had hij het werk aan de boot hervat.

Sinds het eind van de oorlog had Roorda elk jaar een boot gebouwd. Meestal bouwde hij een BM. Het was een gewild schip: robuust, comfortabel en mooi van lijn. Hij begon er een zekere perfectie in te bereiken: al zijn boten voldeden aan de eisen voor de wedstrijdklasse. Elk voorjaar was er de dag waarop hij zijn nieuwe boot in de vaart liet zakken, de romp glanzend in de lak, het touwwerk nieuw. Elk jaar was er het moment waarop hij voor het eerst met de nieuwe boot zeilde. Na één seizoen verkocht hij hem meestal en in de grauwe dagen van november begon hij aan een nieuwe.

Dit jaar was hij laat: het zou wel augustus worden voordat deze boot in het water lag.

Door de nog open achterplecht zag Roorda opeens de jongen staan, met zijn handen in zijn zakken, naar hem kijkend terwijl hij liggend op zijn zij aan het werk was. Roerloos stond het kind daar beneden achter de boot en keek door het nog open latwerk omhoog.

'Scheelt er wat aan, jong?'

'Nee, pake.'

Roorda ging verder met hamer en beitel: hij was bezig met de boordkasten. Het kwam misschien ook door de ongemakkelijke houding waarin hij aan het werk was, maar het ergerde hem dat de jongen zo stil en lusteloos naar hem stond te kijken. Het loensende oog viel hem sterk op. Dit was dan zijn oudste kleinzoon, de stamhouder van de familie. Hij had een gaaf en sterk kind willen zien, een doerak, een druktemaker desnoods, maar niet zo'n timide en triestig joch, dat zich nooit op zijn gemak leek te voelen.

De jongen was te weinig gehard. Roorda had een zwak voor Dina – ze had zijn hart gestolen toen ze hier aan het eind van de oorlog voor het eerst over de vloer kwam. Maar ze was te zacht voor de kinderen. Ze beschermde hen te veel en wilde hen zo min mogelijk dwingen. Het werkte niet. De wil van een kind moest gebroken worden, anders kwam er niets van terecht. Vooral deze jongen had een harde hand nodig. Geef me drie maanden, dacht Roorda, en ik maak er een ander kind van.

'Zaterdag gaan we varen, jong. Staat dat je wel aan?'

'Ja, pake.'

'Ook als het hard waait?'

'Ik denk het wel, pake. Als ik me maar ergens aan kan vasthouden.'

Roorda schoof op zijn zij naar de boordkasten aan de andere kant van de kuip. Al glijdend zag hij door de open achterplecht het kind staan, nog steeds op dezelfde plaats, zijn blik op hem gericht.

'Wat sta je daar toch te lummelen, jong?'

Abel was betoverd door de gewelfde vorm van de scheepsromp, hij keek zijn ogen uit naar een spierwit, glad, onbehaard onderbeen dat uit een opgeschoven broekspijp stak en naar de haarlok die over het voorhoofd en de zwart omrande bril van zijn grootvader hing. Hij nam de Friese krachttermen, die zijn grootvader ten beste gaf, gretig in zich op.

'Ga je broertje helpen met het huis,' klonk het vanuit de boot. 'Straks kom ik kijken en dan moet het dak erop zitten!'

Abels blik dwaalde naar de schuifdeur in de achtermuur van de fabriek, die was geopend om frisse lucht binnen te laten. Hij kon de moestuin zien, bijna zonder kleur in het helle licht. Hij sloop naar de deur, toen zijn grootvader in het vooronder van de boot was gekropen, en glipte naar buiten. Onder een afdak stonden de bestelbus waarmee meubels werden afgeleverd bij de klanten en de grote, zwarte Citroën. Hij wachtte. Toen hij niet werd teruggeroepen, liep hij de moestuin in, langs de groentebedden, de bonenstaken en de vogelverschrikker met zijn uitgespreide armen, naar de kastanje, helemaal achterin bij de schutting. Een aasvlieg streek neer op zijn sandaal en trok zijn aandacht met zijn blauwzwarte, harige lijf en vliesvleugeligheid. Hij zat aan de wratten op zijn knieën te krabben. Hij schoof een hand in een van de pijpen van zijn korte broek, haalde hem weer tevoorschijn en rook eraan. Het was de onlust die hem in zijn greep had, onlust die alles onmogelijk maakte.

Thuis zette hij wasknijpers op zijn oren, steeds eentje erbij, en verdroeg de pijn zolang hij kon. De pijn joeg kleine scheuten adrenaline door zijn lijf, maar algauw was het opwekkend effect ervan verdwenen en begon het gif waarin zijn gefnuikte levenslust zich had omgezet, weer te werken. Hij ging met zijn laarzen in een sloot staan, langzaam wegzakkend in de modder, net zolang tot plotseling het koude water over de rand gulpte. Schrik en pijn. Zonder het te beseffen probeerde hij zich daarmee te bevrijden van de onlust. Maar het hielp nooit lang. Zichzelf genezen kon hij niet.

De beste remedie was de krachtige en langdurige omhelzing van zijn moeder. Ze ging ervoor zitten in haar kleine, elegante fauteuil, die met zacht leer was bekleed, klemde haar dijen om zijn benen, haar armen om zijn tegenspartelende lijf en drukte hem tegen zich aan. Als ze hem lang genoeg wist vast te houden, deden de zachtheid en de geur van het moederlichaam onweerstaanbaar hun werk. Ze voelde hem zwichten. Almaar zwakker werd zijn verzet. Ze genas hem met haar lichaam. Langzaam maar zeker trok de demon zich uit hem terug. Hij werd weer 'gewoon'.

4

Ook in het huis van zijn grootouders ontwikkelde zich die onlust. Twee dagen was er de prikkel van het nieuwe, toen maakte de verveling zich van hem meester en weldra de onlust. Zijn grootouders perkten zijn bewegingsvrijheid in, ze hielden er niet van als hij 'overal rondneusde'. Het benauwde hem om maar één keer per dag een uurtje met zijn grootmoeder op straat te komen voor de boodschappen. Hij was eraan gewend om altijd buiten te zijn. De vernedering die hij op de dag van aankomst had moeten ondergaan, het 'onrein', bleef hem bedrukken. Hij ontweek de knecht en de stoffeerder. Hij was zo beducht voor zijn grootvader dat hij zich liefst verschool als hij zijn voetstappen hoorde naderen.

Van de weeromstuit begon hij zijn grootmoeder te sarren door elke keer als hij de keuken binnenkwam het rijmpje op te dreunen dat zij hem had geleerd:

'Geef me een hand. Met verstand. Met vermaak. Die is raak!'

Elke keer als hij het opzei lachte ze goedhartig en stak haar hand uit. Maar ze voelde de gemeenheid van het kind. Zowel argeloos als meedogenloos werd haar de ouderwetsheid van dit rijmpje, dat ze al meer dan een halve eeuw bij zich droeg, onder de neus gewreven. Ze werd bespot door een jongen van zeven.

'Nou moet je ermee ophouden,' zei ze.

'Nog één keer.'

'Dat is dan de laatste keer.'

'En dan komt de allerlaatste keer en daarna de allerallerlaatste keer!'

Het kind dreef zijn bespotting nog verder door door haar een klap op haar nogal ver uitstekende achterwerk te geven, omdat hij voelde dat ze hem niet durfde aanpakken. Hij deed het nog een keer en rende weg. Maar door zijn grootmoeder te kwellen werd hij alleen maar nog zieker van zichzelf, van zijn ongedurige, lamlendige zelf.

'Heb je het niet naar 't zin, jong?' vroeg de grootvader sarcastisch.

Hij zweeg.

Het liefst hield hij zich op in de moestuin, omdat die hem nog het meest herinnerde aan het 'buiten' dat hij gewend was. Hij verborg zich onder de bladeren van een rabarberplant, hij kon er op zijn hurken onder zitten en keek vanuit zijn dekking over de tuin. Niemand wist waar hij was. Maar ook dat verloor spoedig zijn bekoring. Alles doofde uit, alles verloor zijn glans, alles stierf door zijn onlust. Hij wrikte aan een loszittende tand. Hij krabde aan zijn wratten, net zolang tot er een losschoot en begon te bloeden. In een poging zich uit deze heilloze toestand los te rukken stond hij op en liep naar de fabriek, maar toen hij onder het afdak was gekomen durfde hij niet naar binnen te gaan en keerde terug naar zijn schuilplaats onder de rabarberbladeren. Met handenvol strooide hij de warme, droge, korrelige aarde over zijn hoofd en begon daarna als bezeten de korrels uit zijn haren te krabben.

Na vijf dagen kwam, tijdens het middagmaal, de uitbarsting. Abel weigerde te eten. Hij had alle hoop verloren en wilde niet meer eten. Toen zijn grootvader opsprong en op hem afkwam, liet de jongen zich van zijn stoel glijden en dook weg onder tafel. Aan zijn oor werd hij eronder vandaan gesleurd. Het was pijnlijk, maar hij was het gewend, want zijn vader deed dat ook: hem aan zijn oor door de kamer sleuren om hem op de gang te zetten. Maar tijdens de worsteling schampte zijn grootvaders trouwring langs zijn slaap – en van het ene op het andere moment spoot de drift in hem omhoog.

Drift was iets geweldigs. Een oerkracht brak in hem los en benevelde hem. Hij vreesde niets en niemand meer. Nu schopte en sloeg hij zijn grootvader. Op het schoolplein slaagde hij erin om veel grotere jongens te overrompelen met zijn agressie. Zelfs Roorda was verbluft door de furie die hem aanvloog: hij moest diens oor, dat hij stevig tussen duim en wijsvinger gekneld hield, loslaten. De jongen wilde ervandoor gaan. Maar voordat hij de keuken uit was, had Roorda hem te pakken. Abel kreeg een klap tegen zijn hoofd die hem deed duizelen. Maar zijn wil en drift werden er niet door gebroken. Hij beet in zijn grootvaders hand en toen diens bril binnen bereik kwam, rukte hij die van zijn hoofd en smeet hem door de kamer. Ondertussen was hij aan het vloeken en schelden. Het duurde even voordat Roorda de kleine wildeman in bedwang had. Toen gaf hij hem een pak slaag dat hem zou heugen.

De rest van de middag bracht Abel door in de kelder. Door een rooster hoog in de muur viel licht naar binnen. Aanvankelijk zat hij op de keldertrap en huilde, maar veel meer van opluchting dan van woede en verdriet. De ban was gebroken. Toen zijn ogen aan het donker gewend waren, liep hij de trap af. Tussen de jutezakken met aardappels – het mud dat zijn grootvader jaarlijks bestelde – vond hij een stoel. Zijn grootmoeder bracht een paardendeken, en onder die deken zat hij urenlang tussen de aardappels.

IV

DE ZEILTOCHT

1

Op zaterdagmiddag verscheen zijn grootvader hem in een nieuwe gedaante. Hij stond op de binnenplaats met een schipperspet op zijn hoofd, in een trui en een witte broek, zijn voeten staken in oude gymschoenen. Ook zijn grootmoeder had een gedaanteverandering ondergaan. Ze had een broek met hielbandjes aangetrokken – nog nooit had Abel zijn grootmoeder een broek zien dragen – en ook zij droeg oude gymschoenen. Ze had een haarband omgedaan en op haar bril twee donkere glazen geschoven. Opeens zagen zijn grootouders er vakantieachtig uit en ook wel een beetje merkwaardig.

Zelf droeg hij zijn windjack, dat deze middag een ultieme test leek te zullen ondergaan. Meer dan ooit voelde hij zich de trotse bezitter van een windjack, een modern kledingstuk, dat hem aan Amerika deed denken (daar was immers alles 'modern'). Het was van een ongewoon lichte stof. Het had een rits in plaats van knopen, een capuchon en aan de onderkant een rijglint waarmee je het kon dichtsnoeren. Wanneer hij het met losse rits droeg en hardliep, voelde hij achter zich tussen zijn ellebogen het rugpand heen en weer zwiepen. Hij droeg het ook als een cape, met alleen de rijgband van de capuchon om zijn hals. Hij rende over bergen aarde die door draglines uit de bouwputten waren opgedolven, bergkammen waren het waar hij met fladderende cape overheen snelde. Hij hield ervan om van zo'n berg te springen en te voelen hoe zijn cape in de lucht wapperde. Het duurde helaas altijd maar kort: dat wapperen.

Er was die middag een onmiskenbare drift in zijn grootvader

gevaren. Aan het eind van het middagmaal werd de bijbellezing overgeslagen. Meteen was Roorda zich gaan omkleden. In de keuken had hij zijn vrouw, die een tas met proviand klaarmaakte, tot opschieten gemaand. Hij was nijdig geworden omdat het zo lang duurde, omdat ze 'nooit van huis kon wegkomen'. De jongens wachtten op de binnenplaats en durfden geen woord te zeggen. Bij het vertrek hesen ze zich op de bagagedragers van de fietsen – Abel haast als vanzelfsprekend achterop bij zijn grootvader.

Buiten het dorp reden ze langs de vaart. Roorda snoof de lucht op, keek naar de toppen van de bomen, naar het water. Al meer dan dertig jaar fietste hij op zaterdagmiddagen langs de vaart en taxeerde de wind om te weten wat hem op het meer te wachten stond. Een zekere gejaagdheid maakte zich dan van hem meester. Ook deze keer was dat het geval. Hij trapte zo hard dat zijn vrouw hem niet kon bijhouden, hij moest inhouden en keek ongeduldig over zijn schouder. Hijgend kwam ze langszij.

'Die boot loopt niet weg, vader!'

'Spaar jij je adem nu maar, lieve, anders komen we er nooit!'

Aan het eind van de vaart, een flink eind buiten het dorp, lagen een sluis, een boerderij met een hooiberg, een kleine scheepswerf en zwart geteerde schiphuizen onder de bomen. De vaart mondde hier uit in een breder water, door rietkragen en elzenbosjes omzoomd, en aan de overkant lagen zompige weilanden zover het oog reikte, hooiland, rietlanden, sloten, plassen en veeneilanden met hutten voor rietsnijders en vissers, her en der een afgelegen en alleen over water bereikbare boerderij.

Het was het gebied van Abels voorouders. Zijn overgrootvader, de man die hem als baby een ogenblik onwennig in zijn kromgegroeide handen had gehouden en aan de camera had getoond, was timmerman geweest op de werf, waar elk jaar een aantal tjalken van de helling gleden; diens vader was veenarbeider geweest, hij had turf gestoken en jarenlang aan een kanaal gegraven; en diens vader was visser geweest en had er in de sloten en plassen zijn fuiken gezet. Het waren mannen die hardnekkig het opvallend blauw van hun ogen doorgaven, de vorm van hun handen, een lange gestalte en een altijd knagende onrust.

2

Het eerste wat Abel hoorde was het klapperen van zeilen. Hij stond in de luwte van een schiphuis, net van het rijwiel van zijn grootvader gesprongen. Kortstondig klapperden die zeilen, gevolgd door het geluid van water dat langs een scheepsboeg begon te bruisen, tot weer dat klapperen losbrak, weer gevolgd door stilte en het bruisen van water. De deur van het schiphuis werd geopend. Hij ging naar binnen en zag een tiental zeilboten en salonboten liggen, van elkaar gescheiden door smalle steigers. Elke ligplaats werd afgesloten door twee deuren, waar het zonlicht door de kieren tussen de latten naar binnen viel. Door die kieren zag hij nog net een zeilboot verdwijnen.

Met zijn broer bleef hij staan op de plek die hun was aangewezen. Algauw waren zijn ogen aan het halflicht gewend. In het schiphuis heerste roerloosheid. Buiten woelde de wind en ruisten de bomen, binnen was het stil. Het beviel hem en zou hem nadien altijd weer bevallen: de roerloosheid in het halflichte schiphuis met zijn boten en de woeling van de wind daarbuiten.

De boot van zijn grootvader hing, als enige, boven het water. Roorda mocht graag iets doen wat een ander niet deed. Hij mocht vooral graag doen wat niemand in het dorp nog deed of had bedacht, iets waarmee hij kon verbluffen. Zo had hij als eerste bedacht dat het beter was voor zijn boot als hij hem na gebruik uit het water hees. Op een foto van de Rotterdamse haven had hij gezien hoe stukgoed met hijsbanden uit de scheepsruimen werd getakeld. Hij had de hand weten te leggen op twee van zulke hijsbanden en vervolgens in het gebinte van het schiphuis een hijsinstallatie gebouwd. Na elke zeiltocht werd zijn glanzend gelakte BM voortaan uit het water gehesen.

Abel zag hoe zijn grootvader boven op een balk tastte, een krukas tevoorschijn haalde, die in een lier stak en begon te draaien. Langzaam zakte de boot omlaag en met een zachte pets landde hij op het water. Aan een touw dat over katrollen liep trok zijn grootvader de deuren van het schiphuis open en met de vaarboom duwde hij de boot naar buiten.

Achter zijn grootmoeder aan liep Abel het schiphuis uit, langs de hooiberg, langs een grasveld waarop wasgoed lag uitgespreid, onder de bomen aan de vaart door, die met hun ruisen alle geluid overstemden. Terwijl hij onder de bomen stond, zag hij zijn grootvader de boot naar de overkant van het water duwen, de mast overeind zetten en de zeilen hijsen. Eindelijk kwam het grote ogenblik waarop hij aan boord mocht stappen. Er lag een natte dweil op de voorplecht waaraan hij zijn schoenen moest afvegen.

Toen hij al met zijn broer in de kuip van de boot zat, stond zijn grootmoeder nog op de wal.

'Schiet op, lieve,' riep Roorda. 'Ik lig met mijn tuig in die bomen te rijden!'

'Wat moet ik doen?'

'De boot afduwen, lieve! Is dit nu echt de eerste keer? De kop in de wind en afduwen!'

'Welke kant op?'

'Nog even en ik heb een scheur in mijn zeil, lieve! Nou, stap dan maar op. Ik doe het zelf wel.'

Driftig hielp hij zijn vrouw aan boord. Half vallend, in de war, de haarband scheef op haar hoofd, plofte de grootmoeder in de kuip. Boem, zei ze tegen de kinderen en probeerde alweer te lachen. Met de vaarboom duwde Roorda zijn schip van de wal af. Plotseling zwenkte de boot, de klapperende zeilen spanden zich, en hij voer weg – met niemand aan het roer. Gealarmeerd keek Abel naar het onbemande roer. Hij zag de bemodderde punt van de vaarboom boven water komen. Zijn grootvader sloeg ermee op het water om de modder eraf te spoelen. Intussen zeilde de boot.

'Pake, het roer!'

Roorda zette zich op het bankje bij de helmstok en haalde de zeilschoot aan. Hij keek omhoog langs de zeilen om te zien of de takken van de bomen er geen groene vegen op hadden achtergelaten. Daarna richtte zijn blik zich op het baken aan het eind van de sloot. Hij zei niets meer. In een gedrukt stilzwijgen werd aan de tocht begonnen.

3

Abel was te klein om over de rand van de kuip te kunnen kijken. Alleen wanneer de boot overhelde, zag hij het water en het riet op de oever voorbijglijden. Soms wierp hij een blik omhoog langs het zeil. Als hij de mast scheef zag staan, dwong hij zichzelf om te blijven kijken. Op bevel van zijn grootvader had hij zijn sandalen uitgetrokken. Steeds als de boot overhelde, zette hij zijn blote voeten schrap op de vlonders, gespannen wachtend hoe ver de boot zou overhellen, of het water bruisend op het gangboord zou verschijnen.

'Zo jong, heb je het nu een beetje naar 't zin?' vroeg zijn grootvader sarcastisch.

Op de Wijde Ee begonnen de jongens naar de wolken te kijken. Aan de bewegingen van de boot waren ze nu wel gewend geraakt en ze verveelden zich een beetje omdat ze op hun plaats moesten blijven. Maar boven het meer stond een hele wereld van stapelwolken.

'Ik zie de toren van Babel,' zei Abel.

'Jongen toch,' antwoordde zijn grootmoeder, 'zie jij zomaar de toren van Babel? En waar zie je die dan?'

In de glazen van haar zonnebril zag Abel zichzelf, zijn broertje, een stuk van de boot en het zeil weerspiegeld; hij staarde ernaar, niet in staat zich los te maken van dit beeld, en wees toen pas naar een wolkenmassa in de verte achter zijn grootvader.

'De toren van Babel was de eerste wolkenkrabber,' zei Roorda.

De jongens zwegen.

'Weten jullie wat een wolkenkrabber is?'

'Amerika,' zei de jongste.

'In Amerika zijn wolkenkrabbers,' vulde Abel aan. 'Ik heb ze in de bioscoop gezien.'

'Nou jong, jij hebt al heel wat van de wereld gezien, niet?'

Het stak Roorda dat de aandacht niet uitging naar zijn boot – naar deze door hem zelf gebouwde boot –, dat hun aandacht alweer naar iets anders uitging. Zo zijn kinderen, zei hij tegen zichzelf, je kunt het ze niet kwalijk nemen. Toch stak het hem. Hij liet de wolkenkrabbers schieten en begon over de Mount Everest, 'de hoogste berg ter wereld', die enkele jaren geleden voor het eerst 'door de mens was bedwongen'. Toen hij afgelopen winter dagen achtereen stond te prakkezeren in zijn kantoor had hij in een oud nummer van een weekblad foto's van de expeditie aangetroffen. Edmund Hillary en de sherpa Tenzing, broederlijk verenigd, glimlachend, in het verblindend felle zonlicht van het hooggebergte. Hij had er lang naar gekeken, naar die foto's, tastend langs de wanden van zijn leven.

'Maar zonder sherpa had die Hillary het niet gered.'

'Moest niet altijd afdingen, vader.'

'Zonder die sherpa had hij het nooit gered.'

'Hebt u wel eens een berg beklommen?' vroeg de jongste, terwijl hij dromerig zijn kin op zijn opgetrokken knieën liet rusten.

'Toen ik jong was, had ik het gekund.'

'Je pake kon de reuzenzwaai maken!'

'Ach, moeder.'

'Een reuzenzwaai?' vroeg Abel.

'Dat is aan de rekstok,' legde zijn grootmoeder uit. 'Je zwaait heen en weer en dan ga je een keer helemaal in de rondte. Dat is de reuzenzwaai. Je grootvader was voorzitter van de turnvereniging! Elk jaar liet hij op de uitvoering de reuzenzwaai zien.'

'Ach, lieve, hou nou toch op.'

'Waarom mag ik die jongens dat niet vertellen?'

'Dat hoeven ze toch niet allemaal te weten.'

'Wat geeft dat nou, vader?'

Met een bruuske duw tegen het roer liet Roorda de boot overstag gaan. Zwijgend zaten de jongens tegenover hun grootmoeder, die hun toeknikte en op hun gemak probeerde te stellen.

Abel vond het zwijgen niet onplezierig. De monotonie van de geluiden deed hem goed: het water dat bruiste om de boeg, het kortstondige klapperen van de zeilen als de boot overstag ging, het kraken van vlonders onder het gewicht van zijn grootvader als hij zich verplaatste op de roerbank, de klik waarmee de fokkenschoot werd vastgezet in de klem, en dan weer het bruisen van het water om de boeg. Steeds dezelfde geluiden, steeds dezelfde afwisseling van steeds dezelfde geluiden. Na een week begon hij zich eindelijk te ontspannen.

Nu en dan keek hij naar het spiegelbeeld in de zonnebril van zijn grootmoeder en zag zichzelf en zijn broertje zitten, in een lichtblauw en een rood windjack, om hen heen de kuip van de zeilboot en daarachter de lucht met wolken. Dit beeld, aan de randen vertekend door de kromming van de glazen, met kleuren die rijker en verzadigder waren dan de kleuren die hij om zich heen zag, trok steeds weer zijn blik. Hij werd slaperig. Hij had in het vooronder willen kruipen om op de zeilzak te slapen met het gemurmel van het water om zich heen. Zijn grootmoeder stootte hem aan. Hij mocht plassen in een conserveblik en voelde het warm worden in zijn hand.

4

Nadat hij de Wijde Ee was opgekruist, legde Roorda aan bij het hotel. Het liefst was hij verder gezeild. Voor de steiger lag een lange rij boten afgemeerd. Op het terras was hij weer omgeven door het gedoe van mensen. De tijd was er ook weer, net zo onwrikbaar als de vaste wal.

Hij liet zijn kleinzoons over aan zijn vrouw en trok zich terug uit het gesprek. Zowel afwezig als ongedurig tuurde hij van onder zijn pet over het meer. De zon brandde. Met licht bevende hand rookte hij een sigaret. Hij wilde er geen acht op slaan, maar volgde toch de gebeurtenissen rond de steiger: of er bekwaam werd afgemeerd, wie er zuinig op zijn tuig was, wie er slordig mee omsprong, wie de goede zeilers waren en wie de slechte. Er stonden twee jonge vrouwen, allebei in korte broek. Hun verloofden waren bezig in de boot: er moest iets aan het tuig gerepareerd worden. De jongedames kletsten, wachtend op de afvaart. Een van hen trok het meest zijn blik: een aanstelster, dat zag hij meteen, uitdagend, zich bewust van het publiek op het terras. Toch trok ze zijn blik. Slap van het lachen, zogenaamd, boog ze zich voorover, haar broekje spande om haar billen. Ja meid, we zien je wel. Dijen waarmee ze een paardenrug kon omklemmen. Tegenwoordig zaten ze achter op brommers. Het jonge vlees. Zolang je zelf jong was, besefte je maar half hoe mooi het was. Zelfs een lelijke meid zou hem nu goed genoeg zijn, alleen maar omdat ze jong vlees had. Roorda drukte zijn sigaret uit, zijn vingertoppen schroeiend. Hij stond op.

'Wat ben je toch ongedurig, vader.'

Zonder zijn vrouw te antwoorden liep hij naar de steiger om een boeier te bekijken. De lak op de romp glansde en had de kleur van honing, het touwwerk was nieuw, het schip leek onberispelijk onderhouden. Was dit het Statenjacht, was de commissaris van de koningin aan boord? Met die kerel had hij nog eens zaken gedaan. Roorda liep langs de jongedames. Ze vielen stil toen hij passeerde. Hij wierp een minachtende blik op hun verloofden in de boot. Prutsers. Hijzelf had dat allang voor mekaar gehad.

Nadat hij de boeier had bekeken, liep hij het hotel in en bestelde aan de bar een glas bier. Terwijl hij naar buiten staarde, stelde hij zich voor dat hij een industrieel was, dat hij een fabriek bezat en octrooien op een paar uitvindingen – dan had hij nu zo'n boeier, met een scheepsknecht en een mannetje dat het schip onderhield, hij was gekleed in smetteloos zeiltenue, vanavond dineerde hij met zijn vrouw in dit hotel, hij overnachtte er, en overal stonden ze voor hem te knipmessen.

Hij stond alweer op.

Op het terras hadden de jongens hun glas limonade leeggedronken, maar zijn vrouw had nog thee in haar kopje staan, zoveel had ze moeten praten, en toen ze hem zag, pakte ze haastig de theepot om zich het laatste restje in te schenken. Nog voordat ze haar thee had opgedronken, riep Roorda de ober en rekende af. Het liefst was hij op huis aan gegaan. De warmte maakte hem lamlendig en mismoedig. Het meer met zijn vermoeiende schittering ademde alleen nog verlatenheid.

5

Toen Roorda in zijn boot naar de geopende brug gleed, week de beklemming. Hij was veranderd toen hij de twee jongens aan boord tilde, en vooral toen hij de jongste optilde, die zo dromerig was en vol vertrouwen zijn handen op zijn grootvaders schouders had gelegd. Zijn slechte stemming was verdwenen, de boze geest had hem verlaten.

In een stoet van boten gleed Roorda's boot door de engte van de brug. Hij ving het klompje dat de brugwachter aan zijn hengel naar hem toe liet zwieren en stopte het bruggeld erin. Hij zeilde door een lange vaart. Vanaf de roerbank keek hij naar de jongens met hun verwaaide haren, die weer plat op hun achterste in de kuip zaten. Recht tegenover elkaar zaten ze en lachend drukten ze hun blote voetzolen tegen elkaar. In hun identieke kleding leken ze elkaars spiegelbeeld. Hij dacht aan Dina, zoals ze in het ziekenhuisbed had gelegen, verzwakt, met het verdriet in haar ogen, ook al probeerde ze flink te zijn, en hij dacht aan het dode kind dat hij had gezien toen het in zijn kistje werd gelegd. Het had zijn minuscule handen tot vuistjes gebald. Hij had meer zijn best moeten doen op dat kistje. Niemand zou het verschil hebben opgemerkt, het deed er niet toe of het beter was geweest, en toch had hij minder haastig moeten zijn en een gaaf kistje moeten maken voor een kind dat hij niet had gekend.

Op de Kruisdobbe, berucht ondiep, liep de boot vast. Roorda had zich te ver buiten de tonnen van de vaargeul gewaagd. Vastlopen, dat overkwam alleen prutsers, hem niet. Maar in de luwte van de bosjes op de oever liep de boot opeens trager en weldra lag hij stil. Geërgerd sprong hij op. De jongens en hun grootmoeder hielden zich muisstil.

Roorda stond op het voordek, duwend met de vaarboom om de boot los te wrikken. Abel had opdracht gekregen de helmstok te pakken en die 'in het midden' te houden. Keer op keer plonsde de vaarboom in het water. Zijn grootvader hing voorover, zijn schouder tegen het uiteinde van de boom, het zweet op zijn voorhoofd. Abel rook rottende planten, hij zag zwermen muggen dansen boven het riet, blauwige gasbellen op het zwarte water.

'Het roer in het midden, jong! Toe nou toch! Ja, zó!'

Langzaam draaide de boot opzij, weg van de oever, langzaam begon hij vaart te maken. Eindelijk liet de modder los.

In het gangboord, onder de in het want opgehangen vaarboom, zag Abel druppels modder op het dek, zwart en olieachtig glanzend, afkomstig uit het duistere rijk onder water. Zelfs die paar druppels waren voldoende om hem schrik aan te jagen en tegelijkertijd kon hij er zijn ogen niet van afhouden – zo zwart, zo glad, zo fluweelachtig glanzend.

De bodem van het eilandje trilde onder hun voeten. Achter zijn grootvader aan liep hij over een pad door het riet. Zijn broertje had zijn hand vastgepakt en liep vlak achter hem. Het was of ze een oerwoud in gingen. Zo moest een oerwoud zijn, zo dampig en warm. Reusachtig grote bladeren hingen over het pad. Zijn grootvader liep er bukkend onderdoor en waarschuwde hen de bladeren niet te raken met hun blote huid. In het riet, onder de dansende muggen, zag hij stinksigaren staan, bruin en fluwelig. Onder zijn blote voeten sopte de grond.

'Kijk,' zei zijn grootvader.

Abel zag een poel, een kleine plas, omsloten door riet en elzen. Het water was overdekt met diepgroene en ronde bladeren, en daartussen dreven witte bloemen. Aan de randen lag de poel in de schaduw van de lage bomen, in het midden plensde het zonlicht erop, als door een schacht, en verslond er alle kleur.

'Nou, wat vinden jullie ervan?'

'Mooi,' zeiden ze bedeesd.

Abel zag een waterhoen van blad naar blad stappen – en precies zo had ook hij, als Klein Duimpje, over die bladeren willen lopen, over de opstaande rand naar het volgende blad klimmen, tussen twee witte bloembladen door schuiven en dan op zijn rug in de waterlelie liggen. Hij hield ervan zich voor te stellen dat hij heel klein was, om als Klein Duimpje door het gras te lopen als door een bos. Nooit had hij dit verlangen sterker gevoeld dan hier, aan deze poel, waar hij een waterhoen bedaard en voorzichtig van het ene blad op het andere zag stappen. In het stilstaande water zag hij de stelen van de waterlelies in het donker verdwijnen. Hij had als een kikker onder die bladeren willen zwemmen, in die halflichte wereld tussen de waterplanten. Maar ook was hij bang voor de modder en alles wat daarin op de loer lag. Langzaam maar zeker begon de plek hem te beklemmen.

'Waarom zijn we hier?' vroeg hij zijn zwijgende grootvader.

Roorda hurkte naast de jongen neer. Met zijn hand schepte hij water uit de poel en slurpte het op.

'Daar gaan we thee van maken,' antwoordde hij en hij duwde een geblutste ketel onder water.

Al jaren kwam hij hier op zijn zeiltochten. Hij had zijn theewater uit het meer kunnen nemen, want ook daar was het water nog schoon. Maar hij verkoos het om door het riet naar deze poel te lopen. Hij kwam er vanaf het vroege voorjaar – wanneer het jonge riet als een lichtgroen waas in het vergeelde van vorig jaar omhoogkwam – tot diep in de herfst. Het was een plek waar hij raakte aan een ander bestaan, leek het, aan een ander stuk van zichzelf, terwijl zijn ketel zich borrelend vulde met water.

Hier niet ver vandaan was op een dag in november zijn grootvader in zijn roeiboot gestorven terwijl hij bezig was zijn fuiken te lichten. Knielend voor de roeibank was hij gestorven. Een zwart silhouet, zo stelde Roorda zich voor, in een zwarte boot tussen de staken van de fuiken. Een dag later hadden ze hem gevonden, geknield voor de roeibank, erop hangend, zijn handen nog steeds gevouwen. Hij was biddend gestorven.

Roorda twijfelde niet aan het verhaal dat zijn grootvader in zijn boot was gestorven. Hij twijfelde aan dat bidden – daar zat de verfraaiing. Hij liet zich niets wijsmaken. Toch kon hij het verhaal alleen zó voor zich zien: een oude man die geknield lag in zijn roeiboot tussen zijn fuiken, vlak bij het riet op de oever van het meer, terwijl zijn krachten het begaven. Het beeld had zich vastgezet in zijn hoofd en hij had het er niet meer uit gekregen. Hij minachtte de goedgelovigheid van zijn familieleden. Maar hij kon zich niet ontdoen van het beeld. Hij had zijn oog laten vallen op een plek op de noordelijke oever van het meer, waar al sinds mensenheugenis fuiken stonden. Wanneer hij erlangs voer, wanneer hij die plek in werkelijkheid zag, verwierp hij zijn idee. Maar zodra hij het zich in de geest voorstelde was dat toch onontkoombaar de plek waar de roeiboot met zijn biddend gestorven grootvader was gevonden. Het was waar en het was niet waar. Voor hem was het, op een steeds onvatbaarder manier, vooral waar.

De verborgen poel had indruk gemaakt op Abel, maar een nog veel diepere indruk maakte het op hem om zijn grootvader te zien zwemmen. Zittend in de boot, in de schaduw van de elzen, zag hij een lange en spierwitte man met een bril op het water in lopen, en dat was zijn grootvader. Alleen het hoofd, de hals en de onderarmen van zijn grootvader waren gebruind, de rest van zijn lichaam was van een vreemde witheid. Wadend langs de boot, wegzakkend in de modder, verdween die pezige en een beetje stramme man in het water, totdat hij zich met een kreet voorover stortte en wegzwom.

Op de verbazing over zijn grootvaders bijna naakte lichaam volgde verbazing over diens zwemstijl. Roorda lag op zijn linkerzij in het water, met zijn linkerarm vooruit gestrekt, hij bracht zijn rechterhand bij zijn borst en trok hem met een ruk naar achter, terwijl hij met zijn benen een trappende beweging maakte. Hij had zichzelf als jongen leren zwemmen – in zekere zin een revolutionaire daad, want geen van zijn voorvaderen was de zwemkunst machtig, hoeveel ze zich ook op en aan het water bevonden. Zoals uit veel andere zaken sprak ook uit Roorda's manier van zwemmen de autodidact. In zijn ogen was het een stijlvolle slag, heel wat fraaier in elk geval dan je met maaiende armen een weg banen door het water, want dat zag eruit of je aan het verdrinken was. Dat het een stijlvolle slag was, werd hem bewezen toen hij eens de notaris van het dorp, een deftig heer die tot de Friese adel behoorde, bij zijn in het riet verscholen salonboot had zien zwemmen: kalmpjes op zijn zij, deftig dus.

Steeds verder zag Abel zijn grootvader het meer op zwemmen, zo ver dat hij zich ongerust begon te maken, overeind kwam en zijn grootvaders witte haardos niet meer uit het oog verloor. Als hij een hond was geweest, zou hij nu zachtjes zijn gaan janken.

Later zag hij zijn grootvader naast de boot staan en met een spons de met modder bespatte romp schoonmaken, zijn broertje stond erbij te kijken. Hij hoorde de vlam van de primus suizen en het water in de ketel zingen, zijn grootmoeder stalde boterhammen uit op een theedoek, hijzelf hield de ketel op de primus vast, hij zag de top van de mast tussen de elzen, hoorde de stemmen van zijn grootvader en zijn broertje, met elkaar in gesprek, en voor het eerst die week voelde hij zich niet langer door schande belast.

6

De zon stond laag, de wind was bijna weggevallen en met wijd uitstaand zeil gleed de boot over de Wijde Ee. Er voeren nog maar enkele boten op het meer, allemaal bewogen ze in dezelfde richting. Nu en dan gaf een windvlaagje de boot wat meer vaart en klonk even een zwak bruisen bij de boeg. Juist in de avondstilte begon Roorda de onrust weer te voelen.

Hij had een kleine, onbenullige zonde begaan, die hem als een graat in zijn keel stak.

Meteen nadat hij door de brug was gevaren, had hij koers gezet naar een van de woonboten die daar voor de wal lagen omdat hij er een aardig, jong vrouwtje had ontdekt dat uit het raam hing en haar pannen spoelde in het meer. Hij was er langsgedreven, had haar iets toegeroepen en wat met haar geschertst. Een mooie boezem had ze, dat had hij al van ver gezien. Het trof hem om haar uit het raam van de woonboot te zien hangen en met krachtige hand haar pannen te zien schrobben. Ze had zich de haren uit haar verhitte gezicht geblazen en naar hem gelachen, terwijl ze mooi voorover bleef staan en zich weerde, want ze was niet op haar mondje gevallen. Het had niets om het lijf gehad. Maar al die tijd, zacht voortglijdend langs de woonark en dat vooroverbuigende vrouwtje, had hij de blik van zijn eigen vrouw op zich voelen rusten en geweten dat hij weer een kerf had gezet in haar ziel.

Roorda zweette.

'Kom es hier, jong,' zei hij tegen zijn oudste kleinzoon.

Abel hing met zijn ellebogen op het gangboord en liet een rietpluim over het water slepen. Zijn grootmoeder zat bij de mast, plat op haar achterste, en zweeg, nadat ze eerder opgewekt met zijn broertje had gebabbeld, steeds zijn hand vasthoudend. Nu zat ze plotseling zwijgend bij de mast. Abel voelde weer de spanning die er aan het begin van de tocht was geweest.

'Kom es hier, jong, dan zal ik je leren sturen.'

Aarzelend kwam het kind naar hem toe. Roorda trok het tussen zijn knieën en legde diens rechterhand op de helmstok. Hij wees op een baken in de verte en begon uitleg te geven.

Kaarsrecht stond Abel tussen de knieën van zijn grootvader en probeerde de boot naar het aangewezen baken te sturen. Nu en dan keek hij achterom naar het kielzog om te zien of het wel 'een rechte lijn' was. Eerst zwabberde de boot, het zog was een voortdurend kronkelende lijn, hij kon er niets van, wilde het opgeven, maar na een tijd begon het te lukken.

Roorda voelde zich beter met het kind tussen zijn knieën, minder schuldig. Hij leerde het iets, hij liet er zijn welwillend oog op rusten, hij beschermde het. Dat was tenminste iets. Het kind met zijn tengere lijf maakte hem week. Hij wilde zijn armen eromheen slaan, die tengerheid tegen zich aan voelen. Het zweet brak hem uit. Zijn armen om dat kereltje heen slaan. Roorda wachtte tot hij zichzelf weer meester was. Toen legde hij als terloops een hand om de smalle leest van het kind, zijn vingers op het magere ribbenkastje. Maar het was een geforceerd gebaar. De jongen voelde het meteen.

'Nu moet ú maar weer sturen,' zei hij.

Hij stapte tussen zijn grootvaders knieën vandaan en raapte de rietpluim op van de vlonders. Roorda wendde zich af en keek achterom naar het kronkelende kielzog. Er was geen uitweg. Hij zat opgesloten in zijn leven.

DE LAATSTE DAG

1960

I

DE KIKKER EN DE POLSSTOK

1

Nat gras, ritsend langs zijn laarzen, in alle vroegte buiten zijn terwijl de anderen er nog niet waren, nevel boven het weiland en een stilte waarin hij een kikker door het gras kon horen springen – het was genoeg om gelukkig te zijn. Hij keek naar zijn laarzen, die door het gras schoven, het hoge gras dat boog onder het gewicht van myriaden glinsterende druppels. Die nacht had het geonweerd en voor het eerst in weken geregend. De wolken hingen laag, een egaal wit wolkendek waar de zon net doorheen was gebroken. De lucht was van vocht verzadigd. Het zou een broeierig-warme dag worden. Maar nu huiverde hij nog in de ochtendlijke koelte.

Abel volgde de kikker, die met sprongen door het gras wipte, voor hem uit, en stilzat zodra hij stilstond, stilzat met kloppende keel. Bij hem neerhurkend, allerbehoedzaamst, wist hij het dier te vangen door zijn handen eroverheen te leggen. Hij voelde de natte kikker opspringen tegen zijn vingers, maar hij hield zijn handen dicht.

In het voorjaar had hij het met eigen ogen gezien in het gelige en zondoorschoten slootwater waarmee hij een glazen weckpot had gevuld. Uit het kikkerdril waren na een paar dagen de dikkopjes ontstaan, bijna doorzichtige visjes die heen en weer schoten tussen de waterplanten in de pot en die op een ochtend in minuscule kikkertjes veranderd bleken te zijn. Urenlang had hij naar die pot gekeken, er zijn handen omheen gelegd en hem vlak bij zijn ogen gebracht. Maar ook toen weer die schok: dat iets hem een tijd boeide, en dan niet meer, dat iets hem kon vervullen en dat daar een einde aan kwam. Hij schaamde zich toen de dikkopjes en de vingertopgrote kikkertjes hem eigenlijk niet meer interesseerden, hij had geprobeerd om ten minste elke dag de nieuw ontstane kikkertjes te tellen, maar zelfs dat vergat hij, en toen hij de glazen pot leegstortte in de sloot was het hele avontuur allang voorbij.

Nu zat hij met een kikker in zijn handen en zijn hart bonsde. Dit durfde hij nu: een kikker in zijn handen houden. Hij was in staat zijn schrik te beheersen, zijn handen op elkaar te houden, terwijl het natte en weke dier erin rondsprong. Opeens bewoog de kikker niet meer. Terwijl hij daar zo zat, bijna onzichtbaar in het gras, met het dier in zijn handen, begon Abel iets te verwachten, zoals altijd wanneer hij alleen op een stille plek zat, hij verwachtte iets, en zo het al benoembaar was, dan was dat een verandering, een wonderbaarlijke verandering. Het leek of de mogelijkheid van die verandering samenhing met de mate waarin het stil was en hijzelf stil kon zijn. Hij ademde zo licht mogelijk en verroerde zich niet. Zoals de kikker in zijn handen roerloos wachtte, overgeleverd aan een ondoorgrondelijke macht, zo wachtte hij zelf, op zijn hurken in het gras, terwijl om hem heen de dauwdruppels glinsterden.

Toen hij over zijn schouder keek, zag hij in de verte de verhuiswagen staan. Hij was niet vergeten dat de verhuizers zouden komen – daarom waren ze voor dag en dauw opgestaan – maar nu hij de verhuiswagen werkelijk voor het huis zag staan, schrok hij.

Hij was niet meer alleen met de kikker en liet hem gaan.

Toen hij Gjalt en zijn broer bij de verhuiswagen zag, kon hij niet langer blijven zitten. Met tegenzin stond hij op en liep terug. Het natte gras ritste weer langs zijn laarzen, maar het was niet langer het gras van zoëven.

'Ik heb een kikker gevangen,' riep hij, 'een grote!'

'Waar heb je hem? Laat zien!'

'Ik heb hem weer losgelaten.'

Hij voelde dat het weinig indruk maakte om over een gevangen kikker te beginnen en hem niet te kunnen laten zien, om prat te gaan op een prooi die hij niet kon tonen en dus misschien niet eens had gevangen. Hij had beter zijn mond kunnen houden.

'Kikkers zijn zo stom,' zei Abel. 'Als je ze loslaat, blijven ze gewoon zitten. Je zou ze zo dood kunnen trappen.'

Met de anderen liep hij om de verhuiswagen heen om hem te bekijken. Drie verhuizers waren er, drie vreemde mannen die het huis zouden leeghalen. In de verhuiswagen hingen dekens en trossen touw, de laadruimte leek veel te groot voor alle huisraad. Hij liep het huis in. Maar zijn moeder, al verhit en bezweet, stuurde hem naar buiten.

De achtertuin lag er nog bij als gister en eergister, met de schuur die naar oude kranten rook, met de zandbak waarin de vormen voor zandtaartjes van zijn zusje rondslingerden, met de autopeds in het gras. Maar in huis waren de gordijnen al afgenomen, de kamers oogden kaal. Het eerste huisraad werd naar buiten gedragen: een kastje dat hij kende, maar nu leeg en met openvallende deurtjes op de schouder van een van de vreemdelingen. Elders ging het gewone leven door: in een van de buurtuinen werd de was opgehangen, een man ging naar zijn werk en duwde op het tuinpad het hek met zijn fietswiel open. Hevig geurde de aarde na de nachtelijke regen, maar het gaf hem niet het gebruikelijke plezier om met zijn bovenlijf langs natte struiken te strijken en te huiveren, de aarde geurde voor niets, leek het, niet meer voor hem, en hij wist niet wat hij moest doen, overal weggestuurd omdat hij in de weg liep – totdat hij naast het huis zijn polsstok zag liggen.

2

Een echte Friese jongen, vond zijn grootvader, kon polsstokspringen. In het voorjaar trokken dorpsjongens met hun polsstok de weilanden in om eieren te zoeken en met die lange stokken sprongen ze over de sloten. Roorda had als jongen zelf zo rondgezworven en had sterke herinneringen aan die voorjaarsdagen: de weidsheid van het land, het sappige gras, het zwarte water in de sloten, nog koud ogend, en overal het geluid van vogels. In de fabriek, waar hij van een sparrenstam een polsstok maakte, had hij aan zijn kleinzoons laten zien waar hij vroeger de gevonden eieren bewaarde. Hij nam blokjes hout van de vloer, legde ze in zijn pet en zette die behoedzaam op zijn hoofd.

Eerst had Abel de polsstok laten liggen, afkerig van nieuwe dingen als hij was, geïntimideerd door de lengte van de stok (die ongeveer viermaal zo lang was als hijzelf). Maar ten slotte was hij ermee gaan springen over de sloot voor het huis en meteen op die eerste dag was het of de pols, die geweldige hefboom, hem ergens uit tilde: hij tilde hem uit zijn bedeesde bestaan en zette hem met een grote zwaai in de wereld.

Na schooltijd was er nu nog maar één ding: springen.

De sloot voor het huis was er geschikt voor, met zijn schuin aflopende wal waartegen hij de pols kon laten leunen. Hij liep een tiental passen achteruit in het gras, spuwde in zijn handen om ze stroef te maken en nam zijn aanloop. In volle ren greep hij de polsstok en zette af. Terwijl hij over de sloot zweefde, voelde hij onder zich de leegte, het water waar hij in zou kunnen vallen en om zich heen alleen nog de lege ruimte. Bij het neerkomen aan de overkant sloegen zijn hakken in de grond, kluiten losmakend, die hij achter zich in het water hoorde plonzen. Hij werkte de pols los uit de modder en wierp hem naar de overkant, waar zijn broer en Gjalt stonden te wachten.

Met steeds groter behendigheid en durf werden de sprongen uitgevoerd, steeds hoger pakte hij de polsstok vast om de boog van zijn sprong te verlengen, steeds langer werd zijn aanloop. Het summum was om op blote voeten te springen. Zorgvuldig werden alle steentjes uit de aanlooproute verwijderd. Rennend en springend op blote voeten voelde hij zich nog leniger, nog behendiger en sterker. Eindelijk begon het ergens op te lijken. Eindelijk mocht hij gezien worden. Fietsers en voorbijgangers – opeens wilde hij door hen gezien worden. Hij sprong de hele dag. De avondzon brandde op zijn gezicht als hij met zware benen zijn laatste sprongen maakte, verzadigd, lacherig, overmoedig. Nog eens sloegen zijn hielen in de koele en smeuïge klei, hij liet zich voorovervallen in het gras, en steeds als hij achter zich de kluiten in het water hoorde tjoempen, huiverde hij van genot.

Toen de verhuizers waren begonnen, greep hij zijn polsstok. Verlegen, omdat de mannen hem zagen, stak hij met de lange stok op zijn schouder de weg over. Vier, vijf keer nam hij zijn aanloop en zweefde over de sloot. Maar het springen was niet meer wat het was geweest. Het leek een herhaling van iets wat hem ooit had opgewonden en wat hij nu nog eens dunnetjes overdeed. Tussen de sprongen door, als zijn broer en Gjalt aan de beurt waren, dwaalden zijn ogen naar de verhuiswagen. Hij trok zijn laarzen en sokken uit, hij liet zijn aanloop bij de straat beginnen, maar niets hielp – elke sprong had iets overbodigs.

Ze liepen de buurt in om naar het heien te kijken. In de bouwput lagen plassen met een schelle glinstering. De grond trilde onder hun voeten. Met harde klappen viel het heiblok op de palen: eerst een houten paal, die snel de grond in schoot, en dan een korte van beton erbovenop. Abel stond er graag naar te kijken, juist omdat alles zich eindeloos herhaalde. Nu had het geen belang meer. Ze gingen op hun buik op een zandhoop liggen en groeven gangen in het koele zand, naar elkaar toe, tot hun vingers elkaar raakten. Het deed er niet meer toe. Het was alleen maar herhaling van wat ze eerder hadden gedaan.

Gjalt begon zich te vervelen, zag hij, en hij werd bang dat zijn enige vriend zou weglopen, niet meer met hem zou willen spelen op deze laatste dag, dat hij vóór zijn vertrek al in de steek gelaten zou worden. Hij werd druk en schreeuwerig. Ze achtervolgden elkaar over de aardhopen rond de bouwput, ze bekogelden elkaar met aardkluiten. Maar hoe drukker hij werd, hoe meer hij zich inspande om de andere jongen te boeien, des te meer leek die hem te ontglippen.

3

Met een foto werden de banden nog eens bevestigd. Terwijl hij zich doelloos in de achtertuin van de buren ophield, steeds maar bij Gjalt blijvend, verscheen zijn vader met de boxcamera – die hij zoals gebruikelijk enigszins aan het zicht probeerde te onttrekken.

Er werd maar spaarzaam gefotografeerd. Maar elke foto waarvoor hij moest poseren, was er voor Abel een te veel. Hij liep weg als de zwarte doos in zicht kwam. Ook zijn moeder hield er niet van om op de foto te gaan. Zodra zijn vader op idyllische ogenblikken of plekken de camera tevoorschijn haalde, riep ze: 'Hè gat, nee!' De camera verstoorde. Voor Lieuwe Roorda was het nemen van een foto van zijn gezin altijd een ietwat hachelijke onderneming: hij liep het risico dat de anderen zich en bloc tegen hem zouden keren.

Enigszins omzichtig naderde hij nu dan ook in de tuin van de buren de drie jongens, de camera min of meer achter zijn rug verborgen, en voordat hij aankondigde een foto te willen nemen, verzekerde hij zich eerst van de steun van de buurvrouw. Hij zette de jongens op het hek van de achtertuin. Met de armen om elkaars schouders geslagen poseerden ze daar als trouwe vrienden, gezworen kameraden.

Nadat de foto was genomen, werd Gjalt naar binnen geroepen. Vanuit de tuin zag Abel hoe de jongen in de keuken zijn gezicht, handen en vuile knieën waste en hoe zijn moeder een natte kam door zijn haren haalde. Weldra vertrok Gjalt met zijn moeder en jongere broer naar de stad om kleren te kopen.

II

HET CONCERT

1

Terwijl hij de boxcamera voor zijn buik bracht om de jongens te fotograferen, had Lieuwe, zoals hem al weken steeds weer overkwam, het afscheid gevoeld. In het ogenblik dat hij nodig had om zijn hoofd te buigen en zijn blik te richten op de zoeker van de camera, waarin vaag de drie jongens verschenen, zag hij achter hen het braakliggend terrein met aan vier zijden de twee korte en twee lange blokken rood bakstenen huizen, met in de achtertuinen de overal eendere schuurtjes, de eendere betonpalen met hun dwarslatten waartussen de waslijnen waren gespannen, en hij realiseerde zich vol bevreemding dat dit dus de plek was waar hij zeven jaar van zijn leven had doorgebracht.

Nadat hij de foto had genomen haastte hij zich naar zijn studeerkamer. Op de eerste verdieping van het huis zat hij voor de openstaande balkondeuren, met uitzicht over de weilanden, de schrijfmachine op zijn knieën, en begon aan zijn laatste stukje voor de plaatselijke krant – terwijl de verhuizers in en uit liepen en dozen met boeken weghaalden. De schrijfmachine drukte zwaar op zijn knieën, hij wiebelde. Hij zat ermee te klunzen, totdat een van de verhuizers op het idee kwam om er een boekenplank onder te leggen. Lieuwe – hij was nu vierendertig – bloosde om zijn onhandigheid.

'Ja, u bent handig,' zei hij lachend, 'dat kan ik wel zien.'

Onmiddellijk vergat hij de verhuizers weer en keek peinzend naar buiten. Tussen de spijlen van het balkon door zag hij in de voortuin zijn oudste zoon onder de drie berken staan, in een karakteristieke houding, een beetje triest, zoals hij vaak kon zijn, terwijl hij de verhuizers gadesloeg en wachtte op Gjalts terugkeer. Algauw vergat hij ook de jongen. Hij vond het prachtig zoals hij daar zat, zijn schrijfmachine op een plank op zijn knieën, werkend aan zijn laatste stukje voor de krant, terwijl om hem heen de verhuizers bezig waren – de anekdote begon al te ontstaan nu hij er, om zo te zeggen, nog middenin zat. Starend naar het kopijvel in de machine zocht hij naar zijn eerste zin. Hij moest een recensie schrijven over een concert dat gisteravond had plaatsgevonden, in de enige zaal die het stadje rijk was, een concert dat hij zelf had georganiseerd.

2

Het was een belevenis voor hem geweest. Aan het eind van de middag had hij de pianist opgehaald bij het busstation, zich ervoor generend dat een zo bekend musicus met een streekbus in de stad moest arriveren, zich er tegelijkertijd over verbazend dat hij deze beroemdheid, die geregeld in het Concertgebouw optrad, met een koffer en een sigaret in zijn vrije hand uit een bus zag stappen.

Hij had hem naar De Posthoorn gebracht, mooi gelegen aan de kade van het water dat door de oude vestingstad stroomde, een plek met historie. Bij de inschrijving in het hotel had hij naar de handen van de pianist gekeken en er niets bijzonders aan kunnen ontdekken. Ze waren niet uitzonderlijk groot, zoals de handen van Liszt, die twaalf toetsen schenen te kunnen omvatten, en ook niet opvallend soepel en gevoelig, zoals de handen van Chopin (hij had een foto van het gipsafgietsel van diens linkerhand gezien), noch waren ze uitzonderlijk goed verzorgd – integendeel, op de toppen van wijs- en middelvinger van de rechterhand merkte hij zelfs de geelbruine aanslag van nicotine op. Er viel eigenlijk niets bijzonders te zien aan deze ietwat nurkse en weinig spraakzame man van middelbare leeftijd in lichte regenjas, die steeds weer een nieuwe sigaret opstak.

Van het hotel had hij hem naar de zaal gebracht waar de vleugel stond en waar de pianostemmer net zijn gereedschap opborg. Terwijl hij met de pianostemmer op het podium bleef staan, op eerbiedige afstand van de vleugel, was hij getuige geweest van een metamorfose. Gezeten aan de vleugel, na enig gehannes met de pianokruk die nauwkeurig moest worden afgesteld, bezat de pianist het opeens: houding, autoriteit. Nog teruggehouden, niet volledig getoond, maar toch onmiskenbaar. Bij 's mans eerste aanraking van de toetsen had Lieuwe kippenvel gekregen.

Na afloop van het concert, in een roes, ernaar verlangend om nog uren met de pianist over muziek te praten, had hij hem teruggebracht naar De Posthoorn. In de rumoerige gelagkamer had hij de man een borrel aangeboden. Maar deze had zich verontschuldigd: hij was moe en wilde morgen al vroeg vertrekken. In zijn rokkostuum, de regenjas over zijn onderarm, was hij in de hal de trap op gelopen. Lieuwe had hem nagekeken en ook dat ogenblik had zich in zijn geheugen gegrift: opeens had die eerst haast onaanzienlijke man voor hem toch een aura gehad – uit die man daar, met alweer een sigaret, was al die muziek gestroomd. Hij had alles uit het hoofd gespeeld.

Op weg naar huis, terwijl in de verte boven het aardedonkere land het onweer rommelde, was er een heel verhaal ontstaan rond een pianist en een optreden in een provinciestadje. Het had hem iets geleken voor een novelle. *Het concert* zou hij hem noemen. Het verhaal eindigde in de drukkend warme zomernacht waarin hij nu zelf naar huis liep, met ook een onweer rommelend in de verte, onder de bomen op de stadswallen of in een hotelkamer, in elk geval zou het leven van de pianist in dat afgelegen stadje, waar hij voor het geld had moeten spelen, een verandering ondergaan door de ontmoeting met een uit het oog verloren vrouw. Hij had haar in de oorlog in de onderduik leren kennen, dus dat verleden doemde ook weer op, een vrouw die nu keurig was getrouwd met de plaatselijke arts. Aardig detail: dat hij zonder het te weten had gespeeld op de vleugel van de doktersvrouw, zoals de pianist van vanavond dat trouwens ook had gedaan. Een novelle, ja, die kon hij tussen de bedrijven door schrijven. Een mooi, geserreerd verhaal. De pianist die uit de streekbus stapte in die lichte regenjas, het rokkostuum dat rook naar de stomerij, de nicotine-aanslag op zijn vingers, de rokerige gelagkamer van De Posthoorn, harde Friese stemmen en het geklik van biljartballen nadat je net Schubert had gespeeld, en die vrouw van de dokter in de zaal, het magnetisme van dat vrouwengezicht tussen de andere gezichten, de gedaantewisseling die zich in één nacht voltrok, hoe hij in een ander leven stapte. De Schubert-sonate zou hij in het verhaal opnemen, een terugkerend motief, vooral het begin: die eerste, zachte, vragende akkoorden. Hij wist nog precies wanneer hij die sonate voor het eerst had gehoord. Acht jaar geleden, aan de Delpratsingel, op de radio, op die avond waarop Dina zo overstuur was geweest omdat de hospita op de gang haar peignoir had opengetrokken en haar naakte lijf had laten zien, ja, op die avond had hij hem voor het eerst gehoord, net terug van een week bivak. Steeds hoorde hij het begin van die sonate D. 894: die aarzelende, vragende akkoorden. Een geniaal begin. Ja, Schubert was een man van geniale invallen. Hij had soms moeite met volhouden. Maar geen enkele componist kon je met een enkele frase zo raken, zo tot tranen toe ontroeren.

3

'O, zit jij híer?'

Dina stond in de deuropening van de studeerkamer, bleek en bezweet. Lieuwe schrok van de woedende ondertoon in haar stem.

'De kinderen wachten op je!'

'Ik moet nog even mijn stukje schrijven. Ik ben zo klaar.'

'Maar ze staan op je te wachten! En je hebt het ze al zo lang beloofd!'

'Ik ben bezig, Dina.'

'Je zit hier gewoon te dromen. Iedereen slooft zich uit en jij zit hier naar je drie berkjes te staren!'

'Dina.'

'Ja, het zit me tot hier!'

Woedend drukte ze de zijkant van haar hand tegen haar strot, vlak onder haar kin.

'Ik heb dat stukje beloofd, Dina. De mensen bij de krant wachten erop.'

'Schiet nu maar op!'

Ze was alweer weg. Lieuwe Roorda boog zich over de schrijfmachine op zijn knieën en begon zijn recensie van het concert te tikken. Hij vergat alles om zich heen. Zelfs het ratelen van de schrijfmachine, weerkaatsend in de bijna lege kamer, drong nauwelijks tot hem door. Een kwartier later was hij klaar. Het vervulde hem met trots. De verhuizers haalden net de laatste boekenkast weg. Tevreden stak hij een sigaret op. Na elke trek blies hij met getuite lippen een rookwolkje uit (hij rookte niet over zijn longen) en intussen las hij zijn stukje nog eens over, de alinea over de Schubertsonate, waar hij het meest tevreden over was, drie keer. De spanning vloeide weg. Hij had het hem weer gelapt. Hij was een man van het laatste moment, maar het lukte hem altijd. Nooit was hij de afgelopen jaren te laat geweest met inleveren. Hij vouwde de twee kopijvellen dubbel en schoof ze in een envelop van de krant, niet zonder te beseffen dat dit zijn 'laatste stukje' was. Hij nam het uitzicht nog eens in zich op: de weilanden onder de schelle zon, nevelig door de warmte, en in de voortuin de drie berken, die hij had laten planten, voor elk kind een. Ergens vlakbij was hoog in de lucht een onzichtbare leeuwerik aan het zingen. Alleen die leeuwerik had hij tijdens het tikken af en toe gehoord, de stralende overdaad van dat gezang.

'Lieuwe!'

Van beneden kwam dreigend, haast overslaand van woede, Dina's stem. Haastig nam de jonge vader nu het pijpenrek van de muur, het rek met zeven kromme pijpen, dat hij in zijn studententijd op het Waterlooplein had gekocht en dat hem zeven jaar geleden een onmisbaar attribuut voor zijn studeerkamer had geleken, symbool van rust en bezonkenheid. Hij had er in al die jaren nooit een gerookt.

Even later zag Dina hem, tot haar onuitsprekelijke ergernis, met het pijpenrek in zijn uitgestrekte handen naar de verhuiswagen lopen, zo kinderlijk, zo onmanlijk, zo onnozel. Of ze dat ook nog wilden meenemen.

III

DE VROUW OP DE BRUG

1

Al op zijn eerste dag was Lieuwe onder de bekoring geraakt van het water dat midden door de stad stroomde, onder de brug voor het stadhuis door en na een slingerende gang door de weilanden, langs eenzame steenfabrieken en stille dorpen uitmondde in zee.

Hij had overnacht in De Posthoorn. Na het avondeten maakte hij een wandeling over de stadswallen en stelde verbaasd vast dat die wallen nog volledig intact waren, compleet met bastions en grachten. Hij kwam er een enkele voorbijganger tegen, die hem nieuwsgierig aanzag en langdurig nakeek. 's Avonds om negen uur in de avond lag het stadje er uitgestorven bij. Het beviel hem: dat hij in een oud stadje 's avonds zijn eigen voetstappen kon horen. Hij draalde om naar binnen te gaan in het hotel: de lenteavond was te mooi. Hij drentelde over de kades langs het water, verbaasd over de rust die over hem was gekomen. Maar zelden gunde hij zichzelf zoveel tijd om de dingen in zich op te nemen. Hij was van nature gejaagd, altijd haastig, altijd bezig om dingen af te krijgen. Maar op die avond na zijn sollicitatie was er een gevoel van bestemming geweest, terwijl hij nog niet eens wist of hij de baan zou krijgen en nog andere sollicitaties had lopen. Hij voelde zich op zijn gemak in deze kleine stad, die nog helemaal binnen zijn oude wallen lag. Hij herinnerde zich dat de voorouders van zijn moeder hier honderden jaren hadden gewoond – een vage notie die plotseling betekenis kreeg. Zijn voorouders hadden hier al gelopen. Onder de bomen op de kade gaf hij zich over aan gemijmer en vlagen van stormachtige ambitie. Over honderd jaar zou in zijn biografie misschien een foto staan van het lyceum waar hij les zou geven, van het huis waar hij kwam te wonen. Hij zou hier stof opdoen voor later werk. Hier zou het beginnen, in een uithoek van het land.

Op die eerste avond had hij aan het water ook meteen dat oude huis gezien, niet ver van de vestingwal. Het had een tuin – misschien was het ooit een kleine werf geweest – die schuin afliep naar het water, en daar lag de zeilboot die hij zich wenste, de lubben van het opgebonden zeil roomwit in het avondlicht. Hij hoefde alleen maar onder de draaibrug door te varen om buiten de stad te zijn en tussen de velden te kunnen zeilen, elke avond als hij wilde.

Jarenlang nu had hij naar dat huis gekeken. Wanneer hij op zondag met de kinderen wandelde over de stadswal, keek hij vanaf de draaibrug die in de wal over het water lag naar dat huis, naar de aflopende tuin, naar de zeilboot – die er soms niet was. 's Avonds, na een vergadering in De Posthoorn, maakte hij een omweg om in het donker het huis te zien liggen. Hij zou hier niet blijven, dat wist hij. Maar toch projecteerde hij vaak de rest van zijn leven in deze kleine provinciestad, in dat oude huis aan het water. Vanuit zijn werkkamer zou hij aan de overkant van het water het huis zien waar de voorouders van zijn moeder hadden gewoond: kuipers, wijnkopers en chirurgijns, mannen en vrouwen van wie sommigen misschien het licht kroezende haar van zijn moeder hadden gehad, haar kromme neus en haar lichtbruine huid en een enkeling misschien ook die mysterieuze knobbel op het voorhoofd. Hij zou het stadje dienen als leraar, organist, beiaardier, journalist en organisator. Hij hield van het platteland, van de terpdorpen waar hij op zondag heen fietste, van sneeuw en ijs in de winter, de golving van zuring en boterbloem in de zomer, hij hield van een leven onder oude bomen, in de nabijheid van oude kerken, en diep in zijn ziel stond geschreven dat alleen het aloude waar was. Het waren maar dromen, gekleurd door zijn lectuur van enkele schrijvers van voor de oorlog. Hij stond ze zichzelf graag toe. De jonge Roorda combineerde haast en een veelvuldig op zijn horloge kijken met uitgesponnen dagdromen.

2

Maar Dina had er niet kunnen aarden. Ze was zich een vreemde blijven voelen onder de Friezen. Ze sprak hun taal niet en had ook geen zin om die te leren. De inwoners van het stadje vond ze bekrompen, zuinig in alle opzichten – 'het kon minder' was hun hoogste lof – en gesloten tegenover vreemdelingen (in winkels gingen ze met hun rug naar haar toe staan of ze gaapten haar aan). De grootste afkeer had ze van de veemarkt, een evenement dat nog voor het ochtendgrauwen begon met de aanvoer van honderden koeien, paarden en varkens en rond het middaguur eindigde in een walm van uitwerpselen, bier, jenever en sigaren, die nadien nog dagenlang in de stad te ruiken was.

De enige met wie ze in zeven jaar bevriend was geraakt was een jonge weduwe, die in de oorlog haar man had verloren, kort nadat ze was bevallen van een jongetje dat 'niet goed bij zijn hoofd' bleek te zijn en rond zijn tiende al zo onhandelbaar was dat hij moest worden opgesloten. Alleen tegenover deze vrouw, die 'veel steun vond in haar geloof', kon ze zich uitspreken. Zij vond haar wel wat geëxalteerd en wat al te blijmoedig in haar eenzaam bestaan, maar toch hield ze van deze Friezin, die haar hart bij haar uitstortte en midden op de dag langskwam om een kleinigheid te brengen. Om de een of andere reden sprong het slot op Dina's mond pas open als ze iemand tegenover zich had die ook zelf de diepste wanhoop en de vreselijkste aanvechtingen kende.

Nadat haar vierde kind kort na zijn geboorte was gestorven, was ze innerlijk verstard. Het was of niets meer tot haar doordrong, of niets haar meer raakte. Maandenlang deed ze haar werk in huis als een automaat. Zodra ze even alleen was welden de tranen op. Ze kon niet kijken naar de drie berken in de voortuin zonder de vierde erbij te denken, ze begon die berken te haten, dat argeloze drietal. Ze was het Lieuwe kwalijk gaan nemen dat ze het kind niet had mogen zien in zijn couveuse, dat hij haar ervan had weerhouden, net als de arts en de verpleegsters, dat hij het niet voor haar had opgenomen en had doorgezet. Ik heb hem gezien terwijl hij tussen mijn benen lag, hield ze zichzelf voor. Maar ze had hem niet vastgehouden, niet op haar lijf gevoeld.

Ten slotte was ze naar zijn graf gegaan. Maar daar was hij niet. Ze had bij de heg staan huilen tot ze voetstappen hoorde naderen op het grind. Het waren grafdelvers die op de kinderbegraafplaats een nieuw graf kwamen graven. Het besef dat er nog een andere vrouw in de stad was die hetzelfde doormaakte als zij verlichtte haar eenzaamheid. Ze las de overlijdensadvertenties in de plaatselijke krant van de laatste weken, maar vond geen bericht. Terwijl ze naar de naam van die arme vrouw zocht, had ze zich beter gevoeld, ook als ze alleen maar aan haar dacht.

Lieuwe was lief voor haar geweest, zijn ouders waren meelevend, haar zusjes en haar beide broers hadden haar geschreven. Maar ze raakte haar verlangen naar het kletsnatte kind, dat tussen haar dijen had gelegen, niet kwijt. Waar ben je, riep ze in stilte, waar ben je? Haar geloof behoorde haar nu te helpen, maar haar geloof hielp haar niet. Het verdriet was te rauw. Maandenlang meed ze de kerk en het brulgezang van de Friezen, door Lieuwe op het orgel begeleid. Ze stond aan de rand van een huiveringwekkend onverschillig niets en hield het er niet uit. Hij is in goede handen, hield ze zichzelf voor, laat hem maar gaan, laat hem nu maar gaan, hij is in goede handen.

Na een halfjaar was het ergste voorbij. Maar ze kon de harde Friese stemmen om zich heen niet meer verdragen. De hele omgeving stond haar tegen. Toen ze over haar inzinking heen was, had ze een dwingende reden gehad om weg te willen.

3

Zeven jaar had Lieuwe Roorda van dat oude huis aan het water gedroomd en altijd had hij niet ver ervandaan een rij roeiboten zien liggen. Op zijn laatste dag in de stad stond hij op de steiger en hurkte om het meertouw van een van die roeiboten los te maken. In de boot zaten zijn drie kinderen, elkaar bij de hand vasthoudend, zoals hij hun had opgedragen. Onder de steiger klotste het water. Hij rook de teerlucht van de roeiboten.

Zijn handen beefden toen hij het meertouw niet los kon krijgen, toen hij zich onhandig wist, bekeken door voorbijgangers misschien, mensen die hem kenden, en bekeken ook door zijn vader, die hem ongeduldig en minachtend opzijgeschoven zou hebben om zelf dat touw los te maken. Ondertussen klonk in zijn hoofd het begin van de Schubert-sonate. Hij wilde niets liever dan ernaar luisteren. Sinds hij van huis was gegaan, weg uit Dina's sfeer, had hij het begin van de sonate gehoord. Hij was er zo van vervuld dat hij nauwelijks aandacht had voor zijn kinderen: het meisje in het stoeltje aan zijn stuur, dat steeds haar handjes op de zijne legde, en de twee jongens op de bagagedrager achter zijn rug. Hij had met ze willen praten om ze voor te bereiden op het roeitochtje, maar steeds had hij die muziek gehoord, alsof hem een raadsel was opgegeven dat hij moest oplossen. Gisteravond nog had hij de bladmuziek van de sonate tevoorschijn gehaald. Hij stond te popelen om zelf dat eerste deel te spelen, om zelf dat zacht vragende te vertolken en het nog sterker te ondergaan. Maar gisteravond was het er te laat voor geweest. Hij had deze muziek vreemd genoeg ook niet durven spelen waar Dina bij was – waarom mocht zij het niet horen? – en vanochtend was de piano als eerste weggehaald en de verhuiswagen in getild.

Toen hij knielde op de steiger om de boot los te maken, kwam de herinnering aan de doktersvrouw terug. Met haar en twee anderen had hij de afgelopen jaren een reeks concerten georganiseerd. Ze was tien jaar ouder dan hij, getrouwd met een arts die twintig jaar ouder was dan zij. Ze hadden altijd goed met elkaar kunnen praten. Zij adoreerde hem, dat had hij wel gemerkt, ook al flirtte ze niet met hem en was ze nooit uitdagend, maar ja, soms merkte hij het toch: dat ze hem adoreerde. Ze sprak zijn naam op zo'n bepaalde manier uit en ze wilde dat hij naar haar keek. Nadat hij gisteravond afscheid van haar had genomen en met de pianist naar buiten liep, was ze hem achternagekomen. Ze had hem apart genomen in de garderobe, waar de lichten al uit waren, en ze had hem gekust, wild, onbeheerst, en gezegd: ik zal je zo missen. Er had, terwijl ze zich achteruitlopend terugtrok, een grimas op haar gezicht gestaan. Alsof ze boos op hem was – zo had ze naar hem gekeken. Een schouderbandje van haar avondjurk was langs haar blote schouder omlaaggegleden, het goud van haar halsketting glansde in het halfdonker; in de verte klonk in de lege zaal het geluid van stoelen die werden ingeklapt. Buiten, omhoogkijkend naar de onweerslucht, stond de pianist te wachten, een sliert sigarettenrook om zijn hoofd.

Aanvankelijk had het hem weinig gedaan. Hij had het alleen maar vreemd gevonden, overdreven, en zo gauw mogelijk van zich af gezet. Op weg naar huis was hij in de ban geraakt van de novelle over een pianist. Pas vanochtend was de omhelzing van de doktersvrouw werkelijk tot hem doorgedrongen – en nu hij knielde om het meertouw van de roeiboot los te maken en het water op te gaan, onderging hij pas dat intieme ogenblik met haar, haar hijgende stem, haar blote armen, al meer dan een half etmaal geleden.

Eindelijk had Lieuwe het nat geworden en gekrompen touw losgewerkt. Hij stapte in de roeiboot en duwde af. Onder de vlonders klotste het regenwater van de afgelopen nacht. Hij roeide naar het midden van het Grootdiep. Voor het eerst zag hij de stad vanaf het water: de kademuren aan weerszijden en hoog op de kades de bomen en erachter de oude huizen.

'Nou jongens, daar gaan we!'

De kinderen zaten op de achterplecht, dicht tegen elkaar aan, het meisje in het midden. Al roeiend keek Lieuwe naar de kademuren waaraan ooit, in de jaren dat de Friese admiraliteit hier haar hoofdkwartier had, een deel van de Friese vloot had gelegen, schepen met hoge en gebeeldhouwde achterstevens, schuin omhoogstekende boegsprieten en in hun romp de geschutspoorten. De herinnering aan de kussen van de doktersvrouw verdween naar de achtergrond, en hij begon zich een ver verleden voor te stellen: de tijd waarin de vesting was gebouwd. Hij nam een plechtige houding aan en zei:

'Mon Dieu, mon Dieu, ayez pitié de moi et de ton pauvre peuple!'

Hij lachte naar zijn kinderen.

'De beroemde laatste woorden van Willem van Oranje.'

Toen hij geen verdere uitleg gaf, keken ze weer om zich heen. Lieuwe zag de prins van Oranje op de grond liggen, neergeschoten door Balthasar Gerards. Zijn stalmeester scheen die laatste woorden te hebben opgevangen. Heb medelijden met mij en uw arme volk. Had hij ze werkelijk uitgesproken? Ze waren in elk geval gebruikt om van de prins de vader des vaderlands te maken.

'Ayez pitié de moi et de ton pauvre peuple!'

Lieuwe herhaalde de legendarische woorden nog eens, genietend van de klank. Alleen Abel keek hem aan vanachter zijn brillenglazen, altijd nieuwsgierig naar woorden die hij niet kende. In het klaslokaal maakten de woorden van de prins steevast indruk. Hij sprak ze langzaam en plechtig uit, schreef ze op het bord en liet ze door de leerlingen zelf vertalen om ze er nog beter in te stampen. Zelf had hij die zin voor het eerst gehoord uit de mond van zijn moeder, de voormalige onderwijzeres, die hem met eerbied uitsprak.

Lieuwe was opgevoed met de Tachtigjarige Oorlog. Hij had er als jongen zoveel over gelezen, hij had er zich zo'n levendige voorstelling van gemaakt dat hij hem haast net zo duidelijk voor zich zag als de oorlog die hij zelf had meegemaakt. De dappere en vrijheidslievende geuzen, rabauwen vaak, maar uiteraard met het hart op de juiste plaats, tegenover de despotische en wrede Spanjaarden, hun bevelhebbers, voorzien van dreigend klinkende namen als Alva en Requesens. De moord op de prins, die het onderdrukte en opstandige volk te hulp was gekomen. Het vierendelen van zijn moordenaar: door vier paarden was hij uit elkaar getrokken. Brandstapels waarop door de Inquisitie protestanten werden verbrand. Belegeringen en zeeslagen. Als jongen had Lieuwe in zijn verbeelding meegevochten met de geuzen. Sluipend door het riet, zijn natte wambuis klevend aan zijn lichaam, had hij in de mist de Spaanse wachtposten horen vloeken. Hij was doordrenkt met beelden van de oorlog waaruit de natie was ontstaan. Nu hij door de vesting roeide, in die periode gebouwd, herleefde die tijd.

Hij probeerde met krachtige slagen te roeien, slagen die indruk zouden maken op wie hem zag. Achter zich begon hij het ruisen van de bomen op de vestingwal te horen. Hij naderde de draaibrug die daar de opening in de stadswal overspande en dacht aan de doktersvrouw. Stond zij op die brug? Hij praatte met zijn kinderen, maar zonder er met zijn gedachten bij te zijn. Hij gleed langs het oude huis, de naar het water aflopende tuin, de zeilboot aan de steiger – nog nooit was hij er zo dichtbij geweest: hij kon de in de brandende zon warm geworden lak van de boot ruiken. Maar het ging aan hem voorbij. Stond zij werkelijk achter hem op de draaibrug? Zijn voorstelling had al zoveel werkelijkheid gekregen dat hij niet meer over zijn schouder durfde te kijken en groeide uit tot een allesoverheersend voorgevoel. Het ruisen van de bomen overstemde het plonzen van de riemen. Hij gleed onder de draaibrug door. Zijn hart bonsde, zijn voorgevoel bedwelmde hem. Het was of hij aan de rand van zijn leven was gekomen.

'Kijk, jongens, hier liepen we dan.'

Hij hief zijn hoofd op en keek omhoog naar de brug. Toen ze er niet bleek te staan was hij opgelucht en teleurgesteld tegelijkertijd.

4

Nadat hij rond de vesting was geroeid en de boot bij de verhuurder had ingeleverd, wandelde Lieuwe met zijn kinderen naar het stadhuis. Breed, hoog en monumentaal lag het aan de even brede brug over het water in het midden van de stad. Hij liep de trappen op, nog altijd een gewichtig ogenblik. De portier groette hem, met twee vingers aan zijn pet tikkend.

'Zo, zijn dat uw kinderen, meneer Roorda? Drie in getal.'

'En de vierde is onderweg.'

'Ja, het is mooi spul, meneer Roorda. Nou, voor de laatste keer naar boven, niet?'

'De laatste keer.'

'Ik zal het missen, meneer Roorda. Ik liep er altijd even voor naar buiten om u te horen.'

'U liep ervoor naar buiten?'

Lieuwe bloosde van genoegen. Hij moest het meteen bekopen, want vijf lange minuten stond hij, steeds ongeduldiger, te luisteren naar 's mans verhaal over de harmonie waarin hij klarinet speelde en over zijn vader, die landarbeider was geweest en op feesten en partijen de trekzak had bespeeld en daar een aardig centje mee had bijverdiend, wat vooral in de winters, als hij geen werk had, goed van pas kwam.

'Nou, de kinderen worden ongeduldig,' zei Lieuwe ten slotte. 'We moesten maar eens naar boven.'

Hij liep door de imposante hal van het stadhuis, zijn kinderen aan de hand, het ogenblik savourerend – daar liep hij toch maar. Rond de stad varen die hij stormenderhand had veroverd, waar hij in zeven jaar een bekende figuur was geworden, had hem voldoening gegeven – het was de volmaakte afsluiting. Op deze omcirkeling van de veroverde stad volgde nu – en ook dat beviel zijn ritualistische geest – het opstijgen naar het hoogste punt in het midden van de stad: de koepeltoren van het stadhuis.

Naarmate hij hoger in het stadhuis kwam, kregen de trappen een eenvoudiger aanzien. In de halfdonkere toren was een stenen wenteltrap. Een houten trap bracht hem bij de speeltafel. Op de laatste trap – een ladder die net zo goed in een boerenschuur had kunnen staan – die omhoog voerde naar de koepel, onderging hij de verwachting van de wijde ruimte, aangekondigd door een koelere lucht, door een stilte waarin de geluiden van de stad vervaagden. Bezweet kwam hij boven. De wind zoemde door de koepel, langs de rijen klokken van het carillon.

Hij zette zijn kinderen bij de balustrade, ze stevig vasthoudend. Hij wees ze op de brug voor het stadhuis, waar ze zoëven nog hadden gelopen, en op de cirkel van bomen rond de oude stad, de bomen op de wallen die ze vanuit de roeiboot hadden gezien. Hij vroeg zich af of ze begrepen dat ze rond de vesting waren gevaren, of ze zich dit tochtje later zouden herinneren. Hij wees gebouwen aan in de stad. Het nabije maakte meer indruk op ze: de klokken, de zware balken boven hun hoofd. Hij probeerde de stilte rond de toren tot zich te laten doordringen. Maar hij had haast, hij wilde spelen en dan terug naar huis. Het was of hij de stad al half en half had verlaten.

Een verdieping lager schoof de jonge stadsbeiaardier op de speelbank. Hij trok leren handschoenen aan, grijnsde nerveus naar zijn kinderen en begon met de zijkant van zijn handen op een rij stokken te slaan. De kinderen keken omhoog naar het trapgat en het daarboven zichtbare carillon. Ze konden elkaar niet meer verstaan. Roerloos stonden ze te luisteren, nu eens omhoogkijkend naar de klokken, dan weer naar de handen van hun vader. Maar na een paar minuten waren ze aan het nieuwe verschijnsel gewend. Aangevoerd door de oudste werd aan een beklimming van de ladder begonnen. Toen Lieuwe het in de gaten kreeg, waren ze halverwege.

'Hier blijven,' riep hij. 'Abel! Hier! Terugkomen!'

Het was meer zijn geagiteerde lichaamstaal dan zijn stem die hen tot staan bracht. Met tegenzin keerden ze terug, het meisje schuldbewust blozend. Al spelend riep Lieuwe:

'Luister… Luister eens goed… Dit is… Dit kennen jullie… Hoor… Tamtamtam didi tamtamtaaa… Wat is dat?'

Hij probeerde ze te vermaken door kinderliedjes te spelen, met op elke melodie een variatie. Terwijl hij speelde hing het meisje aan zijn broekspijpen. Hij eindigde met een oude en geliefde melodie, een lied dat rond het jaar 1600 al in de stad gezongen kon zijn. Hij speelde het in een pittig tempo, haastig, omdat andere zaken alweer aan hem trokken, en pas in de laatste maten wist hij het jachten te bedwingen, hij vertraagde, vertraagde nog meer, zich welbewust van de zevenjarige taak die hij op het punt stond af te sluiten.

Nadat hij het op hem geklommen meisje op de vloer had gezet, wendde hij zich tot de jongens. Otto zat op zijn hurken tegen de muur en speelde met een stuk touw dat hij in de roeiboot had gevonden. Abel leunde tegen de ladder, die hij nogmaals wilde beklimmen.

'Nou, wat vonden jullie ervan?' vroeg hij, opgetogen door het spelen.

'Mooi,' antwoordde Otto.

'Het is mooier om het op straat te horen,' zei Abel.

'Maar hier zie je hoe het allemaal in zijn werk gaat!'

Hij was gepikeerd en dacht aan Dina: zij had precies hetzelfde kunnen zeggen. Het was haast of ze sprak door het kind: een op zich juiste observatie – beneden op straat klonk het beter – en een eerlijk antwoord, maar ook tactloos en bot. Wat had het voor zin om altijd en eeuwig kritisch te zijn, zoals zij? De jongen aardde naar Dina. Het verstand had hij van zijn vader, de overgrote rest van zijn moeder. Het verbaasde Lieuwe dat hij de jongen op deze leeftijd al exact de dingen hoorde zeggen die zijn moeder zei.

'Maar verder vond je het toch wel mooi,' vroeg hij.

Abel zweeg, hangend aan de ladder. Lieuwe trok zijn bezwete handen uit de handschoenen en keek op zijn horloge. Met een haastige blik nam hij afscheid van de toren.

Terwijl hij in het halfdonker de wenteltrap weer af liep en onder zijn voeten de door zijn voorgangers uitgesleten treden voelde, zag hij zichzelf in een tijd van koetsen, pruiken en klavecimbels, door het stadsbestuur aangesteld om tegen een wedde van jaarlijks zo- en zoveel zijn diensten te verlenen als stadsorganist, stadsbeiaardier en hoofd van de koorschool, tevens verantwoordelijk voor de trompetters en tamboers van de stad, tevens componist van allerlei stukken die tussen de bedrijven door geschreven moesten worden. Het was het beeld van een roeping in een andere tijd dat dikwijls bij hem opkwam. Hij dacht aan het oude ruiterpistool dat hij als student had gekocht op het Waterlooplein, zonder te begrijpen waarom, want hij kocht nooit antiquiteiten.

Opeens was het nu of hij dat pistool al eens eerder had bezeten, in een andere tijd, of hij op de rommelmarkt iets had teruggevonden dat hem ooit had toebehoord.

Op de statige trappen in de hal nam een andere voorstelling bezit van hem, nog dwingender.

Als hij na zijn wekelijkse bespeling van het carillon uit de toren afdaalde naar de straat, dacht hij steevast aan een vrouw die hem opwachtte, met haar rug tegen de brugleuning. Eén blikwisseling was voldoende. Hij volgde haar door de straten, stapte in een steeg in een auto en reed met haar de stad uit, voorgoed. Het was een dagdroom die vervluchtigde zodra hij buitenkwam en daar hoogstens een paar oude mannen bij de brugleuning zag of twee kletsende vrouwen die maar niet van elkaar konden loskomen.

Ditmaal, terwijl hij door de hal liep, bonsde zijn hart. Hij werd bang. Het was of een 'andere werkelijkheid' bezit van hem nam, of hij zichzelf niet meer was en innerlijk al gescheiden was van zijn kinderen. Hij had het over zichzelf afgeroepen. Door het zich jarenlang voor te stellen was het werkelijkheid geworden: nu stond ze werkelijk op de brug, in de gedaante van de doktersvrouw, en hij zou zich niet tegen haar kunnen verzetten. Lieuwe legde zijn hand op het hoofd van zijn dochtertje, dat naast hem liep op haar witte sandaaltjes en in haar pas gestreken jurkje. Ze was al niet meer van hem. Vaderloos liepen daar zijn kinderen. Bij elke stap werd zijn angst groter. Ja, hij had het over zichzelf afgeroepen! Nog een halve minuut en hij was zijn hele leven kwijt. Steeds feller sloeg zijn hart – en juist dat leek het bewijs dat er iets te gebeuren stond.

'Nou, meneer Roorda, het beste dan maar.'

De portier tikte aan zijn pet. Lieuwe gaf hem een hand – misschien wat te veel van het goede, dacht hij, maar vooruit. Daarna was het of de portier, die in een nederige houding voor hem bleef staan, gedienstig met hem meeliep naar de monumentale deuren, nog iets van hem verwachtte. Het drong nauwelijks tot Lieuwe door. De deur werd voor hem geopend. Onder zijn arm door glipten zijn kinderen naar buiten, en vanuit de koelte van de marmeren hal stapte hij toen ook zelf de broeierige warmte in van de zomermiddag. Hij moest zijn ogen dichtknijpen tegen het schelle licht en hij keek omlaag, naar zijn kinderen, en nam ze in zich op alsof hij ze voor de laatste maal zag.

IV

ZWARTE MODDER WOLKT OP

1

Abel wierp een onthutste blik in de verhuiswagen, waarin nu bijna alle huisraad was gestouwd. Hij herkende tafels en stoelen, de fauteuils, de radio en de schemerlampen, het bureau van zijn vader, de uit elkaar geschroefde boekenkasten, de bedden, de linnenkast, alles op elkaar gestapeld, in elkaar geschoven, van zijn functie beroofd, en het leek of ze al vertrokken waren of in elk geval op het punt stonden om te vertrekken, gevangengenomen, geboeid, bijeengedreven, onteerd. Een enkel meubelstuk keek nog naar hem vanuit de laadruimte, maar de meeste hadden zich afgewend en zwegen triest.

Hij liep het huis in. De kamers waren leeg en klonken hol. In de voorkamer lag alleen nog de kokosmat. Opeens leek hij oud en versleten. Hij liep de trap op die hij, ontdaan van zijn loper, nauwelijks herkende als de trap waarop hij had zitten spelen. Ook boven klonken de kamers hol. In de slaapkamers lagen alleen nog de matrassen voor de laatste nacht. De ramen stonden open. Achter het huis hoorde hij stemmen: de gedempte, bezwerende stem van zijn vader en die van zijn moeder, te luid. Ik ben gewoon geradbraakt, hoorde hij haar zeggen met die altijd zo angstaanjagende trilling in haar overslaande stem. Toen hij zich uit het raam boog, zag hij zijn ouders staan. Zijn moeder merkte hem op. Met een vinnig handgebaar stuurde ze hem weg.

In de studeerkamer, waar zijn vader avond aan avond had zitten werken en hij soms 's avonds laat in pyjama was binnengelopen, zijn ogen knipperend tegen het licht, en onder de schemerlamp in de luie stoel had gelegen, met het zware en altijd koele ruiterpistool in zijn hand, luisterend naar de typemachine of het krassen van de vulpen en het gemompel van zijn vader, die hem min of meer vergeten was, in die kamer waar het altijd had geroken naar boeken, kranten en sigaretten, rook het nu naar het zweet van de verhuizers.

Hij ging weer naar buiten. Naast het huis lag nog zijn polsstok in het gras.

Bij de verhuiswagen kwam Gjalt naast hem staan. Hij droeg een nieuwe bloes.

'We zijn in een roeiboot om de stad gevaren,' zei Abel.

'Dat hebben wij ook wel eens gedaan. Mijn vader heeft toen een snoek gezien.'

'Een snoek?'

'Zo'n snoek!' Gjalt hield zijn handen een meter uit elkaar.

'Heb je hem zelf ook gezien?' vroeg Abel.

'Ik zag hem ook. Hij bewoog zich niet. Daarom zag ik hem, vlak bij het riet.'

Ze zwegen en keken naar de verhuizer in de wagen die met stukken touw in de weer was om de onteerde meubels nog vaster in te snoeren, nog meer opeen te drijven. Abel rook de nieuwe bloes van zijn vriend. Gjalt was niet meer degene die hij gister en zelfs vanochtend nog was geweest. Nu hij met zijn vader rond de stad was geroeid om afscheid te nemen en uit de koepeltoren over de stad had gekeken, nu het huis bijna leeg was en de kamers hol klonken, was ook Gjalt niet meer degene die hij altijd was geweest.

De buurjongen gaf hem een duw en rende weg. Abel rende hem achterna, kreeg hem in het weiland te pakken en stortte zich op hem – maar halfslachtig, niet met al zijn kracht. Hij liet zich door Gjalt in het gras gooien, al te opgewonden lachend, en probeerde de jongen voor zich te winnen door moedwillig de zwakste te zijn. Hij hield ervan als een andere jongen boven op hem zat, hem tegen de grond drukte en hij moest vechten om zich te bevrijden, wringend en draaiend met zijn lichaam. Tijdens het vechten waren er gewaarwordingen die daar niets mee van doen hadden: opeens was het gezicht van Gjalt vlak bij het zijne, zo dichtbij dat hij zijn haarinplant kon zien, de haartjes van zijn bleekblonde wimpers, afzonderlijke sproeten op zijn wang – en in een flits onderging hij hem als een vreemde. Tijdens het stoeien kon ook de geur van Gjalt hem plotseling treffen. De geur van zijn lichaam – vertrouwd en vreemd. Die geur. Was dat ook Gjalt?

Ze sprongen op en renden elkaar weer achterna door het hoge gras, dat wachtte op een tweede maai, grashalmen afrukkend onder het rennen en in de lucht gooiend, struikelend om zich op elkaar te kunnen laten vallen, in een steeds onnatuurlijker opwinding. Opeens richtte Gjalt zich op en keek naar de huizen in de verte. Hij werd geroepen.

'Ik moet naar de visite,' zei hij en hij liep weg.

Abel keek hem na, op zijn knieën in het geurende gras, en herinnerde zich de kikker die hem die ochtend met hoge sprongen was voorgegaan door het bedauwde weiland, en hij wilde hem terugzien, met zijn lange poten, zijn rug met het bruin en groen en goud, zijn kloppende keel en zijn weekheid, precies die ene kikker, die hij nooit meer terug zou zien, wilde hij nog eens in zijn handen houden, zacht en nat, in roerloze afwachting.

2

Aan het eind van de middag liep Abel met zijn polsstok het weiland in, gevolgd door zijn broertje.

Het was of er iets in de lucht hing vanaf de dag dat de verhuizing was aangekondigd. Abel had zichzelf van een stok voorzien en met een oud aardappelmes tekens in de bast gesneden, geïnspireerd door een oudere jongen in de buurt die zo'n stok bezat. Zijn moeder had het griezelig gevonden zoals hij tekens kerfde in de bast van die stok en hem er van boven tot onder mee bedekte. Hij nam zijn stok mee naar bed en betastte in het donker de tekens. De stok leek hem te beschermen. Maar op deze laatste dag had hij ervan afgezien om het ding bij zich te hebben.

Abel liep het weiland in. Hij droeg zijn polsstok niet op zijn schouder, maar sleepte hem achter zich aan door het gras, zodat hij vanaf de weg niet te zien zou zijn. Naast hem liep Otto, die een hompje klei kneedde. Hij zou er een paard van maken. Al dagen was hij bezig om paarden van klei te maken.

Ze liepen, waadden soms haast, door het gras, dat tot hun heupen reikte, rood en geel van zuring en boterbloem. De zon daalde, maar brandde nog steeds op hun gezicht. Hoog boven hen hing een leeuwerik in de lucht. Hij zong onophoudelijk, een hartstochtelijk en stralend gekweel, nu eens dichtbij, dan weer wat verderaf. Abel hoorde de wind, het gras dat langs zijn laarzen en de polsstok ritste en de vogel hoog in de lucht. Een vage angst greep hem aan. Hij keek om naar de huizen, maar hij kon al niet meer terug.

Ze liepen naar de sloot die er 'altijd was geweest'. In zijn kleine universum was dit een van de meest geheimzinnige plekken. Bijna alle sloten liepen recht door het land, maar deze kronkelde. Hij was niet door mensen gegraven. Een van de oudere jongens had gezegd dat hij er 'altijd was geweest'. Het was een oude geul uit de tijd dat de zee door een netwerk van geulen nog diep doordrong in het land. Het was de kronkeling die dit water voor de jongen op een onzegbare manier geheimzinnig maakte. Het weiland liep er wat omhoog – ook dat was anders. En het water was breder en dieper. Toen Abel ervoor stilstond en een windvlaag over het water zag strijken, werd hij nog banger. Het was of hij hier niet hoorde.

'Laat mij eens voelen,' zei hij.

Otto gaf hem de lauw aanvoelende klei, die door het kneden zacht en soepel was geworden. Abel hield van klei. Hij hield er zoveel van dat hij eens een stuk in zijn mond had gestoken om te proeven hoe het smaakte. Met zijn rug naar de sloot, de zachte klei in zijn handen, zittend naast zijn broertje, werd hij rustiger. Hij rook aan de klei.

Maar de sloot trok. Hij liep erheen en ging op zijn buik liggen om erin te kijken. Onder het wateroppervlak zag hij een vredige wereld, waarin het zonlicht als goudstof tussen de planten zweefde. Hij kwam overeind en zette zijn polsstok in de sloot, alleen maar om het gevoel te hebben dat hij in elk geval eenmaal zijn polsstok had gezet in de sloot die 'er altijd was geweest'. Zwarte modder wolkte op. Hij stond te spelen met zijn pols, duwde hem vaster in de bodem, trok hem los, spattend met water. Hij liep achteruit. Nog steeds was het alleen maar spelen. Otto zat met zijn rug naar hem toe.

Niemand zag hem. Hij was alleen. De sloot trok hem meer en meer, en toen gaf hij toe. Hij wist dat hij zijn ongeluk tegemoet rende, want de sloot was te breed voor hem, en toch kon hij niet stilhouden. Hij was het niet zelf die daar rende, afzette en sprong. Pas toen de pols halverwege bleef steken in de modder en hij boven het water hing, was hij het weer zelf. Hij zag zijn broertje in het gras zitten, met zijn rug naar hem toe, hij hoorde de leeuwerik, de wind. Nog een lange seconde was alles zoals het was geweest toen hij op de kant stond – toen moest hij loslaten. De koelte van het water was aangenaam. Terwijl hij zonk, voelde hij zijn bloes opbollen. Er streken waterplanten langs zijn handen, langs zijn gezicht. Om zich heen zag hij wazige vormen, troebel geel licht.

Toen hij voor de eerste maal boven water kwam, zag hij zijn broertje op de kant staan. Hij zakte weer onder water. Met een van zijn graaiende handen voelde hij de polsstok, die hij al vergeten was. Hij raakte hem kwijt, maar had hem opeens toch weer vast, hij kwam weer bovendrijven, hoestend door het water dat hij binnen had gekregen, zag Otto op de kant staan, nog onbereikbaarder dan de eerste keer, ver weg al, en hij zonk weer. Zijn laarzen vol water maakten hem zwaar.

Langs de polsstok wist hij zich naar de kant te trekken. Zijn broertje hielp hem eruit. Abel voelde het gras in zijn handen. Hij hoorde de leeuwerik weer. Het was of hij lang weg was geweest.

Wanneer een van de oudere jongens bij het springen te water raakte – hij had het zien gebeuren – kwam zo'n knaap lachend tegen de kant op gekropen, hij trok zijn kleren uit, wrong het water eruit en legde ze te drogen in het gras, terwijl hij er zelf in spiernaakte zorgeloosheid naast ging liggen in de zon. Maar Abel kwam niet eens op het idee om het water uit zijn laarzen te kiepeeren. Op soppende laarzen, plotseling dodelijk geschrokken, rende hij naar huis. Toen hij de weg overstak zag hij – als definitief bewijs van wat er was gebeurd, alsof het nu pas volledig werkelijkheid werd – de natte afdrukken van zijn laarzen op straat en de donkere vlekken van het water dat uit zijn kleren droop.

3

Na het avondeten ging hij de straat weer op. De grote vlieger van de jongens van Van der Zee zou worden opgelaten. De halve buurt was ervoor uitgelopen. Tientallen jongens waren naar de rand van de nieuwbouwwijk gekomen, de meisjes waren hen gevolgd. Opgeschoten knapen stonden met hun brommers in de berm van de weg. Zelfs volwassen mannen waren uit hun huis gekomen, ze schepten een luchtje nu de wind aanwakkerde en het minder drukkend werd.

In het weiland lagen de onderdelen van de vlieger, die de twee broers zelf hadden gebouwd. Hij had de vorm van een vogel, vertaald in kubussen die met wit katoen waren bespannen. Omdat hij zo groot was en nergens kon worden opgeborgen, moest hij elke keer in elkaar worden gezet. De haspel met honderden meters touw was van ijzer, speciaal door een smid gemaakt, en kon met een lange ijzeren pin in de grond worden vastgezet. Als de twee broers de in de lucht staande vlieger naar beneden haalden, draaide de een de haspel rond en hing de ander met zijn in leer gehulde handen aan het touw.

Abel liep het tuinpad op, nog beschaamd om het natte pak dat hij die middag had gehaald. Hij bleef een tijd bij de drie berken staan. Toen waagde hij zich buiten de tuin. Hij droeg de kleren die hij eigenlijk morgen pas zou dragen, op de dag van het vertrek, en dat versterkte zijn gevoel van al half en half vertrokken te zijn.

Hij zag Gjalt staan praten met twee op zijn zondags geklede jongens, zijn neven op familiebezoek, de visite waarvoor hij weg had gemoeten, waarvoor hij die ochtend in het nieuw was gestoken door zijn moeder. Hij durfde niet naar hem toe te lopen. Gjalt wenkte hem ook niet en deed of hij druk was met zijn neven. Hij zag andere jongens die hij kende, maar sloot zich niet meer bij hen aan. Hij slenterde van plek naar plek, achter de rokende en pratende mannen langs, bij wie zich nu ook vrouwen voegden, apart staand en met elkaar pratend, terwijl ze met een half oog hun kinderen in de gaten hielden. Zijn moeder zou daar nooit tussen zijn gaan staan, zijn vader evenmin.

Tussen de mensen door wierp hij steeds blikken op de plek waar de vlieger in elkaar werd gezet door de jongens Van der Zee. Rond de onderdelen was het gras platgetrapt.

Nog een halfuur, had zijn moeder gezegd, nog een halfuur mocht hij buiten zijn. Het was zomaar om, dat laatste halve uur in de buurt waar hij jaren had gewoond, en tegelijk duurde het pijnlijk lang – omdat hij zo rusteloos van de ene naar de andere plek ging, nergens lang durfde stil te staan en omdat geen van de andere kinderen hem nog aansprak: ze hadden allemaal de verhuiswagen gezien, die gesloten voor het huis stond.

Nog voordat de vlieger opsteeg – hij werd juist door het weiland naar de plek gedragen waar hij zou opstijgen – werd hij door zijn moeder geroepen. Hij verroerde zich niet. Het was beschamend om nu al binnen te worden geroepen. Er liepen nog kinderen van vier, vijf jaar rond; er zaten baby's op de arm van hun moeder.

'Abel! Binnenkomen!'

'Ja, Abel, kinderbedtijd,' riep een van de jongens op de brommers.

Hij wendde zijn moeder de rug toe en probeerde zich tussen anderen te verbergen.

'Abel! Onmiddellijk binnenkomen!'

'Ja, Abel, nu echt binnenkomen hoor,' riep de jongen, de schrille stem van zijn moeder nabootsend.

Er werd gelachen. Terwijl hij naar huis liep, wierp hij een laatste blik op Gjalt, die in het weiland stond.

'Waarom kom je niet meteen als ik roep?'

Nijdig duwde zijn moeder hem over het tuinpad naar het lege huis.

Op de stoep keek Abel over zijn schouder om nog één keer de vlieger te zien, die misschien juist nu opsteeg in de zachtblauwe avondhemel, maar hij zag hem niet, hij zag alleen die groepjes mensen staan, allen met de rug naar hem toe. Ergens middenin hield het zomaar op.

DEEL DRIE

1960-1964

I

OP VREEMDE BODEM (1960)

1

Toen Dina op de boulevard uit de auto stapte, rook ze de zee. Ze rook de uitlaatgassen van de auto's en het warme asfalt, maar ze rook ook de zilte zeelucht. Ze nam de beide jongens, die achter haar uit de Mercedes kwamen gekropen, bij de hand. Op aandringen van Lieuwe had ze haar jongste kind thuisgelaten, onder hoede van het uit Friesland meegekomen dienstmeisje, zodat ze niet de hele dag weer alleen maar met de kinderen bezig zou zijn. Het had haar de nodige zelfoverwinning gekost. Maar nu was ze blij dat ze zich had laten overreden.

Ook Lieuwe en meneer Breemer waren uitgestapt, en met z'n allen stonden ze op het bolwerk aan het begin van de Vlissingse boulevard. Meneer Breemer zette zijn strohoed op, en opnieuw zag Dina 'iets Indisch' in zijn licht pafferige gezicht. Hij wees op het standbeeld dat midden op het bolwerk op zijn sokkel stond, naar de zee gekeerd, maar door de auto's kon ze niet verstaan wat hij vertelde.

Ze liepen naar het rood geschilderde lichtbaken op zijn vier hoge poten aan de rand van het bolwerk, de enige plek die schaduw bood, en gingen eronder staan. Voor haar strekte zich een blikkerende watervlakte uit, aan de voet van het bolwerk braken de golven, een koelere lucht streek langs haar gezicht. De jongens trokken haar een paar stappen verder, zodat ze over de borstwering konden kijken. Dina boog zich met hen over de rand van de muur om te kijken naar de brekende golven, de witte waaiers van schuim die uitvloeiden over het basalt. Ze had er met haar blote voeten in willen staan. Voor het eerst in weken viel de druk van de verhuizing van haar af.

‘In de verte liggen allemaal schepen,’ riep Abel.

Ze keek naar de schepen die in de monding van de Westerschelde voor anker lagen, hun boeg naar zee gewend. Het water lag zo fel te blikkeren dat ze haar ogen moest dichtknijpen.

Beleefdheidshalve keek ze weer naar meneer Breemer, die uitleg gaf. Hij glimlachte naar haar, wellevend, deed een stapje naar voren, opdat ze hem beter zou kunnen verstaan. Maar nog steeds verstond ze hem maar half door het verkeer op de boulevard en het geluid van de golven. De schaduw onder het lichtbaken deed haar goed. Een ogenblik hoorde ze alleen het breken van de golven, onder aan het bolwerk, fris en woest, en de tranen sprongen in haar ogen. De zee… Zo lang geleden was het… Zo lang geleden… Haastig draaide ze zich om naar de jongens om hen in de gaten te houden. Terwijl haar handen op hun tengere schouders rustten, nam ze het nog eens in zich op: de witte waaiers van schuim op het blauwzwarte basalt daar beneden.

Langs trappen daalden ze af naar de voet van het bolwerk. Er was daar een kleine haven met vissersboten. Er was een tunnel die onder het bolwerk door naar zee liep. Lieuwe bleef staan en wees naar het jaartal boven de toegangspoort.

‘Kijk,’ zei hij verrast, ‘1812! Dat was het jaar waarin Napoleon met zijn leger naar Moskou trok.’

Meneer Breemer knikte.

‘In dat jaar zijn deze kazematten gebouwd. Van hieruit bestreken de Fransen met hun schiettuig de monding van de Westerschelde.’

‘De brand van Moskou,’ zei Lieuwe, nog steeds naar het jaartal kijkend, ‘de overtocht over de Berezina!’

‘Kom nou maar,’ zei Dina.

‘Wist u,’ zei meneer Breemer, terwijl ze door de tunnel liepen, ‘dat de befaamde brug over de Berezina deels door Hollandse genietroepen is gebouwd? Die jongens stonden tot hun borst in het water tussen de ijsschotsen. Om de tien minuten werden ze afgelost.’

Lieuwe hoorde hem maar half. Hij was gepikeerd. Steeds voelde hij zich in kennis overtroffen door zijn voorganger aan het lyceum, die naar verluidt een bibliotheek van vijfduizend delen bezat. Een preciezeling ook, die Breemer, dat had hij wel in de gaten. In Indië had hij tijdens de oorlog in een jappenkamp gezeten en zijn tijd daar gebruikt om een woordenboek op Vergilius' *Aeneis* te maken. Een woordenboek maken! Daar moest je een preciezeling voor zijn. Na de oorlog was hij er nota bene op gepromoveerd.

Nadat ze onder het bolwerk door waren gelopen, stonden ze op de smalle houten pier die daar een eind in zee stak. Het geluid van de golven was hier nog sterker. Onder hun voeten woelde en klotste het water. Stralend keek Dina om zich heen.

'Wat heerlijk is het hier,' zei ze tegen meneer Breemer.

'Het is altijd een klein evenement om hier te komen,' zei hij, toegeeflijk glimlachend.

Weer zag ze het Indische in zijn gezicht. Hij deed haar nu ook denken aan haar vader: zijn stiptheid, zijn ouderwetse keurigheid, zijn driedelig pak, zelfs als het warm was, zijn sigaartjes. Plotseling vervulde haar de herinnering aan haar dode vader. Ruim een jaar geleden was hij gestorven, haar moeder nauwelijks twee maanden later. Nu stond ze hier en genoot van de zee, van het klotsen van het water onder haar voeten.

Meneer Breemer wees haar op een drietal kleine boten die aan de pier lagen afgemeerd. 'Dat zal uw jongens misschien interesseren. Het zijn loodsboten.'

Ze wandelden ernaartoe. Er was niemand aan boord van de boten, die langs de steiger schuurden, rijzend en dalend op de deining. Meneer Breemer tilde de jongens op en zette ze aan dek. Met grote ogen keken ze om zich heen. Ze liepen naar de reling aan de andere kant van het schip en bogen zich eroverheen. Dina werd bang dat het niet mocht wat ze deden en wilde ze terug roepen. Maar ze vertrouwde op de autoriteit van meneer Breemer en liet ze hun gang gaan toen ze naar het achterschip liepen en zich ook daar over de reling bogen.

2

Ze wandelden over de boulevard naar Hotel Britannia. Dina's verrukking bleef. Het strand aan de voet van de boulevard, de huizenrij met de vele pensions en hotels, de terrassen, de vlaggen, de gestreepte markiezen, de ijsventers – tot aan de geluiden toe deed de plek haar denken aan de boulevard van Zandvoort, waar ze als kind met haar ouders had gelopen en later met de kinderen van het tehuis. De warme wind rukte aan haar haren en haar jurk, de gloed van de zon omhulde haar, en alles herinnerde haar aan de weinige jaren in haar leven dat ze zich niet minderwaardig en ongelukkig had gevoeld.

Ze liet de mannen voor zich uit lopen. De jongens bleven dicht bij haar. Zonder iets te zeggen keken ze naar andere kinderen. Ook zijzelf voelde zich hier een vreemde. Maar het deerde haar niet nu ze langs de zee liep. Ze legde een hand op haar zwellende buik. De angst van weer zwanger te zijn en het niet meer aan te kunnen verdween hier. Zelfs het dode kindje, dat altijd bij haar was, bedrukte haar hier niet. Ze kon neerslachtig zijn als het hoogzomer was, alsof juist door de overdaad van de zomer haar gemoed nog zwaarder werd. Maar nu was 'het' er niet. De verhuizing had haar goedgedaan. Het nieuwe huis was ruim en had een grote tuin. De zee was voortaan dichtbij. Overal zijn hier stranden, had meneer Breemer gezegd.

Dina keek naar de jongens, die stil om zich heen keken, naar de twee mannen in gesprek, de zee, de schepen die vlak onder de kust voeren, de golven die door de paalhoofden stoven, en het verbaasde haar dat er niets aan haar vrat, dat er niets dwarszat. Vannacht had ze met Lieuwe gevreeën, voor het eerst in weken. Ze had diep geslapen en niet opgezien tegen het tochtje met meneer Breemer. Het was of zich een wending voordeed in haar leven.

Op het terras van Britannia, onder de parasol, met het uitzicht op zee, dacht ze aan het terras van Royal, waar haar vader haar zo vaak had getrakteerd. Ze herinnerde zich sorbetglazen die zo hoog waren dat ze moest gaan staan om eruit te kunnen eten.

'Het is hier net Royal,' zei ze.

'Ach...' zei meneer Breemer.

'Hotel Royal in Zandvoort,' verklaarde Lieuwe, 'waar haar ouders veel kwamen.'

'Ach, in Zandvoort.'

Nu moest ze wel vertellen. Ze bloosde en hakkelde, omdat ze de aandacht op zich gericht voelde. Maar van onder zijn strooien hoed keek meneer Breemer haar vriendelijk en bemoedigend aan. Onderwijl depte hij met een witte zakdoek zijn hals. Maar hij bleef haar aankijken. Dina moest haar best doen om hem niet verschrikt aan te gaan staren en door te praten.

'Ach, de Metsustraat,' zei meneer Breemer verbaasd. 'Dat uw ouders daar woonden. Ik ken die straat heel goed. Een oom van me woonde daar ook, aan de oneven kant.'

'In een van die enorme kasten,' zei Lieuwe tegen Dina.

'Mijn oom dreef daar een kunsthandel. Hij leefde tussen de Van Goyens, de Ruysdaels en zelfs de Rembrandts, want die waren toen nog gewoon op de markt. In de oorlog is hij weggehaald.'

Hij haalde zijn portefeuille tevoorschijn en nam er voorzichtig twee kleine zwart-witfoto's uit.

'Dit is het huis van mijn oom. En dit is mijn Coorte. Mijn oom had dit schilderijtje voor mij bestemd, omdat ik het als kind zo mooi vond. Vlak voordat hij door de Duitsers werd weggehaald heeft hij het in een envelop gestopt en meegegeven aan zijn dienstbode.'

Dina en daarna Lieuwe bogen zich over de foto van het huis in de Metsustraat en die van een zeventiende-eeuws stilleven van een schaaltje met kruisbessen. Ze waren onder de indruk van het verhaal dat meneer Breemer in een paar zinnen had verteld. Geen van beiden wisten ze iets te zeggen.

'Wat prachtig,' zei Dina ten slotte, wijzend op het schilderijtje.

Meneer Breemer schoof de foto's weer in zijn portefeuille. Nadat hij hem had weggestoken, pakte hij met beide handen de punten van zijn gerimpelde, tegen zijn buik opgekropen vest en trok ze met een ruk naar beneden. Even was hij uit balans geraakt.

'Mijn vader deed dat precies zo,' zei Dina.

'Ach...'

'Als hij zijn horloge in zijn vestzak had gestopt. Dan trok hij altijd aan de punten van zijn vest... Nou ja, wat doet het er ook toe...'

Ze bloosde hevig en stond op.

'De jongens worden steeds ongeduriger, zie ik. Ik loop wel met ze naar het strand. Dan kunnen jullie rustig verder praten.'

Op het strand verdween haar schaamte: schaamte over de onnozele dingen die ze meneer Breemer had verteld, terwijl ze niets had weten te zeggen over zijn oom die was weggehaald. Even had ze de neiging erover te gaan piekeren. Haast als een verleiding kwam het in haar op: om erover te piekeren. Maar de zee, die over haar blote voeten spoelde, was sterker. De jongens met hun korte broeken liepen het water in en keken naar haar om. De hele middag hadden ze nauwelijks een woord gezegd. Stil hadden ze op de achterbank van de Mercedes gezeten, op het terras van Britannia hadden ze gezwegen en zelfs hier in zee bleven ze stil om zich heen kijken. Dina bukte zich om het water over haar handen te laten spoelen. Ze zag de golven die witgekuifd door het paalhoofd stoven, de door het tegenlicht bijna zwarte profielen van de jongens, en ze bleef zo staan met haar handen in het water om maar niets te laten veranderen aan haar geluk. Als ze eens altijd zo zou kunnen zijn, zo vrij, zo gewoon.

3

's Avonds wandelde ze met Lieuwe in de schemering door de tuin. Voor de grap maakten ze 'een ronde door de tuin', nog altijd verbluft door de grootte ervan. Er hing een geheimzinnige sfeer rond de bomen. Helemaal achterin had meneer Breemer een rij vruchtbomen geplant. Ze liepen ernaartoe om te zien of er al appels rijp waren. Dina had Lieuwe een arm gegeven en drukte zich tegen hem aan, haar mollige heup tegen de zijne.

'Als Breemer met jou praatte,' zei Lieuwe, 'dan veranderde hij. Heb je dat gemerkt? Tegen mij was hij steeds gereserveerd, een beetje autoritair zelfs. Maar tegen jou was hij heel anders, haast alsof hij je wilde vleien.'

'Dat deed hij omdat ik een vrouw ben.'

'Op een gegeven moment, toen ik hem zo met je bezig zag, dacht ik: misschien wil hij wel gewoon weer jong zijn.'

'Allemaal fantasie, lieverd.'

Over dit soort dingen sprak ze liever niet, want ze verwarden haar. Maar ze had wel degelijk gevoeld dat ze een zekere aantrekkingskracht had uitgeoefend op meneer Breemer.

Achter in de tuin was het al bijna donker. Voor zich uit tastend met haar handen begaf Dina zich tussen de laaghangende takken van een appelboom. Lieuwe bleef staan en zag de lichte vlek van haar jurk en haar gezicht tussen de zwaarbeladen takken. Hij tobde nog wat over zijn gesprekken van die dag met meneer Breemer, dingen die hij had gezegd over de Franse Revolutie en de Verlichting, dat die toch ook een soort heidendom in Europa hadden gebracht, en dat meneer Breemer hem toen een beetje spottend had aangekeken, alsof hij een provinciaaltje was. Maar het gleed van hem af toen hij zag dat Dina zich uitstrekte onder de appelboom. Ze wenkte hem, zwijgend. Hij herinnerde zich hoe ze jaren geleden in de zeilboot in het donker naast elkaar hadden gelegen, eindeloos pratend, de sterren boven hen en het silhouet van het opgebonden zeil. Hij ging naast haar in het gras liggen. De jongste rector van Nederland, besefte hij, niet voor de eerste keer die dag. Dina stak twee sigaretten op, ze tegelijk tussen haar lippen nemend, zoals ze vroeger had gedaan, en gaf hem er een.

Nadat ze een tijdje zwijgend naast elkaar hadden gelegen zei Lieuwe:

'Ik had vandaag ineens een idee.'

Hij nam eerst nog een trekje van zijn sigaret en blies de rook in het donker.

'Wat zou je ervan vinden als we een auto namen?'

Dina zweeg.

'Wat vind je ervan?'

'Ja, geweldig.'

'Dan kunnen we met z'n allen naar die stranden die hier overal schijnen te zijn.'

'Ik dacht dat het te duur zou zijn.'

'Nu niet meer.'

Lieuwe staarde naar de takken boven zijn hoofd en rookte. Hij begon muziek te horen in zijn hoofd en schoof de laatste restjes 'meneer Breemer' van zich af. Dina had zijn hand gepakt.

'De zee is voor jou het beste medicijn,' zei hij zacht.

4

Een ansichtkaart van de boulevard, waarop het lichtbaken en het standbeeld te zien waren en de zee, stuurde Abel naar zijn vriend Gjalt. Hier hebben we loodsboten gezien, schreef hij, en schepen die de zee op gingen. De jongen stuurde een kaart terug met achterop alleen de woorden 'Groeten, Gjalt'.

Daarna vervaagde de wereld die hij had moeten verlaten. Wanneer zijn vader, dol op herinneren, hem vroeg of hij zich dit of dat herinnerde, wilde hij het zich niet herinneren. Het enige wat hem nog lange tijd bijbleef was zijn sprong met de polsstok over de veel te brede sloot op de dag van de verhuizing. 's Nachts kon hij badend in het zweet wakker worden uit een droom waarin hij wegzonk in de sloot en verstrikt raakte in waterplanten die hem niet meer loslieten. Toen zijn moeder hem op schoot trok om hem het hele verhaal nog eens te vertellen en uit te leggen wat er was gebeurd, rukte hij zich los. De naam Gjalt deed hem pijn. Hij sprak nooit meer over hem. De afscheidsfoto waarop hij met Gjalt te zien was schoof hij na een enkele blik opzij.

De rest van de zomer bracht hij door in het grote huis en de grote tuin, aanvankelijk afwijzend tegenover al het nieuwe, ontheemd.

Op een middag rukte hij een paar bladeren van de immense rododendron en heen en weer lopend over het grasveld scheurde hij ze in steeds kleinere stukken en stukjes, tot er van het hele blad niets restte dan de steel. Terwijl hij ermee bezig was, werd hij steeds triester. Nadat hij zo vier, vijf bladeren had vernield, liet hij zich lusteloos op het gras vallen.

Toen begon hij onder zijn vingers het gras te voelen. Heimwee trok door hem heen, omdat dit gras zo anders was dan het hoge en welige gras van de weilanden. De leeuwerik boven zijn hoofd, hartstochtelijk zingend, was er niet, en de kikker die in de stilte van de vroege ochtend voor hem uit door het gras sprong, was er niet. Hij miste het geluid van gras dat langs zijn laarzen ritste, de zuring die hij in zijn mond stopte en leegzoog, de bouwputten en de draglines, de geur van de klei en de wind, en hij miste het loeien van het vee in de avond, de melkers die met hun emmers van de ene koe naar de andere liepen. Wat hij had verloren drong tot hem door toen hij onder zijn vingers het gras van het gazon voelde, dat miezerig korte gras, dat hem nooit dat gevoel van weelde zou geven dat dat andere gras hem had gegeven. Nooit zou het meer zijn zoals het was geweest. Hij was zijn 'eerste wereld' voorgoed kwijt.

Toen zijn moeder zich over hem heen boog, hem lachend over zijn hoofd aaide en maande op te staan, werd hij boos. Hij sprong op en probeerde haar te schoppen met de hoge schoenen met de stalen neuzen, zijn winterschoenen die hij – concessie van zijn moeder – ook deze zomermaanden mocht dragen. Zijn schoen schampte langs haar scheenbeen. Zijn moeder weerde hem af. Hij liep weg, schoppend tegen alles wat hij tegenkwam, en het eindigde ermee dat hij op het terras in het windscherm een ruitje kapottrapte.

Weldra zat hij opgesloten in de kelder.

Na nog wat vergeefs gebons tegen de kelderdeur liep hij de trap af. Beneden vond hij een stoel en een deken, net als in de kelder van zijn grootouders. De kelder was een vast bestanddeel van zijn opvoeding geworden: een verblijf in de schemer, stilte en afzondering daar beneden deed hem onveranderlijk goed. Na een paar minuten al begon hij tot zichzelf te komen. Hij zat stil en keek omhoog naar het kelderraam. Vaag drongen de geluiden uit de buitenwereld tot hem door. Eerst wachtte hij nog tot hij eruit gelaten zou worden, maar ten slotte hield hij op met wachten en verdween de tijd.

Gewoonlijk zat hij met opgetrokken benen op de stoel, zijn knieën omhelzend, zijn wang ertegenaan gedrukt. Maar ditmaal spreidde hij de deken op de keldervloer. Hij ging erop liggen, trok de deken over zich heen en viel in slaap, uitgeput door de emotie. Toen hij wakker werd, voelde hij in zijn broekzak de twee vuurstenen die hij had meegenomen uit het domein dat hij had moeten verlaten. Alleen deze vuurstenen had hij meegenomen. Onder de deken sloeg hij ze tegen elkaar. Er sprong een vonk af. Nogmaals sloeg hij ze tegen elkaar, en toen snel achter elkaar om er zoveel vonken af te laten springen dat de deken erdoor werd verlicht. Hij hield de warm geworden stenen bij zijn neus en rook eraan. Terwijl hij de schroeilucht rook, begon hij te huilen, vervuld van een gevoel van onherstelbaar verlies.

Toen hij uit de kelder kwam, met zijn ogen knipperend tegen het daglicht, was hij stil en gedwee. Zonder iets te zeggen sloeg hij zijn armen om een van de grote en sterke benen van zijn moeder en drukte zich ertegenaan. Daarna liep hij de tuin in. Een tijdlang stond hij met gebogen hoofd bij de rododendron en hield de tak vast waarvan hij de bladeren had afgerukt.

5

Achter de immense rododendron trof hij een schommel aan. Twee hoge houten palen, bijna net zo hoog als de struiken, die sopten in hun gaten in de grond als hij schommelde. Zijn polsstok hing afgedankt in de garage. Hij zag hem daar elke dag en schaamde zich ervoor dat hij hem niet meer gebruikte, dat hij ontrouw was aan dat eens zo geliefde ding. Soms stond hij onder de opgehangen stok en keek naar de ronde schijf aan het uiteinde: er kleefden nog stukken modder aan, hard geworden, gebarsten, grijs. Zijn passie voor het polsstokspringen ging over op de schommel. Er was een overeenkomst tussen de polsstok en de schommel: de zwiepende beweging die hij ermee kon maken, de zwiep door de lucht. Bij het allerhoogste zwiepen met de schommel keek hij over de rododendron.

Elders in de tuin vond hij een majestueuze blauwe den, die hem een scheepsmast verschafte en een kraaiennest van waaruit hij uitzag over de zeeën. Er was een goudberk met een bast die in schilfers aan de stam hing en uitnodigde om eraf getrokken te worden – wat hij deed, steeds vaag bevreesd dat de boom zou doodgaan als hij er te veel van die gouden velletjes af trok. Wanneer hij onder de vruchtbomen door kroop, kwam hij bij de achterkant van een kippenhok, dat in de aangrenzende tuin stond. Op zijn hurken zat hij te luisteren naar het zachte, klagerige geluid van de kippen. Door een knoest uit het hout te drukken kon hij in het hok kijken en de kippen gadeslaan. Soms kwam er een zo dicht bij zijn kijkgat dat hij elk veertje op haar kop kon zien.

In het huis bespeurde Abel overal de geest van meneer Breemer met zijn zilvergrijze haren, die als gestolde golfjes op zijn hoofd lagen. De vorige rector had dit huis laten bouwen en er met zijn vrouw en twee dochters gewoond. Een deftig huis noemde zijn moeder het, een huis met parketvloeren, een glas-in-loodraam naast de trap, een aparte ontbijtkamer, een badkamer met een ligbad, een lang balkon met markiezen aan de tuinkant. Overal vond hij de sporen van de vorige bewoners, elke dag weer nieuwe.

In de woonkamer ontdekte hij achter de verwarmingsradiator een voorwerp dat daar was klemgeraakt en van de familie Breemer moest zijn geweest. Nadat hij het had weten los te peuteren, hield hij een soort schaar van koper in zijn hand. Op het ene been was een bakje bevestigd en op het andere een dekseltje dat op dat bakje paste en erin gleed als je de schaar dichtdeed. Groot was zijn opwinding over dit door hem ontdekte voorwerp, dat zijn vader noch zijn moeder kon thuisbrengen. Het leek een voorwerp uit een andere tijd, wat zijn vondst nog belangwekkender maakte. Zijn vader liet het bekijken door een antiquair in de stad. Het bleek een kaarsensnuiter te zijn.

De geest van meneer Breemer leek het meest aanwezig in de studeerkamer, een groot vertrek dat uitzag op de tuin. Hij had er de voor zijn bibliotheek gemaakte boekenkasten achtergelaten, een aantal donkere rechthoeken op het behang – op een van die plekken had zijn Coorte gehangen – en enkele sleetse plekken in het parket. De boekenkasten wist Lieuwe met al zijn boeken en tijdschriftjaargangen maar voor de helft te vullen.

Abel lag er te lezen, terwijl zijn vader werkte aan het lesrooster voor het nieuwe schooljaar. Hij lag op de sofa, waarin de springveren zongen als hij zich bewoog, of op de parketvloer met zijn licht kleverig oppervlak, bij voorkeur ergens half onder: het bureau van zijn vader, een leunstoel of de sofa. Sinds hij kon lezen was hij voor zijn moeder een ander kind. Hij viel haar minder lastig. Op een dag nam zijn vader hem mee naar een klein plein in de binnenstad, naar een groot en oud huis, waar een manke juffrouw een bibliotheek beheerde. Het bracht in zijn bestaan een net zo grote verandering als de verhuizing.

Wekenlang kwam hij nauwelijks buiten het huis en de tuin. Als hij zich met zijn broer op straat begaf, hield hij zich op afstand van andere kinderen. Ze spraken een dialect dat hij maar half en half verstond. Ze leken anders, ver weg, en vooralsnog wilde hij niets met ze te maken hebben, nog altijd boos over het verlies dat hij had geleden. Soms liep hij met Otto naar het eind van de straat en keek over het zwarte water van de singel naar de stadswal aan de overkant, met bomen beplant, waar hij honden in slordige patronen over de helling zag rennen. Hij had wel zo'n hond willen zijn, onbekommerd op weg van de ene plek naar de andere. Door het zien van zo'n hond voelde hij sterker zijn verdriet.

6

Op de eerste schooldag moest hij zijn reservaat verlaten. Zijn moeder had hem gedwongen zijn sandalen te dragen, schoenen waarop hij zich kwetsbaar voelde omdat ze zijn voeten maar gedeeltelijk bedekten en niet strak omsloten, zodat hij er niet goed op kon hardlopen. Op het schoolplein stond hij met zijn broer in een hoek te wachten tot de bel ging. Toen er kinderen naar hen toe kwamen en vragen stelden, antwoordde hij in het Fries. Ze verstonden hem niet en lachten om het rare taaltje dat hij sprak.

Een week lang hield hij het vol: Fries spreken terwijl hij met de andere kinderen probeerde mee te doen. De juffrouw nam hem apart en sprak hem toe, maar het hielp niet. Hij wilde niet anders dan de taal spreken die hij in het noorden op straat had geleerd en die hem verbond met de jongen die met een polsstok over sloten sprong, kikkers in zijn handen hield, op hooiwagens stond en achter de melkers aan door de weilanden liep. Het was een bij voorbaat verloren krachtmeting die hij met de anderen aanging, maar juist dat maakte hem koppig. Tijdens het tikkertje spelen viel hij in de rozenstruiken aan de rand van het plein en kwam er met geschramde en bloedende benen uit. Hij hinkte, maar gaf geen kik. Hij zou ze eens laten zien waar hij vandaan kwam. De schrammen op zijn benen maakten hem alleen maar driester. Hij bleef roepen en schreeuwen in zijn eigen taal. Het was ook een manier om de aandacht af te leiden van zijn schele oog. Niemand had er vooralsnog iets van gezegd. Maar hij voelde de blikken op zijn gezicht, hij zag de giechels bij sommige meisjes en trok zich almaar koppiger en luidkeelser terug in zijn eigen taal.

Op vrijdagmiddag werd hij na schooltijd naar de bovenmeester gebracht. De man had zijn jasje uitgetrokken en liep in hemdsmouwen door zijn lege lokaal. Hij had een sigaret opgestoken en al rokend schreef hij op het bord, tussen met een liniaal getrokken lijnen, de regels van het psalmvers voor de volgende week. Een meisje met vlechten liep met een gieter langs de planten in de vensterbank. Abel zat met over elkaar geslagen armen in de schoolbank te wachten, zijn oren rood van opwinding. Van achter zijn brillenglazen volgden zijn ogen de schrijvende hand van de bovenmeester.

Nadat het meisje was vertrokken, wendde de bovenmeester zich tot hem. Wijzend op het bord zei hij:

'Lees dat maar eens voor.'

Hij las het psalmvers voor, hakkelend, het maar half begrijpend.

'En lees het nu maar eens in het Fries,' zei de bovenmeester met een grijns.

Abel zweeg.

'Kom jongen, nu in het Fries.'

De jongen bleef zwijgen. Hij was in een ander uiterste beland: aan niemand wilde hij die taal meer laten horen, door niets en niemand zou hij zich laten dwingen om nog een woord Fries te spreken.

7

Nu had hij alleen nog de twee vuurstenen die hem herinnerden aan waar hij vandaan kwam en de polsstok die in de garage hing met de gedroogde modder op het uiteinde. Op een dag drong hij door tot in het hart van de rododendron, hij zat er op zijn hurken, pulkte een stuk klei uit de grond en rook eraan. De klei rook niet goed. Want hij rook anders dan de klei in de sloten van het noorden, de klei die hij had gekneed om er balletjes van te maken die hij op de punt van een buigzame wilgenteen duwde en ermee wegzwiepte, de klei die in korsten op zijn knieën droogde, die hij eens in zijn mond had gestoken om hem te proeven. In de garage vermeed hij het om naar de polsstok te kijken.

Maanden duurde het verzet.

Maar op een dag in de herfst kwam hij langs een bouwput waarin een dragline zijn bak met tanden in de blauwe zeeklei liet smakken en een geul trok in de klei, die omkrulde, vet en smeuïg, en daar rook het goed. En ook de dragline zelf rook goed, naar verse modder en dieselolie, en zoals de grond trilde onder zijn voeten als de bak erop neersmakte, dat voelde goed, en toen bleef hij staan om naar de gravende machine te kijken en de klei te ruiken, en op die dag kwam hij werkelijk aan op het eiland.

II

DE ZWEMLES (1961)

1

Het was mei, zijn eerste voorjaar op het eiland, toen Abel op een middag met zijn moeder en zijn broertje de stad uit fietste langs een kanaal. Op beide oevers stond een dubbele rij populieren, diep buigend en ruisend in een harde wind. Achter de bomen lagen aardappelakkers en boven het land zweefde een zilverig en dampig licht. Het had net geregend. Hij huiverde in zijn windjack, het kippenvel stond op zijn blote benen, hij had het koud, maar hij huiverde toch vooral omdat hij in het kanaal het water met venijnige golven tegen de oever zag klotsen.

In colonne reden ze door een dorp met arbeiderswoningen langs het water en een brug. Buiten het dorp maakte het kanaal een bocht naar rechts. De wind kwam nu recht van voren. Ze kromden hun ruggen. Ze passeerden een schip dat langzaam voortgleed in de schaduw van de ruisende populieren. Het water spatte omhoog tegen de boeg en stroomde door de gangboorden. Ze passeerden de laatste populieren. Leeg en boomloos strekte het land zich nu uit naar de horizon. In de verte, aan het eind van het kanaal, lag een dijk met een klein zwart vlak erin en links ervan een paar huizen en bomen.

Abel trapte harder om zijn moeder in te halen. Toen hij naast haar reed riep hij:

'Is het daar verderop?'

'Aan het eind van het kanaal, zei pa. Ik weet het ook niet, lieverd.'

'Maar ik zie geen zwembad.'

'Ik ook niet. Wacht nou maar rustig af.'

Abel liet zich weer naar de staart van de colonne zakken. Hij keek naar het grauwe water van het kanaal. Hij zag er nu stukken wier in drijven en langs de oevers flarden vuilgeel schuim. In de verte dreigden nieuwe regenwolken.

Bij een sluis, aan de voet van een dijk, legden ze hun fietsen in het gras. Tientallen moeders en kinderen stonden er in kluitjes bijeen, omhoogkijkend naar de donkere wolken, gereed om te vluchten naar de beschutting van de bomen voor een café.

'Is het hier?' vroeg Abel.

'Hier zal het wel zijn,' antwoordde Dina.

De jongens begonnen zich uit te kleden. Abel knoopte een handdoek om zijn heupen, stapte uit zijn onderbroek, die een ogenblik beschamend wit in het gras tussen zijn enkels lag, en hees haastig zijn zwembroek langs zijn benen omhoog. Ondertussen stond zijn moeder tegen hem te praten. Hij hoorde haar maar half. Hij had liever dat ze haar mond hield, zodat hij zich kon concentreren op wat er te gebeuren stond.

Hij nam zijn bril af en gaf hem zijn moeder in bewaring. Het stoorde hem dat hij niet scherp meer zag, juist nu. Maar quasizelfverzekerd liep hij naar de kanaaloever om te zien waar hij zou leren zwemmen.

'Wat een smerig water,' zei hij minachtend tegen zijn broertje.

In het kanaal was met planken een stuk afgezet. Voor zijn voeten brak het water in kleine golven op blokken basalt. Er lag een rand van schuim, trillend in de wind. Aan de overkant van het kanaal ontdekte hij een duiktoren en badhokken. Het schip dat ze onderweg waren gepasseerd kwam langzaam aanglijden. Een hond rende blaffend door het gangboord en op de boeg stond de schippersvrouw met de tros gereed. Achter zijn rug hoorde Abel klompen klossen en hij zag de sluiswachter de trap naar de hoge, zwart geteerde sluizen beklimmen om ze open te draaien. Hij wilde nu achteromkijken om ergens zijn moeder te zien, maar hij weerstond die drang naar geruststelling. Stug stond hij voor zich uit te kijken met zijn broertje naast zich.

Er snerpte een fluitje. Een jonge vrouw in badpak verscheen voor de haag van moeders en kinderen.

'Ik bin dus Cocky Dekker,' zei ze in dialect, 'en ik doe dus vandaeghe de zwemlesse en volghende weeke ôk en eighentlijk 'eel de zeumer eeh.'

Ze moest zelf ook lachen om deze stuntelige uitleg. Een windvlaag blies haar haren in haar gezicht. Met een ruk van haar hoofd wierp ze de blonde lokken opzij. Intussen wreef ze met haar handen over haar bovenarmen.

''t Is a'rs nog wê frisjes, kinders. Mae a' julder eenmael in 't waeter stae, dan went 't wê.'

Abel durfde haast niet naar haar te kijken en hoopte dat ze hem niet zou opmerken.

Kordate vrouwen boezemden hem een vage angst in, alsof hij instinctief wist dat ze geen geduld zouden hebben met zijn grillen, zoals zijn moeder, en er korte metten mee zouden maken. Geen enkele vrouw leek het geduld en de toegeeflijkheid van zijn moeder te hebben, deze potige badjuffrouw zeker niet. Ze kregen een zwemgordel in handen gedrukt – blokken kurk aan een touw – en knoopten die om hun middel. Ze daalden af naar het water. Zijn broertje bleef dicht bij hem, zoals altijd wanneer ze iets nieuws tegemoet gingen. Onderwijl gleed het schip de sluiskolk in. Het laatste wat hij ervan zag was de klapperende vlag op de achtersteven en het schuimende kielzog.

Toen Abel zijn voet in het water zette, stokte zijn adem. Aarzelend ging hij verder en toen het water vlak onder zijn zwembroek stond, hield hij halt, zijn opgetrokken armen tegen zijn ribbenkast drukkend. Maar hij moest verder. Het ijzig koude water omsloot zijn heupen. Sommige kinderen klampten zich aan hun moeder vast, andere bleven stokstijf staan en weigerden het water in te gaan. Er moesten klappen aan te pas komen. De badjuffrouw kwam terug naar de oever om de laatste kinderen op te halen.

'Ghosternokke, mensen, 't is frisjes ôh,' riep ze. 'Me zun 't vandaeghe mae niet te lank maeke!'

Abel was achteraan gaan staan, vlak naast de plank die het ondiepe en diepe van elkaar scheidde. Soms sloeg een golf erop stuk en spatten ijzige druppels op zijn lijf. De kou van het water was nog steeds verpletterend. Hij moest zijn kaken op elkaar klemmen om niet te klappertanden. Angstvallig hield hij zijn armen boven water, tegen zijn ribben gedrukt. Intussen was hij er trots op dat hij van alle kinderen het dichtst bij het kanaal stond, bij het diepe water. Hij wilde niets liever dan leren zwemmen en meende dat hij het al een beetje kon.

Trappelend met zijn voeten dreef hij achter een zwemplank. Nu en dan hield hij zijn hoofd onder water, ook al werd dat niet gevraagd. Zijn moeder had hem een 'echte waterrat' genoemd. Om een echte waterrat te lijken duwde hij van tijd tot tijd zijn hoofd onder water.

Drijvend achter zijn plank keek hij naar de andere kinderen. Hij zag een meisje met sproeten dat onophoudelijk huilde en niet langer dan een paar seconden achter haar plank wist te drijven, dan weer opstond en bevend en snikkend van de kou om zich heen keek. Op de kant stond haar moeder tegen haar te roepen, maar ze hoorde het niet. Er was een jongen met een hazenlip die vol overgave, als in trance, de trapbeweging oefende. Met zijn broer, wiens vingers wit en verstijfd om de plank krampten, wisselde hij een enkele blik. Toen hij langs het huilende meisje dreef zei hij:

'Je moet gewoon achter elkaar door trappen.'

Het meisje hoorde hem niet.

'Je blijft vanzelf drijven.'

Maar ze bleef staan, tot haar oksels in het water, bevend en snikkend. Hij wierp een blik op haar moeder om te laten zien dat hij het goed bedoelde en dreef verder met zijn plank. Hij vermeed het verder naar het meisje te kijken. De badjuffrouw, die luidkeels aanwijzingen gaf, intussen grappend met de moeders op de kant, ontweek hij. De hele zwemles was voor hem ook een ingewikkelde choreografie die geen ander doel had dan uit de buurt te blijven van de badjuffrouw.

Eindelijk was het afgelopen. Het meisje met de sproeten werd door de badjuffrouw opgetild en naar de kant gedragen. De jongen met de hazenlip bleef maar doorgaan achter zijn zwemplank, ook nadat iedereen het water had verlaten. Abel keek naar hem, terwijl hij zich door zijn moeder liet droogrossen met de handdoek. Zijn huid tintelde. Het was een genot om kleren aan te hebben, om warm te worden. Uit zijn handdoek kwam een zilte geur, alsof hij in zee had gezwommen. Lag aan de andere kant van de dijk de zee?

Er was geen tijd om rond te kijken. Ze haastten zich terug langs het kanaal, de wind in de rug, hard trappend om warm te worden. Toen hij nog eens omkeek en de wolken boven de dijk zag, voelde hij dat hij het belangrijkste niet had gezien. Was daar de zee?

2

Na die eerste, ijzig koude onderdompeling in het kanaal fietste hij wekelijks naar het Sas. Hij kon de weg ten slotte dromen. Buiten de stad passeerden ze eerst het zigeunerkamp, waar tussen de woonwagens altijd een vuur smeulde en het altijd rook naar verbrand rubber. Er stonden grote Amerikaanse wagens. Hij ving glimpen op van mannen en vrouwen met pikzwart haar, een donkere huid en felle ogen. Na een regenbui zag hij vuile en halfnaakte kinderen hurken bij een plas. Het was een plek waar hij nooit een voet zou durven zetten. Na het zigeunerkamp ging het fietspad omhoog en liep langs een schutting waarachter de sportvelden lagen. Aan het kanaal stonden betonmolens op hoge poten. Haringman Beton. Elke keer las hij die naam op de betonmolens. Een insteekhaven met schepen. In de zand- en grindbergen die daar lagen waren zilveren munten gevonden. Een zilverschat. Het had in de krant gestaan. Volgden boomgaarden en akkers. Het dorp met de brug, de bocht waar het kanaal naar rechts zwenkte, de laatste populieren, dan alleen nog het lege land en in de verte het silhouet van het Sas.

Onderweg deed zijn fiets het soms niet meer: de trappers draaiden machteloos in het rond. Het kon zomaar gebeuren. Misschien omdat hij over een hobbel was gereden en er in de trapas iets was verschoven. Misschien omdat hij te woest had getrapt. Misschien omdat hij – daar raakte hij meer en meer van overtuigd – door God op de proef werd gesteld. Hoe onvoorstelbaar het ook was, het leek hem niet onmogelijk dat zekere bovenaardse machten invloed hadden op zijn fiets, dat ergens in de oneindigheid schuin achter en boven hem – daar stelde hij zich het opperwezen voor: schuin achter en boven hem – een simpele gedachte van dat opperwezen voldoende was om hier op aarde zijn fiets onklaar te maken, om de trappers lam in de rondte te laten draaien. Hoe het ook zij, op bijna elke tocht naar het Sas kwam het voor dat zijn fiets doortrapte. Hij raakte achterop bij zijn moeder en zijn broertje en woedend riep hij:

'Mam! Ma-áám! Hij doet het weer!'

Zwijgend had hij met Otto in de fietsenmakerij van meneer Jeremiasse naar de twee fietsen staan kijken. Teleurgesteld waren hun ogen eroverheen gegleden. Het was een allegaartje van oude onderdelen. Je zag het meteen. Een allegaartje met een nieuwe bel op het stuur en nieuwe handvatten. De ene fiets was groen geschilderd, de andere blauw. Je zag dat ze met de hand waren geschilderd. De fietsenmaker had dat zelf gedaan. Een beetje beteuterd, zonder een woord te zeggen, hadden ze naar de hun aangeboden fietsen staan kijken.

'Nou jongens, wat vinden jullie ervan?' had zijn vader gevraagd.

'Mooi,' hadden ze bijna gelijktijdig geantwoord.

'Ze zijn er helemaal beduusd van,' meende de fietsenmaker.

Na een paar dagen al was het doortrappen begonnen. De trappers maalden rond, maar hij kwam niet vooruit. Met zijn fiets aan de hand was hij langs de Oostsingel naar de oude smederij gelopen. Hij had de deur opengeschoven. In de werkplaats stond meneer Jeremiasse in zijn overall bij een aan de balken hangende fiets, groot en zwijgend. Zijn fiets werd meteen gerepareerd. Het is een kleinigheid, zei meneer Jeremiasse. Een week later stond hij opnieuw in de werkplaats, de week daarop alweer. Meneer Jeremiasse oogde steeds donkerder als hij binnenkwam. Op een dag moest Abel zijn fiets achterlaten en hij hoopte dat hij er voor altijd vanaf zou zijn, dat het ding niet meer te herstellen was. Weldra reed hij er weer op langs de Oostsingel: de trappers pakten. Maar hij wist dat het een kwestie van tijd was voor ze lam in de rondte zouden draaien.

Zijn vader zei dat niet 'altijd alles volmaakt kon zijn'. Abel probeerde geduldig te zijn. In zijn voeten ontwikkelde hij een gevoel voor het mechaniek van de trapas. Hij wist precies hoeveel kracht hij moest zetten, niet te veel, vooral niet te veel, om weg te rijden of zijn lam ronddraaiende trappers te laten pakken. Nadat hij nog eens meneer Jeremiasse – in steeds wanhopiger gevecht met zijn ondeugdelijk maaksel verwikkeld – had moeten trotseren, had zijn moeder het voor hem opgenomen en gezegd: 'Geef die jongen toch een andere fiets!' Zijn vader was nerveus geworden. Als hij nerveus werd, begon hij te hakkelen. Aan het eind van een hoog oplopend gesprek zei hij: 'Dit is heel goed voor die jongen! Dit zal hem leren minder veeleisend te zijn!'

Hij had zich met zijn lot proberen te verzoenen. Hij had dat behoedzame trappen ontwikkeld. Hij was geduldig geweest. Hij had zijn fiets gekoesterd en gehoopt op een wonder, een soort wonderbare verandering in de trapas van zijn fiets: dat het defect was verdwenen, omdat hij genoeg geduld had getoond. Elke ochtend pakte hij in de garage met een zekere verwachting zijn fiets. Maar nooit was er iets veranderd. Hij voelde het al bij de eerste trap.

Soms, als hij langs het kanaal reed, zich haastend om op tijd op zwemles te komen, vergat hij hoe hij moest trappen, dat hij zich moest inhouden. Hij stampte erop los, hij trapte uit alle macht en opeens was het of de trapper losschoot.

'Mam!'

Hij brulde van woede.

'Ma-am! Ma-am!'

Eindelijk keek ze om.

'Hij doet het weer!'

Om het te demonstreren trapte hij de lamme trappers van zijn steeds langzamer voortglijdende fiets in het rond. De populieren ruisten, het water klotste tegen de kanaaloevers, de laatste halmen ritsten langs zijn spaken. Zijn fiets viel stil. Hij sprong eraf en smeet hem in de berm.

'Je gaat niet driftig worden!'

Zijn moeder had hem al beet bij een oor. Andere kinderen passeerden hen en keken naar hem. Hij trapte op het frame. En zelfs dan, als hij woedend op het frame trapte, was er de absurde hoop dat door die trap, opeens, dat het opperwezen het dan toestond, dat dit juist was wat hij moest doen, niet geduldig zijn, maar een trap geven, dat dát het was, dat dan opeens zijn fiets 'genezen' zou zijn, veranderd.

3

Op een middag in augustus voltrok zich een soort wonder. Het was druk op het Sas. Op de plek waar je gewoonlijk elke stem, elke voetstap kon horen, klonk een opwindend en zwembadachtig gejoel. Langs het kanaal stonden auto's in de berm, trossen fietsen en rijen brommers onder aan de dijk. In het kanaal krioelde het van de hoofden.

Tijdens de les hingen aan de afscheiding met het kanaal voortdurend kinderen die al konden zwemmen. Ze lachten en riepen en wezen. Abel voelde zich vernederd. Hij kon zwemmen met een kurkgordel om. Nu wilde hij de gordel losmaken om minder belachelijk te zijn in de ogen van die kwelgeesten. Het meisje met de sproeten, de jongen met de hazenlip en de anderen – hij wilde plotseling niet langer bij hen horen. De kurkgordel stoorde hem steeds meer.

'Sodemieter noe 's op!'

De badjuffrouw verjoeg de kinderen bij de afscheiding. Geschrokken deinsden ze terug, ze zwommen naar het midden van het kanaal, maar weldra hingen ze toch weer aan de planken.

Zoals gebruikelijk meed Abel de badjuffrouw. Maar hij begreep dat hij daarmee op den duur argwaan wekte en dwong zichzelf daarom haar dingen te vragen. Die middag wendde hij zich kort voor het eind van de les tot haar. Ze stond bij de afscheiding om de klierende kinderen op een afstand te houden, tot haar heupen in het water. Om niet langer bij de beginners te horen vroeg Abel of hij zonder gordel mocht zwemmen.

'Da's ghoed, ventje,' zei ze. 'Mae a je 'n afdoet, krieg je 'n nooit mî terug. Dâ weet je toch, eeh?'

Ze keek hem recht in de ogen als om hem hiervan te doordringen. Toen ze zag dat hij schrok, zei ze:

'En je mô nie aolles ghelove wat of de mensen zeghe! Doet 'n mae af! Probeer 't mae!'

Het touw van de kurkgordel was in het water gekrompen, hij kreeg de knoop niet los. De badjuffrouw boog zich voorover, trok de knoop boven water en begon eraan te peuteren. Haar blonde haren waren vlak bij zijn gezicht. Hij moest een beetje achteroverleunen om er niet met zijn neus in te zitten.

'Nie verzupe, eeh!'

De zwemgordel gleed van hem af. Bij de eerste slagen leek hij weg te zinken. Machteloos roeide hij met zijn armen en benen door het water, steeds sneller, tot hij kopje-onder dreigde te gaan. Maar toen hij met rustiger slagen durfde te zwemmen, bleef hij drijven. De badjuffrouw riep hem iets toe wat hij al niet meer kon verstaan. Met vlugge slagen zwom hij langs de kanaaloever waarop zijn moeder naar hem stond te kijken. Leren zwemmen maakte een nog dieper indruk op hem dan leren lezen. Opeens kon hij zich bewegen in een ander element.

4

Die middag bleven ze voor het eerst langer. Ze installeerden zich in het gras langs het kanaal. Abel zag zijn moeder in badpak op de steiger staan, langs een trap afdalen in het water. Toen ze er tot haar heupen in stond, trok ze haar badmuts nog eens strak om haar haren en liet zich achterovervallen. Hij volgde haar tot ze midden in het kanaal dreef en naar hen zwaaide.

Met een gulden in zijn hand ging hij op weg – zijn broer bleef achter om ‘op de kleren te passen’. Hij liep langs de sluiswachterswoning naar het café onder de lindebomen. Het grind voor het café was gloeiend heet. Net als andere kinderen liep Abel er zo veel mogelijk op de zijkant van zijn voeten overheen. In de schaduw van de bomen stond een meisje achter een koelkast waarvan ze steeds het ene of het andere deksel openklapte om het ijs eruit op te diepen. Abel sloot zich aan bij de rij wachtende kinderen.

Toen zag hij de roodharige aankomen, een jongen van een jaar of veertien, paardachtig gespierd. Hij kon zijn blik niet van hem af houden. Te lang en te openlijk staarde hij naar hem. Het lichaam van de jongen was bleek en met sproeten bezaaid, ze zaten zelfs op zijn rug en benen. Zijn rode haar lag nat op zijn hoofd. Abel probeerde zichzelf onzichtbaar te maken in de rij kinderen, maar hij voelde dat de jongen zijn starende blik had opgemerkt.

Opeens zag hij de voeten van de roodharige naast zich op het grind, zijn wijd uiteen staande tenen.

‘Eeh schele, ga jij maar achteraan staan!’

Het bonkige, natte lijf. Vlakbij. Verlamd van schrik voelde hij hoe een hand op zijn schouder werd gelegd. Hij werd uit de rij gestoten en smakte tegen het grind. Toen hij opkeek, zag hij dat de jongen grijnzend op zijn plaats was gaan staan. Met kop en schouders stak hij boven de anderen uit. Hij tastte in zijn kruis, zijn billen achteruitduwend.

‘Achteraan, schele!’

In de rij was het stil geworden. Abel kwam overeind. Pas toen hij achteraan was gaan staan, durfden de anderen zich weer te bewegen en te praten. De kinderen voor hem in de rij keken niet om, ze deden of ze alweer vergeten waren wat er was gebeurd. Achter hem sloten zich andere kinderen aan, die niet wisten wat zich had voorgedaan.

Van tijd tot tijd keek de roodharige naar hem om. Toen hij zijn ijs had, liep hij terug langs de rij om Abel nog eens een duw te geven, om hem nog eens achteraan te laten gaan staan. Zijn mond hing halfopen, aan zijn gezicht was de voorpret af te lezen. Toen dat grote en gespierde lichaam vlakbij was, kon Abel zijn angst niet langer bedwingen. Hij rende weg. Omdat de jongen de terugweg naar het kanaal afsloot, vluchtte hij de andere kant op. Achter zich hoorde hij de snelle voetstappen van zijn achtervolger. Het was of hij door een wild beest achterna werd gezeten. Hij vloog tegen de dijk op, waar bij de vloedplaten een groepje volwassenen stond. Daar greep de jongen hem en drukte hem tegen het beton.

'Schele. Kijk naar je eigen.'

Toen liet de knaap hem met rust. Hij wipte behendig over de vloedplaten en liep weg.

Hijgend bleef Abel achter. Hij keek om zich heen. Voor het eerst zag hij de havenkom voor de sluis, net groot genoeg voor een schip om er te draaien. Op de dijk rond de haven lag een vacht van wieren, boven het water buitelden meeuwen, hun gekrijs weerkaatste in de stilte. Hij zag de strekdam met het lichtbaken en daar vlakbij twee tonnen, scheefgetrokken in de getijstroom. Verder weg was het water een en al schittering. Met een snelle blik, maar haarscherp, nam hij het in zich op. Toen benevelden hem weer de angst en de ontzetting. Hij had een vijand gemaakt, een machtige vijand.

Abel ging weer in de rij staan onder de bomen voor het café. Alles was normaal. Niemand wist wat er zoëven was gebeurd. Degenen die het hadden gezien waren verdwenen. Hij kon de plek waar hij in het grind was gesmakt nog onderscheiden: op één plek was de aarde blootgewoeld. Zijn elleboog schrijnde. Maar niemand kende hem, niemand wist wat er was gebeurd. De enige onzekere factor was het meisje achter de ijskast. Hij hoopte vurig dat het haar was ontgaan. Terwijl hij in de rij naar voren schuifelde, hield hij zichzelf steeds weer voor dat alles nu normaal was. Twee mannen in zwembroek stonden met elkaar te praten. Mussen fladderden tsjilpend boven de cafétafels. Een moeder sprak haar huilende kind toe.

'Wat ben je lang weggeweest,' zei zijn moeder. 'Ik begon me al ongerust te maken.' Ze keek hem onderzoekend aan. 'Is er wat gebeurd?'

Abel schudde zijn hoofd.

'Waarom ben je dan zo lang weggeweest?'

'Ik heb op de dijk naar het water staan kijken.'

Het klonk niet overtuigend. Zijn moeder pakte hem bij een arm, maar hij trok zich los. Zwijgend likte hij aan zijn ijs. Hij verstrakte toen hij aan de overkant van het kanaal de roodharige op de duiktoren zag. De duikplank sidderde onder de kracht van zijn afzet.

Naast hem zat zijn broertje bedrukt van zijn ijs te likken.

'Volgende week kun jij het ook,' zei hij troostend.

Het bracht een ogenblik verlichting om aardig te zijn tegen zijn broertje. Maar toen was dat doffe gevoel er weer.

5

's Avonds in bed voelde hij het water van het kanaal in een lauwwarm straaltje uit zijn oor op het kussen glijden. De scène voor het café herleefde. Hij staarde naar het behang, in de ban van wat hem die middag was overkomen. Steeds opnieuw voelde hij zijn angst voor de grote en gespierde jongen die hem uit de rij had gesmeten en zag hij, liggend in het grind, de kinderen in de rij die niets deden, die stil en bang naar hem hadden gekeken.

Zijn moeder kwam op de rand van zijn bed zitten en streelde zijn haar. Het lukte haar altijd om hem aan het praten te krijgen. Maar die avond lukte het haar niet. Hij antwoordde ontwijkend en trok zelfs zijn hoofd onder haar strelende hand vandaan. Na een stilte zei hij:

'Is alles altijd je eigen schuld?'

'Hoe kom je daar nou bij?'

Verbaasd keek ze naar zijn gezicht. Hij had zijn ogen weer gesloten. Het verbaasde haar dat een kind van acht zulke dingen zei, dat er uit zo'n jong wezen al zo'n zin tevoorschijn kon komen. Of had hij ergens iets opgevangen? Dat moest het zijn. Hij had gewoon iets opgevangen.

'Heerlijk dat je nu kunt zwemmen,' zei ze om hem te bemoedigen.

Abel zweeg. Na een tijdje vroeg hij:

'Hoe hebt u leren zwemmen?'

'Ik heb leren zwemmen aan de haak.'

'Aan de haak?'

'Een lange stok met een haak eraan die de badmeester vasthield terwijl hij langs de rand van het zwembad liep. Je hing in die haak.'

Het gesprek stokte. Het was of hij zich moest blijven concentreren op de jongen die hem tegen het grind had gesmakt, hem had achtervolgd en boven op de dijk tegen de vloedplaat had gedrukt. Het was of hij alleen moest zijn met zijn angst om hem geleidelijk aan de baas te kunnen worden. Dina stond op. Bijna wilde hij het nu toch vertellen. Maar toen hij begon te praten, zei hij iets anders:

'Papa moet nog even boven komen.'

Geïrriteerd stond Lieuwe Roorda op in zijn werkkamer om naar boven te gaan. Dina gaf de kinderen altijd hun zin. Geen zuchtje, geen klachtje, geen pijntje of het werd in behandeling genomen. Terwijl hij langs het glas-in-loodraam de trap op liep, keek hij op zijn horloge. Maar toen hij in de halfdonkere kamer bij het bed van zijn zoon kwam en hem werd gevraagd het verhaal van Samuël te vertellen, kon hij geen weerstand bieden.

Abel luisterde met gesloten ogen. De vertellerstoon van zijn vader had onmiddellijk effect op hem. Nog even was er weerstand, wilde hij blijven bij wat hem kwelde, maar toen kwam de betovering over hem. Het was of hij werd opgetild en meegevoerd. Terwijl hij luisterde, betastte hij gedachteloos de gezwollen aderen op de rug van zijn vaders hand, zoals hij graag deed, en begon rond te dwalen in de tempel. In de voorhof brandde tussen de zuilen een enkele olielamp. De poort naar de stad was gesloten, er zaten twee poortwachters te dommelen. De muren waren metersdik. In het binnenste van de tempel stond de ark, met bladgoud bekleed. Op de korte zijden zaten twee engelen met hun vleugels over de ark gespreid. Stil stond hij te glanzen in het binnenste van de tempel. In een vertrek daar vlakbij lag de hogepriester te slapen, en in een klein vertrek daar weer naast lag hij zelf.

'Samuël! Sa-muël!'

Zacht en dringend klonk de stem van zijn vader. Onwillekeurig omklemde Abel drie vingers van zijn vaders hand. Midden in de nacht had een stem hem gewekt. Hij stond op en liep naar het vertrek van de hogepriester, omdat hij dacht dat die hem had geroepen. Maar het was de hogepriester niet en hij werd teruggestuurd naar zijn bed. Dit herhaalde zich tot drie keer toe. De jongen kreeg opdracht te blijven liggen als hij opnieuw werd geroepen. Nogmaals kwam de stem uit het duister.

'Samuël! Sa-muël!'

Zijn vader zweeg.

'En wat zei Samuël toen?'

Abel antwoordde niet. Roerloos, zijn ogen gesloten, hield hij de drie vingers van zijn vaders hand vast.

'Wat zei Samuël toen?'

'Spreek, Heer, want uw knecht hoort.'

Toonloos kwam het uit de mond van de jongen. Hij dwaalde door de tempel met de metersdikke muren en de gesloten poort, door de zuilengangen van de voorhof en langs de dommelende poortwachters, hij beklom de trappen naar het dak van de tempel om uit te zien over de stad en ten slotte stond hij na een lange reeks vertrekken in het binnenste van de tempel bij de ark en keek naar de engelen die hun vleugels hadden uitgespreid over de grote kist.

III

ELENA EN DE WIEREN (1962)

1

Eerst reden ze in het Volkswagenbusje naar de noordkant van het eiland: Lieuwe voorin naast de chauffeur, Dina achterin met de kinderen, de peuter op haar schoot, in verwachting van haar vijfde. Zich omdraaiend naar zijn vrouw – om wie hij zich zorgen maakte – wees Lieuwe haar op het mooie licht en de wolkenpartijen boven het vlakke land.

'Is dit nou het beroemde Zeeuwse licht?' vroeg hij de chauffeur.

'Ik zou het niet weten, meneer, echt, ik zou het niet weten.'

Aan de kust reed het busje van de veersteiger op de veerboot. De oversteek nam al met al een uur in beslag. De kustlijn van Schouwen-Duiveland was maar vaag te zien. Het schip voer langs de tonnen van de vaargeul en moest tegen de vloed optornen. Maar de overtocht was de moeite waard. Het was windstil, het water was glad en rondom het schip hing een majestueuze stilte.

Dina wilde aan dek zijn. Ze liet Lieuwe achter in de salon: zijn ene hand rustte op de bladzijden van het boek dat hij aan het lezen was, zijn andere op de buik van de peuter die naast hem op de bank lag. Tegen hem aan geleund zat het meisje. De chauffeur dronk zijn koffie aan een tafel bij het buffet en onderhield zich met de buffetjuffrouw, die na een kortstondige stormloop bij het vertrek van de boot niets meer te doen had.

Buiten zonderde Dina zich af op het bovendek. In de stilte op het water drongen herinneringen aan Elena zich op. Ze keek omlaag naar het water, dat kolkend langs de scheepsromp stroomde.

De jongens verkenden het schip. Het speet hun dat het water zo kalm was, maar de weidsheid ervan maakte veel goed en vooral het vervagen van de kustlijn van het achterblijvende eiland. Bij de voorsteven leunden ze over de verschansing en stelden vast dat het water rees en daalde langs de boeg, dat het schip zélf rees en daalde, alsof het op zee was. Midscheeps staken ze hun hoofden door de openstaande deur van de machinekamer, maar al na een paar tellen deinsden ze terug voor het oorverdovende lawaai. Op het achterdek schoven ze tussen de geparkeerde auto's door. Het Volkswagenbusje stond naast een lege veewagen – midden op het water roken ze de warme geur van de stal die om de wagen hing. Op het achterdek oogde de verschansing zeewaardig, er waren spuigaten waardoor bij zwaar weer het overkomende water kon wegstromen. Helemaal achterop, bij de ronding van de achtersteven, stonden ze in de stilte, en toen ze zich omdraaiden zagen ze op het bovendek hun moeder. Ze droeg de grote zonnebril waarachter ze vier weken lang haar ogen veelvuldig zou verbergen.

Dina zwaaide niet naar de jongens.

Tien jaar geleden was het dat ze Elena op het strand bij Zandvoort had zien weglopen langs de zee, lang en jongensachtig, terwijl zijzelf zich vooroverboog, haar hand in de bek van de hond, zijn onderkaak omklemmend. Nadien had ze nooit meer iets van haar gehoord en zelf had ze niet geschreven. Haar herinneringen waren vervaagd. Elena leek ver weg, vriendin uit een vorig leven. Nu was ze plotseling weer aanwezig.

Ze zag de jongens op het achterdek. Het speet haar dat Elena haar kinderen nooit had gezien. Maar onmiddellijk besefte ze dat het pijnlijk zou zijn geweest. Elena had met haar willen leven. Ze had het meerdere malen gezegd. Na het lezen van de brief, een week geleden, waren de herinneringen gekomen. Vooral bij het inpakken van de hutkoffer had ze aan haar moeten denken. Ze had zich herinnerd hoe Elena haar hand pakte terwijl ze uit een raam van het kindertehuis hingen, kijkend naar een bruiloftsstoet met koetsen op de boulevard. Hoe ze gearmd over het strand liepen achter aan de rij kinderen die langs de vloedlijn wandelde.

Elena die piano speelde. Ze had 'heel goed les gehad', van een beroemdheid, en deed er smalend over. Ze deed smalend over alles wat met haar deftige familie en haar opvoeding te maken had. Twee dwarskoppen, zei ze, jij en ik.

Dina had altijd gemeend dat ze zich maar weinig herinnerde van die episode met Elena. Ze was haar gaan beschouwen als een onverklaarbare verschijning in haar leven. Het was een vriendschap geweest die er niet in paste. Ze dacht soms tijdenlang niet aan haar. Ze kon een afkeer voelen van de lange en statige vrouw die onder het tafelkleed haar hand wilde vasthouden. Soms had ze moeite zich haar voor de geest te halen. Maar nu waren de herinneringen talrijk. Elena had bezit van haar genomen, net als destijds. Steeds opnieuw bekeek ze de brief, het onbekende handschrift, het adres achter op de envelop. Degene die haar over Elena had geschreven, wist precies wie ze was.

In de loop van een week had ze de hutkoffer gepakt, er elke dag opnieuw stapels gestreken kleren aan toevoegend, en vaak had ze roerloos en in gedachten voor de hutkoffer gezeten.

Nu, op de veerboot, terwijl ze het water langs de romp zag stromen, moest ze huilen om Elena. Ze zocht een bank in de schaduw, waar het nog koel was, en veegde met de muis van haar hand de tranen weg, die onder haar zonnebril door over haar wangen gleden.

Opeens werd ze dodelijk ongerust. Ze stond op, liep naar de reling en liet haar ogen over het autodek glijden. Ze ontdekte de jongens bij de verschansing, waar ze overheen hingen om naar het water te kijken. Dina riep ze, en toen ze zich omdraaiden, gebaarde ze dat ze naar boven moesten komen. Abel stampte op het dek: hij wilde daar blijven. Maar de macht van haar gebiedend wenkende hand was te groot: hij moest gehoorzamen.

Weldra waren ze op het bovendek. Otto kwam naast haar zitten, Abel ging bij de reling staan. Dina trok de jongste tegen zich aan. Hij was altijd gewillig. Ze voelde zich schuldig tegenover Abel, die een ogenblik over zijn schouder naar hen keek, en dan wegkeek over het water. Ze voelde dat ze de jongen remde. Hij was expansief, wilde alles weten. Haar tweede kind stond dichter bij haar. Ze wenkte Abel om naast haar te komen zitten.

'Kom nou!'

Hij bleef bij de reling staan.

'Kom nou gezellig hier!'

Hij liep naar een plek waar hij het Volkswagenbusje kon zien. Hij stak net boven de reling uit en leunde er triestig op met zijn onderarmen en zijn kin. Nog eens riep ze hem. Ze wilde haar twee jongens per se bij zich hebben, tegen zich aan, weg van het water. Ze stond op het punt om op te staan en hem te halen. Maar ze wist dat dat geen zin had, hij zou zich vastklampen aan de reling. Hij was net zo koppig als zijzelf.

2

Vier weken woonden ze in een houten zomerhuis aan de rand van een grasvlakte die als zweefvliegveld diende. Achter het huis lag een lage dijk en als hij daar op klom zag hij de vlakte en in de verte de rondingen van de duinen.

Elke dag keek hij naar de zweefvliegtuigen die door een lier aan een kabel de lucht in werden getrokken. Nadat de kabel was losgehaakt van het opstijgende toestel, kwam hij aan een rood-witte parachute naar beneden. Met zijn hand boven zijn ogen keek Abel naar de dalende parachute, tot hij ergens in het gras neerzeeg. Niet veel later reed er een jeep over de vlakte om de kabel op te halen en terug te slepen naar de startplaats.

Talloze malen zag hij het gebeuren. In de avondstilte of als de wind uit een bepaalde richting kwam, kon hij horen hoe het toestel omhooggetrokken werd en hoorde hij de kabel aan de parachute in het gras vallen en zelfs het wapperen van de parachute in de laatste meters boven de grond. Dit waren belangwekkende geluiden voor hem. Ik hoorde de parachute, zei hij tegen zijn broertje. Ik hoorde hem ook, antwoordde Otto. Ze tuurden naar de jeep die door het hoge gras reed – als een jeep op de Afrikaanse savanne, leek het wel – om de kabel op te halen en terug te slepen naar de startplaats. Ze zagen alles altijd vanuit de verte. Nooit kwam het bij hen op de vlakte te betreden.

Intussen stonden hun vliegers in de lucht, twee stippen in het blauw, en langzaam schoven er briefjes langs het vliegertouw omhoog. Ze konden hun haspels vastzetten in de grond om te gaan eten en als ze terugkwamen stonden de vliegers nog steeds in de lucht.

De dagen verstreken in een aangename monotonie. Abel had nog altijd zijn buien van triestigheid en verveling, maar minder dan thuis. De zee en het buitenleven veranderden hem. Elke dag bracht hij uren door op het strand. Als hij 's avonds in bed lag voelde hij zijn huid gloeien. Op de plekken die verbrand waren had zijn moeder karnemelk gesmeerd. Het verkoelde zijn gloeiende huid. Terwijl de karnemelk droogde, voelde hij een soort craquelé ontstaan op zijn vel. Hij schoof het laken van zich af en liet de nachtwind over zijn lichaam strijken. In het donker peuterde hij de droge velletjes van zijn neus en de randen van zijn oor. Vier weken lang zaten er zandkorrels tussen zijn tenen. In het begin telde hij nog hoeveel keer hij per dag 'de zee in ging', maar het verloor zijn betekenis toen hij meer dan vijftig keer in zee was geweest.

Zijn moeder bleef meestal thuis met de peuter. Maar op sommige dagen ging ze mee en zat in haar wijde jurk achter het windscherm, zo veel mogelijk in de schaduw. Ze wilde zich niet met haar dikke buik in badpak vertonen en zwom alleen als het strand bijna leeg was. Samen met Otto trok hij net zolang aan haar handen tot ze overeind kwam en met hen in zee ging. Zodra ze in de golven dreef, lichtte haar gezicht op.

3

Lieuwe Roorda was een man van riten en binnen de kortste keren had hij ook zijn leven in het zomerhuis geritualiseerd. Elke ochtend reed hij met de twee oudsten op de huurfietsen naar het dorp om kranten te kopen en twee tassen met boodschappen te halen. De lucht was nog fris, uit de bossen langs de weg kwam de koelte van de nacht. In het dorp begon het leven op gang te komen: de winkels werden bevoorraad, de terrassen schoongeveegd, de rekken met ansichtkaarten en zonnebrillen buitengezet. Daar genoot hij van: elke ochtend in een nog rustige dorpsstraat dezelfde dingen te zien, dezelfde mensen die die dingen deden. Elke ochtend zat hij op de veranda van het dorpshotel met zijn kranten achter een kop koffie en zag zijn jongens in hun identieke windjacks of identieke bloesjes limonade drinken, voordat ze zich van hun stoel lieten glijden en hand in hand de dorpsstraat overstaken om naar het kasteel te gaan kijken. Voordat hij in zijn kranten verzonk, zag hij die twee vlasblonde hoofden in de kasteeltuin verdwijnen.

Op de terugweg passeerden ze weer het zweefvliegveld. Ook daar was het leven nu op gang gekomen: de toestellen waren uit de hangar gesleept, het restaurant was geopend, de zweefvliegers liepen rond hun tenten.

Op een ochtend reed Lieuwe het terrein op om zijn jongens de toestellen van dichtbij te laten zien. Zwijgend naderden ze wat ze altijd alleen maar vanuit de verte hadden bewonderd. Hij zag ze op de rug, zoals zo vaak, met hun handen in hun zakken. Toen hij merkte hoe ze stonden te kijken naar twee jongens van hun eigen leeftijd die in een toestel stapten voor een rondvlucht, gebeurde er iets met hem. Hij bleef het zich altijd herinneren. Het was duur, zo'n vlucht, maar hij had zonder dralen twee kaarten gekocht.

Tegen elkaar aan gedrukt zaten ze samen op een stoel in de cockpit, Abel met zijn arm om de schouders van zijn broer. De piloot trok de kap dicht. Twee helpers hielden de vleugeltips vast. In afwachting van de start sprak de piloot vriendelijke en geruststellende woorden. Hij gaf uitleg. Toen zweeg hij. Plotseling schoot het toestel vooruit over de vlakte, voortgesleurd door de kabel. Steeds sneller gleed het gras voorbij. Het toestel kwam los van de grond en steeg op, in een steil opgaande lijn, de wind gierend langs de romp, steeds hoger, tot het langzaam recht kwam. De kabel werd gelost.

De piloot liet het toestel wegdraaien in een bocht. Boven de duinen maakte hij cirkels om hoogte te winnen. Abel hoorde de lucht langs de romp en de vleugels stromen. Hij zag de rij zomerhuizen aan de rand van het vliegveld, waarvan er een het hunne was. Hij zag het gekrioel van mensen op het strand, de vuurtoren, de zee als een stuk gekreukt zilverpapier. In de cockpit was het bloedheet. Algauw wilde hij terug naar de aarde.

Na een kwartier landde het toestel weer op de vlakte. Hobbelend over het gras kwam het tot stilstand, kantelde, leunde met een vleugeltip op de grond – en toen was het voorbij. Jongens snelden toe. De cockpit werd geopend. Abel en zijn broertje werden eruit getild.

Toen Abel weer naast zijn vader stond, rook hij diens kleren en lijflucht en door die vertrouwde geuren voelde hij dat hij ver weg was geweest. Het duurde wel even voordat hij begon met praten.

In het zomerhuis wachtte Dina hen op, ongerust omdat ze veel langer dan gewoonlijk waren weggebleven. Ze schrok hevig toen ze hoorde dat de jongens een zweefvlucht hadden gemaakt, dat ze in zo'n fragiel toestel hadden gezeten, overgeleverd aan een wildvreemde.

'Je lijkt wel gek,' zei ze tegen Lieuwe toen ze even alleen waren in de tuin.

'Het was een impuls, lieverd. Toen ik zag hoe die jongens stonden te kijken, hoe graag ze het wilden...'

'Je lijkt wel gek om ze zomaar mee te geven!'

'Die piloot doet dat tien keer per dag.'

'Ik word er gewoon misselijk van!'

Binnen begon de peuter te krijsen. Geagiteerd wendde ze hem de rug toe en liep het huis in.

Na het middageten groef Abel met zijn broer en zusje verder aan de kuil waar ze de vorige dag aan waren begonnen. Ze wilden zo diep gaan dat ze het grondwater bereikten. De jongens groeven, het meisje hees het zand in emmertjes op. Het zand was geel en hard. Aan één kant van de kuil maakten ze traptreden om eruit te kunnen klimmen. De kuil was al zo diep dat hij, als ze op hun hurken op de bodem zaten, begon te 'ruisen'. Toen ze het grondwater hadden bereikt, wilde Abel weten hoe diep ze nu zaten. Hij rende naar huis om het meetlint uit de naaidoos van zijn moeder te halen.

In huis waren de gordijnen gesloten tegen de zon. Er hing een gelig licht in de kamer, er zoemden vliegen. Door een kier zag hij in de tuin zijn vader, lezend op zijn vaste plek in de schaduw van een bosje. Nadat hij het meetlint had gevonden, hoorde hij in de slaapkamer zijn moeder bewegen op bed. Behoedzaam sloop hij er binnen. Ook hier waren de gordijnen dicht. In het halflicht zag hij zijn moeder in onderjurk op bed liggen, op haar zij, een hand op haar gezwollen buik. Naast haar lag de kleine te sluimeren.

'Hoi mam,' fluisterde hij.

Hij wilde alleen maar een ogenblik delen in deze intimiteit.

Zijn moeder had hem niet binnen horen komen. Ze bekeek de foto's in een boek dat hij al eerder in haar handen had gezien. Ze had het gekaft om het netjes te houden. Bijna aan de rand van het bed stond hij en nog had ze hem niet gehoord. Over haar schouder zag hij een van de zwart-witfoto's: een rij vissersbootjes op een strand. De kleine had zijn duim in zijn mondje gestoken, samen met een geel koord, en zoog er hoorbaar op.

'Mam.'

Nog zachter had hij gefluisterd. Geschrokken draaide zijn moeder haar hoofd om. Haar gezicht glansde, het was nat van tranen, zag hij tot zijn schrik. Met een driftig handgebaar stuurde ze hem weg.

Altijd bleef hij zich dit herinneren: de atmosfeer in de slaapkamer, een beetje bedompt, zijn moeder die op haar zij op bed lag, groot en zwaar, die foto van een rij spitse vissersbootjes op het strand, en dat hij was weggestuurd, alsof ze bezig was met iets wat hij niet mocht zien.

4

Een paar maanden geleden had Dina voor het eerst in tien jaar iets van Elena gehoord. Op een ochtend belde de postbode aan en reikte haar met een plechtig gezicht een aangetekend stuk aan. Er zat een boek in de envelop. Het was een fotoboek met op het omslag een afbeelding van oude olijfbomen. Voorin, op het schutblad, was een opdracht geschreven: Voor mijn lieve Dina – 'altijd droef en toch blijde' – Elena.

Ze had het boek meteen dichtgeklapt. Haar handen trilden. Om aan de blikken van het dienstmeisje te ontkomen vluchtte ze naar haar slaapkamer. Met nog altijd trillende handen en een hart dat klopte in haar keel legde ze het boek op bed en keek ernaar, naar de woeste olijfbomen, en herinnerde zich de woeste den in de duinen waar ze met Elena onder had gelegen, die middag van de fietstocht, en waar hun vrijage was begonnen. Een tijdlang keek ze alleen maar naar het boek, terwijl door het open raam de vertrouwde geluiden van de nieuwbouwwijk kwamen. Op het omslag stond de naam van een Nederlandse fotografe. Ze was naar de Provence gereisd en had daar de Van Goghplaatsen, alle plaatsen die hij had geschilderd, alle plekken waar hij had geleefd, gefotografeerd. Veel ervan was nog intact.

Haastig bladerde Dina door het boek. De geur van drukinkt woei haar van de glanzende bladzijden tegemoet. De foto's waren prachtig. Arles, Aix, Saintes-Maries-de-la-Mer. Ze herkende de namen. De fotografe had portretten gemaakt van bepaalde mannen en vrouwen in die stadjes omdat ze leken op figuren die Van Gogh had geschilderd. Al bladerend zocht ze onwillekeurig naar een portret van Elena zelf, steeds banger om het werkelijk tegen te komen en toch niet in staat om op te houden ernaar te zoeken. Terzelfder tijd herinnerde ze zich haar dagdromen over de reis naar de

Provence en de Van Goghplaatsen die ze met Elena had willen maken, zijzelf verkleed als jongen. De nacht in het hotel, Elena die zich naakt tegen haar naakte lichaam had aan gedrukt, van buiten het geluid van stemmen en fietsbellen in het bos. Elena aan haar arm op het strand, terwijl voor hen uit een troep kinderen zich slingerend langs de vloedlijn bewoog. Het zweet brak haar uit. Haar vingertoppen lieten afdrukken achter op het glanzend papier.

Resoluut had ze het boek opnieuw dichtgeklapt. Ze had het met een zakdoek om haar hand vastgepakt en in haar klerenkast achter een stapel kleren verstopt. Later op de dag was ze weer naar boven gegaan om het uit de klerenkast te halen. Geen geheimzinnigheid meer! Ze ging het gewoon aan Lieuwe laten zien! Maar het duurde toch dagen voordat ze ertoe kwam het op zijn bureau te leggen. Hij was er verlegen mee geweest, net als zij, en gezamenlijk hadden ze zich afgevraagd waarom Elena dit boek juist nu had opgestuurd.

Na lang aarzelen had ze besloten Elena met slechts een paar regels te antwoorden. Een formeel briefje schreef ze, dat door Lieuwe was opgesteld. Het moest duidelijk zijn dat ze het contact niet wilde hernieuwen. Ook Lieuwe had er, zei hij, hartkloppingen van gehad.

Een paar weken later was het bericht over Elena gekomen. Ze was gevonden op een strand in Bretagne. Gewikkeld in de lange wieren van de oceaan, stond erbij.

Nog diezelfde dag had ze het boek gekaft en sindsdien lag het naast haar bed.

5

Op Schouwen, in het zomerhuis, lag het daar ook. Op de warme middagen, als ze lag te rusten, de peuter sluimerend naast zich en in haar gezwollen buik het zachte bewegen van het kind op komst, keek ze naar de foto's in het boek. Op al die plaatsen was Elena ook geweest. Ze vermeed de opdracht op het schutblad: ze wilde het zo levend aandoende handschrift van Elena liever niet zien. 'Altijd droef en toch blijde'. De woorden klonken als een refrein in haar hoofd wanneer ze de melancholieke foto's bezag. Lieuwe vermoedde dat ze afkomstig waren uit een van de brieven van Van Gogh. Maar op wie sloegen ze? Op haar? Op Elena? Op hen beiden?

Dina dacht terug aan de jaren dat ze in het kindertehuis had gewerkt. Haar kleine kamer op de bovenste verdieping, waarin de zee ruiste. In het donker uit het raam hangen met een sigaret. In die jaren had ze zich vrij gevoeld, maar vaak ook droef: het onbehagen dat op de achtergrond altijd aanwezig was, haar ontevredenheid over zichzelf, het ingekankerde gevoel van minderwaardigheid dat haar leven bedierf. En toch ook blijde, omdat ze werk had en de kinderen in het tehuis van haar hielden. Vol goede moed was ze toen geweest.

Voortdurend was Elena die weken aanwezig.

Dina was ervan overtuigd dat ze een slecht geheugen had en had het herinneren min of meer uitbesteed aan Lieuwe, die zich altijd alles kon herinneren. Maar als ze 's middags in de halflichte slaapkamer op bed lag, op haar zij, om de sluimerende peuter heen gekruld, en het fotoboek alleen maar vasthield, kon ze Elena haast lijfelijk oproepen en ook zichzelf, zoals ze toen was geweest, met haar dikke haar en haar obsessie met haar neus. Ze herinnerde zich hoe het was geweest om 's avonds door de duinen te fietsen, het geluid van de dynamo en de lichtkegel op het pad, Ank naast haar, op de terugweg van de cursus kinderpsychologie, blij omdat haar onwillige hersens open leken te gaan voor kennis. Ze keek naar de foto van een donkere, jonge vrouw in Arles, die haar haar droeg zoals zijzelf het destijds had gedragen, en opeens rook ze dan Elena zoals ze had geroken als ze 's avonds laat in haar kamer kwam en naast haar op bed lag te praten.

Steeds was er ook het schuldgevoel: dat ze maar met een paar regels had geantwoord. Een paar stijve regels als antwoord op Elena's laatste groet. Het vrat aan haar. Het sloeg haar lam. Ze huilde als ze zich Elena's laatste ogenblikken voorstelde.

Ze had een brief geschreven aan Ank, de stoere Ank die jongens omverkegelde bij het voetballen, die een koe kon melken en de paarden op haar vaders boerderij ongezadeld bereed. Ze werkte nog altijd in het tehuis en was nooit getrouwd. Ank, die nooit over mannen had willen praten – 'daar heb ik een streep onder gezet'. Ze had een brief teruggekregen. Over Elena had Ank geschreven dat ze niet in staat was geweest haar 'afwijking' te beheersen. Ze had een affaire gehad met een van de jonge leidsters. Het was ontdekt, het was naar buiten gekomen en het bestuur had haar moeten ontslaan. Een paar maanden later had Elena 'de hand aan zichzelf geslagen'. Veel woorden had haar vroegere vriendin er niet aan vuilgemaakt. Het was duidelijk dat ze er liever niet over schreef en het als een goddeloze daad beschouwde. Het schokte Dina om zo weinig medelijden aan te treffen in deze brief.

Dag in dag uit was Elena bij haar. Op het strand dacht ze nog sterker aan haar dan elders en zag ze haar lange, jongensachtige gestalte haast voor zich. Als ze de zee in liep, dacht ze aan Elena en huiverde. Elena was bij haar, zoals het kind in haar buik. Nadat ze haar verwarring en schroom – Elena imponeerde haar nog altijd – had overwonnen, koesterde ze de dode. Zodra ze alleen was, groette ze haar. Ze liet haar ruiken wat ze zelf rook: de harsgeur in het bos, waar Elena zo van had gehouden, of het natgeregende gras op het dijkje langs het zweefvliegveld. Ze herlas de dichtbundel die Elena haar had gegeven. Ze praatte met haar, ze hield haar lange, gebruinde hand vast.

Langzaam maar zeker verzoende ze zich met Elena's daad. Ze had geen uitweg meer gezien en misschien had ze van jongsaf aan in zich gehad wat ze ten slotte had gedaan. Ik pas nergens in, had ze eens gezegd, wat ik ook doe. Op een ochtend werd Dina wakker met het antwoord op de vraag die haar het meest kwelde: het was niet aan mensen om over Elena te oordelen. Het deed haar goed dat Lieuwe er, na lichte aarzeling, mee kon instemmen. In het meest wezenlijke leken ze elkaar nog steeds te kunnen vinden.

6

Nooit was Elena meer aanwezig dan in die onweersnacht. Na een broeierig warme dag had er de hele avond in de verte boven de duinen gerommel geklonken, en alles verkeerde in afwachting, het was doodstil. Ze waren uiteindelijk toch naar bed gegaan en in slaap gevallen met de ramen wijd open. Rond twee uur werden ze gewekt door een daverende donderslag recht boven het huis. Dina zag in het donker de gordijnen wapperen. Lieuwe sprong uit bed om de ramen te sluiten. Intussen volgden de donderslagen elkaar snel op. Bij elke slag stond het houten huis te schudden. Het was angstaanjagend. De peuter huilde in zijn bedje in de woonkamer, uit de kinderkamer kwam hulpgeroep.

Half aangekleed, bij het licht van een kaars, zaten ze met de kinderen in de woonkamer te wachten tot het onweer aftrok. Boven het zweefvliegveld verscheen de ene na de andere bliksem. In het blauwige licht was een ogenblik de hele vlakte zichtbaar. Lieuwe leerde de jongens om na een bliksemflits de seconden te tellen tot de donderslag door de lucht rolde. Elke drie tellen was een kilometer, legde hij uit. Eerst zaten ze op zijn knieën, tegen hem aan leunend, toen stonden ze naast hem en ten slotte durfden ze naar het raam te lopen om naar de bliksem te kijken. Dina riep dat ze daar weg moesten gaan, ze gebaarde heftig toen ze zich niet verstaanbaar kon maken. Haastig liepen de jongens naar hun vader.

Na een uur trok het onweer af. Zwaar ruisend viel de regen neer.

Door het open raam van de slaapkamer stroomde koele lucht naar binnen. Dina lag op haar zij, naar het raam gekeerd, en voelde de frisse lucht over haar gezicht stromen, over het laken waaronder ze lag. Ze hoorde niets anders dan het ruisen van de regen en zonk diep weg. Toen ze wakker werd, regende het nog steeds. Het was aardedonker. Ze voelde Lieuwes geslacht tegen haar billen en zijn hand die over haar half ontblote lijf gleed. Ze verkeerde in halfslaap, loom en warm, maar ze voelde haar tepels stijf worden. Ze trok haar been een beetje op, zodat hij er gemakkelijker bij kon, en voelde zijn geslacht naar binnen glijden. Ze lag stil, maar ademde dieper, en voelde Lieuwes geslacht in zich bewegen. Hijgend kwam ze overeind om haar nachthemd uit te trekken over haar hoofd, en toen lag ze weer op haar zij, met gesloten ogen, Lieuwes hand om haar gezwollen borst. Niemand kon hen horen. De regen ruiste zo zwaar dat ze amper zichzelf hoorde. Ze zakte dieper weg. Ze betastte zichzelf tussen haar benen.

Elena was er ook, aanvankelijk niet duidelijk, niet ergens. Maar ze was aanwezig en voegde zich bij hen. Ze waren met zijn drieën. Toen begon ze haar te zien. Haar lange lichaam, haar kleine borsten, haar sleutelbeenderen. Naakt lag Elena tegen haar aan, terwijl Lieuwe achter haar was. Het was Elena's hand die haar geslacht streelde, lief en stevig, zoals ze zelf niet zou durven, en ze tilde haar been verder omhoog, zodat Lieuwe dieper in haar zou kunnen komen. Steviger en steviger, en sterker en sterker werd de gewaarwording van Elena's aanwezigheid. Luguber was het haast. Maar ook onuitsprekelijk lief om haar te zien oplichten in het donker zoals ze toen was geweest, om haar te voelen zoals ze haar toen had gevoeld. Steviger en steviger. Dina kromde haar lichaam en opeens schreeuwde ze, zoals ze nooit eerder had gedaan, nooit eerder had gedurfd. Lieuwe omklemde haar voor zijn laatste stoten. Toen ontspande ook hij zich en lag stil.

Dina snakte naar adem. Het geluid van de slagregen drong weer tot haar door, de kamer, de contouren van het raam. Lachend draaide ze zich half om naar Lieuwe, zwaar, gehinderd door haar buik, en geil zocht ze met haar mond zijn mond, helemaal nat en glibberig.

7

Na een maand kwam het Volkswagenbusje hen weer ophalen. De chauffeur was dezelfde als op de heenreis. Hij hielp met het inladen van de bagage. Lieuwe tilde samen met de chauffeur de hutkoffer in de laadruimte. Aan het gemak waarmee hij nu dat zware bakbeest tilde, voelde hij dat hij was uitgerust. De kinderen waren gebruind, ze oogden schoon en helder. Alleen Dina was niet opgeknapt. Ze was weinig op het strand geweest en veelal thuisgebleven met de peuter. Van het dagboekje dat ze had willen schrijven was niet veel terechtgekomen. Ze verdroeg de warmte slecht en had steeds slecht geslapen, ondanks de kalmeringstabletten van de dorpsarts.

De chauffeur hielp haar de wagen in, Lieuwe reikte haar de peuter aan.

'Ik lijk wel een invalide,' zei ze mistroostig.

Dagenlang was het een genot om weer thuis te zijn, de vertrouwde dingen weer te zien. Het huis leek nog groter dan voorheen. Lieuwe genoot van zijn werkkamer, zijn boeken en stond om het halfuur op van zijn bureau om piano te spelen. De kinderen renden door de tuin, nog op hun plastic badschoenen. Elk stuk speelgoed werd opnieuw ontdekt.

Alleen Dina deelde niet in deze opgewektheid. Ze sleepte zich voort, dik en zwaar. Nog een maand moest ze wachten op de bevalling. Ze had de kalmeringsmiddelen verruild voor peppillen – met als gevolg dat ze niet of nauwelijks meer sliep. Er stonden kringen onder haar ogen. Door de uitputting begon de realiteit haar te ontglippen. Ze begon te vrezen dat het kind dat ze droeg mismaakt zou zijn. Haar voorgevoelens, waarop ze gewoon was te vertrouwen, waren sterk. Het bewoog te weinig, het hield zich zo stil. Lieuwe kon haar angst niet wegnemen. Ze voelde dat hij zelf nu ook bang begon te worden. Hij trok zich terug in zijn werk. Alleen de stem en de handen van de huisarts konden haar voor korte tijd geruststellen.

Als ze alleen was, huilde ze veelvuldig. Ze opende haar klerenkast en keek naar haar kleren van vroeger.

'Tien jaar geleden was ik nog vrij,' riep ze tegen Lieuwe.

Dagenlang had ze er spijt van. Dagenlang voelde ze zich een slechte moeder en sloofde zich uit voor de kinderen.

8

Op een zaterdagmiddag, een week na thuiskomst, dwaalde Abel door het huis. Hij had zijn boek uitgelezen en wist niet wat hij nu moest doen. Hij zag ertegen op om maandag naar school te gaan, terwijl hij er eerst juist naar had verlangd om 's ochtends weer naar school te lopen en in het ochtendfrisse lokaal te komen. Nu zag hij ertegen op, omdat hij aan bepaalde jongens had gedacht, omdat hij ze vóór zich had gezien en had beseft dat hij weer met ze te maken zou krijgen. Net als zijn moeder voelde hij zich hopeloos minderwaardig, tegen niemand opgewassen. In ieder ander zag hij onmiddellijk kwaliteiten die hij zelf niet bezat. Hij deed altijd voor anderen onder.

Beneden in de gang opende hij de deur van zijn vaders studeerkamer.

'Mag ik binnenkomen?'

Hij mocht binnenkomen, mits hij zijn mond hield en 'zich zelf vermaakte'. De ramen naar de tuin stonden open, de markiezen waren neergelaten. Vanuit de tuin kwam het geluid van de schommel.

Hij ging naast zijn vader staan. Op het bureau lag een groot vel papier uitgespreid dat door horizontale en verticale potloodlijnen in honderden kleine vakjes was verdeeld. Zijn vader maakte het lesrooster voor het nieuwe schooljaar. Het grootste deel van de vakjes had hij ingevuld. Hij was de laatste puzzels aan het oplossen. Abel leunde met zijn onderarmen op het bureau. Hij keek naar de rechterhand van zijn vader, die op het rooster lag, naast een potlood en gum, en naar de linker, waarmee hij zijn hoofd ondersteunde. Hij rook de vertrouwde lijflucht van zijn vader, vermengd met een vleug aftershave, hij hoorde hem ademhalen door zijn neus terwijl hij nadacht. Hij vlijde zijn hoofd tegen zijn vaders schouder. Toen een reactie uitbleef, legde hij zijn hoofd op zijn onderarmen op de rand van het bureau en staarde naar de dingen: de rode bureaulamp, de telefoon, het bakje met potloden en paperclips, de presse-papier van glas met een zeepaardje erin. Hij keek ernaar en stelde zich voor dat hij rondliep tussen de dingen, dat hij in het bakje met potloden klom en boven zich het zeepaardje in het glas zag. Maar ook dat verveelde hem. Hij draaide aan de kiesschijf van de telefoon, totdat zijn vader het hem verbood en hem met zachte drang opzijduwde.

Hij liet zich met het ruiterpistool op de sofa vallen. De veren knarsten onder zijn gewicht. Hij bekeek het pistool weer eens van alle kanten: de dubbele loop, de dubbele trekker en bovenop de twee mannetjes die je achterovertrok om de hanen te spannen. De houten kolf van het pistool ontbrak. Hij bracht het dicht bij zijn goede oog en keek naar de twee mannetjes, hij keek in de loop van het pistool, vaag verontrust, alsof er nog altijd een kogel uit kon komen, en naar de mannetjes, die zich altijd weer achterover lieten trekken en vooroversloegen als de trekker werd overgehaald.

'Ga iets doen,' zei zijn vader, 'ga een eind fietsen.'

Abel sloop de trap op. Boven opende hij geluidloos een deur. Door een kier zag hij zijn moeder op bed liggen, op haar zij, met het kleintje tegen zich aan. Hij hoorde haar zwaar ademhalen in haar sluimering. De peuter zoog verwoed op het gele koord dat hij met zijn duim in zijn mond had gestoken. Abel sloop langs het bed naar het balkon, dat werd overhuifd door markiezen, en strekte zich uit op de warme tegels. Achter zich hoorde hij een beweging. Zijn moeder had hem toch opgemerkt en gebaarde dat hij weg moest gaan.

Buiten haar gezichtsveld, verderop op het balkon, ging hij opnieuw op de warme tegels liggen, zijn hoofd op een gestrekte arm. Hij keek naar de blauwe den in de tuin en herinnerde zich de dennenbomen bij het zomerhuis, waar hij in was geklommen, wiegend in de top. Hij miste ze. Hij miste plotseling alles wat hem in de laatste vakantieweek was gaan vervelen: het gedempte geluid van de lier op de grasvlakte, en het zweefvliegtuig dat geluidloos opsteeg, de kabel aan de parachute, de jeep die de kabel terugsleepte naar de hangar. Hij miste zijn verborgen plek: onder de half ontblote wortels van een dennenboom die op een zandwal groeide, omringd door struikgewas. Het meest miste hij de zee. Hij sloot zijn ogen en hoorde het piepen van de schommel, waarop zijn broer en zusje zich vermaakten, het soppen van de houten palen in de grond. Maar tegelijkertijd hoorde hij het breken van golven, dat nooit ophoudende geluid.

Beneden in de keuken stak hij zijn neus in zijn badtas en uit een geur van plastic, natte handdoeken en geplette boterhammen rees het beeld op van het strand waar hij alle dagen was geweest, de vuurtoren, het mulle, warme zand. Met de badtas op zijn rug fietste hij even later door de buurt. Aan zijn voeten droeg hij zijn badschoenen van doorzichtig plastic.

Hij zag een troep oudere jongens voorbijfietsen, badtassen op hun rug en onder hun snelbinders, en besloot ze te volgen tot de rand van de buurt. Maar toen ze de buurt uit reden, kon hij zich niet bedwingen en bleef ze volgen. Een kwartier later was hij buiten de stad en reed langs het kanaal in het geruis van de populieren. Voor het eerst ging hij alleen naar het Sas.

9

Bij het café onder de bomen, rond de sluis en in het kanaal krioelde het van de mensen. Hij deinsde ervoor terug. Niemand merkte hem op, niemand schonk ook maar de geringste aandacht aan hem en toch was hij beducht om zich in die menigte te begeven.

Hij legde zijn fiets in het gras en kleedde zich om. Hij schoof de badtas met zijn kleren onder zijn voorwiel. Voorbij het café kroop hij tegen de dijk omhoog, precies op de plek waar hij een jaar geleden naar boven was gevlogen, op de vlucht voor de roodharige. Hier was bijna niemand. Hij klom over de vloedplaat en daalde af naar de havenkom. Het was hoogwater. Aan de overkant lag een jachtje afgemeerd, gehuld in middagsluimer, wiegend op de deining.

Hij hurkte op de basaltblokken aan de voet van de dijk en keek naar de wieren in het heldere water: ze stonden recht overeind en bewogen zacht, met rukjes, steeds even opgestuwd door het opkomende water, dan weer terugbuigend, teruggezogen. Vlak voor zijn voeten braken kleine golven. Hij hield van de wieren. Bij laag water lagen ze als een vacht op de dijkhelling. Hij stak zijn handen erin, in dat gladde en glibberige, en kneep in de rubberachtige blaasjes. Soms leek er een zacht geluid uit de drooggevallen wieren te komen, van wegsijpelend water misschien, hij wist niet wat het was.

Hij zat naar de wieren onder water te kijken toen aan de overkant op het jachtje beweging ontstond. Er kwamen een man en een vrouw uit de kajuit. De vrouw, in badpak, rekte zich uit. Ze maakte een paardenstaart van haar lange haren, legde die over haar hoofd en trok er een badmuts overheen. De man dook in het water en zwom naar het midden van de havenkom, hij praatte met haar, terwijl zij op de rand van het jachtje zat, haar voeten in het water. Eindelijk liet ze zich erin zakken en zwom naar hem toe.

Abel kon zich niet langer bedwingen. Hij schuifelde het water in, zich bukkend, zich vasthoudend aan de wieren, zakte nog dieper door zijn knieën en stortte zich voorover. Hij zwom een paar slagen en keerde om. Het water was hier frisser dan in het kanaal en het was zout. Drijvend op het water stak hij zijn handen in de wieren, hij hield zich vast en liet zich er door de golven tegenaan duwen. De zon scheen op zijn rug. Achter zich hoorde hij de man en de vrouw praten, hun stemmen weerkaatsen tegen de dijk.

Onweerstaanbaar trok hem toen het lege midden van de haven, dat hem tegelijkertijd ook angst aanjoeg. Hij aarzelde nog een tijd. Toen zwom hij, hijgend en haastig, zijn hoofd krampachtig boven water houdend. In het midden was het water nog koeler. Hij vermoedde er een grote diepte. Vanuit zijn ooghoeken zag hij de hoofden van de man en de vrouw: hij hield haar vast en haar armen lagen om zijn hals. Maar korte tijd durfde hij midden in de haven te blijven. Hij draaide een keer om zijn as: de glooiende dijkhellingen lagen om hem heen, met aan de ene kant de hoge zwarte sluisdeuren en aan de andere de nauwe havenmond, daar buiten was het een en al schittering.

Hoe veilig voelde hij zich even later in het hoge gras, hoe verrukkelijk was het om tegen het warme beton van de vloedplaat te leunen, kijkend naar de plek waar hij had gedreven, naar het jachtje aan de overkant, waarop de man en de vrouw zich afdroogden. Zijn huid tintelde. De wind streek erlangs. Hij likte een paar druppels van zijn lippen. Zoute druppels. Hij had in zee gezwommen.

10

Na anderhalf uur was hij weer in het stille huis. Hij was opgewonden. Uit zijn badtas haalde hij de strengen wier die hij met zoveel moeite had losgetrokken van tussen de stenen, nerveus rukkend omdat ze zo vastzaten en omdat het misschien niet mocht. Tijdens de vakantie had hij elke dag van het strand schelpen meegenomen voor zijn moeder. Schelpen, zeesterren, het pantser van krabbetjes, een gebleekt stuk hout – bijna alles wat je op het strand kon vinden vond ze mooi. Abel hield de stukken wier onder de kraan om ze nat te maken en te laten glanzen. Glad en glibberig werden ze weer. Huiverend betastte hij de slierten. Ze roken al een beetje. Zou ze dit wel mooi vinden?

Zijn moeder lag op haar zij op bed, loom, soezend. Haar pyjamajasje stond half open. In de tuin klonk het piepen van de schommel, nu en dan trok een windvlaag door de bomen. Ze sloeg haar ogen op toen ze hem hoorde binnenkomen. Het wier lag zwart en glanzend op de schaal. Haast als een offerande kwam Abel het haar brengen, de schaal opheffend.

'Wat is dat, jochie?'

Haar stem klonk slaperig.

'Voor u.'

'Voor mij?'

Zijn moeder kwam half overeind en leek te schrikken van de wieren. Ze kokhalsde. Abel zag hoe ze zich plotseling nog verder oprichtte, op een elleboog, een hand voor haar mond. Er gulpte iets uit haar mond. Van onder haar hand kwam een gele brij gedropen.

IV

DE LEEUWIN (1963)

1

In alle vroegte werd Abel wakker. Toen hij het gordijn op een kier schoof, zag hij vlak boven de huizen aan de overkant van de straat een waterig rode zon, die zo leek op te stijgen uit de bedauwde en nevelige velden buiten de stad. Vandaag zouden er twee vreemden in huis komen, twee oudere meisjes – dat was het eerste waar hij aan dacht. Hij kroop weer in zijn bed en lag een tijd te lezen, een kussen tussen zijn dijen geklemd. Nu en dan bewoog hij zijn onderlichaam, zodat zijn pyjamabroek wat afzakte.

Hij sloop naar de kamer van zijn broertje en zusje. Met zijn drieën kropen ze in één bed en lagen onder de deken tegen elkaar aan, als dieren in een stal. De deken liet een gelig licht door.

'Wij zijn koeien,' zei Abel. 'Otto en ik zijn koeien. We stonden naast elkaar in een stal en we werden gemolken.'

Zijn zusje moest hen melken.

Hij had naar de melkers gekeken als ze 's avonds door het weiland liepen, van de ene koe naar de andere, de om hun heupen gesnoerde melkkruk als een vreemd uitsteeksel op hun achterste. Hij had erbij gestaan als ze de spenen van de volle en zware uiers tussen hun vingers nepen en eraan trokken. Hij had de melk in de emmer horen spuiten met korte, ritmische stralen. Hij had altijd graag naar de uiers gekeken, zwengelend tussen de achterpoten van de koeien. Het had hem met een vage schaamte vervuld dat hij zo graag naar die uiers keek en ervan hield als ze zwaar dooraderd waren. Niemand wist dat hij ernaar keek. Toch was er een gevoel van schaamte, alsof het niet goed was wat hij deed.

'Koeien moeten 's ochtends vroeg gemolken worden,' zei hij.

Op handen en voeten onder de deken staand schoof hij zijn pyjamabroek omlaag en legde zijn zusje uit hoe ze hem moest melken. Hij wilde een geduldige koe zijn, een lome en geduldige koe, en dan kwam er een meisje dat hem molk. Maar zijn zusje wilde de beweging die hij haar voordeed niet uitvoeren en toen hij aandrong volstond ze met een vluchtig trekken. Ze kroop half onder hem door om zijn broer te melken. Ze trok aan zijn piemel en bootste het geluid van de spuitende melkstraal na. Terwijl ze onder Abel lag, raakte zijn blote buik haar rug. Hij zakte verder door zijn voorpoten, zodat zijn buik op haar rug kwam te rusten.

2

De zondag had zich al kenbaar gemaakt door de stilte in de straten. Maar het zondagsgevoel begon pas over hem te komen bij het aankleden. In de badkamer trok hij de kleren aan die zijn moeder had klaargelegd: zijn zondagse korte broek, een wit overhemd met stropdas, een pullover met v-hals en zijn zondagse schoenen. Hij maakte zijn haren nat en kamde ze in een scheiding, met tegenzin, want hij hield niet van gekamde haren – hij hield niet van netjes. Intussen stond hij zich te ergeren aan zijn kleren. Zondagse kleren gaven hem een 'opgepropt' gevoel. Hij kon er niet vrijuit in spelen. Het was of nette kleren het gevoel van beklemming dat in hem leefde versterkten.

Beneden werd het zondagsgevoel alleen maar sterker. Ook de anderen droegen nette kleren. Hij hoefde geen piano te spelen. Er stond een gekookt ei bij zijn bord op de ontbijttafel. Zijn vader ontbeet met een muziekboek op zijn knieën en las nog eens snel het stuk door dat hij straks zou spelen.

Zijn moeder droeg een jurk die haar armen blootliet. Op haar rechterarm hield ze de baby en gaf haar de borst. Met zijn lange koeientong likte Abel de bovenarm van zijn moeder. Ze duwde hem weg met haar elleboog. Hij vlijde zich tegen haar aan, tam, lief, wachtte tot haar argwaan was verdwenen en haalde opnieuw zijn tong over haar arm.

'Hou daarmee op!'

Zijn moeder was nerveus. Die middag moest ze zich in een nieuwe jurk op een receptie in een kasteeltuin vertonen. Ze zag er al dagen tegen op.

In de kerk volgde Abel zijn vader naar het orgel. Het was vandaag zijn beurt. Achter zijn vader beklom hij de trappen. Vanaf de orgelgalerij keek hij naar het kerkvolk, dat langzaam de banken vulde. Achter zijn rug hoorde hij zijn vader plaatsnemen op de orgelbank en de registers opentrekken. Hij hoorde hem kuchen, nerveus in zijn handen wrijven en toen hoe hij begon te spelen.

Tijdens de dienst liep Abel rond. Achter de orgelkast met zijn metershoge pijpen kon hij zich vrij bewegen, zolang hij niet bij de balustrade kwam. Het was er schemerig. Alleen boven de twee klavieren van het orgel brandde een lampje dat de muziek op de lessenaar en de gelige en zwarte toetsen verlichtte. Hij hing rond op de galerij, terwijl zijn vader het psalmzingen begeleidde. Hij stond naar de blaasbalg van het orgel te kijken, vroeger aangedreven door een orgeltrapper die rees en daalde op het pedaal dat uit de blaasbalg stak, nu door een zacht zoemende elektromotor. Door kieren gluurde hij in de orgelkast, waar het schemerig en stoffig was als op een zolder. Hij keek naar zijn spelende vader: hij zat rechtop, zijn mond hing een beetje open en zijn onderlijf bewoog op de orgelbank, terwijl zijn voeten naast elkaar, als in een dans, over de pedalen schoven.

Over de balustrade glurend zag hij Otto en zijn zusje in de kerkbank zitten, naast de vrouw die hen onder haar hoede had genomen. Ze had een weelderige boezem en droeg een hoed. Eerst vond hij het grappig om ze naast een onbekende vrouw te zien zitten, toen stemde het hem treurig: het was of zijn moeder dood was. Zijn zusje wiebelde met haar benen. Hij herinnerde zich dat ze hem die ochtend onder de deken in bed had gemolken, maar het niet echt had gewild. Een duistere schaamte maakte zich van hem meester.

Tijdens de collecte speelde zijn vader het stuk dat hij had ingestudeerd. Abel zat op zijn knieën naast hem op de orgelbank, gereed om op een teken van zijn vader de bladzijde om te slaan. Onder aan de bladzijde was een ezelsoor gevouwen. Al spelend legde zijn vader hem dingen uit, in haastig uitgesproken zinnetjes.

'Hier… Uitkomende stem… Hoor… Taadieeee daadiee dadiee dada… En nu… In de pedalen…'

Abel voelde de orgelbank onder zich bewegen terwijl zijn vaders voeten over de pedalen gingen.

'Van wie is dit stuk?' vroeg hij.

'Bach…'

Bach, Buxtehude, Pachelbel, Walther, de oude meesters van het kerkorgel – het waren voor Abel al vertrouwde namen. Hij las ze op de muziekboeken die uit zijn vaders orgeltas tevoorschijn kwamen. Het strenge gezicht van Bach, omlijst door een pruik, kende hij van een portret dat in zijn vaders werkkamer hing. De grote Bach, die zo 'onvoorstelbaar hard kon werken', terwijl hij 'een huis vol kinderen' had en die als jongeman te voet honderden kilometers had afgelegd om de oude Buxtehude te horen spelen.

Met een strak, uitdrukkingloos gezicht speelde zijn vader en niets van buiten leek meer tot hem door te dringen. Abel probeerde de noten mee te lezen, maar het lukte hem niet, het waren er te veel, het stuk ging te snel. Vol spanning wachtte hij op zijn vaders teken. Toen het kwam, boog hij zich naar voren, pakte het ezelsoor en sloeg de bladzijde om.

Zijn taak zat erop. Hij gleed van de orgelbank, trok zich terug in het halfdonker en keek naar zijn spelende vader. Het bleef hem verwonderen dat zijn vaders handen op de twee klavieren en zijn voeten op de pedalen onafhankelijk van elkaar bewogen en blindelings hun weg leken te vinden. Het was iets waar hij niet op uitgekeken raakte: dat blindelingse bewegen.

Hij gluurde weer naar zijn zusje beneden in de kerk, zich herinnerend wat ze die ochtend in bed hadden gedaan. De duistere schaamte maakte zich weer van hem meester. Het leek verboden wat ze hadden gedaan. Toch wilde hij het zo weer doen wanneer hij zich herinnerde hoe heerlijk het was geweest om zijn zusjes warme rug tegen zijn buik te voelen drukken, om een lome en geduldige koe te zijn die werd gemolken.

3

Aan het eind van de ochtend stonden er opeens twee meisjes van het lyceum in de keuken. Abel kwam uit de tuin. Hij wist dat ze zouden komen, twee meisjes die de rest van de dag op hen zouden passen, maar toen hij ze in levenden lijve in de keuken zag staan, schrok hij. Hij passeerde ze zonder te groeten. Zijn moeder riep hem terug. Maar hij liep verder, door de gang naar de woonkamer en daar door de openstaande terrasdeuren de tuin in – en toen durfde hij het huis niet meer in omdat daar die twee onbekenden waren.

Na enig doelloos gedrentel liep hij terug naar het terras en ging in de kamer op de bank zitten lezen. Hij nam een nonchalante houding aan, die hij nog verschillende keren wijzigde. Maar bij elke verandering werd zijn houding alleen maar nog gemaakter. Toen hij zijn moeder hoorde naderen door de gang, gevolgd door de meisjes – hun hakken tikten op de plavuizen –, verstarde hij. Hij had nog de tuin in kunnen vluchten, maar deed het niet, steeds meer verstarrend in zijn pose. Zo troffen de meisjes hem aan, een stuurse uitdrukking op zijn gezicht.

'Hij is verlegen,' zei zijn moeder verontschuldigend.

'Ik bén niet verlegen,' zei hij en stond op.

Nadat hij ze een hand had gegeven, bedwelmd door hun meisjesachtigheid, liep hij de tuin in, naar de schommel achter de rododendron. Hij schommelde, staande op de plank, steeds hoger, steeds roekelozer. Maar de blamage kon hij niet uitwissen.

Er werd op het terras gegeten. De komkommersalade geurde, net als de worst, het krentenbrood en de aardbeien. Het had iets feestelijks om buiten te eten en de bomen te horen ruisen terwijl je aan tafel zat. Het had ook iets feestelijks dat deze twee meisjes in hun frisgewassen jurken er waren. Ze zaten tussen de kinderen in, aanvankelijk verlegen omdat ze bij de rector van het lyceum aan tafel zaten, maar algauw loskomend, want hij was een gemakkelijke man, heel jong nog. Ze bloosden als hij grapjes maakte.

Abel rook de jurk van het blonde en rijzige meisje dat naast hem zat. Bij elke beweging van haar hoofd gleed haar paardenstaart over haar rug heen en weer. Onder tafel zag hij haar blote voeten in haar schoenen. Toen hij het waagde om naar haar gezicht te kijken, zag hij hoe haar lippen zich sloten om een vork waaraan een aardbei zat geprikt. Vlak achter hen zat de jongste in de kinderstoel. Nu en dan hoorde hij de rammelaar bewegen die aan een koord hing. Toen de spanning van naast dit onbekende wezen te zitten hem te veel werd, stond hij op om naar zijn zusje te kijken. Hij bewoog de rammelaar voor haar. Terugkerend naar zijn stoel, zag hij het meisje van achteren. Ze bewoog onrustig haar hoofd, alsof ze het niet prettig vond dat hij achter haar was. Nog steeds had ze niets tegen hem gezegd.

Na het eten deden de meisjes de afwas. Ze namen zijn broer en zus mee naar de keuken.

Abel volgde zijn moeder naar de slaapkamer, waar ze zich ging verkleden. Als enige van de kinderen werd hij daarbij toegelaten – ze gaf hem altijd privileges. De markiezen boven het balkon waren neergelaten, de gordijnen waren dichtgetrokken. Door de open balkondeur kwam het ruisen van de bomen. Hij ging op bed liggen en volgde zijn moeders bewegingen. Hij was eraan gewend om bij haar te zijn terwijl ze in haar witte onderbroek en bh rondliep, zich verzorgde en kleedde. Nadat hij haar een tijdlang had gadegeslagen, zei hij:

'U hebt er helemaal geen zin in.'

'Ik weet gewoon niet wat ik moet tussen al die mensen.'

'Waarom gaat u er dan naartoe?'

'Pa wil het nu eenmaal.'

Ze hief een arm op en bewoog een deodorantroller heen en weer in haar oksel. Het gaf een zacht, plakkerig geluid. Abel vond de okselholtes van zijn moeder groot en indrukwekkend. Okselholtes trokken zijn blik, misschien omdat ze meestal niet te zien waren. Meer nog dan de okselholtes van zijn vader trokken die van zijn moeder zijn aandacht. Ze had brede schouders en zware armen. Nu ze de roller heen en weer bewoog in de behaarde holte, met dat zachte en plakkerige geluid, voelde hij zich een ogenblik ongemakkelijk.

'Wat doen mensen op een tuinfeest?'

'Gewoon, praten.'

'Alleen maar praten?'

'Een glas wijn drinken, eten, rondlopen, elkaar bekijken.'

De deodorantroller verdween in haar andere oksel. Abel luisterde met gesloten ogen. Nu hij zijn half ontklede moeder en haar okselholtes niet meer zag, was het geluid van de stick niet langer beschamend.

Dina ging op de rand van het bed zitten, zette een voet op een krukje en begon met een speciale tang haar teennagels te knippen. Ze zag vooral op tegen het feest omdat ze wist dat Lieuwe geen gelegenheid voorbij zou laten gaan om over zichzelf te praten, om zich op de voorgrond te dringen. Hij had het zelf niet in de gaten. Anderen zagen het des te beter en amuseerden zich ermee: ze voedden zijn opschepperigheid met vragen, ze vleiden hem om hem nog meer over zichzelf te laten vertellen en prijs te geven. Aan hun gezichten, hun beleefde lachjes, zag ze dat hij al bekend begon te worden om zijn naïviteit. Andere vrouwen keken naar haar als hij stond te oreren over zichzelf. Dat je daar niets aan doet, leken ze te willen zeggen. Ze had het geprobeerd, maar kreeg het hem niet aan zijn verstand gepeuterd. Van zijn ijdelheid leek hij zich niet bewust. Voorovergebogen naar haar voeten, voelde Dina de woede over wat te gebeuren stond al opkomen. Ze knipte haar nagels zo strak af dat ze zich bezeerde.

Abel lag op zijn rug en keek naar het plafond. De nabijheid van zijn moeder kalmeerde hem maar half. Hij lag te luisteren, gespitst op wat er buiten de slaapkamer gebeurde. Opeens hoorde hij de stemmen van de twee meisjes in de tuin, met die van zijn broertje en zusje. Hij had de neiging op te springen en naar beneden te gaan. Het leek of hij een achterstand opliep door hier te liggen. Maar hij bleef. Hij ging op zijn knieën achter zijn moeder zitten, legde zijn handen op haar schouders, wachtte en likte toen haar rug met zijn lange koeientong.

'Hou daarmee op!'

Met haar elleboog duwde ze hem weg en draaide zich om.

'Zul je aardig zijn tegen de meisjes?'

'Ja, mam.'

'Beloof je dat?'

'Ja, mam. Nee, mam.'

Dina strooide talkpoeder in haar nieuwe hoge hakken en wrong haar moeilijke voeten in het knellende leer. Ten slotte hees ze zich in de cocktailjurk die ze de afgelopen week had gekocht. Nadat ze in het pashok de jurk had aangetrokken, had ze minutenlang niet naar buiten durven komen. Ze had zich het ding laten aanpraten. Ze had zich ook nog een hoed laten aansmeren. Onwillig hees ze zich in de jurk. De zijden voering ritselde bij elke beweging, bij elke stap. Het zweet brak haar uit.

'Nou, zág, hoe vind je m'n nieuwe kákteeljurk?'

Als ze naar een receptie moest, begon ze opeens het bekakte praten van anderen na te doen.

'Nou? Hoe vind je hem, zag?'

Abel stond bij de balkondeur naar de twee meisjes in de tuin te gluren. Dina liep heen en weer in haar nieuwe jurk, maar durfde niet goed in de spiegel te kijken. Na haar laatste bevalling bleek ze weer kilo's te zijn aangekomen. Haar armen, haar borsten, haar heupen – alles was te groot en te zwaar. De jurk zat te strak, vond ze, veel te strak. Net als haar oudste zoon had ze een hekel aan nette kleren.

4

Nadat zijn ouders door een ander echtpaar waren opgehaald en in een grote Amerikaanse slee waren weggereden (de twee vrouwen met hun hoed op achterin), was hij alleen met de meisjes, Coby en Antoinette. Coby was donker. Ze had dikke wenkbrauwen en sprak met een zwaar Zeeuws accent. Onder het eten had ze weinig gezegd, voornamelijk gelachen, dienstbaar, opgewekt. Zij ging naar boven om op de twee kleintjes te passen. Vanuit de tuin zag Abel haar op het balkon onder de markies zitten, bladerend in een tijdschrift, op de plaats waar gewoonlijk zijn moeder zat.

Antoinette was blond. Ze was steeds met haar paardenstaart in de weer. Ze bracht haar handen naar haar achterhoofd, verdeelde de staart in twee strengen en trok hem strak in het elastiek.

Iets oorlogszuchtigs dreef hem naar Antoinette.

Op zijn kamer trok hij zijn nieuwe zwembroek aan, een lichtblauwe met op de heupen een witte streep. Over de zwembroek trok hij zijn zondagse broek weer aan en hij stak zijn eerste zelfverdiende geld in zijn zak. Terwijl hij de trap af liep voelde hij de zwembroek strak om zijn heupen sluiten en hij bleef die strakheid voelen toen hij de tuin in liep naar Antoinette. Ze zat op de rand van de zandbak in haar lichte jurk, haar knieën tegen elkaar, en babbelde met zijn zusje, dat met haar poppen in de weer was. Zijn broer had de garage met de twee benzinepompen op een berg zand gezet en was bezig om op de berghelling een weg te maken. Abel liep naar de schommel.

De schommel was zijn sterkste troef.

Hij begon rustig. Maar algauw zette hij aan en zwaaide hoger en hoger, tot hij bij de achterwaartse zwaai over de dwarsbalk van de schommel heen kon kijken. Zijn haren wapperden, zijn bloes bolde op zijn rug. Naar voren zwiepend liet hij op het hoogste punt de schommel onder zich wegvallen en plofte, als na een reuzensprong, in het gras, niet ver van het meisje. Onmiddellijk richtte hij zich op, liep terug naar de zwaaiende schommel en greep hem vast, zoals je een wild paard bij de halster greep. Hij klom er weer op. Nu zette hij meteen fel aan en gooide zijn volle gewicht erin. Terwijl hij heen en weer vloog, gleed de wind in zijn broekspijpen. Strak en glad spande de nieuwe zwembroek om zijn lendenen. Bij elke achterwaartse zwiep kon hij over de rododendron heen kijken en zag hij Coby op het balkon zitten in de schaduw van de markies. Over de heg aan de andere kant van de schommel zag hij de buurvrouw met een dichtgevouwen krant naar de vuilnisbak lopen. Ze hief haar gezicht naar hem op en glimlachte, waarbij ze driemaal achtereen haar halsspieren krampachtig samentrok. Haar glimlach gaf hem nog meer moed. Bij de volgende zwiep naar voren liet hij los, vloog door de lucht en landde in het gras. De afsprong was perfect.

Hij zette zich bij Antoinette op de rand van de zandbak, een voet in het zand, de andere in het gras.

'Heb je lekker geschommeld?' vroeg ze plichtmatig.

Hij knikte.

'Doe je het elke dag?'

'Bijna wel.'

Met kaarsrechte rug zat ze daar, knieën tegen elkaar. Hij rook haar frisgewassen jurk weer. In de halsopening van haar jurk zag hij haar sleutelbeenderen, het vel er strak overheen.

'De buurvrouw doet zo,' zei hij en hij trok zijn halsspieren krampachtig samen, driemaal snel achter elkaar. Hij moest erom lachen en deed het nog een keer en daarna nog een keer.

'Het is niet aardig om mensen met een gebrek na te doen,' zei Antoinette koel.

'Ik doe de buurvrouw niet na,' zei hij snel, 'dat verzon ik maar. Ik heb zelf een gebrek.'

Opnieuw trok hij zijn halsspieren samen. Antoinette glimlachte meewarig en wendde haar blik af. Abel sprong op. Met de bal aan zijn voet rende hij over het grasveld en poeierde hem in de rododendron. Het mooiste was als hij met de bal keihard de stam van de rododendron wist te raken, zodat de hele struik stond te schudden.

Hij ging het meisje achterna toen hij haar over het terras het huis zag binnengaan, zwaaiend met haar paardenstaart. In de kamer pakte hij in het voorbijgaan zijn boek van de bank. In de hal stond hij stil en verstijfde toen hij haar achter zijn rug bezig hoorde in de wc: het geritsel van haar kleren, haar hak die over de vloertegels schraapte. Plotseling bewoog ze niet meer, alsof ze zijn aanwezigheid had bespeurd. Het bleef stil. Op zijn tenen, met een hart dat klopte in zijn keel, verwijderde Abel zich.

Nadat hij het meisje een tijdlang had belaagd en steeds weer koeltjes was afgeweerd, gebeurde het. In de keuken, waar ze voor het aanrecht stond, liep hij achter haar langs. Ze wilde een glas water nemen, maar wachtte tot hij gepasseerd zou zijn. In het voorbijgaan schoot zijn hand uit. Hij pakte haar paardenstaart en gaf er een ruk aan, zo hard dat ze het uitschreeuwde van pijn en schrik. Meteen draaide ze zich om, greep hem bij zijn haren vast en trok eraan, zodat ook hij het uitschreeuwde, en toen stootte ze hem van zich af. Dit alles zonder een woord. Terwijl hij wegliep voelde Abel in zijn handpalm nog haar zachte, door de zon verwarmde haren.

5

Eerst fietste hij naar de hutten. Middagstilte heerste in de straten, de zon brandde op zijn nek. In grote verwarring ging hij ervandoor. Het was of er iets onherstelbaars was gebeurd.

Bij de hutten was niemand. Hij had gehoopt er de jongens aan te treffen met wie hij de hutten had gegraven. Hij ging al een tijdje om met de jongen met de hazenlip, die hem bij de eerste zwemles was opgevallen omdat hij maar doorging met trappelen achter zijn zwemplank, nadat alle anderen het ijskoude water al hadden verlaten. Met deze jongen en zijn twee broers had hij de hutten gegraven op een braakliggend stuk grond tegenover een rij arbeidershuizen. Op de stoep van een van die huizen zat hij strips te lezen, maar nooit op zijn gemak: hij hoorde er niet. Hij voelde het en wist dat de anderen het ook voelden. Hij werd alleen maar toegelaten omdat zijn vader rector van het lyceum was en de vader van deze jongen daar werkte als amanuensis – in een stofjas, gedienstig, altijd bereid om zijn bril te repareren als die bij het vechten weer eens was gebroken.

Hij verborg zijn fiets onder een van de meidoornhagen die het terrein aan het oog onttrokken, kroop onder de struiken door en betrad een veld met hoog opgeschoten gras. Hij wachtte tot een paar wandelaars waren gepasseerd en sloop gebukt naar de ingang van de hutten. Hij moest graspollen opzijschuiven, een houten luik optillen en kon zich toen in een in de klei uitgegraven gang laten zakken. Boven zijn hoofd trok hij het luik weer dicht. Op handen en voeten kroop hij naar de eerste kamer. Het licht drong er nauwelijks door. Hij kroop door een volgende gang naar de tweede kamer en vandaar naar de derde. Zijn ogen waren inmiddels aan het duister gewend. Er sijpelde hier wat licht naar binnen door een kier tussen de planken waarmee de kuilen waren afgedekt. Hij ging op de bank zitten, die ze langs de wand hadden gemaakt en met oude kleden bedekt. Het zweet stond op zijn gezicht. Nog steeds kon hij in zijn handpalm het zachte haar van het meisje voelen.

Doodstil was het onder de grond. Hij zat in het halfduister, kijkend naar die ene wand van de hut waar wat licht op viel, van boven, tussen de graspollen en de planken door. Hij duwde tegen de planken boven zijn hoofd en hield er meteen mee op: een regen van droge aarde viel op hem neer. Nog nooit was hij hier alleen geweest.

Door het woeste en lege veld dat hij zoëven had gezien, dacht hij aan Kaïn en Abel. De dominee had vanochtend over hen gepreekt. Naar de preek had hij niet geluisterd, maar bij de schriftlezing had hij in de bijbel van zijn vader de tekst meegelezen, zoals hij tegenwoordig deed: om erachter te komen wat er 'echt in de bijbel stond' – de verhalen van de kinderbijbel hadden voor hem afgedaan. De geschiedenis van Kaïn en Abel had indruk op hem gemaakt. Hij zag twee jonge mannen in dierenvellen op een woest en leeg veld.

Elk had stenen tot een altaar gestapeld, er brandhout op gelegd. Abel had een lam uitgekozen om te offeren, Kaïn de vruchten des velds. Ze knielden voor hun altaren. Twee rookkolommen stegen op – de ene was wit, de andere zwart. De ene ging recht omhoog de blauwe hemel in, de andere sloeg neer, als door een mysterieuze windvlaag. Het offer van Abel was door God aanvaard, dat van Kaïn afgewezen, waarop Kaïn uit jaloezie zijn broer had doodgeslagen. Tot nu toe was hij bij het horen van het verhaal altijd Abel geweest, zijn mysterieuze naamgenoot van duizenden jaren geleden, wiens offer werd aangenomen. Maar nu voelde hij zich plotseling Kaïn. De neerslaande rook van zijn offer omhulde hem. Hij zag Kaïn wegvluchten door een veld vol distels, voor eeuwig verdoemd.

Haastig kroop hij naar de uitgang van de hutten. Toen hij boven de grond kwam, verwachtte hij omringd te zullen worden door vijandige jongens die hem zouden grijpen en door de brandnetels slepen, maar er was niemand te bekennen. Meteen brandde de zon weer op zijn nek. Gebukt sloop hij door het gras. Zoemden zo ook in een rotsige woestijn de insecten? Brandde de zon daar nog feller? Toen hij gejaagd zijn fiets van onder de meidoorn sleurde, haalde hij de rug van zijn hand open aan de doorns.

6

Hij reed terug naar huis. Maar hij durfde niet naar binnen te gaan. Terwijl hij het huis passeerde, sloeg de schaamte over wat hij had gedaan in golven door hem heen. Het leek of hij veel meer had gedaan dan aan de paardenstaart van een meisje trekken. Aan het eind van de straat boog hij af en fietste verder in de schaduw van de bomen langs de singel.

Als vanzelf volgde hij de route die hij gister met een kar vol oude kranten had gereden. Hij trok de kar, Otto liep ernaast om de stapels kranten overeind te houden. Op de kasseien bij de oude haven waren ze niet meer te houden geweest en op straat gevallen. Fietsers en auto's hadden eromheen moeten rijden. In gedeeltes hadden ze de pakketten naar de handelaar gebracht. In de hal met lompen en oude kranten had een man hun pakketten op een weegschaal gesmakt. Van één pakket was het touw geknapt, even later van een tweede. De man was weggelopen. Op hun knieën hadden ze haastig de waaier van papier bijeengeveegd en geprobeerd met het afgeknapte touw van de losse kranten weer een pakket te maken. Het was zenuwslopend. Terwijl hij er nog mee bezig was, werd hij door de man ruw opzijgeduwd, een knie schampte langs zijn gezicht. Het gewicht van de kranten was bepaald. Achteloos waren hun pakketten in een bak gegooid, waar ze de een na de ander openbarstten. Ze waren uitbetaald in dubbeltjes en kwartjes, door vuile vingers, die de munten opdiepten uit een vettige leren beurs.

Als een magneet trok hem de plek waar zich dit had afgespeeld. Bij de oude haven sloeg hij af naar de straat waar de graanpakhuizen langs het water stonden. Op een van de huizen ertegenover stond de naam van de handelaar. In de reep schaduw voor het pand lag een hond te hijgen. Een vrouw met dikke, blote armen leunde uit een raam.

Hij reed verder langs de graanpakhuizen, de stad uit. Op zijn rechterhand schrijnden de schrammen die de meidoorn er had achtergelaten. Hij betastte zijn voorhoofd. Het kaïnsteken. Geen ogenblik leek het hem mogelijk dat daar werkelijk een donkere plek of een diepe groef in zijn huid zou verschijnen, maar toch tastte hij naar zijn voorhoofd. Hij passeerde het zigeunerkamp, de sportvelden en de betonmolens. Zo ver was hij op zondag nog nooit gereden. Maar er was geen reden om niet verder te gaan, om niet nog meer grenzen te overschrijden. Hij voelde zich reddeloos verloren.

7

Zodra Abel in de verte het Sas zag liggen, het nietig profiel onder de immense hemel, schrok hij. Hij droeg zijn nette kleren en zou herkend worden als een van het kerkvolk. Hij hoorde daar niet.

Maar het gejoel van de zwemmers in het kanaal had zijn oren al bereikt. Er was geen weg terug meer. Wat op hem afkwam, moest hij ondergaan.

Op het Sas trok hij zijn kleren uit en legde ze onder het achterwiel van zijn fiets in het gras. Nog nooit had hij het hier zo druk gezien. Hij verbaasde zich over het getal der ongelovigen: zoveel waren er dus in de stad die op zondag zwommen. Het café onder de bomen was gewoon open. Net als op doordeweekse dagen stonden er kinderen in een rij voor de ijskist. Hij betastte het zakje in zijn zwembroek waar hij zijn dubbeltjes en kwartjes in had gestoken en besloot om er niets van uit te geven, zodat hij niet op zondag iets had gekocht. Het was ook essentieel dat zijn schat intact bleef.

''t Is anders warm genoeg,' hoorde hij iemand zeggen.

Toen hij opzijkeek, zag hij een vrouw in oude Bevelandse dracht: de wijd uitstaande witte muts met gouden oorijzers op het hoofd, de vracht van tot op de grond reikende rokken, de verweerde blote armen, de strengen bloedkoraal om haar hals. Aan de arm van een in het zwart gekleed, krombenig mannetje was ze op weg naar de dijk. Een ogenblik deed het hem goed dat deze degelijke, ouderwetse, geheel geklede mensen hier ook waren, dat de hitte zelfs hen op zondag naar het Sas had gedreven.

Zijn voornemen om alleen te kijken hield niet lang stand. Hij liep de steiger op waarop zich vele kinderen verdrongen. Natte lichamen schampten langs het zijne. Het natte hout verkoelde zijn voeten. Hij liet zich naar voren dringen tot hij aan de rand stond, werd aangestoten en niet anders kon dan het kanaal in duiken. Hij zwom onder water, in de geelgroene schemering, tot voorbij de wriemeling van benen en dook op. Juist toen klonk de siddering van de duikplank en een ogenblik later hoorde hij achter zich een duiker met een klap op het water slaan. Gejoel steeg op.

Toen hij zijn blik weer op de steiger richtte, zag hij in het gedrang dat ene meisje. Ze werd bij haar polsen vastgehouden door twee potige jongens, die haar naar het water probeerden te sleuren. Ze lachte, zette zich schrap, achteroverhangend, rukkend met haar armen. Maar ten slotte was de overmacht te groot. Toen ze van de steiger werd gesmeten, wist ze haar val om te zetten in een lenige duik.

Vlak voor hem dook ze op. Hij hoorde haar roepen naar de jongens op de kant, smalend, uitdagend. Haar stem was hees. Opgewekt crawlde ze naar de steiger om zich weer in het gevecht te storten. Abel volgde haar en slaagde erin pal achter haar de trap te beklimmen. Hij maakte zich breed, haar beschermend tegen het opdringen van anderen, en hoopte op een blik, tegelijkertijd opzijen zelfs achteromkijkend om maar niet door haar blik te worden getroffen. Vlak voor zijn ogen trok ze haar badpak over haar billen. Het meisje was een kop groter dan hij en zeker twee jaar ouder. Ze liep over de steiger en stootte en passant een, twee, drie jongens die even niet stonden op te letten het kanaal in. Toen werd ze zelf gegrepen en begon de worsteling opnieuw.

Abel volgde haar bewegingen. Steeds wist hij waar dit onvervaarde meisje zich bevond. Hij benijdde de oudere jongens die haar mochten vastpakken. Hij was gefascineerd toen een van hen van achter zijn armen om haar middel sloeg, haar tegen zich aan drukte, naar de rand van de steiger droeg en zich mét haar in het water liet vallen.

Hij hield zich erbuiten, maar kwam toch steeds dichterbij. Nadat hij de oudere jongens enkele diensten had bewezen – behulpzaam opzijstappen, een door haar afgerukte badmuts oprapen en teruggeven – achtte hij het geoorloofd om mee te doen, maar in de achterhoede, in de meute van ongevaarlijke, niet meetellende jongens. Totdat hij opeens, nadat 'de leeuwin', zoals ze werd genoemd, er een stel had weggestoten, als enige naast haar stond. Een ogenblik rustte haar blik op hem – 'klein opneukertje' – en schoot toen weg, op zoek naar een waardiger tegenstander. Abel greep haar onderarm vast en ging er met zijn volle gewicht aan hangen, al half boven het water. Het meisje, verrast, wankelde, en één duw was toen genoeg. In het water viel ze boven op hem. Onder water schampte haar elleboog langs zijn gezicht. Aan haar bewegingen voelde hij dat ze zo snel mogelijk van hem af wilde, van dat kleine opneukertje dat haar smadelijk had verrast. Hij dook op en zag het meisje de steiger op klimmen, druipend, zonder lach.

Terugkeren naar de steiger durfde hij niet. Hij kon naar het pierenbad zwemmen, onder de afscheiding door duiken en tussen de allerkleinsten aan wal kruipen, maar zijn trots verbood hem dat. Hij wachtte. Paniek begon hem te benevelen. Al watertrappend draaide hij zich om en keek naar de overkant van het kanaal, waar hij nog nooit was geweest. Nog steeds voelde hij waar de elleboog van het meisje hem had geraakt.

8

Hij werd niet door een schip overvaren, want op zondag voeren er geen schepen. Hij werd niet door een 'stroming' de sluis in gezogen, want er stond geen stroming in het kanaal en de sluis was dicht. Hij werd niet door een volwassene teruggeroepen, want niemand lette op hem. De oversteek duurde alleen veel langer dan hij had verwacht. Voor hem hees een hem bekende winkelier zich langs de steigertrap omhoog, achter hem dreef een vrouw die hem tot opschieten maande. Haastig beklom hij de steiger der volwassenen.

Alles wat hij gewoonlijk vanuit de verte zag, was nu verwarrend dichtbij. De vlaggenmast met de vlag van de zwemclub. De cabine van de badmeester, waar op een bord met krijt de temperatuur van het water was genoteerd, de badmeester zelf. Er was een douche die zijn stralen uitstortte over twee meisjes die zich aan elkaar vastklampten. Op de kanaaldijk stond een rij badhokken. Het was hier nog drukker. Jonge kerels in minieme zwembroeken, meisjes in bikini, behaarde mannen, vlezige vrouwen, moeders zoals zijn eigen moeder, en allemaal roken ze naar het water van het kanaal, dat in de hete zon sterker leek te geuren. De deuren van de badhokken klapten open en dicht. Rennende blote voeten kletsten over het tegelpad. Grotere en zwaardere lichamen plonsden hier in het water. Het fluitje van de badmeester maande tot orde.

Boven alles uit klonk de siddering van de duikplank. Hij keek naar de duiktoren, die vlak voor de oever van het kanaal in het water was opgericht door de zwemclub. Daar boven zaten jongens schouder aan schouder op de balustrade, wachtend op hun beurt. Voortdurend tekende de gestalte van een duiker zich af tegen de hemel. Hij zag er een meisje, niet veel ouder dan hijzelf. In de lucht, haar armen gespreid, trok ze haar rug hol en duwde haar achterste omhoog, voordat ze loodrecht naar beneden stortte en soepel als een vis, haast zonder een spatje, in het water verdween.

Hij liep langs de badhokken. Aan de onder- en bovenkant van de deur was een opening. In een van de hokken zag hij twee in de lucht gestoken vrouwenarmen die zich van een al uitgetrokken truitje trachtten te ontdoen. Twee voeten die, de ene na de andere, uit een badpak stapten, dat nat en gedrochtelijk op de betonnen vloer bleef liggen. Een lange man stak, als een paard, met hoofd en hals boven de deuropening uit en keek naar buiten, terwijl zijn onzichtbare handen bezig waren zijn overhemd dicht te knopen. Voorbij de badhokken werd het stiller. Boven de aardappelvelden trilde de hitte, en op de aardappelvelden was het op de een of andere manier weer zondag.

Het was of alles meer indruk op hem maakte omdat het zondag was. Omdat het zondag was, leek alles hier overtreding. De man die in het badhok zijn overhemd stond dicht te knopen was op de terugweg naar de gewone, zondagse wereld, maar vooralsnog bevond hij zich in de wereld van de overtreding, met zijn grote voeten schaamteloos bloot op het beton van het badhok. Weglopend over de kanaaldijk trok Abel zich terug uit het gewoel, uit de massale overtreding, maar juist daar, erbuiten, in de zondagse landelijkheid, was het of het merkteken op zijn voorhoofd werkelijk zou verschijnen.

Onweerstaanbaar trokken hem de duikers op de hoge sluis. Dat was het waagstuk, uitgevoerd door branies. Een paar jaar later al minachtte hij die jongens, maar nu bewonderde hij ze nog om hun waagstuk: ze doken van de hoge over de lage sluis heen het kanaal in.

Over de lage sluis trok steeds een stoet van mensen, die elkaar verdrongen in de nauwe passage tussen de relingen. Abel voegde zich in de rij wachtenden op de kade, hij vorderde stapje voor stapje. Steeds opnieuw flitste de schaduw van een duiker over hem heen. Het water spatte op en golfde tegen de kademuren. De duiker dook op, bereikte met een paar slagen de kade, hees zich er in één vloeiende beweging op en beklom weer de trap naar de hoge sluis. Eenmaal moest hij een stap opzijzetten om zo'n druipnatte knaap door te laten en voelde hij diens wilde energie. De jongen hijgde, zijn ogen schitterden, hij bekommerde zich nergens om. Het was of er een sterk, jong beest voorbijkwam.

In de engte op de sluis raakte hij opgesloten in het gedrang. Hij stond achter een man die zijn transistorradio op zijn schouder had gezet. Uit de radio kwam de opgewonden stem van een verslaggever, omspoeld door het gejuich in een stadion. Achter hem twee hooghartig zwijgende meisjes die zich tegen de reling drukten en nuffig met hun heupen draaiden om niemand te hoeven aanraken. Op de hoge sluis stonden jongens te schreeuwen, ze doken, het water spatte op. Het gedrang van al die bijna naakte lichamen benauwde hem. Hij wilde zo snel mogelijk naar de overkant – en tegelijkertijd wilde hij zo lang mogelijk blijven in deze processie op de sluis.

'Eeh, schele!'

Schuw keek hij omhoog en zag op de reling van de hoge sluis de roodharige staan, paardachtig gespierd, met sproeten bezaaid. Hij steunde met zijn ene hand nog op het hoofd van een kameraad en maakte zich gereed voor zijn duik. Toen Abel zijn blik omhoogrichtte, keek de jongen al niet meer naar hem.

'Sjaak! Eeh!'

Hij gebaarde naar een jongen die in het water lag, waar hij stukken losgeslagen wier uiteenrukte en naar passanten op de sluis wierp.

'Eeh! Sjaak! Sja-kie! Eeh! Achteruut! Achteruut!'

Opgewonden stond hij te gebaren. Toen richtte hij zich op en zette af. De reling rammelde. Abel zag de knaap door de lucht vliegen, zijn lichaam maakte een knik, een ogenblik leek hij stil te hangen, voordat hij armen en benen met een ruk tegen zich aan trok, loodrecht naar beneden viel en als een bom op het water sloeg. Meisjes gilden. Hoog spatte het water op en wild golfde het tegen de kades. Druppels sloegen tegen Abels benen. Half en half beschouwde hij het als een eer dat de roodharige hem had opgemerkt.

Aan de overkant van de sluis, op weg naar zijn fiets, zag hij nog eenmaal de 'leeuwin', het wilde meisje, rennend met zwiepende haren, achtervolgd door jongens. Ze grepen haar en drukten zich van achter tegen haar aan – en zij liet zich grijpen. Ze had alle glans voor hem verloren.

9

Na alles wat hij op het Sas had meegemaakt, leek het er weinig meer toe te doen wat er tussen hem en de oppas was voorgevallen, ook niet toen hij het huis binnenging, door de keuken liep en de plek zag waar hij aan haar paardenstaart had getrokken. Hij ging snel aan de plek voorbij. Hij was niet meer dezelfde als een paar uur geleden.

Hij vond de meisjes op het terras, in de schaduw van de markies aan tafel zittend met de anderen. Er werd thee gedronken.

'Ik ben weer terug,' zei hij.

'Dat zien we,' antwoordde Antoinette. 'Je had wel even kunnen zeggen dat je wegging.'

Hij durfde haar niet aan te kijken en boog zijn hoofd. In de halsopening van haar jurk zag hij haar sleutelbeenderen onder de strakke huid. Toen hij achter haar langsliep om aan tafel te gaan zitten, bewoog ze onrustig haar hoofd. Ze kwam niet terug op wat zich had voorgedaan en scheen zijn berouw ook niet op te willen merken. Ze deed of er niets was gebeurd, of er tussen hen niets was voorgevallen.

Maar jaren later herinnerde Abel het zich als hij haar in de stad tegenkwam, nog altijd met die opvallende sleutelbeenderen, tenger, tot in de puntjes verzorgd, strak en afgemeten. Ook haar haren herinnerde hij zich dan, die volle, pas gewassen streng blonde haren, door de zon verwarmd, in zijn handpalm.

V

DE STOK (1963)

1

Daar kwam hij, om de hoek van de zwart geteerde schuur: een lange jongen met glanzend zwart haar dat hij recht naar voren had gekamd, een listig lachje om zijn lippen en ogen die zijn blik ontweken, alsof hij iets in zijn schild voerde. Had hij achter de schuur staan wachten? Opeens was hij er, met dat listige lachje, die wegdraaiende ogen. Achter hem de bedden van de moestuin en het nog in rust verkerende huis, half schuilgaand onder de bomen op de stadswal. Het was zeven uur in de ochtend.

'Eeh, Marien.'

Abel sprak met gedempte stem. De jongen beantwoordde zijn groet niet. Dichtbij gekomen maakte hij een schijnbeweging, als een bokser, en liet zijn uitschietende vuist vlak voor Abels neus stilhouden.

'Eeh, Abel.'

Beheerst, met een glimlach, duwde Abel de vuist opzij. Nu moest hij ook een schijnbeweging maken, zijn vuist uit laten schieten en vlak voor Marinus' maag tot stilstand laten komen. Maar hij deed het niet.

'Gaan we?'

'Nog effe m'n fiets pakken.'

Zo vroeg mogelijk, hadden ze afgesproken. De bomen op de stadswal stonden nog in bladstilte. De steeg achter de schuur, in een flauwe bocht de omwalling volgend, lag er verlaten bij. In de verte klonk het gerinkel van flessen: de melkboer die in de Smallegangebuurt langs de huizen ging. Abel tastte naar de dolk die hij aan zijn riem had gehangen.

Ze fietsten naar de rand van de stad, naar oude en hobbelige weilanden, van elkaar gescheiden door meidoornhagen. Het vee stond roerloos bij de drinkbakken, hun koppen weerspiegeld in het water. Het gras glinsterde, zwaar van de dauw.

'Daar is het,' zei Abel.

Hij wees naar een wildernis van stammen, takken en bladeren: een oude boomgaard die net was gerooid. Tientallen gevelde bomen met hun wortelkluiten en bladerkronen lagen er. Het rijpende fruit hing nog aan de takken. Zwijgend keken ze naar de ravage.

'Het is gister gebeurd,' zei Abel.

Vol ontzetting had hij toegekeken hoe een tractor met een ketting de ene na de andere boom uit de grond had getrokken. Bij de eerste ruk boog de boom alleen maar en kwam weer overeind, ook de tweede ruk weerstond hij, als een dier dat gewond is maar nog op zijn poten kan blijven staan, bij de derde ruk van de tractor begon de boom mee te geven, te zwichten, krakend en zwaaiend, en bij de vierde en vijfde ging hij al om, teleurstellend snel. Toen de eerste boom werd geveld, had Abel om zich heen gekeken, hulp zoekend, hopend dat er iemand zou verschijnen die dit verbood. Maar bij de vierde, vijfde boom die ruisend neerviel, de tractor half bedekkend, had hij de hoop opgegeven. Bij de zevende begon hij al te wennen aan wat hem eerst zo had geschokt. Hij had het einde van de boomgaard niet afgewacht.

Nu was het een jungle waarin ze als krijgers doordrongen. Zodra de eerste zwiepende takken zich achter hen hadden gesloten, bevond Abel zich in een betoverende wereld van stilte, bedauwde bladeren en ongrijpbare triestheid. Overal troffen ze de diepe bandensporen van de tractor aan, rond de bomen een opengereten aarde. Ze liepen over de stammen van de bomen en hingen aan de takken. Marinus deed niets dan lachen en schreeuwen en schopte de appels van de bomen. In zijn manier van doen bespeurde Abel iets opzettelijks, iets wat bedoeld was om hem te tergen, om zijn ontdekking teniet te doen.

Algauw maakte hij zich los van de jongen, onder het mom van 'een omtrekkende beweging' maken. Gebukt, met een snelle ren over de kluiten – hij lag onder vuur en om hem heen spatte de modder op – stak hij een open plek over. Nadat de takken van twee, drie bomen zich achter hem hadden gesloten, stond hij stil. Hij luisterde, terwijl het zweet uit zijn poriën sprong. De triestheid van de gevelde bomen drong zich aan hem op.

Hij verborg zich onder een wortelkluit, waar de bladerkroon van een andere appelboom overheen was gevallen. Hij snoof de geur van de klei op. Aan de buitenkant begon het spul te drogen, maar als hij zijn vingers erin duwde voelde hij een vochtige massa. Hij begon een stuk klei te kneden tot het zacht werd en intussen luisterde hij. Besloop Marinus hem? Was hij misschien al vlakbij? Hij maakte zich nog kleiner, dook nog dieper weg en rook aan de klei in zijn hand. Zo hadden Adam en Eva zich verborgen in de Hof van Eden. Dikwijls had hij het zich voorgesteld: hoe zij zich voor God verborgen, nadat ze zijn gebod hadden overtreden en van de boom van goed en kwaad hadden gegeten. Alleen van deze boom zult gij niet eten. Maar ze hadden het toch gedaan, nadat Eva was verleid door de slang. Weggedoken zaten ze in het struikgewas, terwijl God naderde in de Hof, een gestalte die uit louter licht bestond.

Abel zat stil en begon een vaag verlangen te voelen, een vage verwachting, zoals altijd wanneer hij alleen was op een stille en afgelegen plek. Hier kon een stem tot hem spreken, hier kon een engel verschijnen, hier kon het wonderbaarlijke zich voordoen. Hij geloofde niet dat het mogelijk was: dat een stem tot hem zou spreken, zoals ooit in de donkere tempel een stem tot Samuël had gesproken. De boomgaard was zo sterk en concreet aanwezig, hijzelf met zijn bezwete gezicht, de klei in zijn handen. Het was onvoorstelbaar dat het wonderbaarlijke in deze wereld kon binnendringen, dat de vleugeltip van een engel, onzichtbaar maar voelbaar, langs zijn hoofd zou strijken. Toch wachtte hij en probeerde te geloven dat het mogelijk was. Er gebeurde niets. Hij werd triest en naarmate hij langer wachtte werd hij alleen maar steeds triester.

Daarna liep hij weer met Marinus over de gevelde boomstammen. Ze namen een hap uit een halfrijpe appel en smeten hem kapot op een stam. Ze braken takken af en doken verschrikt weg toen een zware tak met luid gekraak afbrak. Nadat ze een tijd hadden rondgeraasd, hurkten ze in de schaduw om uit te rusten. Marinus knipte zijn zakmes open en begon een tak te schillen.

'Ik heb zin om iets kunstigs te doen,' zei de jongen.

'Iets kunstigs?'

Abel moest erom lachen.

'Ja, vandaag heb ik echt zin om iets kunstigs te doen.'

Zijn afkeer van zijn vriend, altijd latent aanwezig, verdween terwijl ze onder het bladerdak zaten in een wemeling van lichtvlekken. Van opzij keek hij naar de dijen van Marinus. De benen van de jongen waren een en al welving van spieren onder een bruine huid. Abel verwonderde zich altijd over de kleur van Marinus' huid. Het bruin was niet door de zon veroorzaakt, hij had die kleur zomer en winter. Het was Abel opgevallen dat de huid van de vader van de jongen precies diezelfde kleur had. Het raadsel van Marinus' altijd bruine huid leek samen te hangen met de Javaanse kris in het huis van zijn ouders – het wapen hing op een ereplaats – en het feit dat zijn vader als soldaat in Indië had gevochten. De man sprak Zeeuws, maar het was of hij uit Indië dat gitzwarte, glanzende haar en een bruine huid had meegenomen en die had doorgegeven aan zijn zoon. Het gezicht van de man deed denken aan dat van de Ambonezen in de stad – van wie Abel zeker wist dat ze uit Indië kwamen.

Marinus' bruine huidskleur, het listige lachje om zijn lippen, zijn ogen die wegdraaiden als je hem aankeek, zijn neiging om onophoudelijk en ook als het niet nodig was te liegen – dat alles intrigeerde Abel. Zo ook de bedorven adem van de jongen. Wanneer ze dicht bij elkaar zaten en met elkaar spraken, rook hij bij vlagen Marinus' adem. Sinds de moeder van de jongen hem in de keuken aan een potje sambal had laten ruiken, meende hij dat het Indische kruiden waren die hij in diens adem rook.

'Het begint al iets kunstigs te worden,' zei Marinus tevreden, terwijl hij zijn stok versierde met ringen van boombast. Het puntje van zijn tong lag op zijn onderlip. Hij kreunde een beetje als hij kracht moest zetten om een taai stuk bast van zijn stok te snijden.

Abel zat stil. De wind ritselde in de bladeren boven zijn hoofd. Nog steeds was hij teleurgesteld dat hem zoëven in de stilte van de boomgaard, onder de wortelkluit, ver weg van de mensen, niets bijzonders was overkomen. Bij zijn teleurstelling voegde zich de triestheid van de gevelde bomen. Nog steeds wilde hij dat zich iets zou voordoen. Moest hij zich opnieuw afzonderen? Misschien moest hij eerst een stok maken.

Hij trok zijn dolk – die geen dolk was.

Het was een cadeau van zijn ouders. Het was niet het eerste cadeau van zijn ouders dat hem had teleurgesteld. Het moet een écht mes zijn, had hij gezegd. Een echt mes wilde hij. Maar zijn moeder had hem een dolk uit de speelgoedwinkel gegeven. Het lemmet was weliswaar van ijzer, maar het was bot. De schede was van echt leer, maar het heft was uit de een of andere kunststof gegoten en moest een soort knobbelig hout voorstellen. Vooral aan het heft kon je zien dat het geen echte dolk was.

Toen hij zijn 'dolk' eenmaal bezat, kwam het hem opschepperig voor om ermee rond te lopen. Het was bovendien bespottelijk om een dolk te dragen die niet écht was, zoals anderen snel genoeg zouden zien. Hij droeg hem nooit wanneer hij met andere jongens speelde. Alleen aan Marinus had hij hem laten zien. Hij had erbij gezegd dat het een dom cadeau was van zijn moeder. Hij had hem uitgelegd waarom het geen echte dolk was en gemerkt dat zelfs een speelgoed-dolk Marinus' jaloezie vermocht op te wekken. Daardoor was de dolk weer in zijn achting gestegen.

Hurkend onder de gevelde appelboom modelleerde Abel eerst het dwarse uiteinde van de stok, waarin hij een vogelkop begon te zien. Hij ontdeed de stok van zijn bast en liet alleen bovenaan, onder de vogelkop, drie ringen zitten, twee brede en een smalle. Hij had het nog mooier willen doen, meer versieringen willen aanbrengen – terwijl hij in zijn verbeelding de tenten van zijn stam zag staan. Hij was kreupel. Tijdens de jacht was een rotsblok op zijn been gevallen en had het verbrijzeld. Op een van takken gemaakte baar was hij naar huis gedragen. Lang had hij ziek gelegen in een van de tenten, en terwijl hij ziek was, koortsig, ijlend, was hij veranderd en de medicijnman van de stam geworden, hij sprak met de geesten, bereidde medicijnen en sneed stokken.

Juist nu begon Marinus te praten. Abel voelde er opnieuw iets tergends in. Hij begon over messen, het verschil tussen een mes en een dolk, een jachtmes en een dolk. Gisteren nog hadden ze voor de etalage van een ijzerwinkel gestaan en de jachtmessen bewonderd. Ze hadden elkaar op de 'bloedgleuf' in de jachtmessen gewezen, en het mes met de grootste bloedgleuf had hun het meest vervaarlijk toegeschenen. Bloedgleuf, dat was sindsdien het woord. Kijk, daar zit de bloedgleuf, zeiden ze, en ze probeerden zich voor te stellen hoe de jager zijn mes in een neergeschoten hert stak en hoe uit het stervende dier het bloed door die gleuf naar buiten droop.

Abels dolk had geen bloedgleuf.

'Mijn mes heeft een bloedgleuf,' beweerde Marinus nu.

'Dat is geen bloedgleuf, man! Dat is om je nagel in te zetten, zodat je het open kunt trekken.'

'Het is een heel klein bloedgleufje,' hield Marinus vol. 'Voor als je bijvoorbeeld een heel klein muisje...' Er kwam een sardonisch lachen in hem op, dat hem het spreken bijna onmogelijk maakte. 'Voor als je bijvoorbeeld... een heel klein... een heel klein muisje... moet... moet doodsteken! Daar... daar... daar is het... goed voor!'

Schaterend van het lachen liet hij zich op zijn zij rollen. Abel sprong op en maakte zwaardvechtersbewegingen met zijn stok.

'Eeh, Marien, moet je kijken! Je doet zo: zak! Je doet zo: zak zak!

En dan raak je hem hier! Op zijn slaap! Zak!'

Met de puntige vogelkop op het uiteinde van de stok kon je iemand dodelijk treffen als je hem wist te raken op zijn slaap. Al geruime tijd hield die kwetsbare plek aan de zijkant van zijn schedel hem bezig. Hij was bang dat hij tegen iets puntigs zou aanlopen met zijn slaap. Wie was het, Jaël, had een tentpin geslagen door de slaap van een sluimerende generaal. Door dat verhaal was hij zich bewust geworden van zijn slaap en er met zijn vingers aan gaan voelen. Was het bot van zijn schedel daar dunner?

'Kijk, je doet zo: zak! En dan zo: zak zak! En dan raak je hem op zijn slaap.'

Hij maakte zwiepende bewegingen met zijn stok totdat de op de grond liggende Marinus, bij gebrek aan een slachtoffer, was uitgelachen. Hij stond stil, half van de jongen afgewend, en liet nog eenmaal de stilte en de triestheid van de gevelde bomen tot zich doordringen. Toen liep hij weg. Achter zich hoorde hij Marinus opspringen en hem achternakomen. Ze bekogelden elkaar met appels. Kleine, keiharde appeltjes.

2

Ergens in de negentiende eeuw, toen de vesting in verval was geraakt, de stadspoorten werden afgebroken en de wallen met bomen beplant, was het huis gebouwd, half tegen en half op de stadswal. Een huis met aan beide zijden van de monumentale voordeur twee ramen die uitkeken over velden en boomgaarden. Ze konden met luiken worden afgesloten. In de herfst en winter deed meneer Wisse dat elke avond. In de schemering knersten zijn klompen op het grind voor het huis, de luiken piepten en werden met een klap gesloten. Dan verwijderde zich het geluid van de klompen en liep meneer Wisse naast het huis de trap af naar de moestuin en de schuur om daar af te sluiten. Abel hoorde het dikwijls, hurkend achter een boom op de stadswal.

In de hal van het huis leidde een trap omhoog naar de zolder, waar de slaapkamers waren. Een tweede trap voerde naar beneden, waar de keuken lag, uitziend op de bedden van de moestuin en het pad naar de schuur. Dit oude huis, met zijn grijsgroen en grijsblauw geschilderde deuren en lijsten, werd bewoond door een gezin met acht kinderen.

Het huis was meneer Wisse toegewezen toen hij bode werd op het stadhuis. Hij had in Indië gevochten om de kolonie voor het vaderland te behouden. Bij zijn terugkeer op het eiland had zijn verloofde al snel begrepen dat de oorlog hem had veranderd, dat hij niet langer de man was van wie ze op de kade bij het troepenschip afscheid had genomen. Ze was toch met hem getrouwd, uit een vanzelfsprekende trouw en lotsverbondenheid. Haar hoop dat hij zou bijtrekken, dat hij weer zijn vroegere zelf zou worden, was ijdel gebleken. Het ging eerder slechter met hem dan beter.

Op het stadhuis voerde meneer Wisse zijn taken uit met militaire stiptheid. Zijn stalen bureau was altijd opgeruimd. Thuis was hij driftig, drankzuchtig en eenzelvig. In zijn vrije tijd werkte hij in de moestuin of in de schuur, waar hij duiven hield en aan zijn motor sleutelde. Met drie kinderen tegelijk reed hij op zijn motor door de buurt: twee achterop en eentje tussen zijn dijen. Naar de kerk ging hij zelden. Een paar keer per jaar zag Abel hem naast zijn vrouw in de kerkbanken zitten, donker, afwezig, niet een huisvader met zijn gezin, maar eerder horend bij de knapen van twintig die achteraan zaten en het beneden hun waardigheid vonden om mee te zingen.

Tot de mysteries die meneer Wisse omgaven behoorde voor Abel ook het bordje 'Zagers te koop'. Het was door de man zelf geschilderd: ruwe, zwarte letters op een witte ondergrond, en op de schuur geschroefd aan de kant van de steeg. Aanvankelijk intrigeerde het hem omdat hij niet wist wat 'zagers' waren. Er hingen meer van zulke bordjes in de Smallegangebuurt. Het rook naar illegaliteit, naar smokkelwaar. Dat die smokkelwaar openlijk te koop werd aangeboden deed daar niets aan af. Soms vertrok meneer Wisse op zijn motor, een spitvork in jutezak erop vastgebonden, om 'zagers te steken'. Op een dag kreeg Abel ze eindelijk te zien: grote wormen, krioelend op een oude krant, door zeevissers als levend aas gebruikt. Maar het zien van de wormen veranderde vreemd genoeg niets aan de geheimzinnigheid van dat bordje op de schuur van meneer Wisse.

3

Na zijn vader en moeder was mevrouw Wisse de eerste volwassene met wie hij gesprekken begon te voeren.

Eens, toen hij op een avond met Marinus aan het voetballen was achter de schuur, zag hij haar naar de aardbeienman en zijn bakfiets lopen en hoorde haar vrolijk roepen: 'En, heb je de rotte weer netjes onderop gelegd?' Zoiets zou zijn eigen moeder nooit hebben durven te zeggen. Vanaf die avond lette hij op de dingen die mevrouw Wisse zei.

Hij begon met haar te praten op de middag dat ze hem de schol liet zien. Op het aanrecht stond een donkerblauw vergiet met een wit geëmailleerde binnenkant en daarin lag de platvis: hun soepele lijf in de ronding van het vergiet, hun buiken wit, hun ruggen bruinig met kleine oranje vlekken. Er kwam een koude geur af. Vissen waren voor Abel haast fabeldieren. Thuis zag hij ze nooit. Zijn moeder gruwde van zowel levende als dode vis, ze wilde ze niet klaarmaken en als ze in de stad langs de viswinkel kwam, wendde ze haar hoofd af om 'die uitpuilende ogen' niet te hoeven zien. Met zijn hand om de rand van het aanrecht stond Abel die middag naar de schol te kijken, naar hun opengesperde bek, hun uitpuilende ogen. Nadat hij van zijn schrik was bekomen, fascineerde hem het dood-zijn van de vissen. Er zoemde een hommel door de keuken, op het pad in de moestuin speelden broertjes en zusjes van Marinus, die zelf in de schuur geknield lag, zijn knie op een pak oude kranten dat hij met vliegertouw dichtsnoerde, wind ging door de bomen – en in het vergiet lag de vis dood te wezen.

'Pak er eens eentje beet,' zei mevrouw Wisse vrolijk, 'dan weet je meteen veel meer.'

Abel bewoog zich niet.

‘Wat zijn het voor vissen?’ vroeg hij.

‘Dat zijn nou scholletjes.’

Hij durfde het nog steeds niet en keek verlegen glimlachend naar haar op, alsof hij wachtte op een laatste duwtje.

‘Pak er nou gewoon es eentje beet.’

Huiverend nam hij een koude vis uit het vergiet en bekeek hem, trots dat hij een dode vis in zijn handen hield, ingewijd in een mysterie. Hij keek toe hoe mevrouw Wisse de vis schoonmaakte. Het vlijmscherpe mes, het geluid waarmee de huid van de vis openscheurde onder de driftige halen van het mes, het bloed, de ingewanden die ze er met haar vingers uit trok. Intussen praatte ze met hem. Hij hoorde het maar half, zo werd hij afgeleid door wat ze onder handen had. Maar opeens spitste hij zijn oren.

‘Door scholletjes moet ik altijd denken aan het eind van de oorlog.’

‘De oorlog?’

‘Op het eind van de oorlog werkte ik op een groot hof op Walcheren. De Engelsen gooiden de dijken kapot om het eiland onder water te zetten en zo de Duitsers weg te krijgen. Bijna het hele eiland kwam onder te staan. Bij vloed zag je het zeewater over de akkers spoelen, een afschuwelijk gezicht, bij eb trok het weer weg en kon je de vis van de akkers rapen. Zo heb ik heel wat scholletjes bemachtigd.’

Hij keek weer naar haar vaardige handen en het vlijmscherpe mes. Steeds zag hij de vingers van haar rechterhand in het lijf van een vis verdwijnen en steeds ook een rechtervinger waaraan een gouden trouwring zat, precies zo een als zijn eigen moeder droeg.

4

In de schuur, waarvan de hoge deuren openstonden, troffen ze meneer Wisse bij zijn motor, die met twee kabels aan het gebinte hing. Hij was het motorblok uit elkaar aan het halen, de onderdelen lagen op een krant op de grond. Abel voelde dat de man alleen wilde zijn – zijn blik bleef naar beneden gericht – en bleef staan in de deuropening. Maar Marinus sloeg geen acht op dergelijke dingen en liep naar binnen, naar de duiven. Meneer Wisse had zijn overall van zijn bovenlijf gestroopt en met de mouwen om zijn middel gebonden. Hij droeg alleen die overall en een wit hemd. Abel zag de plukken haar onder zijn oksels en zijn bruine huid. In de donkere ogen van meneer Wisse zag hij nu de felle blik die hij ook in de ogen van Ambonezen had opgemerkt.

Met een blauwgrijze duif op zijn hand kwam Marinus terug en liep langs de motor waaraan zijn vader stond te sleutelen.

'Zet die duif terug! Hoe vaak moet ik het nog zeggen?'

'Maar papa!'

Marinus begon altijd meteen te jammeren als hem iets werd verboden.

'Maar papa, ik wil hem alleen maar even aan mijn vriend laten zien!'

Een natte borstel vloog door de lucht, een spoor van druppels achterlatend, en knalde tegen de schuurdeur. Marinus moest bukken om hem te ontwijken. De duif vloog klapwiekend op naar het gebinte.

'O, papa,' jammerde de jongen, 'je moet niet altijd zo boos op me zijn.'

'Van die duiven afblijven en opdonderen!'

'Maar papa, luister...'

'Ik hoef jouw leugentjes niet te horen. Opdonderen!'

Zwijgend liepen de jongens over het pad door de moestuin. Marinus liet tartend zijn handen langs de planten van zijn vader glijden, alsof hij er bladeren af wilde rukken, wetend dat zijn vader hem gadesloeg. Het listige lachje speelde alweer om zijn lippen.

In de keuken rook het naar gebraden vlees, een geur die er elke zaterdagochtend hing, want dan werd in een enorme pan het stoofvlees voor het hele weekeind bereid. Mevrouw Wisse stond voor het fornuis. Bij de eettafel waren twee van Marinus' zusjes met een vork rode bessen aan het rissen. Tegelijk wasten de jongens hun handen boven de gootsteen.

'Mama, nou moet je es horen!'

'Jongen, ik heb het al zo vaak gehoord.'

'Maar mama, nu had ik echt niets gedaan!'

Terwijl Marinus zich beklaagde bij zijn moeder, liep Abel de trap op naar het 'bovenhuis' dat op de stadswal lag, aangetrokken door het geluid van de piano.

In de deuropening van de woonkamer keek hij naar de rug van het meisje dat voor de piano zat. Het was Irma Wisse. Met gekromde vingers speelde ze razendsnel een etude.

Er was verder niemand in de kamer. Eerst durfde Abel niet naar binnen, maar ten slotte deed hij het toch, de deur openlatend. Door de ramen viel zonlicht in schuine bundels naar binnen, gefilterd door de bomen op de stadswal, een patroon van lichtvlekken lag op de vloer. Boven zijn hoofd klonk het gestommel van kindervoeten. Steeds dichterbij kwam de klank van snel gespeelde triolen. Toen hij naast de piano stond, keek het meisje opzij, maar zonder het spelen te onderbreken.

Ook al scheelden ze maar anderhalf jaar, hij beschouwde Irma als veel ouder dan zichzelf.

Abel keek naar haar handen, die rap en ijverig over de toetsen vlogen. Toen hij maar bleef kijken, maakte ze een vergissing en trok er een blos over haar wangen. Zodra ze klaar was met de etude, wendde ze zich naar hem toe en zei opgewekt:

'Hé, Abel!'

Ze had een zachte en lome blik. Over haar hele verschijning lag iets looms. Haar kordate vingers contrasteerden ermee en ook haar opgewektheid, of liever haar poging om opgewekt te klinken, net als haar moeder.

Abel vroeg haar van wie ze les had en uit welke boeken ze speelde. Ze was verder gevorderd dan hij. Ze liet hem haar muziekboeken zien, ze met haar kleine en mollige vingers openvouwend en plettend op haar knieën. Hij begon haar te ruiken. Ze had blote armen en onder haar truitje welfden zich haar beginnende borsten. Toen ze doorging met studeren, liep hij de kamer uit. Haar ijver vervulde hem met een licht dedain.

'Wil je niet blijven eten?' vroeg mevrouw Wisse.

Abel wist niet wat te antwoorden.

'Of wil je liever naar huis?'

'Nee, ik wil wel blijven eten.'

'Goed, dan bel ik je moeder even.'

Hij hoorde mevrouw Wisse in de gang met zijn moeder bellen. Een vlaag van heimwee trok door hem heen, verlangen om alleen te zijn, te lezen, op de schommel te zitten, op de warme tegels van het balkon te liggen.

Rond het middaguur werd er warm gegeten. Met zijn elven zaten ze aan de lange tafel in de keuken. De ramen en de deur naar de moestuin stonden open. In de loop van de ochtend was het drukkend warm geworden, onweer hing in de lucht en kondigde zich aan met nog ver verwijderd gerommel. Op tafel geurden het stoofvlees, de kruimige en dampend hete aardappels, de sperziebonen uit eigen tuin en de komkommer met azijn. Met tegenzin sprak meneer Wisse het Onzevader uit. Tijdens het gebed, zijn hoofd gebogen, keek Abel naar de mollige handen van Irma, die naast hem zat. Mevrouw Wisse schepte vlees en aardappels op de borden en blies de haren uit haar bezwete gezicht. Irma stond op en hielp haar moeder, ze schepte de boontjes en komkommer op en gaf de volle borden door.

Onder het eten gleed Abels blik steeds even naar meneer Wisse. De man was in zijn hemd aan tafel gekomen, zijn schouders en armen bloot. Tegen het wit van het hemd kwam het bruin van zijn huidskleur nog duidelijker uit. Terwijl hij mes en vork hanteerde, puilden uit zijn okselholtes zwarte plukken haar.

Marinus was tussen de kleintjes gaan zitten, zo ver mogelijk bij zijn vader vandaan. Zodra er even niet op hem werd gelet, schoot hij met zijn lepel aardappelkruim over tafel om zich vervolgens met een vroom gezicht, verwrongen van ingehouden lachen, over zijn bord te buigen. Beschuldigingen en vermaningen wees hij verontwaardigd van de hand.

'Mama, waarom moet ik het altijd gedaan hebben?'

'Omdat jij het altijd weer bent, jongen.'

'Mama...'

'Houd nu maar je mond.'

'Nee, mama, nog één ding mag ik zeggen. Nog één dingetje, mama. Jullie hebben de pik op mij, mama. Waarom hebben jullie toch de pik op mij?'

'Ja, hoe zou dat nou komen,' zei Irma.

'Bolle, hou jij je erbuiten! Eén dingetje vroeg ik maar, mama.'

'Hou nu je smoel,' riep meneer Wisse tegen zijn zoon, 'of je gaat zonder eten van tafel.'

Marinus boog zich over zijn bord en deed er het zwijgen toe. Maar het was zo'n herrie in de keuken en er was voor zijn ouders zoveel om op te letten, dat hij al snel weer zijn gang kon gaan. Hij begon zijn oudste zus te sarren, voor wie hij een reeks beledigende bijnamen tot zijn beschikking had: Irm, Urm, Bolle, Bolle Toet. Het duurde niet lang of hij had het meisje zo kwaad gekregen dat ze de hulp van haar vader inriep.

'Papa, doe nou es iets,' smeekte ze.

Prompt kwam meneer Wisse overeind, reikte met zijn arm over tafel naar zijn terugdeinzende zoon en wist hem bij een oor te grijpen. De jongen schreeuwde het uit. Meneer Wisse trok hem aan zijn oor over tafel, zijn eigen stoel omverwerpend, en gaf hem een klap in zijn gezicht. Jankend van pijn zakte Marinus op de vloer in elkaar.

'Wie niet horen wil, moet maar voelen!'

Alle kinderen rekten zich om hem te zien terwijl hij lag te huilen en machteloze trappen uitdeelde aan stoelpoten.

'Altijd moet je mij hebben,' brulde Marinus, 'altijd mij!'

Meneer Wisse keurde hem geen blik waardig. Hij gebood zijn kinderen door te eten. Het mes in zijn rechtervuist trilde en zijn blik was zo donker dat Abel er bang van werd.

Marinus ging op zijn knieën zitten, zijn haren in de war, zijn hand aan zijn pijnlijke gezicht.

'Mama, mama, help jij me dan!'

Zijn vader kwam half overeind – en dat was voldoende om de jongen naar buiten te doen vluchten. Meneer Wisse ging weer zitten en schraapte zijn keel. In stilte werd er verder gegeten.

'Ja Abel, zo gaat dat hier nu bijna elke dag,' zei mevrouw Wisse met een stem die ze opgewekt probeerde te laten klinken. 'Bijna elke dag hebben die twee ruzie, terwijl ze als twee druppels water op elkaar lijken.'

5

Toen Abel buitenkwam, bij zijn fiets achter de schuur, werd hij door Marinus opgewacht. Hij had gehoopt hem te kunnen ontlopen. Maar daar was hij, hurkend voor de wand van de schuur, bezig zijn stok verder te verfraaien met zijn mes. Meteen stond hij op en kwam op hem af, zijn haar opzijvegend. Er blonken nog tranen in zijn ogen.

'Jij bent mijn vriend,' zei hij zacht.

Zijn ogen gleden weg. Het listige lachje speelde om zijn lippen.

'Jij bent mijn enige vriend, en ik ben jouw enige vriend.'

Hij legde zijn hand op het stuur van Abels fiets, raakte de bel aan, haast strelend gleden zijn vingers eroverheen, in afwachting van diens antwoord. Om niet over vriendschap te hoeven praten en zijn haast om weg te komen te verbergen, vroeg Abel hem:

'Deed het pijn?'

Niet zonder genoegen had hij gezien dat de jongen werd geslagen. Hij was geschrokken van meneer Wisses drift, van de klap die hij had uitgedeeld, het gejank waarmee Marinus, een sterke jongen toch, in elkaar was gezakt op de grond. Maar het had hem ook tevreden gestemd dat er hardhandig een einde was gemaakt aan Marinus' geklier. Terloops keek hij naar Marinus' wang om te zien of de klap sporen had achtergelaten.

'Mijn vader is zo gemeen,' kreunde Marinus, terwijl hij maar bleef doorgaan met het betasten van de fietsbel. 'Zo gemeen als hij is! Zo gemeen... Vroeger, in Indië, heeft hij mensen met de zweep gegeven.'

'Hoe weet je dat?'

Abel, nieuwsgierig, kon er niet aan ontkomen het te vragen.

'Dat denk ik zomaar.'

'Je weet het niet zeker.'

'Nee. Maar dat denk ik zomaar, dat hij vroeger dat soort dingen heeft gedaan.'

Marinus had met gedempte stem gesproken, vlak bij hem staand, zijn stuur en fietsbel betastend, steeds listig glimlachend. Abel rook zijn bedorven adem. Hij voelde dat de jongen hem bespeelde, maar wist niet hoe zich aan zijn macht te onttrekken.

'Laten we naar het Sas gaan,' zei Marinus flemend.

'Naar het Sas?'

Abel keek naar de donkere lucht.

'En we vragen je broertje mee.'

'Ik weet niet of hij dat wel wil.'

'We vragen het hem gewoon. Want eigenlijk hoort hij er toch ook bij.'

'Waarbij?'

'Bij ons. Hij hoort er ook bij. En op het Sas gaan we iets kunstigs doen. Ik heb toch nog steeds zo'n zin om iets kunstigs te doen.'

Tergend langzaam liet hij Abels fietsstuur los.

6

Toen ze op het Sas arriveerden, was de hemel dichtgetrokken met donkere wolken. Met z'n drieën renden ze van het grasveld onder aan de dijk, waar ze zich hadden omgekleed, naar het kanaal. Abel zag donkere vlekken op de weg verschijnen. Er petsten druppels op zijn blote rug. Dikke, lauwe druppels. Windvlagen stoven door de bomen, bliezen achter een van de huizen iets omver wat in stukken brak, en daarna was het weer stil.

Ze doken in het water, dat olieachtig lag te glanzen en de dreigende kleur van de wolken weerspiegelde. Het gerommel klonk plotseling dichtbij. De eerste zwemmers verlieten al het water. Maar zij zwommen juist naar het midden van het kanaal. Daar bleven ze drijven en keken opgewonden naar de kolossale, donkere wolken boven de akkers.

'We zijn net op tijd,' riep Abel.

'Op tijd, op tijd, op tijd, ja ja,' begon Marinus te zingen.

'Kijk, daar,' riep Otto.

Boven de polders vertoonde zich een wijdvertakte bliksem, tweemaal vlak achter elkaar, en toen rolde er een krakende donderslag door het hemelruim, gevolgd door windstoten die de bomen voor het café angstaanjagend wild deden zwiepen. Over de akkers naderde een grijs waas en plotseling geselde de regen het water van het kanaal. Om zich heen zag Abel de druppels putjes in het water slaan. Vlak boven het kanaal hing een witte nevel van opspattend water. De regen roffelde en trommelde op alles wat hij raakte. Abel zag de witte nevel ook boven de weg, boven het dak van een geparkeerde auto. Er renden mensen langs het kanaal, over de sluis, badtassen en handdoeken boven hun hoofd houdend. De donderslagen waren zo luid dat ze elkaar niet konden verstaan.

De angst kreeg nu ook hen te pakken. Ze zwommen naar de remmingpalen voor de sluis, hesen zich op de onderste dwarsbalk en hurkten onder de erboven gelegen balk, wegduikend voor de slagregen. De donderslagen volgden elkaar snel op, recht boven hun hoofd. Opgewonden wezen ze elkaar op wat ze zagen: de bliksem vlak boven het land, een meisje dat uitgleed op de kade bij de sluis en hinkend verder liep, de mensen die samendromden in de badhokken, terwijl anderen juist in de regen bleven staan, hoofd in de nek, mond open. Midden in het kanaal zwom bedaard een oude heer.

Abel leefde op. De slagregen striemde zijn lichaam, maar hij zat te lachen van plezier. Door de nabijheid van zijn broer, die naast hem hurkte, voelde hij zich veilig. Hij ging zo op de balk zitten

– met de striemende regen als reden om zich af te wenden – dat hij Marinus niet hoefde te zien en kon genieten van het natuurgeweld alsof hij alleen was.

Na een kwartier was het voorbij.

Terwijl de regen nog nadruppelde en de hemel opklaarde, zei Marinus opeens:

'Ik weet wat of het is wat voor kunstigs ik wil doen. Eindelijk weet ik het.'

Hij zette een dromerig gezicht.

'De hele dag al had ik zo'n gevoel, en nu weet ik het.'

'Eindelijk weet hij het,' sneerde Abel.

'Het begint met klimmen.'

Ze hesen zich op de bovenste balk van de remming en liepen langs de witte paalkoppen naar de duiktoren die erachter was gebouwd. Ze klauterden tegen de toren op. Abel ging als eerste omhoog en verbaasde zich erover dat Marinus hem zomaar voor liet gaan. Vlak voordat hij het platform bereikte, voelde hij Marinus' hand om zijn enkel, eraan trekkend. Toen hij zich wilde losrukken, was die hand weer weg.

Op de duiktoren stelde het uitzicht hem teleur – het verschilde nauwelijks van het uitzicht dat hij had vanaf de hoge sluis. Hij boog zich over de balustrade en zocht met zijn ogen het laagste punt: de plek waar de palen, met een korst zeepokken overdekt, onder water verdwenen. Het water was er zo helder dat hij tot op de bodem kon kijken. Op de duikplank was, zo zag hij nu voor het eerst, een stuk kokosmat gespijkerd om uitglijden te voorkomen, rafelend aan de randen en zompig na de regen van zoëven.

Het onweer trok af. Overal steeg damp op: van de weg, van de badhokken, van de dijk en de akkers. De eerste jongens kwamen alweer de trap van de duiktoren op geklommen. Abels hart bonsde. Mocht hij hier wel zijn? Hij drukte zich tegen de balustrade. Eindelijk kon hij nu van dichtbij zien hoe de jongens hun aanloop namen, hoe ze door de plank omhoog werden gezwiept en zich met een soort statige traagheid in de lucht verhieven – maar het drong allemaal nauwelijks tot hem door, zo verward was hij. Zijn hart bleef maar bonzen, zijn keel werd droog. Hij moest zijn moment kiezen, op het juiste ogenblik naar voren stappen en de duikplank voor zich opeisen.

'Jij gaat eerst,' zei Marinus, 'en meteen daarna kom ik en dan meteen Otto.'

Nadat een forse kerel met een zweefduik de toren had verlaten, kwam zijn moment – er was niemand meer. Schuchter stapte hij op de duikplank, op de zompige mat. Omdat hij niet in koelen bloede naar het einde van de plank durfde te lopen en daar ook niet als een beginneling te kijk wilde staan, had hij besloten met een aanloop te springen.

Hij rende over de plank, hij rende de immense ruimte in. Eenmaal voorbij de balustrade, met alleen nog die smalle plank voor zich, was hij door een afgrond omringd. In de diepte lag het water te glanzen. Hij sprong in een roes. Terwijl hij viel, helde zijn lichaam achterover. Hij zag het Sas liggen, maar het vallen ging zo snel dat hij nauwelijks tijd had om het in zich op te nemen – en tegelijkertijd leek het lang te duren voordat hij met zijn benen in het water schoot, kopje-onder ging en dieper dan ooit wegzonk in het kanaal. Met een gevoel van triomf schoot hij omhoog naar het licht.

Marinus liet op zich wachten, terwijl hij meteen na hem zou springen.

Toen verscheen hij op de duikplank, zijn gestalte afgetekend tegen de hemel, hij liep over de plank met een aantal snelle, maar ingehouden en afgemeten passen, die hij niet voor de eerste keer leek te maken, hij zette af en zweefde weg, zijn armen spreidend in de lucht. Op het hoogste punt slaagde hij erin zijn lichaam een snaakse draai opzij te geven, voordat hij loodrecht naar beneden stortte en soepel als een vis in het water gleed.

In het kanaal had Abel zich afgewend, verbluft, lamgeslagen door de achterbaksheid van zijn vriend. Dit was dus het 'kunstige' waar Marinus de hele dag al 'zo'n zin in had'. Keer op keer was hij erover begonnen, steeds voorwendend dat hij nog niet wist wat het 'kunstige' zou moeten zijn. Maar vanochtend in de boomgaard had hij al geweten welk kunststukje hij zou laten zien en daar al had hij zich verheugd over de indruk die het zou maken. Abel wilde wegzwemmen naar de overkant van het kanaal, de jongen geen blik meer waardig keuren. Maar hij bleef waar hij was en toen hij Marinus hoorde opduiken, keerde hij zich glimlachend naar hem toe.

'Wanneer heb je dat geleerd?' riep hij.

Marinus nam niet de moeite hem te antwoorden. Onmiddellijk zwom hij terug naar de remmingpalen. Abel keek hem na en besefte dat Marinus dit duiken had geleerd in de weken die hij zelf had doorgebracht op Schouwen, in het zomerhuis aan het zweefvliegveld. Hij zag Marinus de duiktoren alweer beklimmen, plotseling behorend tot een groep jongens waar hij tegen opkeek: de jongens die van de hoge doken.

Hij wachtte op de sprong van zijn broer, zag hem op de duikplank verschijnen, naar beneden kijken en springen. Nadat Otto was opgedoken, wilde Abel alleen nog maar weg van het Sas, weg van deze verschrikkelijke plek. Hij zag al voor zich hoe hij met zijn stok uithaalde naar Marinus en hem raakte met de punt ervan, precies op zijn slaap.

7

Achter de badhokken ging het verder. Aan de rand van de akker, hurkend om een stuk kleigrond dat ze hadden aangestampt en vlak gemaakt, speelden ze landjepik. Met een mes was in de klei een rechthoek getekend en in drieën verdeeld. Om beurten gooiden ze hun mes in het 'land' van een ander, trokken een nieuwe grenslijn, wisten de oude uit, steeds eropuit het eigen gebied zo ver mogelijk uit te breiden.

Marinus gebruikte zijn kleine zakmes, dat er heel geschikt voor was. Hij nam de punt van het lemmet tussen duim en wijsvinger, nadat hij het eerst dreigend en genietend boven het grondgebied van de anderen had laten zweven, en wierp het dan met een felle uithaal in de klei. Soms ging hij staan en liet zijn mes loodrecht naar beneden vallen.

Abel hoorde boven zijn hoofd steeds de roep van scholeksters, die in snelle vlucht over de dijk zwiepten, landinwaarts vlogen en dan met een boog terugkeerden naar het water. Hij was met zijn gedachten niet bij het spel. Hij moest het spelen met zijn dolk, die er niet geschikt voor was: te groot, en door het zware heft had het ding de neiging om te vallen nadat het in de grond was geworpen – en dan leverde zijn worp hem niets op. Hij haatte de brede knieen van Marinus, zijn door het hurken breeduit liggende dijen, de geur van zijn lichaam, zijn stem, zijn manier van praten. In zijn verbeelding zag hij hoe de voeten van Marinus werden geplet door de band van een langzaam rijdende tractor, zoals hij die in de boomgaard had gezien, een tractorband die zijn voeten verbrijzelde en in de klei drukte.

'Wacht effe, jongens.'

Marinus had kluiten in zijn zwembroek gestopt en trok hem van tijd tot tijd open om te kijken hoe ze daar lagen rond zijn geslacht. Zijn zwembroek puilde uit. Hij legde zijn hand eromheen en liet zijn 'buidel' heen en weer schommelen, waarbij hij opgewonden grinnikte. Toen Abel hem een aansteller noemde, kreeg de jongen de slappe lach.

Abel verloor al zijn land. Hij probeerde zichzelf wijs te maken dat hij dat met opzet had gedaan om er zo snel mogelijk van af te zijn. Terwijl Marinus en Otto de strijd voortzetten, beklom hij de dijk waarop de badhokken stonden. Het geluid van het Sas werd sterker: het gejoel, de siddering van de duikplank, het plonzen van de duikers. Omdat het einde van de middag naderde, vielen er gaten in het geluid, er waren momenten waarop het bijna ophield en hij één afzonderlijke plons kon horen of een naam die werd geroepen. Langs het kanaal reden troepen fietsers in de richting van de stad.

Plotseling werd hij op zijn rug getroffen door een kluit.

'Ze zijn warm,' riep Marinus lachend en haalde nieuwe kluiten uit zijn broek tevoorschijn.

Abel bukte zich en begon ook kluiten te gooien. Hij zette een fel offensief in. Hij rende gebukt naar het aardappelveld toen hij nieuwe munitie nodig had en raapte daar de hardste kluiten op. Aan de rand van het veld stonden ze elkaar te bekogelen. Hij werd pijnlijk geraakt aan zijn hoofd. Het maakte hem razend. Terwijl de kluiten hem om de oren vlogen en hij zelf moest gooien om zich te verweren, voelde hij bij een blik op de hemel boven de dijk een soort gevangenschap: hier en nu met deze jongen te moeten verkeren en dit te moeten doen, kluiten te moeten gooien om zich te verdedigen.

8

Op de terugweg hield Abel onder het fietsen zijn stok in zijn hand. Hij tikte ermee op het stuur en was vastbesloten: als Marinus nog één vinger naar hem uitstak, zou hij hem raken, net zo hard als zijn vader, recht in zijn valse smoel. Hij sprak geen woord meer met hem, vermeed zijn blik. In kalm tempo reden ze langs het kanaal. Maar hij voelde dat de jongen ergens op uit was. Bij het passeren van een stel meisjes kreeg hij van achteren die por in zijn ribben.

Het was niet meer dan een plaagstoot geweest, maar drift overweldigde hem. Hij ging op de trappers staan en achtervolgde Marinus. Hij voelde dat de jongen bang was, want hij lachte niet meer en gebruikte al zijn adem om te trappen en aan zijn woede te ontkomen.

Vlak voor Wilhelminadorp was hij hem zo dicht genaderd dat hij kon uithalen met zijn stok. Maar terwijl hij uithaalde verloor hij snelheid en het uiteinde van de stok belandde niet op Marinus' rug, zoals hij had gewild, maar tussen de spaken van zijn achterwiel. De stok werd uit zijn hand gerukt. Abrupt, met een gekraak van brekende spaken, kwam Marinus' fiets tot stilstand. De jongen zelf werd gelanceerd van het plotseling stokkende rijwiel, vloog door de lucht en smakte met zijn lange lichaam in de berm.

Eerst durfde hij niet naar Marinus toe te gaan. Samen met Otto stond hij in het gras van de kanaaloever.

Pas toen enkele volwassenen bij Marinus hurkten, kwam hij dichterbij. De jongen lag roerloos op zijn zij in het gras, zijn beide handen tussen zijn dijen klemmend. Degenen die zich over Marinus hadden gebogen wierpen boze blikken op hem. Hij voelde dat hij als dader werd aangewezen. Eindelijk durfde hij te hurken bij zijn vriend. Hij rook diens bezwete lichaam en dat herinnerde hem eraan dat ze kort geleden nog gewoon langs het kanaal fietsten.

'Heeft hij iets gebroken?' vroeg hij.

'Dat weten we nog niet,' antwoordde een vrouw kortaf. 'Hij zegt dat hij zich niet kan bewegen.'

Er lag een badtas onder Marinus' hoofd. De vrouw veegde het haar van zijn bezwete voorhoofd.

'Marien,' zei Abel zacht.

'Laat hem nou maar met rust,' zei de vrouw boos.

'Marien!'

De jongen keek hem glazig aan, al te glazig misschien, en meteen draaiden zijn ogen weg.

Een man in korte broek leidde Abel weg, hem vasthoudend bij zijn kraag, en zette hem onder een boom met het bevel daar te blijven. Dit kalmeerde hem enigszins. Hij zag zijn broer aan de overkant van de weg staan. Fietsers reden voorbij en wierpen nieuwsgierige blikken op de jongen die in de berm lag. Abel keek omhoog naar de takken van de boom, met bonzend hart, hij keek naar Otto, die bij hun fietsen stond te wachten, en opnieuw was er die gewaarwording van gevangenschap: dat hij hier en nu dit moest ondergaan.

VI

DE VERWURGING (1964)

1

Veel te vroeg stond Dina voor het huis van dokter Jongepier, de wonderarts van het eiland.

Na het middageten had ze de twee kleintjes bij de buurvrouw ondergebracht. Ze had zich gewassen en schone kleren aangetrokken. Ze had langzaam gefietst om niet bezweet te raken, maar nog stond ze te vroeg voor het huis met het rieten dak, dat door een hoge taxushaag aan het zicht werd onttrokken. Ze zag ertegen op om in de wachtkamer te zitten, waar ze door vreemden zou zijn omringd, en verkoos het om nog wat te lopen onder de bomen in de laan naar het station.

Lieuwe kwam in haar gedachten.

Ze had geprobeerd ze uit te bannen, maar ze kon niet ontkomen aan haar haatdragende gedachten. Een opmerking van Lieuwe, een detail in zijn gedrag – het was genoeg om haar in een gedachtestroom vol haat te storten. Al maanden maakte ze hem in stilte verwijten. Aan een denkbeeldige ander vertelde ze over hem. Het ging altijd door, het was niet te stuiten, het wurmde zich overal tussen. Het was er zelfs als ze met hem aan tafel zat of naast hem in bed lag. Ze probeerde hem te schrijven. Maar als ze 's avonds eindelijk een uur voor zichzelf had en haar blocnote op tafel legde, ging het niet.

Intussen was Lieuwe opgetogen over zijn celliste. Hij praatte zo vaak over haar dat het ook hemzelf begon op te vallen. 'Ja, ze schijnt nogal verrukt van me te zijn.' Alsof hij er niets aan kon doen. 'Ja, ze schijnt nogal...' 'Ja, ze schijnt nogal...' Toen zweeg hij opeens over haar, alsof hij haar niet meer zag op de wekelijkse bijeenkomsten van de Rotary in De Korenbeurs, zijn gynaecologe die zo goed cello speelde, haast 'op professioneel niveau'. Ze was eerste celliste in het orkest van de provincie. Voordat het jaarlijks concert in de Grote Kerk begon, keek ze vanaf het podium met een lieve glimlach en bijziende ogen de kerk in. In de pauze en na afloop draalde ze op het podium. Lieuwe kon 'goed met haar praten'. Het was een bepaald soort vrouwen dat op hem afkwam. Dit was er weer zo een. 'O, dág meneer Róórda!' Dweperige vrouwen. 'O, wat leuk dat u er óók bent, mevrouw Roorda!' Vrouwen die 'gymnasium hadden gedaan' en met een bontstola naar het concert kwamen. Zijn celliste had ook een bontstola. Liefjes glimlachen. Intussen bazig, een vrouw die de mensen naar haar pijpen liet dansen. Daar zat hij in De Korenbeurs interessant mee te doen. Dat mens had hem gewoon in de tang. Steeds opnieuw had ze hem voorgesteld met haar te 'musiceren', hij speelde immers zo makkelijk van blad, en ten slotte had hij eraan moeten geloven.

Vanmiddag, na het middageten, had hij het verteld, een beetje verlegen: zijn celliste had hem nu zo vaak gevraagd dat hij met goed fatsoen niet langer kon weigeren. Dina had hem zien wegfietsen door het stuivend zand van de pas gelegde straat. Daar ging hij met zijn versleten tas, op zijn oude fiets, die hij maar niet wilde vervangen, de schilfers van zijn haarroos op zijn schouders, schilfers die zij er niet meer af had geveegd.

Ze wandelde naar het station aan het eind van de laan, in de schaduw van de oude bomen, en terug. Eindelijk liep ze het pad naar de dokterswoning op. Achter de taxushagen, die het huis merkwaardig nauw omsloten, heerste de schaduw. Er stonden een hoge ceder en een lariks, en het huis werd omstuwd door een woud van varens.

In de hal was het koel. Er zaten wel tien mensen te wachten. Vlak bij haar twee oude vrouwen in klederdracht met de oorijzers en witte kappen op hun hoofd. Met gedempte stem onderhielden ze zich met elkaar en lieten intussen hun breinaalden tikken. Verderop een bleke jongen die zijn boterhammen at. Een moeder met een kind dat niet goed bij zijn hoofd was. Van het hele eiland kwamen de mensen naar Jongepier, zelfs van de andere eilanden: sommigen hadden er een dagreis voor over om hem te raadplegen.

Jongepier was homeopaat en dat scheen de bevindelijk gelovigen, talrijk in deze contreien, aan te spreken. Hijzelf kwam van het eiland Tholen, zoon van een herenboer. Aan zijn diepgelovig milieu had hij zich ontworsteld. Maar hij sprak de taal van de plattelanders: het dialect of Nederlands met een accent. Hij bezat de gemoedelijkheid die ze op prijs stelden. Tegelijkertijd boezemde hij ontzag in door zijn grote gestalte, zijn spaarzaam gebruik van woorden, en genezingen die voor wonderbaarlijk doorgingen. Hij was niet alleen homeopaat, maar beheerste ook de voor de meesten schimmige kunst van de acupunctuur en maakte gebruik van hypnose. Intussen was hij het tegendeel van de flamboyante, zelfverzekerde arts. Hij was terughoudend en kon een verlegen en onhandige indruk maken. De enige luxe die hij zich permitteerde was een Amerikaanse wagen, een deinende Cadillac, waarin hij langs zijn patiënten reed. Bevreemding wekte dat hij altijd alleen in die grote wagen zat, op de met leer beklede voorbank, naast zijn dokterstas. Nooit werd hij met een vrouw gezien, terwijl hij ze 'bij bosjes' kon krijgen.

Dina wist nog minder dan anderen over deze eenzelvige vrijgezel, maar ze had ontzag voor hem, een ontzag dat was uitgegroeid tot verering nadat hij haar jongste kind bij de bevalling het leven had gered. Haar hart klopte sneller als hij binnenkwam. Ze genoot ervan zijn suède jas te ruiken, ze hield van het gerinkel van instrumenten in zijn tas, van zijn grote en altijd brandschone handen en van zijn onverstoorbaarheid. Als hij op bezoek was geweest, dacht ze een uur later nog aan wat ze had gezien, hoe hij met lange passen en fladderende jaspanden naar zijn auto was gelopen, het portier openend, zijn tas erin werpend, voordat hij zelf instapte.

Elke keer als de deur van de spreekkamer openging keek Dina op uit haar tijdschrift. Ze zag de lange gestalte van Jongepier in zijn openhangende witte jas. Hij hield de deur open voor de volgende patiënt en sloot hem weer. Hij maakte altijd een gezwinde indruk.

Na een halfuur werd ze zelf geroepen. Ze betrad de stille spreekkamer met schroom. Achter haar rug hoorde ze Jongepier in zijn wapperende jas. Hij wees haar een stoel, ging achter zijn bureau zitten en begon haar kaart te lezen. Achter hem stond een glazen kast met instrumenten en naslagwerken, aan weerszijden was een raam. Door het ene zag Dina de ceder, door het andere een rij witte berkenstammen voor het donkergroen van de haag. Ze leunde voorover in haar stoel, die nog warm was van degene die hier zoëven had gezeten. Er ontsnapte haar een diepe, sidderende zucht.

'Zo,' zei Jongepier, opkijkend van de kaart, 'alles goed met de kleine?'

'Ja, dokter.'

'Alles doet het?'

'Ja, dokter.'

'Geen traagheid of zo?'

Dina schrok.

'Er is me niets opgevallen.'

Halverwege de avond, de weeën waren al heftig, was Jongepier binnengekomen. De geur van de herfst hing om hem heen. Ze had het geroken toen hij zich over haar heen boog met zijn jas nog aan. Maar een paar uur later was de baby er nog niet. Het hoofdje was zichtbaar, maar het kind zat klem, met de navelstreng om de hals gewonden, het begon blauw aan te lopen. Lieuwe, de vroedvrouw en Jongepier stonden rond het bed. 'Persen,' had Jongepier geroepen, de man die nooit zijn stem verhief, 'persen!' Ze had haar laatste krachten aangesproken. Hij had zijn halve hand in haar geschoven, rond het hoofdje en dieper, en op de een of andere manier had hij het los weten te krijgen. Het was naar buiten geglibberd. Onmiddellijk had hij de navelstreng losgewonden, terwijl hij het blauw aangelopen wichtje – het was een meisje – optilde aan haar voeten. Hij had het een tik op haar billen gegeven, en nog een, tot het eindelijk begon te schreien.

'Dus alles doet het,' constateerde Jongepier. Hij maakte een aantekening op de kaart. 'En hoe is het met je zelf?' Hij gebruikte altijd het gemoedelijke 'je' van het dialect.

'Met mij?'

Dina wist niet wat te antwoorden.

'Het gaat wel,' constateerde Jongepier.

'Ja, het gaat wel.'

'Geen neerslachtigheid of zo.'

'Niet dat ik weet.'

'Want je was in het verleden toch wel eens een beetje neerslachtig?'

'Ik kan het me niet herinneren.'

Ze omklemde de tas op haar schoot en vermeed het om Jongepier aan te kijken, ze vermeed het zelfs om naar zijn grote en gebruinde handen te kijken en staarde naar de stam van de ceder, de varens in de schaduw van de strak geschoren haag. Ze wilde alleen maar janken.

'En jullie hebben weer gewoon gemeenschap?'

'Gemeenschap?'

'Jullie hebben weer gewoon... eh... seksuele omgang met elkaar?'

'Ja hoor.'

Het was of Jongepier haar had gepeild. Of hij het wist. Na de geboorte van de jongste had ze niet meer met Lieuwe gevreeën. Ze was een pil gaan gebruiken om niet meer zwanger te raken. Het was een nieuwe vinding. Ze was er ziek, zwak en misselijk van geweest, maar alles voor niets. Lieuwe, anders altijd aandringend, lag 's avonds in bed te lezen of hij kwam pas in bed als ze al hoog en breed sliep; en 's ochtends vroeg, als ze uitgerust was, wilde hij niet, want na het wakker worden schoot meteen de gejaagdheid in zijn lichaam en moest hij aan het werk. Ze wist niet hoe hem te verleiden – het woord alleen al stond haar tegen. Ze voelde zich in de steek gelaten. Sindsdien raasden de haatdragende gedachten door haar hoofd.

Ze zwegen. Jongepier had de kaart weer in zijn handen genomen.

'Ik heb alleen zo'n pijn in mijn rug,' zei ze.

Eindelijk durfde ze hem aan te kijken.

'Na de bevalling begonnen?'

'Daarvoor al.'

'We zullen er eens naar kijken.'

Achter een kamerscherm strekte ze zich half ontkleed uit op de behandeltafel. Haar hart bonsde. Ze hoorde Jongepier zijn handen wassen, de kraan dichtdraaien, zijn handen afdrogen en naderen in een ritseling van kleren.

'Ik ben nogal bezweet,' zei ze.

Haar rug was kletsnat van het zweet. Zonder een woord te zeggen droogde Jongepier hem met een handdoek.

'We zullen eens kijken.'

Aan zijn stem hoorde ze dat hij schuchter werd, hier in de intieme ruimte achter het kamerscherm. Een ogenblik dacht ze aan zijn lelijke huishoudster, die zo totaal niet bij hem leek te passen – misschien hielp juist zo'n vrouw hem over zijn schuchterheid heen? Toen zijn vingers haar raakten, ging er een schok door haar heen.

'Ontspan maar even.'

Weldra had hij de pijn gelokaliseerd. Hij hoorde haar uit met korte, half gemompelde vragen, terwijl zijn vingers verder zochten. Hij drukte ook met zijn duimen op haar voetzolen. Gemene pijnplekken zaten daar. Laconiek concludeerde hij:

'Het zou een beginnend herniaatje kunnen zijn.'

'Soms ben ik misselijk van de pijn.'

'Dat kan heel goed.'

'Zo'n gemene pijn!'

'Ik stuur je om te beginnen es naar een masseur. Ik ken een

vrouwtje die dat heel goed doet. Daar zul je baat bij hebben. En ik schrijf nog een recept voor wat kalmerends.'

Toen ze weer tegenover hem aan het bureau zat, voelde Dina zich beter. Nog steeds was er die drang om te janken. Maar even voelde ze zich toch beter, minder beklemd, minder opgejaagd. Ze luisterde naar het krassen van Jongepiers vulpen en herademde.

'Ik wilde u nog wat geven,' zei ze.

Al lange tijd wilde ze hem iets geven. Hij had het leven van haar kind gered. Eerst had ze dat niet goed beseft, maar geleidelijk aan was het tot haar doorgedrongen. Op een dag had ze in de rommelwinkel gestaan, de enige winkel in de stad waar ze graag kwam. Er zat een gekke oude baas, die aan een antiek bureau kapotte uurwerken en radio's repareerde. Daar had ze het zien liggen. Met een schok had ze het boek herkend: Tolstoj's *Vader Sergius*. In de jaren van het kindertehuis had ze dit boek voortdurend bij zich gehad, ze had het gekoesterd en het gekaft om het mooi te houden. Twaalf jaar nadat ze met Elena had gebroken omdat ze kinderen wilde, hield ze het boek weer in handen. Het kon geen toeval zijn dat ze het weer tegenkwam nu ze het kinderen krijgen had afgesloten.

Buiten het zicht van Lieuwe had ze de novelle herlezen: het verhaal van de knappe militair met goede vooruitzichten in de hoogste kringen van Petersburg, die tot ieders verbazing de wereld verlaat en monnik wordt, in een grot woont en stoeten mensen begint aan te trekken, zich een vinger afhakt om de verleiding van een vrouw te weerstaan en ten slotte ook dit leven in een geur van heiligheid ontvlucht om weer vrij te zijn en begint te zwerven. Het onmetelijke Rusland. De steppe. De modderige wegen. Alles wat ze zich destijds bij het verhaal had voorgesteld herleefde. Terwijl ze las had de lange en ascetische Sergius de gestalte gekregen van de Zeeuwse wonderdokter. Ze had geprobeerd haar beeld van de monnik intact te houden, maar hij was onontkoombaar op Jongepier gaan lijken: net zo lang en mager, net zo teruggetrokken, een tikje verlegen en toch sterk. Het teken leek onmiskenbaar. Maanden had ze geaarzeld. Maar vanmiddag had ze het boek ingepakt en in haar tas gestopt.

Opstaand achter zijn bureau nam Jongepier het boek van haar aan en pakte het uit. Hij zag er een beetje onthand uit. Ze voelde dat hij liever geen cadeaus van patiënten aannam. Zo was het. Alleen hazen, patrijzen en ander klein wild, aan de achterdeur afgegeven bij zijn huishoudster, stelde Jongepier op prijs.

De dokter hield het boekje in zijn grote hand.

'Tolstoj,' zei hij, en het klonk een beetje schamper. '*Vader Sergius*.'

'Toen ik het zag liggen, moest ik meteen aan u denken.'

'Tolstoj,' zei hij nog eens. 'De grote Tolstoj.'

Aan zijn stem hoorde ze hoe ver die naam van hem afstond. Zijn stem, die gewend was om te zeggen, een beetje lijzig en met een Zeeuws accent: Goed, we proberen het met Aconitum D3 en als er over een paar weken nog niks is veranderd, dan kom je maar terug.

'Ik zal d'r es naar kijken. Mag ik je bedanken? Allez!'

Met routineuze zwier stak hij zijn lange arm uit, reikte haar de hand en ging haar met wapperende jas voor naar de deur. Zonder op of om te kijken liep Dina door de hal naar buiten. Toen ze vanuit de schaduwrijke enclave rond de villa terugkeerde in het zonlicht en haar fiets pakte, kromp ze in elkaar en barstte in tranen uit.

Ze huilde wel vaker op straat. Ze wilde niet dat anderen haar zagen huilen, maar tegelijkertijd kon het haar niet schelen en schonk het haar zelfs een verwarrend lustgevoel. Hoe teruggetrokken en verlegen ze ook was, ze schrok er niet voor terug om op straat te huilen. Door tranen verblind fietste ze nu door de laan. In de verte kwam achter het station een trein met knarsende remmen tot stilstand. Toen ze langs het gebouw reed kwamen de eerste reizigers uit de hal naar buiten. Dina wendde haar gezicht niet af.

Ze stak het spoor over en fietste naar de nieuwbouwwijk waar ze sinds een paar maanden woonde. Uit de verte kwam het gedreun van heimachines. Al weken werkte het op haar zenuwen. De wind blies op de pas gelegde straten het zand in wolken voor zich uit. In het voorbijgaan keek ze naar het fel glinsterende water van de brandput – ze zag zichzelf erin wegzinken met fiets en al, haar jurk opbollend in het water. Steeds dieper stak haar de vernedering. Weggezet. Voor de zoveelste keer. De grote Tolstoj. Ik zal er eens naar kijken. Mag ik je bedanken? Met één handgebaar had hij haar eruit gebonjourd.

Pas toen ze het eerste flatgebouw naderde, bedwong ze haar tranen. Haaks erop stond het huizenblok waarin ze een hoekhuis hadden gekocht. Ze zag Abel in de nog kale tuin naast het huis staan, zijn arm in de mitella. Van korte afstand trapte hij een bal tegen de zijmuur, pikte de teruggekaatste bal op en schoot hem opnieuw tegen de muur. Voor het eerst in weken stond hij buiten in de zon en hij had meteen zijn voetbaltraining hervat.

2

Aan het begin van de zomer had de familie na vier jaar het grote huis met de grote tuin verlaten. Lieuwe had het huis kunnen kopen, maar het niet aangedurfd. Er kwam bij dat zowel Dina als hij zich een bezoeker was blijven voelen in dit huis met zijn parketvloeren, dubbele garage en een studeerkamer die zo groot was dat hij een bibliotheek van vijfduizend boeken had kunnen bevatten. Achter in de dertig waren ze, maar er leefde in hen nog een restant van idealisme en jeugdige dwarsheid: ze wilden niet wonen in een huis voor de welgestelde burgerij, ook al behoorden ze er nu zelf toe. Het was vooral Dina die een hekel had aan alles wat 'deftig' was.

Ze verhuisden naar de nieuwbouwwijk die aan de zuidkant van de stad in een gebied van drassige weilanden uit de grond werd gestampt en betrokken een huis in het eerste blok dat werd opgeleverd. Het was een drive-inwoning. Dat was het allernieuwste: een woning met een inpandige garage. Op de begane grond kreeg Lieuwe aan de tuinkant zijn werkkamer en ernaast lag een kleine kamer voor Abel. Ze hadden een grote woonkamer op de eerste verdieping met een balkon op het zuiden. De slaapkamers en de badkamer lagen op de tweede. Een hele zomer konden ze zich pioniers wanen, want straten waren er nog niet, er woonde nog bijna niemand, de wind blies het zand in wolken omhoog en de enige winkel van de wijk was ondergebracht in een houten barak.

Abel had zich onmiddellijk thuisgevoeld in de elementaire wereld van de nieuwbouw. Het begon al met de geuren. In de bouwputten rook het naar zeeklei, een zilte geur waar hij van hield. Hij peuterde de blauwige, vettige substantie los, bracht hem naar zijn neus om eraan te ruiken en probeerde zich voor te stellen dat deze klei ooit op de bodem van de zee had gelegen. Hij rook zand, hout, baksteen en drogend beton. Overal trilde de grond onder het geweld van de heimachines. Waar gebouwd werd, draaiden cementmolens hun tonnen in de rondte. Van de steigers klonk het geluid van de troffels: het tikken op de baksteen die in de specie werd gevoegd, het schrapen in de specietonnen, het heldere zingen van de troffel als een baksteen doormidden werd gekapt. Zandwagens duwden met een glanzende telescoop van staal hun laadbakken omhoog, de eerste korrels rolden naar beneden, dan begonnen brokken zand te schuiven en plotseling gleed de hele massa uit de bak omlaag. De geur van de zee steeg op uit het vochtige zand. De chauffeur sloeg met een stuk hout tegen de bak om de laatste resten naar beneden te laten storten. Abel zag hoe hij zich met één soepele beweging in zijn cabine hees en wegreed, terwijl de laadbak nog daalde op de telescoop.

Als stille toeschouwer was hij overal te vinden. Hij stond bij de steenhopen waar de metselaar zijn stenen pakte en op zijn kruiwagen stapelde. Hij stond naast de dragline die het heiblok ophees tussen twee palen en in vrije val liet neersuizen. Hij keek naar de boomstammen die eerst met meters tegelijk en allengs langzamer in de grond verdwenen en nooit meer het daglicht zouden zien. Hij stond bij de steigers, kijkend naar de metselaars, bij de cementmolens. Met zijn handen in zijn zakken stond hij toe te kijken, geneigd om weg te lopen als hij werd opgemerkt. Met zwijgzame bouwvakkers kon hij het nog het best vinden. Hij hielp ze door gebroken bakstenen te verzamelen en op een hoop te gooien – later trots op de ruw geworden huid van zijn handen – of hij verzamelde leeggeschudde kalkzakken en legde ze op een stapel.

Aan de rand van de nieuwbouw trof hij zonder aankondiging of onderbreking een stille landelijkheid aan. Het verwonderde hem. Een paar stappen uit het pas gestorte zand, uit de bandensporen in de klei, een paar stappen voorbij de steenhopen en hij stond weer op het oude land, in een hobbelig weiland met koeien die in de schaduw van de meidoornhagen lagen te herkauwen. Daar was niets veranderd. Daar was het stil. Hij kon er de vliegen horen zoemen boven een koeienvlaai.

3

Op een middag had hij in de verte Marinus zien aankomen. Hij had hem al weken niet gezien en gehoopt door de verhuizing voorgoed aan hem te zijn ontkomen. Achteloos, alsof hij ergens mee bezig was, liep hij naar de hoek van het huis, zich bukkend, alsof hij iets opraapte van de grond dat moest worden weggebracht.

Eenmaal uit het zicht rende hij over de kluiten van de pas omgespitte tuin, over het braakland tussen de flats in aanbouw. Overal lag alleen maar braakland zonder struikgewas. Overal was hij zichtbaar. Ten slotte had hij zich in het gras van een slootkant laten vallen. Pas toen drong tot hem door dat als *híj* Marinus had kunnen zien, deze *hém* ook had kunnen zien en dat waarschijnlijk ook had gedaan. Met een tak duwde hij het kroos dat de sloot bedekte opzij en tuurde in het water, alsof hij op zoek was naar salamanders. Maar waar was zijn vangnet? Waar was de glazen pot met water? Hij had zich kunnen verbergen achter steenhopen, maar deed het niet: nog meer lafheid, zichzelf nog verder laten terugdringen, dat kon hij niet verdragen. Hij kroop zelfs weer tegen de slootwal omhoog om niet de indruk te wekken dat hij zichzelf verborg.

In doffe berusting wachtte hij op naderende voetstappen, op Marinus' stem vol voorgewende vriendelijkheid, waarin algauw een doortrapte giechel zou doorbreken. Hij hoorde de jongen roepen en deed of hij hem niet hoorde. Nog een tweede keer liet hij hem roepen. Pas bij de derde keer richtte hij zich op. Zonder overtuiging begroette hij zijn vriend.

'Wat was je aan het doen?' vroeg de jongen.

'O, ik zat hier maar zo'n beetje.'

'Te wachten tot ík kwam,' giechelde Marinus.

Hij opende de zak met eierkoeken die zijn moeder hem had meegegeven en bood er een aan. Abel nam er een, willoos. Opnieuw had hij zich onderworpen.

Nadat hij een tijd met Marinus had rondgezworven, nam hij plotseling afscheid en rende naar huis. Met dat abrupte afscheid had hij Marinus overrompeld. Een klein voordeel had hij behaald, maar het veranderde niets aan de nederlaag die hij had geleden. De bouwplaatsen waren al verlaten. Hij stond achter een steenhoop, de dalende zon brandend op zijn gezicht, en snoof de geur van de stenen op. Hij hoorde de wind door het flatgebouw gaan, het geritsel van een lege kalkzak die tegen een steigerpaal werd gedrukt, losgerukt, verder geblazen, tot hij weer vastraakte. Hij haalde zijn hand over het rode, korrelige oppervlak van de baksteen – om zijn huid ruw te maken.

Na Gjalt, na die eerste, onschuldige vriendschap, had hij geen vrienden meer gehad, zich aan niemand meer gehecht. Met allerlei kinderen had hij gespeeld, maar nooit was hij met een van hen bevriend geraakt. Meestal waren het alleen facetten van andere kinderen die hem interesseerden. Een duim die ver doorgebogen kon worden, wat een groot voordeel was bij het knikkeren, én het uiterlijk van de kleine en stevig gebouwde jongen die deze duim bezat, alsof in dat uiterlijk het geheim van die lenige duim te vinden moest zijn. Een hazenlip en de stripbladen die hij aantrof in het huis van de jongen met de hazenlip. De spierkracht en de goedigheid van een oudere jongen, de sterkste van de school, op wiens rug hij had mogen zitten tijdens het paardvechten. De lenigheid van een jongen die zijn benen in zijn nek kon leggen. De huizen waarin die andere kinderen woonden en hoe het er daar aan toe ging, hun vaders en moeders, die anders waren dan de zijne. Maar nooit was hij met enig kind bevriend geraakt zoals hij dat was geweest met Gjalt, naar wie hij soms uren had staan uitkijken. Alleen Marinus Wisse had zich aangediend en zich aan hem opgedrongen als vriend, en hij had dat laten gebeuren.

's Avonds was hij in een bedrukte stemming. Steeds herinnerde hij zich hoe de jongen was komen aanlopen en zag hij zichzelf weer wegrennen. Hij probeerde er niet aan te denken, maar zag steeds zichzelf op de vlucht slaan, smadelijk de eierkoek accepteren.

Toen hij na het avondeten buitenkwam met Otto slenterde hij naar een flat in aanbouw. Overdag woedde hier de daadkracht, nu was het er stil. De wind zoemde door het gebouw. De schaduwen waren lang. Hij sloeg met een stuk hout op een cementmolen: een hol, dreunend geluid dat ver droeg in de avondstilte. In de ton vielen stukken cement van de wand. Ze doken weg en luisterden. Ze gingen het flatgebouw binnen, dat door steigers werd ingesloten. Er gleed een koele tochtstroom langs hun blote benen. Ze huiverden en luisterden opnieuw.

'We gaan naar het dak,' zei Abel.

Achter elkaar klommen ze langs de ladders omhoog. Op elke verdieping gingen ze de appartementen aan weerszijden van het trapportaal binnen om te zoeken naar spijkers die de timmerman had laten vallen. Ze troffen een vergeten hamer aan. Vol bewondering nam Otto hem in zijn hand.

'Een klauwhamer,' zei hij.

Abel nam de hamer van hem over. Lang durfde hij hem niet vast te houden en hij legde hem precies zo terug als ze hem hadden gevonden. Ze beklommen de volgende ladder en slopen op de volgende verdieping rond. Hun zakken vulden zich met spijkers.

Soms stonden ze een ogenblik in de avondzon, hun ogen dichtknijpend tegen het felle licht.

Op het dak van de flat waande hij zich op het dak van een paleis. Rondom stonden als een borstwering de toppen van de steigerpalen, eindigend in het niets. Ze keken uit over de bouwputten en nieuwe straten, over het oude land met de meidoornhagen. Op het gezicht van zijn broer lag de gloed van de avondzon. Abel zag zichzelf als de zoon van een baron, hij was op veldtocht, en in de avond betrad hij met zijn strijdmakkers het dak van een paleis en zag uit over de stad die ze die dag hadden veroverd.

Zolang hij zich op het dak bevond, voelde hij zich beter. Hij had iets gedurfd. Maar het uitzicht verveelde hem gauw. Wat hij had gedurfd, lag alweer achter hem. Op de terugweg, dalend langs de ladders, nam de gedrukte stemming weer bezit van hem. Hij verbeeldde zich dat hij Marinus sloeg met een stuk hout, maar de jongen ontweek zijn slagen, glipte steeds weg en lachte hem uit. Hij begon met twee treden tegelijk te dalen, opzettelijk onvoorzichtig. Bij de voorlaatste ladder week hij af van de route.

'Even dat stuk nog verkennen,' zei hij tegen zijn broer en verdween in een van de flats.

Hij wilde alleen zijn en zijn fantasie beleven waarin hij Marinus sloeg met een stuk hout. Hij sloot zijn ogen. Maar weer danste de jongen weg, slap van het lachen. Marinus begon met kluiten te gooien, die hij uit zijn zwembroek haalde, en raakte hem op zijn hoofd. Abel sperde zijn ogen open. Haastig keerde hij terug naar de ladders. Een ogenblik later stapte hij in het niets. Hij stortte omlaag en smakte tegen het beton.

4

Twee weken later kwam hij voor het eerst weer buiten. Al die tijd had hij doorgebracht in een verduisterde kamer. Zijn moeder had hem angstvallig binnengehouden. Ze was zich 'gek geschrokken' toen ze hem had gezien met zijn gebroken arm, bebloed gezicht, duizelig, slechtziend, misselijk. In het ziekenhuis was zijn arm in gips verpakt, een hersenschudding geconstateerd en rust voorgeschreven.

Na twee weken had hij genoeg van de afzondering. Gebruikmakend van zijn moeders afwezigheid kleedde hij zich aan en ging naar buiten. Knipperend met zijn ogen stond hij in de zon. De muren van het flatgebouw waren nu bijna tot boven toe opgemetseld. In de tuin was het gras dik en stevig geworden. Naast de barak van de supermarkt stond een vakantiehulp, die hij niet eerder had gezien, dozen plat te maken. Gretig had hij alles in zich opgenomen.

Na tien minuten was het nieuwe er alweer van af. Hij voelde zich alleen, zoals altijd. Een vage neerslachtigheid overviel hem. Om het te vergeten was hij zijn bal tegen de zijmuur van het huis gaan trappen, de terugstuitende bal opvangend en retournerend, met rechts, met links, steeds sneller, steeds harder. Hij wilde zijn lichaam trainen, zijn lichaam sterk maken. Maar het gevoel van alleen zijn drong ook binnen in het bewegen van zijn lichaam, in het rennen en trappen. Er viel niet aan te ontkomen.

Toen zijn moeder van haar fiets stapte, liep hij naar haar toe.

'Ik ben beter, mam.'

'Je lijkt wel gek!'

Aan haar ogen kon hij zien dat ze had gehuild.

Aan het eind van de middag reden ze in de auto naar het Sas. Het was de eerste keer dat ze er in een auto heen reden. Met z'n zevenen zaten ze in de kleine, pas aangeschafte Renault 4.

Na het passeren van het kanaaldorp hing Abel met zijn hoofd uit het raam en keek naar de banden, die met een plakkerig geluid over het asfalt gingen. Hij trok zijn hoofd naar binnen en keek tussen de hoofden van zijn vader en moeder door de voorruit. Het was een sensatie om het Sas te zien naderen door de voorruit van een auto.

Zijn moeder huilde. Al de halve middag had ze gehuild en ze huilde nog steeds. Ze deed dat geluidloos. Zonder snikken vloeiden haar tranen. Ze snoot alleen af en toe haar neus en haar wangen waren bleek en nat. Het kwam wel vaker voor dat ze urenlang huilde. Let maar niet op mij, zei ze dan, ik ben gewoon doodop. Ze had het jongste kind op haar schoot. Alleen door het neussnuiten dat ze van tijd tot tijd deed werden de kinderen eraan herinnerd dat ze huilde. Met z'n allen voelden ze zich schuldig.

Abel zat achter haar en had haar over haar rug willen wrijven, zoals ze altijd graag had. Maar als ze huilde, wilde ze niet aangeraakt worden. Toen hij zich tussen zijn vader en moeder naar voren boog om het Sas door de voorruit te zien, rook hij het betraande gezicht van zijn moeder.

5

Toen hij het portier van de auto opende en uitstapte, stelde hij zich de auto voor als een koets en zichzelf als de zoon van een baron. Rustig liep hij naast zijn moeder over het pad langs de dijk. Hij liep fier rechtop. De mensen kwamen het café uit om hem te zien, hem, het beminde kind van hun heer (en later zou hij zich nog geliefder maken door zijn dapper optreden in de nacht dat de dijken braken en het eiland overstroomd raakte). Achter zijn rug werden de paarden uitgespannen. In de avondstilte hoorde hij ze briesen, hoorde hij de kalmerende woordjes van de koetsier die ze naar de drinkbak voor het café leidde. Intussen ging hij fier voorwaarts, trots op de gebroken arm die hij had opgelopen tijdens een veldslag. Naast hem liep de barones, haar lange jurk slepend door het gras. Ze droeg haar jongste kind en steunde op zijn arm. In hun voetsporen volgden twee knechts die een rieten mand torsten.

Boven op de dijk stonden ze stil. Het water van de Oosterschelde oogde zeer breed. Hij kon de eilanden aan de overkant bijna niet zien.

'Zal ik Justine dragen?' vroeg hij.

'Justine?'

'Zo noem ik haar in mijn fantasie.'

'Dat heb je ergens gelezen. Justine…'

'Zal ik haar dragen?'

‘Geen sprake van!’

‘Waarom niet?’

‘Ik vind het doodeng, zo met die ene arm.’

Haar stem klonk geagiteerd.

‘Laat maar, mam.’

Lenig wipte hij over de vloedplaat, zoon van de baron, in zijn witte broek met zwarte rijlaarzen. Zijn moeder gebruikte de traptreden om eroverheen te klimmen, terwijl hij de peuter voor haar vasthield. Het wichtje legde een mollig handje half op zijn neus, half in zijn oog.

‘Nu niet meer huilen, mam.’

‘Nee, lieverd. Hier buiten knap ik wel op.’

Tussen de dijk en de strekdam van de havenmond, die er haaks op stond, lag een stuk grasland. Waar het naar het water helde, was het versterkt met basaltblokken waarin een dubbele rij palen was geslagen om de golven te breken. In die hoek, door de strekdam tegen de getijstroom beschermd, werd gezwommen. Hier streken families neer en de ouderen die niet in het kanaal maar in de Oosterschelde wilden zwemmen. Op warme dagen zoals deze reed men hier ook ’s avonds na het werk nog naartoe.

Als de zoon van de baron liep Abel langs het water, naast zijn moeder, de barones, op de voet gevolgd door de knechts met de rieten mand. Nog steeds was het of hij meer rechtop liep dan gewoonlijk, meer aanwezig was, meer aanwezig dúrfde zijn. In zijn vader, die met een tas proviand en een tas vol badspullen vooropliep, kon hij onmogelijk een baron zien. Daarom wendde hij zijn blik af naar het water en probeerde zo dat aangename gevoel weer op te roepen: hoe hij uit de koets stapte, hoe de paarden werden uitgespannen, hoe de mensen uit het café kwamen gelopen om hem te zien, de zoon van hun heer. Half en half wist hij dit gevoel intact te houden. Maar meer en meer werd hij afgeleid door groepjes mensen in het gras. Zijn droom van voornaamheid en geliefd zijn was niet bestand tegen zoveel realiteit. Temeer omdat er ook ‘ordinaire’ families zaten, zoals zijn moeder ze noemde, families waar hij juist altijd nieuwsgierig naar was: bier drinkende mannen, slonzige en chagrijnige vrouwen die zich uitsluitend schreeuwend met hun kinderen onderhielden en transistorradio's waaruit muziek kwam die hij nog nooit had gehoord.

Haastig passeerden de Roorda's deze families, die vlak bij de strekdam zaten, dicht op elkaar. Na honderd meter werd het rustiger. Alleen nette families hielden zich daar nog op.

'Laten we hier maar neerstrijken,' zei zijn vader.

Maar zijn moeder wilde verder lopen, ze wilde zo veel mogelijk 'uit de drukte' zitten, op een plek waar ze niet 'de hele tijd andere mensen hoefde te zien'. Ook Abel wilde doorlopen. Na nog eens honderd meter zette zijn vader opnieuw de tassen neer. Er zat hier bijna niemand meer. Maar zijn moeder wilde nog verder lopen.

'Overdrijf nou niet, Dina.'

'Je snapt me best.'

'Dina...'

'Je snapt me best!'

Bedrukt registreerden de kinderen de agitatie van hun moeder, die elk ogenblik leek te kunnen omslaan in een woede-uitbarsting of iets wat nog veel erger was. Abel probeerde zijn dagdroom in stand te houden: de knechts met de rieten mand, de jurk van de barones die door het gras sleepte, de bewonderende blikken – maar hij kon het niet meer oproepen, die voornaamheid, die sereniteit, ook niet als hij zich afwendde van de anderen en wegkeek over de Oosterschelde.

6

Eindelijk zaten ze in het gras. Er was een oude deken uitgespreid. Terwijl de peuter eroverheen kroop, pakte Dina de proviand uit. Ze deelde boterhammen met gebakken ei rond en schonk plastic bekers vol limonade. Intussen voelde ze het aankomen: dat Lieuwe zou willen bidden en ook dat hij het zo lang mogelijk zou uitstellen, omdat hij zelf niet meer overtuigd was van de noodzaak en ertegen opzag om zijn wil op te leggen – hij bleef liefst in zijn eigen wereld – en het ten slotte toch zou doen omdat hij meende 'principieel' te moeten zijn. Het bidden voor de maaltijd voorbij laten gaan omdat er anderen bij waren, dat was 'slap'. Ongearticuleerd, als een stroom van woede, kolkte dit alles door haar heen, terwijl ze de pijn in haar rug voelde steken.

'Jongens, wacht even.'

Lieuwe droeg zijn kinderen op hun handen te vouwen.

'Het is een kleine moeite,' zei hij, 'en we hoeven ons er niet voor te schamen.'

Bidden in de openlucht, onder het oog van anderen, was voor Abel al een tijd zeer beschamend. Het ergste zou zijn geweest als zijn vader hardop het Onzevader zou hebben uitgesproken. Gelukkig deed hij dat niet. Ze mochten 'stil bidden'. Maar ook dat was al beschamend genoeg. Zittend in het gras, zijn benen gekruist, probeerde hij zo weinig mogelijk op een biddende te lijken. Hij moest zijn handen vouwen, zijn rechterhand, die uit het gips stak, en zijn linker verstrengelen, daar viel niet aan te ontkomen. Maar hij boog zijn hoofd niet, sloot zijn ogen niet en bleef zijn bovenlijf bewegen. Hij besefte dat het geen zin had. Die kortstondige, volmaakte roerloosheid van een heel gezin verried immers alles.

'Amen,' zei hij, hardop, om de kwelling te beëindigen.

7

Het werd avond. Met kleine golven brak de zee op het basalt. Her en der stonden volwassenen tot hun knieën in het water, twee aan twee, met elkaar pratend en ondertussen hun kinderen in de gaten houdend. Abel keek ernaar, naar die figuurtjes in het water, die hij op de rug zag, naar de zee zelf, die in een trage zwelling rees en daalde. Nog steeds was hij er niet aan gewend om weer buiten te zijn, om het gras weer te voelen.

Een tijdlang keek hij naar twee meisjes in het water die elkaar een bal toe gooiden, twee zusjes die sprekend op elkaar leken. Hij kon ze bijna niet uit elkaar houden. Het was een tweeling. Ze droegen dezelfde badpakken, hun haren waren op dezelfde manier geknipt, hun magere lichamen waren niet of nauwelijks van elkaar te onderscheiden. Maar tot de een voelde hij zich onmiddellijk meer aangetrokken dan tot de ander. Hij probeerde het om te draaien en het meisje dat hem minder aantrok toch aardiger te vinden dan het meisje dat hem het meest aantrok. Maar dat was onmogelijk.

Vanuit zijn ooghoeken zag hij hoe zijn vader naar een echtpaar liep dat onder een parasol zat. De man kwam overeind, stapte van onder de parasol en gaf zijn vader een hand. Het was een vreemd gezicht om twee mannen in zwembroek elkaar een hand te zien geven. Ook de vrouw stond op en gaf zijn vader een hand. Ze stonden te praten, alle drie met hun armen over hun buik gevouwen. Hij keek net zolang tot hij zeker wist dat deze mensen geen kinderen hadden met wie hij, als de vriendelijkheden werden voortgezet, zou moeten spelen. Toen ging hij liggen en las verder in *Patava, de holenjongen*.

Na een halve bladzijde droomde hij weg, luisterend naar het breken van de golven, naar steeds dezelfde lispeling van de zee, en hij lag op een draagbaar van takken, op weg naar huis, nadat tijdens de jacht zijn been door een rotsblok was verbrijzeld. Hij hoorde de dorre bladeren langs de voeten van de dragers ritselen en zag tussen de toppen van de bomen door de hemel, soms overhangende rotsen, soms besneeuwde berghellingen. Dagen en nachten verstreken. Het was een lange tocht. Soms het gezicht van een man die zich over hem heen boog, zijn vader, nee, niet zijn vader, een oom, nee, ook niet een oom, het was een onbekende die voor hem zorgde, een nieuwe vriend.

'Zo, dat was aardig.'

Toen hij zijn ogen half opendeed, zag hij de behaarde benen van zijn vader, de beschamend grote bobbel in zijn zwembroek. Vagelijk hoorde hij zijn vader nog iets zeggen.

'Zo'n uitsloverij,' antwoordde zijn moeder.

Zijn vader zweeg. Abel zag hem van achter, terwijl hij zich voorover boog naar een tas, en zijn blik gleed weer naar zijn geslacht, bungelend in de zwembroek. Zijn vader strekte zich uit in het gras, opende zijn boek. Winston Churchill, las Abel op de rug van het boek. Hij had ontzag voor die naam. Al weken was zijn vader bezig met de memoires van Churchill, elk vrij moment werd besteed aan een van de acht dikke delen.

Hij sloot zijn ogen en lag weer op de draagbaar van takken, koortsig, ijlend. Hoeveel dagen waren ze onderweg? Eindelijk werd hij binnengedragen in een rokerige hut, neergezet bij een vuur. De vlammen verlichtten het gezicht van een oude man, die zich over hem heen boog. Dit moment liet hij zo lang mogelijk duren, en als het te lang duurde om nog geloofwaardig te zijn, herhaalde hij het, liet hij het opnieuw beginnen, en wéér verlichtten dan de vlammen het gezicht van een oude man die voor hem zorgde en van hem ging houden. Het was de medicijnman van de stam. Hij woonde alleen. De man wist hem te genezen, ook al bleef hij kreupel en ongeschikt voor de jacht. Hij hield hem bij zich en begon hem dingen te leren. Steeds weer riep Abel het beeld op van een door de vlammen verlicht gezicht, van een oude man of vrouw (vaak kon hij niet beslissen wat het was), die hem verzorgde en van hem hield en van wie hij ook ging houden, die hem aankeek en die hij durfde aan te kijken, daar, diep in het bos.

'Lieuwe, dat joch staat er gewoon om te sméken,' hoorde hij zijn moeder zeggen. 'Ga nou toch eens iets met hem doen.'

Zijn vader richtte zich op. Ook Abel keek. Bij de paaltjes stond zijn jongste broertje verlangend naar het water te kijken.

'Ik heb dit hoofdstuk zo uit.'

'Nee, nu!'

'Zou je het iets vriendelijker kunnen vragen?'

'Dat heeft geen zin,' antwoordde ze, 'want dat dringt toch niet tot je door.'

'Ik hoor alles wat je zegt.'

'Daar gaat het niet om.'

'Waar gaat het dan om?'

'Dat het niet doordringt!'

Abel zag zijn vader overeind komen, nog een laatste blik in zijn boek werpen en het dichtklappen. Even later waadde Lieuwe Roorda met het joch op zijn arm door het water.

8

Dina trok haar jongste kind op haar schoot en stopte de fles in haar mondje. De zon stond laag, de schaduwen waren lang. Ze hoorde nu elk geluid van de baders: het plonzen, het roepen, iemand die zich languit op het water liet vallen. Honderden meters verderop scheurde een brommer over de strekdam naar het lichtbaken. Verbazend helder klonk het geluid van de knetterende motor, zelfs het opgewonden praten van de jongens op de brommer bereikte haar oren. Vlakbij klonk het verwoede zuigen en smakken van het kind.

Haar oudste lag op zijn zij te lezen, zijn hoofd ondersteunend met zijn gezonde arm. Om hem gerust te stellen kroelde ze even met haar hand in zijn haar. Ze probeerde te genieten van de mooie avond. Eindelijk was ze aan het water, eindelijk was ze er even uit. Maar haar hart bonsde als een bezetene na de zoveelste botsing met Lieuwe.

Vol afkeer volgde ze hem in het water. Eerst speelde hij met de kleine jongen, maar aan zijn bewegingen zag ze dat hij er maar half bij was. Hij legde het zichzelf op om wat met de jongen te doen, maar algauw liet hij hem achter onder de hoede van zijn broertje en zusje en waadde zelf naar dieper water om te zwemmen. Misprijzend bezag ze zijn smalle schouders, zijn voorzichtigheid, het systematische op en neer zwemmen – zelfs in zee wilde hij baantjes trekken. Hij hield zijn hoofd krampachtig boven water, tuitte zijn lippen. Zo zwom hij al toen ze hem, vanuit een zeilboot in het riet, voor het eerst had zien zwemmen. Toen was hij nog jongensachtig. Hij was nog steeds jongensachtig, op zichzelf gericht. Zij was veranderd.

Zonder het kind op haar schoot te laten bijkomen van het heftige drinken zette ze het op de deken naast zich. Doodmoe zakte ze achterover in het gras. Zodra ze lag begonnen de haatdragende gedachten. Ze vergat zelfs haar kind.

Opgetogen was Lieuwe thuisgekomen van zijn middag musiceren. Zijn celliste had hem een 'hondsmoeilijk stuk' voorgezet, dat hij niettemin op het eerste gezicht had weten te spelen. Het mens had ervan staan te kijken. Nou ja, daar ging het natuurlijk niet om, had hij er nog bij gezegd. Nee, daar ging het natuurlijk niet om, dat hij een hondsmoeilijk stuk op het eerste gezicht kon spelen en dat dat mens ervan had staan te kijken. Waar ging het dan wel om? Dat kreeg je nooit te horen. Je hoorde alleen maar hoe goed het hem allemaal was afgegaan. En dan was hij weer druk met het volgende. Die kinderlijke opschepperij, dat vissen naar complimenten. Lang had ze het vergoelijkt. Het was iets kinderlijks waaraan hij zou ontgroeien. Hij had veel in zijn mars – dat kon niemand ontkennen. Hij was een harde werker. Hij had ideeën. Hij kreeg dingen voor elkaar. Maar alles ter meerdere eer en glorie van zichzelf. 'Ja, ze schijnen me nogal graag te willen hebben.' 'Ja, ze schijnen het nogal een goed plan te vinden.' 'Ja, ze schijnt nogal weg van me te zijn.' In de buitenwereld deelde hij uit, thuis leefde hij voor zichzelf. Niet voor zijn kinderen, niet voor haar. Alleen plichtmatig gaf hij, als het niet anders kon, om de lieve vrede te bewaren – zodat hij ongestoord verder kon met zichzelf. Alles afgepast, alles berekend. Handig was hij daarin. Hij had het zelf niet eens in de gaten. Of duwde het weg. Alleen door woedend te worden kon ze hem er nog uit halen, uit zijn cocon. Dan drong er weer even iets tot hem door. Hij bekende schuld. Beloofde beterschap. Een dag later was hij het vergeten. Dan begonnen de handigheidjes weer. Zorgen dat hij ergens niet voor op hoefde te draaien. Zich eronderuit werken. Even aandacht geven, om er dan weer van af te zijn. Doen alsof hij iets wat ze hem had gevraagd had gedaan, terwijl hij het niet had gedaan. Aalgladde praatjes waar ze niet tegenop kon. Aalgladde praatjes, om maar niet te hoeven, om ongestoord verder te kunnen gaan met zijn eigen zaken.

Ze stond er alleen voor. Ze verkilde en voelde in zichzelf de haat ontstaan, de miezerige haat. Ze voelde de jaloezie ontstaan, de miezerige jaloezie. Zijn gynaecologe met cello, zo'n vrouw had hij nodig, zo'n vrouw kreeg een middag lang alles van hem.

Na de laatste bevalling had ze hem gesmeekt haar te helpen, want ze was op. Maar het drong niet tot hem door. Hij vergat het weer. Het gleed langs hem af. Hij wist ook niet hoe het moest: zich in anderen verdiepen. Hij wilde in zijn eigen wereld zijn. Alles wat hem daarvan afhield moest weg. Ze werd ziek van zijn namaakaandacht, van zijn handigheidjes, van zijn doorzichtig bedrog. Na twintig jaar was hij een open boek voor haar. Ze kende hem beter dan hij zichzelf kende. O ja, Dina? Is dat zo? Nooit iets van gemerkt. Zal er eens op letten in het vervolg. Vergat hij weer. Bestond een uur later al niet meer. Intussen voelde ze in zichzelf de haat groeien en zich vastzetten.

Met een woeste beweging richtte Dina zich op. Het kind lag naar de avondhemel te kijken en leek volmaakt tevreden. Haastig nam ze het in haar armen. Terwijl ze het hoofdje tegen haar schouder drukte, zag ze in de verte Lieuwe zwemmen. Nog steeds trok hij zijn baantjes, zijn hoofd krampachtig boven water houdend.

Soms, midden in de nacht, als ze wakker lag, begon er zich iets in haar te roeren. Een kracht. Een wil. Het was iets wat haar dreigde te overweldigen. Het was zo angstaanjagend dat ze opstond en in de badkamer haar polsen onder de koude kraan hield. Soms hielp het. Soms kwam het terug zodra ze de donkere slaapkamer weer binnenging en Lieuwes ademhaling hoorde. Nu begon ze die kracht op klaarlichte dag te voelen.

Dina richtte al haar aandacht op haar kind. Ze snoof de geur van de babyzeep op. Zolang ze de kleine koesterde, kon haar niets gebeuren, meende ze. Maar ook het kind kon haar niet meer beschermen. Het kwam omhoog. Ze dacht aan haar ouders, het zomerhuis in de duinen, de koekoek die ze daar had gehoord op avonden net zo sereen als deze. Maar het bleef omhoogkomen. Ze vouwde haar handen op de rug van het kind en probeerde een simpel Onzevader te bidden. Maar ze kon niet op de woorden komen.

Ze kuste het kind, ze streelde het haar op haar hoofdje en probeerde niet te zien wat ze zag: Lieuwes handen, nerveus en onhandig in de weer met een condoom, zijn geslacht dat ze niet durfde aan te raken, de handen van Jongepier, het boekje van Tolstoj in zijn grote handen, hoe hij dat had vastgehouden, het zo ver mogelijk van zich af houdend. De eerste woorden van het Onzevader vielen haar in. Terwijl ze ze opzei, kwamen de volgende. Zolang ze het gebed reciteerde, voelde ze zich beschermd, tegen de beelden, tegen die verwoestende kracht in haar die naar boven wilde komen. Ze ging op haar knieën zitten, het kind koesterend, de woorden van het Onzevader herhalend. In de verte scheurde de brommer weer over de strekdam.

9

'Ze gaan die doelen in het water leggen.'

'Met een anker eraan. Een touw met een steen, denk ik. Of twee touwen met stenen. Dat is beter. Want dan kan hij niet draaien.'

'Wham! Daar gaat ie!'

Vanaf de hoge sluis sloegen de twee broers het schouwspel gade. Eerst was er een mysterieuze activiteit geweest op de kanaaloever: grote en breedgeschouderde kerels in zwembroek liepen daar rond, met een soort mutsje op hun hoofd dat bij sommige wit was en bij andere zwart. Ze verdwenen achter de badhokken en kwamen tevoorschijn met twee witte gevaartes, die ze naar de steiger droegen en in het water smeten. Stil voortglijdend, als zwanen, dreven ze weg van de steiger. Er werd ook een kluwen touw met witte en rode drijvers in het water geworpen en uitgerold. Weldra lag er in het kanaal een waterpoloveld met twee doelen. De kerels met de zwarte en witte mutsjes waren de een na de ander met een lome plof in het kanaal gedoken. Een stel ballen was hun achternagetrapt en met een vette pets op het water geland.

In het kanaal, tussen de lijnen van het speelveld, vlogen nu de ballen in bogen van hand tot hand, licht en snel, in steeds andere patronen. Er knalde een bal op het houtwerk van een van de doelen. Een andere vloog over het doel heen en landde vlak voor de sluis. Vol ontzag zagen ze een speler naderen. Vlak voor hen draaide hij zich op zijn rug, bracht zijn tenen onder de bal en wipte hem met een boogje over zichzelf heen, waarna hij zich op zijn buik draaide en de bal tussen zijn crawlende armen voor zich uit dreef.

Een kwartier later was de wedstrijd begonnen. Op de ene oever van het kanaal stond een rij auto's in de berm geparkeerd, de portieren aan de kanaalkant geopend. De toeschouwers zaten in het gras, sommige op klapstoelen. Bedeesd zochten de jongens daar een plek.

Abel volgde de bal, die van hand naar hand vloog, keek naar de opkomende aanvallers en zag hoe ze de verdedigers insloten voor het doel en de bal rond lieten gaan. Soms verdween een van de aanvallers, op de huid gezeten door een verdediger, brullend onder water. Schitterend vond hij het dreigen met een schot: de bal op de hoog uit het water geheven hand laten bewegen, terwijl de keeper in zijn doel, nerveus watertrappend, omhoogkwam uit het water – en hem dan afgeven, of toch schieten. Het mooiste schot: de bal venijnig op het water laten stuiten, zodat hij vlak voor de keeper opsprong en over zijn uitgestrekte arm heen vloog. De keeper die onder de lijn van het speelveld door dook en wegzwom in het kanaal om de over zijn doel gevlogen bal op te halen. Toen een van de spelers tot vlak bij de oever kwam om een bal op te pikken, bevreemdde het Abel haast dat hij zomaar iets zei tegen een van de toeschouwers.

Pas door het wijzen van mensen om hem heen kwam hij ertoe zich om te draaien. Achter de geparkeerde auto's zag hij de rode Renault en zijn vader, die het portier had geopend en hen riep. Nog een paar seconden bleef hij zitten, toen kwam hij overeind. Hij hoefde maar één blik in de auto te werpen of hij voelde de spanning die daar hing. Iedereen zweeg.

'We willen zó graag blijven,' zei hij. 'Mogen we blijven?'
'Geen sprake van,' riep zijn moeder.
'Het is de eerste avond dat ik weer buiten ben!'
'Jullie hebben genoeg kunnen kijken!'
Achter zijn rug klonk gejuich. Hij had een doelpunt gemist! Hij keek over zijn schouder en zag nog net hoe de keeper met een moedeloos gebaar de bal uit het net viste.
'Wij lopen wel terug, mam,' zei hij smekend.
'Ben je nou gek geworden?'
'Toe Dina,' suste zijn vader, 'laat die jongens nog even blijven. Ik breng eerst jou en de kleintjes naar huis en dan rij ik terug om de jongens op te halen.'
'Ik wil niet dat die jongens hier alleen achterblijven.'
'We zitten hier gewoon tussen de mensen, hoor,' riep Abel woedend.
Er viel een stilte. Achter zijn rug was de wedstrijd hervat. In de auto leek zich een explosief mengsel te vormen. Hij hoorde een snik van zijn moeder, ze haalde haar neus op.
'Nou jongens,' zei zijn vader, 'laten we ma maar een plezier doen. Er komt nog wel eens zo'n wedstrijd.'
Zijn broer opende het portier en stapte in. Abel liep achter de auto langs, eerst nog een paar meter ervandaan, om te sarren, toen stapte hij ook in. De auto reed langs het kanaal.
'Waarom mag ik niet blijven,' schreeuwde hij. 'Waarom niet?'
Hij sloeg zijn moeder. Toen ze wegdook, legde hij zijn gezonde arm om haar hals, hij trok haar achterover en paste een verwurging toe die hij op de judomat had geleerd. Ze schreeuwde het uit van schrik. Ze vocht om los te komen. Hij hield vast, hij wurgde haar.
Met slingerende bewegingen kwam de auto in de berm tot stilstand. Zijn vader greep hem bij zijn haren. Abel moest loslaten. In een flits zag hij zijn moeder uit de auto stappen en de lage dijk aan de kant van de weg beklimmen, haar gestalte tussen de populieren. Het huilende kind had ze zijn vader in de armen geduwd. Samen met de anderen zag hij haar verdwijnen.

Opeens was het stil in de auto. Zelfs het kind hield van schrik op met huilen. Met z'n allen staarden ze naar de plek waar Dina was verdwenen. Passerende fietsers keken om naar de auto, die scheef en met een openhangend portier in de berm stond.

10

Vlak voordat de catastrofe zich voltrok, vlak voordat hij zijn kinderen in paniek zag staren naar het dijkje waarachter hun moeder was verdwenen, was Lieuwe Roorda met zijn gedachten bij een passage in Churchills memoires geweest: hij had geprobeerd zich te herinneren hoe hij zélf als veertienjarige het begin van de oorlog had beleefd, wat er toen precies in het dorp was gebeurd, tegelijkertijd had hij medelijden met die twee sip kijkende jochies achter in de auto, die van hun waterpolowedstrijd waren beroofd, hij zag de schaduw van de populieren over de auto glijden en achter dat alles lag, als een soort geluk, de herinnering aan de klank van de Guarneri.

In zee, heen en weer zwemmend voor de kust, had hij teruggedacht aan de middag, aan de vleugel waaraan hij had gezeten, aan mevrouw de gynaecologe, zoals hij haar noemde, met haar cello. Bij het eerste doorspelen van de sonate was hij nerveus geweest, zijn vingers trilden, en met de nodige missers en uitglijders had hij zich erdoorheen gewerkt. Maar bij het tweede doorspelen was het al stukken beter gegaan en daarna was er bij vlagen die betovering. Terwijl hij zwom, herinnerde hij zich de celloklank. Ze bezat een uitzonderlijk mooi instrument, voor een kapitaal bedrag gekocht van een cellist van het Concertgebouworkest die na een ongeval het spelen had moeten opgeven. Een veel te mooi instrument voor mij, zoals ze niet moe werd te zeggen. Aanvankelijk had het hem geïmponeerd. Daar zat hij toch maar, in een groot herenhuis, aan een Steinway met een Guarneri aan zijn zijde. Hij was in een roes geraakt. Wanneer het samenspelen lukte, wanneer het begon te stromen, had hij moeten blozen. Ongemerkt waren ze elkaar gaan tutoyeren. Een paar maal had de punt van haar strijkstok op zijn bladmuziek gerust om aan te wijzen. Ze drong op. Toen had hij zijn rug gerecht en de leiding genomen. Maar na afloop, nadat de statige voordeur achter hem was gesloten, had hij zich een schooljongen gevoeld, een beetje geslagen, en dat had hem geërgerd. Waarom geslagen? Toch weer de mindere? Maar waarom?

In zee was het van hem af gegleden. Alleen de klank was gebleven, de stralende klank van de Guarneri, die hij was blijven horen, alsof hij er geen afscheid van kon nemen, en gebleven was ook hoe zij veranderde als ze speelde: ze probeerde een mevrouw te blijven, maar het lukte haar niet, en bij vlagen had hij in haar gezicht een ander gezien, misschien het meisje dat ze was geweest. Maar bovenal de Guarneri, het mysterie van zo'n oud instrument, de reis die het in twee eeuwen door Europa had gemaakt, van de ene eigenaar naar de andere. Hij wilde per se de cello nog eens horen.

Toen hij opgefrist weer aan land kwam, had hij meteen gezien dat het niet goed ging met Dina. Ze had hem woedend aangekeken. Het ging al tijden niet goed met haar. Wanneer hij ernaar vroeg, voorzichtig, wilde ze er niet over praten. Ze zat op haar eiland. Hij mocht haar ook niet aanraken, ze weerde hem af.

In de auto, overhellend in de berm, met de jongste in zijn armen en Dina's lege stoel naast zich, in het pandemonium van huilende en schreeuwende kinderen, voelde hij dat dit de catastrofe was waarvoor hij al tijden had gevreesd. Een ogenblik onderging hij dezelfde paniek als zijn kinderen. Maar hij drong het weg. Nu moest hij haar aanpakken. Hij liet zijn kinderen uitstappen en plaatsnemen in het gras. Hij gaf de jongste aan Abel en beklom zelf het dijkje om in de daarachter gelegen boomgaard zijn vrouw te zoeken.

11

's Avonds laat hoorde Abel vanuit zijn bed en donkere kamer de voetstappen van een vreemde in de gang en herkende hij de stem van dokter Jongepier. Hij hoorde zijn vader en de dokter de trap op lopen naar de eerste verdieping, waar zijn moeder zich bevond.

Urenlang had hij zijn ouders heen en weer horen lopen boven zijn hoofd. Op het beton lag maar een dunne vloerbedekking. Elke stap kon hij horen: een doffe bons. Hij kon de stemmen van zijn vader en moeder onderscheiden, die van zijn moeder het duidelijkst. Er vielen stiltes, dan laaide de woordenwisseling weer op, er was een druk geschuifel van voeten, er viel iets stuk, de balkondeur werd opengesmeten, er klonk geschuifel op het balkon, als in een worsteling, en toen was de deur hardhandig dichtgetrokken en op slot gedraaid en hadden de voetstappen weer boven zijn hoofd geklonken.

De komst van de dokter luchtte hem op. Tegelijkertijd was het een bevestiging van het onheil.

Na een halfuur vertrok hij weer. Abel hoorde hoe de benzine slurpende Cadillac werd gestart en in z'n achteruit naar de hoek van de straat reed. De voordeur werd gesloten. Hij had zijn vader willen roepen toen die langs zijn kamer liep, maar hij durfde het niet.

Niet veel later hoorde hij zijn ouders de trap naar de bovenste verdieping op lopen. Vaag en ver verwijderd klonken nu hun geluiden, en toen werd het stil en was hij alleen in deze uithoek van het huis, een klein vertrek dat door de architect als 'hobbyhok' was bedoeld.

12

In het donker hield hij het niet uit. Hij knipte de bedlamp aan en zag aan de rand van de lichtkring het 'ziekentafeltje' staan dat zijn moeder voor hem had ingericht: de oude radio, waarvan hij zich voorstelde dat die in de oorlog onder de vloer had gestaan ('s avonds werden enige vloerplanken gelicht en luisterde men, in een kring gezeten, naar de uitzendingen uit Londen), boeken, medicijnen, de thermometer, de kandelaar, die tijdens de eerste dagen in zijn verduisterde kamer de enige lichtbron was geweest, de kop thee die zijn moeder hem vanmiddag had gebracht – en die hele opstelling leek opeens te behoren tot een andere tijd, de tijd waarin alles nog goed was.

De angst hield hem klaarwakker, de herinnering aan wat hij in de auto zijn moeder had aangedaan en wat hij had veroorzaakt, hoe zijn moeder was teruggekomen uit de boomgaard, afwezig, niet langer moederlijk, niet langer de geruststellende vanzelfsprekendheid die zijn leven omvatte. Lange tijd zat hij rechtop in bed en luisterde.

Om zijn angst te bezweren pakte hij ten slotte de leesportefeuille. Uit de tijdschriften koos hij een weekblad dat door zijn vader minachtend een sensatieblad werd genoemd en in die stille augustusnacht verslond hij het verhaal over de moord op Kennedy.

Dit was het eerste wereldnieuws dat, bijna een jaar geleden, tot hem was doorgedrongen. Toen hij op een ochtend bovenkwam, trof hij zoals altijd zijn vader in pyjama bij de eettafel waarop twee kranten lagen uitgespreid. In de keuken stond een ketel water op het gas. Zijn vader verkeerde in een voelbaar grote opwinding, maar zei niets. Aandachtig, met zijn vingertoppen op tafel steunend, las hij de kranten. Wat is er gebeurd, had Abel hem ontzet gevraagd. Lees maar, had zijn vader geantwoord zonder zijn blik los te maken van de krant. Abel had de koppen gelezen en de foto's bekeken: de open limousine met de getroffen president en zijn vrouw, de veiligheidsagenten die op de achterbumper waren gesprongen. Elders in de kranten had hij meer foto's gezien: vicepresident Johnson, die een paar uur na de aanslag in een vliegtuig de eed uitsprak die hem tot de nieuwe president van Amerika maakte. Hoe kan dit, had hij zijn vader gevraagd. Het wilde maar niet tot hem doordringen dat zelfs de machtigste man in het machtigste land ter wereld kon worden vermoord.

In het sensatieblad las hij nu de reconstructie van de aanslag. Het was een lang artikel met veel foto's. Er was de foto waarop de vermoedelijke dader Lee Oswald tussen zijn bewakers in door de nachtclubeigenaar Jack Ruby werd neergeschoten. Ruby die uit het publiek kwam met zijn pistool, Oswald die ineenkromp. Zo zag het eruit als iemand werd neergeschoten. Het woord 'nachtclub' bleef een ondoordringbaar geheim. Maar wie een nachtclub bezat, moest wel van laag allooi zijn. Er was het 'zalmkleurig mantelpakje' dat Jacqueline Kennedy had gedragen. Zij zat naast haar man toen de 'dodelijke schoten' werden gelost, toen de kogels zijn hoofd binnendrongen. Later waren er stukjes van zijn hersens op haar mantelpakje aangetroffen. Kleine klodders op de zalmkleurige stof. Steeds keerde hij terug naar die zinnen – hij wist precies waar ze stonden, in welke kolom, op welke pagina – en herlas ze.

Onder het artikel waren in stroken tientallen beeldjes uit een amateurfilm afgedrukt. Een man had het fatale deel van de rijtoer in Dallas met zijn camera vastgelegd. Op die beeldjes zag je de limousine met de president en zijn vrouw op de achterbank. Ze zwaaiden naar het publiek. Dan zag je hoe de president werd getroffen. De paniek van zijn vrouw. Hoe ze uit de auto probeerde te klimmen naar een veiligheidsagent op de achterbumper. Met zestien beeldjes per seconde was het allemaal vastgelegd.

Abel liet zich uit bed glijden en luisterde. Hij opende de deur naar de donkere studeerkamer, ging naar binnen en vond op de tast op het bureau, in de bamboebeker met ballpoints en potloden, het vergrootglas. In bed boog hij zich met het vergrootglas over de filmbeeldjes. De auto, de president en zijn vrouw op de achterbank, het zalmkleurig mantelpakje van Jacqueline, de schittering van het zonlicht op de carrosserie van de limousine, het groene gazon. Nauwkeurig bekeek hij op elke foto het hoofd van de president, tot hij het moment gevonden meende te hebben: hier zwaaide hij nog naar de mensen langs de weg, en daar waren de kogels in zijn hoofd gedrongen en was zijn schedel verbrijzeld. De hersens waren eruit gespat.

Het was of hij iets verbodens had gedaan door zo nauwkeurig te kijken, door het te willen zien. Maar het viel niet meer uit te wissen. Hij had het gedaan, hij had het gezien.

DEEL VIER

1968-1969

I

ZAGERS STEKEN

1

Meneer Wisse kwam aanrijden in een helrode Renault Dauphine en stopte pal onder het bord 'Zagers te koop', dat sinds jaar en dag aan de schuur achter zijn huis hing. Marinus zat al voorin bij zijn vader. Het was een kleine en oude auto, maar Marinus glunderde van trots. Abel en Irma Wisse stapten achterin. Het was een zaterdag in september. Meneer Wisse had uit België een bestelling gekregen voor een grote partij zagers.

Het was vreemd voor Abel om weer in gezelschap van de Wisses te zijn. Vier jaar lang had hij ze alleen uit de verte gezien en niet gesproken. Meneer Wisse was nog steeds bode op het stadhuis met een karig loon en deed er van alles naast om zijn grote gezin te voeden. Marinus was een mooie jongen geworden. Hij zat op de ambachtsschool. Hij keek naar de meiden en de meiden keken naar hem, een lange en sterke jongen met glanzend zwart haar en een broeierige blik. Hij had een tic ontwikkeld: voortdurend wierp hij met een ruk van zijn hoofd zijn recht naar voren gekamde haren opzij. Nog voordat ze de stad uit waren had Abel het geconstateerd en ook dat de ogen van zijn vroegere vriend nog steeds wegdraaiden als je hem aankeek en dat hij het liefst langs je keek als je met hem sprak. Irma Wisse zat nu bij hem in de klas – ze was blijven zitten – maar ook haar had hij jarenlang alleen van afstand gezien.

Nu zat ze naast hem op de achterbank van de Renault Dauphine in een korte broek en met halfhoge rubberlaarzen. Zelf droeg hij ook laarzen. Hij zat met opgetrokken knieën. De Dauphine was bespottelijk klein en laag.

'Heeft je vader deze auto gekocht?' vroeg hij voorzichtig.

'Voor een gezin met acht kinderen zou dit wel een beetje klein zijn,' antwoordde Irma met een glimlach.

'Het is in elk geval wat.'

'Papa kan af en toe een auto lenen van de garage. Hij doet daar de tuin. Zo kan hij zijn autorijden ook wat bijhouden. In Indië heeft hij allemaal hoge officieren rondgereden.'

Het meisje boog zich naar voren.

'Ja toch, papa, in Indië heb jij toch allerlei officieren rondgereden?'

'Hoge omes,' riep meneer Wisse.

Het was het enige wat hij erover kwijt wilde. Marinus wierp met een ruk zijn haren opzij. Irma bloosde. Abel begreep niet waarom ze bloosde en voelde zich nog meer een vreemde in de auto. Om zich te herstellen keek Irma hem met een vriendelijke glimlach aan.

'Eindelijk ga je zagers steken,' zei ze.

Hij zag dat ze een licht dons op haar bovenlip had.

Ver van de stad hobbelde de auto over een onverhard pad tussen de aardappelvelden. Aan de voet van de dijk stapten ze uit. Ze bevonden zich op een deel van het eiland waar Abel nog nooit was geweest. Een zachte, suizende wind deed het gras buigen. Er was geen mens te bekennen. Aan de andere kant van de dijk lag het slik te glanzen, kilometers ver, doorsneden door geulen. Met spitvorken en spades over hun schouders liepen ze het slik op. Irma droeg een tas met proviand.

Vijf, zes uur aan één stuk werkten ze op het slik, steeds verder van de dijk. In het begin ging het Abel gemakkelijk af, maar na een uur begon hij zijn rug te voelen. Hij ging op zijn hurken zitten bij het blik met wormen om zijn rug te strekken of rekte zich uit en vouwde zijn handen achter zijn hoofd. Irma hield dan ook even op met werken. Ze was een sterk meisje. Op school werd gezegd dat ze een 'zwaar onderstel' had. Het kwam haar nu van pas.

Een tijdlang werkten ze bij een diepe geul waarin nog maar een klein laagje water stond. De natte oevers glansden in de septemberzon. In de verte stonden vogels op het slik. In de verte trilde ook de warme lucht.

Hij werd die middag ook getroffen door de manier waarop ze 'papa' zei. Ze zei het lief, met een restant van kinderlijkheid erin, ook al was ze al zeventien. Het klonk koesterend en beschermend. Papa. En vertrouwelijk. Papa, jij hebt toch in Indië... En ook alsof ze gelijken waren. Papa, wil jij straks... Papa, wil jij nu... En zo nodig nam ze hem in bescherming tegen zichzelf. Papa, wil je nu echt... Papa, kun je niet beter... Elke keer als ze die middag het woordje 'papa' uitsprak doortrilde het Abel. In dat ene woordje hoorde hij ook dat ze haar vaders lieveling was.

Tegen het eind van de middag stonden ze weer bij de Renault Dauphine. De bemodderde laarzen werden op kranten in de kattenbak gelegd om in de auto de vloermatten niet te bevuilen. Ze waren moe en bezweet en niet erg spraakzaam meer. Alleen Marinus bleef maar doorgaan met zijn kolder. Hij kan geen minuut zijn mond houden, zei meneer Wisse. De man had zijn onderhemd uitgetrokken en veegde er het zweet mee van zijn gezicht en bovenlijf. Abel keek naar dat nog gespierde bovenlijf en probeerde er Indië in te zien. Maar hij zag alleen de bruine huid. Toen hij weer in de Dauphine kroop had hij een sigaret van meneer Wisse tussen zijn lippen. Marinus had hem het pakje van zijn vader toegeworpen en hij had er eentje mogen nemen.

Onderweg naar de stad was hij stil. Irma zat naast hem in haar korte broek, met haar blote voeten en bemodderde kuiten. Haar zwarte haar plakte aan haar voorhoofd. Nog een paar keer leunde ze naar voren en sprak het woordje dat hem doortrilde. Papa. Vriendelijk keek ze hem aan met haar donkere, lome ogen. Het was of ze alleen maar vriendelijkheid en nog meer vriendelijkheid had te geven. Abel wist niet goed meer wat te zeggen. Hij leunde achterover. Het was of de stilte en de weidsheid van het slik in hem zaten.

'Eindelijk zien we je weer eens.'

Abel trof mevrouw Wisse in de moestuin achter het huis, waar ze zich oprichtte uit haar gebukte houding om hem te begroeten. Hij gaf haar een hand. Hij zag mevrouw Wisse elke week in de kerk, maar ook met haar had hij jaren niet gesproken. Ze was nog dezelfde, zoals hij snel merkte. Monter, opgewekt, voortdurend grappen aan het maken, hem uitdagend. Zijn sympathie voor haar was ook nog dezelfde. Na vijf minuten al was ze hem weer vertrouwd. Sterker opvallend dan voorheen was alleen haar altijd al licht gebogen rug.

'En hoe gaat het met je handtekeningenactie?' vroeg ze.

'Mama, je mag er niet mee spotten,' zei Irma. 'Ik vind het zo goed dat die jongens dit doen.'

'We zijn de tienduizend handtekeningen voorbij,' zei Abel. 'Elke dag komen de enveloppen en de dozen binnen. We willen de twintigduizend halen.'

'En wat ga je er dan mee doen?' vroeg mevrouw Wisse, terwijl ze de peuter die zich aan haar been vastklampte over zijn haar streek.

'We gaan ermee naar de ambassade.'

Mevrouw Wisse lachte vrolijk.

'En jij denkt dat je zomaar binnenkomt in een ambassade?'

'Dat gaat ons lukken,' zei Abel zelfverzekerd.

'En waarom denk je dat dat je gaat lukken?'

'Ik ben goed aan de telefoon. Dat heb ik de afgelopen weken wel gemerkt. Ik lul me overal naar binnen.'

In de grote, zwart geteerde schuur met zijn schuifdeuren op rails was niet veel veranderd. De motor van meneer Wisse stond er nog. De duiven waren er nog. Er lagen nog steeds stapels oude kranten – nu waren het de jongere broers en zussen van Marinus die ze ophaalden en wegbrachten om er enkele guldens mee te verdienen. Hij kreeg een fles bier in zijn handen gedrukt door Marinus. Op de schouders van meneer Wisse, die gehurkt bij de op kranten uitgestrooide zagers zat, streken twee blauwgrijze duiven neer.

Vanuit de schuur wierp Abel een blik op mevrouw Wisse, die weer in de moestuin aan het werk was, en hij vroeg zich af of ze nog steeds elke nacht door haar man werd genomen. Ooit had hij dat opgevangen uit een gesprek van zijn vader en moeder, nadat zijn moeder mevrouw Wisse in de stad was tegengekomen en lang met haar had staan praten. 'Hij wil elke nacht met haar.' Het had verontwaardigd geklonken. Terwijl hij naar haar voorovergebogen lichaam tussen de planten keek, probeerde hij het zich voor te stellen: mevrouw Wisse en haar man in bed, 's nachts. Maar hij kon het zich niet voorstellen. Aan geen van de volwassenen kon hij afzien dat ze zich 's nachts met elkaar verstrengelden.

Irma kwam naar hem toe lopen over het tuinpad in haar korte broek en op blote voeten. Haar benen had ze inmiddels gewassen. Hij miste ze haast, die moddersporen.

2

'Zo stond Odysseus… eh… op het punt zich te mengen… eh… onder de maagden… nee… eh… onder de meisjes… met de mooie vlechten… *gumnos per eoon*… eh… hoewel hij naakt was. Want de nood dwong hem. *Smerdaleos*… eh… verschrikkelijk zag hij eruit… eh… ja… eh… toegetakeld door de zee… en zij stoven uiteen… naar alle kanten… eh… ja, het volgende, daar kwam ik niet helemaal uit… zoiets als: de in zee stekende landtongen op… eh… maar alleen de dochter van Alkinoös bleef staan…'

Juffrouw Verwey liep heen en weer voor het bord, haar Homerus opengeslagen op haar linkerhand, die ze voor haar platte borst had geheven, in haar rechter hield ze een zakdoek die ze van tijd tot tijd tegen haar neusgaten en het verfrommelde vlees van haar bovenlip drukte. Ergens in het lokaal was een jongen bezig het verhaal van Odysseus en Nausikaä te vertalen.

Abel hing op zijn tafel, zijn hoofd ondersteunend met zijn hand. De legerpukkel die hem tot schooltas diende lag in de vensterbank naast hem. Regendruppels gleden over de ramen. Hij gluurde naar Watse Postma, die achter hem zat, en naar Job Verstraete, van wie hij alleen de rug kon zien. Iedereen hield zich rustig in dit lesuur na het warme middagmaal. De jongens uit de dorpen hadden hun broodtrommels leeggegeten, de plastic trommels staken uit hun tassen.

Van tijd tot tijd klonk de geknepen stem van juffrouw Verwey, die Homerus' hexameters voorlas, uitleg gaf, de stuntelende jongen voorthielp. Werktuiglijk propte ze het zakdoekje in de mouw van haar vest en haalde het weer tevoorschijn om haar altijd vochtige neusgaten en bovenlip te deppen. Soms zag hij haar tong bewegen in haar mond, boven de vochtige, ver uitstekende onderlip. Dan dekte het zakdoekje alles weer af. Hij probeerde zich het open gehemelte voor te stellen waarmee ze was geboren. Had ze dat nog steeds? Of hadden ze het toch dicht gekregen? Als kind was ze in Wenen geopereerd, wist hij van zijn vader. Haar vader was een Amsterdamse arts geweest, die zijn patiënten nog in een koetsje had bezocht.

Zijn blik gleed naar de rug van Irma Wisse. Onder haar strak gespannen truitje zag hij de sluiting van haar bh, dat harde dingetje dat hij tijdens de dansles onder zijn vingers voelde. Hij herinnerde zich hoe ze op het slik hadden gestaan in de zachte, suizende wind, de hele middag, hoe volmaakt alles toen was geweest... De diepe geul in het slik, kronkelend... Nat glanzend waren de brokkelige oevers, zoiets zou Homerus zeggen... De koe-ogige Hera... Hoe hadden die Grieken een godin koe-ogig kunnen noemen? Was dat een schoonheidsideaal? Hadden ze toen een ander soort koeien met een ander soort ogen? Hij probeerde het zich voor te stellen: een koe-ogige vrouw. Fluweelzachte en lome ogen. Onwillekeurig dacht hij nu aan Irma, aan haar lome blik.

De regen kletterde tegen de ramen. Waar waren in godsnaam zijn jassen gebleven? Waar had hij ze laten liggen? Afgelopen zaterdag was hij na het laatste uur in de lege garderobe langs alle haken gelopen. Er hingen nog een paar jassen, maar de zijne waren er niet bij. Bij Watse. Lag er daar een op zolder? Toen hij bij Watse achter op de brommer door de polders was gereden, op zoek naar planten voor de biologieles, had hij zijn jack aangehad. Toen had hij het dus nog. Zijn winterjas was hij gaan dragen nadat het jack was verdwenen. Ook die winterjas was hij nu kwijt.

Hij keek op. Met stemverheffing las juffrouw Verwey de hexameters, nadrukkelijk scanderend, opgetogen.

'O, dit vind ik altijd weer zo prachtig,' riep ze met meisjesachtig enthousiasme. 'Homerus heeft dit zo beeldend beschreven! Nausikaä en de meisjes op het strand, ze spelen een balspel, nadat ze de kleren van hun vaders en broers hebben gewassen in de rivier en zelf een bad hebben genomen. De aangespoelde en slapende Odysseus die wakker wordt door hun stemmen en uit het struikgewas tevoorschijn komt, zijn naaktheid met een tak van een struik bedekkend. Vreselijk was hij om te zien, staat er. Er kleefden zoutkorsten aan zijn lichaam, stel ik mij altijd voor, en misschien zaten er wel strengen wier in zijn haar. Natuurlijk vluchten de meisjes weg als ze hem zien! Stel je voor! Alleen Nausikaä blijft staan, zoals het de dochter van een koning betaamt.'

Haastig trok ze het zakdoekje uit haar mouw en opgewonden door het spreken depte zij haar neus en lippen.

Abels blik was afgedwaald naar Antona Duvekot, die in haar schrift schreef en dat deed met haar linkerhand. Hij móést kijken wanneer iemand met links schreef. Voor linkshandigen voelde hij altijd sympathie, vooral als het meisjes waren. Watse, zijn beste vriend, was links. Antona was links. Omdat ze met haar linkerhand haar Griekse woordjes noteerde, kon hij de linkerhelft van haar gezicht zien: de mooi gebogen neus, haar zwarte wenkbrauwen, haar aandachtige gezicht. Zijn blik gleed naar haar kuiten onder de stoelzitting, naar de kuiten van Irma, en hij herinnerde zich de geur die meisjes achterlieten in de kleedkamer van het gymlokaal: een lauwe, weeë lucht. Hij keek naar de regen, de grijze hemel, en zag bemodderde kasseien voor zich, de bemodderde kasseiwegen van Parijs-Roubaix, de 'hel van het noorden'. De renners zaten bij aankomst van top tot teen onder de modder... In de laatste bocht uit het zadel komen en aanzetten voor de sprint... Ik was zo woest, ik kon mijn stuur wel doormidden bijten... Stampen, stampen... Het snot op je lippen... De dranghekken flitsen voorbij... De mensen hangen er schreeuwend overheen... De stem uit de luidsprekers... Alles nu, alles!

'Abel, zou jij verder willen vertalen?'

Snel gleden zijn ogen over de tekst. Waar, in godsnaam, waren ze gebleven?

'Abel?'

'...'

'Abel, zou jij verder willen vertalen?'

'...'

'Abel?'

'Door wat u net vertelde ben ik er even helemaal uit, juffrouw. Odysseus met dat wier in zijn haar.'

'O, wat leuk dat het je aanspreekt!'

'U vertelde het ook zó beeldend, juffrouw.'

Er werd gegniffeld. Dat was een intikker, te gemakkelijk haast.

'Ja, hou maar op, Roorda!'

De deftige stem van Job.

'Sodemieter op, Verstraete!'

'Juffrouw, de jongens plagen me weer!'

Watse, die een zeurderig kinderstemmetje nadeed. Gealarmeerd trok de lerares zich terug op het podium voor in de klas. Het spel was begonnen. Met z'n drieën zouden ze juffrouw Verwey helemaal zoekspelen. Soms stond ze met haar rug naar haar leerlingen toe te bidden om zichzelf en de wanorde in de klas de baas te worden.

'O, de meisjes, de meisjes!'

Na schooltijd herhaalden ze lachend de woorden van de lerares Grieks, haar deftige stem imiterend.

'De meisjes, de meisjes!'

Op hun fietsen, slingerend over de weg, riepen ze het elkaar toe. Ze reden de bekende route van school naar het huis van de Verstraetes aan het water van de Oostsingel. Een statig huis met een erker tussen andere statige huizen, uitziend op het zwarte water van de singel en de stadswal aan de overkant. Achter elkaar klosten ze de trap op, naar de eerste verdieping, waar mevrouw Verstraete de thee uitschonk. Ze hingen een tijd op de bank. Eindelijk vertrokken ze naar zolder, naar Jobs kamer. Daar barstten ze nog eens los.

'Nausikaä!'

'Ja, ja.'

'Alle meisjes sloegen op de vlucht.'

'Alleen Nausikaä bleef staan.'

'Zoals het de dochter van een koning betaamt.'

Ze prepareerden vijfentwintig regels Homerus voor de volgende dag. Job zat in kleermakerszit op zijn bed en bediende het woordenboek. Watse hing in een lage leunstoel, links schrijvend en steeds ook zijn linkeroor naar voren draaiend, want aan zijn rechter was hij doof – door een ongeluk op Nieuw-Guinea, waar hij zijn kinderjaren had doorgebracht. Zo mogelijk nog verder onderuitgezakt lag Abel in zijn stoel. Hij vertaalde het liefst 'puur op intuïtie' – van grammatica had hij net zo'n afkeer als van de voorgeschreven vingerzetting bij het pianospelen – en hij was trots als hij de betekenis van een woord wist te raden voordat het in het woordenboek was gevonden.

De schuine dakwand boven Jobs hoofd was beplakt met pagina's uit een muziekblad dat in het verre Amsterdam werd gemaakt. In het blad stonden foto's van langharige muzikanten en hun meisjes, die steevast chicks werden genoemd en hun haar voor hun ogen lieten vallen. Meisjes met ontblote borsten waren er ook bij, bleek en lijdzaam, steeds met dat druilerige lange haar half voor hun ogen. Ergens hing een pagina met een naakt meisje. De hele oplage van het nummer met deze foto was door de politie in beslag genomen en vernietigd. Verborgen achter haar haren, een zonnebril koket op de punt van haar neus, lag het meisje op een divan, gehuld in hasjdampen. Haar donkere schaamhaar contrasteerde met haar bleke huid. De afdruk van de foto op het krantenpapier was zo slecht dat het schaamhaar leek op te lossen in de drukinkt.

Onder het vertalen ging Abels blik naar de foto van het meisje op de divan, naar de andere foto's. Job was een jaar ouder dan hij en voorzitter van de schoolclub. Hij kwam al in het oproerige Amsterdam. Hij had meegelopen in een demonstratie. Job sprak over de 'verkalkte autoritaire structuren in de maatschappij'. Job had van hen drieën het langste haar. Het imponeerde Abel vooral dat hij in Amsterdam kwam. Liftend ging hij ernaartoe. Sliep bij een van zijn broers op de grond. Hij zag Job voor zich in studentenkamers, die hij zich alleen als chaotisch kon voorstellen, Job in kleermakerszit op de vloer bij een vergadering van studenten. Ook Amsterdam zelf kon hij zich alleen maar voorstellen als chaotisch. Politiemannen op paarden die er met de wapenstok op los sloegen. In brand gestoken en omvergeworpen auto's. Straten vol met schreeuwende langharigen. Overal chicks. Overal ratelende stencilmachines waarop pamfletten werden gedrukt. Happenings waarbij ook weer dingen in brand werden gestoken.

Job kwam al in Amsterdam, maar het plan voor de handtekeningenactie was van Watse en hem. Een van hun vele wilde plannen. Dit plan hadden ze ten uitvoer gebracht. Voor ze het wisten zaten ze er tot hun nek in. Abel had zijn geloof in de actie allang verloren en wist bijna zeker dat ook zijn vrienden er hun bekomst van hadden, maar ze hielden dat zorgvuldig voor elkaar verborgen. Er was geen weg terug meer. De dozen met handtekeningen bleven binnenkomen.

3

Hij kwam Irma Wisse tegen op de dansles, op zaterdagavond in het gymlokaal. De gymleraar had de gedaante aangenomen van een dansleraar: hij droeg een pak in plaats van zijn eeuwige trainingspak. In het hok met gymnastiektoestellen had hij een koffergrammofoon gezet. Er werd gedanst op gymschoenen om de vloer niet te beschadigen. Het had iets komisch om jongens in colbert en meisjes in jurken op gymschoenen te zien dansen. Nog komischer was het om de kalende gymleraar te zien dansen. Hij was kleiner dan bijna alle meisjes, die hij met een nadrukkelijke zwier over de lijnen van het volleybalveld leidde. Met een mengeling van schroom en gêne, heftig blozend, gaven de meisjes zich over aan de dansdrift van de kleine man.

De grote kwelling was voor Abel niet het stuntelige dansen. Ook was het niet de keuze van een meisje: met negen van de tien meisjes wilde hij wel dansen. Evenmin was het de verlegenheid die sommige meisjes in hem opriepen. De grote kwelling was 'de oversteek'.

De oversteek deed zich voor aan het begin van elke nieuwe dans. De meisjes zaten aan de ene kant van de zaal op houten banken, de jongens stonden aan de andere kant in een rommelige slagorde opgesteld. Zodra de naald op de plaat was gezet, begon de oversteek: twintig jongens stormden naar de overkant om een meisje uit de rij te pikken, dat wil zeggen met een haastige buiging ten dans te vragen. Het was een vertoning waar hij zich voor schaamde, die horde jongens, elkaar voor de voeten lopend, elkaar verdringend. Hij werd opzijgedrongen of drong zelf iemand opzij. Een meisje werd voor zijn neus weggekaapt, blozend van verwarring, omdat ze al oogcontact met hém had gemaakt. Bliksemsnel diende hij uit het nog aanwezige assortiment een nieuw meisje te kiezen, het meisje ernaast meestal – dat dan meteen ook wist dat ze tweede keus was. Steeds sneller vlogen de jongens heen en weer, want niemand wilde de laatste zijn – tot er ten slotte nog één diep blozend meisje overschoot, vernederd, veroordeeld tot de laatst overgebleven jongen of de hupse gymleraar.

Irma was hem minder vreemd dan de andere meisjes. Hij stapte gemakkelijker op haar af. Irma was altijd bereid hem te redden als hij een of twee meisjes was misgelopen. Ze was trouwens ook bereid om andere jongens te redden. Het was of hij haar al kende. Maar zodra hij met haar een foxtrot begon, bleek hij haar helemaal niet te kennen.

Overal waar hij haar aanraakte was het meisje zacht. Je had meisjes met puntige heupen en harde ruggen, maar Irma was overal zacht. Het bandje van haar bh, dat hij onder zijn zwetende handpalm voelde, knelde in het vlees van haar rug. Haar grote ogen in haar ovale gezicht glansden. Op haar bovenlip stond het lichte dons. Ze had nog altijd de kleine en mollige handen die hij jaren geleden zo rap over de piano had zien bewegen. Irma. Hij danste met haar. Maar juist als het begon te lukken, als er een vloeiende beweging ontstond, begon hij fouten te maken, bijna met opzet, alsof hij het mis wilde laten gaan, plotseling onbegrijpelijk ontevreden.

4

Tijdens een zondags tochtje vroeg hij zijn vader te stoppen op een van de vele binnendijken van het eiland en sprong uit de auto. Over het met afgevallen bladeren bedekte gras glibberde hij omlaag. Een paar koeien stonden roerloos bij het hek van het weiland. Kraaien vlogen op uit een dode boom. Nadat hun gekras was weggestorven in de stilte, kon Abel de ademstoten van de koeien horen. Hij keek aandachtig naar hun grote, vochtig glanzende ogen. Fluweelzacht waren ze en geheimzinnig uitdrukkingloos. Hij vond ze prachtig. Terwijl hij naar hun ogen keek, begonnen de dieren zich ongemakkelijk te voelen: aarzelend trokken ze de ene na de andere poot uit de modder en liepen achteruit. Toen hij een arm ophief, deinsden ze verschrikt terug.

‘Ik snap het nog steeds niet,’ zei hij toen hij weer in de auto zat.

‘Wat snap je niet?’ vroeg Lieuwe.

'Waarom de Grieken een godin koe-ogig noemden.'

'De koe-ogige Hera. *Boöpis,* koe-ogig. Het woord komt zo weer in me op.'

'Geweldig, pa!'

'Maar dat is toch wonderlijk? Na zoveel jaar, na meer dan twintig jaar, komt dat woord zo weer tevoorschijn.'

'Ik zeg toch dat het geweldig is!'

Lieuwe deed er het zwijgen toe. In wandeltempo reden ze verder over de dijk. Op de achterbank van de auto zaten Otto en zijn oudste zusje, elk met een stripboek voor hun neus, in de kattenbak lagen de twee jongsten op een deken met een spelletje. Abel was onderuitgezakt, had zijn knie tegen het dashboard gezet, zijn armen over elkaar geslagen en staarde naar buiten. Uit de iepen aan weerszijden van het pad zweefden gele bladeren naar de grond. Aan de voet van de dijk lag glanzende klei, pas geploegd, als gestold tot blauwgrijze golven.

'Jammer dat ma er niet bij is,' zei hij.

Zijn moeder was thuisgebleven om te rusten. Tegenwoordig kroop ze elke dag na het middageten, als iedereen weer het huis uit was, in bed en sliep. Als ze niet kon slapen, lag ze te lezen. Als ze hoofdpijn had, lag ze zo stil mogelijk, op haar voorhoofd een washand met ijsblokjes erin. Op de vloer naast het bed stond een koeler.

Nog geen halfuur nadat hij had geprobeerd het mysterie van de koe-ogige godin te doorgronden, zag hij Irma Wisse. Voor hem uit fietste ze over de kronkelende landweg, voorafgegaan door Marinus en haar vader.

'Daar heb je de Wisses,' zei hij.

'Irma Wisse,' zei zijn vader, 'de goedhartige Irma.'

Lieuwe minderde vaart. Toen de auto naast Irma Wisse reed, schoof Abel het raam van zijn portier open. Hij stak zijn hoofd en rechterarm naar buiten. Irma bloosde toen ze hem zag. Ze begroetten elkaar. Onmiddellijk herinnerde hij zich hoe ze samen die middag op het slik hadden doorgebracht om zagers te steken, haar bemodderde benen, hoe lief hij haar toen had gevonden. Het was of de sfeer van de uren op het slik herleefde nu ze elkaar hier tegenkwamen buiten de stad. Hij wist bijna zeker dat Irma er ook aan terugdacht.

'Waar gaan jullie heen?' riep hij.

'Naar mijn grootouders.'

'De zondagse visite!'

Hij herinnerde zich dat hij daar jaren geleden eens met Marinus was geweest: een klein en laag huis in een van de dorpen, een grootmoeder in de oude boerendracht, een grootvader die net zo donker was als meneer Wisse en Marinus, een massa vliegen in de keuken en in de achtertuin een varken in een hok.

'Naar je grootmoeder in klederdracht,' riep hij spottend.

Hij zag dat het Irma niet beviel wat hij zei. Marinus, die met zijn ellebogen op het stuur tegen de wind in trapte, keek over zijn schouder. Abel zwaaide naar hem en riep een groet. Er verscheen een sluwe uitdrukking op zijn gezicht, met een ruk wierp hij zijn haren opzij. Hij nam niet de moeite terug te groeten. Met opzet, wist Abel. Ook meneer Wisse keek om, nors en toen opeens onderdanig, omdat hij aan het stuur van de auto de rector van het lyceum had herkend. Gedwee stak hij een hand op en boog even zijn hoofd, op en top de bode van het stadhuis.

'Hoeveel kilometer moet je nog?'

Hij lachte zonder reden. Weer had hij iets gezegd wat hij niet had willen zeggen, weer iets pesterigs. Hij wist dat het nog een eind was naar het dorp van haar grootouders en dat het een zware inspanning voor haar was. Irma's antwoord verwaaide in de wind. Met haar donkere ogen keek ze hem aan. Zijn blik gleed naar haar knieën, haar trappende benen. Onmiddellijk trok het meisje haar rok naar beneden.

Nadien voelde hij alleen maar gêne. Gêne omdat hij de verkeerde dingen tegen haar had gezegd, omdat zij moest trappen terwijl hij comfortabel in een auto zat, omdat ze zijn blik op haar benen had opgemerkt.

'Weet je trouwens hoe we Irma hebben leren kennen,' vroeg zijn vader.

'Nee, pa.'

'Acht jaar geleden, op jullie eerste schooldag hier. Omdat jullie de weg naar huis nog niet kenden, vroeg de juffrouw wie jullie naar huis wilde brengen. Irma heeft jullie toen thuisgebracht. Later kwam ze ma wel eens helpen met de kleintjes.'

'Klef gedoe.'

Abel zweeg. Onderuitgezakt, zijn knie tegen het dashboard, armen gevouwen, staarde hij naar buiten. Irma op haar fiets, hijgend van het harde trappen. Zijn neiging om haar te plagen en de macht die ze niettemin over hem had met haar ogen. De blik die hij op haar benen had geworpen en dat ze meteen haar rok naar beneden had getrokken. Hij kreeg een kleur toen hij eraan terugdacht – betrapt, doorzien, begrepen nog voordat hij zichzelf begreep.

Na een dwaaltocht door het labyrint van oude polders bereikten ze de zuidrand van het eiland en reden een dorp binnen. De hoofdstraat met zijn lage huizen lag er verlaten bij.

'Hier zingen ze nog de psalmen van Datheen,' meldde zijn vader, 'een berijming uit vijftienhonderd zoveel.'

Vanuit een zijstraat drong een flard van gedragen kerkzang tot hen door.

Buiten het dorp reden ze tegen de zeedijk op en vandaar naar beneden naar de veerhaven. Ze stapten uit. Het geluid van de dichtslaande portieren weerkaatste over de lege haven.

'Ook niks te beleven,' zei Abel. 'Op dit hele suffe eiland is niks te beleven.'

Op de kade stond gewoonlijk een rij auto's te wachten op de boot. Maar nu was hij leeg. Het café was gesloten. Op de veersteiger hingen dorpsjongens met hun brommers rond, ze lieten hun brommers steigeren. Verder was er niemand. Het water stond laag.

Aan de kademuren hingen de zwarte wieren als een dikke vacht, glinsterend in de zon. Boven de haven maakte een stel meeuwen luid krijsend hun buitelingen.

'Lekker saai, pa.'

'We lopen alleen even naar het lichtbaken, jongens.'

Ze liepen over de strekdam die om de haven heen lag. Vanuit de stilte kwam het bonken van scheepsmotoren: een kilometer verderop gleden twee schepen door de vaargeul naar zee. Abel zag zijn broers en zussen vooruitthollen over de strekdam, vlak voor hem liep zijn vader, zijn jack bollend in de wind. Hijzelf vertraagde en bleef achter.

Op de kop van de strekdam, bij het lichtbaken, ging zijn vader in het gras zitten. Hij had zijn vaste plekken op het eiland, en dit was er een van. De idee van een vaste plek en de terugkeer naar steeds dezelfde plekken, zo kenmerkend voor zijn vader, stond Abel tegen. Vooral op zondag, als er niks te beleven viel, kwam zijn vader hier graag.

Het uitzicht over de Westerschelde verveelde hem. Achter het lichtbaken, onzichtbaar voor zijn vader, stond Otto te roken. Abel voegde zich bij hem, leunend tegen het roestige ijzer, en nam zijn sigaret van hem over voor een flinke hijs. Van over het water kwam steeds dat diepe bonzen. Hij wilde dat het ophield, dat het stil werd. Nog steeds vloeide er water weg uit de haven, plukken wier dreven mee naar buiten. Met een licht hoofd van het roken, rusteloos, daalde hij af langs de halfronde kop van de strekdam, hurkte op het basalt, vlak bij het wegstromende water. Hij wierp er takjes in.

Ten slotte zat hij toch naast zijn vader, terwijl de anderen al terugliepen over de strekdam.

'Vaste plek, pa.'

'Ja, jongen.'

Zwijgend tuurde zijn vader over het water.

'Genieten, hè?'

'Ja jongen, ik geniet van de roerloosheid.'

'De roerloosheid!'

Abel lachte. Alleen al de manier waarop zijn vader dat woord uitsprak, zo half plechtig.

'Straks zitten we weer fijn in de kerk, pa.'

'Je zult er niet slechter van worden.'

'De Wisses gaan vanmiddag echt niet meer. Meneer Wisse drinkt zijn borrel.'

'Jij bent daar vroeger toch ook eens geweest, bij die grootouders van Irma?'

'De Wisses gaan maar één keer per zondag. Meneer Wisse gaat zelfs maar twee keer per jaar. Ik zie geen enkel verschil tussen mensen die vaak gaan en mensen die niet gaan.'

'Hij lijkt mij niet al te snugger.'

'Dat heeft er niks mee te maken. Zijn de Wisses minder omdat ze maar één keer per zondag gaan? Zijn wij met onze twee keer minder dan mensen die drie keer gaan? Zijn er die vier keer per zondag gaan? Waarom zitten we er eigenlijk niet de hele dag?'

'Omdat dat niet van ons gevraagd wordt,' antwoordde Lieuwe, al half en half lachend om de machteloze woede van zijn zoon.

'Twee keer wordt ook niet gevraagd. Het staat nergens. Het is bedacht. Het is een gewoonte. Bij de ene sekte gaan ze twee keer, bij de andere drie keer, en als je bij een slappe sekte hoort ga je maar één keer.'

'Wij horen niet bij een sekte, jongen.'

'Die anderen, die nog de psalmen van Datheen zingen, dat is een sekte. Maar waar wij bij horen, dat is natuurlijk geen sekte.'

'Die anderen horen ook niet bij een sekte. Het is een kerk. Een sekte is iets heel anders.'

'Wij horen anders wel bij een afsplitsing van een afsplitsing. De protestanten zijn een afsplitsing van de katholieken en binnen die protestanten zijn wij weer een afsplitsing. Een afsplitsing van een afsplitsing. Hoever moet je gaan in het afsplitsen voordat je een sekte bent?'

'Jongen, als je wilt leg ik je heel precies uit wat een sekte is.'

'Dit is gewoon weer een afleidingsmanoeuvre.'

'Dit is geen afleidingsmanoeuvre.'

Lieuwe keek op zijn horloge.

'Ach, laat ook maar,' riep Abel. 'Wat een gezeik allemaal!'

Hij sprong op en schopte tegen het gras. Een ogenblik verbaasde het hem dat de wereld om hem heen onaangedaan bleef, dat er niets veranderde. Als hij nu zijn voet kapottrapte tegen een van die paaltjes in het basalt, zou de wereld daarna nog gewoon dezelfde zijn. Als hij zich nu in het water gooide en verdronk, zou er hier op deze plek niets veranderd zijn.

In de auto, op de terugweg, was hij stil. Hij moest al zijn huiswerk voor maandag nog maken en hij moest nog aan het bellen voor de handtekeningenactie. Nu hij de Westerschelde had gezien met zijn drooggevallen platen doemde het slik weer voor hem op, die middag met Irma in de stilte en de weidsheid van het slik, en hij herinnerde zich het geluk dat hij had gevoeld, zacht als de suizende wind, zacht als koeienogen.

5

Op een regenachtige herfstdag stapten ze in alle vroegte in de trein. Ze droegen een colbert met stropdas, om hun hals hingen de blauw-witte schooldassen. Een journalist van de provinciale krant voegde zich bij hen. In de bagagenetten boven hun hoofden lagen de dozen met de handtekeningen.

Meteen na het vertrek begon Abel op de journalist in te praten. Hij dwong hem haast om aantekeningen te maken. 'Misschien moet u dit meteen even opschrijven.' Voor een knaap van amper zestien kon hij ongehoord dwingend zijn. Na twee stations op het eiland klapte de journalist zijn aantekenboekje al dicht en begon te schertsen met Watse en Job. Abel was teleurgesteld. Hij bekeek de journalist eens goed. Het was een nog jonge man, op het eerste gezicht heel vriendelijk. Hij droeg een slobberig pak. Aan de kleerhaak onder het bagagenet hingen zijn leren jas en leren schoudertas. Zijn ogen stonden troebel. Er hing iets groezeligs om hem heen. Dit was dus een journalist.

Zoveel als hij in het begin van de reis had gezegd, zo weinig zei hij daarna en nog minder naarmate de ambassade dichterbij kwam. Hij vreesde dat de afspraak die hij had gemaakt niet deugdelijk zou blijken te zijn. In zekere zin werd deze reis op zijn gezag ondernomen. Het telefoongesprek met de ambassade was moeizaam verlopen, de dame die hem te woord stond sprak gebrekkig Nederlands, ze had overleg gepleegd, hij had een vreemde taal gehoord, kunt u het nog eens uitleggen, hij had het nog eens uitgelegd, weer overleg, de hoorn was nu met een zakdoek afgedekt of tegen de schouder van de dame gedrukt, het had heel lang geduurd, hallo menier, goed menier, komt u dan maar langs, dan en dan. Hij had om een tijdstip gevraagd. Een tijdstip? O, komt u maar rond tien uur. Na een gemompelde groet in haar eigen taal had de dame opgehangen.

Nog meer dan een ondeugdelijke afspraak vreesde Abel een ontmaskering. Hij kon er zich niet meer van losmaken. Op de ambassade zou hij door de mand vallen. Er zou blijken dat hij niets van Tsjecho-Slowakije wist. Op school had hij toegang gekregen tot de leraarskamer om een encyclopedie te raadplegen. Hij had het artikel over Tsjecho-Slowakije gelezen, maar na het lezen alleen maar nog sterker gevoeld dat hij helemaal niets wist van dat land. Op de ambassade zou ook blijken dat de 'solidariteit van twintigduizend scholieren met de Tsjecho-Slowaakse bevolking' hem totaal niets zei. Watse was een goed acteur en kon het spelen. Job kon terugvallen op zijn zelfverzekerdheid en zijn gave voor gewichtig klinkende woorden. Maar hijzelf kon niet acteren en hij kon zich niet verschuilen achter formules. Aan hem zouden ze het zien, aan hem zouden ze het vóelen.

Het in regen gehulde Rotterdam gleed voorbij. Hij zocht steun bij Watse en Job, maar ook zij hadden zich teruggetrokken in hun eigen gedachten. De journalist was elders in de coupé gaan zitten om nog wat bij te slapen.

In Den Haag namen ze een taxi naar de ambassade. De journalist betaalde. Ze stapten uit in een stille buurt met kasten van huizen, bomenrijke lanen, weinig verkeer en veel afgevallen blad. Het motregende. De ambassade was een groot huis in een tuin achter een hoog hek. Op de begane grond waren alle rolluiken neergelaten, zo ook op de eerste en tweede verdieping. Men leefde er waarschijnlijk al maanden bij kunstlicht. Voor het hek stonden nog twee andere journalisten te wachten, elk met een tas aan hun schouder.

Abel boog zich voorover naar de intercom en meldde zich. Hebt u een afspraak? Hij had een afspraak. Maar u staat niet op de lijst. Hij drong aan. De verbinding werd verbroken.

'Gewoon even wachten,' zei een van de journalisten. 'Ze moeten van de schrik bekomen.'

De journalist van de provinciale krant boog zich naar de intercom: hij had deze reis niet voor niets gemaakt. Hij meldde de aanwezigheid van pers. De verbinding werd weer verbroken, met een harde, metalige klik. Er kwam nu iemand naar buiten uit de ambassade, onder een paraplu liep hij over het pad naar het hek. Hij sprak met hen door het gesloten hek heen en vroeg nogmaals wie ze waren, hij bezag de dozen, de perskaarten, de camera's. Eindelijk ging het hek open en achter hen ging het weer dicht.

In de hal van de ambassade werd hun gevraagd te wachten. Het was niet de hal zoals Abel die in een ambassade had verwacht. Hij oogde kaal en sjofel. Langs de muur stonden plompe leren banken, het parket had sleetse plekken, er hing een benauwde lucht. Zodra er ergens een deur openging, wierp hij nieuwsgierige blikken in het vertrek. Hij zag ouderwets kantoormeubilair onder tl-lampen. Stalen kasten. Buisstoelen met vaalgroen ribfluweel. Het leek of een geopende deur steeds zo snel mogelijk werd gesloten. Hij probeerde zich de rest van de ambassade voor te stellen. Ergens moest het apparaat staan waarmee telexberichten uit Praag en Moskou werden gedecodeerd.

Eindelijk verscheen de tweede secretaris van de ambassade,

een kleine man in een sjofel pak, die een gespannen indruk maakte. Of ze het nog eens uit konden leggen. Ze legden het nog eens uit: twintigduizend handtekeningen van twintigduizend scholieren om steun te betuigen aan het Tsjecho-Slowaakse volk, dat door de Russische inval van zijn soevereine rechten was beroofd. Een spontane actie. Wij komen uit Zeeland, een van de zuidelijke provincies… Dus u hebt een flinke reis achter de rug? Ja, ze hadden een flinke reis achter de rug… U bent niet van een politieke partij? Ze waren niet van een politieke partij… De tweede secretaris glimlachte. Nog steeds aarzelde hij, nerveus, alsof één verkeerde beslissing hem de kop kon kosten. Toen verklaarde hij zich bereid om de handtekeningen in ontvangst te nemen. Bereidwillig poseerde hij voor de camera's, terwijl hem een van de dozen werd overhandigd, geflankeerd door de drie jongens in colbert met hun blauw-witte schooldas om hun hals. Abel zorgde ervoor dat hij er goed op stond, tussen Watse en Job in, en glimlachte, zoals ze allemaal glimlachten op dit ogenblik van nobele bedoelingen.

Een kwartier later stonden ze weer buiten. De journalisten van de landelijke kranten haastten zich weg. De journalist die hen vergezelde vroeg hoe ze het hadden gevonden en haalde zijn aantekenboekje tevoorschijn. Abel en Watse lieten het aan Job over om passende woorden te spreken. Job vond het geweldig dat ze waren ontvangen en hun steun aan het Tsjecho-Slowaakse volk hadden kunnen betuigen. Dit ogenblik maakte al het werk de moeite waard. Abel was opgelucht en opgetogen. Hij wisselde een blik met Watse en kneep hem in zijn arm. Het was gelukt! Terwijl Job aan het praten was, wierp hij nog een blik op het geblindeerde gebouw. Het was of op datzelfde ogenblik de drie dozen met handtekeningen door een ondergeschikte van de tweede secretaris naar de kelders werden gedragen, droge en spaarzaam verlichte ruimtes, waar stoffige brandkasten stonden en elektrakabels in dikke bundels langs de muren liepen.

Daarna waren er alleen nog de motregen, de druipende bomen

langs het trottoir en die stille wijk waar zo weinig verkeer was en ze tijdenlang naar een taxi moesten zoeken.

De volgende ochtend om kwart voor zeven spreidde Lieuwe Roorda zoals gebruikelijk de twee ochtendkranten uit op de eettafel, nadat hij in de keuken een ketel water had opgezet. Hij was nog in pyjama. Op de binnenlandpagina's van beide kranten trof hij een foto aan van de tweede secretaris en de drie jongens met hun schooldas. Hij was verbluft. Weldra gloeide hij van trots. Amper zestien die jongen, en dat kreeg hij voor elkaar.

'Nou jongen, jullie staan erin, hoor!'

Abel had totaal geen zin om naar de foto's te kijken, al helemaal niet nu zijn vader zo gloeide van trots. Eén angstig lang ogenblik verwachtte hij bovendien van de foto's in de kranten alsnóg de ontmaskering. Maar ook op de foto's kon je niks aan hem zien. Hij keek er maar kort naar, nog niet van plan zich aan deze grote nieuwe sensatie uit te leveren. Hij maakte een spottende opmerking en liep naar de piano om zijn etudes te spelen.

Bij het binnenkomen van de school voelde hij dat het gerucht de ronde deed. Lachend liep hij met Watse door de hal, tussen de anderen door. Vele ogen waren op hen gericht. In de klas smeet hij trots zijn pukkel in de vensterbank, maar verder hield hij zich rustig, op zijn hoede voor de ontnuchterende laatdunkendheid van de dorpsjongens. De les begon. Hij was een dag niet op school geweest, hij had een Oostblok-ambassade vanbinnen gezien, hij was ver weg geweest. Steeds zocht hij die ochtend, heimelijk achteromkijkend, de blik van Watse om een stille lach met hem te delen.

Na het middageten verscheen Irma Wisse met drie rozen in de klas. Ze ging op het podium staan en sprak blozend een paar woorden. Alle drie kregen ze van haar een roos. Er klonk een beschaafd applausje in de gymnasiumklas. Job riep:

'Merci!'

II

BETOVERD GEBIED

1

Op een wintermiddag stapte hij in een van de dorpen met Irma uit de bus. Hij haalde een getekend plattegrondje uit zijn zak en vouwde het open. Algauw liepen ze buiten het dorp. Op de velden lag de sneeuw te schitteren in de zon. De sloten waren dichtgevroren. In de zwarte takken van de meidoornhagen gloeiden nog een paar rode bessen. In de verte, aan de rand van een akker, zag hij een fazantenpaar rondscharrelen in dor gras.

Ze hadden zich op het bezoek gekleed. Irma droeg haar beste jas en een leren muts, met lamswol gevoerd, waarvan ze de rand had omgeslagen. Abel vond dat ze er Russisch uitzag met die bontmuts. Hijzelf droeg een suède jasje van zijn moeder – zijn gewone winterjas, eindelijk teruggevonden, was niet goed genoeg geweest. Zijn moeder had geprotesteerd toen ze hem het jasje zag pakken: zijn schouders waren er al te breed voor, de mouwen waren bovendien te kort voor zijn lange armen. Maar hij moest en zou het dragen. Hij had ook nog een sjaaltje van zijn moeder meegegrist, want zijn schooldas paste natuurlijk niet bij dit jasje. Zijn sluike haar, gisteravond gewassen, hing over zijn oren. Meer dan een jaar was hij niet naar de kapper geweest, ondanks de aandrang van zijn ouders. De disciplinering door schaar en tondeuse was wat hem betreft voorbij.

Hij stond stil om ook zijn eigen voetstappen niet meer te horen. Irma volgde zijn voorbeeld. Het was doodstil. Aan de verre rand van de akker stond het fazantenpaar nu ook roerloos, naar hen kijkend, afgetekend tegen de strakblauwe lucht.

Op een driesprong vonden ze een oude boom: dat moest de ‘grenslinde’ zijn.

Ze liepen een dijk op met een dubbele rij iepen aan weerszijden van het pad. De schaduwen van de bomen vielen over de dijk. Van schaduw naar schaduw liepen ze en ze wierpen ook zelf een schaduw in de lage winterzon. Het was of hij een betoverd gebied betrad. Overal schitterde de sneeuw, zo fel dat hij zijn ogen moest dichtknijpen, achter de boomsilhouetten stond de blauwe hemel en boven hun hoofden welfden zich de kruinen in een wirwar van takken. Van schaduw naar schaduw gingen ze. Soms raakte zijn schaduw die van Irma.

'We lopen al een halfuur,' zei hij. 'Die man van haar had ons wel eens kunnen ophalen.'

Steeds zwaarder begon zijn hart te slaan. Zou juffrouw Verster hem ook vandaag 'monsieur Abel' noemen, zo ironisch, zo spottend. Hij begon haar stem te horen, die heldere, lichtelijk hese stem, hij begon de cadans te horen van haar vloeiende Frans, dat zoveel beter klonk dan het schoolse Frans van andere leraren. Hij zag haar in haar lichtblauwe mantelpakje door de klas benen, driftig, zodat bij elke stap haar boezem trilde. Ze had moeite met orde houden. Aan het eind van een dag lesgeven was haar stem schor. Hij was lastig tijdens haar lessen, louter en alleen om haar aandacht op zich te vestigen. Ze riep: 'Monsieur Abel, asseyez-vous, s'il vous plaît!' 'Monsieur Abel, bent u thuis ook zo'n ongehoorzaam jongetje?' 'Oh, monsieur Abel, nu is het wel genoeg!' Haar terechtwijzingen wonden hem op. Als ze tijdens een proefwerk in het gangpad naast zijn bank stilhield, boog hij zich voorover, overweldigd door de lauwe, geparfumeerde geur die opsteeg uit haar mantelpakje.

Van schaduw naar schaduw gingen ze, steeds dieper in betoverd gebied.

Eindelijk zagen ze in een bocht van de dijk de hoeve liggen, groot en stil. Omringd door eiken stond daar een kolossale zwarte schuur waarvan de nok hier en daar was ingezakt. Het woonhuis was statig, een rij geknotte lindes stond voor de voorgevel. Tussen de muurankers een jaartal: 1701. Om het woonhuis en de tuin lag aan drie kanten een brede sloot die Abel meteen aanzag voor het restant van de gracht van een verdwenen kasteel.

Twee jaar geleden was juffrouw Verster neergestreken in de dunst bevolkte provincie van het land, in een stad waar geen leraar vrijwillig naartoe ging, om Franse les te geven. Ze was bijna veertig en alleen. Ze had het nodige meegemaakt, in het buitenland – meer wist de jongen zijn vader niet te ontfutselen. Na een jaar was ze plotseling en tot ieders verbazing getrouwd met een schatrijke boer, een weduwnaar, die een stuk ouder was dan zij. Nog maar nauwelijks was ze getrouwd of ze had een auto-ongeluk gehad. Ze was met haar nieuwe auto over de kop geslagen en met een hersenschudding en een gebroken been uit het wrak gehaald.

2

Nadat ze het bruggetje waren overgestoken, was er geen weg terug meer. Hij liet Irma voorgaan. Er werd opengedaan door de huishoudster, een kleine vrouw met dikke wenkbrauwen. In de hal imponeerde hem de statigheid. Er lag marmer op de vloer: de plavuizen waren oud, maar hadden een diepe glans, als waren ze gepolijst. Een antieke kast op balpoten keek op hen neer. In de schemer achter het glas van een staande klok bewoog een slinger, die na elke uitzwaai een droge tik voortbracht. Toen hij in de klok keek, zag hij dat onder aan de slinger niet een metalen schijf hing, zoals hij had verwacht, maar een steen. Zwijgend trokken ze hun jas uit.

Juffrouw Verster zat voor het vuur, haar rechterbeen in het gips, dat door een voetenbankje werd ondersteund. Ze droeg een gewatteerde broek, rood met zwart, die hem aan China deed denken. Uit het gips moesten haar tenen steken. Maar hij zag ze niet, verborgen als ze waren in een vrolijk gekleurde sok met een leren zooltje. Ook aan haar andere voet droeg ze zo'n folklore-achtige sok die onder de gewatteerde broek verdween. Haar blozende gezicht was niet veranderd. Alleen de zwarte kringen onder haar ogen verrieden dat ze de afgelopen weken het nodige had moeten doorstaan.

'Mademoiselle Irma, monsieur Abel! Quel plaisir! Daar zijn jullie dan, ondanks de sneeuw en de afgelegenheid van deze plek.'

Abel hoorde haar maar half, zozeer bracht haar verschijning hem in de war. Nog nooit had hij zijn lerares een hand gegeven. Nu voelde hij de mollige kussentjes van haar hand in de zijne.

'Monsieur Abel!'

Hij bloosde.

'Comment allez-vous, madame?'

'Ah, toch iets geleerd! Antoine, dit is monsieur Abel, een van mijn lastigste leerlingen, zeer eloquent meestentijds, maar nu *un peu timide*!'

Eveneens bij het vuur zat haar echtgenoot, de veelbesproken schatrijke boer. Met gewilde traagheid, om zijn jeugdige gasten niet al te veel eer aan te doen, stond hij op uit zijn fauteuil.

'Kakebeeke.'

Zijn haar was nog bijna zwart, ondanks zijn gevorderde leeftijd, zijn wenkbrauwen waren borstelig. Hij oogde scherp, een beetje neerbuigend.

'Jongeman.'

Hij reikte Abel zijn grote hand, daarna Irma, voor wie zijn gezicht meteen zachter werd.

Ze gingen zitten op een houten bank, die zwart van ouderdom zag. Er waren schapenvachten op geworpen en kussens. Irma zat aan de kant van juffrouw Verster, Abel was naast meneer Kakebeeke gaan zitten, want hij verdroeg het niet om naast zijn lerares te zitten, vlak bij waar haar mollige tenen uit het gips staken. Hij liet Irma voorlopig het woord doen. Ook meneer Kakebeeke bepaalde zich tot luisteren. Hij stond op om een blok hout op het vuur te gooien, ging weer zitten en zweeg. De huishoudster kwam binnen. Ze had een smetteloos witte schort voorgestrikt en duwde een wagentje. Op het wagentje stonden de thee en de koffie, room, gebak en een schaal met worstenbroodjes. Nadat de huishoudster zich had teruggetrokken, bood Irma aan om in te schenken. Meneer Kakebeeke nam een glas port.

'Je kunt er niet vroeg genoeg mee beginnen,' grapte hij.

Abel was voorzichtig. Voor de echte eilanders, en deze man was er zeker een, was hij altijd op zijn hoede. Tijdens het gesprek keek hij naar zijn lerares, naar Irma of naar het vuur en een enkele maal plichtmatig naar meneer Kakebeeke. Maar ten slotte ontkwam hij er toch niet aan en stortte zich met een lukrake opmerking in een gesprek met de boer. Hij begon over het jaartal dat hij tussen de muurankers op het huis had gezien.

'O, dus dat heb je gezien,' zei meneer Kakebeeke.

'Het zijn mooie cijfers.'

'Mooie cijfers?'

'Die zeven bijvoorbeeld. Dat is niet zoals hij tegenwoordig wordt geschreven.'

'Kijk eens aan, dat is je ook opgevallen. Kom je wel eens vaker in de Zak?'

'Op zondagmiddag maken we tochtjes met de auto.'

'Dus je weet wel iets van het eiland?'

'Niet noemenswaard.'

'Daar hebben ze je op school niks over verteld?'

'Nee, helemaal niks.'

'Kijk,' zei meneer Kakebeeke haast tevreden, 'daar heb je het weer. Over de meest elementaire dingen wordt je op school niks verteld. Jij zit op het gymnasium, als ik het goed heb begrepen, jij hoort dagelijks over Athene en Rome, maar over Zuid-Beveland hebben ze je niks verteld.'

Weldra verliet hij met meneer Kakebeeke de kamer. In de hal wierp hij in het voorbijgaan een blik in de klok om achter het glas de steen te zien die daar heen en weer slingerde en hij huiverde. Achter een deur hoorde hij de huishoudster bezig. Op de trap keek hij naar de schoenen van meneer Kakebeeke vlak voor zijn gezicht, naar de omslagen van zijn broek. Het was of hij werd meegevoerd, dieper het betoverde gebied in.

De werkkamer van meneer Kakebeeke zag uit op de geknotte lindebomen voor het huis. Laag en schel zonlicht viel er naar binnen. Langs drie wanden stonden de boeken tot aan het plafond. In de boekenkasten hingen landkaarten achter glas. Rond de deur naar een volgend vertrek waren oude foto's opgehangen: boeren en boerinnen met hun kinderen, gefotografeerd in de boomgaard of voor de wit omrande mendeuren van de schuur, de mannen met de ronde hoed en de zilveren knopen op hun broeksband, de vrouwen met de wijde mutsen van gesteven kant en de gouden oorijzers. Roerloze mensen, allemaal al lang dood. Opeens voelde hij meneer Kakebeekes hand om zijn bovenarm. De man zette zijn vingertoppen er diep in.

'Het is zo eenvoudig,' zei de boer, hem meevoerend naar een oude kaart.

'O ja?' vroeg Abel, een beetje hees.

'Dit hele eiland is opgerezen uit zee.'

'De aarde was woest en ledig,' mompelde Abel.

'Het begin van Genesis. Tsjonge, dat weet je nog. Ik sta ervan te kijken.'

Eindelijk liet de man zijn bovenarm los. Er bleef een vurige afdruk van zijn hand achter in het vlees.

'Kijk,' zei meneer Kakebeeke en hij wees op de kaart. 'Het was hier al ondiepte. Ondieptes met geulen. Een estuarium, noemen de geleerden dat. Rivieren mondden erin uit en de zee drong er binnen. Dag en nacht ging het getij eroverheen. Jouw Tacitus schreef er al over: over het machtig zwellen en binnendringen van de zee, tweemaal daags.'

Abel moest zichzelf dwingen om naast de oude man te blijven staan, wiens met port bezwangerde adem hij kon ruiken, en niet weg te lopen. Hij fixeerde de oude kaart.

'Langzaam maar zeker kwam er her en der wat boven water. Geen koraaleilanden, maar schorren en slikken, goeie vette klei. Schorren en slikken, daar heb je op school zeker nog wel es van gehoord?'

'Daar heb ik wel es van gehoord.'

'Nu sla ik heel veel over, want de jeugd is ongeduldig. Zuid-Beveland, want dat was je vraag, jongeheer, dit eiland danken we aan de arbeid van voornamelijk monniken en aan geld uit Vlaanderen. Ze hadden het slim bekeken, die Vlamingen. Dat was een goeie investering, hier op de schorren en slikken polderen, want het graan groeide er geweldig, dat was goud. Aanvankelijk lag hier een handvol kleine eilanden, zoals je ziet, dicht bij elkaar. Borssele, hier, was een eiland. En rond Waarde, dat was een eiland. En hier de Poel, dat is het oudste stuk, dat hadden ze rond 1200 al droog. Die kleine eilanden, dat groeide in de loop der tijd aan elkaar, met dijken zo laag dat elke springvloed eroverheen kwam. Je begrijpt niet dat ze daarachter durfden te leven. Die vliedbergen die je her en der nog ziet, dat was niet voor niks: om de zoveel tijd zaten ze daar met al het volk, de paarden, koeien en varkens bovenop. De polder waar jij je nu bevindt dateert van 1689, om precies te zijn, en ligt hier. Honderd morgens nieuw land kwam erbij. Dit was de nieuwe zeedijk. Daarover ben jij zopas gelopen. Twaalf jaar later werd deze hoeve gebouwd. Zo, nu weet je een klein beetje waar of je bent, jongeheer Abel.'

'En in 1953,' vroeg Abel, 'heeft deze polder toen onder water gestaan?'

Meneer Kakebeeke verstrakte.

'In '53,' antwoordde hij, en zijn blik zwenkte naar het raam, 'in '53 zijn we hier wonderwel gespaard gebleven.'

Hij zweeg.

'Ik zou de schuur wel willen zien,' zei Abel.

'Je zou de schuur wel willen zien. Allez, ik laat hem zien. Dan heb je ten minste één keer in je leven de schuur van een grote, oude hofstede gezien.'

In de schuur moesten zijn ogen wennen aan de schemer. Hij zag een paar trekkers staan, ergens glinsterde een rij ploegmessen. Vanaf de dijk had hij wel gezien dat het een grote schuur was, maar nu hij erin stond en omhoogkeek naar het gebinte, was het of hij zich onder in een scheepsruim bevond.

'Hier heeft Budding nog staan preken,' zei de boer.

'Budding?'

'Dat was hier in de vorige eeuw een geliefd prediker. Op het eiland de grote man van de Afscheiding, als dat je iets zegt. Omdat de Afgescheidenen geen kerkgebouwen hadden, kwamen ze bij elkaar in schuren. Op hun enige vrije dag liepen veel mensen urenlang, door weer en wind, om Budding te horen. Mijn grootvader was erbij toen Budding hier preekte. De schuur puilde uit. Zevenhonderd man ging erin. De jongens zaten in rijen op de hanenbalken. Op je enige vrije dag, na een week hard werken, zes uur lopen, drie uur heen en drie uur terug, om een prediker te horen. Je kunt het je niet meer voorstellen. Maar die mensen moeten daar toch iets gevonden hebben, iets wat al die moeite waard was.'

'Was het een soort gebedsgenezer?'

'Hij was een prediker. Hij had de gave. Toen hij stierf ging het nieuws in een dag over het hele eiland.'

Abel keek omhoog.

'En die balken?'

'Wat is er met die balken?'

'Dat is toch wel iets bijzonders.'

'Al dat hout is uit Noorwegen gekomen. Ze voeren er met graan naartoe en kwamen terug met hout. De dorpstimmerman heeft het verzaagd en met zijn bijlen tot balken gehouwen en hij heeft er deze schuur van gebouwd. Aan de hele constructie is geen spijker te pas gekomen. Enkel pen-gatverbindingen, als dat je iets zegt. En denk maar niet dat zo'n timmerman een diploma had. Hij was op zijn twaalfde gaan werken, misschien nog eerder als zijn vader hem nodig had, en twintig jaar later had hij genoeg geleerd om zo'n kapitale schuur neer te zetten. En kijk, jongeheer Abel, dat zal ik je tot slot laten zien.'

Nog eens greep hij de jongen bij zijn bovenarm vast en voerde hem mee.

'Kijk, hier heeft de man zijn merk gezet.'

Abel voelde de duim en vingertoppen van de boer nijpen tot op het bot, terwijl hij naar een van de machtige houten pijlers van de schuur werd gevoerd, door een baan zonlicht, dan weer de schemer in, om daar, half verblind, in het hout de kerven te zien en te voelen die het merkteken van de timmerman waren. Terwijl hij de kerven betastte, bleef meneer Kakebeeke zijn arm omklemmen.

In de hal hoorde hij door de deur van de kamer heen zachte en aarzelend klinkende muziek. Toen hij achter meneer Kakebeeke binnenkwam, zag hij juffrouw Verster en Irma in vervoering voor een kast staan. Juffrouw Verster hield een kleine speeldoos, waarvan het deksel was geopend, op haar handpalm en hief hem omhoog tot voor haar opgewonden rijzende en dalende boezem. Ze toonde haar verzameling oude speeldozen, afkomstig uit haar familie, waarin ze van generatie op generatie waren doorgegeven.

'*Boîtes de musique* heetten ze,' zei Irma tegen Abel.

'*Boîtes à musique,*' verbeterde juffrouw Verster.

Ook op Abels gezicht was een glans verschenen, ook hij kon de muziek uit de houten doosjes niet weerstaan, ondanks de pijn in zijn arm, een nog verse herinnering aan de hardhandige manier waarop meneer Kakebeeke hem in de schuur had vastgehouden. Hij was blij weer terug te zijn in de kamer.

Meneer Kakebeeke was naar het vuur gelopen om er een nieuw blok hout op te werpen en schonk zichzelf een nieuwe port in. Hij maakte grapjes met zijn vrouw. Maar in de ritmiek van zijn bewegingen zat iets schielijks en nadrukkelijks. Het was of hij iets moest verbergen.

Nadat ze een aantal speeldozen had laten horen, pakte de lerares een doos van notenhout waarin op het deksel de figuren van twee herten waren ingelegd. Er verscheen een blos op haar gezicht. Ze opende het deksel. Op hetzelfde ogenblik begon het mechaniek te werken. De cilinder, die met pinnetjes was bezaaid, draaide langzaam rond. Onwillekeurig deed Abel een stap naar voren om een blik in het inwendige van de speeldoos te kunnen werpen, om dichter bij juffrouw Verster te zijn, en hij zag de pinnetjes langs de metalen strips glijden. Uit de doos klonk een muziekje dat niets anders dan een wals van Chopin kon zijn. Terwijl hij vlak bij haar stond, met ook een blos op zijn gezicht, wetend dat hij te dicht bij haar stond, maar niet bij machte een pas achteruit te doen, zag hij boven de schouder van zijn lerares het donkere en grijnzende gezicht van meneer Kakebeeke opduiken. Hij was achter zijn vrouw gaan staan, had zijn handen op haar heupen gelegd en wiegde haar op het ritme van de wals.

3

In de opkomende schemer liepen ze terug naar het dorp. Het vroor. Abel huiverde in zijn suède jasje. Op de dijk, uitgelaten schoppend in het verstijfde gras, zag hij opeens kruiwagens duwende monniken in bemodderde pijen en hij vroeg zich af aan welke kant van de dijk ooit, eeuwen geleden, de golven van de zee waren stukgeslagen. Toen hij nog eens omkeek, zag hij boven het silhouet van de hofstede een kolossale maan opkomen, zo groot dat hij het niet geloofde en stilstond om ernaar te kijken.

Irma liep naast hem, haar gezicht omlijst door haar muts. Ze was opgewonden door wat ze had meegemaakt. Hij vertelde hoe meneer Kakebeeke hem had vastgepakt, eerst in zijn werkkamer en daarna in de schuur, nijpend tot op het bot.

'Wat raar,' zei ze.

'Ik begreep er niets van.'

'Was hij boos?'

'Ik zou niet weten waarom.'

'Misschien wilde hij je een lesje leren.'

Even zwegen ze.

'Hij heeft nog altijd iets van een weduwnaar,' zei Irma toen, 'ook al is hij nu getrouwd.'

'Hij is gewoon een lompe boer.'

'Ik vond hem niet lomp.'

'Waar zie je dat aan: dat hij nog iets van een weduwnaar heeft?'

'Hij heeft nog iets eenzaams over zich.'

'Dat je dat ziet.'

'Hij is jarenlang alleen geweest. Dat hangt nog om hem heen.'

'Dat je het ziet.'

Opeens voelde hij weer dat het meisje ouder was dan hij. Ze scheelden maar anderhalf jaar. Maar op sommige momenten voelde hij dat ze ouder was dan hij, ouder en wijzer.

'Zijn vrouw en twee zoons zijn verdronken tijdens de ramp,' zei Irma. 'Ze waren op familiebezoek op Schouwen-Duiveland en daar zijn ze verdronken. Als ze thuis waren gebleven, was er niets gebeurd. Zo zielig.'

'Dat had ik wel gezien.'

'Wat had je wel gezien?'

'Toen ik hem vroeg of deze polder in '53 ook was ondergelopen, werd hij kortaf. Ik ben maar gauw over iets anders begonnen. Zijn er trouwens in jouw familie mensen verdronken?'

'Een oom en tante.'

'Een oom en tante.'

'Ze waren pas getrouwd, net als mijn vader en moeder. De oom was een broer van mijn vader en de tante een zus van mijn moeder. Maar we hebben het er nooit over. Wat gek dat jij het nu weet.'

Zwijgend liepen ze door de sneeuw. Het werd donker. Tussen de bomen zag Abel monniken, pijen die wapperden in de wind, kruiwagens met aarde die over planken werden geduwd en tegelijkertijd herinnerde hij zich foto's uit het boek over de ramp dat hij in de boekenkast van zijn vader had aangetroffen. Op het voorplat stonden alleen maar de woorden 'de ramp', uit zwart papier gescheurd, rouwletters waren het; en over het hele voor- en achterplat was een luchtfoto van een grauwe watervlakte gedrukt, de leuningen van een brug staken er half boven uit, een paard stond roerloos tot zijn schoften in de golven. Waren ooit hier, waar hij nu liep, de golven over de dijk gespoeld?

Opeens probeerde Irma zich aan hem vast te grijpen, maar vergeefs. Ze gleed uit en viel op haar achterste. Wijdbeens zat ze op het pad, haar muts was scheefgezakt. Toen Abel zich vooroverboog, zag hij dat de tranen in haar ogen stonden. Toch kon hij een nerveuze lach niet bedwingen. Het meisje bleef zitten om de pijn te laten wegtrekken. Hij stak haar zijn hand toe, die ze met haar beide handen vastgreep. Ze lachte alweer.

Ze kwamen bij het einde van de dijk. Op de weg naar het dorp was het nog gladder. Abel zag in het donker de akkers, met een dunne laag sneeuw bedekt, en vroeg zich af waar het fazantenpaar zich nu ophield, waar het de winternacht doorbracht.

'Geef me maar een hand,' zei hij tegen Irma. 'Hier is het pas echt glad.'

Ze gaf hem haar hand. Ze droeg dikke wanten. Maar de schok die haar handdruk veroorzaakte was er niet minder om.

'Hé, en juffrouw Verster,' zei hij, 'heeft ze nog andere dingen verteld?'

'Wat voor dingen?' vroeg Irma met een lachje.

'Nou ja, waar ze vandaan komt, dat soort dingen.'

'Jij bent echt aartsnieuwsgierig!'

'Ik wil alles weten over mensen.'

'Wat wil je weten over haar?'

Abel zocht naar iets onschuldigs.

'Die broek die ze aanhad bijvoorbeeld. Zoiets had ik nog nooit gezien.'

'Toevallig heb ik ernaar gevraagd.'

Irma zweeg en begon te lachen.

'Vertel dan.'

'Hij komt uit Tibet.'

'Is ze daar geweest?'

'Haar eerste man was een geleerde, een Fransman, en ze is jaren met hem in de Himalaya geweest. Ze heeft ook in Tibet gewoond.'

'In Tibet!'

'En in Parijs.'

'Je woont in Tibet en in Parijs en dan trouw je met een ouwe gereformeerde boer in de Zak van Zuid-Beveland!'

'Hij is anders best wel aantrekkelijk.'

'Het is gewoon een ouwe zak die 's middags om twee uur al aan de drank begint.'

'En naar de kerk gaat hij allang niet meer. Nadat zijn vrouw en kinderen verdronken waren, is hij van zijn geloof gevallen. Hij is heel lief voor juffrouw Verster, dat zie je zo.'

Hij voelde Irma's handdruk verslappen.

4

In de bus wist hij niet of hij haar hand weer moest vastpakken. Het leek een nederlaag als hij het niet deed, als hij niet opnieuw de moed had om hem te pakken en vast te houden. Intussen lag zijn bovenbeen in een aangename warmte tegen dat van het meisje. Hij liet dat bovenbeen, dat nu het middelpunt van alles was, nog wat meer opzijvallen. Maar het bleef hem bezighouden dat hij haar hand niet durfde te pakken.

In de bus was het donker. Alleen bij de bestuurder gloeide onder de wijzerplaten op het dashboard wat groen licht. De ramen van de bus rammelden bij elke hobbel in de stukgevroren wegen, bij elke bocht gleden de lichtbundels van de koplampen over de lege velden, in de dorpen klapten de deuren open en hoorde hij de stemmen buiten op straat.

Opeens legde hij zijn hand op Irma's knie, de handpalm naar boven. Hij schrok ervan. Onmiddellijk schoof het meisje haar hand in de zijne.

'Wat ben je stil,' zei ze en ze gaf met de zijkant van haar laars een tikje tegen zijn schoen.

'Ik zit te denken aan die overstromingen van vroeger en hoe het is om te verdrinken. Ik heb zelf in een wak gelegen. Een paar jaar geleden was ik zo stom om in een wak te rijden.'

Irma kneep in zijn hand.

'Mijn moeder heeft het me verteld,' zei ze.

Schaatsend op de brandput in de nieuwbouwwijk had hij het plotseling opdoemende wak niet meer kunnen ontwijken. Hij was kopje-onder gegaan en weer boven gekomen. Zijn jas had zich vol water gezogen en hem naar beneden getrokken. Terwijl het water langs zijn lippen golfde en het ijs waaraan hij zich vastklampte afbrak onder zijn handen, had hij een jongen over de besneeuwde oever zien rennen. De jongen had hem het uiteinde van een schooldas toegeworpen en hem naar de kant getrokken. Zijn schaatsen waren voor hem losgemaakt: een man had met zijn zakmes de bevroren veters doorgesneden. Klappertandend, bevend over al zijn ledematen, was hij naar huis gerend.

'Mijn moeder heeft mijn natte kleren twee dagen in een hoek van de gang laten liggen,' zei hij.

'Wat raar.'

Irma kneep opnieuw in zijn hand. Zijn verhaal had haar dichterbij gebracht. Hij voelde het. Toen hij opzijkeek, waren haar ogen op hem gericht, verwachtingsvol. Maar toen hij zich naar haar toe wilde buigen, zag hij zijn gezicht en haar hoofd met de muts weerspiegeld in het raam. Het stoorde hem. Terwijl hij zich terugtrok, zag hij de teleurstelling over Irma's gezicht glijden.

Op het bussenplein in de stad besloot hij met haar mee te lopen. Na het uitstappen had Irma als vanzelfsprekend haar hand weer in de zijne geschoven. Trots liep hij met haar door de straten: door de Wijngaardstraat naar de Vlasmarkt, vandaar naar de Beestenmarkt, door een smalle straat omhoog naar de kades rond de Oude Haven en weer naar beneden de Smallegangebuurt in. Hij verkeerde in een roes en had nauwelijks oog voor waar ze liepen, maar vagelijk was hij zich toch bewust van de route en probeerde zich die zelfs in te prenten. Onophoudelijk voelde hij Irma's hand in de zijne.

Ze maakten een omweg door de uitgestorven straten van de Smallegangebuurt, maar ten slotte stonden ze achter het huis aan de stadswal, bij de zwart geteerde schuur, onder het bordje 'Zagers te koop'.

'Het was fijn,' zei Irma.

Ze pakte de revers van zijn suède jasje en rook eraan om de geur van het leer op te snuiven.

'Dat wilde ik al de hele tijd,' zei ze.

Abel keek over haar schouder naar haar rug, terwijl ze haar gezicht nog eens tegen het jasje drukte, naar de planken van de schuur, naar de moestuin waar de stronken boerenkool uit de sneeuw staken. Opeens was dit meisje, dat hij meende te kennen, een vreemde voor hem. De lijnen van haar gezicht verloren hun vertrouwdheid, hij zag in het vertrouwde gezicht een ander, een onbekende. Met een dromerig gebaar trok ze de muts van haar hoofd en liet hem in de sneeuw vallen. Ze schudde haar haren los.

'Je mooie Russische muts,' zei Abel.

Zwijgend keek Irma naar hem op. Ze hijgde een beetje.

'Ik moet zo naar binnen,' zei ze.

Toen hij zijn hoofd naar haar toe boog, kwam hem uit haar mond een bekende geur tegemoet. Het was de geur die hij in vroeger jaren had geroken als Marinus naast hem zat. Toen hij zijn lippen op haar lippen drukte, ging haar mond verder open, ze sloeg haar armen om zijn hals en liet haar zachte, natte tong in zijn mond glijden. Al tongend knoopte het meisje haar jas open om hem dichter tegen zich aan te kunnen trekken.

'Dit is nog fijner,' fluisterde ze, haar lippen een ogenblik losmakend. 'O ja, duw maar.'

Fel duwde Abel haar tegen de schuur.

III

DE TIK MET DE STRIJKSTOK

1

Met een klap raakte de dalende spoorboom zijn nek. Hij boog zich nog dieper over zijn stuur en schoot er net onderdoor. In de sneeuwjacht stond hij stil voor de rijksweg en een traag voorbijglijdende stroom auto's. De klap had hem pijn gedaan. Maar hij bekommerde zich alleen om het suède jasje van zijn moeder, waarop het smerige ijzer van de spoorboom misschien een afdruk had achtergelaten.

'De volgende keer hakt-ie je kop d'r af!'

Naast hem stond een man in een lange leren jas op een brommer, vrolijk grijnzend.

'Dan hoef je nooit meer naar school.'

Abel gaf geen antwoord. Hij had haast. Dorpse gemoedelijkheid was nu niet aan hem besteed.

'Je hebt d'r onder, dat zijn krengen.'

De man maakte een hoofdbeweging in de richting van het seinwachtershuis aan de andere kant van het spoor. Abel voelde zich gedwongen de kerel nu ten minste aan te kijken. De sneeuw lag als een broze korst op zijn haar, het plakte op de panden van zijn leren jas – hij kwam van ver, deze leuteraar. Abel drong op naar de weg en probeerde de stapvoets rijdende auto's tot stoppen te dwingen. Naast hem verscheen weer de man in de leren jas.

'Verderop zal d'r wel eentje in de sloot liggen,' teemde hij. 'Verleden week reden ze hier ook zo langzaam. Toen was d'r verderop een tankwagen gekanteld. Alle melk over de weg.'

De trein van 8.11 denderde achter hen langs. Nu had hij nog vier minuten. Hij schoot de weg over, tussen de auto's door. Vijftig meter om te beslissen over de route: rechtdoor naar de Bergweg of door een aantal kleinere straten. Omdat hij tijd zou verliezen met het afremmen voor gladde bochten, koos hij voor twee keer een lang recht stuk. Hij ging nu voluit. Toen hij het asfalt van de Bergweg op draaide, hijgde hij zo hevig dat het pijn deed in zijn longen. Hij passeerde colonnes fietsers: jongens van de ambachtsschool, meiden van de vakschool. Het schoolgebouw naderend zag hij bij de hoofdingang een paar leraren naar binnen schieten. Hij kon het nog halen.

'Knaapje, knaapje toch!'

Als laatste liet de conrector hem binnen alvorens de deuren te sluiten. Hij vloog door de propvolle garderobe waar de plassen op de vloer stonden, smeet in de hal zijn tas op een berg andere tassen en sprintte de trap op. Vlak voor hem vloog Watse omhoog, ook een 'notoire laatkomer', zoals zijn vader hem eens had genoemd.

'Wats!'

'Hé!'

Lachend glipten ze de aula binnen, waar de leerlingen van de bovenbouw zaten te wachten op de dagopening. Abel haastte zich door het gangpad en schoof aan bij 'gore' Lobbezoo, zo genoemd omdat hij zo naar zweet rook. Naast de 'gore' was altijd wel een plaatsje vrij. Het rumoer verstomde. Er klonken voetstappen. Abel boog zich voorover om uit te hijgen en niet te hoeven zien hoe zijn vader het podium beklom.

Hij zakte weg. Een kwartier geleden had hij nog in zijn bed gelegen. In één lange rush had hij zich van zijn bed naar deze bank in de aula verplaatst. Achter in de aula klonk het geluid van een korte doch heftige worsteling. Zonder om te kijken wist hij wat er gaande was: meneer Quist sleurde een onruststoker uit de bank en werkte hem met harde hand naar buiten. Zijn vader hoefde er de schriftlezing niet voor te onderbreken. Na deze krachtdadige verwijdering stond deze leraar weer kaarsrecht, zij het licht hijgend, op zijn plek bij de deur, toezicht houdend op het eerbiedig aanhoren van Gods woord.

'Laten we bidden.'

Abel boog zijn hoofd, vouwde zijn handen. Nu durfde hij helemaal niet meer naar zijn vader te kijken. Liefst wilde hij hem ook niet meer horen. Zijn vader, die voor zijn medeleerlingen een gebed uitsprak en daarin ook nog enige persoonlijke gedachten vervlocht.

Tijdens het gebed gluurde hij naar de jongen naast zich, wiens zweetlucht hij nu begon te ruiken. Zijn gezicht was overdekt met acne. Hij had zijn vettige haren recht naar voren gekamd en het op zijn voorhoofd met de kam opzij gelegd. Zijn groene nylon overhemd had hij tot boven toe dichtgeknoopt. De jongen scheen goed te zijn in wiskunde en schaken. Een echt bèta-brein. Tersluiks keek Abel naar het gebogen hoofd, de gesloten ogen en gevouwen handen naast hem, het bepuiste gezicht, het grote lijf, dat zo'n intense geur verspreidde. Toen hij zich nog iets verder vooroverboog, zag hij het schriele en ingetogen meisje zitten met wie de jongen verkering had. Ze woonden in hetzelfde dorp en kwamen elke dag met de trein naar school. Hand in hand liepen ze van het station naar school. In de pauzes wandelden ze met z'n tweeën om het schoolgebouw. De jongen at onveranderlijk in de eerste pauze al twee boterhammen, met grote happen die zijn wangen deden opbollen. In de buurt van het station had Abel ze in omhelzing zien staan, het meisje haast verdwijnend in de armen van de jongen, die zich ver voorover moest buigen om haar te kussen. Zijn adem, die misschien rook naar boterhamworst. Zijn gulzige lippen, die haar lippen bedekten. Stil zaten ze nu naast elkaar op de bank. Ook het meisje bad mee, en ook zij had door haar gesloten ogen en gevouwen handen iets waarop zijn spottende blik afketste.

Ze hadden verkering, die twee. Had hij nu verkering met Irma Wisse? Hij schrok ervan.

Er klonk gedruis, geschuifel van voeten. Het gebed was ten einde. Zijn vader verliet het podium om achter de piano de psalmzang te begeleiden. Lobbezoo hield Abel zijn psalmboekje voor, zodat hij zou kunnen meezingen. Hij zong niet mee. Maar het boekje bleef waar het was, trouwhartig werd het hem voorgehouden. Abel voelde het als een zachte drang om toch mee te zingen. Bij het tweede couplet zakte de hand met het psalmboekje iets naar beneden, maar de jongen gaf niet op. Abel wankelde. Bediende God zich van deze jongen, juist van deze geminachte jongen, om hem tot inkeer te brengen? Was die slag van de spoorboom een slag geweest op zijn trotse nek? En was ook die gemoedelijke leuteraar op zijn brommer een teken geweest dat hij niet had begrepen? Bij het derde couplet begon de hand die het psalmboekje vasthield te trillen. Abel schaamde zich, het zweet brak hem uit, maar hij bleef weerspannig. Alleen de laatste regels zong hij mee, om niet langer onaardig te zijn, maar vooral om toch ten minste enkele psalmregels te hebben gezongen, in de absurde hoop dat het hem iets zou opleveren in de komende uren – hij had ook voor vandaag weer geen les geleerd.

Vol ongeduld luisterde hij naar het naspel van zijn vader: altijd dezelfde riedel, datzelfde afraffelen omdat hij de druk van al die wachtende leerlingen begon te voelen. Eerbied voor het hoofd der school schreef voor dat zijn vader nu als eerste en ongehinderd door het gangpad naar de uitgang van de aula kon lopen. Maar hij was nog niet halverwege of de leerlingen stortten zich al uit de banken en verdrongen zich tot vlak achter hem.

Toen Abel tussen de anderen naar de uitgang schuifelde, begon hij naar Irma te speuren. Liep ze achter hem? Was ze vóór hem? Voor zich zag hij alleen Antona Duvekot met haar nukkige hoofdbewegingen. Toen hij zich in de hal over de berg tassen boog, zag hij Irma de trap af komen. Ze glimlachte naar hem. Abel glimlachte terug.

In de klas, voor het begin van de les, draaide Antona zich naar hem om en vroeg hoe het was gegaan, gister. Ze waren er toch wel geweest? Ja, ze waren er geweest. In haastige zinnen vertelde hij over het bezoek. Het verbaasde hem dat juist Antona ernaar vroeg: hij was al een paar weken bij haar uit de gratie. Ze vermeed het om tegen hem te spreken, ze vermeed het zelfs om hem aan te kijken en nu draaide ze zich om op haar stoel en vroeg hem, natuurlijk niet zonder een hautain lachje, hoe het geweest was. Anderen luisterden mee. Het kostte hem geen moeite om het particuliere deel van zijn tocht naar het dorp en de hoeve weg te laten. Toch voelde hij zelf dat zijn tekst niet vloeide, dat er haperingen, sprongen, lacunes waren, dat er iets verborgen werd gehouden. Het was of ook Antona het bespeurde. Terwijl hij sprak, gleed haar blik verschillende malen naar Irma, het lachje week niet van haar lippen en haar ogen bleven hem licht spottend aankijken, alsof ze maar half geloofde wat hij allemaal zei.

Hij brak af toen juffrouw Verwey binnenkwam voor de les Herodotus. Wegduikend achter de rug van degene die voor hem zat, achteromkijkend, fluisterend, met gebaren en blikken wist hij Watses Herodotus-schrift te pakken te krijgen. Snel begon hij een rij Griekse woordjes en hun betekenissen over te schrijven. Onder de banken door ging het schrift terug naar de eigenaar. Elders in het lokaal was een leerling begonnen met het vertalen van de opgegeven passage. Abel stortte zich in de zeeslag bij Salamis tussen Grieken en Perzen.

Pas een halfuur later voelde hij zich veilig. Hij keek naar Antona, de linkshandige, terwijl ze aantekeningen maakte, en een grote gloed trok door hem heen. Ze had weer met hem gesproken.

In de eerste pauze liep hij in de drukke gang even gelijk op met Irma.

'Het was leuk gister,' zei hij.

'Ja, het was leuk.'

Irma bloosde. Abel keek weg. Hij herinnerde zich hoe ze in het donker bij de schuur tegen elkaar aan hadden gestaan, de druk van haar lichaam tegen het zijne. Nu hij vlak naast haar liep, herleefde het met grote kracht. Door de ramen van de gang zag hij de strakblauwe hemel en de glinsterende sneeuw. Het was hetzelfde mooie winterweer als gister. De dijk met de zwarte boomstammen tegen de blauwe hemel doemde op. Hij herinnerde zich hoe ze op die dijk van schaduw naar schaduw waren gelopen, als in een betoverde wereld.

'Het was een mooie dag,' zei hij.

In een opwelling wilde hij even haar hand pakken. Maar juist op dat moment sprong Watse op zijn nek en sleurde hem mee. Terwijl hij werd meegesleurd, wierp Abel nog een blik achterom en lachte verontschuldigend naar het meisje.

2

Sinds het begin van het schooljaar kwam Abel bij de Verstraetes over de vloer. Elke ochtend racete hij in de eerste pauze met Watse en Job op de fiets naar de Oostsingel om er koffie te drinken. Mevrouw Verstraete vond hem een aardige jongen, ook al had hij 'totaal geen manieren'. Leren je ouders je zulke dingen niet, zei ze als ze zich weer eens verbaasde over zijn gebrek aan manieren. Het was een verrassing voor Abel om dit te horen. Maar door de dingen waar mevrouw Verstraete hem op wees, moest hij wel aannemen dat ze gelijk had. Hij smeet bij het binnenkomen zijn jas op een stoel, hij liet boeren, en op een dag trof ze hem in de keuken aan met zijn voeten op tafel. Langzaam maar zeker begreep hij ook hoe het kwam: zijn vader was niet meer dan een Friese boerenjongen, zijn moeder interesseerde zich totaal niet voor manieren.

Abel kwam graag bij de Verstraetes, ook al kreeg hij er van tijd tot tijd 'op zijn flikker'. Hij voelde zich aangetrokken tot andere moeders. Van kindsbeen af was hij gesteld geweest op mevrouw Wisse. Weldra was hij nu net zo gesteld op mevrouw Verstraete. Hij praatte ook altijd met die andere moeders. Hij zocht ze op in hun keuken en had hele gesprekken met ze.

In het statige huis van de Verstraetes vond hij veel dat hij niet kende. In de twee kamers en suite op de eerste verdieping hingen geschilderde portretten van de zes kinderen die mevrouw Verstraete ter wereld had gebracht – de meeste waren in Indië geboren. Hij vond dat chic: om portretten te laten schilderen van de kinderen. Er stonden oude meubels, erfstukken, en er lagen antieke tapijten. Ergens aan de wand hing zomaar een oude Japanse rolschildering. Jongste zoon Job speelde cello. Een voornaam instrument, vond Abel. In de platencollectie van de familie stuitte hij op een doos met grammofoonplaten van de grote Casals. Platen waarop je de man kon horen brommen en neuriën terwijl hij een Bach-suite speelde, hoorbaar ver weg in de tijd. In de boekenkast stonden planken vol met Franse romans. De Verstraetes gebruikten de warme maaltijd niet tussen de middag, zoals op het eiland gebruikelijk was, maar 's avonds. Op het hele eiland waren ze hoogstwaarschijnlijk ook de enige familie waar bij elke warme maaltijd een fles wijn op tafel kwam. En natuurlijk hadden de Verstraetes wat hij zelf niet bezat: ze hadden manieren.

Maar het grootste geschenk van de Verstraetes in dat bewogen jaar was de *Paris Match*.

'Een jongen als jij moet toch behoorlijk Frans leren spreken,' zei mevrouw Verstraete met haar deftige stem, alsof de Pax Americana de wereld niet beheerste en hij zich later nog in alle salons van Europa zou kunnen bewegen als hij maar Frans sprak en goede manieren had.

De *Paris Match* was het beschavingsinstrument waarvan mevrouw Verstraete zich bediende. Nadat haar was opgevallen met hoeveel aandacht hij de grote en vaak bijzondere foto's in de *Match* bekeek, haalde ze hele stapels voor hem van zolder (ze bewaarde ze allemaal). Sinds enkele jaren werd het blad in kleur gedrukt. Warme en mooie kleuren. Hij zag de wielrenner Jacques Anquetil op het omslag van de *Match* in zijn gele trui en hij hield meteen van dat zachte, warme en omfloerste geel. Dagen achtereen pakte hij in de koffiepauze steeds weer dat nummer van de *Match* om even naar het geel van de trui van Anquetil te kijken. Ook de nummers in zwart-wit bekeek hij graag; ze gingen terug tot het jaar van zijn geboorte. Tijdschriften hadden hem altijd aangetrokken, maar de *Match* betoverde hem. Bepaalde foto's bekeek hij wel tien keer en steeds opnieuw las hij dan ook het bijschrift, want die woorden waren bij de foto gaan horen. Vooral de oorlogsfoto's in de *Match* hielden hem bezig. De *Match* bracht de gruwelen van de oorlog in Vietnam dichtbij.

Job Verstraete plantte de punt van zijn cello in het putje dat ergens bij de piano in de parketvloer zat.

'Kom op, Roorda!'

Abel bleef treuzelen in de erker, waar hij stond te kijken naar de schaatsers op de stadsgracht.

Job begon zijn partij te spelen. Het geluid van de cello vulde de kamer.

'Kom op, Roorda. Of heb je soms niet gestudeerd?'

Abel maakte zich los van het wintertafereel. Langzaam trok hij zijn trui uit. Elk ogenblik dat hij niet hoefde te spelen was er een. Met bonzend hart ging hij aan de piano zitten, blij dat hij de komende minuut alleen maar een 'a' hoefde aan te slaan terwijl Job zijn instrument stemde.

Komende zaterdagavond zouden ze spelen op een muziekavond van school. Ze hadden iets gekozen wat hun 'modern' in de oren klonk: drie stukjes van Hindemith. Abel kwam nauwelijks tot studeren. De uitvoering was een van uur tot uur groter wordende dreiging, een beproeving die hij alleen zou kunnen doorstaan door te studeren, door die noten te lezen en ervoor te zorgen dat hij ze in zijn vingers kreeg. Maar hij slaagde er steeds in de uitvoering te beschouwen als een gebeurtenis die nog ver weg was en stond zichzelf steeds toe het studeren uit te stellen of de stukjes flodderig door te spelen, terwijl hij met een half oor luisterde naar het gesprek dat zijn moeder en het dienstmeisje voerden aan de theetafel, totdat weer tot hem doordrong – en meteen sloegen de vlammen hem uit – dat het echt te gebeuren stond, dat hij echt al die noten zou moeten spelen, dat al die mensen er echt zouden zitten.

Ze speelden. Er gebeurde iets wat hij niet had verwacht. Ondanks zijn nervositeit en zijn onwennigheid op de vreemde toetsen had hij er plezier in. Zijn voortdurend falen – hij vond dat hij zijn partij meteen op briljante wijze moest kunnen spelen, a prima vista eigenlijk – bedrukte hem minder en minder. Hij had niet gerekend op de klank van de cello, dat die er zou zijn, net zo warm en sterk als het donkere rood van de kelimkussens op de bank. Ook had hij niet voorzien dat de klank van de cello ingebed zou zijn in de klanken van zijn eigen partij, en nog minder dat er bij het samenspelen iets zou ontstaan wat meer was dan twee over elkaar heen gelegde partijen.

'Niet slecht,' zei Job, toen ze er voor de eerste maal doorheen waren.

'We hebben het gehaald.'

'We hebben het gehaald. Maar je bent wel allemachtig slordig, Roorda. Godskolere!'

In het huis van de Verstraetes was vloeken usance. Het was een soort beschaafd vloeken dat zich verhief boven elke verdenking van grofheid, laat staan blasfemie. Mevrouw Verstraete beperkte zich tot boze maar keurig uitgesproken 'goddommes' als ze zich opwond over de verwoestingen die 'de Amerikanen' aanrichtten in Vietnam – zij was een felle pacifiste. Meneer Verstraete vloekte zoals hij dat in zijn studentenjaren bij zijn deftige corps had geleerd. Als hij 'gódverdomme' zei, klonk dat beschaafd en deftig, omdat hij nu eenmaal een beschaafde en deftige stem had. Ook Job vloekte beschaafd, met dezelfde intonatie als zijn vader. Dankzij zijn vader en zijn studerende broers en zussen kende Job tevens krachttermen die op het eiland – deze negorij, zoals meneer Verstraete steevast zei – onbekend waren. 'Godskolere' was een van die krachttermen. Ook sprak niemand anders er over 'godsnakende onzin', zoals de Verstraetes deden.

Nadat ze de stukjes nog een paar keer hadden doorgespeeld, begon Abel ze te eenvoudig te vinden, niet beantwoordend aan zijn droom van wat hun optreden zou moeten zijn. In een van de pauzes, terwijl Job zijn cello stemde, sloeg hij een paar 'atonale' akkoorden aan. Als je in het wilde weg je handen op de toetsen zette, kreeg je atonale akkoorden. Job begon meteen rare dingen te spelen die ook 'atonaal' waren.

Halverwege de repetitie kwam mevrouw Verstraete met een theeblad de kamer binnen en riep:

'O, maar jóngens, dit begint wérkelijk al héél áárdig te klinken!'

'Ach, dit is nog maar gekloot,' gromde Job op de verachtende toon die zijn vader graag gebruikte.

'O, maar ik vind het toch al héél áárdig klinken. En Abel, die schat, heeft er helemaal een rood hoofd van gekregen!'

Verlegen lachend boog Abel zijn hoofd.

Rond vijf uur kwam meneer Verstraete binnen. Tegen die tijd had hij schoon genoeg van zijn patiënten, hij verliet gemelijk zijn praktijkruimte op de begane grond en kwam naar boven. De twee jongens waren juist met een atonale improvisatie bezig.

'Zo, heren,' bulderde hij. 'Wat zijn jullie aan het doen? Wat een klótemuziek, zeg!'

Abel had net een lekkere riedel te pakken, Job sloeg met zijn strijkstok op de snaren, een handeling die hij afwisselde met het aanstrijken van de snaren onder de kam, wat piepende en schurende geluiden opleverde. Alle regels werden met voeten getreden. Abel waande zich een experimenteel musicus die een 'nieuwe klankwereld' ontdekt.

'Hé, zeg! Is het nou gódverdomme áfgelopen! Ga het gras maaien of zoiets!'

'In de winter, pa?'

'O, is het winter. Nou, ga dan sneeuw scheppen, joh.'

Met zijn zilvergrijze haar, zijn gedistingeerde kop, zijn visgraatjasje en vlinderdas, zijn forse gestalte en stentorstem was meneer Verstraete een indrukwekkende verschijning. Abels atonale lust verdween op slag. Hij sloeg een 'Debussy-achtig' akkoord aan en keek opzij naar Job, die er prompt een paar maten Bach doorheen begon te spelen.

'Is het nou gódverdomme afgelopen!'

Meneer Verstraete pakte de jeneverfles en schonk zijn eerste borrel in.

3

Na twee dagen had Irma het begrepen. Na drie dagen had ze zich erbij neergelegd. Vanaf de andere kant van de scheidslijn zond ze hem nu en dan een verbaasde en treurige blik.

Naarmate hij behendiger werd in het mijden, kreeg Abel dieper minachting voor zichzelf. Zijn hele bestaan op school stond in het teken van deze slinkse manoeuvres, dit verachtelijke toneelspel, dit doorzichtige doen alsof hij haar niet zag, dit lafhartige ontwijken – tussen de lesuren, bij het binnenkomen en verlaten van het lokaal en overal elders in het gebouw. Hij zag Irma naar huis fietsen, met de leren muts op haar hoofd, de muts die ze voor hem in de sneeuw had laten vallen. Hij reed haar achterna, koos een plek om bij haar langszij te komen, deed het niet, gebood zichzelf om vóór het bereiken van de stadswal naast haar te rijden, deed het andermaal niet, sloeg af, verloor haar uit het oog.

's Avonds fietste hij in de vrieskou naar het huis aan de stadswal. Hij waagde zich tot achter de schuur, tot op de plek waar Irma de revers van zijn jasje had vastgepakt en haar gezicht ertegenaan had gedrukt om de geur van het leer op te snuiven. Hij herinnerde zich hoe het jasje om zijn rug spande toen ze hem aan de revers naar zich toe haalde. Hij trok zelf aan zijn revers om het jasje om zijn rug te laten spannen, om die gewaarwording weer op te roepen: hoe ze hem naar zich toe had gehaald. Zittend op zijn fiets leunde hij met zijn schouder tegen de schuur en stelde zich voor dat ze telepathisch zijn aanwezigheid had bespeurd en naar buiten kwam. Plotseling reed hij weg, bang dat die telepathie bestond en hij haar naar zich toe trok door achter de schuur te staan.

Elke middag was hij nu bij de Verstraetes om met Job te repeteren. Maar zelfs daar kon hij niet aan Irma ontkomen, want wanneer hij uit een van de ramen keek zag hij de schaatsers op de stadsgracht, aan de overkant de besneeuwde stadswal en zodra hij de stadswal zag, was hij in het huis van de Wisses – waar Irma nu misschien ook aan de piano zat.

Op vrijdagavond werd hij uitgenodigd om te blijven eten. In de keuken, waar mevrouw Verstraete aan het koken was, praatte hij met haar over Vietnam en de Amerikaanse bombardementen. Nooit hoorde hij een vrouw over politiek praten. De vrouwen die hij kende waren huismoeders en lazen de krant, maar spraken niet over politiek, ze hadden geen mening over 'de Amerikaanse aanwezigheid in Vietnam' en waren zeker geen lid van een pacifistische partij, zoals mevrouw Verstraete. Al pratend liep de kleine en grijzende dame heen en weer voor het aanrecht. Abel keek naar wat ze deed. Nog nooit had hij een dressing van olie en azijn voor de sla zien maken, zoals zij deed. Tal van handelingen die zij in de keuken verrichtte waren hem onbekend.

'In Korea hebben ze er destijds een puinhoop van gemaakt, en in Vietnam doen ze nu hetzelfde. Een verwoest land en honderdduizenden doden. Dat is wat ze er achter zullen laten.'

Ze snoof verontwaardigd.

'Bijna niemand beseft het,' vervolgde ze, 'maar het is een feit dat Amerika zelf is gebaseerd op een genocide. Mag het een keer gezegd worden? Miljoenen indianen hebben ze vermoord of laten creperen, voordat dat prachtige Amerika kon ontstaan. Het is een door en door gewelddadige natie. Elke zichzelf respecterende Amerikaan heeft een geweer in huis. En al meer dan honderd jaar is elke oorlog gerechtvaardigd als het om de Amerikaanse belangen gaat. O, ik kan me er zo woest om maken.'

Er viel een stilte waarin mevrouw Verstraete driftig in een pan roerde.

'Neem me niet kwalijk, hoor,' zei ze toen. 'Dat was even mijn stokpaardje.'

'Ik begin de taart te ruiken,' zei Abel. 'Wat bijzonder dat u op een doordeweekse dag een taart maakt.'

'Maar, lieve schat, een tarte tatin heb je zó gemaakt, en hij is zó lekker! Maakt je moeder hem nooit?'

'Nooit.'

'Dat wordt dan toch eens tijd!'

Hij durfde niet te zeggen dat ze thuis geen oven hadden, dat zijn moeder geen aanleg voor koken had en waarschijnlijk nog nooit van tarte tatin had gehoord, net als hijzelf.

'Wil jij even de sla uitslaan?'

Hij begreep niet wat ze bedoelde tot hij een korfje met natte slabladeren in handen kreeg gedrukt. Op het balkon zwiepte hij het korfje heen en weer en in de stilte van de winteravond hoorde hij onder zich de druppels in de besneeuwde tuin vallen. Hij zwiepte het korfje langer rond dan nodig was, want plotselinge verlegenheid weerhield hem ervan weer naar binnen te gaan.

'Hoe is het trouwens met je moeder?' vroeg mevrouw Verstraete. 'Ik heb haar al in geen tijden ergens gezien.'

'Ze houdt er niet van om uit te gaan.'

Hij was trots op die zin, die hij nog nooit had uitgesproken en waarmee hij zijn moeder een zekere allure gaf – alsof ze behoorde tot 'de uitgaande wereld'. Onlangs had hij door het lezen van een roman van Balzac vernomen over 'de uitgaande wereld'.

'Nou ja, dat is haar goed recht,' zei mevrouw Verstraete. 'Mijn moeder hield er ook niet van om uit te gaan. Dat zijn bepaalde naturen.'

'Wat zijn dat dan voor naturen?'

'Je moeder lijkt mij, maar ik kan me totáál vergissen hoor, je moeder lijkt mij een heel teruggetrokken vrouw.'

'Teruggetrokken.'

Hij proefde het woord. Het had iets geruststellends. Sommige mensen hadden gewoon een teruggetrokken natuur. Zijn moeder bijvoorbeeld.

'U hebt haar dus wel eens meegemaakt?'

'Ja, natúúrlijk!'

'En wat zag u dan?'

'Dat ze zich niet op haar gemak voelt, dat ze heel, heel teruggetrokken is.'

Mevrouw Verstraete trok de klep van de oven open om naar haar tarte tatin te kijken.

'Maar je ziet ook meteen,' vervolgde ze, zich oprichtend en de oven sluitend, 'dat het een héél lief mens is.'

Het klonk of zijn moeder een soort troostprijs kreeg. Er kwam geen woord over haar lippen als ze onder de mensen was. Ze stond maar met grote ogen te kijken. Maar ze was wel een 'heel lief mens'.

Aan het begin van de maaltijd ging mevrouw Verstraete achter zijn stoel staan en legde haar handen op zijn schouders. Eerst had ze hem 'schat' genoemd, meerdere malen zelfs, en nu legde ze haar handen op zijn schouders. Terwijl ze hem vasthield, zei ze een paar aardige en lovende dingen over hem en heette hem 'welkom aan deze tafel'.

'Bravo,' riep meneer Verstraete, beschaafd bulderend, 'en nu goddomme de pot op tafel!'

Job boog zich over tafel, pakte de fles wijn en bracht hem vlak bij zijn bijziende ogen om het etiket te lezen.

'Zo zo,' zei hij, 'een cru bourgeois.'

Beneveld door twee glazen wijn verliet Abel het huis. Hij slingerde zich op zijn fiets, maar in de eerste bocht van de Oostsingel ging hij al onderuit. Met de fiets aan zijn hand liep hij verder. In de stilte van de winteravond hoorde hij de ijzers van een paar late schaatsers krassen op het ijs en hij dacht aan Irma, haar bontmuts die ze voor hém in de sneeuw had laten vallen, haar jas die ze voor hém had opengeslagen.

4

De zaterdagavond kwam echt. Maar zelfs 's middags moest hij zichzelf nog dwingen om zijn partij te studeren en naar Job te rijden voor een laatste repetitie, waarbij ze afspraken maakten over de 'improvisaties' die ze tussen de stukjes van Hindemith zouden spelen.

De aula zat vol.

Hij moest wachten tot na de pauze. Alleen wilde fantasieën boden nog een ontsnappingsweg. Na de pauze zat hij naast Job. Hij zat nu eens onderuitgezakt op de bank, dan weer rechtop, hij draaide van links naar rechts en weer terug, vertwijfeld pogend zich te concentreren. Eenmaal stond hij zelfs op het punt om in gebed te verzinken, maar op het laatste ogenblik zag hij ervan af omdat het hem plotseling voorkwam dat hij zichzelf zou verzwakken als hij zijn lot nu in andermans handen legde.

Hij zag Irma spelen. Haar korte, gekromde vingers roffelden over de toetsen. Ze glimlachte verontschuldigend als ze zich vergiste, en na elke vergissing kwam er uit haar hals een diepe blos omhoog.

Hij zag Antona Duvekot met een stuurs gezicht het podium op komen, gevolgd door haar begeleider, een jongen die niet bij hen op school zat. Het was een jongen die hem minstens twee jaar ouder leek dan zij. Een rustige jongen ook, die dit vaker had gedaan. Misschien was hij dus alleen haar begeleider. Toen hij Antona – ze klemde haar viool met schitterend genegen hoofd tussen kin en schouder – tijdens het stemmen naar haar begeleider zag glimlachen, boog hij woedend zijn hoofd. Nu eens keek hij naar de schoenen onder de bank voor hem, dan weer wierp hij van onder zijn wenkbrauwen een blik op het spelende meisje. Al die tijd bonsde zijn hart in zijn keel.

Hij herkende haar in haar manier van spelen: stroef, terughoudend, maar vurig – het temperament, dat door haar stroefheid heen brak. Aanvankelijk keek ze bijna boos naar de bladmuziek op de standaard. Maar allengs begon ze zich meer op haar gemak te voelen. Zijn adem stokte toen ze met een kordate en vliegensvlug uitgevoerde tik van haar strijkstok een opbollende bladzijde tot de orde riep. Het was of ze voelde dat ze succes had met die tik, die dresserende tik. Verderop in het stuk, tijdens een paar maten rust, duwde ze andermaal, maar nu peinzend en dromerig, de punt van haar strijkstok tegen het blad. Abel kreeg het er warm van. Het was haast of hij die punt zacht tegen zijn borst voelde duwen. Maar toen ze deze beweging even later herhaalde, vond hij het effectbejag. Zijn afkeer van haar, die al die tijd op de loer had gelegen, wachtend op de geringste zwakte, kreeg de overhand. Ze had geen mooie toon. Ze speelde stroef. Ze speelde gehaast. En dat vage glimlachje de hele tijd, die kokette hoofdbewegingen – het was allemaal even doortrapt. Hij keek opzij naar Job, die met de eeltige vingertoppen van zijn linkerhand over de snaren van zijn cello liep.

Achter Job beklom hij het podium. Op weg naar de piano meende hij nog iets te ruiken van Antona. Hij moest zichzelf dwingen om op de pianokruk te gaan zitten.

Ze speelden.

Later herinnerde hij zich maar enkele dingen. Het stemmen van Job, dat zo idioot lang had geduurd. Het leek haast of hij eropuit was om te tergen. Of durfde hij niet te beginnen? Vanuit het publiek was geroepen: 'Schiet nou maar op, Verstraete!' Met een uitgestreken smoel had Job de zaal in gekeken, ogenschijnlijk onverstoorbaar doorgaand met het aanstrijken van de snaren en aandraaien van de toetsen. Thuis was hem geleerd om altijd en overal superieur te lijken en op de meest ongelegen momenten meende hij dit in praktijk te moeten brengen. Eindelijk konden ze beginnen.

Tijdens de eerste 'improvisatie' schoot meneer Koole, de muziekleraar, uit de coulissen. Hij kwam bij de piano staan en boog zich over de bladmuziek om te zien waar de barbaarse noten stonden die hij hoorde. Aan het eind van elke 'improvisatie' zag hij Jobs rechterschoen drie keer nadrukkelijk op de vloer tikken, en dan doken ze weer in Hindemiths noten.

Het waren de 'improvisaties' die opschudding verwekten. Applaus, boe-geroep en verbaasd rumoer, dat aanhield nadat ze het podium hadden verlaten en zelfs sterker werd, alsof de chaos van hun 'improvisaties' was overgeslagen op de zaal. Ze keerden niet terug naar hun plaatsen, maar liepen door het gangpad naar achteren, tussen al die naar hen toe gedraaide gezichten door, naar de uitgang van de aula, en daar bleven ze staan.

'We hadden nog wel een toegift kunnen spelen,' riep Abel in Jobs oor.

'Een romantisch stukje!'

'Zag je Koole uit de coulissen komen? Hij wist niet wat hij hoorde!'

'Vooral die laatste improvisatie was goed.'

'Ja, die ging fantastisch!'

Opgewonden wisselden ze hun indrukken uit, terwijl ze deden of het rumoer dat ze hadden ontketend hun niet aanging. Job tilde met twee handen zijn cello op, bracht hem in horizontale positie tot vlak onder zijn bijziende ogen en bekeek hem zorgelijk, alsof in het vuur van het spel de splinters van zijn instrument waren gevlogen.

Na afloop stonden ze in een groepje te praten. Ook Antona Duvekot en haar begeleider stonden erbij. Abel wist niet wat hij tegen haar moest zeggen en vermeed het haar aan te kijken. Ze zei ook niets tegen hem. Hij begon de spanning te voelen. Opeens keek ze hem fel en scherp aan met haar donkere ogen, een blos trok over haar gezicht.

'Mooi gespeeld, Duvekotje,' zei hij.

Het klonk sarcastisch.

'Ach jij!'

Ze wendde haar blik af.

'Je moet alleen nog wat werken aan je toon: wat minder stug, wat minder stroef, wat minder ongenaakbaar. Dat zal je goeddoen.'

Haar ogen spuwden vuur.

'Ach jij, met je improvisaties! Onuitstaanbaar ventje dat je bent!'

Abel begon te lachen.

'Onuitstaanbaar ventje,' herhaalde hij schaterend. 'Onuitstaanbaar ventje!'

'Het is maar dat je het weet!'

'Wat ben je opeens boos, Duvekotje!'

Lachend wendde hij zich af. Hij zag Irma, haar blik op hem gericht, en liep zo naar haar toe.

5

Naast Irma fietste hij door de besneeuwde straten. Het was stil in de stad. Nog een enkele auto, langzaam rijdend, nog een enkele voetganger, die behoedzaam over het trottoir schuifelde. Op de stadsgracht reed nog een handvol schaatsers. Abel remde en stapte af.

'Even kijken.'

Hij richtte zijn blik op een echtpaar op kunstschaatsen, dat bedaard figuren reed. Hij kende het wel, dit paar, hij met zijn haren glad achterovergekamd, zij haar haar strak in een knot, hij iets kleiner dan zij, altijd keurig en beleefd waren ze, en nu reden ze hier hun keurige figuren. Hij gruwde ervan als alles klopte. Verspreid over de ijsbaan, die met scheuren was dooraderd, reden een paar superieure schaatsers, die met rustige en brede slagen van de lege baan genoten en hun rondjes draaiden, pootje over in de bocht, zonder hun handen van hun rug te nemen, en dan weer aanzettend voor het lange rechte stuk langs de stadswal. In de bocht hoorde hij de punt van hun ijzers soms even achteloos over het ijs slieren.

Naast hem stond Irma te kijken. Hij voelde haar blik op zich gericht. Hij wilde zich naar haar toe buigen, haar kussen en zich verontschuldigen. In zijn verbeelding deed hij het al, voelde hij al haar lippen en had ze hem al aan zijn revers naar zich toe getrokken. Maar hij begon af te geven op dat schaatsende echtpaar met hun keurige figuren.

Op de kade van de oude haven werd zijn blik getrokken door een etalage met gymnastiektoestellen. Daarna viel zijn oog op een huis met luiken, hoog oprijzend en vreemd ondiep. Steeds werd zijn aandacht van Irma afgeleid en steeds minder wist hij te zeggen.

Ten slotte stonden ze achter de schuur, op de plek waar ze een week geleden hadden gestaan. Irma zette haar fiets tegen de wand, hij volgde haar voorbeeld. Hij liep naar haar toe, in de hoop dat ze hem meteen bij zijn revers zou pakken, maar Irma leek niet van plan dat te doen. Ze zwegen.

'Waarom heb je een hele week niets tegen me gezegd?' vroeg ze toen.

'Ja, belachelijk.'

Ze zwegen weer. Hun adem kwam in witte pluimen uit hun mond.

'Je hoeft je tot niets verplicht te voelen,' zei Irma.

'Waarom verplicht?'

'Omdat we gezoend hebben.'

'O, daarom.'

'Je hoeft je echt niet verplicht te voelen.'

'Dat voel ik me wel. Maar ik wil het niet: verkering hebben. Dat gedoe met briefjes, foto's en in de pauze hand in hand om de school lopen – daar wil ik echt niks mee te maken hebben. Ik wil absoluut geen verkering.'

'Je hoeft niet boos te worden.'

'Maar ik wil dat absoluut niet!'

Irma lachte en pakte zijn hand. Ze bracht hem bij haar mond en warmde hem met haar adem.

'Je hebt goed gespeeld,' zei ze.

'Jij roffelde er weer op los.'

'Ik heb er gewoon te weinig gevoel voor.'

'Als je nou es langzamer speelde.'

'Maar die improvisaties van jullie klonken soms wel erg raar.'

Ze lachte en beet zacht in zijn hand.

'Maar die laatste was goed,' verweerde Abel zich. 'Toen hadden we echt iets te pakken.'

Met zijn vrije hand knoopte hij haar jas open, en toen de panden loshingen trok hij haar naar zich toe. Eindelijk voelde hij haar zware en stevige lichaam tegen zich aan. Irma schoof een knie tussen zijn dijen, en ze begonnen aan een tongzoen, opgelucht dat er geen hindernissen meer waren.

Opeens verstarde het meisje. De achterdeur van het huis werd geopend.

'Laten we ergens anders gaan staan,' hijgde ze.

Maar op hetzelfde ogenblik al durfden ze zich niet meer te verroeren. Hij hoorde stappen in de moestuin, een man, een man die struikelde en met een doffe klap in de sneeuw viel en vloekend overeind kwam. Het moest haar vader zijn. Hij deed nog een paar wankele stappen. Toen stond hij te wateren bij de heg. Irma had zijn jasje om haar hoofd getrokken om zich te verbergen. Hij voelde haar hart bonzen tegen zijn borst, haar warme adem sloeg tegen zijn hals. Hij verroerde zich niet. Opeens sloten haar lippen zich om zijn adamsappel en zoog ze eraan.

IV

MENEER WISSE

1

Ergens halverwege de preek hoorde hij naast zich een zacht geluid. Het kwam uit de neus van zijn moeder. Een zacht, snurkerig geluid. Opzijkijkend zag hij dat ze haar blik strak op de preekstoel gericht hield. Maar haar wangen glansden en langs haar neus gleed een traan omlaag. Abel verstarde, net als zijn broer en zus die aan de andere kant van zijn moeder zaten, en met z'n drieën staarden ze roerloos voor zich uit.

Op zijn knieën lag de bijbel van zijn moeder. Hij had net gelezen over een bezetene, in de greep van boze geesten, die door Jezus werden uitgedreven. De boze geesten waren in een kudde zwijnen gevaren, die zich in het meer van Galilea hadden gestort en waren verdronken. Hij had de tekst vaker gelezen. De bezetene was hem zo vertrouwd dat het was of hij bij die uitdrijving aanwezig was geweest. Een woeste verschijning, vervuild, in gescheurde kleren, met lange nagels en om zijn enkels en polsen de resten van de ketenen waarmee men had geprobeerd hem te boeien. De man had tegen Jezus geschreeuwd. De boze geesten hadden hem op de grond geworpen en doen stuiptrekken. Maar wat waren boze geesten? En hoe kon een boze geest van een mens overgaan in een dier? De uitdrijving zag hij voor zich als op een tekening van Jetses: links Jezus, omringd door zijn discipelen, in het midden die woeste verschijning, heel donker, en op de achtergrond graasde nietsvermoedend de kudde zwijnen en lag het meer van Galilea te glanzen. Bezeten. Steeds vaker kwam hij zichzelf voor als een bezetene. Hij was voortdurend alles kwijt – alsof dingen door onzichtbare handen werden weggenomen. Hij wilde zijn huiswerk doen, maar stelde het eindeloos uit en deed het niet. Hij wilde zich op school rustig gedragen, maar hij was druk en brutaal. Hij was geen meester over zichzelf.

Uit deze overpeinzing werd hij opgeschrikt door dat zachte, snurkerige geluid uit zijn moeders neus.

Hij keek nog een tweede keer naar haar gezicht. Ze huilde. Het was onmiskenbaar. Hij meende nu om zich heen een verstarring te voelen: mensen die het hadden gemerkt en deden of ze niets hadden gemerkt. Hij meende het aan de hoofden voor zich te zien: een onnatuurlijke roerloosheid, die erop wees dat ze luisterden naar de vrouw die achter hen zat te huilen.

Vanuit zijn ooghoeken zag hij dat Otto de hand van zijn moeder had vastgepakt. Hij wilde het voorbeeld van zijn broer volgen, maar kon het niet. Otto was hem voor geweest. Zijn jaloezie werd nog heviger toen hij besefte dat het gemak waarmee Otto de hand van zijn moeder had gepakt nog eens bewees dat hij dichter bij haar stond. Otto, voor wie ze niet bang hoefde zijn. Otto, die moeite had met leren, zoals zijzelf vroeger had gehad. Otto hield haar hand vast. Het was niet nodig dat hij zijn moeders hand pakte, hield hij zichzelf nu voor. Het was overdreven: twee zoons die de hand van hun huilende moeder vasthielden.

Abel voelde zich schuldig. Hij was lief voor zijn moeder en kwelde haar. Hij maakte misbruik van haar geduld, haar gedweeheid, haar onnozelheid. Hij danste met boksbewegingen om haar heen en zag hoe moe ze was, hoe ze verdronk in zijn overdaad aan energie. Hij danste om haar heen met woorden, plaagstoten uitdelend, pesterig, uitdagend, en zag haar kijken als een in het nauw gedreven dier.

Opeens róók hij de tranen van zijn moeder. Er kwam op de luchtstroom – de dikke, zware lucht van een volle kerk – iets vochtigs, weeks en ziltigs langs zijn neusgaten drijven. Toen hij die tranen rook, was het of hij de eenzaamheid van zijn moeder rook. Nog steeds hield hij zichzelf tegen. Toen hij toch zijn moeders hand pakte was het een wilsbesluit en deed hij het uit plichtsgevoel, ook al probeerde hij er aanhankelijkheid in te leggen. Maar met zijn hand kon hij niet liegen. Ongemakkelijk hield zijn moeder zijn hand vast en liet ze de hare vasthouden. Het was of ze zich zelfs nu nog opofferde, hem toestond haar te troosten, zoals je dat een klein kind toestaat. Terstond voelde hij zich ook door zijn moeder geoordeeld: zijn gebaar was niet spontaan, het was 'geforceerd', het was 'niet zuiver'. Aan het voor zijn moeder hoogste criterium had hij niet voldaan. Nog een ogenblik omklemde hij haar half toegeeflijke, half weerspannige hand, en toen liet hij los.

2

Bij het uitgaan van de kerk wrong hij zich tussen de mensen door en sprong bij Watse Postma achter op de brommer.

'Wegwezen, Wats!'

Zijn vriend greep het stuur van zijn Honda en gaf gas. Vuile sneeuw spoot weg onder het achterwiel. Hij manoeuvreerde tussen het kerkvolk door, dat de straat overspoelde.

'Was het een fijne dienst,' riep Watse vileinig over zijn schouder.

'Erg fijn.'

'De Here zegene u...'

'En Hij behoede u...'

'De Here doe zijn aangezicht over u lichten...'

'En geve u vrede.'

'Yeah!

'Praise the Lord.'

Ze barstten in lachen uit. Abel gaf zijn vriend met beide handen een klap op zijn schouders.

'Hé, oude bluesman.'

'Uh!'

'Vuile nikker.'

'Ik sla de tanden uit je bek, witte man.'

Nog steeds reden ze stapvoets tussen het naar alle kanten wegstromende kerkvolk, tussen de bontjassen en de hoeden, de startende en wegrijdende auto's, de brommers en fietsen. Abel wipte op en neer op de buddyseat en begon het bluesnummer te zingen waarmee Watse gisteravond in de aula furore had gemaakt: de slissende zang van een tandeloze, oude neger had hij perfect geïmiteerd, zichzelf begeleidend op zijn gitaar. Watse viel in, gebogen over het stuur, zijn ellebogen op een idiote manier omhoogduwend.

Eindelijk hadden ze vrij baan en scheurden weg. Aan weerszijden van de straat liepen de kerkgangers in lange colonnes naar huis. Abel barstte haast uit zijn vel door het lange stilzitten en het zien van al dat brave volk maakte hem nog woester. Hij begon de kreet te scanderen die in Amsterdam in demonstraties tegen de oorlog in Vietnam werd gebruikt. Het was een kreet die het hele land had geschokt. Bij de Postma's had hij op televisie de demonstraties gezien: de dichte rijen mensen in de straten, armen in elkaar gehaakt, schreeuwend. Wat ze schreeuwden had ook hem geschokt. Maar nu riep hij het zelf, luidkeels, boven het geluid van de brommer uit.

'Johnsón, moor-de-náár! Johnsón, moor-de-náár!'

Watse viel hem bij.

'John-són moordenáár, John-són moordenáár!'

'Vlak langs het trottoir, Wats!'

Watse stuurde zijn brommer vlak langs het trottoir, langs de huiswaarts kerende gelovigen. Met één hand aan hun mond scandeerden de jongens sarrend het ongehoorde.

'John-són, moordenáár! John-són, moordenáár!'

Het waren vooral de mannen in hun lange winterjassen die verstrakten en verstoord opkeken. Watse reed vol gas, roekeloos als altijd, en in de bocht waar ze het kerkvolk achter zich zouden laten ging hij onderuit. De Honda schoof over het wegdek, over het trottoir, en kwam tot stilstand in het gras van het braakland waar Abel ooit zijn hutten had gegraven. Ongedeerd lagen ze in de sneeuw, half onder de brommer. Twee mannen, aan het hoofd van hun gezin op weg naar huis, keken misprijzend op hen neer.

'Ja ja, God straft onmiddellijk,' riep Watse.

Slap van het lachen kropen ze onder de brommer vandaan, liepen het veld in en wierpen zich languit in de sneeuw.

3

Het huis van de Postma's lag aan een van de winkelstraten in de binnenstad. Het was een groot, oud en verwaarloosd huis. Na zijn vertrek van Nieuw-Guinea, waar hij onderwijzer was geweest en de eerste twee van zijn zes zoons had verwekt, had meneer Postma het gehuurd.

Het huis rustte op middeleeuwse kelders met kruisgewelven. Op de binnenplaats tussen voor- en achterhuis, zichtbaar vanuit de gang met zijn vergane glorie van marmer en stucwerk, stond in een hoek nog het houten hok dat in vroeger tijden als privaat had gediend. Dit oude privaat intrigeerde Abel. Hij stelde zich vrouwen in hoepelrok voor die daar naar binnen gingen. Hij keek er in het voorbijgaan naar door de oude ruiten, maar kreeg het nooit vanbinnen te zien, want de sleutel van de deur naar de binnenplaats was zoek en bleef zoek. In het voorhuis stonden op de schoorsteenmantel vier houten beelden, beplakt met strengen mensenhaar, veertjes en botjes. Stoffig en misplaatst stonden ze op het zwarte marmer. Abel keek ernaar. Hij hoorde het gedempt rumoer van de winkelstraat terwijl hij beelden in zich opnam die ooit in het oerwoud door menseneters waren vereerd. Er ging iets onzegbaar duisters van uit.

In alle kamers, op alle verdiepingen, heerste wanorde. Op zekere dag was mevrouw Postma in staking gegaan. Ze weigerde nog langer de kamers van haar onhandelbare zoons op te ruimen. Hun slaapkamers roken naar zweet, de vloer was bezaaid met kleren, de bedden lagen open. Ook de rest van het huis leek onder haar werkweigering te vallen. In de keuken stapelden de vuile borden zich op. Soms zag Abel haar verveeld een kamer stofzuigen. Maar meestal trof hij haar lezend aan. Tegen haar zoons sprak zij uitsluitend nog op een sarcastische, honende toon. Ze had het opgegeven om gezag uit te oefenen. Meneer Postma was driftig en bediende zich van de lichamelijke tuchtiging om zijn zoons te temmen. Maar de chaos in huis leek er alleen maar groter door te worden. Op het plaatsje achter het huis werd Abel vanuit een bovenraam door een van de jongsten voor de grap met een windbuks beschoten. Toen hij eens door de gang liep, sprong er vanuit het donkere trapgat een kleine bosaap op zijn nek, een gespierd knaapje, dat hem vastgreep bij zijn haren en begon te slaan.

Hij kwam niet graag in dit huis. De chaos vrat aan hem. Hoe slordig hijzelf ook was, hier had hij de neiging om op te ruimen, stoelen recht te zetten en in de muffe slaapkamers de ramen open te gooien. Tegelijkertijd fascineerde hem die chaos, die zelfs in de ouderlijke slaapkamer heerste, want ook daar lagen overal de kleren op de grond.

Op een dag zei hij schertsend tegen Watse: 'Je ouders moeten die beelden van Nieuw-Guinea wegdoen.'

Het was of die beelden met hun lokken mensenhaar, botjes en veertjes op een ondoorgrondelijke manier het leven in huis ondermijnden en ontwrichtten, alsof er een kwade invloed van uitging. Het was of zij die chaos veroorzaakten.

Die ochtend, nadat ze met de Honda onderuit waren gegaan, troffen ze de voltallige familie aan in de voorkamer met koffie en cake. Op zondagochtend werd er gedaan of ze met z'n allen toch een normaal gezin waren. Onder invloed van de zondag hielden de jongens zich tot het middageten koest. Allemaal droegen ze nette kleren. Ook dat zette een rem op hun wildheid. In de voorkamer hing boven de hoofden een nevel van sigarettenrook.

'Zo, daar hebben we onze oudste zoon en zijn vriend,' zei mevrouw Postma schamper.

'Goedemorgen, moeder,' antwoordde Watse, uiterst keurig. 'Goedemorgen ook… eh… vader.'

'Onze oudste zoon,' begon meneer Postma, temerig en vol verachting, 'onze oudste zoon is hedenochtend niet ter kerke gegaan, zoals alom is opgemerkt. Hij heeft – snood, lafhartig en achterbaks – een van zijn jongere broertjes opdracht gegeven om te noteren welke dominee wij hebben gehoord, welke psalmen wij hebben gezongen, welke teksten er uit de heilige schrift zijn gelezen en waar de preek over ging.'

'Het verachtelijk sujet,' vulde mevrouw Postma aan.

Het echtpaar had op Nieuw-Guinea hartstochtelijk deelgenomen aan het plaatselijk amateurtoneel.

'En zoëven,' vervolgde meneer Postma, 'heeft onze oudste zoon ergens in dit huis, in het geniep, dat jongere broertje uitgehoord over hetgeen er in de kerk is gepasseerd. Ook vroeg hij naar bijzondere voorvallen, zoals bijvoorbeeld de doop van een kind. Als dank voor de inlichtingen heeft hij zijn broertje een dubbeltje gegeven.'

'En zo dadelijk,' vervolgde mevrouw Postma, 'zal onze oudste zoon, gevraagd naar zijn kerkbezoek, zijn ouders voorliegen. Met het onschuldigste gezicht van de wereld zal hij ze voorliegen. Is dat niet prachtig?'

De stilte was geladen. Meneer Postma's temerige sarcasme kon zomaar overgaan in drift. Hij was rood aangelopen. De lange askegel van zijn sigaret viel op zijn broek.

Tijdens deze toespraak had Watse eerst een woedende blik geworpen op het broertje dat hem had verraden, daarna was hij gaan glimlachen en had hij met gespeelde onderdanigheid staan luisteren, zijn linkeroor naar voren gedraaid om beter te horen.

'Wat... eh... moet ik hier nog op zeggen,' stamelde hij ten slotte.

Was hij werkelijk zo onthutst als hij eruitzag?

'Och, och, arme jongen, hebben we je pijn gedaan,' sneerde zijn vader.

'Trek gerust je jas uit, hoor,' zei mevrouw Postma tegen Abel. 'En geneer je vooral niet.'

Abel hield zijn jas vooralsnog liever aan.

Later zaten ze op zolder. Watse had huisarrest voor de rest van de dag en was met twee broers aan het kaarten geslagen. Met losgeschoven stropdassen en een sigaret in hun mond zaten ze op een paar oude stoelen en wierpen de kaarten op een tafeltje dat tussen hen in stond. Er werd gespeeld om dubbeltjes en kwartjes. Geld was onder de jongens Postma een belangrijk ruilmiddel. Voor het verlenen van diensten werd geld gevraagd, privileges werden gekocht en verkocht, er werden leningen met rente afgesloten. Zelfs de jongste, zeven jaar oud, was betrokken bij deze economie. Als boodschappenjongen van zijn oudste broers, voor wie hij sigaretten, kauwgum en patat haalde, wist hij al aardig te verdienen. Vanaf negen, tien jaar waren de jongens behendig in het kaarten.

Watse speelde fanatiek. Met trillende hand wierp hij zijn kaarten op tafel.

Abel stond voor het zolderraam over de daken te kijken naar de vlakbij gelegen Grote Kerk, naar het boven de huizen uitstekende koor met zijn luchtbogen. Hij begreep niet waarom Watse ging zitten kaarten. Werd hij gestraft omdat hij een week lang elke dag bij Job was geweest om Hindemith in te studeren? Tussen de bedrijven door was hij maar eenmaal hier geweest om te luisteren naar Watses blues van de tandeloze, oude neger. Over zijn schouder keek hij naar zijn vriend, naar diens nerveus trillende hand. Om de een of andere reden roerde hem die trillende hand, net als de trilling in Watses stem als hij zong, zijn naar voren gedraaide linkeroor wanneer hij ingespannen luisterde. Steeds meer voelde hij zich buitengesloten. Hij keek over de besneeuwde daken. Imposant dichtbij waren de luchtbogen van de basiliek.

Opeens werd de zolderdeur opengeworpen en stormde meneer Postma binnen.

Met één handbeweging smeet hij het tafeltje met het kaartspel, de dubbeltjes en kwartjes omver.

'Tuig,' hijgde hij. 'Adderengebroed!'

Driftig dook hij op zijn zoons en probeerde hun de speelkaarten te ontwringen om ze te verscheuren.

'Minne figuren! Achterbakse knaapjes! Op zolder... Op zólder... kruipen ze dan weg... om het kaartspel... te beoefenen! Een sigaret in de mond... de dassen losgeschoven... Tsjonge jonge... Hier met die kaarten! Moet het dan zover komen dat ik walg van mijn... mijn eigen... vlees en bloed?'

Er was aan meneer Postma een acteur verloren gegaan. Half en half genoot hij van zijn woorden. Totdat Watse, die hij bij zijn haren had gegrepen, met zijn vuist naar hem uithaalde. Meneer Postma deelde trappen uit aan zijn oudste en hield ondertussen zijn op een na oudste bij zijn stropdas vast, die als wurgkoord begon te fungeren. De twee jongsten besprongen nu als fretten hun vader, klauwden zich aan hem vast en sloegen erop los.

'Simson! De Filistijnen over u!' brulde meneer Postma.

Abel wist niet waar hij moest kijken. Met een armzwaai nam hij afscheid van Watse en haastte zich de zoldertrap af. Beneden in de gang moest hij twee rolschaatsende knaapjes ontwijken. Toen hij de voordeur naderde en langs de voorkamer kwam zag hij mevrouw Postma onderuitgezakt met een boek en een sigaret in haar leunstoel hangen.

'Ga je al?' riep ze hem na.

4

'Eindelijk zien we je weer es,' zei mevrouw Wisse.

Niet wetend wat te doen, huiverend in dat leren jasje van zijn moeder waar hij maar geen afstand van wilde doen, was hij naar de Smallegangebuurt gelopen, naar het huis van de Wisses, en langs de achterdeur naar binnen gegaan, alsof hij er nog steeds kind aan huis was.

'Maar je komt natuurlijk niet voor mij,' grapte mevrouw Wisse.

'Nee,' antwoordde Abel glimlachend, 'maar ik vind het wel leuk u weer eens te zien.'

Irma stond bij de lange eettafel aardappels te schillen, in de donkere jurk die ze gister ook op de muziekavond had gedragen en een week eerder, toen ze de Franse lerares hadden opgezocht. Het was de jurk die zijn handen zich herinnerden en hij kon er niet naar kijken zonder opwinding te voelen. Irma was gaan blozen toen hij binnenkwam en ze bleef maar blozen.

'Wat is er,' vroeg hij lachend.

'Ze wil niet dat je haar ziet terwijl ze aardappels staat te schillen,' riep haar moeder spottend.

'O, maar dan schil ik toch even mee,' zei hij. 'Geef me maar een mesje.'

Irma lachte opgelucht.

'Zie je wel, mama, dat hij best vlot kan zijn?'

Abel voelde zich meer op zijn gemak met Irma nu haar moeder erbij was. Zittend aan de keukentafel keek hij om zich heen.

'Er is hier niets veranderd,' zei hij. 'Ik herinner me hoe ik bij het aanrecht stond te kijken hoe u vis schoonmaakte. Scholletjes of zo. Ze lagen in een vergiet.'

'Eten jullie nog steeds geen vis,' vroeg mevrouw Wisse.

'Nog steeds niet.'

'Je moeder is koppig.'

Hij zag hoezeer de gezichten van Irma en haar moeder op elkaar leken. Alleen de uitdrukking van hun ogen was verschillend: de opgewekte aard van mevrouw Wisse sprak ook uit haar ogen, in Irma's ogen lag die passieve uitdrukking. Hij moest zich bedwingen niet voortdurend naar Irma's ogen te kijken, alsof daar voor hem iets te ontraadselen viel. Onder de ogen van mevrouw Wisse zaten donkere kringen, net als onder die van zijn moeder.

Ze liepen de trap op naar het voorste deel van het huis, het deel dat op de stadswal lag. Omhoogkijkend vanaf de trap herkende hij in de hal het grijsblauw geschilderde plafond met de gele ster in het midden, waarvan de verf door ouderdom gebarsten was, er deels afgevallen, het oude hout eronder onthullend, en in het midden de koperen kroonluchter. In de jaren van zijn vriendschap met Marinus had hij graag op de vloer van de hal gelegen, opkijkend naar de kroonluchter om in de glanzende koperen bol de hele hal weerspiegeld te zien, kromgetrokken. Net als de vissen in het vergiet met zijn wit en blauw email was hij dit nooit vergeten: die koperen bol die de hele hal weerspiegelde, alles om hem heen, en waarin hij ook zichzelf zag liggen, zijn armen nu eens spreidend, dan weer tegen zijn lichaam drukkend.

In de hal trof hij Marinus, die er met twee vrienden zat te kaarten. De jongen had dubbeltjes en kwartjes op stapeltjes voor zich staan. Abel kende hem nog zo goed dat hij het onmiddellijk begreep: dat de knaap vergenoegd was met zijn winst. Marinus keek op van zijn kaarten, lang en donker. Zijn dikke, zwarte haar glansde.

'Zo Irm, heb je hem toch te pakken gekregen?'

Hij keek lachend naar Abel.

'Wel een beetje voorzichtig met m'n zus, hè.'

'Ach, die kan wel tegen een stootje,' zei een van zijn vrienden.

Marinus lachte.

'Hoor je dat, Irm? Je kan wel tegen een stootje!'

'Je hebt nog net zo'n grote smoel als vroeger,' zei Abel.

Marinus' ogen draaiden weg, hij hief zijn laatste kaart op en wierp hem met een klets op het tafeltje.

'Hartenaas! Kassa, jongens! Kom maar op met de poet!'

Triomfantelijk legde hij de gewonnen munten een voor een op de stapeltjes en deed of hij Abel en zijn zus was vergeten. Maar de nadrukkelijkheid van zijn bewegingen verried hem. Nog net zo doorzichtig als vroeger, dacht Abel. Met zijn blik ontweek hij de vrienden van Marinus. Aan de manier waarop ze aan het kaarttafeltje zaten had hij de toekomstige bouwvakkers al herkend.

In de voorkamer waren ze alleen, achter een gesloten deur. Abel keek om zich heen. De piano stond nog op dezelfde plaats, de Javaanse kris hing nog boven de schoorsteenmantel en ook verder was er in deze kamer niets veranderd. Hij liep naar een van de ramen die uitzagen op de stadswal, de stammen van de iepen langs het pad en daarachter de besneeuwde velden. Laag boven het land hing een grijze lucht, zwaar van sneeuw.

Irma kwam vlak naast hem staan. Hij rook de wollen jurk, die nauw om haar lichaam sloot. Hij was niet in staat iets te zeggen. Hij rook haar adem, een beetje bedorven, net als die van haar broer. Hij hoefde zich nu alleen nog maar naar haar toe te buigen. Nog even stelde hij het uit, gestoord door het lachen achter de kamerdeur. Toen boog hij zich voorover en legde een arm om haar middel. Nog niet eerder had hij haar zo tegen zich aan kunnen drukken: zonder haar jas. Ze begonnen aan een tongzoen die minutenlang duurde en pas ophield toen ze buiten op de stadswal stemmen hoorden. Met zijn vrije hand pakte Abel het gordijn en trok het om hen heen. Irma deed haar ogen half open en sloot ze weer. Onder zijn lippen voelde hij hoe haar lippen zich tot een glimlach plooiden. De wandelaars gingen voorbij. Ze zoog zich met hernieuwde lust aan hem vast.

Toen ze ophielden leunde Irma tegen hem aan. Haar ogen stonden troebel.

'Nu kun je echt niet meer piano spelen,' grapte Abel.

'Nee, echt niet.'

Irma bleef hem maar aankijken met die troebel geworden ogen en hij bleef haar aankijken, zonder haar blik te willen ontwijken, en terwijl ze elkaar aankeken voelde hij hoe ze met een vinger langzaam een kleine cirkel draaide op zijn borst, steeds weer, steeds opnieuw.

'Dit is ook fijn,' fluisterde ze.

'Alleen maar kijken.'

'Ja.'

Nog even bleef hij haar aankijken, maar het was voorbij, en hij maakte zich van haar los. Irma trok haar omhooggekropen jurk langs haar dijen omlaag. Het was of ze een hele tijd weg waren geweest, ergens anders.

5

Onder het eten zat hij naast Irma, net als een paar jaar geleden, op die zaterdag waarop hij 's ochtends vroeg met Marinus naar een gerooide boomgaard was gereden en op de weg langs het kanaal zijn stok tussen de spaken van diens fiets was beland – de dag dat zijn vriendschap met Marinus was geëindigd. Hij herinnerde zich hoe hij na het ongeluk op de kanaaloever had gestaan, door een onbekende onder een boom neergezet, doodsbang, kijkend naar Marinus die in het gras lag en deed of hij zich niet meer kon bewegen. Nog altijd beschouwde hij Marinus als iemand die voortdurend loog, ook als het niet nodig was. Hij weerde diens spottende toenaderingspogingen zo veel mogelijk af.

Recht tegenover hem zat meneer Wisse, minder zwijgzaam en broeierig dan hij zich hem herinnerde. Hij keek naar de bruine huid van de man, zijn zwarte haar, zijn platte neus. Hij besefte nu dat meneer Wisse geen Ambonees kon zijn, zoals hij vroeger wel eens had gedacht, en dat de Javaanse kris boven de schoorsteenmantel een souvenir moest zijn. Hij herkende in hem opeens de stadhuisbode die zijn superieuren onderdanig groet, een ondergeschikte die altijd een ondergeschikte zou zijn. Maar een restant van mysterie bleef meneer Wisse toch aankleven en dat kwam door zijn donkere blik. De helderheid van mevrouw Wisse, te zien in haar ogen, sprak hem onmiddellijk aan. Meneer Wisse bleef voor hem een duistere, ondoordringbare ziel, zoals Marinus dat jaren geleden was geweest.

'Werkt u nog op het stadhuis?' vroeg hij.

'Nog altijd.'

'U schijnt een bureau te hebben dat altijd helemaal leeg is.'

Meneer Wisse nam een teug bier en leek niet veel zin te hebben hierop te reageren.

'Ik zorg altijd dat het aan het eind van de dag helemaal leeg is,' zei hij ten slotte.

'Hebt u dat ergens geleerd?'

Abel vroeg het intuïtief. Zo klonk het namelijk: alsof meneer Wisse dat ergens had geleerd, alsof hij iemand voor wie hij veel ontzag had dat dagelijks had zien doen en hem navolgde.

'Ik heb het in het leger geleerd,' antwoordde meneer Wisse.

'Van de kapitein voor wie u werkte,' zei Irma.

Meneer Wisse zweeg. Zijn vrouw bewoog onrustig.

'Heb je daar ook geleerd met de zweep te geven, ouwe?' riep Marinus van het andere eind van de tafel.

Meneer Wisse gaf geen antwoord.

'Je hebt toch koelies afgeranseld,' riep Marinus.

Iedereen zweeg nu abrupt en iedereen hield op met eten.

'Je moet zelf met de zweep hebben,' zei meneer Wisse zonder naar zijn zoon te kijken.

'Wie dat durft, die wurg ik!'

'Jongen,' riep mevrouw Wisse, 'denk toch eens even na!'

'Ik druk hem tegen de wand van de schuur, met één hand, net zolang tot hij dood in elkaar zakt.' Marinus lachte van opwinding. 'Maar heb je die indo's nu met de zweep gegeven, ouwe, of niet?'

'Zo praat hij nu al jaren,' zei meneer Wisse, nog altijd zonder naar zijn zoon te kijken.

'Beken het nu maar, ouwe!'

'Jij wilt zelf met de zweep hebben!'

'Zo is het wel genoeg,' zei mevrouw Wisse en stond op om voor de tweede maal van het stoofvlees op te scheppen.

In de moestuin achter het huis had Abel de afgeknapte koolstronken gezien, de voetafdrukken in de sneeuw die ernaartoe leidden en zelfs de gele urinevlekken bij de heg. Beschaamd had hij er zijn ogen van afgewend. Hij voelde dat Marinus wist dat zijn vader vannacht dronken in de tuin had gelegen: in elke zin die de jongen tot zijn vader sprak hoorde hij iets honends en triomfantelijks.

Na het eten vroeg Irma hem om quatre-mains te spelen. Hij ging naast haar op de pianokruk zitten. Hun heupen drukten tegen elkaar. Toen hij op de piano een boek met Mozart-sonates zag liggen, pakte hij dat en zette het voor het boek met stukken voor vier handen.

'Welke speel je? Laat eens horen.'

Hij liet haar spelen en begon grappen te maken over haar 'geroffel', die onbedwingbare neiging om alles snel te spelen. Irma was er zo aan gewend om slachtoffer te zijn van plagerijen dat ze zich ook nu weer schikte en probeerde door te spelen.

'Maar nu ga je meedoen,' zei ze, opeens afbrekend.

Zo vlak naast haar ademende lichaam, met de druk van haar heup tegen de zijne, kon hij nauwelijks spelen. Het was of zijn verwarring een bruisend geluid maakte in zijn hoofd en zijn oren, waardoor hij niet goed meer kon horen. Intussen probeerde hij de wirwar van noten te lezen en zijn haastig zoekende vingers hun werk te laten doen.

Natuurlijk mocht hij fouten maken, want hij moest zijn partij op het eerste gezicht spelen. Maar zijn fouten deden afbreuk aan een illusie die tegen de verdrukking in nog ergens in hem overleefde. Met een soeverein gemak had hij dit willen kunnen spelen. De avond tevoren, in de aula, had hij indruk kunnen maken met zijn spel, met de 'explosies van klank' die hij met Job had veroorzaakt. Op de een of andere manier was het hun gelukt. Ze waren erin geslaagd de meute te verbluffen. De muziekleraar was uit de coulissen gekomen, stomverbaasd over wat hij hoorde. Er was rumoer ontstaan in de zaal. Dat had hij allemaal niet gedroomd. Maar nu hij met Irma door zijn partij strompelde, best handig en snel lerend, maar toch niet meer dan dat, begon het hem voor te komen dat dat hele optreden niets had voorgesteld, dat het bedrog was geweest.

'O, wat vreselijk,' kreunde hij, toen hij weer eens vastliep.

'Je doet het best goed.'

Irma's bemoediging was alleen maar een nieuwe vernedering. De hele partij meteen foutloos spelen, haar verbluffend met het gemak waarmee hij dat deed – alleen dat zou goed genoeg zijn geweest. Irma daarentegen leek er juist plezier in te hebben hoe ze zich erdoorheen werkten: met fouten, onderbrekingen, gelach, opnieuw beginnen.

Na twee, drie keer doorspelen begon het te lukken: sommige passages speelden ze al foutloos en precies gelijk. Zodra het hun lukte, zodra die twee partijen samenvloeiden, bloosden ze.

'O, wat afschuwelijk,' kreunde Abel.

'Het gaat juist heel goed!'

Het gelijk opgaan van hun handen maakte hem verlegen, verlegener naarmate ze langer gelijk opgingen, gelijk op in het gevoel waarmee ze speelden. Net als wanneer hij met haar danste op de dansles begon hij moedwillig fouten te maken en opeens gaf hij er de brui aan.

6

Achter elkaar liepen ze de halfdonkere trappen op. Op de overloop van de eerste verdieping klonken achter twee deuren opgewonden kinderstemmen: twee groepjes die met elkaar aan het spelen waren en zich elk op een uitval voorbereidden. Irma pakte zijn hand en trok hem mee de trap naar de zolder op. Ze gingen door een deur en toen ze die achter zich hadden dichtgetrokken, was de wereld ver weg. Bijna zonder hem te zien voelde Abel de oude zolder om zich heen, de zware balken, een andere tijd. Irma drukte haar warme lijf tegen hem aan en trok zijn hoofd naar zich toe voor een zoen.

'Lieve Abel,' fluisterde ze.

Het was de eerste keer dat ze hem zo noemde. Hij schrok ervan. Het was of het meisje hem steeds meer in bezit nam, of hij steeds dieper een fuik binnenzwom zonder het in de gaten te hebben.

'Kom.'

Op de tast opende ze de deur naar haar zolderkamer. Recht voor zich zag Abel het dakraam, de zwarte takken van een boom en de loodgrijze sneeuwlucht, laag hangend boven akkers en boomgaarden. Bijna op hetzelfde ogenblik voelde hij naast zich het meisje verstijven van schrik. Hij keek opzij. In een hoek van de zolderkamer, op haar keurig opgemaakte bed, lag haar vader.

Meneer Wisse lag op zijn rug, hij had zijn rechterbeen opgetrokken en zijn voet, onverwacht lenig, op zijn linkerknie gelegd. Zijn armen had hij voor zijn borst gevouwen. Zijn mond hing half open. Hij had zijn broekriem losgemaakt.

'Papa!'

Hij bewoog zich niet.

'Papa, doe niet zo raar. Wat doe je hier? Papa!'

Abel wist niet waar hij moest kijken. Hij walgde van meneer Wisse, met zijn verfomfaaide kleren, zijn warrige haren, zijn losgemaakte riem. De hele zolderkamer leek zich te vullen met zijn aanwezigheid.

'Papa!'

Eindelijk kwam meneer Wisse overeind. In zijn ogen blikkerde iets toen hij Abel zag. Hij begon zich te krabben, in zijn haren, op zijn borst, hij geeuwde en zocht intussen met zijn voeten op de vloer naar zijn leren pantoffels. Eindelijk keek hij naar hen.

'Het was beneden toch zo'n lawaai,' zei hij met een lachje. 'Ik dacht, ik ga maar even helemaal boven liggen.'

Voor Abel was het of hij Marinus hoorde liegen. Precies zo klonk het. Precies zo zag het eruit. Liegen met een uitdagend lachje erbij.

'Papa, nu moet je weggaan.'

Irma's stem trilde.

Abel ging voor het dakraam staan, met zijn rug naar meneer Wisse toe, die zijn broek omhoogsjorde, zijn overhemd erin stopte, zijn riem dichtgespte. Niemand sprak. Toen hij achter Abel langs naar de deur liep, voelde de jongen de haren in zijn nek omhoogkomen.

In de sprei op haar bed bleef de afdruk van haar vaders lichaam zichtbaar, ook al had ze hem strakgetrokken. Het was uitgesloten dat ze nog op het bed zouden gaan zitten of liggen.

7

Doelloos liepen ze door de straten van de Smallegangebuurt. De sneeuwlucht hing boven de stad, maar de sneeuw wilde niet vallen. Het had iets drukkends. Abel liep met zijn handen in zijn zakken en opgetrokken schouders en probeerde over het voorval heen te praten. Hij was woedend op haar vader, zoals hij vroeger woedend was geweest op Marinus. Hij voelde zich geschoffeerd. Toch kon hij de man niet haten, zoals hij ook Marinus nooit werkelijk had kunnen haten. Eerder was hij door ze geïntrigeerd.

Irma deed of ze uitgleed en greep zich aan hem vast. Ze bleef hem daarna bij zijn arm vasthouden.

'Heb je het niet koud in dat dunne jasje?' vroeg ze.

'Ik ben eraan gewend.'

'Dat je moeder het zomaar afstaat.'

Urenlang had hij niet aan zijn moeder gedacht, maar nu zag hij haar voor zich met die vochtige, matglanzende, doorschijnend bleke wangen en de kringen onder haar ogen.

'Ik zag vanochtend in de kerk je moeder huilen,' zei Irma. 'Zo zielig.'

'Ze is doodop.'

'Dat het haar in de kerk overkomt.'

'Ik snap het wel,' zei hij. 'In de kerk voelt ze hoe de dingen zouden moeten zijn en tegelijk hoe ze eigenlijk zijn, en daar moet ze om huilen. Zoiets. Mijn moeder is een zuiverheidsmaniak.'

'Je praat niet lief over haar.'

Abel deed er nu het zwijgen toe en leidde haar uit de Smallegangebuurt, uit haar territorium, met de bedoeling ergens afscheid te nemen. Op de Turfkaai, voor de etalage met de gymnastiektoestellen, hield Irma hem staande, hem bij de revers van zijn jasje pakkend.

'Je moet niet boos zijn,' zei ze met een hoogrode kleur. 'En je moet geen rare dingen denken over mijn vader.'

'Ik ben niet boos en ik denk niets raars over je vader.'

'Hij is soms een beetje raar door wat hij heeft meegemaakt.'

Abel dacht aan de beelden op de schoorsteenmantel bij de Postma's, beplakt met mensenhaar, veren en botjes. Hij zag de pakketboten die in Indië tussen de eilanden voeren, kampongs, koelies, gele ruggen, glanzend als olie, zwepen, palmen en prauwen, maar hij wist te weinig – het bleef onduidelijk wat meneer Wisse kon hebben meegemaakt. Hij keek naar het ijs in de oude haven, dat als grijs fondant tussen de kademuren lag. Hij keek naar Irma's laarzen, vlak voor zijn schoenen, toen naar haar ogen die hij al die tijd dat hij haar niet aankeek op zich gevestigd voelde. Hij bereidde zich voor op nog één lange tongzoen.

Tijdens het zoenen deed hij zijn ogen open en zag zichzelf in de etalageruit, met Irma en haar bontmuts, in een stilleven van gymnastiektoestellen: de brug met ongelijke leggers, een stel ringen dat van de zoldering afhing, het paard met de twee handgrepen, de bok, een springplank en klimrekken aan de muur. Hij zag de overgave waarmee het meisje tegen hem aan leunde. Hij keek naar haar stille gezicht, haar gesloten ogen. Ondanks zichzelf bleef hij kijken, naar het statige huis op de hoek van de kaai, en toen hij zijn voeten iets verzette, als om gemakkelijker te staan, kon hij ook de stenen trap zien die in een hoek van de haven naar het water leidde en het grijze ijs, en toen hij terug draaide, zag hij weer hen tweeën in omhelzing, weerspiegeld in de etalageruit tussen de gymnastiektoestellen.

Toen Irma haar ogen opendeed, waren ze zonder enige uitdrukking, zo leeg dat het leek of ze wakker werd uit een diepe slaap. Hij bewonderde haar om die blik en verachtte zichzelf.

'Je moet niet boos zijn,' zei ze nogmaals, haast smekend. 'Beloof je me dat?'

Abel maakte zich ervan af. Hij wilde weg, hij wilde alleen zijn.

V

DE VROUW VAN DE LINKSBACK

1

Stellen. Stelletjes. Abel vond het vooral een ongelooflijke aanstellerij. In de hoogste klassen waren er stellen. Hij kende ze allemaal. Ze gedroegen zich alsof ze al haast getrouwd waren. In de pauzes wandelden ze met z'n tweeën rond het schoolgebouw en zijn grote grasvelden. Op het schoolplein stonden ze apart, geleund tegen de muur om het plein. Het meisje maakte meestal een gedweeë indruk. Als ze van buiten de stad kwamen, liepen ze samen naar het station of fietsten samen naar hun dorp. Zelfs in de overblijflokalen, waar men tussen de middag zijn boterham at, zaten de stellen apart. Voor niets ter wereld wilde hij zich zo gaan gedragen.

Hij wilde geen verkering en alles wat daarbij scheen te horen. Irma had zijn voorwaarden geaccepteerd, een beetje verbaasd, glimlachend, alsof ze een lastig kind ter wille was. Het was hem niet ontgaan. Op school was er van hun omgang niets te merken: ze leidden er gescheiden levens. Hoogstens liep hij als toevallig even naast haar in de drukke gangen om haar iets te zeggen.

Na schooltijd maakte hij met Irma lange wandelingen buiten de stad, geïnspireerd door hun tocht naar de hoeve van meneer Kakebeeke. Hij schaatste met haar op de stadsgracht. Hand in hand reden ze langs de buitenrand van de baan. Zolang er beweging was, vond hij het plezierig met haar te zijn. Ook al wilde hij geen verkering, hij wilde wel verkeren met een meisje. Irma's gehandschoende hand in de zijne te voelen, door haar handschoen heen de druk van haar vingers te voelen, het was een evenement. Het meisje was hem volledig toegedaan. Zodra ze haar ogen op hem richtte voelde hij haar genegenheid. Hij schrok ervan en kon het niet begrijpen. Hij schaamde zich er haast voor, alsof hij al voelde dat hij die genegenheid niet waard was.

Hij nam Irma mee naar een huisconcert bij de Verstraetes. De twee kamers en suite op de eerste verdieping waren met kaarsen verlicht. Hij bracht haar naar de erker om haar het uitzicht op de bevroren stadsgracht en de stadswal aan de overkant te laten zien. Ze stonden met een glas wijn in hun hand tussen de volwassenen. Job speelde, anderen speelden, maar hij liet het afweten. Mevrouw Verstraete had hem gevraagd te spelen, maar hij had geweigerd. Het zette een domper op de avond. Naarmate de avond vorderde, bedrukte het hem steeds meer. Irma voelde het. Ze pakte zijn hand en legde hem onder de hare op haar dij. Omdat ze in een halfdonkere hoek zaten gaf hij zich eraan over. Het kalmeerde hem enigszins om zijn hand te laten rusten op Irma's brede dij. Op weg naar huis was hij lief voor haar. Hij schoof haar Russische muts naar achter en kuste haar ogen en daarna haar altijd bereidwillige lippen. Haar hele gezicht was gloeiend warm.

Een paar dagen later zocht hij mevrouw Verstraete op in haar keuken.

'Er is iets met je,' zei ze. 'Je bent altijd zo levendig, maar sinds dat concertje ben je afwezig, alsof je ergens mee zit.'

'Ik heb er de pest in dat ik niet heb durven spelen.'

Het verbaasde Abel dat hij het haar zomaar durfde te zeggen.

'Ach, lieve jongen, daar hoef je je hele-máál niet druk over te maken! Dat kómt wel. Dat komt écht wel. Jij hebt natuurlijk ook dat teruggetrokkene van je moeder, waar je je overhéén moet leren zetten. Maar maak je er alsjeblieft niet druk om. Dat kómt wel. Dat komt écht wel.'

Abel bloosde. Ook haar werkster sprak ze bij gelegenheid aan met 'lieve schat'. Tijdens het huisconcert had hij het haar tegen een handvol vrienden horen zeggen. Toch raakte het hem elke keer weer als ze hem lieve jongen of lieve schat noemde. Het betekende niets, of bijna niets, of niet heel veel, en toch bracht het hem in verwarring. Ook nu bloosde hij weer.

'U bent ontzettend aardig voor me,' zei hij.

'Ik zeg je gewoon hoe het is, beste jongen. Dat is alles.'

Hij bezocht Irma op haar zolderkamer. Hij kwam 'langs achter' het huis binnen. Vanuit de keuken beklom hij de trap naar de hal met het mooie blauwgrijze plafond en de koperen kroonluchter met de bol die de hele ruimte weerspiegelde. Daar nam hij de trappen naar de eerste verdieping en de zolder, nooit zonder achter diverse deuren opgewonden kinderstemmen te horen, geren op kousenvoeten, de transistorradio van Marinus. Op de halfdonkere zolder, tussen de zware dakbalken, kwam hij in een andere tijd. Hij wist niet hoe oud het huis was. Maar daar voelde hij een andere tijd. Vanuit het halfdonker betrad hij Irma's zolderkamer, waar een kleine petroleumkachel brandde.

De meeste middagen fietste hij na schooltijd met Watse en Job naar de Oostsingel om daar gezamenlijk de opgegeven regels Homerus en Herodotus, Ovidius en Cicero te vertalen; met zijn drieën deden ze dat sneller dan alleen. Maar soms wendde hij voor dat hij naar huis ging en reed dan met een omweg naar het huis van de Wisses. In de keuken trof hij bijna altijd mevrouw Wisse met haar lachende en spotzieke ogen en maakte een praatje met haar. Soms had hij dan de verwarrende gewaarwording dat hij zich meer aangetrokken voelde tot de moeder dan tot het meisje dat boven op hem wachtte. Niet zelden kwam Irma hem op de trappen tegemoet, alsof ze met een zesde zintuig zijn aanwezigheid in huis had bespeurd. Ze wist dat hij met haar moeder had gesproken. Ze gaf hem een kus vol op zijn mond. Het was of ze hem met die kus in bezit wilde nemen.

In de zolderkamer stond het raam van de dakkapel altijd op een kier om de zware petroleumlucht te laten ontsnappen. Abel zat in een rotanstoel, Irma op de rand van haar bed, haar knieën kuis tegen elkaar gedrukt, haar schoolboeken naast zich. Op zeker moment strekte het meisje zich uit op het bed, op haar zij, haar knieen opgetrokken. Abel zag haar liggen, met vele welvingen, nu en dan lichtjes geeuwend terwijl hij praatte. Na verloop van tijd stond hij altijd in de dakkapel bij het open raam, zogenaamd voor de frisse lucht, naar buiten kijkend over de winterse velden, terwijl Irma steeds vaker geeuwde.

Het bed van Irma Wisse was en bleef voor hem besmet. Hij bleef zich herinneren hoe zijn nekharen overeind waren gekomen toen meneer Wisse, opgestaan van het bed van zijn dochter, vlak achter hem langs naar de deur van de kamer was gelopen. Het was of er een grote, donkere aap op haar bed had gelegen. Het hielp niet dat Irma, die zijn aarzeling voelde en ook meende te doorgronden, op een dag de sprei van haar bed door een andere had vervangen. Abel bleef er beducht voor dat haar vader de zolderkamer zou binnenstormen. Hij zag zichzelf doorstoken op het bed liggen. Het was een oeroud beeld dat vat op hem kreeg.

Er was nog meer dat hem ervan weerhield zich naast dit lokkende meisje uit te strekken. Op het slik, die septembermiddag, had hij Irma's benen ontbloot gezien, haar zware onderstel. Ze hadden nog aantrekkelijker geleken door de moddersporen op haar kuiten, haar knieën en bovenbenen. Abel meende dat hij lange en slanke benen mooier vond. Het maakte de aantrekkingskracht van Irma's stevige en vlezige benen nog mysterieuzer. Ze bewoog zich altijd enigszins zwoegend voort op die zware benen, licht voorovergebogen, net als haar moeder. Op de zolderkamer keek hij naar haar benen als ze zich achterover liet zakken op het bed. Zodra ze zich achterover liet zakken, moest hij kijken. Ze hield haar benen dan een ogenblik niet langer keurig tegen elkaar gedrukt.

Ten slotte was er het meisje zelf dat hem ervan weerhield om te doen wat vanzelfsprekend was. Al spoedig had hij begrepen dat Irma, de oudste in een groot gezin, een vroegwijs meisje was. Zoals ze voor haar jongere broers en zussen zorgde, zoals ze Marinus verdroeg, zoals ze met haar vader en moeder omging, steeds weer bemiddelend tussen die twee – ze was verstandig en tactvol. Het was of ze in zekere zin alles eigenlijk al wist. Ook dat weerhield hem ervan zich naast haar uit te strekken. Het begon hem zelfs genoegen te doen om haar vanuit de dakkapel op het bed te zien liggen, met die open ruimte naast zich, op hem wachtend, en haar te weerstaan.

Maar ergens in februari hield hij het niet langer uit op die kleine en benauwde zolderkamer. Hij hield er plotseling mee op haar te zien.

2

Zo geremd als hij was in de zolderkamer van Irma Wisse, zo ongeremd ging het er in zijn hoofd aan toe. In zijn verbeelding bedreef hij al geruime tijd de liefde. Meer dan een filmkus had hij nooit gezien. Maar in zijn vaders boekenkasten had hij, verstopt achter een rij historische werken, *Lady Chatterley's minnaar* ontdekt. Na het doornemen van vele bladzijden had hij de cruciale scène ontdekt waarin de lady zich geeft aan haar jachtopziener in diens jachthut. Hij had het verhaal in zich opgezogen en elke onthullende zin meerdere keren gelezen. Die ene scène was genoeg. Na de nacht waarin hij dit had gelezen hoorde hij bij degenen die weten en bekeek hij vrouwen op straat met andere ogen.

De eerste vrouw die hem in haar armen ontving was zijn moeder. Verhit wakker geworden in het holst van de nacht had hij zich overgegeven aan de nog zo geheel nieuwe trekkende en duwende bewegingen en zich daarbij het naakte lichaam van zijn moeder voorgesteld, het vrouwenlichaam dat hij het beste kende. Hij dacht aan de borsten van zijn moeder, zoals hij die in haar slaapkamer of op het strand min of meer te zien had gekregen. Grote, volle borsten. Het elastieken bandje van haar bh dat ze uitrekte, langs haar arm omhoogschoof en op haar schouder liet kletsen. Haar step-in inspireerde hem en het geheimzinnige, donkere, net onzichtbare dat door de onderrand van de step-in werd afgedekt. Maar tussen haar benen voelde hij zich niet op zijn gemak. Het leek verkeerd. Het leek zelfs verkeerd dat hij het zich voorstelde. Hij hield er algauw mee op.

Vervolgens kwam het dienstmeisje Hanny in aanmerking, het katholieke dienstmeisje dat zoveel losser was dan de voorafgaande protestantse. Op een middag had ze hem uit een netelige positie bevrijd. Hij was in zijn onderbroek op bed gaan zitten om oefeningen te doen. Hij vond het belangrijk om lenig te zijn. Hij bewonderde lenigheid en lenige lichamen en wist altijd precies wie er in zijn omgeving lenig was. Hij had op een gymnastiekclub gezeten en een paar jaar judo gedaan. Na zijn twaalfde had hij geen lid meer willen zijn van clubs, welke dan ook, en sindsdien onderhield hij zijn lenigheid zelf. Die middag had hij geprobeerd zijn benen in zijn nek te leggen, nadat hij in een tijdschrift een foto van een fakir had gezien die met zijn benen in zijn nek op straat zat, ergens in India. Eerst had hij met trekken en duwen zijn linkerbeen achter zijn nek weten te wurmen. Vervolgens had hij zijn rechterbeen in dezelfde positie gebracht. Als een fakir zat hij nu op zijn bed. Zijn enkels drukten zijn hoofd omlaag, zijn kin drukte pijnlijk hard op zijn borst. Hij kreeg het benauwd, en nog veel benauwder toen hij merkte dat hij zijn benen niet meer los kon krijgen. Zijn vader en moeder waren niet in huis. Luidkeels riep hij het dienstmeisje, Hanny. Ze kwam de trap naar de begane grond af rennen. Toen ze hem op zijn bed zag zitten, opgevouwen, verstrikt in zijn eigen ledematen, barstte ze in lachen uit. Ze kwam bij hem staan, zwetend en wel van het ramen zemen, en hielp hem zijn benen los te maken. Toen ze hem uit zijn benarde toestand had bevrijd en weer afstand had genomen, zei ze:

'Nou, jij hebt hem wel staan, zeg! Jeetje!'

Lachend en met een kop als vuur was ze naar de deur van zijn kamer gelopen en daar had ze over haar schouder nog eens naar hem gekeken, onmiskenbaar nieuwsgierig naar wat hij had staan.

Sindsdien bekeek hij Hanny, terwijl ze zich rekte op een trap om een spinrag te bereiken of voorovergebogen aan het dweilen was. Hanny voelde hem kijken en liet zich graag bekijken. Hij probeerde haar uit te horen over haar verloofde, wat ze met hem deed nadat ze op zaterdagavond naar de bioscoop waren geweest. Omdat ze weinig losliet en alleen maar lachte, begon hij het zelf voor haar te bedenken. Jullie staan in een portiek. En dan? Wat doet hij dan? Hanny lachte alleen maar. Hij hield ervan om haar aan het lachen te maken. Als ze lachte, was ze van hem. Als hij haar nog harder aan het lachen wist te maken, was ze nog meer van hem. Na het werk fietste ze naar huis, leunend op haar naar beneden gedraaide fietsstuur, en hij zag haar ranke figuur uit de straat verdwijnen. Voordat ze naar huis ging, bezocht ze altijd de wc. In de wc vond hij Hanny's zweetgeur, even vaag als opwindend.

3

Verleden zomer, de zomer waarin hij vijftien was, draaide alles nog om teenslippers en heupbroeken. Zijn heupbroek moest precies goed zitten, zijn teenslippers moesten onder het lopen het juiste geluid maken, klip-klap, klip-klap, tegen zijn hielen: smeuïg en achteloos moest het klinken. Hij had met Watse veel tijd doorgebracht in het zwembad, dat nog altijd nieuw oogde met zijn jonge bomen en struiken rond de bassins. Ze namen twee meisjes uit het zwembad mee naar een feestje en kusten beiden voor de eerste keer.

In het zwembad liep ook de badmeester op teenslippers, een lange en gebruinde jongeman in een wit shirt en witte shorts. Abel kende zijn naam, want hij was zwemkampioen. Aan het begin van de middagpauze, als iedereen het bad had verlaten, trok de badmeester in de schaduw van het badmeestershok zijn kleren uit, deed zijn horloge af en legde zijn zonnebril op zijn kleren. Op zijn slippers liep hij naar de startblokken. Het water van het bad lag lichtblauw te glanzen. Elders was de badjuffrouw bezig de laatste achterblijvers naar de kleedhokken te drijven. Abel stond aan de andere kant van het badmeestershok en treuzelde. De plotselinge stilte rond het bad bekoorde hem, en hij wilde de badmeester zien zwemmen. De jongeman klom op het startblok, hij rekte zich uit, krulde zijn tenen om de rand en dook. Hij schoot een aantal meters onder het wateroppervlak door, dook op en begon te zwemmen. Met vloeiende armbewegingen, woelend met zijn voeten, gleed hij door het bad. Druppels vielen van zijn flitsend opgeheven armen en schitterden in de zon. Het was stil in het zwembad, en Herman Frantzen zwom, bijna geluidloos. Er werd driftig op een fluitje geblazen. Abel deed een paar stappen in de richting van de kleedhokken. Nog een laatste blik wierp hij op het gebruinde lichaam dat door het lichtblauwe water gleed, op de slippers voor het startblok, en hij wachtte nog om hem aan het eind van de baan het keerpunt te zien nemen – die soepele duikeling. Dan rende hij weg. Soms gebeurde het dat hij na de middagpauze als eerste het zwembad binnenkwam, als eerste bij het nog lege bad arriveerde en daar Herman Frantzen zijn laatste baantje zag trekken.

Een hele episode in zijn leven was verbonden geraakt met die teenslippers. Ze waren rood en hadden een wit voetbed. 's Avonds borstelde hij het witte voetbed schoon onder de kraan en ook de onderkant, de zijkanten en de banden. Ze waren dan weer als nieuw. Op straat luisterde hij onder het lopen naar het geluid dat ze maakten in de stille zomermiddag. Lopend op zijn teenslippers die het juiste geluid maakten, met zijn heupbroek op de juiste hoogte om zijn magere heupen, begon hij acht te slaan op jonge vrouwen in de nieuwbouwwijk, de pasgetrouwde, nog kinderloze jonge vrouwen die in de flatgebouwen woonden.

Op een middag had hij de vrouw gezien die hij later de vrouw van de linksback ging noemen. Voorovergebogen op haar fiets, haar knieën naar elkaar toe gedraaid in een rok die spande om haar benen. Langzaam trapte ze, een beetje zwoegend. Nadat hij haar eenmaal had gezien, zag hij haar voortaan bijna elke dag, fietsend van het flatgebouw waar ze woonde naar de barak van de supermarkt en weer terug. Hij begreep dat haar fiets in de derde versnelling vastzat en dat ze daarom altijd zo langzaam trapte. Het wond hem op, dat zwoegende trappen en haar benen in een strakgespannen rok, het vooroverleunen van haar bovenlichaam op het fietsstuur.

Hij kwam te weten waar ze woonde en zag haar op het balkon van haar flat. Hij zag haar man: een korte en breedgeschouderde kerel, een half hoofd kleiner dan zij. Ze hadden geen auto, zelfs geen brommer, ze waren net begonnen, en elke dag deed zij de boodschappen.

Op een middag liep hij door een straat waar stratenmakers bezig waren. In de ene helft van de straat waren de klinkers al gelegd, bestrooid met zand, koel en vers zand dat hij kon ruiken. Vier stratenmakers lagen op hun knieën naast elkaar, vier hamers tikten de klinkers in het omgewoelde zand. Het getik van hun hamers klonk hem in de oren als ordeloze, maar opgewekte muziek. Toen zag hij haar naderen over de net gelegde rijstrook, moeizaam trappend, een volle boodschappentas aan haar stuur. De stratenmakers zagen haar ook komen. Een van hen riep iets, een tweede deed er een schepje bovenop, ze lachten, en daar zaten ze op hun knieën in het zand, hun rug rechtend, en bekeken haar, plagerig en vol bewondering, terwijl zij zwijgend en zwoegend voorbijreed. Hoe ze haar hoofd toen neeg, half verlegen, half gevleid, en ondanks zichzelf glimlachte. Het was of ze zich met die ene hoofdbeweging en die ene glimlach aan hem had geopenbaard.

Nadien begeerde hij haar met razende begeerte.

Eens trof hij haar in de barak van de supermarkt. Hij zag haar bij de kassa staan, tussen andere vrouwen, een beetje afwezig, haar mandje ondersteunend met een vooruitgestoken bovenbeen. Buiten klonk het geluid van heimachines: de klappen van het heiblok op beton. Op het bouwterrein tegenover de barak blies de wind het zand in wolken voor zich uit.

Zodra hij haar had opgemerkt, met dat vooruitgestoken bovenbeen onder haar mandje, rende hij naar huis. Even later stond hij in de wc op de begane grond. Het was er koel en schemerig. Hij klom op de pot en keek door het kleine raam, dat vlak onder het balkon lag, naar de zonovergoten straat. In afwachting van haar komst begon hij zijn geslacht te kneden. Op het gras aan de overkant speelden kinderen met kartonnen dozen, waar ze in kropen en die ze, door op handen en voeten te lopen, voortbewogen als de rupsband van een tank. Hij wendde zijn blik van hen af, liet zijn oogleden zakken en stelde zich voor hoe hij op deze middag bij haar was in haar slaapkamer, waar hij ook het heien hoorde, en waar hij haar donkere schaamhaar zag schemeren onder haar hemd, terwijl hij op bed lag te wachten. Toen kwam ze voorbij, leunend op haar stuur, langzaam de trappers ronddraaiend. Hij keek naar haar rok, die spande om haar dijen, naar waar hij tussen haar op en neer gaande bovenbenen iets van haar blote dij kon zien. In het helle zonlicht reed ze voorbij. Hij probeerde het ontblote deel van haar dij in het oog te houden. Maar er naderden mensen op het trottoir. Hij moest achteroverleunen om niet te worden gezien.

Daarna, snakkend naar adem, duizelig omdat hij het zo snel had gedaan, restte hem slechts schaamte. Toen hij vijf minuten later weer op straat liep, verbaasde het hem een beetje dat er nog steeds geheid werd, dat voor de barak van de supermarkt het zand nog steeds over het bouwterrein stoof.

4

In de weken waarin hij Irma Wisse niet meer wilde opzoeken, beducht voor haar vader, haar machtige dijen en haar vroegrijpe bezitsdrang, liep de winter ten einde. Op een gure maartse dag met vlagerig zonlicht zag hij háár in de supermarkt staan praten met een andere vrouw, haar leren jas vanboven losgeknoopt. Hij ging naar huis en deed wat hij moest doen. Vanaf die dag met dat vlagerige zonlicht, de onstuimige wind die het voorjaar aankondigde, en na die ene blik op haar losgeknoopte jas, plengde hij elke dag voor de vrouw uit het flatgebouw.

Op een middag in het vroege voorjaar kwam ze plotseling dichtbij, zo dichtbij dat hij haar stem kon horen, haar handen om een theeglas zag waarin ze stond te blazen. Het was de dag waarop ze haar hoofd naar hem toewendde en hem voor het eerst onmiskenbaar zág.

Op een zaterdagmiddag was hij uit verveling gaan fietsen en in een van de naburige dorpen beland. Op het dorpsplein hoorde hij van achter de huizen van de dorpsring geschreeuw aanwaaien, kreten, een doffe knal, gejuich. Het was een geluid dat hij niet kon weerstaan. Op het gehoor bepaalde hij de richting. Nadat hij de huizen van de dorpsring achter zich had gelaten, reed hij over een oude kasseiweg. Aan de ene kant lagen boerderijen met zwarte schuren en vers gespitte moestuinen, aan de andere kant weilanden. Koeien stonden er om een oude badkuip, gevuld met water waarover de wind rimpels joeg.

Hij sloeg af naar een graspad tussen populieren. In de bermen waren auto's geparkeerd. In de verte zag hij een tourniquet en een haag van mensen rond een veld. Een ogenblik verscheen daar de bal als een zwarte stip in de lucht – een uittrap van de keeper, afzwaaiend in de straffe wind. Hij legde zijn fiets in het gras en aarzelde. Hij kwam niet uit dit dorp en speelde niet voor deze club, hij zou onmiddellijk als buitenstaander worden herkend. Maar de geluiden van de wedstrijd trokken hem te sterk aan. Onder het lopen zag hij achter de haag van toeschouwers al de geel-zwarte en groen-witte shirts van de dravende spelers, het geschreeuw kwam dichterbij, hij hoorde de grappen en schimpscheuten al. Verontwaardigd geloei steeg op, driftig klonk het fluitje van de scheidsrechter. Een mannenstem schreeuwde: 'Mondje dicht, Willem, kom op nou!' Hij wilde hem zien, die Willem, die boze speler die zijn mond moest houden.

Bij het tourniquet wachtte hem een oude baas op klompen, een clubdas om de hals, de zaterdagse sigaar tussen zijn door het werken kromgegroeide vingers, in zijn andere hand een pak toegangskaarten.

'Zijn ze al lang bezig?' vroeg Abel.

'Wâ za't weze? Tien minuutjes?'

'En de stand?'

Zwijgend wees de oude man naar het scorebord in een hoek van het veld. Abel liep door. Toen hij nog eens omkeek naar de oude man zag hij hem weer roerloos bij het tourniquet staan, zijn blik gevestigd op een paar andere laatkomers tussen de auto's in de dreef.

Hij hield halt achter het doel van de bezoekende club, de geelzwarten, die de eerste helft met de wind in de rug speelden. De strijd speelde zich voornamelijk af voor het andere doel. Hij wierp een blik op de keeper, die met zijn schouder tegen een doelpaal leunde, een hand boven zijn hoofd in het net gehaakt. Hij stond te praten met mannen naast het doel – over gebeurtenissen in hun dorp van de afgelopen week. Het verbaasde Abel dat de keeper zo stond te leuteren terwijl hij nota bene in een wedstrijd zat.

'Werk aan de winkel, Sjaak.'

De lange doelwachter liep uit om de bal op te pikken. Hij nam een aanloop en trapte uit, de bal met een scheefgehouden hoofd nakijkend. Toen hij terugkeerde in zijn doel, was hij in Abels ogen een belangwekkender verschijning geworden, louter en alleen omdat hij de bal had uitgetrapt. De man scheen het zelf ook te vinden: gewichtig stampte hij eerst met zijn ene, toen met zijn andere schoen tegen de doelpaal. Hij moest van zijn actie bekomen.

Abel begon aan zijn tocht naar de andere kant van het veld, tussen de hoofden door kijkend om de wedstrijd te volgen. Hij zag de bal over het publiek zeilen en in de sloot belanden die het terrein omgaf. Kleine jongens schoten toe, maar werden verdrongen door een clubman met een lange staak. Een van de groen-witte spelers, hijgend, bemodderd, pikte de hem toegeworpen bal op. De haag toeschouwers, die zich voor hem had geopend, sloot zich weer achter hem. Hij had de speler horen hijgen, en nu was de bal, die zoëven nog vlak langs hem was gerold, weer midden op het veld. Abel keek nog eens naar de sloot, naar de lange staak die weer in het gras lag, en vervolgde zijn tocht achter de rijen langs, terwijl boven zijn hoofd de wind door de nog kale boomkruinen zoemde en vanuit de wolken nu en dan een plens zonlicht op het veld viel.

Het gebeurde toen hij achter het doel van de thuisclub was gekomen. Een pass op de rechtsbuiten van de geel-zwarten schoot door. Hij zag de linksback van de groen-witten naar de achterlijn stormen, de bal afschermend met zijn lichaam, zich schrap zettend tegen de in zijn rug fel opdringende rechtsbuiten. De bal rolde over de achterlijn. Een oude man stopte hem en wilde hem zwierig, als in zijn beste dagen, terugtrappen, maar hij maaide er half overheen. Er werd gelachen.

'Dat heb je vroeger wel eens beter gedaan, Rinus!'

Abel sloeg er geen acht op, want met een schok had hij de linksback herkend: het was de man van de vrouw uit het flatgebouw. Indrukwekkend was het geweest, die ene beweging: hoe hij zich schrap had gezet op zijn korte stevige benen met die aanvaller in zijn rug. Met een strakke schuiver schoot hij de bal nu naar zijn keeper en draafde naar voren.

'En probeer er nu eens uit te komen, mannen!'

'Kom op nou, kom op!'

'Laat die koppies niet hangen!'

De thuisploeg stond onder zware druk. Een minuut later al kwam de volgende aanval. De bal werd op de lat geknald. Abel hoorde het alleen maar, want bij de cornervlag had hij de vrouw uit het flatgebouw ontdekt. Ze stond er met andere spelersvrouwen te kletsen. Geen blik had ze over voor het zwoegen van haar man of voor de wedstrijd. Ze kletste, lachte en greep een van die andere vrouwen vast, die ook zo moest lachen. Abel had haar nog nooit zien lachen. Ook haar kleding maakte haar half en half tot een ander. Ze droeg een strakke, zwarte broek en laarsjes, een zwart leren jasje dat met één knoop vlak onder haar borsten werd dichtgehouden, en om haar opgestoken haren had ze een zijden shawl geknoopt.

Terwijl Abel haar nieuwe verschijningsvorm in zich opnam, kwam het eerste doelpunt. Het hing al een tijd in de lucht. Vlak achter zich hoorde hij de bal in het net slaan. Er viel een stilte en tegelijkertijd steeg er her en der rond het veld het zwak gejuich op van de meegereisde supporters. Toen hij zich omdraaide, zag hij een troep geel-zwarten met opgeheven armen naar de middellijn draven. Even wierpen de vrouwen bij de cornervlag een bezorgde blik op het veld, toen kletsten ze er weer op los. Vijf minuten later viel het tweede doelpunt van de geel-zwarten. Het interesseerde Abel hoegenaamd niet. Al zijn aandacht ging uit naar het troepje vrouwen bij de cornervlag.

Toen de rust aanbrak, stond hij bij de kleedkamers om de spelers van het veld te zien komen. In een ordeloze rij trokken ze aan hem voorbij, sommigen pratend, anderen zwijgend, vermoeid. Hun met ijzer beslagen noppen tikten op het tegelpad. Toen de linksback naderde, sloeg hij zijn ogen neer. Hij keek nieuwsgierig naar de midvoor van de tegenpartij die beide doelpunten had gemaakt: of je het aan hem kon zien. En ja, je zag het aan hem, aan de manier waarop hij tegen deze of gene iets riep, aan zijn goede humeur.

In de verte naderden de spelersvrouwen, drentelend langs de sloot. Trouwhartig gingen ze voor de kleedkamer staan, waarin hun mannen zich bezonnen op de 2-0-achterstand. Er werd hun een blad met glazen thee gebracht. Allemaal omklemden ze die glazen met beide handen om ze te warmen. Tegen zijn wil werd Abel naar hen toe gedreven. Hij was niet van plan naar haar te kijken, maar toen hij passeerde, draaide zijn hoofd en voor de groen geschilderde planken van de kleedkamer zag hij haar tussen de anderen staan. Juist toen draaide zij haar lachende gezicht in zijn richting, keek naar hem, zág hem.

Na de rust stelden de spelersvrouwen zich op achter het doel van de thuisclub, als om het te beschermen tegen nog meer doelpunten. Abel dwaalde rond het veld. Hij kon nergens lang blijven staan. Hij wilde weggaan, maar kon het niet. Hij moest ronddolen over het veld waar zij zich bevond.

De thuisclub speelde nu met de wind in de rug en joeg op ten minste twee doelpunten, luid aangemoedigd door het publiek. De linksback droeg het zijne bij aan de aanvalsgolven. Hij was een zwijgzame speler en een mandekker die er 'kort bovenop zat'. Zijn specialiteit scheen te zijn om met een strakke schuiver zijn al langs de lijn sprintende linksbuiten te lanceren. Abel zag hem vlak voor zich duelleren om de bal. Hij hoorde hem hijgen, hij zag zijn van het zweet glanzende nek toen de man de bal achter zijn hoofd bracht om in te gooien en hij probeerde zich voor te stellen dat deze kerel in zijn bemodderde witte broek en groen-witte shirt 's nachts tussen haar dijen lag.

Na een halfuur kwam eindelijk het eerste tegendoelpunt. Het gejuich deed de kraaien opvliegen uit de bomen rond het veld. Toen de gelijkmaker vervolgens uitbleef, zag hij ook de spelersvrouwen naar het vijandelijk doel lopen, waar al het volk nu samendromde. Weer stonden ze bij de cornervlag, zenuwachtig rokend. Abel bevond zich achter het doel toen uit een corner eindelijk de gelijkmaker werd ingekopt. Nu kon hij weg.

Maar hij bleef. Met andere jongens bleef hij rondhangen op het veld. Ten slotte zag hij de linksback uit de kleedkamer komen, in zijn gewone kleren. Zijn vrouw gaf hem een arm. Terwijl ze naar het tourniquet liepen, zij licht zeulend op haar laarsjes, hing er een tevredenheid om hen heen, zoals er over heel het veld van na de wedstrijd iets van tevredenheid hing. Muziek schalde uit de luidsprekers, de netten werden van de doelen losgehaakt, de cornervlaggen uit de grond getrokken. Er was iets gebeurd, er was iets beleefd. Men kon op huis aan.

Hij volgde het tweetal naar de nieuwbouwwijk. Hij zag ze de rijksweg oversteken, het spoor. Ergens zwiepten de bebloesemde takken van een prunus wild in de koude wind. Hij volgde de linksback en zijn vrouw tot aan het flatgebouw. Vanuit de deuropening keek ze over haar schouder, alsof ze wist dat hij daar zou zijn, en ze vond hem met haar blik.

Nadat hij zo dicht bij haar was geweest, nadat hij blikken met haar had gewisseld, nadat hij haar had horen lachen, haar de arm van een andere spelersvrouw had zien vastgrijpen en haar een glas thee had zien drinken voor de kleedkamers, blazend op de hete thee, nadat hij zoveel had gezien en zo dicht bij haar was gekomen, was het voorbij.

Op de avond van diezelfde dag in maart belde hij Irma Wisse, die hij weken niet had willen zien. Een dag later, op zondagmiddag, was hij bij haar en strekte zich naast haar uit op het bed.

VI

DE NAAKTFOTO

1

Uit het veendorp was hem een camera gestuurd. In de zomer had hij hem op de zolder van het huis van zijn grootouders ontdekt. Het was een balgcamera van voor de oorlog. De balg, die kon worden in- en uitgeklapt, was van zwart leer, het huis van de camera was van zwart metaal en de overige metalen onderdelen waren verchroomd. Hij hield meteen van het apparaat. Zijn grootvader had de camera afgedankt: sinds de kinderen uit huis waren fotografeerde hij niet meer. Maar hij had de camera toch niet meteen willen afstaan. Daar moet ik nog eens over denken, jong, had hij gezegd. Maar zijn grootmoeder had het ding voor hem weten los te praten. In een houten kistje, door zijn grootvader gemaakt, werd hem de camera opgestuurd voor zijn zestiende verjaardag. Hij kreeg hem cadeau, aldus het briefje van zijn grootmoeder, omdat hij de oudste kleinzoon was, de stamhouder van de familie. Abel zag er zijn bijzondere band met zijn grootvader door bevestigd.

'Pake Roorda kocht tenminste spullen van kwaliteit.'

Hij hield het zijn vader voor toen hij de camera demonstreerde.

'Dit is echt iets heel anders dan die goedkope Agfa Click waarmee u al die onnozele kiekjes neemt.'

'Ja jongen, voor je grootvader was alleen het beste goed genoeg. Maatpakken en mooie Engelse schoenen. Ik weet nog dat hij dit toestel had gekocht. Als een pronkstuk stond het op de buffetkast.'

Zijn vader lachte. Abel voelde dat hij eromheen praatte: om zijn zuinigheid, zijn neiging om altijd het goedkoopste te nemen. Hij begon de manier van praten van zijn vader te doorgronden, te zien hoe hij om dingen heen praatte. Het ergerde hem mateloos. Overigens besefte hij niet dat de tijd van de maatpakken voor zijn grootvader maar kort had geduurd. Het was de tijd van de tien knechts, de tijd waarin de meubels 'door het hele land' gingen en zijn grootvader meende dat hij op weg was om een 'industrieel' te worden. Maar jarenlang was de grote portefeuille waarin zijn grootvader zijn geld bewaarde dikwijls leeg geweest. Nog minder besefte Abel hoezeer zijn grootvaders hang naar kwaliteit door zijn ooms en tantes was uitvergroot met anekdotes die ze keer op keer vertelden, lachend om de buitenissigheden van de pater familias.

Het zwarte leer van de balgcamera was na tientallen jaren nog soepel en zonder barstjes, het chroom glansde nog. Hij kon begrijpen dat zijn grootvader deze camera op de buffetkast te pronk had gezet.

'Als jij mijn foto's zo onnozel vindt,' zei zijn vader, 'neem jij ze dan voortaan met je kwaliteitscamera.'

'Daar gaat het niet om: dat ik het beter kan.'

'Neem jij ze voortaan maar, jongen,' zei zijn vader lachend.

'Daar gaat het niet om,' brulde Abel en wendde zijn vader de rug toe.

'Hij begrijpt het gewoon niet,' riep zijn moeder met verstikte stem. Ze had het gesprek op hete kolen gevolgd. 'Hij begrijpt het gewoon niet!'

Elke week deden zich nu dergelijke botsingen voor tussen Abel en zijn vader. Dina koos steevast de kant van haar kind. Steeds opnieuw werd door hen beiden geconstateerd dat 'hij' eenvoudigweg niet begreep wat zijn vrouw en kinderen van hem verwachtten. Hij begreep zelfs niet dat hij om de dingen heen praatte wanneer hij werd bekritiseerd.

Intussen stond de ster van Lieuwe Roorda hoog aan het firmament van zijn provincie. Onlangs had hij een toneelvoorstelling naar de eilanden gehaald die elders door verontwaardigde burgemeesters was verboden. Door handig te manoeuvreren had hij gedaan gekregen dat het stuk gespeeld mocht worden, met bloot en al. Na afloop van de voorstelling hadden vele dames met hun bontstola's om hem heen gestaan.

2

In die donkere weken in februari waarin hij Irma niet meer opzocht en van de weeromstuit ook nauwelijks meer met Watse en Job omging, zich steeds meer terugtrekkend uit het schoolleven, kwam hij op het idee om een naaktfoto van zichzelf te nemen.

Avond aan avond zat hij te lezen in zijn halfdonkere kamer, steeds met zijn schoolboeken bij de hand om de indruk te wekken dat hij aan het werk was, mocht zijn vader plotseling uit zijn studeerkamer komen. Op bed deed hij oefeningen om zijn lenigheid te vergroten. Hij lag op zijn rug, plaatste zijn handen naast zijn hoofd en drukte met armen en benen zijn lichaam omhoog tot een boog. Hij stond op zijn hoofd met zijn voeten tegen de muur. Hij zat in kleermakerszit op zijn bed, rug kaarsrecht, zijn rechtervoet op zijn linkerdij, en probeerde om ook nog zijn linkervoet op zijn rechterdij te krijgen. De dubbele lotus werd die houding genoemd. Ook daar verwachtte hij iets van, net als van het op zijn hoofd staan. Een verheldering, een inzicht, een ongekende tegenwoordigheid van geest. Tegelijkertijd verwachtte hij er helemaal niets van. Als je twintig jaar dergelijke oefeningen deed, leverde het misschien iets op. Toch – laat op de avond, alleen in zijn halfdonkere kamer – hoopte hij op een bijzondere bewustzijnstoestand: oneindige helderheid, gelukzaligheid. Hij wist niet wat hij mocht verwachten. Alles leek nog mogelijk.

Op een zonnige dag in de winter had hij al naaktfoto's van Watse genomen. Het was zondagmiddag, de allersaaiste uren van de week. Ze hadden overal genoeg van. Ze wilden iets schandaligs doen. Hij had zijn camera bij zich om portretten van zijn vriend te maken. Ze besloten dat het naaktfoto's moesten zijn. Op het plaatsje achter het huis was het in de luwte haast warm. De sneeuw lag te schitteren op de daken. Watse trok zijn kleren uit. Hij nam een zoetsappige en ironische pose aan: hij ging op zijn tenen staan, keek omhoog en deed of hij beide handen uitstrekte naar een denkbeeldige tros druiven. Dit wordt een homoplaatje, zei Watse. Abel had het zich fraai rekkende en fraai gedraaide lichaam zo gefotografeerd dat Watses geslacht net onzichtbaar was. Watse had er bezwaar tegen als zijn geslacht op de foto te zien zou zijn.

Op school had hij de foto afgedrukt in de donkere kamer, die in een van de vleugels van het gebouw onder een trap was ingericht. In het bad met ontwikkelaar had hij de foto langzaam zien opkomen en hij had er aanvankelijk nauwelijks naar durven kijken. Waarom hadden ze dit gedaan?

Op een avond in februari – zijn vader was naar een vergadering – besloot Abel zichzelf naakt te fotograferen. Hij deed de deur van zijn kamer niet eens op slot. Zijn broers en zussen zaten boven in het huis op hun kamers of sliepen al. Zijn moeder mocht hem zo wel zien, als het geval zich voordeed. Voor haar blik op zijn naakte lichaam was hij niet beducht. Zijn naaktheid was nu bovendien een artistieke naaktheid.

Nadat hij de camera op het statief had geschroefd, dat hij in een uitdragerij op de kop had getikt, hem had ingesteld en nog twee bureaulampen had opgesteld, ging hij op zijn bed zitten. Nog enige tijd spande hij zich in om een dubbele lotus te bereiken, de spieren in zijn liezen pijnigend, maar het lukte hem niet. Hij besloot om aan zijn naaktheid nog een attribuut toe te voegen. Uit de werkkamer van zijn vader haalde hij een koperen penning, die er aan een rood-wit lint aan een van de boekenkasten hing. Op de penning was in een opvallende stijl een lamp afgebeeld, een soort stallantaarn met een kaars erin, die verwees naar de lamp waarmee de filosoof Diogenes in de Oudheid door de straten van Athene was gegaan, op klaarlichte dag, desgevraagd verklarend dat hij op zoek was naar een 'waarachtig mens'.

Koud lag het stuk koper op Abels borst. Hij twijfelde. Dit was lachwekkend. Toen hij weer in kleermakerszit op zijn bed had plaatsgenomen, vond hij het opeens onaangenaam om naakt te poseren, ook al was hij alleen en was het voor zijn eigen camera. Hij voelde zich een aansteller met die penning om zijn hals, een fantast die zich van alles inbeeldde. Maar met rechte rug, zijn buik ingetrokken om nog magerder te lijken, zijn benen onder zich gevouwen en zijn knieën naar beneden drukkend – zo staarde hij in de lens, totdat hij de sluiter had horen klikken. Haastig kleedde hij zich daarna aan, alsof hij toch iets verkeerds had gedaan.

3

Het was juist Irma die deze foto onder ogen kreeg. Op een avond trof hij haar in zijn kamer, zittend in de leunstoel naast het bed. Hij kwam van buiten, bezweet door het voetballen. Onder het avondeten had hij nog geweten dat ze zou komen, maar daarna, rennend over het grasveld tussen de flatgebouwen, was hij het vergeten, dat wil zeggen: hij was erin geslaagd het volkomen onwaarschijnlijk te gaan vinden dat ze daadwerkelijk zou komen en daar zo in te geloven dat het ten slotte een feit leek.

'Je moeder heeft me vast binnengelaten,' zei ze monter.

'Jezus, ik ben het helemaal vergeten,' riep hij. 'Zit je hier al lang?'

'Een minuut of tien. Maar het geeft niks.'

Het was een schok dat hij zijn afspraak was vergeten. Het was een nog veel grotere schok om haar in zijn kleine kamer te zien, in de leunstoel waarin een doodenkele keer een vriend had gezeten, maar nog nooit een meisje. Ze droeg niet de kleren die ze die dag op school aan had gehad. Ze had een jurk met een ceintuur aangetrokken, een truitje lag los over haar schouders, ze droeg schoenen met hakken. Was hij misschien nog meer vergeten dan de afspraak alleen? Zouden ze ergens heen gaan? Nog steeds stond Abel bezweet en hijgend in de deuropening van zijn kamer. Vanuit de studeerkamer klonk het geluid van zijn vaders schrijfmachine.

In de wc waste hij haastig zijn handen, zijn gezicht, zijn nek, zijn onderarmen en toen ook maar, nadat hij het nodige had uitgetrokken, zijn bovenlijf, terwijl nieuw zweet alweer uit zijn poriën gutste, en hij wond zich op over het kleine fonteintje, het geklieder met water op de vloer. In zijn lijf voelde hij nog wat hij zoëven had gedaan: de vaart van het spel, een botsing met een andere knaap, een doelpunt dat hij glijdend over het gras had gemaakt.

'Daar ben ik.'

Irma stond op, zodat hij haar een kus kon geven. Haar jurk rook frisgewassen, uit haar oksels steeg de geur van deodorant op. Zijn schaamte werd almaar dieper. Hij zag er in vergelijking met haar nog steeds slordig uit en het zweten hield maar niet op. Irma ging weer in de leunstoel zitten, haar knieën tegen elkaar gedrukt. Ondanks haar zedige houding was hij zich nog nooit zo van haar lichaam bewust geweest als hier in zijn kamer. Hij nam plaats op zijn bed, zijn benen onder zich gekruist. Op het bed zat hij hoger dan het meisje in haar leunstoel. Toen het tot hem doordrong wat hij had gedaan – als een vluchtende kat was hij boven op een muur gesprongen – kon hij niet meer terug.

'Wat grappig dat je hier nog zo'n visnet hebt hangen,' zei Irma.

'Hoezo nóg?'

'Dat is toch allang uit de mode?'

'Uit de mode,' herhaalde hij spottend.

'Ja.'

'Wat zou dat? Met modes heb ik niks te maken.'

Zijn vader had een afkeer van 'modes' en gaf daar veelvuldig blijk van. Alle nieuwe verschijnselen die hem niet bevielen deed hij af als 'mode'. Wie de mode volgde was een meeloper, een onzelfstandige, zwakke geest. Abel voelde dat zijn vaders afgeven op 'modes' krampachtig was, niets anders dan kleingeestige behoudzucht die werd voorgesteld als een superieure houding. Hij ergerde zich er wild aan. Maar nu, door Irma's opmerking in het nauw gedreven, had hij hem nota bene nagepraat.

Ze zwegen. In de kamer naast de zijne ratelde de typemachine. Door het open raam kwam het geluid van een merel, weerkaatst tussen huizenblok en flatgebouw. Opeens zag hij Irma blozen. Hij volgde haar blik, terwijl hij eigenlijk al wist wat haar deed blozen. Tegen de muur had hij op een paar bakstenen een kastplank gelegd, op de uiteinden van de plank had hij weer een paar bakstenen gelegd en daarop nog een plank. Op de bovenste plank stond een oude radio – waaruit nog de stemmen van Hitler en Churchill hadden geklonken, zoals zijn vader hem had verteld – en op de onderste zijn pick-up. Naast de radio had hij de foto gezet, de foto van een naakte jongen met een penning om zijn hals, een jongen die zijn buik introk om op een broodmagere asceet te lijken en zijn knieën zo ver mogelijk omlaagdrukte om de lotuszit te benaderen. Hij had de foto tot een driehoek geknipt: het hoofd in de bovenhoek, de beide knieën in de benedenhoeken. Het was maar een kleine foto, niet groter dan zijn handpalm, en het meisje had hem toch opgemerkt. Waarschijnlijk had ze hem al gezien toen ze op hem zat te wachten.

'Ben jij dat,' vroeg ze met omfloerste stem.

4

Met twee treden tegelijk rende Abel de trap op – de permanente training waaraan hij zijn lichaam onderwierp ging altijd door – om in de woonkamer met zijn moeder te onderhandelen over het tijdstip waarop hij thuis zou moeten zijn. Ze stond te strijken voor het raam. De strijkplank kreunde onder de krachtige bewegingen van haar hand. Met ingehouden woede keek ze hem aan.

'Hoe kún je zoiets vergeten?'

'Ze heeft er speciaal een jurk voor aangetrokken,' zei hij zacht. 'Ze heeft zich opgetut.'

'Wees maar een beetje voorzichtig met haar.'

'God zorgt, mam.'

'Ja, spot er maar mee!'

Tussen de populieren aan de achterkant van de tuin door kijkend zag hij de jongens nog voetballen op het veld tussen de flats. De bal stuiterde de straat op, vlak achter een passerende auto langs. In zijn lichaam voelde hij hoe hij de bal zou zijn nagerend, sprintend, remmend en hem in de draai controlerend. Zijn moeder gooide hem een schoon en net gestreken hemd toe, dat hij met tegenzin aantrok. Hij weigerde om een kam door zijn haren te halen en duwde haar weg toen zij het zelf wilde doen. Het was hem inmiddels meer dan duidelijk dat ze boos op hem was. Had ze met Irma gesproken?

'Halfelf dus,' zei hij uitdagend en liep de kamer uit zonder haar antwoord af te wachten.

Beneden trof hij Irma in gesprek met zijn vader, zoals hij half en half had verwacht. Aan zijn vaders stem kon hij al horen wat voor soort praatjes hij stond te verkopen. Op school mocht hij graag zoete broodjes bakken met meisjes uit de hoogste klassen, liefst met drie, vier tegelijk, terwijl de meisjes hem omringden. Met over elkaar geslagen armen, zijn handen onder zijn oksels geschoven, stond hij interessant te doen. Nu stond hij precies zo, met zijn handen onder zijn oksels, met Irma te kouten.

Terwijl hij de suède jas van zijn moeder aanschoot, begon zijn vader hem lastig te vallen met zinnen als 'jongen, wees nou verstandig' en 'het is gewoon een doordeweekse avond'.

'Ja ja, pa. Komt in orde, komt voor elkaar.'

Abel liep door de gang naar de voordeur.

'Nou, dag meneer Roorda.'

Achter zich hoorde hij Irma's hakken over de vloertegels schrapen. Er liep een rilling over zijn rug.

5

Zonder omwegen voerde hij haar weg uit zijn territorium: zijn kamer, het huis van zijn ouders, de nieuwbouwwijk. Maar na het oversteken van de spoorlijn werd hij nauwelijks rustiger. De verwarring bleef. Hij kon niet begrijpen hoe hij deze afspraak had kunnen 'vergeten'. Hij praatte erop los om het gebeurde te laten vervagen en zich te herstellen.

Ze reden langs het station, dat er uitgestorven bij lag. In de lange en rechte laan die van het station naar de binnenstad voerde dwarrelde de bloesem uit de iepen. Een windvlaag blies de blaadjes tegen de ronddraaiende spaken van hun fietsen. Even waren ze samen opgenomen in een wolk van dwarrelend bloesemblad. Aan het eind van de laan, verscholen achter de hoge buxushagen, lag het huis van dokter Jongepier. Abel zag de slungelig-lange gestalte van de arts voor zich. Verleden week had hij in diens spreekkamer gestaan en een injectie gekregen tegen de mysterieuze moeheid die hem elk voorjaar wekenlang lamlendig maakte. Staande voor het bureau had hij zijn broek omlaag moeten doen. Jongepier had een naald in zijn achterwerk gestoken en er het een of ander in gespoten.

Lachend, uitdagend, roekeloos, vertelde hij het meisje hoe hij voor het bureau van de arts had gestaan. Irma bloosde.

'Helpen die injecties?'

'Geen idee. Soms heb ik het gevoel dat ze helpen, soms denk ik dat het nep is. Maar die naald in mijn achterste helpt in elk geval.'

Nog uitdagender, nog roekelozer. Hij wist nauwelijks wat hij zei. Hij ging nog een stap verder.

'En natuurlijk ook om daar zo te staan, voor dat bureau, met mijn broek omlaag.'

Irma lachte.

'Waarom helpt dat dan?'

'Omdat het eens iets heel anders is!'

'Het lijkt mij vooral een beetje beschamend.'

'Dat is het ook. Het is beschamend, een beetje vernederend zelfs.'

Irma lachte opnieuw.

'Je bent me gewoon op stang aan het jagen,' zei ze. 'Je verzint maar wat.'

'Het is echt waar.'

'Ik geloof er niks van.'

Abel deed geen moeite haar te overtuigen. Hij vond het best zo. Hij had haar aan het lachen weten te maken.

Aan het eind van de laan staken ze de rijksweg over. Op de brug die over het water van de singel naar de binnenstad voerde, zei hij:

'Laten we over de Oostwal lopen. Ik zie hem altijd liggen als ik bij de Verstraetes in de erker sta, maar ik kom er nooit.'

Ook aan de oostkant van de stad was de oude stadswal intact gebleven. Beplant met bomen en struiken, voorzien van paden en banken was de kolossale aarden wal veranderd in een park. Naast elkaar liepen ze over het pad langs het water. De kruinen van de bomen lichtten op in het lage zonlicht. Een paar eenden waggelden voor hen uit naar het water. Na de eerste bocht duwde hij Irma tegen een boom. Na een lange tongzoen zei ze:

'Dat werd tijd.'

Ze keek hem ernstig aan.

'Ik was je bijna kwijt. Maar ik begrijp nu misschien beter waarom je zo weinig komt.'

'Door die foto zeker.'

'Ja, door die foto.'

'Wat is er mis met die foto?'

'Hoe kom je op het idee om zó'n foto van jezelf te nemen?'

Abel keek naar de scherpe rand van het gazon langs het pad, vers afgestoken.

'Ben je d'r nog?'

'Jazeker.'

'Waarom neem je zo'n foto van jezelf?'

'Ja, waarom.'

Hij bleef kijken naar de afgestoken grasrand en probeerde te denken aan de naaktfoto.

'Als je alleen bent,' zei hij ten slotte, 'ben je anders. Dat is het. Als jij alleen in je kamer bent, doe je ook dingen die je nooit aan anderen zou willen laten zien. Of niet soms?'

Irma bloosde en zweeg.

'Of niet soms?'

'Dat klopt.'

Hij voelde dat hij terrein had teruggewonnen. Maar het was niet genoeg. Er bleef iets hangen, er was iets wat niet kon worden uitgewist: zij had die foto gezien. Ze zou er op school niet over praten. Hij kende haar goed genoeg om dat zeker te weten. Maar ze had de foto gezien.

'Je moet het niet zo serieus nemen,' zei hij. 'Het was een experiment. Gewoon iets uitproberen.'

'Toch is het een rare foto.'

'Maar waarom?'

'Gewoon raar.'

'Maar waarom?'

'Alsof je verliefd bent op jezelf.'

'Ik heb eerder een hekel aan mijzelf,' zei Abel fel. 'En de grootste hekel heb ik aan degene die je op die foto ziet. Ik begrijp niet hoe ik mezelf zo heb kunnen fotograferen. Ik wil die foto verscheuren, elke dag, maar ik doe het niet. Ik moet ernaar kijken.'

Hij ging op een bank zitten onder een oude iep. Irma ging naast hem zitten. Hij pakte haar hand vast. Haar hand was vooralsnog onwillig.

'Waarom ben je zolang niet geweest?' vroeg ze.

'Na school wilde ik niemand meer zien. Soms kan ik het niet meer opbrengen om elke dag in een klas te zitten. Ik heb me teruggetrokken. Ik heb niemand meer opgezocht. Ik ben ook niet meer bij Watse en Job geweest. Ik had ook het gevoel dat ik me onmogelijk had gemaakt, dat iedereen me uitkotste.'

Irma gaf hem een kneepje in zijn hand.

'Het lijkt een soort asceet,' zei ze met een glimlach.

'Wie?'

'Die jongen op die foto.'

'Ik heb naar plaatjes van fakirs gekeken, ik heb gedacht aan dat verhaal over Diogenes die naakt en met een lamp door de straten van Athene liep. Maar het meest dacht ik aan die pilaarheilige.'

Het was een plaatje in hun geschiedenisboek: een schilderij van Willink waarop een pilaarheilige was afgebeeld, halfnaakt op zijn zuil, tegen de achtergrond van een dreigende wolkenlucht.

'Ik heb mezelf als zo'n asceet gefotografeerd. Maar eigenlijk moet ik er niets van hebben: dat uitgemergelde, dat jezelf afknijpen.'

'Het is een mooi schilderij.'

'Maar die vent op die zuil staat me tegen. Je halve leven slijten op een zuil. Je eten in een mandje omhooghijsen en je drollen in dat mandje naar beneden laten zakken. Het lijkt me zo verkeerd, zo vreselijk verkeerd. Je gaat zo weg van alles. Het kan niet goed zijn.'

'Het was een heel andere tijd waarin mensen dat deden,' zei Irma nuchter. 'Toen betekende dat waarschijnlijk echt iets.'

Abel wist niet meer wat hij moest zeggen en zweeg. Hij bleef Irma's hand vasthouden en keek naar de huizen aan de overkant van de singel. Nog een enkele fietser, een enkele auto ging daar voorbij. Langzaam maar zeker begon hij te kalmeren. Voor het eerst zag hij het patroon van Irma's jurk: de gele en oranje bloemen in het wit. Hij zag haar kuiten. Hij boog zich voorover en liet zijn hand zacht over die kuiten glijden. Toen hij zich oprichtte en haar verwachtingsvolle ogen zag, voelde hij wroeging.

In de schemering stonden ze onder een boom op de Westwal, niet ver van het huis van de Wisses. De luiken waren nog niet gesloten, in een van de kamers brandde licht. In de boomkruinen boven het dak van het huis was het al haast donker. Abel voelde zich teruggekeerd op vertrouwd terrein.

Irma leunde met haar rug tegen de boom en draaide nog wat meer uit het zicht van het huis. Haar armen lagen om zijn hals.

'O, de meisjes, de meisjes,' zei hij zacht.

In de klas waren het gevleugelde woorden geworden. Irma herkende ze en lachte. Abel begon juffrouw Verwey na te doen, zijn stem verdraaiend tot een deftige vrouwenstem.

'O, dit vind ik een van de meest bééldende, meest charmánte scènes uit de *Odyssee*. Odysseus, ontkomen aan het geweld der gólven. Odysseus, áángespoeld op het strand. En op dat stránd verschijnen dan die meisjes, héél jónge meisjes zijn het nog. Nausikaä, de dochter van de koning, en haar vriendinnen, en ze zijn gekomen om de wás te doen. Hier zie je hoe… eh… hoe… wat zei ze ook alweer… o ja… hoe ruráál de Griekse cultuur toen nog was…'

'Ruráál,' giechelde Irma.

'Ja, zo ruráál, zo eenvóudig, zo gewóón dat de dochter van de koning nog naar de rivier gaat om de wás te doen met haar vriendinnen. En daarna spelen ze met een bal. Je ziet die bal haast voor je, iets wat ze uit oude lápjes in elkaar hebben geknutseld. En dan die schrik, die schrik van die nog zo héél jónge meisjes als ze daar die woeste, náákte mán zien.'

'Het heeft wel indruk op je gemaakt!'

'Ja, natuurlijk, als Verwey begint te spuiten!'

Irma trok zijn hoofd naar zich toe. Onder het zoenen draaide ze met een vinger kringen midden op zijn borst. Hij hield ervan. Het leidde zijn aandacht af van zijn gedachten. Het kalmeerde hem. Het waren kleine tovercirkels. Hij had zelf ook wel eens haar hand gepakt en een van haar vingers op zijn borstbeen gezet om er die cirkels mee te draaien.

Irma trok met kleine rukjes zijn bloes en hemd uit zijn broek, ze schoof haar handen eronder en ging op zoek naar de magere jongenstorso die ze op de foto had gezien.

'Krijg je het niet koud?' fluisterde ze.

Abel schudde zijn hoofd.

'Je bent lief,' fluisterde ze. 'Een lieve jongen. Maar zelf weet je daar niets van.'

Boven hun hoofd streken met veel geklepper van vleugels twee duiven neer in de kruin van de boom. Abel maakte de bovenste knopen van haar jurk los. Meteen bracht Irma haar handen op haar rug, in een onverwacht lenig gebaar, en ze haakte daar iets los. Behendig trok ze het uit haar jurk en liet het in het gras vallen, wit. Een ogenblik later hield ze haar borsten in haar handen.

'Omdat je me die foto hebt laten zien,' zei ze.

'Ik heb hem niet laten zien.'

'Maar hij stond er wel.'

Ze sloeg haar armen om zijn hals en keek naar beneden, naar hoe hij haar borsten streelde. Warm en mals waren ze, veerkrachtig als hij ze opzij- of omhoogduwde. Irma trok zijn been tussen haar dijen en drukte zich ertegenaan.

'Duw maar,' fluisterde ze.

VII

DRIFT

1

Het was of in die tijd alles uit de hand begon te lopen. Vol gas en zonder uitkijken stak Watse op zijn brommer de rijksweg over, rakelings scheerden ze voor een auto langs. De dodelijk geschrokken automobilist achtervolgde hen net zolang tot hij hen had klemgereden, en ze kregen ervan langs. Het was er maar één in een reeks van incidenten. Zelfs de ontsporende improvisaties in de Hindemith-stukjes pasten in het patroon.

In mei raakte Abel ervan doordrongen dat hij zou blijven zitten. Het lang tegengehouden en nu eindelijk doorbrekend besef veroorzaakte een verlammende schrik, hartkloppingen, paniek die hij aan niemand toonde. Hij lag er een nacht van wakker. Maar na een paar dagen ebde de schrik weg. Ook Watse en Antona zouden blijven zitten, dat maakte het draaglijker, en hij zou volgend jaar tenminste niet langer de jongste van de klas zijn. Het luchtte hem ook op dat de beslissing was gevallen. De stroom van onvoldoendes – hij lachte er nu om, tot ontzetting van de brave werkers, de puistige bèta's uit de dorpen met hun keurige boekentassen en plastic broodtrommels, die natuurlijk wel overgingen.

Avond aan avond voetbalde hij tussen de flatgebouwen. Het zweet droop van zijn kin, zijn hemd kleefde aan zijn rug. Maar ook tijdens het verwoedste voetbal kon dat verlammende besef weer opduiken: dat hij zou blijven zitten, dat hij een heel jaar zou moeten overdoen, alle leerstof nog eens onder ogen zou krijgen, dezelfde boeken in dezelfde kaften. Steeds vaker kwam hij te laat op school. Straffen maakten nauwelijks meer indruk. Dagenlang was hij zijn tas met boeken kwijt, tot hij hem terugvond onder een bank in het busstation waar hij op een middag had gezeten, zich verbeeldend dat hij wachtte op een bus die hem naar een onbekende bestemming zou brengen – naar een verlaten streek, waar hij met zijn koffer door de oprijlaan naar een landhuis in de verte liep.

Irma had haar borsten voor hem ontbloot in de schemering op de stadswal, hij had ze gestreeld – zijn handen herinnerden het zich nog dagenlang – en ook deze gebeurtenis scheen hem buiten de orde te plaatsen. Geen van zijn klasgenoten was al zover met een meisje.

2

Steeds vaker ook dwaalde hij op zijn fiets buiten de stad. De bloeiende boomgaarden gleden onopgemerkt aan hem voorbij, de zoete geur van de meidoornhagen rook hij niet of nauwelijks, hij verveelde zich en vroeg zich af wat hij zocht op deze doelloze tochten.

Op een avond reed hij over een dijk die met twee dubbele rijen iepen was beplant en die hij verbaasd begon te herkennen. Zekerheid kreeg hij toen hij beneden in het land de hoeve zag liggen: de schuur met het rieten dak, waarvan de nok op sommige plaatsen was ingezakt, streng en stil, en het statige woonhuis met het jaartal tussen de muurankers. Op slag begon zijn rechterbovenarm te prikken, hij herinnerde zich vingertoppen die tot op het bot hadden genepen. Met afgewend gezicht reed hij langs de hoeve. Verderop stapte hij af, nog steeds met bonzend hart, nog steeds verbaasd. Was dit hem? Kon dit hem zijn? In zijn herinnering was de hoeve door de lange busrit van dorp naar dorp, door het lopen in de sneeuw, door de verlaten akkers en de stilte, door de monnikspijen die hij op de terugtocht tussen de boomstammen had zien wapperen, door de kolossale volle maan die was opgekomen, door het sprookjesachtige van die middag een afgelegen hoeve geworden, onvindbaar in het labyrint van polders en dijken. Hij was verbaasd dat de hoeve per fiets bereikbaar was, voor hem, als hij wilde. Een uur geleden had hij op het veld tussen de flatgebouwen zijn jack opgeraapt en nu stond hij hier, in dat jack, en op zijn voorhoofd voelde hij nog het opgedroogde zweet en in zijn stijve onderbeen nog de trap die hij bij het voetballen had gekregen.

In het fluitenkruid, plat op zijn buik, lag hij naar de hoeve te kijken. Naast het woonhuis stonden de vruchtbomen in bloei en op de sloot die er aan drie kanten omheen lag dreef lichtgroen kroos, haast fluorescerend in het lage zonlicht. Er stond een auto geparkeerd, een lichtblauwe Ford Taunus, die hij met een schok herkende. Als alles maar inbeelding was geweest, als hij hier nooit werkelijk was geweest, dan bewees die auto het tegendeel want hij zag hem elke dag voor de school staan. Vanbinnen rook die auto naar het parfum dat ook haar wollen mantelpakjes uitwasemden. Het was een gloednieuwe wagen – ze had hem na haar ongeluk gekregen. De kleur was haar keus. In het voorbijgaan keek Abel altijd naar die auto, naar de banken van lichtblauw leer, en hoopte daar iets te zien waardoor hij meer over haar te weten kwam – zelfs een verfrommeld stuk papier zou hem al hebben geïnteresseerd. Als ze het portier van de auto opende – je zag nog niet zo vaak een vrouw achter het stuur plaatsnemen – dacht hij aan de muziekdozen, de *boîtes à musique*, alsof met het openen van het portier muziek uit die auto zou klinken. Als ze eenmaal in de auto zat en moest starten, bloosde ze.

Verborgen in het gras, tussen het fluitenkruid waarvan de schermbloemen oplichtten in het strijklicht, tuurde hij naar het lege erf. Al jaren werd daar niet meer gewerkt. Op dat erf was het altijd zondag. Het bedrukte hem om zo doelloos naar de stille hoeve te staren. Alleen de lege Ford Taunus, stralend lichtblauw, hield zijn blik gevangen.

Als een verspieder lag hij in het hoge gras, tussen de halmen door glurend. Er werd een laars op zijn rug gezet, de loop van een geweer stootte tegen zijn achterhoofd, hij zag grashalmen, een insect dat langs een grashalm omhoogkroop, en dat was het laatste wat hij zag voordat hij werd doodgeschoten. Of werd hij meegenomen en gemarteld? Met een nijptang trokken ze een voor een zijn nagels van zijn vingers. Dat zou hij niet volhouden. Hij zou alles bekennen wat ze maar horen wilden om die pijn niet opnieuw te hoeven ondergaan. Of werd je zo razend dat je het volhield, nagel na nagel die werd afgerukt?

Er kwam een Mercedes aanrijden over de dijk. Hij herkende het geluid van de motor. Angstig drukte hij zijn gezicht in het gras. De auto minderde vaart, reed vlak achter hem langs, langzaam, stopte en trok toen weer op. Even later hoorde hij het grind op het erf knarsen onder de banden. Als een dode soldaat lag hij daar, als een in slaap gevallen jongen. Het zweet brak hem uit. Hij doorleefde al de vernedering van de ontdekking, haar spottende blik. 'Ah, c'est vous, monsieur Abel!' De portieren van de Mercedes werden geopend en klapten weer dicht. Haar stem, vragend, helder hoorbaar in de avondstilte. Haar blik, die vanuit de verte over zijn lichaam gleed, over een jongen die lag te slapen in het gras. Hij voelde de aarzeling daar beneden bij de Mercedes. Toen eindelijk hun voetstappen op het grind, de voordeur van het huis die werd geopend en gesloten, en weer de stilte van voorheen, waarin hij zich niet alleen beschaamd voelde, maar ook verlaten.

3

De zee brak op het basalt en vloeide bruisend en schuimend uit over de steenblokken. Gorgelend en slurpend in de spleten trok het water zich terug, dan verhief zich een nieuwe golf, lichtblauw, groenig, niet te benoemen van kleur, en wierp zich op de stenen.

Al na vijf minuten verveelde hij zich. Wat had hij hier nog te zoeken? Hij rechtte zijn rug, vouwde zijn benen onder zich in kleermakerszit en legde zijn handen op zijn knieën, de handpalmen naar boven gekeerd, en zat stil. Hij sloot zelfs zijn ogen en probeerde te luisteren naar het breken van de golven. Maar rust gaf het hem niet. Hij strekte zijn benen weer in het gras. Waarom was hij hiernaartoe gereden, waarom had hij op de kop van de strekdam willen zitten, waar hij als kind zo vaak had gezeten, bij het lichtbaken, bijna onzichtbaar in het hoge gras? Hij keek naar de deinende wieren in het water.

Waar hield hij eigenlijk van? Was er iets waar hij van hield? Van de wieren. Van het basalt en de zee die erop brak. Van zijn hoge gympen. Basketbalschoenen uit Amerika, had de verkoper gezegd. Op het witte rubber langs de randen zaten rode lijntjes. Licht en snel voelde hij zich op deze schoenen. Een sprintje trekken, de over de straat wegstuiterende bal achterna, afremmen, hem in de draai controleren en met een lome lob terugtrappen naar het veld. Daar hield hij van. Wat nog meer? Van het gras dat boog in de wind. Van de roest op het lichtbaken. Van de alsem die tussen de stenen groeide, klein en taai... Met je kop tegen die ijzeren rand stoten. Met je slaap... Hij spleet de schedel van die en die met één houw van zijn zwaard. En hem omhulde de eeuwige dood en zijn ziel vertrok naar de Hades... Van Irma's ogen hield hij. Van haar borsten. Van het dons op haar bovenlip. Van de spottende ogen van haar moeder... Zo kon hij doorgaan... Er waren duizend dingen waar hij van hield. Het leek allemaal niets van doen te hebben met de liefde waar zijn moeder het over had in haar brieven. Begreep ze het zelf waar ze het over had? Uitleggen kon ze het niet... Zijn schedel... Gekliefd... Hem omhulde de eeuwige dood en zijn ziel vertrok naar de Hades.

'Tabee, ouwe jongen,' mompelde hij.

Uit de binnenzak van zijn jas haalde hij de brief tevoorschijn. Een brief van zijn moeder onder zijn kussen deed hem schrikken. Een brief betekende: verwijten. Haar niet behagen, dat was schuldig zijn. Haar behagen, de moedergodin, dat was zijn eerste plicht. Een ogenblik was hij er ook door gevleid, door zo'n brief onder zijn kussen. Maar de schrik en de weerzin overheersten. Het duurde vaak dagen aleer hij hem openmaakte en dan alleen nog maar omdat hij wist dat zij er haar schaarse vrije uren aan had besteed... Lief Abeltje... Alsof hij nog een kind was, een leuk broekenmansje... Omdat hij zo 'glibberig' was, omdat er nooit tijd was om eens 'echt te praten', schreef ze hem maar. Het 'benauwde' haar soms dat hij zich zo afzette tegen het geloof. Het kon haar soms 'aanvliegen' dat hij vree met een meisje om wie hij niks gaf, over wie hij alleen maar 'flauwe grapjes' maakte. Het 'zweet brak haar uit' als hij aan tafel met zijn vader zat te bekvechten. Besefte hij dan niet dat de anderen 'met zúlke oren' zaten te luisteren? Hij kon dan veel leren en weten, maar 'de gewoonste dingen schijnen je te ontgaan'. Nog voor hij halverwege was, vouwde hij de brief dicht.

Zelfs nu hij hem voor de derde keer las, kon hij zo'n brief van zijn moeder alleen maar schichtig lezen, over de zinnen heen scherend, alsof hij zich aan elk woord kon verwonden. Er steeg iets uit op wat hem razend maakte. Dwang. Iets wat hem probeerde te dwingen. Met bonzend hart zat hij voor zich uit te kijken. Toen verscheurde hij het epistel en gooide de snippers in de lucht. De wind blies ze het water in. Op hetzelfde moment herinnerde hij zich het concert waar hij die avond naartoe zou gaan en sprong op.

Terwijl hij wegrende over de strekdam, struikelend in het gras, was het of hij nu voor straf een ongeluk zou krijgen. Hij zou met een voet in een spleet tussen de basaltblokken schieten en zijn enkel breken. Ook toen hij ongedeerd langs het kanaal vloog, was het of hem iets zou overkomen, of het zo was bepaald. Vlak voor Wilhelminadorp zou een jongen een stok tussen zijn spaken steken, precies op de plek waar hij jaren geleden een stok tussen de spaken van Marinus' fiets had gestoken. Bij het naderen van het dorp leek het onvermijdelijk dat er daar in elk geval íéts zou gebeuren. Juist door het te willen vermijden – door aan de overkant van de weg te gaan fietsen – zou hij het opzoeken. Juist door aan het noodlot te willen ontkomen liep je het recht in de armen.

Toen hij eenmaal in de stad was, op de kasseien bij de graanpakhuizen, verdween de vrees voor een ongeval. Zijn banden stuiterden zo hevig op de kasseien dat het pijn deed aan zijn polsen. Hij aanvaardde de pijn als straf. Het leek een te lichte straf. Nog steeds zag hij de snippers drijven op de golven voor de strekdam.

4

Hij smeet zijn fiets tegen de muur van de Grote Kerk en rende. De westkant van de basiliek lag vol in de zon. Op het plein, waar gewoonlijk maar een handvol auto's stond, was nu elke parkeerplaats bezet. Bij de twee enorme kerkdeuren stonden de koster en zijn zoon al klaar om ze te sluiten.

Pas in de kerk, waar de gewelven het geroezemoes van honderden stemmen weerkaatsten, besefte hij dat hij met zijn gympen, spijkerbroek, verfomfaaide suède jas en een badtas aan zijn schouder niet gekleed was voor een concert. Op hetzelfde ogenblik zag hij aan het eind van het middenpad, voor het podium, zijn vader staan. Hij liep naar de tafel waarachter een man met een geldkist zat, geflankeerd door twee dames, beiden die ochtend naar de kapper geweest, die met een glimlach de programma's uitdeelden.

'Nou, een lekker volle bak,' zei hij brutaal toen hij zijn toegangskaart kreeg aangereikt.

De penningmeester gaf geen antwoord, de dames van het programma deden of ze hem niet zagen. Hij griste een blaadje van de stapel en liep door. Na een paar stappen bleef hij staan, keek het middenpad in en liet de badtas van zijn schouder glijden. Haastig liep hij het zijschip in en verschool zich achter een zuil. Het ergerde hem dat hij zijn vader ook hier weer tegenkwam. Hij liet zijn ogen over de hoofden dwalen, keek naar de stoelenrij vlak voor zich en voelde dat zijn gezicht begon te gloeien. Het was of een grote hand hem naar voren schoof. Voor hij het wist had hij zich voorovergebogen naar Antona Duvekot.

'Mag ik hier komen zitten?'

Het meisje was ook net binnengekomen en zat met vlugge halen haar haren te borstelen.

'Hé, Abel!'

Met schuingehouden hoofd keek ze hem aan, terwijl haar hand doorging met borstelen. Hij ging op de stoel naast haar zitten, de badtas tussen zijn voeten proppend. Antona had zich mooi gekleed. Dezelfde donkerblauwe wollen jurk die ze had gedragen op de muziekavond. Hij sloot strak om haar lichaam. De kousen om haar onderbenen glinsterden in het lage zonlicht dat in een lange bundel door de open kerkdeuren naar binnen viel en tot onder de stoelen reikte.

'Moet je niet bij Irma zitten?'

'Ik denk dat ze er niet is. Ze voelde zich niet lekker.'

'Ik heb haar ook nog niet gezien.'

Ze stak haar borstel weg, stond nog eens op om haar jurk strak te trekken en al die tijd maakte ze die nukkige hoofdbewegingen, dansten haar haren om haar hoofd en bloosde ze. Ze keek naar de badtas tussen zijn voeten.

'Je bent toch niet al gaan zwemmen?'

Naast verbazing klonk er een lichte spot in haar stem.

'Ik gebruik die badtas als rugzak. Ik kom net van het Sas.'

'Wat heb je daar dan in godsnaam allemaal in zitten?'

'O, van alles.'

Hij rechtte zijn rug en keek naar het podium voor in de kerk, waar de orkestleden opkwamen, glimlachend, met elkaar pratend, knikkend naar bekenden in het publiek. Zich half oprichtend van zijn stoel ontdekte hij op de hoek van de voorste rij, aan het middenpad, zijn moeder. Vlak voor haar stond zijn vader, nog steeds bij het podium, zich nu omdraaiend naar de gynaecologe met haar Guarneri, die in haar lange zwarte robe was opgekomen en haar plaats als eerste celliste innam. Met zijn handen onder zijn oksels begon zijn vader een praatje met haar, waarbij ze zich voorover moest buigen om hem te kunnen verstaan en een welwillend gezicht trok. Zijn vader scheen niet te begrijpen dat ze geen tijd had om naar zijn praatjes te luisteren.

'Geen Irma,' zei hij nadat hij had rondgekeken.

Hij ging weer zitten en deed of hij het programmablad las. De naar Antona toegewende helft van zijn gezicht gloeide. Eindelijk had ze weer iets tegen hem gezegd. Na de botsing op de muziekavond – die hem naar Irma had toe gedreven – had het meisje hem gemeden, geen woord meer met hem gesproken, zelfs niet als ze ergens naast hem kwam te staan. Maar dat ze allebei zouden blijven zitten had hen dichter bij elkaar gebracht. Watse, Antona en hij. Ze waren de meute ontstegen. Een soort martelaren waren ze zich gaan voelen, plotseling ouder en wijzer dan de anderen, op elkaar aangewezen.

Minutenlang durfde hij niet naar Antona te kijken en wist hij niets te zeggen. Zijn trillende hand met het programmablad had hij op zijn knie gelegd. Steeds zag hij haar glinsterende kousen in het goudstof van de avondzon. Toen de lichtbundel in de kerk smaller werd, keek hij om en zag de koster en zijn zoon met hun schouder elk een kerkdeur dichtduwen, met hun volle gewicht hingen ze ertegenaan. De lichtbundel werd smaller en smaller, nog smaller, en opeens was hij er niet meer.

Intussen klonk de bekende kakofonie van de frenetiek door elkaar heen spelende instrumenten van het orkest.

'Spannend,' zei hij.

'Wat?'

'Dat geluid van zo'n orkest.'

Nu durfde hij haar een ogenblik aan te kijken. Haar ogen leken hem nog donkerder dan gewoonlijk. Ze had mascara gebruikt. Op haar voorhoofd zag hij een lichte transpiratie.

'Nou, je vader houdt het uit,' zei ze.

'Met zijn handen onder zijn oksels.'

Nog steeds stond zijn vader voor het podium, pratend met een van de andere bestuursleden, zich steeds naar hem toe buigend alsof hij in een interessant gesprek was gewikkeld. Abel keek naar zijn moeder. Aan haar roerloze houding, haar roerloze achterhoofd kon hij zien dat ze zich zat te ergeren aan zijn vader. Misschien zat ze ook zo star voor zich uit te kijken om met niemand te hoeven spreken.

Het orkest begon te stemmen. Het geluid zwol aan en nam weer af. Pas toen het stil werd, liep zijn vader naar zijn plaats, nadat hij met zijn opgerolde programmablad nog een 'teken' had gegeven aan een gedienstige terzijde van het podium.

Diep achter in de kerk klonken snelle voetstappen, het leek of de naderende dirigent even uitgleed op de hobbelige grafplaten, hij beklom een paar traptreden en toen klonken zijn klossende voetstappen op het podium. Naast zich hoorde hij Antona proesten. Toen hij opzijkeek, zag hij haar zitten met een hand voor haar mond. Hij boog zich naar haar toe.

'Dat geklos,' fluisterde ze.

Na de eerste maten ging de muziek aan hem voorbij. Er was een orkest aan het spelen – veel meer drong er niet tot hem door. Hij werd volledig in beslag genomen door Antona, die hij vanuit zijn ooghoeken kon zien: haar aandachtige gezicht met de gekromde neus. Dankbaar, overvloeiend van geluk, herinnerde hij zich dat ze zijn naam had uitgesproken. Hij begon de vage geur van transpiratie te ruiken die opsteeg uit haar wollen jurk. Het maakte hem gelukkig dat hij die intieme lucht mocht ruiken. Nooit was hij dichter bij haar geweest. Soms vreesde hij dat ze zou merken dat hij niets anders deed dan haar aanwezigheid in zich opnemen. Dan maakte hij een beweging of probeerde zijn gedachten af te leiden door naar een van de machtige zuilen te kijken of naar de grafplaten in het zijschip. Soms, als de spanning te groot werd, had hij de vreemde neiging zijn hand in zijn badtas te steken en zijn camera te betasten.

De solist in het pianoconcert van Mozart wist korte tijd zijn aandacht te trekken. Hij rekte zijn hals om zich niets te laten ontgaan. Het was een al bijna oude man, licht afwezig leek het, toen hij naast de vleugel zijn buiging maakte en het publiek aarzelend begon te klappen. Zijn vader had hem over de pianist gesproken. Hij wist hem al eens eerder te strikken, toen ze nog in Friesland woonden, en op die eerdere avond had de man zo prachtig een bepaalde Schubert-sonate vertolkt. Zijn vader had het begin van de sonate gezongen, was naar de piano gelopen en had de eerste maten gespeeld, zich al spelend naar hem omdraaiend, trots dat hij zich die muziek na jaren zomaar wist te herinneren. Hij kon niet goed naar hem kijken als hij zo was, zo ijdel, en het ook nog eens zelf ging zeggen: dat hij zich die sonate na negen jaar zomaar kon herinneren. 'En let goed op,' had hij ook nog gezegd, 'zodra de man begint te spelen krijgt hij autoriteit.' Een zin die hij ergens had gehoord of gelezen – zo klonk het.

Nu speelde de pianist met de nicotine-aanslag op zijn vingers – ook dat had zijn vader zich herinnerd – het pianoconcert. Abel zat rechtop. De eerste maten onderging hij als een klein wonder, geëlektriseerd door de werkelijke aanwezigheid van muziek die hij al jaren kende van een grammofoonplaat. Maar ook nu veranderde de orkestklank, voordat hij de achterste rijen had bereikt, door de weerkaatsing in de gewelven van de kerk in een brij. Nu en dan kon hij de piano helder horen, dan verdween hij weer in de brij. Hij hield op met luisteren en dacht alleen nog maar aan Antona. Hij zag haar op een strand lopen en de huppelpasjes maken die hij haar eens op het sportveld had zien maken – de andere Antona zag hij, niet langer het wat stuurse meisje dat naast hem zat. Opnieuw overvloeide hem het geluk.

5

In de pauze stond hij voor de kerk te roken en te praten. Voor het eerst in zijn leven had hij een pianoconcert zien uitvoeren, voor het eerst stond hij op een mooie avond in de pauze van een concert met een kop koffie in zijn hand tussen de andere concertbezoekers. De keuvelende groepjes in avondkleding veranderden het trottoir voor de Grote Kerk in een foyer. Soms kwam er een fietser voorbijrijden en keek naar hen.

In de menigte had hij meneer Kakebeeke herkend, lang en donker, en de kleinere gestalte van juffrouw Verster in een helgeel mantelpakje. Hij durfde hen niet te begroeten, stelde zich zo op dat het niet hoefde, maar vanuit zijn ooghoeken kon hij ze in een groepje zien staan. Zij sprak levendig, met een blos op haar wangen, en hij stond naast haar, met gebogen hoofd, luisterend, nu en dan iets toevoegend, een snaakse opmerking, en dan gingen zijn scherpe ogen rond om de reacties van de omstanders te peilen. Steeds lag zijn hand op de rug van zijn vrouw, op het helgele mantelpakje. Abel zag ook de ouders van Job door de menigte gaan: meneer Verstraete met zijn imposante kop, het zilvergrijze haar strak over zijn schedel gekamd, een beetje uit de hoogte, een beetje verveeld, en mevrouw Verstraete, beweeglijk en hartelijk, iedereen begroetend, extra hartelijk, leek het, om het gereserveerde van haar man te compenseren. Ze knikte hem vriendelijk toe, maar verstrakte toch een beetje toen ze de badtas aan zijn schouder opmerkte. Hij had de badtas meegenomen uit de kerk, omdat zijn camera erin zat.

Opgewonden stond hij met Antona en Job aan de stoeprand. Hij had de neiging veel te praten, maar nam zich in acht en zei steeds alleen datgene waarvan hij vermoedde dat het bij Antona in de smaak zou vallen, haar nu en dan een vraag stellend om haar in het gesprek te betrekken (alsof het de gewoonste zaak van de wereld was dat hij haar vragen stelde). Het meisje rookte een sigaret die hij voor haar had gedraaid en die zijzelf had dichtgelikt. Hij praatte, maar het liefst had hij zwijgend naast haar gestaan, zoals meneer Kakebeeke naast zijn vrouw stond, haast deemoedig van verliefdheid. Maar hij moest praten en wiebelend op de stoeprand staan.

Halverwege de pauze zagen ze een man in regenjas met een kleine koffer in zijn hand haastig het kerkplein oversteken, een sliert sigarettenrook achter zich aan.

'Daar gaat de pianist,' zei Abel, 'op weg naar het station. Hij wilde alleen komen als hij vóór de pauze mocht spelen, zodat hij nog terug kon naar Amsterdam.'

'Zou ik ook doen,' zei Job.

'Nou, een nachtje in De Korenbeurs lijkt me anders ook wel leuk,' zei Antona koket.

Abel keek de pianist na.

Intussen had Job, altijd goed gemanierd, altijd zwierig en charmant in de omgang met meisjes, Antona's lege koffiekop van haar overgenomen. Hij schoof haar schotel op de zijne, haar kopje in zijn kopje. Abel staarde er een ogenblik naar, plotseling jaloers op Job, die haar koffiekop mocht vasthouden, en toen hij opkeek, voelde hij dat er iets was veranderd.

'Wat zit er eigenlijk in die badtas?' vroeg Job spottend.

'Wat zou jij nou in een badtas stoppen, Verstraete?'

Hij was fel.

'Nou,' antwoordde Job met een verwaand gezicht, 'als je iemand met een badtas naar een concert ziet komen, dan vraag je je toch af: wat zou daar nou in zitten?'

'Als je wilt, als je het echt niet meer uithoudt, Verstraete, dan mag je nú in mijn badtas kijken.'

'Nee, dank je,' zei Job afgemeten, alsof hem bedorven waar werd aangeboden.

Er viel een stilte.

'Je hoeft maar dít te doen,' zei Antona toen, zich tot Job wendend, 'of hij wordt kwaad.'

'En voor jou geldt precies hetzelfde,' sneerde Abel en hij wist er nog een glimlach bij te produceren.

Maar in één minuut had hij door zijn drift alles kapotgemaakt. Hij zag Antona Duvekot een stapje in de richting van Job zetten alsof ze bescherming zocht tegen zijn woede.

6

Tot na middernacht dwaalde hij rond. De tweede helft van het concert had hij aan zich voorbij laten gaan. Terwijl Job en Antona voor hem uit de kerk in liepen, was hij blijven staan, hij had het publiek langs zich laten stromen, en vlak voordat de koster en zijn zoon de deuren sloten was hij naar buiten geglipt. Hij had zonder doel door de stad gefietst, terwijl het donker werd en de leegte in de straten hem voortjoeg. Nadenken over wat er was gebeurd kon hij nog niet. Met zijn benen stampte hij zijn woede eruit. Hij reed rond tot het concert was afgelopen. Maar ook toen wilde hij nog niet naar huis.

Hij zat een tijd in de lege wachtruimte van het busstation – de enige plek waar hij het uithield. De vernedering die hij had ondergaan bedrukte hem en maakte hem steeds weer razend. Was Job wel zijn vriend? In een oogwenk had hij hem verraden en hem Antona ontnomen. Met het meisje aan zijn zijde was Job de kerk in gelopen. Hij haatte Antona om wat ze had gezegd, het gemak waarmee ze hem weer had laten vallen, en ondanks die haat kon hij haar niet haten, de hunkering bleef, en steeds dieper schroeide de vernedering in zijn ziel. Hij liep door de wachtruimte en keek over het lege bussenplein. Weer zag hij zichzelf met een koffer door een oprijlaan met statige beuken lopen. Nog een paar jaar zou hij hier moeten blijven. Dan kon hij weg.

7

Zijn ouders zaten hem op te wachten in de studeerkamer, beneden in het huis, zo ver mogelijk van zijn slapende broers en zussen vandaan. Zwijgend ging Abel voor een van de boekenkasten staan. Nu hij thuis was, voelde hij pas zijn vermoeidheid. Maar zijn woede was niet geweken, hij nam alleen maar toe in de naar de scheten van zijn vader ruikende studeerkamer.

'Zo jongen,' begon Lieuwe omzichtig.

'Zo jongen,' zei Abel temerig, zijn vader nabauwend.

Lieuwe liet deze belediging passeren, maar zijn handen trilden boven het vloeiblad van zijn bureau.

In de pauze van het concert had hij zijn zoon met de badtas zien staan. Het had de aandacht getrokken. Mensen hadden zich eraan gestoord. Iemand had zelfs ronduit tegen hem gezegd: 'U mag uw eigen zoon wel eens wat beter onder de duim houden.' Het geval was de hele avond gaan overschaduwen. Hij had zich verheugd op het concert. Zelfs Dina's gebruikelijke tegenspartelen – 'Moet ik echt mee?' – had hem niet gestoord. Hij had de pianist van de trein gehaald en de man had hem nota bene herkend. Negen jaar geleden had hij hem van de bus gehaald en naar De Posthoorn gebracht, waar hij zou overnachten. Nu had hij met hem gegeten in

De Korenbeurs en hem naar de Grote Kerk gebracht voor de repetitie. Tijdens het doorspelen van het pianoconcert in de lege kerk had hij voor het podium gestaan, bijna naast de vleugel, en was in hogere sferen geraakt. Hij was door de zoele voorjaarsavond naar huis gereden en had Dina op tijd in de auto weten te krijgen. Vijfhonderd man, had iemand vlak voor aanvang van het concert in zijn oor gefluisterd. Het orkest had goed gespeeld. In een jaar tijd had hij het aanzienlijk weten te versterken. Maar in de pauze had hij die jongen met zijn badtas zien staan tussen de donkere pakken en de bontstola's. Hij had naar hem toe willen gaan, maar Dina had hem tegengehouden. Nu zat hij hier met trillende handen, bang voor zichzelf.

'Waarom ben je zo laat?'

'Hij heeft zich al een uur lopen opwinden,' zei Dina tegen haar zoon.

'Kom nou, Dina!'

'Ik heb het toch zelf gezien? Je hebt je vreselijk lopen opwinden.'

'Ik heb alleen maar mijn ongenoegen geuit over de late thuiskomst van ónze zoon,' zei Lieuwe.

Vanaf de sofa keek Dina hem verbluft aan. Waarom praatte hij opeens zo raar?

'Als je je maar inhoudt,' zei ze met verstikte stem. 'Ik wil geen geschreeuw, want hierboven liggen vier kinderen te slapen!'

'Dina, laat mij dit nu verder afhandelen.'

'Ja, pa!'

Gekrenkt leunde ze achterover.

Lieuwes handen trilden nog heviger. Een uur lang hadden ze over de opvoeding van de kinderen zitten bakkeleien. Dina had met haar gebruikelijke koppigheid vastgehouden aan haar lang gekoesterde ideeën: het kind aanvoelen, het kind vooral nooit tot iets dwingen, alles met een zacht lijntje – met als gevolg dat de kinderen altijd hun zin kregen. Ze was voortdurend half overspannen omdat ze voortdurend vijf kinderen moest aanvoelen. Razend was ze geworden toen hij dat zei. Maar zo'n jongen als

Abel liep gewoon over haar heen, het dienstmeisje liep over haar heen en stond zich elke dag met spottende blik te verbazen over haar toegevendheid. Voor zijn aanpak had Dina, zoals gebruikelijk, geen goed woord over, alleen maar verwijten. Ze had de kinderen naar zich toe getrokken, zij was de enige die ze kende en begreep. Met haar felheid had ze hem weten te intimideren. Het zat hem dwars. Aan dit gesprek over de kinderen was nog een gesprek voorafgegaan. In de auto, op weg naar huis, had ze hem onderhouden over de gynaecologe, omdat die het had gewaagd tegen haar te zeggen: 'Mevrouw Roorda, wat leuk dat u er bent. We zien u te weinig op de weinige evenementen in deze stad.' 'Die gynaecologe van je,' had ze geschreeuwd, terwijl ze over de spoorlijn hobbelden, 'waarom begin je daar niet iets mee?' Ze was buiten zinnen geweest.

Zonder het te merken had Lieuwe zijn benen briefopener in zijn trillende handen genomen, en opeens hield hij in beide handen een helft. Na de droge knak, en de korte stilte die erop volgde, wierp hij ze op zijn bureau en hij snauwde tegen zijn zoon:

'Trek eerst je handen eens uit je broekzakken, slome duikelaar!'

Abel trok zijn handen uit zijn broekzakken.

'Waarom ben je zo laat?'

'Ik heb Irma thuisgebracht.'

'Irma?' zei Dina verbaasd.

'Daar hoef je niet tot na middernacht over te doen,' hield Lieuwe hem voor.

'Hij heeft Irma niet thuisgebracht,' zei Dina fel. 'Ik voel gewoon dat het niet waar is!'

Abel zweeg. Lieuwe klemde zijn handen om de rand van zijn bureau.

'Jongen,' begon hij toen, 'ik heb me rót geërgerd aan de manier waarop jij er vanavond bij liep.'

De manier waarop hij zich uitdrukte overtuigde ook hemzelf niet. Hij had er moeite mee zich krachtig uit te drukken.

'Zoals jij erbij liep! Op gymschoenen, in een spijkerbroek, een jasje van je moeder, met die slome, lange haren en nota bene een badtas over je schouder! Voelde je je nou zelf ook niet een klein beetje belachelijk?'

Persoonlijk bekommerde Lieuwe zich weinig om uiterlijkheden, voor kleding had hij geen oog. Maar er hadden vijfhonderd mensen in die kerk gezeten en vrijwel iedereen daar kende hem en wist van wie die jongen met zijn badtas er eentje was. In de pauze had hij hem gewoon naar huis moeten sturen. Zijn eigen vader had hem een trap onder zijn achterste verkocht en thuis nog een pak slaag eroverheen. Maar dat kon niet meer in deze tijd, nu moest je praten, manoeuvreren, om een kind zover te krijgen dat het gehoorzaamde.

'Zeg eens wat, jongen! Anders heb je altijd zoveel praats.'

'Ik heb me vanavond ook rot geërgerd,' zei Abel. 'Zoals u daar voor het podium stond te keuvelen en te glunderen. Met van die blikken opzij. Zien jullie mij wel? Hebben jullie me allemaal wel gezien? Hebben jullie me nu echt allemaal gezien? Antona Duvekot zat naast me en zei: "Nou, je vader houdt het uit." Iedereen heeft dat gezien. En het allerergste vond ik die handen onder die oksels! O, wat heb ik het toch met mezelf getroffen!'

'Jongen, dat je je dat zo aantrekt,' antwoordde Lieuwe lacherig.

'O, ik voel precies wat hij bedoelt,' barstte Dina los, 'precies!'

'Maar daar gaat het nu niet om,' zei Lieuwe met stemverheffing. 'Daar gaat het nu niet om. We moeten trouwens de tijd niet uit het oog verliezen, jongens.'

'Daar gaat het wel om,' brieste Abel.

'Jongen, dat jij je dat soort dingen zo aantrekt, dat jij daar zo slecht tegen kunt!'

'Dat ik daar zo slecht tegen kan? Ik heb daar elke dag mee te maken! Hier, nog zo een!'

De jongen zakte door zijn knieën, een beetje stijf en krukkig, hij strekte zijn linkerhand, alsof er iets op lag, en tuurde naar de boekenkast voor de muur tegenover hem.

'Je vader gaat serveren. Om je heen beginnen ze al te lachen. Hij zakt door zijn knieën, alsof hij gaat poepen, hij draagt een korte broek van twintig jaar geleden, zijn kampeerbroek, want een sportbroek kopen, ach, dat is toch nergens voor nodig, wie let daar nou op. Hij zakt nog wat dieper door zijn knieën…'

'Jongen…'

'Die stijve hark die ze alleen maar mee laten doen omdat ze hem er niet uit kunnen zetten en die zelf niet begrijpt dat hij allang had moeten oprotten. Eindelijk slaat hij dan met een klef klapje die bal weg, zo dat hij vlak achter het net valt.'

'Jongen, dat is een trucje. Dat heb ik je toch wel eens uitgelegd? Je legt de bal met het ventiel naar boven op je hand…'

'Daar gáát het niet om!'

'Luister nou eens naar die jongen,' riep Dina.

'Sláppeling! Laffe zák!'

Lieuwe sprong op.

'Je blijft van die jongen af,' schreeuwde Dina.

Maar het handgemeen was al een feit. Lieuwe verkocht zijn zoon een trap onder zijn achterste, vervolgens een draai om zijn oren en daarna nog een trap om het af te maken. Nadat hij had moeten incasseren, richtte Abel zich op van de sofa waarop hij was beland en haalde uit. Het was de voetbeweging waarmee hij zijn lome lob gaf, maar dan uitgevoerd met alle kracht waarover hij beschikte. Lieuwe kromp ineen en greep naar zijn kruis. Hijgend, snakkend naar adem, met zijn haren voor zijn ogen liet hij zich op zijn stoel zakken.

VIII

OP HET PAALHOOFD

1

Een paar dagen later leek het Lieuwe een goed idee om met zijn gezin naar zee te rijden. Dina was verbaasd, want hij stelde nooit uit zichzelf voor om een uitstap te maken. Ze zorgde voor boterhammen met gebakken ei, besmeerde eierkoeken met boter en schroefde de doppen van twee flessen goedkope frisdrank open en dicht, zodat ze niet zouden kunnen ontploffen door het schudden in de tas. Vlak voor het vertrek werd ze bang dat een van die flessen toch zou ontploffen en wikkelde ze in een dikke handdoek.

Onderweg, in de auto, waren de kinderen nu eens ongewoon druk, dan weer ongewoon stil. Abel zat in een hoek van de achterbank te lezen. Een boek, zag ze, met op het omslag een foto van vier handen op een ontblote, zwangere buik. De foto ergerde haar. Waarom moest de gezwollen buik van een zwangere vrouw worden getoond? En dan die handen erop, die van een man en een vrouw. Waarom moest zoiets intiems worden getoond? Het liefst had ze het boek uit zijn handen gerukt en uit het raam gesmeten. Het was of tegenwoordig alles door het slijk gehaald moest worden. Geagiteerd drukte ze haar sigaret uit in de asbak in het dashboard. Lieuwe wierp nu en dan via de achteruitkijkspiegel een geamuseerde blik op zijn kinderen – drie op de achterbank, twee in de kattenbak – en daarna keek hij naar haar. Opeens 'genoot' hij dan van zijn kinderen, opeens zag hij ze. Ze kon het niet opbrengen mee te doen aan dat toneelstukje. Steeds als hij glimlachend haar blik zocht, ontweek ze zijn ogen.

Toen Lieuwe aankondigde dat hij hen naar een 'bijzondere plek' reed, reageerden de kinderen er niet op. Het was of ze hem niet hadden gehoord. Het deed Dina pijn, temeer omdat ze merkte dat het haarzelf ook niet bijster interesseerde waar hij hen naartoe bracht.

Lieuwe reed zijn gezin naar Domburg, een kleine en oude badplaats. Hij parkeerde zijn wagen pal achter de duinen. De kinderen renden de trappen van een hoog duin op. Abel liep al lezend naar boven. Maar halverwege klapte hij zijn boek dicht, hield een vinger tussen de bladzijden, en sprintte met twee, drie treden tegelijk omhoog. Dina droeg de proviandtas en kwam als laatste boven, hijgend en bezweet. Een ogenblik duizelde het haar en werd het zwart voor haar ogen. Maar toen ze de zware tas had neergezet, ging het weer. Ze rook de zeelucht en in de avondstilte hoorde ze het breken van golven beneden op het strand. Ze schoof haar zonnebril in haar haren en geneerde zich ervoor dat ze zo zweette en naar adem stond te snakken. Abel was alweer aan het lezen, zag ze. Lieuwe keek op zijn horloge. Zelfs aan zijn rug kon ze zien dat hij, zijn linkeronderarm tegen zijn buik gedrukt en zijn hoofd licht gebogen, op zijn horloge stond te kijken. Hij had zich aangewend dat tersluiks te doen.

Lieuwe tuurde naar zijn horloge en stelde om te beginnen vast hoe laat hij wilde terugrijden.

'In minder dan een uur zijn we hier,' zei hij opgetogen tegen Dina.

In de auto had hij na het parkeren op de kilometerteller gekeken en nu rekende hij uit hoeveel deze rit hem aan benzine had gekost als de wagen 1 op 15 had gereden, zoals hij meestal deed. Intussen stond hij maar, met zijn onderarm tegen zijn buik gedrukt, naar zijn horloge te staren, zijn smalle schouders een beetje opgetrokken.

'Zie je eigenlijk wel waar we zijn,' vroeg Dina.

Hij wierp een plichtmatige blik op de glanzende avondzee en boog toen weer zijn hoofd.

'Je ziet het gewoon niet!'

'Ik ben hier al verschillende keren geweest, lieverd, voor een vergadering in het Badhotel.'

'Dat bedoel ik niet.'

Lieuwe hoorde haar al niet meer.

'Wat doe je?'

'Laat me nou even.'

'Maar wat doe je toch?'

Zijn lippen bewogen.

'Mijn polsslag opnemen.'

'Je polsslag?'

Dina keek naar haar oudste zoon, die aan de rand van het uitkijkpunt, met zijn rug naar de wandelaars, stond te lezen.

'Zestig per minuut,' meldde Lieuwe. 'Nog hetzelfde als toen ik in militaire dienst zat. De legerarts zei toen al dat ik een goede conditie had.'

In de achterhoede van het gezin liep Dina over het schelpenpad dat over de duinen voerde. Op de gezichten van de wandelaars zag ze de avondzon, uit hun ontspannen bewegingen sprak de sereniteit van de zomeravond. Maar zijzelf kon zich niet ontspannen. Abel hing aan haar arm, kuste haar plagend in haar hals en ging er net zolang mee door tot ze hem wegduwde. Daarna liep hij voor haar uit over het pad en deelde karatetrappen uit in de lucht – waar hij plotseling mee ophield, alsof hij zich de vreselijke trap herinnerde die hij zijn vader had gegeven. Intussen moest ze de twee kleinsten in de gaten houden en moest Lieuwe zijn verhaal over de oude badplaats kwijt.

'Vreemd om te beseffen dat hier op dit pad 's avonds de dames met hun lange, slepende jurken drentelden en de heren met hun strohoeden, en dat ze dezelfde geur roken als wij nu en precies hetzelfde zagen als wij nu zien.'

'Laten we in godsnaam het strand op gaan,' zei Dina. 'Dan kunnen die kinderen in zee.'

2

Lieuwe zwom maar kort. Hij trok baantjes tussen twee paalhoofden, zijn hoofd zoals gewoonlijk ietwat krampachtig boven water houdend. Daarna had hij zich onder zijn in de golven springende kinderen gemengd. Hij probeerde ze tot een balspel te bewegen, maar ze wilden niet. Dina had verwoed met haar hoofd staan schudden om hem te beduiden dat hij ermee op moest houden hen te dwingen. Nu zat hij aan de voet van de duinen, alweer aangekleed, te lezen in een van de drie nieuwe boeken die hij had meegenomen. Hij zat wat ongemakkelijk, zijn benen gespreid. In zijn geslacht knaagde een vage pijn. Na die nachtelijke vechtpartij had het nog twee dagen gezwollen, in een half opgerichte staat en een vreemde knik in zijn onderbroek gelegen.

Van tijd tot tijd keek hij over het lege strand naar Dina aan de vloedlijn, naar zijn kinderen in zee, opgetild en neergezet door de golven. Het viel met geen mogelijkheid te vereeuwigen: de zilverige blauwheid van de zee, het lege en avondlijke strand, zijn kinderen in steeds wisselende figuraties – een w, een k – in de branding, die koppies in het water. De geluiden waren zo helder. Was dit ooit al eens geweest en zou het ooit weer zijn?

Naar Abels gestalte in zee keek hij met een zeker ongemak. De jongen had zijn excuses aangeboden, ze hadden elkaar een hand gegeven, maar dat was een formaliteit geweest. Ze waren elkaar gaan ontlopen. Aan tafel vermeden ze het elkaar aan te kijken. Een enkele maal, als ze elkaar rakelings passeerden in de gang, was hij zelfs bang dat de jongen opnieuw naar hem zou uithalen, dat hij zélf zou slaan. Hij zou hem misschien nog net tegen de grond kunnen werken. Maar de jongen zou opspringen en hem te lijf gaan, dat was zeker, en daarna was het niet zeker meer wie van hen het sterkste zou zijn. Als hij zijn eigen vader zo'n trap had durven verkopen, had hij een pak slaag gekregen dat hij nooit meer zou zijn vergeten. Hij herinnerde zich hoe zijn vader eens – het was in de moestuin achter de fabriek – de hond die ze toen hadden en die hem in zijn hand had gebeten met zijn riem had afgetuigd. Hij zag het dier nog jankend en plat tegen de grond gedrukt achteruitkruipen onder de slagen van de riem.

Was hij slap geweest? Had hij die jongen twee weken huisarrest moeten geven? Had hij niet naar Dina moeten luisteren toen ze hem verbood – met die overslaande stem – om de jongen te straffen, omdat zijn opstandigheid dan alleen maar 'nog erger' zou worden?

Hij wilde zich er niet al te zeer in verdiepen. Het moest betijen, meende hij, en hij moest er vooral geen drama van maken. Maar of hij wilde of niet – het gebeurde was in hem gaan zitten, het was hem gaan bedrukken. Melancholie paste niet bij Lieuwes opgewekte natuur. Maar de afgelopen dagen had een grote melancholie bezit van hem genomen. Voor het eerst had hij het gevoel dat hij buiten zijn gezin stond.

Lieuwe opende een aantekenboekje. Vorige week had hij de pianist weer gezien die hij negen jaar geleden al eens had ontmoet. De pianist met de nicotine-aanslag op zijn vingers. Weer was zijn leven langs het zijne geschampt. Nadien had hij zich zijn novelle *Het concert* herinnerd, die half afgemaakt in een bureaula lag, en hem tevoorschijn gehaald. Het verhaal boeide hem nog. Een man die in een ander leven stapte. Een pianist die in een provinciestad een oude liefde tegenkwam, een meisje dat hij in de oorlog had gekend. Zij was inmiddels de vrouw van een plattelandsarts, kinderloos. Hij speelde die Schubert-sonate, zonder te weten dat hij op háár vleugel speelde. Haar gezicht in de halfdonkere zaal. In de lege garderobe stond ze plotseling voor hem. Er zou een soort Dostojevski-achtige waanzin voor nodig zijn om die nacht in het hotel te beschrijven, dat koortsachtige van Dostojevski. Of waren ze juist kalm, omdat alles zo leek beschikt? Kalm aan de oppervlakte. Het overkwam hun. Onder de oppervlakte de angst voor het volkomen vreemde, voor de afgrond.

Lieuwe maakte zijn notities. Hij voelde dat hij het verhaal nu kon schrijven. In die negen jaar was het in hem gerijpt.

3

Abel durfde het zich niet goed te herinneren. Zodra er flarden van die nachtelijke gebeurtenissen in hem opdoemden, probeerde hij ze weg te drukken. Hij herinnerde zich alles, zelfs wat hij in zijn drift had gedaan. In weerwil van zijn verzet herinnerde hij zich steeds meer. Het meest pijnlijk was het beeld van zijn vader, die vernederd in zijn bureaustoel hing met slierten haar voor zijn ogen. Onmiddellijk ook was zijn brein de herinnering aan het meest beschamende gaan vervormen: hij had zijn vader niet daar geraakt, op die onnoembare plek, zijn voet was er alleen maar langs geschampt, en zijn vader had zich aangesteld, kleinzerig als hij nu eenmaal was.

De volgende avond had hij zijn excuses aangeboden, in de studeerkamer, waar het rook naar verse scheten. Zijn vader zat achter zijn bureau. Ze gaven elkaar over het bureau heen een hand – albei onwaarachtig – en gingen toen zonder nog een woord te zeggen uit elkaar. De geur van zijn vaders scheten stond hem vreselijk tegen. Elke geur van zijn vader had hem de afgelopen dagen afgestoten: zijn lijflucht, zijn aftershave, het berkenwater dat hij op zijn haren sprenkelde. Zodra hij in de buurt van zijn vader kwam, had hij diens geur in zijn neusgaten en werd hij bang voor nieuwe drift.

'Blijf maar een tijd bij hem uit de buurt,' had zijn moeder gezegd.

Hij was veel uithuizig geweest. Hij had voortdurend bij Watse achter op de brommer gezeten. Hun overhemden bolden in de wind en op de grondtoon van de motor improviseerden ze een blues, Watse zingend, hijzelf blazend op een kam met een vloeitje. Hij voelde dat hij zijn vriend niet moest vertellen wat er was gebeurd. Hij wist dat Watse een hekel had aan zijn vader, de man die hem eens voor drie dagen van school had gestuurd. Hij moest het voor zichzelf houden. Dagenlang hield hij het zichzelf voor: niet over praten. Maar zittend op de Westerscheldedijk, terwijl ze de tekst van een bluesnummer aan het schrijven waren, had hij het toch gedaan. Watse had zijn vader toen 'een paling in een emmer met snot' genoemd. Op de terugweg stokte de blues.

4

Na het zwemmen beklom Abel een van de paalhoofden. Halverwege het strand, bij een zandrug waar de palen grotendeels in waren verdwenen, kon hij er gemakkelijk op klimmen. Samen met Otto liep hij over het paalhoofd de zee in, hij over de ene rij, zijn broer over de andere. Ze spreidden hun armen om in evenwicht te blijven en stapten van de ene paal naar de andere. Tussen de palen woelde de zee. Ze passeerden de plek waar de golven schuimend over de basaltblokken stroomden, de plek waar ze braken, de plek waar ze, steeds hoger opgestuwd, door de palenrijen schoven. Het wond hem op. Hij liep steeds verder de zee in, weg van het strand, weg van de mensen.

Ze stonden stil. Vlak voor hen verdween het paalhoofd onder water. Abel keek naar die ene paalkop die nu eens onder water verdween en dan weer bovenkwam. Hij stelde zich de rijen palen onder water voor.

'Hoe ver zou het doorgaan?' vroeg hij zich hardop af.

'Nog wel een eind,' zei Otto, 'want het is nu vloed.'

Zwijgend stonden ze te kijken naar de zee, het licht van de ondergaande zon op hun gezichten. Van jongsaf aan hadden ze samen naar dingen staan kijken – naar draglines en heimachines, naar polsstok springende jongens, naar waterpoloërs in het kanaal – en ze konden het nog steeds, zwijgend naast elkaar staan. Behoedzaam liet Abel zich door zijn knieën zakken, steunde met zijn handen op de rand van de paal en ging zitten. Otto volgde zijn voorbeeld. Abel keek langs de paal omlaag, naar het gedeelte onder water, begroeid met wier, en verloor zich in staren. Er dreef een school blauwe kwallen het paalhoofd in. Met elke golving van het water kwamen ze dichterbij.

Terug op het strand, kauwend op een stuk brood met gebakken ei, wierp hij een zijdelingse blik op het kruis van zijn vader. Steeds meer drong het tot hem door wat hij had gedaan en dat die trap, op die plaats van zijn vaders lichaam, iets heel anders was dan een klap in zijn gezicht of een trap tegen zijn schenen. Steeds schuldiger begon hij zich te voelen, ook al probeerde hij verwoed af te zwakken wat hij had gedaan.

'Zet nou eindelijk dat idiote brilletje eens af,' beval zijn moeder.

Al weken ergerde Dina zich aan het ziekenfondsbrilletje met de bruin gecoate glazen dat haar oudste bij wijze van zonnebril was gaan dragen. Hij droeg het ook in huis. Het montuur was van draadstaal, de poten met het buigzame uiteinde werden achter de oren gehaakt. Dit type bril herinnerde haar aan armoede, aan armoedige mensen. Nu waren zulke brillen in de mode onder jongeren. Abel had er een opgeduikeld en vond zichzelf hoogst interessant met dat ding op zijn neus. Ze had hem betrapt terwijl hij zichzelf ermee in de spiegel stond te bekijken. Ze kon er niet tegen dat hij er zo bij liep.

'Zet dat ding af!'

'Ik bepaal zelf wat ik op mijn neus heb, mam.'

Abel las door in het boek met de foto van een blote zwangere buik op het omslag. Het liefst had Dina het boek met die foto uit zijn handen gerukt en het brilletje van zijn neus gegrist.

'Zet hem af!'

'Zeg, jongen...' begon zijn vader.

Om de spanning niet nog verder op te laten lopen zette Abel het brilletje af. Het begon ook hemzelf tegen te staan. Op school was erom gelachen. Op straat was hij de vrouw van de linksback tegengekomen, zwoegend op haar fiets, en het was hem niet ontgaan dat ze had moeten glimlachen toen ze dat artistiekerige brilletje op zijn neus ontdekte.

Na het eten liep hij in zijn eentje nogmaals over de palen van de golfbreker de zee in. De stilte was dieper geworden. Het was mysterieuzer voor hem dan de eerste keer om zich van het land te verwijderen. Hij passeerde de blauwe kwallen met hun lange uitwaaierende tentakels. Hij kende ze alleen maar dood, glazig, als gestold, in het zand aan de vloedlijn. Zoals hij ze nu zag, doorschijnend in het doorschijnende water, had hij ze nooit eerder gezien. Hij liep tot hij op een paal stond waar de zee over zijn voeten spoelde. Hij wilde oplossen, weg zijn, ophouden te bestaan. Hij trok het brilletje uit zijn borstzak en wierp het in zee. Hij bleef staan op de paal en liet zijn voeten wassen door de zee. Maar er gebeurde niets, er veranderde niets.

Op de terugweg naar de auto, op het pad over de duinen, ging Abel naast zijn vader lopen. De anderen gingen voor hen uit. Hij kon het haast niet: naast zijn vader lopen. Na een afwachtend 'zo, jongen' zei zijn vader niets meer, en hijzelf wist ook niet wat te zeggen. Onder het lopen zag hij hoe zijn vader zijn linkeronderarm tegen zijn buik duwde en op zijn horloge keek – het gebaar waar zijn moeder zo'n afkeer van had.

Opeens drukte hij zich tegen zijn vader aan, zijn armen om diens middel slaand. Zoals hij zich als kind na een driftbui zonder een woord te zeggen tegen zijn moeders been had geworpen en het had omklemd, zo omklemde hij nu onhandig zijn vaders middel en drukte zijn hoofd tegen diens borst. Er rustte geen zegen op. Hij voelde het al toen hij zijn vader vastpakte. Zijn vader verstarde, hijzelf verstarde. Verschrikt liet hij los.

Abel bleef staan. Hij zette een van zijn gympen op het prikkeldraad aan de rand van het pad, trok de veter los en begon hem met bevende handen te strikken. Zijn vader liep door en stond toen ook stil. Aan zijn rug, aan zijn opgetrokken schouders, kon hij zien dat zijn vader nogmaals op zijn horloge keek.

5

Een week later dacht hij op een avond terug aan de paalhoofden. Hij zat in de leunstoel naast zijn bed, onderuitgezakt, met een boek op zijn knieën, en opeens stond hij weer op het strand van Domburg. Hij herinnerde zich de lange schaduwen, de serene atmosfeer, hoe hij over de palen de zee in was gelopen en het gevoel van mysterie dat hem daar had bevangen, alsof hij aan de grens van een andere wereld was gekomen. Roerloos stond hij daar en probeerde iets op te vangen uit een andere wereld, en toen wilde hij verdwijnen. Maar er was niets gebeurd. Alles was gebleven zoals het was.

Hij kreeg zin om te schrijven. Hij pakte een schrift, legde het op zijn knie en wachtte op een eerste zin. Een uur later had hij iets geschreven. Nu was er wel iets gebeurd, nu was hij ergens geweest waar hij nooit eerder was geweest, in een andere wereld. Met tegenzin haast keerde hij terug in de leunstoel, op de rode ribfluwelen kussens, in zijn kleine kamer.

Hij was gaan schrijven over een jongen die hij op het uiteinde van een paalhoofd zag zitten, niet zoals hij er had gezeten, met bungelende benen, maar in lotuszit. Het was eigenlijk niet mogelijk om er zo te zitten, want de paal was er te klein voor. Maar hij had besloten om het mogelijk te laten zijn, want het leek essentieel, de lotuszit van die jongen. Het was avond, de zon was ondergegaan, het begon te schemeren. Het was vloed: de palen raakten steeds verder onder water. De jongen zat daar en onder hem schoven de golven door de palenrijen. Achter zijn rug, op het duin, lag een hotel waar een feest gaande was, en daar waren zijn vrienden. Hij verkeerde in tweestrijd: hij wilde op het paalhoofd blijven zitten, in de stilte, in de schemer, en hij wilde naar zijn vrienden in het hotel. Er kwam een school kwallen het paalhoofd in drijven. Zijn tweestrijd werd heviger. Hij begon zijn vrienden te haten en bleef zitten, terwijl het water steeg en steeds meer kwallen hem omringden.

Het was eigenlijk geen verhaal, want er gebeurde niets. Het stelde hem teleur dat hij niet meer tot stand had gebracht dan dit: een verhaal dat geen verhaal was. Hij stond op om de schrijfmachine van zijn vader te halen. Hij zette hem op het uitschuifbare blad van het dressoir dat hem tot bureau diende en tikte uit wat hij had geschreven, op kleine velletjes om het verhaal langer te laten lijken. Toen hij klaar was, probeerde hij trots en tevreden te zijn. Maar hij was geschrokken van dit stukje proza waarvoor hij geen titel had kunnen bedenken, omdat hij niet goed wist waar het over ging.

Geschrokken van de koppigheid van die knaap op het paalhoofd, van die school kwallen waarin hij ten onder zou gaan en van zijn afkeer van zijn vrienden. Hij dacht aan Job en Watse, en het was of zijn blik plotseling veel dieper reikte. Job, met wie hij een week Hindemith had gestudeerd, diezelfde Job had hem in de pauze van het concert Antona afhandig gemaakt – hij zag nog voor zich hoe ze zich met z'n tweeën tegen hem keerden. Watse, zijn beste vriend, die zijn vader 'een paling in een emmer met snot' had genoemd. Waren dit vrienden? En zo nee, wat waren dan vrienden? Nog meer schrok hij van zijn afkeer van de jongen op het paalhoofd. Het was of het schrijven hem iets had onthuld wat hij liever verborgen hield.

Hij stond voor het raam te roken en keek naar het flatgebouw waar de meeste appartementen al donker waren. Hij wierp een blik op de schrijfmachine. De kleine, lichtblauwe Olivetti, die hij altijd zo prachtig vond, leek hem oneindig superieur aan zijn verhaal.

Rond middernacht kwam zijn vader thuis. Abel lag in bed en deed of hij sliep. Met gespitste oren lag hij te luisteren naar zijn vaders bewegingen in de studeerkamer. Zijn lichaam stond op scherp.

Hij wachtte tot het stil was geworden in huis. Toen zette hij de radio aan die naast zijn bed stond, heel zacht. In het donker lichtte de zenderschaal op, het groene kattenoog. Hij stemde af op een piratenzender en wachtte. Na een tijd begon hij de radio te ruiken: de warm geworden radiobuizen, het stof op de buizen. Het was een geur waar hij van hield. Om de drie, vier minuten werd een nieuw nummer aangekondigd. Hij wachtte en zag in de nacht een schip aan zijn ankers rukken, vlak buiten de territoriale wateren van Engeland, een oude coaster met een zendmast... Vanuit Vlissingen kon hij met de nachtboot oversteken naar Engeland... Jongens uit de hoogste klas waren een oude reddingssloep gaan ophalen in Terneuzen en roeiend de Westerschelde overgestoken. Uren hadden ze erover gedaan. Het was al donker toen ze eindelijk aankwamen... Overvaren worden in het donker. Plotseling doemt dat schip op. Gekraak. Opeens lig je in het koude water, er stoot iets tegen je hoofd en je zinkt weg... Oversteken naar Engeland om er in een band te spelen en in een busje door het land te trekken. Na vijf jaar kwam hij terug, bijna onherkenbaar voor zijn vrienden.

Steeds sterker werd de geur van de radio, de geur van het warme stof op de buizen. Hij wachtte, met gesloten ogen, zwevend boven een nachtelijke zee, rond dat schip dat aan zijn ankers rukte, hij stond er aan dek in de wind, leunend op de reling. Hij wachtte tot in een hut op dat schip een oude plaat vol krassen werd opgezet en hij een ontstemde gitaar hoorde en een schorre stem, ver weg, lang geleden, die met lange uithalen woorden zong als 'Dá-á-á-árk was the ni-i-i-ight and có-ó-ó-óld was the grou-ou-ound', woorden die er eigenlijk niet toe deden, omdat hij toch alleen maar luisterde naar die stem van ver weg en lang geleden, een stem die werkelijk zong.

IX

NAAR DE TONNEN

1

'Eeh, Homerus! Eeh!'

Gierend van het lachen boog Marinus Wisse zich over het stuur van zijn fiets. Abel glimlachte, half toegeeflijk, half minachtend, en zocht oogcontact met Irma. Sinds zijn vroegere vriend hem een bijnaam had gegeven, moest hij hem onophoudelijk horen.

'Eeh, Homerus, hoe gaat het?'

Met z'n drieën fietsten ze over de weg langs het kanaal en met z'n drieën vulden ze die smalle weg van berm tot berm. Irma reed tussen de jongens in.

'Eeh, Timmermans!'

'Eindelijk heeft hij ook iets bedacht!'

'Hoe is het nou op die ambachtsschool, Timmermans?'

'Niks mee te maken, Homerus!'

'Krijg je nou de hele dag les in timmeren?'

'Wij doen niks anders dan de hele dag onszelf aftrekken, Homerus.'

'Marien,' riep Irma, 'hou daarmee op!'

'In de pauzes staan we met z'n allen in de wc's te trekken, vooral op warme dagen.'

'Dus je leert daar aardig wat,' zei Abel droog.

Marinus keek weg en wierp zijn haar met een ruk opzij. Toen wendde hij zich weer naar Abel, maar zonder hem aan te kijken.

'En jij, Homerus, leer jij nog wat? Mooie meiden zitten er bij jou in elk geval niet op school. Dat heb ik wel gezien.'

'Verwaand ventje,' zei Irma.

'Op de ambachtsschool zitten zelfs helemáál geen meiden, Timmermans.'

'Maar wij hebben de vakschool.'

De vakschool voor meisjes, die pal naast de ambachtsschool was gebouwd.

'Hoezo: wij hebben de vakschool?'

'Dat begrijp je best, Homerus. Jullie hebben hem in elk geval niet. Die meiden zijn van ons.'

'En eigenlijk zijn ze allemaal van jou, bedoel je.'

Ze moesten uitwijken voor een auto en reden achter elkaar langs het kanaal, Marinus op kop, Abel achteraan. Het luchtte hem op zich te kunnen terugtrekken uit de schermutselingen. Hij keek naar Irma, die hij een maand niet had gezien. Ze had eerst gewerkt als bessenplukster en daarna was ze met haar familie op de fiets naar Walcheren gereden, bepakt en bezakt, en op het erf van een boerderij achter de duinen in een houten schuur getrokken. Dat het daar primitief was gaf niet, want 'je leefde toch de hele dag buiten'. Ze had twee weken aan zee doorgebracht en dat was te zien: ze was niet alleen gebruind, haar stevige lichaam ademde rust en welgedaanheid uit, haast een overdaad aan gezondheid. Zijn ogen vielen op haar ontblote onderrug, op de bewegende spieren. Toen hij langszij kwam, keek ze hem aan en glimlachte. Hij zag weer hoe zacht en vriendelijk haar ogen waren en glimlachte terug.

Zijn blik gleed langs haar naar Marinus. Nog altijd intrigeerde de jongen hem, hoezeer ze ook uit elkaar waren gegroeid. Hij bespeurde het nu zelfs duidelijker dan in de jaren dat ze achter wagens met suikerbieten aan renden en aan de bietennetten hingen, landjepik speelden met hun zakmessen en in de schemering in de Poel twee mannen beslopen die een vuurtje stookten naast hun auto en op hen de indruk maakten dat ze 'stropers' waren. Nog steeds waren het Marinus' wegdraaiende ogen die hem intrigeerden, het slinkse in zijn manier van doen – alsof hij altijd op de vlucht was. Hij had eigenlijk altijd medelijden met hem.

Het knappe gezicht van de jongen trok nog meer dan gewoonlijk de aandacht: door de hechtingen in een wenkbrauw en de blauwe plekken rond zijn oog. Marinus had verteld dat hij tijdens de vakantie met een paar biertjes op 'op zijn smoel' was gevallen. Abel wist dat het niet waar was. Irma verstrakte toen de hechtingen ter sprake kwamen. Rond broer en zus had opeens een ondoordringbaar zwijgen gehangen.

2

Abel was een maand in Friesland geweest. Zijn vader had een bungalow aan het water gehuurd. Tien bungalows stonden er op een rij, allemaal met hetzelfde schuin omhoogstekende platte dak en een glasgevel op het zuiden. Ze waren gebouwd op een stuk grond dat zijn vader in zijn jonge jaren nog had gekend als hooiland. Zijn grootvader bezag de bungalows met een schampere blik. Elke verandering in het plassengebied – waar hij vroeger 'zelfs op zaterdagmiddag maar een handjevol boten tegenkwam' – deed hem pijn.

Vier weken had hij met zijn broer voornamelijk op het water geleefd. Het was het eerste jaar dat ze er alleen op uit mochten met de boot. Zijn grootvader had hun een examen afgenomen, staand op de oever, zijn armen over elkaar geslagen, zijn nu witte haren waaiend in de wind. De wind was hard geweest. Steeds als ze vlak langs hem voeren, trillend van opwinding, riep hij hun van achter het wild buigende en ruisende riet opdrachten voor nieuwe manoeuvres toe. Naast zijn grootvader had hun vader gestaan, een beetje overbodig. Na een halfuur was het examen voorbij.

'Laat die jongens maar gaan,' had zijn grootvader gezegd.

Op sommige dagen had hij een puur geluk gevonden. Het deed zich voor als hij met Otto over de plassen zwierf: wolkenluchten, het helle zonlicht op de zeilen, de snelheid van de boot, de aanwezigheid van zijn broer. Eenmaal was het er geweest toen hij zwom in het zachte veenwater, dat zich volmaakt glad voor hem uitstrekte terwijl boven het meer donkere wolken opkwamen en om hem heen alles zweeg in afwachting van het onweer. Een kwartier later had hij met Otto onder de dektent in de boot gezeten en door een opening naar het water gekeken, dat door een wolkbreuk werd gegeseld – en al die tijd had het geduurd.

Zodra hij de boot had afgemeerd en de bungalow binnenkwam, uitgehongerd, met het deinen van de boot nog in zijn benen, voelde hij de spanning tussen zijn ouders.

Vier weken lang had hij zijn vader op de stretcher zien liggen met een stapel boeken en een transistorradio, die hem klassieke muziek bood en elk uur de nieuwsberichten. Soms stond de stretcher voor het raam dat uitzag op het water, soms op het terras, soms in de schaduw van een elzenbosje. Zijn vader droeg zijn oude kampeerbroek en versleten gymschoenen, en als hij ging zeilen zette hij de zwarte alpinopet op die hij al had gedragen toen hij nog met zijn schoolvrienden over de plassen zwierf. De stretcher was het domein waar hij zich terugtrok. Hij stond op om aan tafel te gaan of in de auto naar het dorp te rijden om boodschappen te doen, soms gunde hij zichzelf een zeiltochtje, maar alle beweging begon en eindigde op de stretcher. Nog duidelijker dan anders had hij gezien dat het leven van zijn vader zich bewoog in vaste en onveranderlijke patronen.

Op zondagochtend dwong zijn vader het hele gezin plaats te nemen in de roeiboot voor de kerkgang. Terwijl de buitenboordmotor ronkte en de boot over het ochtendgladde water gleed, werd er niet of nauwelijks gesproken, de kleinsten lieten een hand door het water slieren, en als er een God was leek hij toch eerder op het water te vinden dan in de sombere dorpskerk die ze tegemoet gingen. Om de bedrukte stemming aan boord te verlichten gaf zijn vader de gashendel van de motor beurtelings aan een van de kleinsten in handen. Met blikken keurde zijn moeder het af, want dit was 'omkoperij', zo 'maakte hij zich ervan af', het was 'onzuiver'. In het kerkje mengden de dorpelingen zich met de zomergasten. Het meest opwindende was voor Abel nog het gestommel dat vanaf de galerij klonk als de ouderling die er als ordebewaker had plaatsgenomen, een van de dorpsjongens in zijn kraag greep, de trap af duwde en naar buiten smeet.

Op de terugweg zei zijn moeder steevast tegen zijn vader:

'Nou, jij hebt je zin weer.'

Het klonk machteloos.

Na vier weken was ze 'bekaf' geweest. Toen ze dit bij thuiskomst had gezegd, dat ze na een maand vakantie 'eigenlijk bekaf' was, had Abel zich schuldig gevoeld. Hij had medelijden met haar omdat zij zo 'afgepeigerd' was (een hele reeks van dergelijke woorden stond tot haar beschikking), maar hij voelde ook ergernis en zelfs woede. Op een dag, toen ze het woord 'onzuiver' weer eens in de mond nam, had hij zich laten ontvallen:

'Probeer nou es een maand helemaal niets onzuiver te vinden! Misschien gaat het dan beter!'

Hij was gestraft met een brief onder zijn hoofdkussen.

3

Sinds er in de stad een zwembad was gebouwd, was het Sas een verlaten plek waar alleen in de weekeinden dagjesmensen verschenen en sportvissers, die zich met hun vrouwen, parasols, kratten bier en werphengels op de dijk installeerden. Op een doordeweekse dag, zelfs in de zomer, was het er uitgestorven. Het bevreemdde Abel nog elke keer dat er niemand in het kanaal zwom, dat de sluizen, de steigers en de duiktoren leeg waren en dat het op die eens zo drukke plek zo stil was dat je er het water kon horen klotsen.

Aan de voet van de dijk gaf hij Irma een hand om haar te helpen bij het beklimmen van de helling, terwijl Marinus boven stond en zijn zus – met haar zware onderstel niet bepaald atletisch – pesterig aanmoedigde. Toen ze boven bij de vloedplaten stonden, uitkijkend over de Oosterschelde, leek het moment gekomen voor een kus, de eerste na hun weerzien. Hij hoefde haar alleen maar aan te kijken of ze drukte zich tegen hem aan.

Ze liepen naar Marinus, die al in zwembroek in het gras lag. Abels oog viel op de navel van de jongen, die opvallend groot en diep was. Met een snelle blik taxeerde hij diens lichaam. Onder zijn oksels en op zijn benen was een al haast mannelijke beharing ontstaan. De jongen voelde dat hij werd bekeken. Hij wierp zijn benen omhoog, zwiepte ze weer terug en stond met een korte ruk van zijn lichaam, acrobatisch lenig, in één keer op zijn voeten. Met een quasi-ernstig gezicht en overdreven sierlijke bewegingen begon hij radslagen te maken. Aan het eind van een reeks deed hij een gymnast na door met gespreide armen stokstijf stil te staan.

'Eeh, Homerus!'

'Je bent nog net zo'n showbink als vroeger!'

Marinus ging op zijn handen staan, liep op zijn handen door het gras, steeds meer in de greep van een sardonische giechel.

Opeens stond Irma naast hem in een gestreept badpak.

'Wat een mooi badpak,' zei Abel verrast.

Het was of ze de Walcherse stranden nog bij zich had. Het helle zonlicht, de schittering van de zee – als een gloed hing het om haar heen. Bescheiden stond ze naast hem, hoofd en schouders licht gebogen, als altijd. Dat ze nog naast me wil staan, dacht hij.

Op een avond, terwijl hij zwom, terwijl het zachte water langs hem gleed en het meer rimpelloos lag te spiegelen, was hij het gaan beseffen: dat hij handig was in het verdraaien en verzwijgen van dingen, dat er iets leugenachtigs in hem school. Hij kon zich de plek nog herinneren. Hij zwom met Otto aan de rand van een plas, het water gleed met olie-achtige zachtheid langs zijn handen, zijn armen, zijn lichaam. Toen was zijn broer omgekeerd en teruggezwommen naar de boot. Terwijl Otto van hem wegzwom was hij het gaan voelen: wat hij deed met verdraaien en verzwijgen en te veel praten. Er was een vlaag van eenzaamheid geweest, omdat hij alleen achterbleef, en in die eenzaamheid was dat besef opgekomen. Nu hij Irma naast zich zag staan, trouwhartig, opgewekt als altijd, herinnerde hij zich die avond, die plek, het moment waarop zijn broer van hem was weggezwommen en hij alleen was geweest met zichzelf.

Hand in hand daalden ze af langs de dijk, ze glibberden door de wieren en waadden door het water. Marinus ging hun voor, hij stortte zich voorover en zwom van hen weg. Abel keek hem na, vol bewondering voor zijn soepele crawl. Marinus bereikte het water buiten de strekdam.

'Straks gaat hij nog te ver,' zei Abel.

'Dat moet hij dan zelf maar weten.'

Ze stonden tot hun borst in het water. De deining tilde hen op en zette hen weer neer. Abel keek nog een keer naar het hoofd van Marinus, dat nu en dan achter een golf verdween, toen ging hij de zone binnen, de zone van het meisjeslichaam. Hij legde zijn handen op Irma's heupen. Ze kwam dichterbij. Toen ze hem raakte met haar buik en de plastic korfjes in haar badpak, herinnerde hij zich Antje, zo duidelijk alsof ze voor hem stond.

4

Op de laatste avond van de vakantie, toen het donker begon te worden, waren ze met een sleep van drie boten het meer op gevaren. De voorste boot had met zijn buitenboordmotor de twee andere getrokken. De dektenten waren over de boten gelegd, eronder brandde een stormlamp. Het was warm en windstil en de geluiden droegen ver. Aan de overkant legden ze de boten naast elkaar voor anker. Eerst werd er nog heen en weer gelopen, er was iemand in het water gevallen, maar geleidelijk aan werd het stiller. Toen de maan boven de elzenbosjes verscheen, zat hij met Antje op het voordek.

Antje. Ze zei niet veel. Haar ouders hadden een caravan op de camping, ze dreven een groentezaak in een van de dorpen in de omgeving. Met werken had ze een brommer verdiend. 's Avonds reed ze op haar brommer met een vriendin achterop van de camping naar het dorp en terug, en nog eens van de camping naar het dorp en terug. Ze had een verlegen blik en het soort borsten waarvan hij haast ging blozen als hij erbij in de buurt kwam, zo aanwezig waren ze. Misschien sprak ze zo weinig omdat ze die borsten had.

Ze keek tegen hem op, omdat hij een goede prater was. Hij had het meteen gemerkt.

Op een avond was hij met haar naar de caravan van haar ouders gegaan. Hij had met haar op een slaapbank gelegen, terwijl Otto met haar vriendin op de andere bank lag. Innerlijk had hij grenzen overschreden, want hij gaf weinig om het meisje. Omdat ze de dochter van een groenteboer was en haar ouders in een caravan op de camping hokten, voelde hij een grote afstand. Onder het zoenen had hij zijn ogen opengedaan en zijn duim opgestoken naar zijn broer, die toevallig naar hem keek.

Op de laatste avond, op de voorplecht van de boot, was hij verder gegaan. Hij streelde haar prachtige borsten. Ze waren ergens uit geglipt en ze waren zo in zijn handen gegleden. Aan Irma dacht hij niet. Er was alleen het fenomeen van deze borsten. Nadat hij van zijn eerste verbazing en opwinding was bekomen, bekroop hem een vaag schuldgevoel: mocht hij wel zover gaan? Zijn moeder had hem ingeprent dat hij alleen mocht vrijen met een meisje om wie hij gaf. Terwijl hij haar borsten streelde, begon er meer leven in het meisje te komen. Haar haar raakte in de war. Haar ogen stonden wijd open. Zonder een woord te zeggen leek ze nu toch minder zwijgzaam. Hij was nog verder gegaan. Maar toen had ze hem tegengehouden.

'Dat kan niet, hoor,' had ze met Friese tongval gezegd. 'Ik heb feest.'

Zonder 'feest' had het dus gekund? Had hij dan mogen voelen? Of was het een smoes? In zekere zin luchtte het verbod hem ook op.

Ergens hield het op, dat gevrij op de voorplecht van een boot. Hij werd onrustig en treurig, hij wilde alleen zijn. Het liefst was hij in het donker, bijgelicht door de maan, het wilde en zompige land achter de rietkraag in getrokken. Daar ging hij over de verende bodem, boog takken opzij, het struikgewas sloot zich achter hem, hij verdween uit het zicht. Doodstil was het. Alleen die zwarte contouren van bomen en struiken om hem heen. Haast op de tast ging hij verder, tot hij bij een kleine plas kwam die op geen enkele kaart stond. Hij viel in slaap op een stapel rietbossen en werd wakker in de ochtendschemering. Niets roerde zich nog, niets, en dan zwom hij in dat zachte water, tussen de gladde wortels van de lelies door glijdend, en hij was gelukkig... Maar dat meisje lag naast hem, ongeduldig, en hij moest als de bliksem iets verzinnen om haar aandacht vast te houden, haar weer te boeien. Want dat wilde hij ook weer niet: haar aandacht verliezen. Intussen had ze haar truitje weer naar beneden getrokken.

5

'Waarom heb je me niet geschreven?' vroeg Irma.

'Ik heb je toch een kaart gestuurd?'

'Maar daar stond niks op.'

'Ik had er toch een paar regels op geschreven.'

'Met heel veel moeite heb je die eruit geperst.'

Vol spijt pakte hij haar handen en legde ze op zijn schouders. Maar ze trok ze terug. Hij voelde dat hem nu pas goed de duimschroeven zouden worden aangezet.

'Heb je soms even een ander vriendinnetje gehad?'

Abel lachte alsof hij deze vraag wel had verwacht.

'Ik hou niet van Friese meisjes,' loog hij.

'Waarom niet?'

'Alleen al vanwege dat accent. Zelfs als ze iets aardigs tegen je zeggen, klinkt het snauwerig. En als ze ongesteld zijn, zeggen ze: ik heb feest.'

Irma bloosde.

'Hoe weet je dat?'

'Je hoort het ze tegen elkaar zeggen. Ik ga vandaag niet zwemmen, hoor, want ik heb feest. O, heb je feest? Ja, ik heb feest.'

Hij dook onder water, pakte Irma's enkels, duwde ze uit elkaar en zwom tussen haar benen door. Hij dook op, haalde adem en zwom verder onder water, vlak langs de bodem, zich vastgrijpend aan half in het slik verzonken stenen. Toen hij bijna geen adem meer had, pakte hij een steen beet, keerde hem om en vond eronder een grote zeester. Hij dook op en wierp het dier naar Irma toe.

Ze deed een halfslachtige poging hem te vangen. Abel haalde hem weer van de bodem. Levend en wel kromde de zeester zich om zijn hand, rood vanboven en roze aan de onderkant. Hij probeerde hem op Irma's schouder te zetten, maar ze weerde hem af.

'Eeh, Homerus!'

Marinus kwam aanzwemmen.

'Het is dood tij,' riep hij, zijn haar met een ruk opzijzwiepend. 'We kunnen naar de tonnen!'

6

Ze lieten Irma achter op de dijk en renden over de strekdam. Bij het lichtbaken stonden ze stil. Voor de kust lagen de twee tonnen die de vaargeul naar de haven markeerden. Als het getij liep, trok de stroming ze scheef. Nu lagen ze rechtop, deinend op de golven. Abel herinnerde zich hoe hij vroeger jongens naar de tonnen had zien zwemmen en dat hij zich altijd had vergist in de afstand: kleiner en kleiner werden die hoofden in het blikkerende water, nog kleiner, en dan pas waren ze er. Met toegeknepen ogen tuurde hij naar de tonnen, de schuimende golven, de donkere plekken waar de wind het water striemde.

'Dat wordt een flink tochtje,' zei hij.

Een kwartier later hingen ze aan een van de ijzeren gevaartes, hijgend en lachend, hun handen om een richel klemmend. Ze verplaatsten zich naar lijzijde om uit de wind te zijn.

'Even dacht ik dat je het niet zou halen, Homerus!'

Abel zweeg. Opeens lag er heel veel water om hem heen. Ze zwegen om op krachten te komen. De overtocht had hun allebei meer gekost dan ze hadden verwacht. Waarom wist hij plotseling niets meer tegen Marinus te zeggen? Hij voelde dat de jongen weer macht over hem begon te krijgen.

'Ik ga duiken,' zei hij.

'Duiken?'

'Ik ga langs de ketting naar beneden.'

'Jij liever dan ik, Homerus.'

Abel zette zich af van de ton, toch bang dat hij door een stroming zou worden meegesleurd. Hij zoog zijn longen vol en toen dook hij onder de ton. Hij trok zichzelf omlaag langs de ankerketting, zijn voeten boven, zijn hoofd onder. Het water werd kouder, de druk op zijn trommelvliezen nam toe. Toen zijn trommelvliezen pijn begonnen te doen, keerde hij zijn ondersteboven hangende lichaam om, omklemde met handen en voeten de ketting en keek omhoog naar de vage, donkere vlek, de twee woelende benen ernaast. Zo lang mogelijk bleef hij daar, omhoogkijkend langs de ketting naar de onderkant van de boei. Waar hij was voelde hij zich merkwaardig veilig en op zijn gemak. Hij had met een aqualong op zijn rug nog dieper willen duiken, een duikbril voor zijn ogen, zwemvliezen aan zijn voeten, afdalend langs de ketting naar de bodem van de geul, waarvan werd gezegd dat hij veertig meter diep was, en vandaar terugkeren naar de oppervlakte, in etappes natuurlijk, vanwege de 'gevreesde' caissonziekte.

Eindelijk schoot hij omhoog. Maar de terugtocht duurde langer dan hij had gedacht en snakkend naar adem dook hij op. Geruststellend was de warmte van de zon, het geluid van de golven en van de boei, die al deinend met zijn onderkant op het water petste.

Marinus keek langs hem heen.

'Hoe was het?'

'Dat was...' Hij hapte naar adem. '... fantastisch!'

Opnieuw hingen ze naast elkaar aan de boei. Nu hij had gedoken, voelde Abel nog sterker de diepte van de zee. Hij was hier niet meer dan een wriemelend insect. Hij hoorde hier niet. De zon brandde op zijn gezicht. Het kostte hem kracht om zich vast te houden aan de boei, het putte hem uit. Algauw zou hij misschien te moe zijn om nog terug te zwemmen naar de strekdam. Had Marinus hem meegelokt naar de boei om hem te verdrinken? Kwam na jaren dan toch nog de vergelding voor wat hij op de weg langs het kanaal had gedaan, voor de smak die hij zijn vriend toen had laten maken? Hier in deze woestenij van onverschillig golvend water leek de jongen tot alles in staat.

'Ik doe het ook effe!'

Marinus liet de boei los en dook. Onmiddellijk richtte Abel zijn blik op de strekdam in de verte. Hij kon nu aan de terugtocht beginnen, zwemmend uit alle macht om een zo groot mogelijke voorsprong op te bouwen. Zijn hart bonsde. Teruggaan. Nu. Hij probeerde zichzelf tot kalmte te dwingen door naar de roestvlekken op de ton te kijken, naar de dikke bouten in de richel. Maar een ogenblik later vloog zijn blik weer over de schuimende golven naar het zwarte vlak van de sluis in de verte, naar de boomkruinen die boven de dijk uitstaken en de zomerse rust van het land opriepen.

Marinus dook op, grijnzend, zijn haar opzijzwiepend. Opgetild door een golf kwam hij vlak bij Abel aan de richel te hangen, tegen hem aan. De jongen deed niets om de afstand te vergroten. Zo dicht bij hem, zo dicht bij zijn hijgend ademhalen, kwam het Abel voor dat ze elkaar zouden kunnen kussen. Hij was zich van Marinus' lippen bewust, van zijn eigen lippen, zoals hem in Irma's nabijheid soms overkwam.

'Nu moeten we straks... met z'n tweeën... naar beneden.'

Nog steeds hing Marinus tegen hem aan. Abel zag in een flits zijn gespierde arm, de zwarte pluk haar onder zijn oksel. Een ogenblik was de jongen hem volkomen vreemd.

'Heb je die lekkere... die lekkere kutjes... al ontdekt?' vroeg Marinus.

'Kutjes?'

'Die zeeanemonen! Het zijn net... jezus, wat hijg ik... het zijn net... kutjes. Ze gaan open en dicht.'

Vlak onder de waterlijn woelde Marinus met zijn hand in het aangroeisel van de boei en legde een rode zeeanemoon bloot. Abel zag een soort zuigende mond, langs de rand met zacht bewegende tentakels bezet, bloedrood. Marinus stak er een vinger in.

'Zie je? Het is net zo'n lekker kutje.'

Hoe verrast hij ook was, hij durfde zich niet voorover te buigen om de zeeanemoon van dichtbij te bekijken. Hij was bang dat hij juist dan, in dat onbewaakte ogenblik, met zijn hoofd tegen de richel geslagen zou worden.

'Laten we teruggaan,' zei hij.

'We moeten eerst nog een keertje samen duiken. Dat is pas kunstig!'

'Ik heb het wel gezien.'

Een kwartier later kropen ze op de kop van de strekdam uit zee, zich vastgrijpend aan de wieren. Hijgend lagen ze op de warme basaltblokken. Tijdens de hele overtocht had Abel de jongen in het oog gehouden.

7

Moedwillig haast zocht hij nieuw gevaar. Hij volgde Marinus naar de sluis. Er was geen sterveling te bekennen. In de sluiskolk klonk het geluid van vallend water, weerkaatst tegen de muren. Op de kade was een zwerm mussen neergestreken. Abel voelde iets noodlottigs naderbij komen. Ook elke zijstap, elke onverwachte beweging leidde hem naar wat al op hem te wachten lag. Juist de zijstap voerde hem naar het doel. De vredigheid van de verlaten sluiskolk was maar schijn, er loerde gevaar, en de mussen leken er de boodschappers van. Toen ze bij hun nadering opvlogen leek het of ze ruim baan maakten voor het onontkoombare.

Marinus liep de sluis op. Met wiegende heupen en armen, alsof hij aan een dansje begon, zo liep hij tussen de relingen, die nog elk jaar in een zilverkleur werden geschilderd. Aarzelend bleef Abel op de kade staan, maar toen volgde hij hem. Hij wilde vanaf de sluis zien hoe de jongen dook, hij wilde hem op zijn hand laten steunen, op zijn hoofd, precies dat doen wat hij vroeger zo vaak andere jongens had zien doen. Hij wilde dat ook eigenlijk helemaal niet, hij wilde zich verre houden van Marinus' opschepperij, onverschilligheid voorwenden, maar hij stond al op de sluis.

'Ik geloof dat ik een stijve krijg, Homerus.'

Gniffelend greep Marinus zichzelf in zijn kruis, draaiend met zijn achterste.

'Even mijn lul recht leggen.'

Abel herinnerde zich hoe de jongen, toen ze destijds landjepik speelden achter de badhokken, kluiten in zijn zwembroek had gestopt. Ze hadden ruzie gekregen, elkaar met kluiten bekogeld. Op de terugweg naar de stad was het toen gebeurd. Zijn hart begon te bonzen. Marinus legde zijn handen op de reling aan weerszijden en klom erop. Behoedzaam richtte hij zich op. Abel hield zijn opgeheven hand al klaar. De jongen greep hem en wachtte tot hij zijn evenwicht had hervonden. Toen draaide hij zich naar het kanaal en zette zijn ene voet naast de andere. Abel voelde de vingertoppen van de jongen op zijn hoofd drukken. Een ogenblik later zag hij hem door de lucht zweven, over de lage sluis, zijn lichaam maakte een knik en verdween rechtstandig in het kanaal.

Marinus dook op, met een paar slagen was hij bij de kade en hees zich erop. Met twee treden tegelijk kwam hij de trap op rennen. Het water droop in dikke stralen van zijn lichaam. Toen hij de sluis betrad, greep hij weer in zijn kruis en draaide met zijn achterste, alsof hij ergens ondraaglijke jeuk had.

'En het is toch zo lekker,' kreunde hij. 'O, het is toch zo lekker.'

'Volgens mij ben je al de hele zomer bezig om je lul recht te leggen.'

'Kom op, Homerus.'

De zwerm mussen vloog nogmaals op, luid tsjilpend, en verdween. Abel klom op de reling en richtte zich op, gesteund door Marinus' hand. De wind jakkerde langs zijn lichaam.

'Hou je me,' vroeg hij, plotseling een beroep doend op oude vriendschap.

Meteen bespeurde hij Marinus' bereidwilligheid. Hij draaide zich naar het kanaal, zijn ene voet naast de andere zettend. Een ogenblik nog rustten zijn vingertoppen op Marinus' hoofd, terwijl dat eigenlijk al niet meer nodig was. Toen dook hij van de sluis.

Aan de voet van de dijk, terwijl ze zich half afgewend van elkaar stonden aan te kleden, zag hij op Marinus' rug de striemen. Ze waren hem al eerder opgevallen. Het waren vijf schuine striemen, vlak bij elkaar, deels over elkaar heen, in de gebruinde huid, die op die plekken lichtelijk was opgezwollen. De striemen, het blauwe oog, de hechtingen in Marinus' wenkbrauw – opeens drong het werkelijk tot hem door. Maar hoe de jongen aan die verwondingen kwam, liet hij voor zichzelf nog in het vage. Pas toen ze met zijn drieën naar de stad waren teruggefietst en bij het huis aan de stadswal waren gekomen, toen hij in de schuur meneer Wisse zag, bezig met zijn duiven, toen pas durfde hij te begrijpen wat er was gebeurd.

8

Hij bleef bij de Wisses eten. Hij had de uitnodiging moeten afslaan om Irma geen valse hoop te geven. Hij had die middag het afscheid al ingeleid door nauwelijks meer met haar te verkeren: ze had meer dan een uur alleen op de dijk gezeten. Hij wilde het huis, haar huis, ook niet meer in. Terwijl hij met zijn fiets bij de schuur stond, had hij afscheid genomen van de moestuin, de schuur, het huis, de bomen op de stadswal.

Maar hij was bezweken voor haar blik, voor de ingetogen manier waarop ze haar gezicht naar hem ophief en hem met haar ogen smeekte om te blijven. Hij bezweek ook, al in de keuken binnengevoerd, voor mevrouw Wisses opgewekte plagerijen.

Alleen al door de vredestichtende geur van het stoofvlees leek het onvoorstelbaar dat Marinus door zijn vader was afgetuigd. Naarmate Abel langer in de keuken zat, pratend met mevrouw Wisse, behulpzaam bij het doppen van een enorme berg tuinbonen, werd dat geweld steeds ongerijmder. Door de openstaande keukendeur zag hij de moestuin, de groentebedden, keurig bijgehouden, en daarachter, in de schuur, waar het licht van de dalende zon naar binnen viel, stond meneer Wisse met zijn duiven. Klapwiekend vlogen ze om hem heen en daalden neer op zijn gespreide armen.

Marinus moest gevallen zijn, zoals hij had verteld. Hij had niet gelogen. Maar tijdens het avondeten hoefde Abel maar een enkele blik op de jongen te werpen om te weten dat hij door zijn vader was afgeranseld. Marinus gedroeg zich, voor zijn doen, ingetogen. Hij vermeed het om zelfs maar in de richting van zijn vader te kijken.

Na het eten beklom hij met Irma de trappen naar haar zolderkamer. Er hing een bedompte warmte. Irma zette het raam van de dakkapel open. Zwijgend, elk vervuld van toenemend ongemak, leunden ze naast elkaar op de vensterbank en keken naar de bomen op de stadswal, de landerijen. De dalende zon scheen hun in het gezicht. Irma zweette. Hij rook het. Ze pulkte aan een stukje stof, waar ze draadjes uit trok, in afwachting van wat hij zou zeggen. Abel keek naar een boom die verderop stond, de boom waarachter Irma hem op een avond haar borsten had laten zien. Hij herinnerde zich de borsten van Antje. Drie dagen geleden was het nog maar dat hij ze had vastgehouden.

Hij verlangde terug naar datgene wat hem treurig had gemaakt. Hij verlangde terug – omdat hij nu pas kon zien wat er was gebeurd – naar die paar minuten dat hij Antjes borsten had mogen strelen, die in een oogwenk voorbije episode waarin het zwijgzame meisje was veranderd en hem voor het eerst werkelijk had aangekeken, in de war, met haar armen opgeheven boven haar omhooggestroopte truitje, verlegen door wat ze in zijn handen zag liggen.

'Zeg es wat,' zei Irma met gesmoorde stem.

Abel zweeg.

'Wil je niks zeggen?'

'Ik zag dat de kris is weggehaald,' zei hij.

Vanuit de hal van het huis was hij de kamer binnengelopen en verbaasd blijven staan toen hij de lege plek op de schoorsteenmantel had opgemerkt. Daar had altijd de Javaanse kris gehangen, in een houten schede die met bladgoud was belegd. Het weggenomen wapen had een lichte plek achtergelaten op het behang.

'Mijn vader heeft hem weggehaald,' zei Irma met schroom.

'Waarom?'

'Hij wil er niet meer aan herinnerd worden.'

'Waaraan niet?'

'Dat weet je best!'

Haar stem schoot omhoog. Ze begon te huilen. Hij had haar nog nooit zien huilen. Ze werd boos. Hij had haar nog nooit boos gezien. Ze greep hem vast bij zijn oren en schudde zijn hoofd heen en weer.

'Ik weet het zeker...'

'Wat weet je zeker?'

'Ik weet zeker dat je met zo'n Fries meisje... met feest...'

Ze kreeg het niet over haar lippen en begon met haar vuist op zijn borst te slaan. Abel moest er een beetje om lachen. Hij probeerde zich in te houden, maar hij moest er toch een beetje om lachen. Ze bleef maar zijn ene oor vasthouden en eraan rukken, terwijl ze met haar andere hand op zijn borst sloeg, een hand die ze ook gebruikte om haar tranen af te wissen, want ze wilde niet huilen. Ze ging maar door met hem op zijn borst slaan, niet om hem pijn te doen, leek het, maar als om hem ergens van te doordringen. Het was alsof het meisje iets in hem wilde wekken, wakker maken.

'Maar ik kan wachten,' zei ze snikkend. 'Als je dat maar weet.'

Eindelijk liet ze hem los. Abel vond het haast jammer dat ze niet meer aan zijn oor rukte, zijn hoofd heen en weer schuddend, dat ze niet meer met haar vuist op zijn borst sloeg. Haar tranen, haar hand die aan zijn oor trok, haar vuistslagen op zijn borst – dat had hem geraakt. Vaak drong de buitenwereld maar half tot hem door. Vaak drong haar aanwezigheid maar half tot hem door. Maar nu was hij wakker, klaarwakker.

Gulzig, haar gezicht nat van tranen, begon het meisje hem te kussen. Ze trok zijn knie tussen haar dijen en omklemde hem. Abel gaf zich over aan haar gulzigheid. Hij gaf zich over aan het meisje met het zware onderstel, de altijd wat zorgelijk gebogen schouders en de lome blik. Ze lieten zich op het bed vallen. Irma ging half over hem heen liggen, nog steeds half huilend, zijn knie tussen haar dijen klemmend. Lange tijd lagen ze zo tegen elkaar aan. Het broeide tussen hun lichamen. Hij voelde zijn geslacht hard en kloppend op zijn onderbuik drukken, en hij wist dat Irma het ook voelde.

X

DE STENGUN EN DE MOTOR

1

Elke dag reed hij naar de Smallegangebuurt. Vlak voordat hij de buurt in reed, bij het passeren van de etalage met de gymnastiektoestellen, brak het zweet hem uit. Altijd daar. Want daar keek hij opzij, daar moest hij opzijkijken en zag hij zichzelf in de etalageruit weerspiegeld en voelde hij afkeer van zichzelf. Wanneer hij die schim op zijn fiets in de ruit zag, wist hij dat hij zijn rol weer zou spelen, dat hij haar weer zou bedriegen.

Elke dag begroette Irma hem verheugd, met een blos van opwinding, onmiddellijk gevolgd door een aarzeling, die werd veroorzaakt door zijn terughoudendheid, die ze niet begreep.

Ze 'trokken eropuit', zoals haar moeder het uitdrukte, want ze 'hadden wat in te halen', zoals ze er schalks aan toevoegde. Glimlachend liet Abel zich deze veronderstelling welgevallen. Het beviel hem dat hij in de ogen van mevrouw Wisse een jongen was die wist wat een meisje toekwam en die er zelf ook niet omheen draaide, een normale jongen dus.

Intussen stond hij elke ochtend op in een bedrukte stemming. Nog maar nauwelijks was hij wakker geworden onder zijn visnet (dat maar bleef hangen) of Irma legde beslag op zijn gedachten. Hij probeerde zichzelf het meisje aan te praten: ze had mooie ogen, ze was lief en goedhartig, ze deed alles voor hem en hij vree lekker met haar. Maar wat hij zichzelf ook voorhield, de beklemming bleef. Het benauwde hem juist dat ze bereid was alles voor hem te doen. Om haar uit zijn hoofd te krijgen zocht hij zijn vrienden op – terwijl het nog vakantie was. Aan het eind van elke zomervakantie was er dat moment waarop hij zijn zo gekoesterde vrijheid moest opgeven. Hij zag ertegen op om zijn vrienden terug te zien, hij stelde het uit, meestal tot de eerste schooldag. Maar dat jaar gaf hij zijn vrijheid meteen na zijn terugkeer uit Friesland al op.

Op weg naar Job en Watse probeerde hij zijn gepieker over Irma af te kappen: na de spoorlijn zou hij ermee ophouden, na het oversteken van de stadsgracht. Hij reed langs de notariswoning waar Antona Duvekot woonde en probeerde haar beeld in de plaats te stellen van dat van Irma, hij herinnerde zich de tik met de strijkstok, hoe Antona naast hem had gezeten in de Grote Kerk, maar nauwelijks was hij het deftige huis voorbij of haar beeld werd verdrongen door dat van het meisje dat zijn knie tussen haar dijen geklemd hield. Hij richtte zijn blik op een plantsoen met rozen: daar zou het ophouden. Hij hoefde alleen maar de geur van de rozen diep in te ademen of zijn hoofd zou leeg zijn, eindelijk leeg.

Maar hij kon zijn gedachten over Irma niet uitbannen. Ook niet door een modelzoon voor zijn moeder te zijn. Of door de auto van zijn ouders te wassen als ging het om een tempelritueel, waarbij hij zich voorstelde dat hij bij al zijn auto wassende bewegingen door een hogere macht werd gadegeslagen. Evenmin kon hij zich van haar bevrijden door buiten de stad zijn handen in de koele en vochtige aarde te steken, als in een zuiverende materie die de verwarring uit hem trok, terwijl hij naar de stilte luisterde, naar het grazen van koeien achter een meidoornhaag.

2

Ze trokken er dus op uit, want ze hadden wat in te halen. Ze lagen aan het Zwaakse Weel, een langgerekt water midden in het labyrint van polders en dijken. Dankzij meneer Kakebeeke wist hij wat dit was: een oude zeearm tussen twee eilanden, die het Zwake had geheten. Hij keek naar het water vanaf de dijk, baande zich een weg door het riet om er dichtbij te komen en probeerde zich voor te stellen dat dit een zeearm tussen twee eilanden was geweest.

Hij ging met Irma in het gras liggen. Ze droeg een blouse zonder mouwen en rook naar zeep. De geur van haar zeep vermengde zich met die van het zweet onder haar oksels. Het was een geur waar hij van hield: haar zweet. Hij was aan haar gewend geraakt, aan haar lippen, aan het dons op haar bovenlip, aan de geluiden die ze maakte als ze vreeën. Ze lagen tegen elkaar aan onder de ruisende bomen. Was het toch goed tussen hen? Had hij zich vergist? Wist zij het beter? Moest hij zich alleen maar laten gaan?

Het meisje hijgde wanneer hij haar tongde en streelde. Haar blik werd leeg, alsof ze uit een diepe slaap kwam, alsof ze niet meer wist waar ze was. Ze klemde zijn knie tussen haar dijen. Door de stof van zijn broek heen voelde hij een vochtige warmte uit haar kruis komen. Hij wist inmiddels hoe je haar bh loskreeg en haar borsten gleden in zijn handen. Terwijl hij ze streelde keek hij naar de vlekjes zonlicht op haar lichaam. Hij was zich ervan bewust dat hij daar lag, bezig met een meisje. Maar was dat verkeerd? Misschien was alles toch goed?

Het onontkoombare kwam steeds dichterbij. Irma onttrok zich eraan door rechtop te gaan zitten, haar kleren recht te trekken, haar haar te kammen. Hij onttrok zich eraan door plagend haar arm op te tillen en aan haar oksel te ruiken, zijn neus erin te steken tot ze hem wegduwde. Of door te gaan praten.

Roerloos zaten ze naast elkaar.

'Waar denk je aan?' vroeg ze.

'Aan je vader,' antwoordde hij en ditmaal was het de waarheid.

'Je moet je niet druk maken over mijn vader,' zei ze bezwerend.

'Dat doe ik ook niet.'

'Waarom denk je dan aan hem?'

'Ik zou meer over hem willen weten.'

Abel leunde met zijn kin op zijn knieën en speelde met een grashalm. Irma zweeg.

'Waar is je vader in Indië geweest?'

Het meisje aarzelde. Ze keek hem aan en stelde hem met haar ogen op de proef.

'Mijn vader is op Celebes geweest,' zei ze toen.

Het klonk of het daar het ergste was geweest.
'Op Celebes.'
Hij liet een stilte vallen.
'En daar heeft hij gevochten.'
'Daar heeft hij gevochten.'
Ook Abel aarzelde nu. Hij voelde dat zijn nieuwsgierigheid ongepast was en dat hij haar ermee kwelde. Celebes. Hij prentte de naam in zijn geheugen. Hij trok haar neer in het gras voor een verzoenende omhelzing. Maar ze wilde hem niet kussen.

3

Op een middag fietsten ze naar de zuidkant van het eiland, tegen de wind in. Abel kon het niet meer verdragen om naast het meisje te rijden. Onwillekeurig trapte hij steeds te hard. Hij zag dat ze het nauwelijks volhield, hij hoorde haar hijgen, en bij vlagen deed het hem plezier dat ze zich zo moest afbeulen. Als hij naar haar keek, zag hij alleen nog maar een dom zwetend gezicht, een plompe gestalte, en hij wist het zeker: dit was de laatste keer. Het meest stoorde hem haar gedweeheid, die rust waaruit geen woede leek te kunnen opkomen. Zelfs als hij haar kwelde, bleef ze haar best doen.

Na een uur tegenwind reden ze een dorp binnen. Het terneerdrukkend geloof was er haast voelbaar. Alles was er netjes. Zelfs de boerenerven waren netjes.

'Hier zingen ze nog de psalmen van Datheen,' zei Abel. 'Zingen op hele noten. Alleen hele noten, want halve, laat staan kwarten, dat is frivool, dan lever je je uit aan de wereld.'

Hij lachte.

'Elke zondag drie keer anderhalf uur in de kerk, preken aanhoren over hoe slecht en verdorven je bent, en dan ook nog dat slepende zingen. Ze zijn hier met z'n allen stapelgek.'

Hij boog zich over zijn stuur en begon te vloeken. Terwijl hij door de dorpsstraat reed, die uitgestorven in de zon lag te stoven, kwamen de vloeken bij tientallen over zijn lippen. Het was of hij er niet meer mee kon ophouden.

'Ik ben de satan!'

Grijnzend keek hij opzij naar het verbijsterde meisje.

'Jij lijkt anders ook wel stapelgek,' zei ze.

'Ik ben de satan!'

Hij begon opnieuw te vloeken.

'Wil je daar onmiddellijk mee ophouden,' zei ze, op de toon waarop ze thuis haar jongere broertjes terechtwees.

Abel hield er prompt mee op. Opeens had hij geen enkele energie meer. Was dat de straf van God? Moest hij het dorp zijn excuses aanbieden? Zevenmaal met gevouwen handen om de kerk lopen? Moest hij zich bij God verontschuldigen? De vloeken drukten op hem.

Aan de rand van het dorp reden ze in een lange, glooiende bocht tegen de zeedijk op. Naarmate ze hoger kwamen werd de wind harder. Hij zag de uitputting op Irma's gezicht. Boven op de dijk stonden ze stil, kijkend naar de veerhaven en de Westerschelde.

'Op die zondagmiddag dat ik je met je vader en Marinus zag fietsen op weg naar je grootouders, ben ik hier ook geweest.'

'Dat weet je nog.'

Aan haar gezicht zag hij dat ze het ook nog heel goed wist, die ontmoeting, ergens op een landweg, zij fietsend, hij in de auto van zijn vader, met zijn kop uit het raam, en hij zag ook dat ze er geen goede herinnering aan had.

4

Aan de steiger in de haven lag de veerboot afgemeerd. Het kleine schip trok Abel onweerstaanbaar. Hij stelde Irma voor om naar de overkant te varen en ze stemde toe. Door het vooruitzicht van een boottocht knapte hij op. Hij werd vriendelijker en kuste haar zelfs toen ze over de hellende veersteiger afdaalden naar de boot. De dekknecht sloot het hek in de verschansing en haalde de trossen in, druipend van het water, nadat ze op de steiger waren losgegooid. Achterwaarts, met veel geweld van de schroef, voer het schip door de nauwe havenmond naar open water. Abel keek naar het lichtbaken op de kop van de strekdam, waar hij met zijn broer had gestaan, die zondagmiddag, bij het lichtbaken. Buitengaats draaide de veerboot, rollend op de golven. De wind was hier nog harder, veel harder dan op het land.

Irma wilde aan dek blijven en bleef bij de verschansing staan, zich vasthoudend aan een stang. Abel ging naar de wc. Daarna liep hij naar het achterdek, zich zijdelings tussen de strak geparkeerde auto's door wringend. Vanuit een veewagen keken nieuwsgierige varkensogen hem aan; hij zag hun blonde wimpers. Achterop was niemand. Hij stond bij de verschansing, met wapperende haren, een wapperend jack, en keek naar het schuimende schroefwater, de meeuwen die erboven hingen, naar de dijk die al een dunne streep was geworden. Hij stelde zich voor dat hij zou worden weggenomen, nu, zoals ooit Henoch van de aarde was weggenomen. Het dek deinde onder zijn voeten. Dat deinende dek, de roestplekken op de ronde achtersteven, het schuimende kielzog, de meeuwen en een lauwe walm, vermengd met de geur van de veewagen – dat zouden dan zijn laatste indrukken zijn. 'Het' leek vlakbij, dat andere waar hij geen woord voor had. Hij plaatste zijn voeten verder uiteen. Stevig staand op het dek keek hij naar de snel voortglijdende wolken en hun schaduwen op het woelige water. Het duurde maar kort: de nabijheid van dat andere, zijn hunkering, tegelijkertijd de vrees dat hij werkelijk zou worden weggenomen, dat zijn leven hier eindigde.

Hurkend achter de verschansing draaide hij een sigaret en stak op.

'Waar was je nou?'

Irma stond nog op dezelfde plek aan de reling, zich nog altijd vasthoudend aan de stang.

'Ik heb even rondgekeken.'

Toen de rook van zijn sigaret langs haar gezicht woei, boog ze zich buitenboord. De wind rukte aan haar haren.

'Voel je je niet lekker,' riep Abel.

'Niet zo.'

'Wat is er met je?'

'Ik ben een beetje misselijk.'

'Word je zeeziek?'

Ze schudde haar hoofd en veegde de haren uit haar gezicht.

'Wat is er dan?'

'Niks bijzonders.'

'Jawel.'

Abel pakte haar arm. Ze keek hem aan, weifelachtig, onderzoekend.

'Zeg het maar.'

'Ik had niet aan boord moeten stappen, want ik moet ongesteld worden.'

Langzaam liet Abel haar los.

Twee jaar later zag hij de van bloed doordrenkte tampons van Digna Maelcote. Maar die middag op de veerboot, die stampend en rollend zijn weg zocht door de geulen van de Westerschelde, was het voor hem niet meer dan een vaag besef. Hij had zijn moeder horen zeggen: ik moet ongesteld worden. Maar daar had hij zich niets bij voorgesteld. In haar mond had het alledaags geklonken, niet anders dan: ik moet naar de pedicure. Zijn moeders ongesteld moeten worden had hem nooit beziggehouden. Hij had Antje horen zeggen dat ze feest had en zijn tastende hand teruggetrokken. Maar daar was het bij gebleven.

Nu stond hij met Irma op een stampende veerboot en ze had hem verteld dat ze ongesteld moest worden. Geen van beiden wisten ze iets te zeggen. Hun gêne was groot. Abel nam haar mee naar het achterdek, omdat ze daar in de open lucht zou staan. Maar toen op het achterdek de lauwe walm uit de schoorsteen, door de wind neergeslagen, het meisje deed kokhalzen, vluchtten ze terug naar de plek onder de stuurhut waar ze vandaan kwamen. Irma omklemde de reling en keek weg van de rijzende en dalende boeg.

‘Ik wist niet dat het zo ruw zou zijn,’ riep Abel.

Irma reageerde niet.

Hij tuurde naar een naderende kustvaarder, die nu en dan achter het door de boeg opgeworpen water verdween. Er vloog iets langs zijn gezicht. Hij keek opzij en zag Irma over de reling hangen. Het waren vlokken braaksel die langskwamen. Een ogenblik keek hij nieuwsgierig toe: zo zag het er dus uit als iemand zeeziek over de reling hing. Toen haastte hij zich naar het buffet om een servet en een glas water te halen.

Irma zat op haar hurken bij de reling, haar gezicht asgrauw. Abel knielde bij haar neer met het servet en het glas water. Een paar meter lager kolkten de opzij geworpen boeggolven langs de scheepsromp, druppels spatten in zijn gezicht. Door het spektakel van de zee was zijn somberheid verdwenen. Toen een vlaag zonlicht over hen heen gleed en de boeg van de veerboot krakend op een golf stootte, laaide een wilde vreugde in hem op. Met een teder gebaar veegde hij het haar uit Irma’s gezicht. Ze beloonde hem met een dankbare glimlach. Haar ogen traanden.

Bijna een uur duurde de moeizame overtocht. Met een grote slinger voer het schip tussen de zandbanken door. Over de drooggvallende platen rolden schuimende brekers, vuilgeel door het opgewoelde zand.

5

In de veerhaven aan de overkant knapte Irma op. Ze lag in het gras op de dijk, half slapend, zich koesterend in de zon. Abel zat naast haar en rookte. Hij schaamde zich voor zijn verveling. Kon hij alleen maar aan zichzelf denken, terwijl zijn meisje ziek naast hem lag? Had hij zo weinig geduld? Hij moest zich nu ‘bij de toestand neerleggen’ en er ‘het beste van maken’, hij moest nu zien te ‘genieten van de kleine dingen’ of ‘van de dingen die er wél waren’. Hij hoorde het zijn moeder zeggen. Hij moest nu lief zijn voor Irma, juist ook omdat zij zich ‘opgelaten’ voelde. Ook dat hoorde hij zijn moeder zeggen: dat Irma zich nu ‘opgelaten’ voelde. Zijn moeder, die zichzelf maar zelden ergens kon vertonen zonder zich 'opgelaten' te voelen.

Met een ruk kwam hij overeind. Irma opende haar ogen.

'Ga maar een eind lopen,' zei ze.

'Ik ben zo terug,' zei hij met zijn vriendelijkste gezicht.

Slap en lafhartig. Hij leek zijn vader wel. Hij hield zijn blik op het water gericht, maar zelfs de wilde zee wist hem niet af te leiden. Hij rukte zijn jack open. Liggend op zijn knieën, zijn rug naar de wind, draaide hij een nieuwe sigaret en stak hem op. Een hol in de grond wilde hij. Als een dier in een hol liggen. Maar hij moest op twee benen verder, een mens zonder hol. Haastig verwijderde hij zich. Hij kon de aanblik van het meisje niet meer verdragen. Hij keek langs haar, bang haar blik te ontmoeten. Haar genegenheid vervulde hem met schaamte en wroeging.

Tijdens de terugtocht zaten ze op het bovendek, op een bank in de luwte van het stuurhuis. Hij had zijn arm om haar heen geslagen, zonder overtuiging, zij had haar hoofd op zijn schouder gelegd. De deur van het stuurhuis stond open. Abel volgde zo goed en zo kwaad als het ging de berichten over de luid afgestelde mobilofoon. Gekraak. Zware stemmen in dialect. Nu en dan kwam de kapitein met zijn kijker naar buiten en tuurde in oostelijke richting. In het Nauw van Bath was de afgelopen nacht een tanker aan de grond gelopen.

Abel staarde over de Westerschelde, naar de door de harde wind voortgestuwde wolken en hun snel voortglijdende schaduwen op het nu eens grauwe, dan weer door de zon verlichte en vals schitterende water. Toen hij zich voorstelde dat dit het afscheid was, dat dit zijn laatste uren met Irma waren, verdween zijn boosheid. Hij werd haar zelfs welgezind en trok haar dichter tegen zich aan.

Halverwege de tocht kwam Irma overeind en haastte zich weg. Abel riep haar. Op de valreep wilde hij nog een modelvriend zijn. Nee, nee, gebaarde het meisje, hij hoefde niet mee te gaan. Toen ze geruime tijd later terugkeerde, was haar stemming veranderd.

'Nu zou ik wel een kop soep lusten,' zei ze.

'Een kop soep?'

Abel keek haar aan, maar hield het niet lang vol. Bloeden deed ze, op dit eigenste moment. Maar hoe kon ze dan zo vrolijk zitten kijken?

'Als het dan eenmaal zover is,' zei Irma, 'dan voel ik me toch zo opgelucht. Ineens ben ik weer gewoon mijzelf.'

Abel haalde twee koppen soep. Terwijl ze daar aten, stelde hij zich voor dat dit het laatste was wat ze samen deden: op het bovendek van de Prins Willem I, met in het stuurhuis de ruwe stemmen uit de mobilofoon en golven die over de boeg sloegen, soep eten. Het stemde hem weemoedig. Maar toen het schip door de havenmond voer, plotseling in rustig water, hadden zijn kwellingen alweer bezit van hem genomen.

In de veerhaven overviel hen haast de landelijke rust van het eiland. Op de kade tsjilpten de mussen. In de luwte brandde de zon op hun huid.

'Dat hebben we samen toch maar meegemaakt,' zei Irma opgewekt.

6

Na het geweld van de zee, na de onverschilligheid van de golven, elk ogenblik bereid om wie dan ook te verzwelgen, maakte het eiland een lieflijke en vertrouwde indruk. Het ruisen van de bomen klonk hun weldadig in de oren. Overal waren beschutte plekken. Nog een tijdlang voelde Abel een inwendige huiver als hij terugdacht aan de aanblik van de Westerschelde tijdens de overtocht.

Zwijgend reden ze over een lange, kronkelende dijk met bomen. Aan weerszijden lagen stoppelvelden. Kraaien vlogen er op in de harde wind, streken neer tussen de stoppels en een ogenblik later zwermden ze weer de lucht in, alsof de wind hen optilde en wegsmeet. Hun zwarte veren glansden metalig in het zonlicht.

'Er hangt al iets van herfst in de lucht,' zei Irma.

Met dat ze het zei voelde Abel dat het zo was en werd hij het om zich heen gewaar: de zwaarte en loomheid van de nazomer, waarin de wind nu wel opschudding veroorzaakte, maar die er toch was. Hij bespeurde het nu zelfs in de lucht die hij inademde: een zware lucht, een stoffige lucht. Maar een ogenblik later was zijn opmerkzaamheid verdwenen en zat hij weer opgesloten in zichzelf. Hij was zo gespannen dat de spieren van zijn nek verkrampten. Hij zag alleen de kraaien, zwartglanzend, hun rafelige vleugels, kantelend in de lucht.

Ergens op de dijk stond een fiets tegen een boom. Een jutezak hing over het stuur. Een eind verderop stond een maaier met zijn zeis in de berm. Het was een oude man. Hij droeg klompen, een zwarte manchesterbroek en over zijn overhemd een zwart mouwloos vest, dat spande om zijn gebogen rug. Met trage en regelmatige slag haalde hij zijn zeis door het gras. Klein en krom stond hij in de schaduw van de iepen.

Terwijl ze de maaier naderden reed Irma al langzamer, toen ze hem voorbij waren keek ze om en remde. Het was haar grootvader. Ze zetten hun fietsen tegen een boom en liepen naar hem toe, Abel met tegenzin. Onder het lopen pakte Irma ostentatief zijn hand. Ze was altijd bescheiden, ze forceerde nooit iets, maar nu wilde ze zich plotseling met hem vertonen. Ze boog zich voorover naar haar grootvader, kuste hem op zijn grijze stoppelbaard en stelde Abel aan hem voor.

'Pas op, hij is scherp!'

Dat was het eerste wat haar grootvader tegen hem zei, wijzend op het zeisblad dat voor zijn voeten in het gras verscholen lag. Abel glimlachte welwillend, deed een stapje terug en zweeg. Terwijl Irma in dialect met haar grootvader praatte, keek hij naar de zeis, naar het door langdurig gebruik glad geworden hout, naar de manier waarop die kleine, kromgegroeide man hem op zijn schouder liet rusten en hoe hij een sigaret draaide, terwijl hij zijn ene arm om de zeis geslagen hield en ermee steunde op een handgreep. Irma vertelde intussen over de ruwe overtocht, dat er bij

Bath een tanker aan de grond was gelopen en dat er nu met man en macht werd gewerkt om de olie uit het schip te pompen, omdat het slagzij maakte en was gaan lekken.

'O, is d'r een tanker aan de grond gelopen,' herhaalde de oude. 'Dan zullen ze nu wel bang zijn voor een milieuramp.'

Hij lachte. Hij was niet van gister. Toch klonk het nieuwe woord 'milieuramp' een beetje vreemd in de mond van zo'n oude man, die nog in de negentiende eeuw was geboren. Hij had het spottend uitgesproken. Het mocht duidelijk zijn: hij geloofde niet in 'milieurampen', dat was allemaal kouwe drukte. Abel had nu iets willen zeggen, maar hij deed er het zwijgen toe en keek weg over de velden. Hij rook de manchesterbroek van de man.

'Hoe is het nu met je, opa?'

'Hoe bedoel je, kind?'

'Nu opoe er niet meer is.'

'Wat zal ik zeggen…'

Hij lichtte zijn pet, krabde in zijn haren en zweeg.

'Gaat het wel, opa?'

'Natuurlijk gaat het, kind. Ik ben alle dagen aan het werk.'

'Mis je haar niet?'

'Missen?'

Hij zweeg weer geruime tijd en staarde over de stoppelvelden. Toen zei hij berustend:

'Het was haar tijd.'

Hij spuwde in zijn handen, greep de zeis en maakte aanstalten om verder te gaan met maaien.

'Doe je de groeten thuis?'

Hij boog zich al voorover. Irma slaagde er nog net in hem een kus te geven op zijn onwillige, half afgewende wang. Terwijl hij wegliep, hoorde Abel achter zich de zeis door het lange gras gaan, de eerste slagen fel aangezet. De man had nog kracht.

7

Ook die dag bleef hij toch weer eten bij de Wisses. Aan de rand van de stad had hij niet gedaan wat hij zich had voorgenomen, en op drie, vier plaatsen op de route naar de Smallegangebuurt had hij het vervolgens ook niet voor elkaar gekregen zich uit te spreken. Irma was lief voor hem, ook al was hij zwijgzaam. Nadat ze waren afgestapt bij de schuur trok ze hem mee door de moestuin, hem opnieuw bij zijn hand pakkend, en ook dat raakte hem, hoeveel slechte dingen hij op datzelfde ogenblik ook over haar dacht. In de keuken begroette mevrouw Wisse hem met een vrolijk gezicht, blij dat Irma een 'vriend' had, tevreden dat ze op stap waren geweest en 'aan hun trekken waren gekomen'. Toen ze hem vroeg of hij bleef eten, had hij geen weerstand kunnen bieden.

Hij kon geen afscheid nemen van het grote gezin, dat het hele huis vulde met zijn gewoel, van het oude en eigenaardige huis zelf, deels op de stadswal gebouwd en deels daarachter, van de moestuin en de grote zwarte schuur, en ook niet van mevrouw Wisse met haar vrolijkheid en verhalen. Aan de rand van dat gewoel bevond zich de donkere en zwijgzame meneer Wisse, die hem die dag nog meer intrigeerde dan voorheen nu hij wist dat hij in Indië, op Celebes, hoogstwaarschijnlijk mensen had gedood. Meneer Wisse, in zijn schuur met duiven op zijn schouders en de motorfiets die aan twee kabels aan het gebinte hing, de motorfiets die hij uit elkaar haalde en weer in elkaar zette, steeds opnieuw, steeds maar weer, en waarvan hij elk schroefje kende.

Nadat hij had besloten te blijven eten, kantelde er iets in Abels hoofd. Er ontstond een nieuw beeld: hij had die hele dag in een waan geleefd, hij moest ermee ophouden zich zorgen te maken, hij hoefde zich alleen maar te laten gaan.

Hij keek toe terwijl mevrouw Wisse een emmer met platvis schoonmaakte. Scholletjes waren het, wonderlijk mooi om te zien. De emmer was net gebracht en er was terstond besloten om ze vanavond te eten, want dat was het lekkerste. Abel leunde tegen het aanrecht en praatte met mevrouw Wisse over de vis, over de man die ze had gebracht, over haar vader die ze onderweg hadden getroffen, alles in de hoop haar een verhaal te ontlokken. Irma dekte de lange tafel.

'Opeens heeft hij weer praats,' zei ze tegen haar moeder.

'Heeft hij dan vandaag zo weinig gezegd?'

'Hij leek opa wel.'

'Ja, die kon er wat van!'

'Waarvan?' vroeg Abel.

'Van zwijgen.'

'En waar was hij nog meer goed in?'

'Kijk, nou heeft-ie me, hoor,' zei mevrouw Wisse over haar schouder tegen Irma, terwijl haar handen een bebloede vis onder de kraan hielden. 'Dat denkt-ie tenminste.'

Ze lachten hem uit.

'Kom op nou,' riep Abel. 'Eén ding!'

'Hij is zo nieuwsgierig,' zei mevrouw Wisse.

'Eén ding!'

'Hij lijkt Marinus wel,' zei Irma. 'Eén dingetje nog, mama, één dingetje mag ik nog zeggen!'

'Dat was vroeger,' riep Abel. 'Dat zei hij vroeger altijd.'

'Goed, ik zal je één ding vertellen,' zei mevrouw Wisse. 'In zijn jonge jaren was mijn vader goed in ringsteken, en daar was hij trots op. Elk jaar reed hij op een van de paarden van de boer naar het ringsteken, in zijn beste kleren. Ik ben nog wel eens als klein meisje met hem meegereden op het paard. Ik moest mijn beentjes heel wijd spreiden, zo breed was die paardenrug.'

'En dan won hij,' zei Abel.

'Bijna altijd. Volgens mij omdat hij niks dronk. Dat deden de anderen wel, die hadden soms al flink wat op als ze begonnen. Maar hij dronk niks.'

'En hij kon een haas doodslaan in het weiland,' zei Irma.

'Hoe kreeg hij dát voor elkaar?'

'O,' zei mevrouw Wisse, 'als hij ergens in het weiland een haas zag zitten, dan begon hij er in kringen omheen te lopen, steeds kleinere kringen. Dat beest raakte als verlamd. En als mijn vader dan vlak bij hem was gekomen, stond hij stil en sloeg hem met zijn stok in één keer dood. Daar was hij ook trots op. Want dat kon ook niet iedereen.'

'Mooi,' zei Abel. 'En eigenlijk waren het zelfs twee verhalen.'

'Jij krijgt het ook altijd weer voor elkaar,' riep mevrouw Wisse. 'Allez, gaat eens aan de kant!'

Toen de geur van de gebakken schol door de keuken begon te drijven, haalde meneer Wisse flessen bier uit de kelder. Met zijn duim opende hij de beugelfles. Schuim kwam in de flessenhals omhoog en kroesde over de rand. Marinus kreeg een fles, ook al 'verdiende hij het niet'. Abel kreeg er een in de hand gedrukt.

Onder het eten keek hij vaker dan anders naar meneer Wisse. Zoals gebruikelijk op warme dagen zat de man in zijn hemd aan tafel, zijn armen en schouders bloot. Het leek nu naar Indië te verwijzen, naar een gewoonte die hij zich in de tropen had aangemeten. In zijn hemd had hij 's avonds voor zijn tent in het legerkamp gezeten en zijn stengun uit elkaar gehaald, schoongemaakt, geolied en weer in elkaar gezet, zoals hij nu nog steeds met zijn motor deed. De stengun waarmee hij had gedood. Onwillekeurig onderzocht Abel de huid van meneer Wisse op littekens. Waar hij ook keek onder het eten, met wie hij ook praatte, onophoudelijk was hij zich bewust van meneer Wisses aanwezigheid. Ook als de man sprak, leek zijn zwijgen intact te blijven. Hij sprak nooit meer dan een paar woorden en trok zich dan weer terug in zijn stilte. Mevrouw Wisse bakte de schol in de grote, zwarte bakpan die gewoonlijk boven het fornuis hing. Steeds opnieuw begon de boter te sissen. Ook naar haar moest Abel kijken: hoe ze dat deed, die vis bakken, met een geblokte theedoek om haar hoofd en de mouwen van haar truitje opgestroopt. Maar zelfs als hij naar die indrukwekkende verschijning van de visbakster keek, bleef hij zich van meneer Wisse bewust.

In afwachting van het nagerecht rustte Irma's hand warm en

toegenegen op zijn dijbeen. Hij durfde niet naar haar te kijken. Toen hij eindelijk toch opzijkeek, wendde Irma haar gezicht naar hem toe, en een ogenblik verdronk hij in haar blik.

'Eeh, Homerus,' riep Marinus van het andere eind van de tafel, 'waarom doe je het niet gewoon?'

8

Op zondagmiddag, een week na het begin van het nieuwe schooljaar, hadden ze doelloos door de uitgestorven stad gelopen. Op de weg naar de Smallegangebuurt, naar haar huis, haar zolderkamer, kwamen ze over de Beestenmarkt en daar stond Abel plotseling stil.

Hij stond stil bij een auto die was geparkeerd in de schaduw van huizen. Het was een Ford Taunus. Zijn blik werd getrokken door het lege en vredig ogende interieur van de auto. De stoelen en de achterbank waren met kunstleer bekleed. Niets had men in de auto achtergelaten zo te zien. Snel gleed zijn blik over de hoedenplank, het dashboard en de vloer op zoek naar een verfrommeld pakje sigaretten, een vergeten paraplu, een wegenkaart. Maar het interieur van de auto was volkomen leeg. Zolang hij in de wagen keek, naar het gladde kunstleer, het blinkende chroom, de ongetwijfeld op zaterdagochtend gestofzuigde vloermatten, hoefde hij niet te denken. Liefst had hij in de auto gelegen, op de vloer voor de achterbank, de geur van deze nieuwe auto opsnuivend, luisterend naar de geluiden van buiten. Als een kind dat zich heeft verstopt.

'Wat doe je toch?'

Irma was verderop stil blijven staan en wachtte op hem.

'Ik sta even in die auto te kijken.'

'Dat zie ik, ja.'

Hij kwam weer in beweging en stak over naar de pomp midden op het plein. Bij het stenen gevaarte stond hij opnieuw stil.

'Ik ga niet verder mee,' zei hij.

Hij zag de tranen in haar ogen springen.

'Ik begrijp het,' zei ze met verstikte stem.

Zwijgend stonden ze tegenover elkaar.

'Ik wil het ook niet meer,' zei Irma ten slotte. 'Er is te veel verschil tussen ons. Je bent misschien gewoon te jong voor mij.'

Abel verstarde.

'Dan zal ik je niet langer lastigvallen,' zei hij sarcastisch.

'Wat is dat nou weer voor rarigheid? Wat doe je soms toch raar.'

'Ik bén raar!'

'Je maakt het jezelf veel te moeilijk. Daarom ben je soms zo raar.'

'Dat zegt de middelmaat,' sneerde Abel. 'Doe maar gewoon, dan doe je al gek genoeg. Ik bijt ze de strot af!'

Irma stond stevig op haar zware onderstel, haar voeten iets uiteen geplant, en schudde haar hoofd.

'Soms ben je gewoon niet goed snik.'

'Sodemieter maar op dan!'

Koppig bleef ze staan en keek naar hem, naar zijn afgewende gezicht, net zolang tot hij haar ook aankeek.

'Ik ga je nog een kus geven,' zei ze, 'want we hebben samen ook best fijne dingen meegemaakt. De eerste middag was misschien het mooiste, toen op het slik.'

Het meisje sloeg een arm om zijn hals, ze rekte zich en kuste hem op zijn wang. Voor de laatste keer, besefte Abel, voelde hij haar lichaam tegen zich aan. Nadat ze hem ten afscheid had gekust, draaide Irma zich om en liep weg, het plein schuin overstekend.

Abel keek haar een ogenblik na en toen draaide ook hij zich om. Hij liep terug naar de Ford Taunus, bezag nog eens het lege interieur en vervolgde zijn weg aan de schaduwzijde van het plein. Hij versnelde zijn pas, hij liep sneller en sneller tot de aandrang onstuitbaar werd en toen rende hij naar de poort die onder de huizen door voerde. Zijn voetstappen weerkaatsten in het poortgewelf. Hij draafde langs een schutting, sprong omhoog naar een overhangende tak en rende over de Westwal langs het water, alweer bezig met zijn permanente training. Hij stak de rijksweg over, voor een naderende auto langs schietend, versnellend naar de lange, 'katachtige passen' die zijn ideaal waren – en toen haalde het verdriet hem in en hield hij op met rennen, zonder het te merken haast. Met gebogen hoofd liep hij verder tot hij het bussenplein bereikte. Hij liep het wachtgebouw binnen, ging op de bank tegen de muur zitten, zijn benen gestrekt, zijn handen in zijn zakken, en staarde over het lege plein. Ze was weg. Het was voorbij.

In zijn verbeelding werd het eiland groter en groter. Uren reed hij in een bus van het ene dorp naar het andere. Hij herkende niets meer. In een verlaten streek met bossen en heidevelden stapte hij uit. Met zijn koffer in zijn hand liep hij onder de bomen van een oprijlaan naar een landhuis in de verte.

DEEL VIJF

1971

I

DE DODE JONGEN

1

Voor de kust van Noord-Beveland, in de Schaar van Colijnsplaat, waren ze in de netten van een kotter geraakt: grote stukken steen, verweerd, met inscripties en in een nis het beeld van een vrouw met een hondje en een mand met vruchten. Korte tijd later was de kotter met archeologen aan boord naar dezelfde plek gevaren. Opnieuw waren soortgelijke stenen boven water gehaald: altaarstenen, gewijd aan een godin, ze hoorden bij een tempel die in de moerasdelta had gestaan en in zee was verdwenen.

Abel las het bericht in de provinciale krant. Hij zat in de ochtendzon op het terras achter het huis dat zijn ouders in een van de dorpen hadden laten bouwen. Hij hield een stuk geroosterd brood in zijn hand en boog zich over de tafel naar de foto bij het artikel: twee altaarstenen in een net, rustend op de verschansing van de kotter, het water droop eraf.

'Daar had ik wel bij willen zijn,' zei hij.

Dina zat bij haar laat opgestane zoon, hem gezelschap houdend, nadat ze zijn ontbijt voor hem had neergezet. Ze rookte een sigaret en observeerde haar oudste zoals hij daar lang en mager over de tafel hing, zijn hals rekkend, om de foto van dichtbij te bekijken. Het verbaasde haar nog steeds dat hij baardstoppels op zijn wangen had. Hij had de handen van zijn vader en van diens vader. Zijn gezicht, omlijst door het lange haar, had iets meisjesachtigs, wat haar zowel stoorde als bekoorde. Zijn brede schouders, die bloot en knokig uit zijn hemd staken, waren weer onmiskenbaar die van een jongen.

'De honing druipt van je brood,' zei ze.

Zonder zijn blik van de krant af te nemen likte hij de honing van de zijkant van zijn brood.

'Waar had je bij willen zijn?' vroeg ze en ze nam een trek van haar sigaret.

'Bij het opvissen van die altaarstenen.'

'O, dat.'

Leunend op zijn elleboog boog de jongen zich nog dieper over de foto. Aan weerszijden van het net met de altaarstenen stonden twee vissers. Op het dek waren al een tiental stenen op een rij gezet. Het dek glansde nat in het licht van de zomermiddag. Ja, hij had erbij willen zijn toen ze boven water werden gehaald. Zeventienhonderd jaar had geen mens ze gezien. Wat was er van die tempel geworden? Hij vergat helemaal het stuk brood – tot hij de honing over zijn vingers voelde druipen.

'Vandaag moet je verder gaan met die boot,' zei zijn moeder.

Halverwege het grote grasveld, dat afliep naar een sloot en de weilanden, stond een zeilboot op een trailer.

'Ik heb er geen geduld meer voor.'

'Dan maak je maar geduld.'

'Ik heb nog tijd zat voor dat karwei, mam.'

De romp en het dek schuren en in de lak zetten, dat was vlot gegaan. Maar het schuren van de vlonders en boordkasten met al hun richels en hoekjes werkte op zijn zenuwen. De neerslachtigheid, die een week na zijn eindexamen was begonnen, kwam het sterkst op wanneer hij stond te schuren, wanneer hij zogenaamd 'stompzinnig werk' moest doen. Daarbij de stekende zon, muggen die zijn zwetende lijf belaagden.

'Als je één vlonder schuurt en dan een halfuur iets anders doet, heb je ze aan het eind van de dag allemaal gehad.'

Zonder te antwoorden staarde Abel naar de foto. Hij kende die kotters. In de stilte van de zondagmiddag had hij ze in de haven tegen de kademuur horen schuren. Zo'n verlaten kotter op de zondagmiddag – hij had altijd zin om aan boord te klimmen. Kleine schepen, die met hun roestplekken het beeld opriepen van de bijtend zoute zee; water dat op het dek plensde en er langs de flanken weer af droop. Vanaf de dijk had hij ze dikwijls zien varen, optornend tegen de golven met rijzende en dalende boeg. Hij kon op zijn brommer naar Noord-Beveland rijden om die kotter te zien waarmee de altaarstenen waren opgevist, om erbij te zijn als er nieuw gevonden altaarstenen op de kade werden gezet, want ook vandaag zou er worden gezocht. Maar hij wist dat hij het uit pure lamlendigheid niet zou doen.

Dina hoorde hoe in de hal van het huis de klep van de brievenbus werd geopend, de post in twee, drie porties naar binnen werd geduwd en op de deurmat viel. Ze stond op om hem te halen. Toen ze terugkwam legde ze een kaart neer voor haar zoon.

'Een kaart van Digna,' zei ze.

'Dag liefje, ik was weer op stap. Mondriaan kende dus de paalhoofden op het strand van Domburg! Dit schilderij is erdoor geïnspireerd. Abstract, zoals je ziet, maar toch heel mooi als je het in het echt ziet. Hoor ik nog eens van je? Elke dag loop ik voor niks naar mijn brievenbus. Zucht. Kusjes, Digna.'

Abel bloosde een beetje nadat hij de kaart had gelezen en bekeek het schilderij, waarin hij de paalhoofden niet kon herkennen. Hij legde de kaart weg, quasi-onverschillig, en begon de bladzijden van de krant om te slaan tot hij bij de sportpagina was gekomen.

'Wat schrijft ze?' vroeg zijn moeder.

'Kusjes.'

'Voor mij?'

'Nou ja, eigenlijk voor mij. Maar ik geef ze door aan jou. Kusjes, Digna. Schrijft ze altijd. Kusjes.'

'Dat is toch heel lief?'

'Kusjes.'

Abel begon te lachen.

'Lach niet zo raar.'

'Kusjes, mam. Kusjes.'

'Eigenlijk ben je vertederd. O zo!'

'Kusjes, mam. Ook voor jou! Kusjes.'

'Hou op,' riep Dina.

Maar Abel ging nog een tijd door met gekheid maken om zijn moeder aan het lachen te krijgen, steeds wilder, net zolang tot de tranen van het lachen haar over de wangen gleden.

2

Op diezelfde dag in mei – de eindexamens waren dat jaar uitzonderlijk vroeg – hoorde hij dat René Daendels, een leeftijdgenoot op het andere lyceum in de stad en zoon van de burgemeester, zichzelf bij het Sas had verdronken. De jongen had ook net zijn examen gehaald. Hij was die middag gevonden.

Abel vernam het nieuws na het avondeten van zijn vader, die hem en zijn moeder vroeg mee te gaan naar zijn werkkamer voor een mededeling die hij aan tafel niet had kunnen doen.

Toen Lieuwe in zijn werkkamer zijn vrouw en oudste zoon voor zijn bureau zag staan, een beetje lacherig omdat hij zo plechtig deed, al bij voorbaat onwillig om naar hem te luisteren, werd hij onzeker. Hij was beducht voor het kritisch oog van zijn vrouw en de aanwezigheid van Abel versterkte zijn vrees om iets niet goed te doen. Bovendien was hij zo geëmotioneerd dat zijn keel werd toegesnoerd. Hij herinnerde zich wat hij nog maar een jaar geleden had meegemaakt: toen was de zoon van de conciërge van zijn school tijdens het zwemmen bij de veersteiger van Kats verdronken. Hij had met de conciërge de hele nacht doorgebracht op het politieschip waarmee naar de jongen werd gedregd. Tegen zonsopgang was hij gevonden. Alhoewel hij nooit lichamelijk contact zocht met anderen, had Lieuwe de conciërge beetgepakt en vastgehouden toen het lichaam van zijn verdronken zoon aan boord werd gehesen.

Onhandig begon hij nu met een paar voorbereidende frases, die bij zijn vrouw en zoon de indruk wekten dat hij zichzelf belangrijk wilde maken. Eindelijk was hij in staat om te vertellen dat de zoon van de burgemeester zichzelf had verdronken en dat zijn lijk die middag was gevonden. Noch op zijn vrouw noch op Abel scheen het veel indruk te maken.

'Kende jij die jongen?' vroeg hij Abel.

'Oppervlakkig.'

'Ik heb zijn vader heel wat keren meegemaakt.'

Zijn vrouw en zoon zwegen.

'Je komt elkaar her en der natuurlijk tegen,' vervolgde hij, nog nerveuzer door dit zwijgen, 'en dan krijg je toch wel een beeld van zo'n man.' Hij wendde zich tot Dina, bijna hulpeloos, een beetje zoetsappig. 'Jij hebt hem toch ook heel wat keren meegemaakt.'

'Wie?'

'De burgemeester.'

'Wat doet dát er nu toe!'

Zonder nog een woord te zeggen liep Dina de werkkamer uit.

Abel bleef om de pijnlijke reactie van zijn moeder voor zijn vader te verzachten. Hij sloot de deur en ging op de bank zitten. Zijn oog viel op het ruiterpistool, dat in zijn kinderjaren zo tot zijn verbeelding had gesproken, en hij nam het uit de boekenkast. Zijn vingers herkenden het pistool met de dubbele loop, de twee ruw gevormde mannetjes van ijzer boven op het pistool die je achterovertrok om de hanen te spannen. Zwijgend zat hij ermee in zijn handen. Als vanzelf trok hij de twee mannetjes naar achter en haalde de beide trekkers over. Maar het leek ongepast om nu met een wapen te spelen. Hij legde het weg en keek naar zijn vader achter het bureau vol paperassen.

'Begrijp jij dat nou?' vroeg Lieuwe aan zijn zoon. 'Waarom ze zo reageert?'

3

Lopend door het dorp betrapte Abel zichzelf erop dat hij een ogenblik opleefde omdat er vandaag toch nog iets was gebeurd. Nu had hij tenminste niet de hele dag in totale lamlendigheid doorgebracht. Het schokte hem. Dat hij in staat was om een ogenblik, hoe kort ook, hoe onmiddellijk verdonkeremaand ook door schuldig bewustzijn, de dood van een andere jongen op te vatten als een bijdrage aan het welslagen van zijn dag. Er was iets belangrijks gebeurd, en hij was onderdeel van die gebeurtenis.

Als vanzelf liep hij naar de verlaten hoeve aan de rand van het dorp. Achter de ramen van het woonhuis hing vuile vitrage, sommige waren met inmiddels vergeelde kranten dichtgeplakt. Het riet op het dak van de schuur zag zwart van ouderdom en was begroeid met donkergroen mos. Het smeedijzeren hek van het erf roestte en was altijd afgesloten met een ketting. Toch leek het hem nooit helemaal onmogelijk dat er nog iemand woonde: een kleine, kromme boer, al jarenlang weduwnaar, een mensenhater.

Hij nam het pad dat tussen meidoornhagen door naar de achterkant van de hoeve leidde, naar een groep van zeven eiken, zijn vaste plek, en ging daar onder een van de bomen zitten. Hij draaide een sigaret en stak hem op. Langzaam drong het nieuws tot hem door.

De tengere, bescheiden René Daendels. Dood. Meneer Daendels was vanmiddag met de politie naar het Sas gereden en had onder aan de dijk het lichaam van zijn zoon zien liggen. Abel zag hem bij de rij verweerde palen, die frêle man met zijn altijd onberispelijke voorkomen, zijn altijd wat onbewogen gezicht, het grijze haar nat gekamd over zijn schedel. Aan de voeten van meneer Daendels had vanmiddag, rond drie uur, het dode lichaam van zijn zoon gelegen. Misschien hadden ze het voor zijn komst al van het basalt getild, over de palen heen, en in het gras gelegd om de aanblik minder afschuwelijk te maken.

Enkele weken geleden had hij René nog in levenden lijve gezien. Hij herinnerde zich de middag waarop hij met Toni Mesu langs de oude haven was gelopen en voor de burgemeesterswoning René in tenniskleding op zijn fiets had zien stappen. Toni kende hem al jaren. Ze tennisten met elkaar en speelden in hetzelfde hockeyteam. Ze hadden een praatje gemaakt. René in zijn tenniskleren, oranje gravel op de neus van zijn tennisschoenen, vriendelijk, maar ook een beetje terughoudend. Vlak bij de nu verdronkene had hij gestaan, zo dichtbij dat hij de haartjes op zijn benen had gezien, recht overeind in de frisse wind. Toen niet meer dan een jongen van het andere lyceum, zoon van de burgemeester, behorend tot een kaste waar hij half en half vijandig tegenover stond. Hij herinnerde zich dat de luid pratende en als altijd zeer welbespraakte Toni toch een zeker ontzag voor deze knaap had gehad, omdat hij de zoon van de burgemeester was. De jongen zelf was vriendelijk geweest, maar steeds ook gereserveerd, alsof hij zich alleen maar welwillend beschikbaar stelde voor een praatje.

Hoog boven zijn hoofd ritselde de eik. De kruin van de boom ving nog het licht van de lage zon.

Hij keek naar het roestige prikkeldraad dat uit de boomschors stak. Ooit was de schors langzaam maar zeker om het prikkeldraad heen gegroeid en had het in zich opgenomen. Hij zat altijd tegen die ene eik waarvan de schors om het prikkeldraad was gegroeid. Tussen de eiken lag een oude badkuip die als drinkbak voor de paarden had gediend. Er stond een eg, door het gras overwoekerd. Hij hield van de plek om zijn verlatenheid en verval. Ooit hadden hier mensen gelopen, uit de stallen had het gehinnik van paarden geklonken, de doffe bons van een hoef die tegen het beschot sloeg. Op avonden als deze hadden de hoge mendeuren wagenwijd opengestaan, in het halflicht van de schuur bewogen zich de gestaltes van de knechts. Nu was het hier uitgestorven. De wind voerde de geur van de meidoorn aan. Abel rook de zoete lucht. Hij voelde de wind over zijn gezicht glijden, de haartjes op zijn onderarmen kwamen overeind.

Hij sprong op en luisterde. Naderde er iemand? Of stond ergens achter de meidoornhaag een paard dat hij niet had opgemerkt? Hij liep het pad af tot aan de weg om zich ervan te vergewissen dat er niemand was. Teruggekeerd onder de eik, zijn ellebogen op zijn opgetrokken knieën, liet hij zijn hoofd hangen en staarde naar het gras. Hij dacht aan de burgemeesterswoning op de kade en zag de monumentale voordeur onder het balkon opengaan, meneer

Daendels kwam de stoep af en stapte in de politieauto, waarvan het portier voor hem werd opengehouden. Of had het nieuws hem op het stadhuis bereikt? Had meneer Wisse, als bode van het stadhuis, hem naar de auto gebracht en het portier voor hem opengehouden? Bij het Sas lag René in het gras, nog nat. Had de burgemeester er samen met zijn vrouw naar staan kijken? Of was hij alleen gegaan? De jongen lag in het gras en was dood. Hij zou zich nooit meer bewegen, de haartjes op zijn benen zouden nooit meer overeind komen. Hij zou zich nooit meer welwillend lenen voor een praatje, want hij was dood.

Waar was Toni nu? Toni met zijn kortgeknipte kop. Voordat het examen begon had hij zijn haar kort laten knippen en het in zijn nek laten opscheren, zoals 'mariniers het droegen'. Toen ze René in zijn tenniskleren tegenkwamen, waren ze op weg geweest naar de kapperszaak. Hij had erbij gezeten toen Toni zich zo ongeveer kaal had laten knippen. Waar was hij? Moest hij naar hem toe? Toni was bij zijn familie, die met de burgemeestersfamilie bevriend was. Het zou niet gepast zijn nu langs te gaan.

Kwam daar toch iemand? Opnieuw sprong Abel op. Half struikelend deed hij een paar stappen bij de eiken vandaan (niemand mocht hem daar zien zitten). Om zich een houding te geven tegenover mogelijke wandelaars keek hij naar de ondergaande zon aan het eind van het pad. Was het René Daendels die daar naderde, gevolgd door zijn vader en moeder en zijn zusje, gewend om hier, juist hier, te wandelen? Hielden zij, net als hijzelf, van dit pad? Ze naderden de bocht in het pad en zouden hem weldra zien staan: die twee kleine, voorname mensen, de dochter met haar Franse naam en de gereserveerde jongen met zijn eveneens Franse naam. Abel voelde een blos over zijn wangen trekken, alsof hij op het punt stond de burgemeestersfamilie te ontmoeten. Het bleef stil. Eindelijk durfde hij zich om te draaien en naar het pad te kijken. Er was niemand. Op hetzelfde moment stoven zwaluwen krijsend en in snelle vaart om de hoeve, driemaal, en verdwenen toen even plotseling als ze gekomen waren.

Hij dwong zichzelf het pad af te lopen naar de weg. Onder zijn schoenen voelde hij de hobbelige, hard geworden modder met hoefafdrukken van het vee. Kon het zijn dat de burgemeestersfamilie hier onlangs nog had gewandeld? Was dat wat hij op een ondoorgrondelijke manier gewaarwerd? Bij de weg stond hij stil en keek hem in beide richtingen af.

Nogmaals keerde hij terug naar de eiken. Hij bleef er tot de schemering.

4

Het was een heldere maannacht. Kikkers kwaakten in de poel achter het huis. Toen zijn ouders sliepen, sloop Abel het huis uit. Hij nam de racefiets van zijn broer – het geluid van zijn brommer zou hem overal verraden – en reed naar de stad. Onderweg zag hij de volle maan bijna recht boven zich staan in een immense koepel van schapenwolken.

Op de Joachimikade stond hij stil in de schaduw van de huizen en keek naar de burgemeesterswoning aan de overkant van de brug. Ook hier stond de maan bijna recht boven zijn hoofd en goot zijn licht langs die koepel van wolken over de stad. Er was niemand meer op straat. De huizen en gebouwen wierpen schaduwen op de kasseien van de kades, en overal was dat vreemde licht.

Met bonzend hart keek hij naar het huis. De luiken voor de ramen waren gesloten, zowel op de boven- als de benedenverdieping. Nergens was licht te zien. Op de balustrade boven de daklijst stonden stenen vazen afgetekend tegen de lucht. Het zien van het huis veroorzaakte niet de emotie die hij had verwacht. Hij bleef onder zijn vingertoppen de tape voelen die om het racestuur was gewikkeld, was zich bewust van het drogende zweet op zijn gezicht. Pas toen hij zich voorstelde dat in dat huis, achter die luiken, drie mensen probeerden te slapen en waarschijnlijk slapeloos naar het maanlicht staarden dat in de hoge kamers viel, drong iets van de gruwel tot hem door.

Niet langer dan een minuut durfde hij naar het huis te kijken. Hij slingerde zich op het zadel en reed weg.

Langzaam trappend, in het grootste verzet, fietste hij om de havenkom. De banden van de racefiets stuiterden over de kasseien. Hij was niet van plan om de haven helemaal rond te rijden, halverwege de Grote Kade had hij willen afslaan. Maar om de een of andere reden moest hij de hele ronde maken, over de Grote Kade, de Bierkade, de Turfkade en de Kleine Kade, en terugkeren naar het huis van de burgemeester, naar de plek waar hij een paar weken geleden met Toni en René Daendels had gestaan. Langzaam, zijn benen stilhoudend, reed hij langs het huis met de luiken, de monumentale voordeur met het balkon erboven, de kasseien naderend waarop ze hadden gestaan. Hij durfde niet stil te houden op die plek, alsof stilstaan inhield dat hij zelf ter plekke zou ophouden te bestaan. Hij zwenkte meteen de brug weer op, schoot weg over de Joachimikade, schakelend, uit het zadel komend waar de weg omhoog voerde naar de stadswal. Weldra was hij buiten de stad en suisde door de nachtelijke polders.

II

HET FEEST

1

Op hun brommers reden ze over de beboomde dijken: Job Verstraete, Toni Mesu, Watse Postma en Abel. De zon stond laag. De bomen wierpen lange schaduwen. In colonne reden ze over de bochtige wegen: Toni voorop, daarachter Watse, die zijn meisje bij zich had, dan Job. Abel reed zoals gebruikelijk achteraan – hij had de anderen het liefst voor zich.

Soms werd er halt gehouden om op de kaart te kijken. Abel bemoeide zich er niet mee. Een kaart raadplegen, het beter weten dan een ander, dat was iets voor Job en Watse.

Het kon hem ook geen bliksem schelen of ze de hoeve zouden vinden.

Veel liever had hij deze avond doorgebracht in het café aan de Westerschelde, waar ze vlak voor het eindexamen hadden gezeten. Al pratend had hij daar steeds kunnen kijken naar een kleine vluchthaven en drooggevallen vissersboten in het licht van de ondergaande zon. In de schemering waren ze met z'n allen naar het lichtbaken bij de haveningang gelopen. Watse en zijn meisje waren in het gras gaan liggen om te zoenen. Met Job en Toni had hij bij het baken gezeten, rokend, met een fles bier, en ze hadden niet veel meer gezegd. Hij dacht daar vaak aan: hoe ze in de schemer bij het baken hadden gezeten, terwijl verderop Watse met zijn meisje lag te vrijen. Van tijd tot tijd had hij Watse boven het gras zien uitkomen, zich oprichtend op een elleboog en zijn vettige lange haar achter een oor vegend, voordat hij zich weer over het meisje boog en aan een nieuwe tongzoen begon. Dat was goed geweest, die avond, ook omdat dat lange en verlegen meisje met haar goudblonde haar erbij was, omdat Watse zo verliefd was, dodelijk nerveus van verliefdheid, steeds zijn linkeroor naar voren draaiend om beter te kunnen horen. Ze waren anders gaan praten omdat het meisje erbij was, dat meisje met haar gezwollen lippen waarop een korstje zat. Toen ze met z'n drieën bij het lichtbaken zaten, had hij het Watse gegund om haar te kussen. Misschien was Watse wel zijn plaatsvervanger geweest voor het kussen van het meisje.

Zulke dingen deden zich op een feest niet voor.

Hij was er zo langzamerhand wel achter dat hij niet van feesten hield. Hij zag ertegen op, hij voelde zich er niet op zijn gemak en omdat hij zich ongemakkelijk voelde, dronk hij te veel en begon dingen te zeggen waarmee hij anderen tergde.

Ook Toni bemoeide zich niet met het kaartlezen. Hij was aangeslagen door de dood van René Daendels en droeg ook vanavond zijn zwarte overhemd. Hij leunde met zijn onderarmen op het hoge stuur van zijn brommer en keek zwijgend voor zich uit.

Tijdens het laatste deel van de tocht reden Abel en Toni op enige afstand van de anderen.

'Onze padvinders,' riep Toni spottend.

Abel dacht aan René Daendels. Hij lag in een kist onder de grond. Hij stelde zich dat voor. Een jongen in een kist onder de grond. Sinds de dag van de begrafenis droeg Toni zijn zwarte overhemd en streek hij veelvuldig met zijn hand over zijn blonde stekelhaar – het was haast een tic geworden. Onder het rijden zag Abel hem verschillende keren met de mouw van zijn jack zijn wangen afvegen. Eerst geloofde hij het niet. Maar het gebaar was onmiskenbaar.

'Jezus,' zei Job, 'ik geloof dat we op het platteland zijn.'

Op het erf van de hoeve overviel hen de stilte. Boven hun hoofd ruisten bomen, van de akkers steeg een vochtige aardgeur op. Vlakbij, scherp afgetekend in het lage licht, bogen zich de graanhalmen. Het was zo stil dat ze het getik van de afkoelende knalpijpen konden horen.

De jongens rekten zich uit na de lange rit. Lena, Watses meisje, stond met opzijgebogen hoofd haar haar te borstelen, blozend omdat ze de anderen moest laten wachten. Abel keek naar haar en naar Watse, die geduldig stond te wachten. Onder zijn neus groeide tegenwoordig een vlossig blond snorretje en op zijn lippen – die Abel van tijd tot tijd met een vluchtige blik onderzocht, net als die van het meisje – zat een korstje.

Ze zetten zich in beweging. Toni wreef in zijn handen en zei: 'Mij dorst hebben.'

Voor de schuur stond onder parasols een groep volwassenen met glazen in de hand: de trotse ouders van de geslaagde, familie en vrienden, allemaal op hun paasbest gekleed. Abel en zijn vrienden passeerden hen op veilige afstand. Hij zag een vrouw die al pratend de ceintuur van haar jurk verschikte, omdat ze het gevoel had dat de gesp niet precies in het midden zat. Hij zag boerse koppen, ogen die hen laatdunkend bezagen.

'Wat een stijve bende,' zei hij.

'Die moeten zo gauw mogelijk opzooien,' antwoordde Job.

Abel keek naar Watse en Lena, die voor hem uit naar de schuur liepen, hun handen verstrengeld. Zodra ze konden verstrengelden zich hun handen. Watse was nerveus en beweeglijk als altijd, zij was stil en rustig. Abel keek naar het lange, goudgele haar van het meisje, dat wijduit stond door het borstelen. Toen ze haar hoofd naar de volwassenen wendde, zag hij op haar gezicht de avondzon en de acne, die hij zo vreemd aantrekkelijk vond.

De mendeuren van de schuur stonden wagenwijd open. Ze slenterden naar binnen. Dwars door de schuur was een stuk zwart landbouwplastic gespannen waarmee tractoren en machines aan het oog werden onttrokken. Er hing een geur van aarde, afkomstig van de hard geworden klei in de tractorbanden. In een hoek zat op strobalen een kluit neven en nichten, die hen tersluiks opnamen, achter de dranktafel stonden twee meisjes aan elkaars kleren te frutten. Op twee tegen elkaar aan gereden hooiwagens stond de apparatuur van de band. Een troep zwaluwen vloog met snerpende kreten in en uit de schuur.

'We zijn te vroeg,' zei Abel.

Het liefst was hij meteen weer weggereden. Voorgevoelens knepen hem de keel toe. Hij was haast misselijk van de spanning. Als een onvermijdelijke bron van pijn en woede, verdriet en wroeging kwam het feest op hem af.

2

Met tegenzin had hij de feesten der geslaagden bezocht. Ze waren over twee weekeinden verspreid. Op vrijdag- en zaterdagavond reed hij met zijn vrienden door de stad en over het eiland, van het ene adres naar het andere. Hij zag pastorieën, dokterswoningen, boerderijen, villa's van rijk geworden aardappelhandelaren en oesterkwekers en in de dorpen de schrikbarend kleine huizen waarin sommigen van zijn klasgenoten al die jaren hadden geleefd. Daar, uit die huizen, kwamen ze dus, zijn medeleerlingen, die door en door vertrouwde verschijningen van wie hij er een aantal zelfs aan hun lichaamsgeur zou kunnen herkennen en van wie hij opeens toch maar weinig bleek te weten. Het was of zijn schooltijd werd afgesloten met een grote onthulling. Voor sommigen was die onthulling onmiskenbaar pijnlijk en beschamend: het kleine huis, de stijve sfeer van familieleden die in een kring op stoelen zaten, de opgeschroefde vrolijkheid, het ongemak van ouders, het feestvieren niet gewend, die met geforceerde grapjes 'de invasie' en 'al dat vreemde volk' het hoofd probeerden te bieden.

Zijn eigen feest had hem de meeste weerzin ingeboezemd. Ook zijn ouders waren het feesten niet gewend. Hij had er een hekel aan zijn vrienden thuis te ontvangen. En dan was er zijn vader. Hij had hem gesmeekt zich niet te vertonen. Ach jongen, had hij ten antwoord gekregen, die vrienden van je kennen me nu al zolang en ze zijn nu langzamerhand toch volwassen genoeg om te begrijpen dat jij ook gewoon een vader hebt. Zijn vader had die avond een artikel te schrijven, maar om het halfuur was hij even binnengelopen. Ten slotte, klaar met zijn werk, had hij zich onder het bezoek gemengd. Joviaal begroette hij zijn leerlingen, zijn oud-leerlingen nu, zoals hij verschillende malen grappend opmerkte. Hij had een trui aangetrokken om het informele karakter van zijn aanwezigheid te benadrukken. Waar hij kwam zette men zich schrap voor een ongedwongen praatje. Maar de een na de ander vertrok van dit feest, dat maar niet op gang wilde komen en waar bovendien niet genoeg te drinken was. Er waren betere adressen. Zijn trouwste vrienden hadden het nog gerekt, uit medelijden waren ze gebleven, maar om elf uur waren ook de laatsten weggeslopen.

Het hele ritueel van de eindexamenfeesten was voor Abel een corvee. Ook naar dit laatste feest in een van de zuidelijke polders van het eiland had hij niet uitgekeken, ondanks de aankondiging van een band en onbekrompen schenken.

3

Zo lang mogelijk bleef hij buiten de schuur. Hij zat met Watse en Lena op een hek aan de rand van het erf. Ze zagen steeds meer feestgangers arriveren, de meeste op brommers. Meisjes werden door hun vader of oudere broer met de auto gebracht. Achter hen ging de zon onder boven het korenveld, in rossige vlammen die hun weerschijn wierpen op de zwarte schuur, de bomen en de feestgangers. Abels beklemming nam niet af, ze werd eerder sterker. Vlak bij hem zat Lena. Wanneer ze met z'n drieën waren liet het meisje hem gewoonlijk naast Watse zitten of lopen, want ze wilde niet 'tussen hen komen'. Maar nu zat ze tussen hen in. Hij had daar zelf op aangedrongen.

Abel sprak het meest, druk, lacherig, om de twee anderen bij zich te houden. Intussen miste hij Digna en onderging de nabijheid van het andere meisje. Hij rook haar net gewassen haren, haar frisgewassen jurk. Vlak bij zijn blote onderarm bevond zich haar blote onderarm, soms meende hij haar lichaamswarmte te voelen. Lena kroop niet dichter naar Watse toe, alsof ze zichzelf 'eerlijk' tussen hen wilde verdelen. Bij elke blik opzij zag hij haar mond met de gezwollen lippen en de acne, die haar gezicht had geschonden. Hij had zijn arm om haar middel willen leggen, hij had haar lippen willen kussen. Door Watses aanwezigheid leek het meisje hem zo vertrouwd dat hij haar had kunnen kussen. Ze was van hen allebei, leek het. Maar zodra hij zich voorstelde dat hij haar daadwerkelijk kuste, werd ze een vreemde, een meisje dat zou schrikken als hij haar zomaar vastpakte.

'Wanneer heb je voor het laatst een schaakbord gezien, Wats?'

'Vanmiddag.'

'Vanmiddag,' protesteerde Lena. 'Na het avondeten nog!'

'Dat was in het voorbijgaan.'

'Dat was dan wel een heel langzaam voorbijgaan!'

Blozend wendde Lena zich naar Abel.

'Hij begint nu met blind schaken.'

'Blind schaken? Tegen wie speelt hij dan?'

'Tegen zijn broers. Die moeten er nu ook aan geloven.'

Opeens drong het tot Abel door: de verwijdering was al begonnen toen Watse zich op het schaken had gestort. Dag en nacht was hij ermee bezig. Hijzelf had er geen belangstelling voor. Schaken benauwde hem: het lange stilzitten, de dwang van spelregels, slim moeten zijn, willen winnen – het was of hij in een koker werd geperst. Wat hem interesseerde had niets met slimheid te maken. Hij voelde zelfs een zekere minachting voor jongens die altijd slim wilden zijn. Alleen de bezetenheid waarmee Watse zich op het spel had gestort, sprak hem aan. Zijn vriend liet er zelfs zijn gitaar voor liggen.

Daarna was Lena ten tonele verschenen, en van de wilde duivel die zijn brommer in volle vaart over de rijksweg joeg zonder links of rechts te kijken, was weldra niets meer over. Na een paar maanden al hoorde Lena bij Watse. Bij Watses beweeglijkheid en nervositeit, bij zijn onhandigheid, zijn naar voren gedraaide linkeroor en linkshandigheid, leek dit lange, rustige en toegeeflijke meisje volmaakt te passen. In het begin van zijn verliefdheid had Watse er nog met hem over gesproken, hem erover geschreven, over een ruzie met Lena, hoe ze ergens buiten de stad uit elkaar waren gegaan, voorgoed leek het, hoe hij dwars door de weilanden was gerend om haar in te halen en het weer goed te maken. Nadat het pact met Lena was gesloten, sprak hij niet meer over haar.

'Potje schaak, Abel?'

Watse zette een geniepig gezicht en wreef in zijn handen.

'Even niet, Wats.'

'Ik speel zonder lopers en zonder paarden.'

'Wat ben jij érg!' riep Lena.

Uit de schuur kwamen de geluiden van een band die aanstalten maakte om te gaan spelen. Er ging een schok door Abel heen. Hij liet zich van het hek glijden en reikte Lena zijn hand om haar naar beneden te helpen. Hij voelde hoe haar vingers zich om zijn hand sloten. Toen uit de schuur het zware, dreunende geluid van een spelende band kwam, was hij niet meer te houden.

'We gaan naar Dave Sinke luisteren,' riep hij.

'Want Dave *plays the blues,* eeh,' riep Watse.

'Even een bluesje doen, mensen!'

'En naar Danker gaan we luisteren.'

'Big Fat Danker Moerman!'

4

In de schuur was het halfdonker. Het was er stampvol. Over de menigte en over het gebinte gleden de traag vervloeiende kleuren en vormen van de vloeistofdia's die werden geprojecteerd. De hele ruimte baadde in een paars en oranje licht. Op de hooiwagens stond de band te spelen: vier knapen met haar tot op hun schouders. Het geluid was imponerend hard.

Helemaal achteraan, geleund tegen de wand van de schuur, keek Abel naar Dave Sinke en Danker Moerman, beiden met gitaar en hun mond tegen de microfoons gedrukt. Dave Sinke was op de twee lycea van de stad mislukt, op zijn zeventiende was hij muzikant geworden en nu, op zijn twintigste, was hij een *local hero* op het eiland. Zijn roodblonde haar hing in slierten om zijn hoofd en voor zijn gezicht. Voortdurend moest hij die slierten opzijvegen om iets te kunnen zien. Loom en lui, een lijzig dialect sprekend, bewoog hij zich door het leven, en in zijn spijkerbroek zat altijd wel een in zilverpapier verpakt stukje rode libanon verstopt. Voor Abel had hij iets geniaals, omdat hij schijnbaar moeiteloos, grijnzend naar zijn band, een razendsnelle boogiewoogie of blues op de piano kon spelen en daarnaast ook de gitaar, de mondharmonica, de viool en de saxofoon bespeelde, en als het moest kon hij ook wel drummen of het wasbord voor zijn rekening nemen. Nu stond hij met gebogen hoofd, het haar voor zijn gezicht, de riffs van een nijdig-bonkende blues te spelen met telkens een blik in de richting van Danker Moerman als ze hun mond tegen de microfoons drukten.

Het geluid van de muziek doortrilde Abels lichaam, het wond hem op, maar hij bleef roerloos tegen de wand van de schuur leunen. Naast hem stond Watse, tegen Lena's rug aan gedrukt, zijn armen om haar middel geslagen.

'Danker heeft iets nieuws bedacht,' riep hij in Watses goede oor.

Groot en onverzettelijk stond Danker Moerman voor zijn microfoon. Als om de kracht en vetheid van zijn grote lijf te etaleren droeg hij een te klein shirt, waar zijn zwart behaarde buik onderuit kierde. Je moest er wel naar kijken: naar die obscene blote buik, waar ook iets gemoedelijks van uitging. Gewoonlijk droeg hij op het podium een wijd overhemd, dat hij over zijn broek liet vallen. Maar nu had hij een mouwloos shirt aan waar hij aan alle kanten uit barstte. Danker was kwaad. Abel voelde het.

Jaren had hij met Danker in dezelfde klas gezeten, maar pas in het eindexamenjaar had hij hem goed leren kennen. Danker behoorde tot de jongens die uit de dorpen kwamen. Abel ging alleen om met jongens uit de stad. Maar in het laatste jaar was dat onderscheid weggevallen.

Hij had met Danker in cafés gezeten, hij was bij hem thuis geweest op een boerderij niet ver van de stad, hij had zijn ouders leren kennen. Zijn moeder was een spotzieke vrouw, opstandig, in verzet tegen de knechting die ze als huisvrouw had moeten ondergaan, maar uiteindelijk toch altijd gehoorzaam aan het woord van haar man, aan het gebod tot onderdanigheid, dat diep in haar was geplant. Dankers vader was een zwijgzaam en zwaarmoedig man. Met zijn ernstig en gegroefd gezicht, zijn krans van grijzend krulhaar en zijn baard, had hij iets van de schriftgeleerden zoals Rembrandt ze schilderde. Hij las veel in de bijbel en in 'de oude schrijvers'. Aan het eind van de maaltijd las hij op zangerige toon voor uit de bijbel, de laatste zinnen meestal uit het hoofd citerend, nadat hij het boek al had dichtgeklapt. Van zijn zeven kinderen, allemaal bovengemiddeld intelligent, had hij alleen de laatste twee naar de middelbare school durven sturen, want het was niets voor 'ons soort mensen' om een dergelijke school te bezoeken en in de familie zou het als hoogmoed worden beschouwd.

Danker, de jongste, was voorbestemd om theologie te gaan studeren. Al enkele jaren werd hij door een dominee in het Hebreeuws onderwezen. Maar hij had geen roeping. Het vooruitzicht zijn leven als dominee te moeten slijten maakte hem diep neerslachtig. Hij durfde het zijn ouders, vooral zijn vader, niet te zeggen. Al een jaar speelde hij nu in de band van Dave Sinke en bewandelde het pad der goddelozen. Wegens zijn schouderlange haar was hij uit de kerk verbannen. Zijn vader bad elke dag voor hem en Danker wist het. In de familie waren alle ogen op hem gericht: wat zou er terechtkomen van deze goddeloze? Er was ook veel leedvermaak: zo werd de hoogmoed van zijn ouders bestraft! Alle geleerdheid leidde immers alleen maar af van God.

Op het podium stootte Danker zijn kruis naar voren en zwiepte zijn lange haren voorover, voor zijn gezicht, en weer achterover, terwijl hij de laatste maten speelde. Zijn wilde bewegingen hadden iets overdrevens: hij imiteerde wat hij op televisie had gezien. Maar het had ook iets aandoenlijks om een zo uit de kluiten gewassen knaap zich zo te zien uitsloven. Abel keek naar Dave Sinke, voor wie er nauwelijks publiek leek te bestaan: in zichzelf gekeerd stond hij op het podium met die slierten haar voor zijn gezicht. Terwijl Danker nog eens zijn kruis naar voren stootte bij het slotakkoord, was Dave al op weg naar zijn versterker om het nodige bij te stellen.

Abel wrong zich door de menigte en haalde drie flessen bier. Hij gaf Watse en Lena er elk een. Na het nijdige en agressieve begin had de band een langzaam nummer ingezet. Het intieme en smachtende geluid van Daves mondharmonica vulde de schuur. Danker had zich teruggetrokken naast de drummer. Abel luisterde en keek naar Dave Sinke, die de neiging had om zijn linkerbeen op te trekken als hij, met zijn handen om microfoon en mondharmonica, helemaal in de muziek kroop. Lena legde even een hand op zijn onderarm en glimlachte naar hem. Halverwege het nummer ontvluchtte hij de schuur.

5

Het erf lag er verlaten bij in het maanlicht. Onder de parasols was niemand meer. Op weg naar de eiken had Abel de aanvechting om zijn brommer te pakken en in het donker te verdwijnen.

Hij leunde tegen het hek en staarde over het korenveld. Hij rook de geur die aandreef uit de landerijen en probeerde hem te benoemen, maar hij kon het niet. Het woord 'onsterfelijk' kwam in hem op – hij was niet voor niets een gymnasiast. 'Onsterfelijk' leek hem die geur, maar 'onsterfelijk' waren dan ook de polder in het maanlicht, het donkere profiel van de beboomde dijk in de verte en de roerloosheid van het graan. Net zo onbeholpen en ontoereikend leek het woord 'eeuwig' voor wat hij onder de eiken gewaarwerd. Hij kon geen enkel woord vinden voor het naamloze dat hij hier onderging en dat maakte hem nog neerslachtiger. Hoe zou hij ooit in staat zijn om te schrijven als hij niet in staat was zulke dingen te benoemen?

Hij moest zichzelf dwingen terug te gaan naar de schuur, om door de kleine wit omrande deur in de grote mendeuren naar binnen te stappen en achteloos in de menigte te schuiven, zijn haar in de war, zijn mouwen opgestroopt en zijn bloes een knoopje verder opengezet, alsof hij buiten allerlei interessante dingen had meegemaakt.

In de nog lege gang bij de wc kwam hij Antona Duvekot tegen. Het geruis van water, dat luider klonk toen de deur werd geopend, en daar stond ze.

'Hé, jou had ik nog niet gezien,' zei hij, vlot en leugenachtig.

'En ik jou ook niet.'

Ze glimlachte en trok daarbij haar ene mondhoek spottend op. Toen stormde ze langs hem, in haar jurk met blote armen. In de wc rook Abel de geur die zij er had achtergelaten. Hij beschouwde het als een gunstig voorteken dat hij in haar geur stond, in een zachte en onthutsend weerloze uitwaseming, en die inademde. Het was of ze zich, zonder er te zijn, toch met hem verenigde. Was een verzoening werkelijk mogelijk?

Abel herinnerde zich een ander teken. Vlak voor het eindexamen was de laatste klassenfoto genomen. Op het schoolplein had Antona Duvekot tussen anderen op een houten bank plaatsgenomen en hij was achter haar gaan staan. Ze draaide niet onrustig met haar hoofd, ze zei geen dingen als: 'Ja, sorry, maar kun je niet een beetje verder naar achter gaan staan?' Ze stond hem toe dat hij vlak achter haar stond, alsof hij haar toch vertrouwd was geworden.

Van dat eerste gunstige teken had hij nu een bevestiging gekregen, leek het, door een tweede. Eerst had hij achter haar mogen staan op de klassenfoto en nu stond hij in haar uitwaseming, de meisjeslucht die uit haar kleren was gekomen. Door het wc-raam zag hij het maanlicht op de kruinen van de eiken. Daar buiten, leek het, was het 'eeuwige' of hoe hij het ook noemen moest, terwijl hij hier in dit kleine hok stond, bedwelmd door de geur van een meisje. Toen hij naar beneden keek, zag hij hoe zijn geslacht zich met een paar schokken oprichtte. Hij schaamde zich ervoor, maar kon er niet aan ontkomen zich voor te stellen hoe Antona Duvekot zich hier zoëven had ontbloot.

6

In de schuur werd gedanst. Alles baadde in een blauw en groen licht. Kleurbellen spatten uiteen of werden door andere opgeslokt, van de vloer tot aan de nok was alles bedekt met die blauwgroene wemeling van traag vervloeiende vormen. Het was of hij een onderzeese wereld betrad. Abel rook de zoete geur van de verhitte ecoline tussen de glasplaatjes in de projectoren. Hij stak zijn handen omhoog in de baan van een projector en keek naar het bewegend schilderij dat op zijn handpalmen verscheen. De band begon op gang te komen. Het te krappe shirt van Danker Moerman vertoonde al donkere vlekken.

Toen hij langs de hoek met de broers en zussen, neven en nichten van de geslaagde kwam, zag hij daar het meisje voor wie dit festijn werd aangericht. Haar vader, een rijke boer, was er zo trots op dat hij een dochter had die goed kon leren dat hij groot had uitgepakt. Het meisje was lang en verlegen, ze droeg een bril voor haar bijziende ogen en leek het hele jaar door verkouden, want ze liep altijd met een vochtige rode neus. In de klas behoorde ze tot de stillen. Op dit feest, waarvoor haar hele familie en het halve dorp waren uitgenodigd, voelde ze zich niet op haar gemak en ze hield zich schuil tussen haar familieleden. Abel pakte haar hand en trok haar mee naar de dansvloer, terwijl hij in haar oor riep: 'Eens moest het ervan komen.' Ook voor hemzelf waren dit raadselachtige woorden.

Tien minuten later liet hij het meisje weer achter bij haar familie en wrong zich door de menigte naar Toni Mesu.

'Eeh, Toni!'

Hij sloeg een arm om Toni's schouders en stootte zijn fles bier tegen de zijne.

'Ben jij nou dat meisje Quist aan het versieren,' brulde Toni in zijn oor. 'Je lijkt wel niet goed snik.'

'Gewoon dansen, man.'

'Die meid is ziekelijk.'

'Dat zie jij zomaar?'

'Als zoon van een veearts zie ik dat soort dingen onmiddellijk. Nooit aan beginnen!'

Toni danste niet, zoals gebruikelijk. Abel bleef met hem staan praten, voor zover het harde geluid van de band het toeliet. Ze becommentarieerden de meisjes op de dansvloer. Lachend stootten ze van tijd tot tijd hun bierflessen tegen elkaar. Het ontging Abel niet dat Toni's blik steeds naar Antona Duvekot gleed.

'Duvekotje heeft weer sjans,' riep hij.

'Maar bij haar krijgt niemand ooit een poot aan de grond.'

Toni had een jaar lang tevergeefs geprobeerd haar te veroveren. Nu moest hij toezien hoe ze haar armen om de hals van een onbekende had gelegd. De jongen, veel langer dan zij, stond over haar heen gebogen. Een lange haarlok kleefde op zijn voorhoofd en bedekte een van zijn ogen.

'Ze zoekt het altijd bij vreemden,' riep Abel.

'Zo'n vent moet gewoon dood!'

Ook Abel zelf had de beet van de jaloezie gevoeld. Al drie jaar volgde hij dit ongenaakbare meisje met zijn ogen. Zijn jaloezie strekte zich zelfs uit tot haar vriendinnen. Wanneer hij op het schoolplein Antona bij een vriendin achter op de brommer zag springen, stak het hem om te zien hoe ze haar handen op de heupen van het wegrijdende meisje legde en zich vasthield. Wanneer Antona in de klas haar hoofd boog vlak naast het hoofd van een ander meisje, haar haar achter haar oor vegend, stelde hij zich voor dat hij dat meisje was. Merkwaardig genoeg vond hij Antona fysiek niet aantrekkelijk. Het ging om haar gezicht, de bewegingen van haar hoofd, haar temperament, haar verschijning. Het ging om Antona's aandacht – aan wie ze die gaf. Hij had geprobeerd niet meer naar haar te kijken, onverschillig voor haar te worden. Maar het gaf hem al een schok om in de hal van de school haar tas te zien liggen.

Het afgelopen jaar was hij erin geslaagd zich bij Antona volkomen onmogelijk te maken. Op feesten, halfdronken, drong hij zich aan haar op als haar 'psychiater' en dreef haar met brutale vragen in het nauw. Ze lachte hem uit, ze duwde hem weg, ze keerde hem de rug toe. Op het volgende feest hurkte hij weer bij haar neer en zei grijnzend: 'Hé, even tijd voor een consult. Het is gratis!'

Het meisje ging hem zo veel mogelijk uit de weg.

Maar toen de laatste klassenfoto werd gemaakt, had ze toegestaan dat hij vlak achter haar stond.

'Die vent moet gewoon dood,' herhaalde Toni.

'Ik zag hier een kraai op de schuurdeur gespijkerd.'

'Zoiets gaan we met hem doen.'

Toni lachte. Ondanks de vele kleuren die over hem heen gleden, was te zien dat zijn gezicht rood aangelopen was.

7

In een van de pauzes liep hij met Danker naar buiten om af te koelen. Ze passeerden de Volkswagenbus van de band. De laaddeur aan de zijkant was opengeschoven en in het zwak verlichte interieur zaten twee meisjes een joint te roken. Het ene meisje droeg een lange jurk die tot op haar enkels reikte en een krans van voorjaarsbloemen in haar haar, en zo te zien liep ze op blote voeten. Het andere zat in kleermakerszit op de autobank, ook al droeg ze een minirok. Abel keek naar haar. Ze had een spleetje tussen haar voortanden en ze droeg slippers. Een beetje een slonzig meisje was het. Ze ving zijn blik en glimlachte naar hem. Onder het lopen keek Abel nog eens naar haar om, en naast zich hoorde hij toen zijn vriend lachen.

'Wat is er?'

Danker zong:

'And I was looking back, to see if she was looking back, to see if I was looking back at her.'

'John Mayall.'

'We doen het nummer straks.'

Ze passeerden een troep dorpsjongens die in het maanlicht met buksen op lege flessen schoten. De flessen stonden op het hek voor het korenveld. Steeds als er een uit elkaar spatte, steeg er gejuich op. Abel en Danker liepen naar de brommers onder de eiken en nog verder weg van de schuur, tot ze bij een afdak kwamen waaronder landbouwmachines stonden. Het rook er vaag naar mest.

Bijna meteen verviel Danker in een dof stilzwijgen.

'Er is iets met je,' zei Abel.

'Hoezo?'

Dankers stem schoot omhoog.

Abel pakte zijn bezwete shirt bij de zoom vast en gaf er een ruk aan. 'Je hebt dit rare en veel te kleine shirt aan,' zei hij.

'Het was maar een ideetje, Roorda!'

'Normaliter draag je een wijd hemd als je moet spelen. Normaliter zou je nu in de schuur bezig zijn met de meiden. Maar je wilde naar buiten en je bent tot hier doorgelopen voordat je stilstond.'

'Het zal allemaal wel, Roorda!'

Danker nam een lange teug uit zijn fles bier. Abel zweeg. Hij bevoelde de stalen punten van een machine met zijn handpalm en liep er half omheen om te zien wat voor machine het was. Toen hij terugkwam zei hij: 'Eigenlijk weet ik het al, Danker.'

De jongen zweeg.

'Je hebt het je vader verteld.'

'Jezus!'

'Waar of niet?'

'Wat ben jij een beul, Roorda!'

'Een beul?' Abel lachte, haast opgetogen. 'Een beul,' herhaalde hij.

'Ja, een beul.'

Abel zweeg en nam een slok bier. Het woord 'beul' veroorzaakte een onverwachte resonans in zijn binnenste. Beul! Een beul! Hij keek naar de stalen punten van de machine, vaag glanzend in het donker. Zou hij in staat zijn om iemand daarop te spiesen? Was hij in staat om een kraai op de schuurdeur te spijkeren? Levend en wel? Of ging het om een ander soort beul? Had Danker iets waars gezegd? Waarom had hij haast opgetogen gelachen toen hij een beul werd genoemd?

Toen hij opzijkeek, zag hij Danker met gebogen hoofd staan.

'Je hebt het hem verteld.'

'Ja.'

'Waar heb je het hem verteld?'

Hij zag altijd graag iets voor zich.

'In de schuur, toen ik hem aan het helpen was.'

'En wat zei hij?'

'Niks.'

'Niks?'

'Hij boog alleen maar zijn hoofd en ging zonder iets te zeggen door met werken.'

Danker nam een slok.

'Dat was het ergste wat me had kunnen overkomen. Ik had het verwacht: dat hij niks zou zeggen, dat hij lijdzaam zou zijn. Maar toen het gebeurde, toen ik hem zijn hoofd zag buigen, was het nog erger dan ik had verwacht, wat er door me heen sneed, de pijn, bedoel ik.'

Danker draaide zich naar hem toe. Een ogenblik later rustte zijn voorhoofd op Abels schouder. Een beetje pathetisch, zoals nu eenmaal zijn manier van doen was, had Danker zijn hoofd op de schouder van zijn vriend gelegd. Maar het lag er. Abel streek over zijn haar, zijn lange bezwete haren, die stug en vettig aanvoelden, als de manen van een paard. Plotseling richtte Danker zich op, hij deed een stap achteruit, smeet zijn bierfles tegen een boom kapot – het bier en de glassplinters vlogen hun om de oren – en liep weg.

Abel bleef waar hij was en keek zijn vriend na tot hij in het gedrang voor de schuur was verdwenen. Hij zag de zwak verlichte Volkswagenbus met de twee meisjes erin, de schimmige gedaantes van de jongens die op lege flessen schoten, hij zag de boom waarlangs het bier droop en rook de aarde, en opnieuw onderging hij het 'eeuwige' dat hij niet kon benoemen, iets wat buiten al deze dingen stond of juist al deze dingen was.

8

Iedereen danste nu. Al zijn klasgenoten dansten met elkaar, zelfs de 'bleke bèta's', zoals ze werden genoemd, allemaal even stijf als wiskundig begaafd, waren op de dansvloer verschenen. Ook Abel begon te voelen wat de anderen voelden: dat dit de laatste keer was, dat ze elkaar na deze avond uit het oog zouden verliezen, dat het nooit meer zou zijn zoals het nu was, dat dit het afscheid was. Zelfs Abel, een van de laatsten om in verbroedering te geloven, werd erdoor opgetild. In elk van zijn klasgenoten zag hij plotseling wel iets moois, ook in het meisje Quist, dat best mooie heupen had en mooi dik, zwart haar en dat haar lichaam verrassend ongegeneerd bewoog nu ze loskwam.

In de band liep het als een trein, en als om het te bewijzen werd *Locomotive blues* ingezet. Het geluid van de stoomlocomotief werd opgeroepen door Daves mondharmonica. Het smachtende *Five long years* werd door Danker gezongen. Hij kreunde en steunde, zijn haar kleefde aan zijn gezicht, en nu hij genoeg had gedronken, durfde hij een snik in zijn stem te brengen. Hij vergat zijn overdreven en aangeleerde bewegingen en stond ingetogen voor de microfoon, begeleid door Dave die, half afgewend van het publiek, zijn akkoorden speelde. Vijf jaar misschien had Danker gewacht voordat hij zijn vader had durven zeggen dat hij geen roeping had en het allerergste moest hij hem nog vertellen.

Onvermijdelijk kwam Abel Antona tegen. Het meisje was op een van de strobalen gaan zitten en woof zich koelte toe met een stel bierviltjes, die ze als een waaier in haar hand hield. Al dansend stak hij zijn hand naar haar uit. Ze pakte hem vast, kwam overeind en gooide de bierviltjes weg. Ze dansten. Abel had zijn handen op haar heupen gelegd, zij haar handen op zijn schouders, maar ze durfden elkaar niet aan te kijken. Alles wat Antona gewoonlijk tussen zichzelf en hem plaatste, was er niet meer. Het verdwijnen van haar afweer maakte het meisje in zekere zin alledaagser. Abel voelde hoe gemakkelijk hij met haar zou kunnen omgaan als ze was zoals ze nu was.

Antona boog zich naar hem toe, haar haar streek langs zijn wang, en met haar lippen vlak bij zijn oor riep ze:

'Je kunt best aardig zijn.'

Bliksemsnel bracht hij zijn mond bij haar oor.

'En jij?'

Onmiddellijk had hij spijt van zijn repliek, die spottend had geklonken. Hij was bang dat ze hem nu zou ontglippen, dat hij zelf een eind had gemaakt aan haar gewone-meisjes-nabijheid, dat hij het weer had verpest. Maar ze trok zich niet terug. Terwijl zijn handen op haar wiegende heupen mochten blijven liggen, boog ze zich nogmaals naar hem toe, haar haar gleed weer langs zijn wang, en met haar lippen bij zijn oor – hij voelde haar adem – riep ze:

'Niet zo makkelijk.'

'Allebei niet zo makkelijk,' riep hij.

Daarna was het onmogelijk om elkaar nog langer vast te houden. Ze meden elkaars blik terwijl ze, los van elkaar, het nummer ten einde dansten. Vlak voor het einde liet hij zich zelfs verdringen door Toni. In het gedrang dook de jongen plotseling op met zijn rode kop, onbeholpen dansend, nauwelijks in staat om op de maat van de muziek te bewegen. Ze dansten met z'n drieën, maar vóór het laatste akkoord had hij haar aan Toni gelaten.

9

Tegen halftwee werden de meisjes uit zijn klas afgehaald. Met draaiende motor en in het donker priemende lichtbundels stonden de auto's op het erf te wachten. Gezamenlijk kwamen de meisjes naar buiten. Er werd met kussen afscheid genomen, en dat had iets plechtigs, want het was nooit eerder voorgekomen. Abel kuste Antona op haar wangen en kon niets bijzonders aan haar merken. Hij was gewoon een van de jongens door wie ze zich liet zoenen. De meisjes stapten in, de portieren werden achter hen dichtgeklapt. In de wegrijdende auto's – schuin omhoog tegen de dijk gingen ze – zag hij nog een enkel profiel, van die, van die, en van die, en toen waren ze weg.

In de schuur dreunde de muziek. Abel hoorde Dankers opzwepende kreten. Hoelang ging dit nog door? Hij bleef buiten staan, onthand, doelloos, nu de meisjes waar het om ging er niet meer waren. Toni liep naar zijn brommer en kwam terug met zijn fles whisky, die hij daar ergens in het gras had verborgen.

'Ah,' verzuchtte hij na een forse slok, 'Witte Veder van vuurwater houden.'

De fles ging rond. Abel dronk met kleine slokken, maar gulzig. Job weigerde, hij vond het bocht.

'Jij mijn vuurwater bocht noemen?' vroeg Toni dreigend.

'Geef hem maar een cru bourgeois,' zei Abel.

Ze gingen de schuur weer binnen. Abel keek over zijn schouder naar de eiken, het maanlicht en de velden, maar hij kon het 'eeuwige' niet meer gewaarworden. Hij was er te dronken voor en werd meegesleurd door een woeste stroom van onlust en ontevredenheid over zichzelf. Binnen begon hij schampere opmerkingen te maken en te provoceren.

Een kwartier later stond hij tegen de wand van de schuur gedrukt, met Toni's vuist om zijn strot geklemd. De ogen van de 'zoon van een veearts' – zoals Abel hem niet per ongeluk had genoemd – hadden een nijdige uitdrukking gekregen, de aderen in zijn hals waren gezwollen, maar voorlopig probeerde hij het luchtig te houden.

'Zie je dit?'

Abel lachte spottend om de voor zijn gezicht geheven vuist.

'Dit is een ijzeren vuist. De vuist van een tiran. Die vuist heeft zin om iemand op zijn smoel te slaan. En toevallig is dat jouw smoel, Roorda! Jouw bakkes! Jouw tronie! Jouw facie! Tsjonge, wat ben ik op dreef!'

Vergenoegd wendde hij zich tot de omstanders.

'Toch niet voor niks al die jaren op school gezeten!'

Hij lachte zijn hinniklach en wendde zich weer tot zijn slachtoffer.

'Dat verwaande gezicht! Moet je nou toch zien! Godverdomme zeg! Al jaren heb ik zin om hem een dreun te geven, een knal voor zijn kanis, een klap op zijn bakkes, en nu gaat dat gebeuren!'

Abel hield een vuist om Toni's pols geklemd om tegendruk te geven, maar voor het overige deed hij geen poging om zichzelf te bevrijden. De pijn in zijn dichtgeknepen strottenhoofd voelde hij maar half. Hij bleef kalm en lachte om Toni's geraaskal.

'Moet je hem horen láchen! Godverdomme zeg, wat heb ik een hekel aan die vent!'

Haastig nam Toni een slok uit een fles bier die hij een van de omstanders uit de hand had gerukt. In het wilde weg gooide hij de fles opzij.

'Hé Toni, kom op nou,' riep Job.

Anderen probeerden hem weg te trekken.

'Sodemieter op jullie! So-de-mieter op! Ik heb een persoonlijk conflict met deze vent!'

Dankzij oudere broers kon hij al praten als een corpsbal.

'Een vete! Een do-de-lijke vete! Maar eindelijk gaat er afgerekend worden. Een tiran geniet van zijn macht. Ik geniet van mijn macht over dit strottenhoofd. Ik hoef hem niet eens op zijn verwaande smoel te slaan. Met deze ijzeren vuist zal ik hem wurgen. Dood door wurging. Dood. Door. Wurging. Dat gaat het worden, Roorda!'

Zijn greep verslapte.

Al drie keer had de band zijn laatste nummer aangekondigd en toch steeds weer doorgespeeld. Nu brak de muziek af, alsof de stroom werd afgesloten, en op hetzelfde moment vielen de projectoren uit. In de donkere schuur stroomden de nacht en het maanlicht naar binnen, want de grote deuren werden opengeduwd. Plotseling stonden ze daar met suizende oren in de nachtelijke stilte en hoorden een zware mannenstem die zei:

'Willen de dames en heren zo goed zijn om te eclipseren?'

Er viel een korte stilte.

'Opsodemieteren allemaal,' riep Toni.

Iedereen bleef onwillig staan. Maar ten slotte ontstond er beweging. Tussen de anderen schoof Abel naar buiten. De frisse lucht, het vredige maanlicht op de bomen, de fragiele schaduw van rozenstruiken, wiegend in de nachtwind – dat wilde hij allemaal niet. De razernij moest blijven woeden. Hij was plotseling zover heen dat hij zei:

'Waar zijn we hier ergens, jongens?'

'In het midden van nergens,' antwoordde Watse gevat.

'Doe mij dan nog maar een cru bourgeois, Job.'

'Een grand cru zul je bedoelen.'

'Godverdegodver, m'n vuurwater!'

Toni holde terug naar de schuur, wankel, bijna vallend. Tientallen brommers werden gestart, lichtbundels flitsten over het graan. De overgebleven meisjes klommen achterop en streken hun jurk glad onder hun billen. Zelfs in dronkenschap ontging dit laatste Abel niet. Zijn keel was rauw. Hij had dorst. Toen stond Toni weer naast hem en riep iets wat hij door het geknetter van de brommers niet kon verstaan. Hij deed ook geen moeite meer om hem te verstaan. Hij wilde rijden, weg, weg van deze plek.

Abel reed al met een bocht over het erf, toen een van de jongens voor de schuur hem nariep:

'Eeh, Roorda! Zeg maar tegen je vader dat hij een grote boerenlul is!'

Hij remde en liet zijn brommer onder zich op de grond vallen. Het was of hij werd gekatapulteerd. Van de tien, twaalf stappen die hij moest zetten om die knaap te bereiken, kon hij zich later niets herinneren. In één beweging was hij bij hem. Hij greep hem bij zijn jack vast en smakte hem tegen de schuur, zo hard dat het hout ervan kraakte. Een ogenblik later zag hij de jongen in een vreemde houding op de grond liggen: op zijn zij, leunend op zijn elleboog, met hangend hoofd, het evenbeeld van de *Stervende Galliër*. Terwijl hij naar de naar adem snakkende knaap keek, voelde hij twee sterke armen zijn bovenlijf omklemmen. Het was Toni, die achter hem stond.

'Dit moest een keer gebeuren,' hijgde hij, 'dit moest een keer gebeuren.'

In een nieuwe vlaag van drift stootte hij beide ellebogen achteruit om zich los te rukken en raakte Toni hard op zijn ribben. Toen de jongen op de grond weer lucht kreeg, begon hij over te geven:

in een dikke en trage stroom gulpte het braaksel uit zijn mond.

De afkeuring onder de omstanders was algemeen. Hij voelde het, hij hoorde het. Hij had een stommiteit begaan. Nadat hij jarenlang alle beledigingen aan het adres van zijn vader, alle venijnige grappen, alle opmerkingen achter zijn rug had genegeerd, had hij zich op het laatste ogenblik laten pakken. En die knaap was het niet waard, zo'n laf ventje dat tot na zijn eindexamen had gewacht om eens iets dappers te zeggen. Toni liet hem los en gaf hem een duw in zijn rug. Abel liep weg. De motor van zijn brommer draaide nog.

10

Daarna dat dwalen over het eiland. Ze misten in het donker een afslag, reden in de verkeerde richting en verdwaalden in het labyrint van dijken en kronkelende wegen. Ze stopten, maakten rechtsomkeert en toen ze ergens een dorp vonden bleek dat ze nog verder uit de richting waren. Toni had het steeds maar over de Koedijk die ze moesten zien te vinden. Watse en Job, die weinig hadden gedronken, ergerden zich aan het zoeken en dwalen. Lena hing half slapend tegen Watses rug.

Abel nam gas terug toen hij aan de voet van een beboomde dijk water zag glinsteren. Hij bleef achter en liet de anderen, drie rode achterlichten, uit het zicht verdwijnen. Hij stopte, zette de motor af en liet zijn brommer in het gras vallen. Toen was het eindelijk stil. Maar vooralsnog drong het nauwelijks tot hem door, want het raasde in zijn hoofd.

Hij was teleurgesteld in zijn vrienden. Niets hadden ze gedaan toen hij die knaap, die hem zo had beledigd, tegen de schuur had gesmakt. Ze hadden hem niet gesteund. Ze hadden zijn daad afgekeurd, net als de anderen. 'Een zwakke actie'. 'Stijlloos'. Watse, die alweer uren naar zijn schaakbord verlangde. Job, die keurig met alle meisjes van de klas had gedanst, omdat dat aardig was, beleefd. Zwakke actie. Alleen Toni had iets voor hem gedaan door hem beet te pakken. Die duw in zijn rug in de richting van zijn brommer was weer vernederend geweest. Maar goed, Toni had hem vastgepakt.

Abel deed een paar wankele stappen over de dijk. Het was of hij steeds dronkener werd. Toen hij omhoogkeek, draaiden de bomen en de sterrenhemel om hem heen. Hij liet zich op zijn knieën vallen en steunde met zijn handen op de grond. Boeteling. Boete doen. Misschien was alleen al de houding voldoende. Misschien werkte dat alleen al… Geen van drieën… Geen van drieën had hem gesteund. Allemaal hadden ze hem laten vallen… Zwakke actie… Ja, makkelijk praten. Niks begrepen dus van wat hem zo razend had gemaakt… Dat waren zijn vrienden… Je was je ergens doorheen aan het wroeten, moederziel alleen… Danker, zijn hoofd op mijn schouder, en toch evenzogoed alleen. Hij had geen afscheid genomen van Danker. Had hem nog iets moeten zeggen. Een klap op zijn schouder. Danker was daar gevoelig voor. Eén klap op zijn schouder was voldoende geweest. Niet gedaan… Antona… Alleen al door die naam kromp hij ineen… Niet zo makkelijk. Allebei niet makkelijk… Hij herinnerde zich zijn handen op haar heupen, wat hij door de stof heen had gevoeld… Je kunt best aardig zijn. En jij? Ook niet goed gedaan… Hij probeerde op te staan… Nog niet. Beter zo, op mijn knieën… Boeteling… Boete doen…

Hijgend en wankelend richtte hij zich nu toch op. De boomtoppen begonnen weer om hem heen te draaien. Tussen de bomen door, die in een dubbele rij op de flank van de dijk stonden, zag hij in het donker weer de vage glinstering van water. Daar moest hij wezen. Was het een weel? De weg deinde onder zijn voeten. Hij liet zich weer in het bedauwde gras zakken. Het vocht drong door zijn dunne kleren heen en deed hem huiveren. Nou ja, ze was weg, en heel slecht was het tussen hen niet afgelopen. Zelfs nog gedanst. Stilliggen, dan hield dat draaien wel op. Of gaan zitten. Hij ging zitten.

In het duister rond het water zag hij nu een bonkige schim overeind komen. Een koe. Als koe in het gras liggen, midden in de nacht, en dan overeind komen, je poten soppend in de modder, omdat je geluiden hoort. Je kop in de richting van het geluid draaien en dan gedwee blijven staan. Gedweeë koe. Sorry dat ik je wakker heb gemaakt. Daar kwam het weer: het terneerdrukkende, het verpletterende. De verpletterende schaamte. Abel draaide zich op zijn buik in het gras en hees zich op zijn knieën om boete te doen voor wat hij niet goed had gedaan. Hij had afscheid moeten nemen van Danker, die in zak en as zat. Hij had het niet goed gedaan met Antona. Weer niet. Hij had vreselijke dingen gezegd, tegen die, en die, en die. Zomaar. Hij had die jongen tegen de schuur gesmakt. Was hij misselijk van de pijn geweest?

Toen hoorde hij in de verte het geluid van een brommer, een lichtbundel schoof tussen de bomen van de dijk door. Hij zakte weer weg, in een draaikolk van gedachten, sterren, bomen en misselijkheid. Gedweeë koe. Stille gedweeë koe. Ineens stond Toni boven aan de dijk. Het wit van zijn brommer lichtte op in de nacht.

'Godverdomme, Roorda! Waar blijf je nou? Heb je een smak gemaakt?'

'Niks aan de hand, man.'

'Ik maar in de berm kijken.'

'Waar zijn de anderen?'

'Goeie vraag! Ik denk dat ze het zelf ook niet weten.'

Toni zette zijn motor af. Met moeite trok hij zijn brommer op de standaard. Hij deed een paar onzekere stappen, struikelend, zijn handen al uitstrekkend om zijn val te breken. Op het nippertje wist hij overeind te blijven.

'Godverdomme, wat ben ik dronken. Maar toch nog even een slokje. Omdat het zo lekker is.'

Naast elkaar zaten ze in het gras. Met moeite draaide Abel een sigaret. Tweemaal scheurde het vloeitje omdat zijn vingers nat waren. Eindelijk kon hij Toni een sigaret geven. Voor zichzelf draaide hij een enorme trompet, stak de brand erin en inhaleerde krachtig om de klap op zijn longen goed te voelen.

'Tiran,' zei hij met dikke tong. 'Dat is een woord waar jij van houdt.'

‘Een tiran geniet van zijn macht!’ Toni lachte zijn hinniklach. ‘Even een citaatje uit eigen werk. Zeg, ik heb je toch niet te hard aangepakt? Soms ken ik mijn eigen kracht niet.’

‘Toen de meisjes weggingen, Toni… Toen de meisjes weggingen, dat was het moment.’

‘Hoezo moment? Hoezo hét moment? Er waren allerlei momenten. Er was zelfs een ware opeenvolging van allerlei momenten. De tijd is een en al moment, zou ik zeggen!’

‘Maar dat was het moment… toen de meisjes weggingen… toen viel de boel uit elkaar.’

‘Welke boel?’

‘Ja, welke boel…’ Abel zweeg, licht zwaaiend met zijn bovenlichaam. De fles whisky die Toni hem voorhield, duwde hij weg. ‘Heb jij die vent nog overeind zien komen trouwens? Toen ik wegreed, lag hij nog op de grond.’

‘Dood door wurging.’

‘Hij gaat dit van zijn levensdagen niet meer vergeten, die klootzak.’

‘Jij nog steeds geen vuurwater willen?’

11

In het schemerdonker hoorde Abel de eerste vogel zingen. Toni lag te snurken, een bultige schim in het gras. Abel richtte zich op, wankel nog, maar in staat om te lopen en te zien hoe het dag werd. Hij liep heen en weer over de dijk om warm te worden. Hij begon de koeien te onderscheiden, hoorde steeds meer vogels, verbazingwekkend veel waren het er. Hij stond te wateren in het fluitenkruid en zei tegen zichzelf: Ik ben hier, hier, in dit gras, onder deze bomen en nooit zal het meer zijn als nu. Achter zijn rug hoorde hij een lege fles in de struiken ploffen. Toen hij zich omdraaide, zag hij Toni op handen en voeten uit de berm kruipen. Het leek lang geleden dat ze op het feest in de schuur waren – gisteren, opeens was dat gisteren.

Het geluid van hun brommers klonk heiligschennend hard in

de stilte. Toni zwaaide naar de koeien, die roerloos naar hen opkeken. Onder het wegrijden keek Abel nog eens om naar die plek.

De Koedijk, waar ze die nacht zo lang naar hadden gezocht, bleek vlakbij te zijn, en vandaar kenden ze de weg. Een ogenblik vond Abel het haast jammer dat ze nu wisten waar ze waren. Maar hij moest naar huis, thuis zijn voordat zijn vader wakker werd. Achter elkaar reden ze over de kronkelende wegen en steeds hield hij zichzelf voor: Ik ben hier, hier ben ik, hier. Hij keek naar zijn koplamp, naar de snelheidsmeter in zijn koplamp, naar zijn voorwiel, dat hij zo goed en zo kwaad als het ging langs de rand van de weg stuurde. Hij keek ernaar om hier te zijn, elke seconde. En naar Toni keek hij, die steeds voor hem uit reed, licht voorovergebogen, zijn hoofd kouwelijk tussen zijn schouders getrokken. Aan de rand van de stad namen ze met een armzwaai afscheid.

III

DIGNA

1

Ze had een licht dons op haar bovenlip, net als Irma Wisse. Vlak voordat hij Digna Maelcote kuste, viel het Abel weer op. Het gaf haar iets dierlijks, iets liefs en iets oersterks.

Gretig gleden hun tongen langs elkaar, voor het eerst in vier weken. Zacht duwde Abel zich tegen het meisje aan, terwijl zij met haar billen tegen de vloedplaat op de kruin van de dijk leunde. Hij sloot zijn ogen. Het was een genot om niets meer te zien, om alles zonder zien te ondergaan: Digna's aanwezigheid, haar stevige lijf, dat ze tegen hem aan drukte, haar lippen, de zon, die al begon te steken in zijn nek, de weidsheid van het water die hij niet zag maar wel voelde. Toen er over de dijk twee vissers naderden, hun lieslaarzen ritselend in het gras, hielden ze op met kussen en keken verlegen voor zich uit. Bewegingloos wachtten ze tot aan de andere kant van de vloedplaat de mannen voorbij waren gegaan, twee Vlamingen, pratend in een onverstaanbaar dialect. Toen kusten ze weer.

Nadat de hevigste bedwelming was geweken, deed Abel zijn ogen open. Hij keek naar Digna's gezicht met de gesloten ogen, glad en weerloos, haar donkere haar, dat afhing naar één kant, naar het gras rond hun voeten waarin de dauw nog glinsterde, en naar wat achter haar lag: de boten in de vluchthaven, draaiend op de opkomende vloed.

'Je hebt je ogen weer open,' zei ze mokkend.

'Ik vind het mooi om je gezicht te zien als we kussen.'

Digna wendde haar gezicht af. Ze had er een hekel aan als hij zijn ogen open had tijdens het kussen. Abel kuste sussend haar oogleden. De huid was al een beetje klammig door de warmte. Opnieuw trok hij haar tegen zich aan om haar lijf te voelen.

'Heb je het met jezelf gedaan?'

'Soms.'

'Met die fles?'

Het meisje zweeg, voelde zijn ongeduld en begon te lachen.

'Vertel nou.'

'Ik ga jou niks vertellen, viespeuk.'

Stil stond Abel tegen haar aan, met zijn kin leunend op Digna's schouder, en keek naar de boten onder aan de dijk. Het water was zo glad en helder dat hij de ankerlijnen tot op de bodem kon zien. In de opkomende vloed stonden alle lijnen nu strakgespannen.

Hij tilde zijn meisje op de vloedplaat en ging tussen haar knieën staan.

'Heb je me een beetje gemist?' vroeg ze aarzelend.

'Ja, natuurlijk.'

'Ik heb je vooral 's avonds gemist,' zei Digna. 'Dan zag ik je bij de eiken zitten.'

Abel zag haar zolderkamer in de Amsterdamse Pijp voor zich, haar modeltekeningen, grote lappen papier die er aan de balken hingen. Het bed bij het raam in de achtergevel met het uitzicht over de daken. De altijd propere keukenhoek. Digna, die elke dag de houten vloer veegde. Digna, die zich waste, hurkend boven een emmer. Intussen voelde hij door de stof van haar jurk heen de sluiting van haar jarretels die haar kousen ophielden. Hij liet zijn vingers over de molligheden rond haar stuitbeen glijden, drukte zacht op het stuitbeen. Digna hield zich aan hem vast, haar armen om zijn hals geslagen, en zei niets. Hij zei ook niets. Dat konden ze goed: zwijgend bij elkaar zijn.

2

Hij had haar die ochtend in een van de nabijgelegen dorpen van huis gehaald. Voor de bescheiden nieuwbouwwoning was hij op zijn brommer blijven zitten.

'Moet je niet even binnenkomen,' had haar moeder vanuit de deuropening geroepen.

'Ik wil eigenlijk meteen op pad,' had hij geantwoord.

'Kom nou toch even binnen!'

Koppig bleef hij waar hij was. Hij besefte dat het niet aardig van hem was. Hij had de familie weken niet gezien. Wees eens vlot en maak een babbel. Maar het was al te laat. Wanneer zijn koppigheid hem eenmaal in de greep had, kon hij er niets meer aan veranderen.

Hij bekeek de voortuin, de grasmat, aan vier zijden door een rozenperk omgeven, en stelde vast dat die gister door de grasmaaier was gemillimeterd. Jarenlang was hij nauwgezet van onkruid ontdaan – 'vuulte', zoals meneer Maelcote het noemde – en nu stonden er alleen nog duizenden grassprieten, keurig in het gelid. Hij bekeek het tegelpad dat naar de voordeur leidde. Tussen de tegels was geen sprietje onkruid te bekennen. Hij wist dat meneer Maelcote het op zaterdagochtend had verwijderd, nadat hij eerst zijn auto had gewassen. Bij het wassen van zijn auto was hij altijd goedgemutst, want er waren andere mannen in de straat die ook hun auto wasten. Er werden grappen gemaakt, goedmoedige grappen, en daar hield meneer Maelcote van. Voorafgaand aan het auto wassen en het tuinwerk was er het koffiedrinken geweest, koffiedrinken met eierkoeken, die vers waren omdat meneer en mevrouw Maelcote in alle vroegte naar de markt in de stad waren gereden, de uitstap van de week, die voor mevrouw Maelcote werd bedorven door haar mans neiging om overal stil te staan voor een praatje, een goedmoedig praatje, waarbij soms uitbundig werd gelachen. Mevrouw Maelcote had pas weer rust wanneer de boodschappen waren gedaan, wanneer de nieuwe voorraden in kelder en koelkast waren opgeborgen, wanneer de uitstap waarnaar ze een hele week had uitgekeken weer achter de rug was.

Het wachten duurde.

Eindelijk kwam Digna naar buiten. Haar grote ogen glansden, haar gezicht straalde, maar ze sprak geen woord. Intens verlegen, maar ook intens aanwezig kwam ze aanlopen. Haar hakken ketsten op de tegels. Ze droeg een zondagse jurk met kousen – een concessie aan haar ouders. Ze mocht op zondag geen spijkerbroek dragen. In Amsterdam bekommerde ze zich er niet om, maar in het dorp deed ze wat haar ouders wilden om ze niet voor het hoofd te stoten. Ze gaf hem onhandig een zoen op zijn wang en ging achter op de brommer zitten. Nog altijd zonder iets te zeggen.

In de polders, op weg naar Kattendijke, herinnerde Abel zich hoe hij hier op een zondagochtend had gelopen met meneer Maelcote, hem vergezellend op de wandeling die hij na kerkgang en koffie graag maakte. Het was de eerste keer dat hij alleen was met Digna's vader. Neuriënd, stevig voortstappend, liep meneer Maelcote zijn vaste route. Abel liep naast hem. Spreken deed meneer Maelcote niet. Bij het verlaten van het dorp was er een onverklaarbare schuwheid over hem gekomen. Abel had geprobeerd een gesprek te beginnen, maar tevergeefs. Zwijgend liep hij naast de neuriënde man.

Meneer Maelcote neuriede een psalm. De gedragen melodie was gemakkelijk te herkennen. Het was een van de psalmen die hij die ochtend in de kerk had gezongen en die hij met zich meedroeg op deze zomerochtend. Het zonlicht stortte overvloedig uit de hemel. De aarde dampte na kortstondige regenval. Er kon geen twijfel over bestaan dat deze man met zijn psalmgeneurie 'zijn Schepper loofde'. Soms liet hij in het voorbijgaan zijn hand langs de rijpende graanhalmen glijden. Er kon ook geen twijfel over bestaan dat de natuur voor hem 'het boek Gods' was. Intussen neuriede hij maar. Abel durfde nauwelijks naast hem te lopen. Soms benauwde het hem zo dat hij even een paar passen achterbleef.

Van tijd tot tijd zei meneer Maelcote halfluid, zonder zijn gezicht naar hem te keren: 'Tsjongejonge, dat krijgen we toch maar weer.' Daarbij maakte hij met zijn rechterhand een soort wijdend gebaar over de velden.

Het zweet brak Abel uit. Hij wist helemaal niets te zeggen. Meneer Maelcote hield stil aan de rand van een akker, hurkte en nam een kluit in zijn hand. Hij verkruimelde de aarde tussen zijn korte en sterke vingers (waarvan alle nagels waren afgebeten) om te zien of er 'genoeg vocht in de grond zat'. Toen Abel ernaar vroeg, antwoordde de man kort, vaag en ontwijkend, alsof het verboden was hem iets te vertellen over de stand van het gewas. Zwijgend liepen ze voort door de dampige velden.

Pas toen ze het dorp weer in kwamen, begon meneer Maelcote een gesprek. Het kostte moeite, maar het was een soort gesprek. Al pratend kwamen ze de straat in, al pratend liepen ze het tuinpad op en gingen ze het huis binnen, zodat het 'vrouwvolk', zoals meneer Maelcote zijn vrouw en twee dochters graag noemde, de indruk kreeg dat het een gezellige wandeling was geweest en dat zij elkaar wel iets te vertellen hadden.

Abel paste niet bij de Maelcotes. Vanaf de eerste dag was het duidelijk geweest. Hij kwam niet van het eiland en hij sprak hun taal niet. Hij was niet onderdanig, zoals de mensen van het eiland graag zagen dat je was, gevormd als ze waren door eeuwenlange horigheid aan de rijke boeren en het 'door God over hen gestelde gezag'. De Maelcotes waren altijd landarbeiders geweest, knechten die moesten kruipen voor hun meesters. Ze hadden de onderdanigheid in hun bloed. Voorgewende onderdanigheid welteverstaan, want de hogergeplaatste voor wie ze zojuist hadden gebogen, had hun de rug nog niet toegekeerd of het venijn spoot uit hun monden. Abel had een hekel aan de onderdanigheid van de Maelcotes, voorgewend of niet. Alle jongemannen in de familie waren in de oorlog voor de Duitsers gaan werken. God had ook de Duitsers over hen gebracht.

Maar er was een belangrijker reden waarom de familie hem niet lag.

Digna bezat iets wat op het eiland zeldzaam was en wat er maar nauwelijks werd getolereerd: ze bezat talent. Veeleer dan als een gave werd dat beschouwd als een straf van God, want talent gaf reden tot hoogmoed, talent gaf reden je boven anderen verheven te voelen, talent voerde je, als alle wereldse kennis, uiteindelijk weg van God.

Over Digna's gave voor het tekenen werd in haar familie licht spottend gesproken. Ze moest het vooral niet in haar hoofd halen om haar tekeningen te laten zien. Maar vanaf haar vijftiende tekende ze onophoudelijk. Van het geld dat ze zomers in de bessenpluk verdiende werd ze lid van de bibliotheek om plaatwerken te kunnen lenen en kocht ze, trots en trillend van de zenuwen, een enkel kunstboek, dat weken na haar bestelling eindelijk bij de boekhandel arriveerde. Geld uitgeven aan een boek was in haar familie hetzelfde als geld weggooien. Als je dan al geld overhad, dan kocht je goud of zilver. Maar Digna kocht kunstboeken en ze tekende, op haar kamer, op haar knieën in het gras van een dijk, op het strand. Abel was de enige die haar tekeningen te zien kreeg.

Op familiebijeenkomsten werd er door een geestige oom of vileine tante wel eens zoetsappig gevraagd:

'Enne, Digna, teken je nog altijd zo graag?'

Digna bloosde dan alleen maar. Vanuit haar hals kroop de blos omhoog naar haar wangen, en hij steeg hoger, tot hij haar mooie, zwarte haardos had bereikt. Haar gezicht stond in brand. Haar grote, donkere ogen werden vochtig onder haar trots neergeslagen oogleden. Je zag de drift in haar gebalde vuist. Maar zeggen deed ze niets.

Het bericht dat Digna in Amsterdam was toegelaten tot de Rijksakademie was als een lopend vuurtje door de familie gegaan. Het woord 'rijksacademie' dwong ontzag af, het appelleerde aan die neiging tot onderdanigheid. Op zondag bezocht men de ouders van Digna om hen te feliciteren, maar vooral om erachter te komen hoe zij dat voor elkaar had gekregen: toegelaten worden tot de Rijksakademie in het verre Amsterdam.

'Met haar mooie ogen,' meende een van haar geestige ooms.

'Of heb je soms nog meer moeten laten zien dan alleen die tekeningen,' riep de meest geestige.

De tantes sloegen hun hand voor hun mond, maar ze genoten.

Mevrouw Maelcote beklaagde zich over haar eigenzinnige dochter. De appel valt wel ver van de boom, werd ze niet moe te zeggen. Meneer Maelcote zweeg, zoals hij altijd deed wanneer zaken hem niet bevielen.

3

Achter elkaar, Digna voorop, liepen ze langs de vloedplaten. Onder aan de dijk stonden vissers met hun werphengels en wat hogerop stonden hun tenten en daar zaten hun vrouwen op een klapstoel, rokend, bladerend in een tijdschrift of pratend met een lotgenote.

'Weer allemaal Belgische nummerplaten,' zei Abel.

Aan landzijde stonden de auto's van de vissers in de berm geparkeerd. Op vrijdagmiddag reden ze weg uit hun dorpen om het weekeinde met hun vrouw door te brengen op een dijk aan de Oosterschelde. Helwit lichtte de sliptong op als hij spartelend en kronkelend aan de lijn uit het water werd gehaald, om en om kletste hij op het basalt tot hij in het leefnet was gestopt, en 's avonds, als de wind kouder werd en de hemel rossig kleurde, lag hij goudgeel te sudderen in de bakpan voor de tent.

Met snelle blikken nam Abel de kleine nederzettingen in zich op: de corpulente madame op haar klapstoel, het hondje aan haar voeten, het krat bier, het kooktoestel, de transistorradio – huiselijkheid op een paar vierkante meter. Het interieur van de tenten kon hij vanaf de dijk niet zien. Als hij alleen was liep hij gerust nog eens beneden langs om ze in ogenschouw te nemen. Van ver weg kwamen ze niet, deze mensen, maar ze vertegenwoordigden toch een vreemde en exotische wereld, nog meer als hij in het voorbijgaan iets van hun bijna onverstaanbare taal opving.

Hij keek naar Digna, die voor hem uit ging, hoog op de benen door haar zondagse schoenen met hakken. Haar donkere vracht haar reikte bijna tot halverwege haar rug. De haren waren bijgepunt door haar moeder, in een kaarsrechte lijn geknipt, gewassen, geföhnd en geborsteld. Het paste niet meer bij Digna om er zo uit te zien, zo netjes. Maar als ze thuiskwam, onderwierp ze zich nog altijd aan de vaste rituelen.

Zwijgend zaten ze naast elkaar in het gras, plotseling ontstemd.

'We moeten weer even aan elkaar wennen,' zei Abel.

'Ik denk het.'

'En ik heb je een idiote brief gestuurd.'

'Nogal, ja.'

Digna zweeg en keek weg.

'Maar daar gaan we het later over hebben,' zei hij. 'Nu ga ik eerst eens met mijn blote poten in het gras zitten.'

Hij trok zijn gympen en zijn sokken uit. Het meisje volgde zijn voorbeeld. Met een paar kuise bewegingen onder haar jurk maakte ze de jarretels los en begon haar kousen naar beneden af te rollen. Abel zag het schaamhaar uit haar broekje krullen.

'Mag ik?' Voorzichtig tilde hij haar jurk op. 'Echt maar even.'

'Niet hier.'

'Kom nou, even maar!'

Onwillig schoof ze haar benen uit elkaar in het gras. Behoedzaam vouwde Abel een hand om haar broekje, om haar schaambeen en duwde erop om de vacht eronder te voelen.

Digna gaf hem twee pakjes, ook al had hij het 'niet verdiend'. Hij maakte het grootste het eerst open. Er kwam een jack uit dat ze in Amsterdam op het Waterlooplein had gevonden. Ze had het gewassen en gestreken. Hij nam zijn sigaret tussen zijn lippen en hield het met beide handen omhoog: een wit katoenen jack met een opstaande kraag, aan weerszijden van de rits waren een smalle helrode en helblauwe strook stof gestikt, op het linkerborstpand de mysterieuze woorden 'Serra Booster'.

'Het komt uit Amerika,' zei ze.

'Hoe weet je dat?'

'De man van wie ik het kocht zei dat de hele partij kleren uit Amerika kwam.'

Het jack zat hem als gegoten. Het verbaasde hem dat ze een jack uit een stapel kleren kon vissen en dan wist dat het hem zou passen. Een ogenblik verontrustte het hem dat hij iets droeg wat zij voor hem had gekocht, alsof hij daardoor nog meer aan haar was gebonden.

Uit een klein zakje kwam iets in zijn handpalm gegleden: koel metaal, een ketting van zilveren kralen met op regelmatige afstanden een hart ertussen. Toen Abel hem omhooghield tegen de blauwe lucht, zag hij onderaan een klein kruis bungelen.

'Hoe kom je dáár nou bij?' vroeg hij lachend.

'Ik zag je ermee in je hand staan toen we op het Waterlooplein waren, en laatst kwam ik hem weer tegen. Hij lag nog in dezelfde doos.'

Nog steeds hield Abel de rozenkrans omhoog.

'Maar waarom?'

'Omdat je ermee in je handen stond.'

'Maar als ik hem had willen hebben, had ik hem toch gekocht?'

'Soms leg je dingen terug die je had willen hebben.'

Abel nam een laatste trek van zijn sigaret. De askegel schroeide zijn vingertoppen. Hij drukte hem uit in het gras.

'Ik weet niet eens waarvoor zo'n ding werd gebruikt,' zei hij. 'Voor gebeden?'

'Ja, om te bidden.'

Met dozen vol kwamen ze uit het katholieke zuiden, in alle soorten en maten, de afgedankte rozenkransen, en ze lagen op de Amsterdamse rommelmarkt tussen de goedkope kettingen, oorbellen en broches, kaduke horloges, brillen en medailles van de avondvierdaagse. Ook de heiligenbeelden hadden hun entree gemaakt en stonden tussen fauteuils, kasten, tafels en op elkaar gestapelde radio's te koop.

Abel trok de rozenkrans over zijn hoofd, over zijn lange haren, en hing hem om zijn hals.

'Ik voel het meteen.' Bezwerend hief hij zijn handen in de lucht. 'O, mensen! O, mensen, ik ben veranderd! Ja mensen, ik ben veranderd, want Jeee-zus is in mijn hart komen wonen. O, mensen! O, broeders en zusters, laten we samen dáárom bidden, dat Jeee-zus in ons hart mag komen wonen, want alleen Jeee-zus kan ons genezen, Jeee-zus, die zijn bloed voor ons heeft gegeven, Jeee-zus, onze Heiland!'

Digna lachte en keek intussen met een schuin oog naar de wandelaars boven op de dijk. Wat ze verder ook was, ze was ook een echte Maelcote, een meisje van het eiland, behept met de dorpse geest, die altijd rekening houdt met de blik van anderen.

Op hun hurken zaten ze naast elkaar aan het water, dat vlak voor hun voeten brak op de stenen. Boven de Oosterschelde hing een immense bel van stilte. Abel nam de rozenkrans weer in zijn hand.

'Ik ga hem ritueel reinigen,' zei hij.

Hij dompelde zijn hand in het water en keek naar de rozenkrans die erin lag, blinkend, het zonlicht weerkaatsend, en de zwarte wieren rond zijn hand, heen en weer bewegend in de golfslag.

'Er zit allemaal vuil en vettigheid in de naden van die kralen. Iemand heeft ze jarenlang door zijn vingers laten glijden.'

Hij tilde zijn hand uit het water.

'Ik laat het vuil zitten. Ik ga het er niet afboenen.'

Met een zwaai gooide hij opeens de rozenkrans over zijn schouder in het gras.

'Als ik hem zo dadelijk terugvind, is hij voor mij bestemd. Als ik hem niet terugvind, was hij niet voor mij bestemd.'

Met kleine rukjes hieven de golven zich op, voordat ze zich op de stenen wierpen, steeds nieuwe. Uit de vluchthaven kwam een vissersloep naar buiten, een brede hekgolf achter zich aan trekkend over het nog bijna rimpelloze water. Abel luisterde naar het geluid van de zich verwijderende buitenboordmotor en keek naar de blote voeten van Digna.

'Ik moet aan René Daendels denken,' zei hij.

Digna's handen, bezig met een pluk wier, vielen stil.

'Dat hij hier vlakbij het water in is gelopen.'

Hij richtte zich op en Digna volgde zijn voorbeeld. Opeens lag er een smet op het water, het mooiste water dat hij kende. Hij wendde zich ervan af en begon in het gras naar de rozenkrans te zoeken.

4

Na het middageten reden ze in twee auto's naar het strand. Abel was met Digna in de auto van zijn moeder gestapt, zijn broers en zussen zaten in de auto van zijn vader, die vooropreed.

In het dorp waren de straten uitgestorven en heerste de aloude zondagsrust. Maar op de rijksweg reden heel wat auto's die op weg waren naar goddeloze verpozing. Jarenlang had men op zondag geprobeerd dit onopvallend te doen, zonder aanstoot te geven, zoals dat heette. Maar tegenwoordig toonden op de imperiaal gebonden strandstoelen, windschermen en rubberboten schaamteloos waar men heen ging. De twee kleine en identieke Renaults van de Roorda's voegden zich in de stroom auto's die in het licht van de juni-middag blinkend en fonkelend door de stad reed. Abel genoot ervan om tot de strandgangers te behoren, want nog altijd kleefde daaraan iets verbodens.

Zijn moeder moest stoppen voor een zebrapad. Er stak een oudgereformeerd echtpaar over, man en vrouw geheel in het zwart, op weg naar de tweede van hun drie kerkdiensten van die dag, strak voor zich uit kijkend om de goddelozen in hun auto's niet te zien.

'Ruitenwissers aan en gas geven, mam!'

'Wat!?'

'Ruitenwissers aan en gassen! Kom op!'

Dina begon te lachen.

'Gek!'

'Kom op!'

'Geen sprake van!'

Dina schudde van het lachen, steeds onbedwingbaarder. Maar onwillekeurig drukte ze haar voet toch steviger op het rempedaal.

'Dat doet ze niet,' zei Abel. 'Maar ze zit wel te stikken van het lachen.'

'Hou op.'

'Ruitenwissers aan en gassen! Op naar het bloedbad!'

'Abel, hou op!'

'Dat soort dingen vindt ze nou leuk, die moeder van me,' zei Abel tegen Digna. 'Kom op, mam.'

Hij boog zich vanaf de achterbank naar voren, reikte met zijn lange arm naar het dashboard en zette de ruitenwissers aan.

'Gas!'

Pas buiten de stad kwam Dina tot bedaren.

Digna's terugkeer uit Amsterdam had ook voor de Roorda's iets feestelijks. Onder het eten was besloten naar Vlissingen te rijden. Afgezien van het nog verder gelegen Domburg was dit voor een tochtje het ultieme doel. Iedereen hield van de boulevard, van het bolwerk, de pier met loodsboten en het strand, waar elk paalhoofd nieuwe verrukkingen bracht met zijn aangroeisels, kleine poelen en de golven die erdoorheen stoven.

In de slaapkamer van zijn ouders had Digna, onder Abels ogen, haar zondagse kleren afgelegd en een witte linnen broek van zijn moeder aangetrokken. De broek was veel te wijd voor haar, maar dichtgesnoerd met een riem zag het er grappig uit. Hij had haar zijn lievelingstrui uit zijn kinderjaren gegeven en oude gympen voor haar opgeduikeld. In die strak zittende trui en wijde broek kreeg ze iets stoers en jongensachtigs.

In de auto had Abel zich op de achterbank geposteerd en leunde hij met zijn onderarmen op de rug van de stoelen voor hem. Digna zat naast zijn moeder. Hij keek steeds naar haar. Door haar opgestoken haren vond hij haar nog mooier. Zijn blik gleed naar die trui van hemzelf, waarin zich nu haar borsten welfden. Voor hen uit reed de auto van zijn vader. De twee jongsten zaten in de kattenbak en zwaaiden naar hen. Digna en zijn moeder zwaaiden terug en lachten om de kinderen, die gezichten trokken. Abel was gelukkig. De zon scheen in de auto. De langs het open raam bulderende luchtstroom gaf hem een gevoel van vaart. Hij genoot ervan om zijn moeder te zien rijden. Aan het stuur van haar auto leefde ze op, zoals ze opleefde wanneer ze in zee zwom.

'Hé, mam.'

Hij legde zijn hand op haar schouder en kneep er zacht in. Zijn andere hand legde hij om Digna's hals onder het opgestoken haar. Aan haar bijna onmerkbaar versnelde ademhaling zag hij dat ze wilde kussen. Digna, die niets zei. Digna, die plotseling bloosde. Digna, die wilde kussen.

5

Op de kop van de boulevard, op het bolwerk met het standbeeld van de zeeheld die uitzag over zee, begon de wandeling. Gewoontegetrouw liepen ze naar het lichtbaken om bij de borstwering te kijken naar het stukslaan van de golven. Daarna daalden ze af naar de vissershaven, klein en beschut achter het bolwerk, naar de tunnel onder het bolwerk met het jaartal 1812 boven de poort. De jongsten renden door de tunnel en schreeuwden om hun stemmen weerkaatst te horen. Ze stonden op de pier met de loodsboten, deinend op de lome golven van de Westerschelde, schurend langs het houtwerk. Dit was de plek waar ze altijd terugkeerden, waar ze de zee in al zijn gedaantes hadden leren kennen, en dit was de plek, zo wisten alle vijf kinderen, waar hun moeder het meest van hield.

Voor Abel was het bolwerk die middag anders dan alle keren daarvoor: hij was er voor het eerst met Digna. Samen bekeken ze het oude en helrood geschilderde lichtbaken op zijn vier gietijzeren poten. Onder het lichtbaken kuste hij haar – en het leek niet zomaar een kus, het leek een bezegeling, ook al wist hij niet waarvan. Zwijgend keken ze naar de brekende golven. De zee was kalm. Rond het bolwerk hing een haast dorpse rust. Waarom had die kus onder het lichtbaken een bezegeling geleken? Waarom drong die gedachte zich op? Om de ban te breken liep hij even bij het meisje weg.

Op het strand liep Dina met Digna aan haar arm en praatte met haar over haar Amsterdamse leven. Na de dood van haar ouders en de afhandeling van de erfenis was ze er niet meer geweest. Amsterdam was de stad van haar jeugd geworden, de stad waar ze als kind op straat had gelopen aan de hand van haar moeder, als opgroeiend meisje de oorlog had meegemaakt en in de eerste jaren na de oorlog had gewerkt. Ze verbaasde zich erover hoe een meisje van negentien nu leefde in die stad, dat ze zomaar naar een bioscoop ging, een theater, een café en 's avonds laat alleen naar huis fietste. Vol bewondering en met een vage jaloezie luisterde ze naar Digna's verhalen.

Door het gesprek over Amsterdam wolkte het verleden in haar op, vooral wat er was gebeurd in het jaar dat ze zwanger was geworden en er was weggegaan. Ze vond het onvoorstelbaar dat Abel er nu over een paar maanden zou rondlopen, dat hij er zou wonen en een eigen leven zou leiden. Het was negentien jaar geleden dat ze Amsterdam en de Metsustraat had verlaten. Ze leken in een vloek en een zucht te zijn voorbijgegaan.

Steeds wanneer Dina over het strand een blik wierp op Lieuwe, die met Abel liep te praten, voelde ze het in haar buik. Een beetje afwezig wendde ze zich daarna weer tot het meisje. Na elke blik op haar man hield ze zichzelf voor dat ze zich erbij moest neerleggen: dat het voorbij was, dat het nu eenmaal zo ging. Waarom zou het andere vrouwen overkomen en haar niet? Hoeveel vrouwen deden het niet zonder? Maar zodra ze eraan dacht – nooit meer, voorbij, voor altijd voorbij, voor altijd – trok haar buik samen. Ook al was ze geremd, ook al was ze er misschien niet bedreven in en ook al was hij onhandig, ze had het altijd fijn gevonden om met hem te vrijen. Ze voelde zich beter wanneer ze had gevreeën, ze had weer vertrouwen, ze kon er weer tegen.

Bij de paalhoofden schoof Dina zijdelings tussen de hoge palen door. Digna was stevig, maar kon ertussendoor zonder ze te raken. Dina trok haar buik in, maar dan nog stak haar boezem zo ver uit dat ze altijd wel ergens langs het hout schuurde. Tussen twee palen in herinnerde ze zich dat Gregoor ooit een foto had gemaakt van een meisje dat over het strand rende in een uit zee opkomende mist. Bij het zien van die foto had ze zich herinnerd hoe het voelde om zo licht en rank te zijn, precies hoe het voelde om zo te rennen. Waar was Gregoor? Waar zou hij nu zijn? Dachten ze op dit ogenblik aan elkaar?

'Ik zou zo in zee willen,' zei ze tegen Digna. 'Het ziet er zo heerlijk uit!'

'Het lijkt me nog heel koud.'

Dina keek naar de fel schitterende golven die door de palen stoven en zich op de stenen te pletter wierpen, uitvloeiend in een stralend wit schuim. Het 'rotgevoel' werd sterker. Het werd sterker zodra ze stilstond, leek het. Ze moest bewegen. Ze schoof tussen de tweede rij palen door. Uit zichzelf gaf Digna haar weer een arm.

6

Aan de voet van de duinen, beschut door de palen van een golfbreker die daar half onder het zand waren verdwenen, aten ze wat er aan proviand was meegenomen, ze dronken thee. Iedereen zat met zijn ogen half dichtgeknepen, zo intens en fel was het licht.

Na het eten zat Abel naast zijn moeder en met z'n tweeën keken ze naar de anderen, die een eind verderop op het harde ebstrand achter een bal aan renden. Abel keek naar zijn vader, die op blote voeten en met opgestroopte broekspijpen rondliep, en besefte dat hij hem nog nooit met een bal aan zijn voet had zien rennen. Deed hij dat alleen maar omdat Digna er was? Digna lachte als ze over de bal heen trapte en nog onstuimiger lachte ze als de twee jongsten haar besprongen en tegen de grond probeerden te werken.

'Ze had best in een groot gezin willen opgroeien,' zei Dina, die begreep wat hij zag.

'Het is ook zo onvoorstelbaar saai bij haar thuis.'

Ze zwegen. Dina zat met haar armen om haar knieën geslagen, een beetje in elkaar gedoken. Abel bleef naar zijn vader kijken, hoe hij een bal trapte, dat hij een bal trapte, dat hij dat bleek te kunnen.

Maar vooral volgde hij Digna, die lachend aan het stoeien was met de jongsten.

Hij keek opzij naar zijn ineengedoken moeder en gaf haar een zachte stomp tegen haar schouder.

'Hé mam.'

'Wat is er?'

'Dit is toch goed?'

'Wat bedoel je?'

'Om hier te zijn. Dat is toch goed?'

'Ja, dat is goed.'

Dina verroerde zich niet.

'Waarom gaat u niet even pootjebaden? Daar knapt u van op.'

'Daar is het water nog veel te koud voor.'

'Ga dan even lekker pitten.'

'Dat kan ik hier niet, liefie.'

Abel kwam overeind en knielde achter zijn moeder, hij maakte haar halsketting en sjaaltje los en begon haar nek en schouders te masseren. Dina ging rechtop zitten. De aanraking van haar schouders en rug deed haar zo goed dat ze een ogenblik bang was dat ze zou gaan huilen.

7

'Kijk, dit heb ik ook van Digna gekregen.'

Iedereen zat weer aan de voet van de duinen, er werd nogmaals theegedronken. Abel hield de rozenkrans omhoog.

'Is dat niet een rozenkrans,' zei zijn vader, opkijkend uit zijn boek. 'Hoe kom je daaraan?'

'Dat zeg ik net.'

'O ja, natuurlijk. Maar waar heeft Digna hem dan vandaan?'

Abel legde het uit. Zowel zijn vader als zijn moeder keek enigszins verlegen naar dit bidsnoer van katholieken.

'Als ik me niet vergis,' zei Lieuwe, 'bid je bij elke kraal een weesgegroet en bij elk hart het Onzevader.'

Hij begon te glunderen, alsof hem iets inviel.

'Bij de katholieken lijkt bidden vooral een straf. Na de biecht, nadat je je zonden hebt opgebiecht, wordt je opgelegd om bijvoorbeeld tien keer de rozenkrans te bidden. Dus een paar honderd keer het weesgegroet en ik weet niet hoeveel Onzevaders. Ze bidden daar heel wat af.'

'Ik weet nog dat ik ergens in de trein zat,' zei Dina, 'en dat er een oude vrouw met een rozenkrans tegenover me zat. Een eng mens, dat me de hele tijd zat te begluren, terwijl ze aan het prevelen was.'

'Wanneer was dat?' vroeg Abel.

'Dat weet ik echt niet, lieverd.'

'Waarschijnlijk in de tijd dat we in Breda woonden,' zei Lieuwe, 'want daar waren ze katholiek. Misschien was het juffrouw Niesten wel, onze hospita.'

'O, dat afschuwelijke mens! Maar daar heb ik nooit mee in de trein gezeten. En het was in de trein dat een oud vrouwtje, helemaal in het zwart, met een rozenkrans tegenover me zat en me steeds zat te begluren.'

'Bid jij nog wel eens, jongen?'

Lieuwe had zich tot Otto gewend, die met gekruiste benen in het zand zat en kalmpjes bezig was een stuk touw te ontwarren, terwijl de twee jongsten op zijn schouders hingen en toekeken.

'Bidden?'

'Ja, bid jij nog wel eens?'

'Dat is wel een beetje een privé-vraag, pa.'

'Maar we zijn hier toch onder ons,' antwoordde zijn vader en probeerde een vertrouwelijke toon aan te slaan.

'Privé is echt privé, pa.'

Iedereen lachte. Lieuwe voelde zich afgetroefd. Een lichte hatelijkheid hoorde hij ook in dat lachen. Hij werd niet serieus genomen. Wat verbluft keek hij in het rond en probeerde mee te lachen. Dina keek weg.

'Bidt ú nog wel eens?' vroeg Otto hem.

Weer werd er gelachen.

'Ja, jongen,' antwoordde Lieuwe, die iets weg moest slikken.

'Elke avond, en ik schaam me er niet voor, hoor.'

'Elke avond, pa?'

'Ja, elke avond.'

'Daar valt dan niet veel van te merken.'

Er brak een wild gelach los. Zelfs Digna, die zich tot nu toe had ingehouden, werd erdoor meegesleept. Lieuwe zette zijn meest onnozele gezicht op en zat om zich heen te kijken alsof hij niet begreep waarom er zo werd gelachen.

'Laten we het ergens anders over hebben,' zei Dina.

Maar Lieuwe verzette zich. Was dit nu juist niet een uitstekende gelegenheid om het er eens over te hebben, nu ze met z'n allen bij elkaar zaten? Waarom ervoor weglopen? Nu moesten ze eens karakter tonen. Maar de protesten werden steeds luider. Er werd met zand gegooid, er werd met een handdoek gewapperd, de bal werd van de een naar de ander gegooid. Het was of uit alle macht werd geprobeerd de boze geesten uit te bannen en de lucht te zuiveren.

Hij klom met Digna tegen het duin op en lag met haar tussen het helmgras in het warme zand. Zijn familie was niet meer dan een verzameling kleine figuurtjes op het strand.

Digna hing over hem heen en gaf hem kusjes, ze pulkte aan zijn oren en vertelde over de Mondriaans en Van Goghs die ze had gezien. Ze vertelde in een opeenvolging van hele en halve zinnetjes, uitroepen, keelklanken, veelzeggende stiltes, en sloot dikwijls af met een 'nou ja, je snapt het wel'. Abel luisterde met gesloten ogen. Alles was vrede: de druk van haar lichaam op het zijne, de klank van haar stem, de kusjes, het gepulk, de stiltes, het geritsel van helmgras, het warme zand.

'En dat schilderij van Mondriaan waarvan je me een kaart stuurde, hoe heet het, *Pier en oceaan*...'

'Dat heb je toch gezien op de ansichtkaart?'

'Maar hoe is het in het echt?'

'O, zo gevoelig...'

Hiermee leek voor Digna eigenlijk alles gezegd.

'Gevoelig,' herhaalde Abel.

'Ja.'

'Maar hoe dan?'

'Ja, hoe dan. Jij wilt altijd alles zo wéten.'

Digna wiebelde met haar billen om hem te beduiden dat zijn hand daar stil moest liggen, anders kon ze niet verder vertellen.

'Je denkt bij Mondriaan aan iets heel afstandelijks, iets strengs...'

Ze begon weer kusjes te geven, op zijn wenkbrauwen, zijn voorhoofd, op de rand van zijn ogen, nadenkende kusjes, peinzende kusjes.

'Maar het is zo gevoelig gedaan... Helemaal in zwart en wit... Maar het wit zo gevoelig opgebracht...'

Ze zweeg opeens lange tijd, wegkijkend over zee. Abel schoof zijn hand onder haar trui, wachtte, trok haar hemd uit haar broek, wachtte nog eens en betastte met zijn vingertoppen haar ruggengraat, de geul, licht bezweet, tussen het vlees en de spieren van haar rug.

'En waarom heb je mij dat ene schilderij...'

'Omdat hij bij jou past, natuurlijk, en bij ons.'

'Bij ons.'

Abel trok haar hoofd naar zich toe, zijn ogen nog altijd gesloten. Haar warme, geurende haren vielen over zijn gezicht. Hij zocht haar lippen in die massa haar.

'Nog even een echte...'

'Moeten we niet allang naar beneden? Abel, nee, niet nu. Ik heb al een hele tijd het gevoel...'

'Nog even.'

'Nee joh, ik heb al een hele tijd het gevoel dat we naar beneden moeten.'

8

Op het strand was de stemming omgeslagen. Zijn vader had opdracht gegeven tot de terugtocht om op tijd thuis te zijn voor de kerkgang. Hij moest het orgel bespelen en degenen die die ochtend 'niet waren geweest' zouden hem vergezellen. Niemand had er zin in. Bij het paalhoofd, in afwachting van de terugkeer van Abel en Digna, werd er gemord. Waarom reed hij niet alleen terug om op zijn orgel te spelen? De anderen konden dan blijven. Met wat passen en meten konden ze met z'n zevenen wel in die ene auto.

Lieuwe stond op zijn horloge te kijken: de onenigheid duurde te lang, ze zouden zich moeten haasten om nog op tijd te komen. Hij had een beslissing willen forceren terwijl zijn oudste in de duinen zijn meisje kuste, maar dat was hem niet gelukt. Met zijn ogen had hij steun gezocht bij Dina, maar ze weigerde hem aan te kijken. Stuurs trok ze aan haar sigaret en keek weg over zee. Steeds vaker vond hij het hele gezin tegenover zich, zijn vrouw aan de kant van de kinderen. Dina gedroeg zich dan zelf als een kind, balsturig, in verzet tegen zijn gezag, alsof hij niet haar man was maar haar vader.

Een ogenblik overwoog hij toe te geven, deemoedig te zijn, alleen terug te lopen naar zijn auto en alleen terug te rijden. Het was of een zachte hand zich om zijn bang kloppende hart sloot. Deemoed, de minste zijn – was dat niet altijd de beste weg? Een ogenblik lokte hem ook de wandeling alleen – het kwam nog maar zo zelden voor dat hij alleen kon zijn. Bijna had hij toegegeven. Vagelijk voelde hij dat de druk zou wegvallen als hij toegaf. Maar toen herinnerde hij zich wat zijn vader altijd zei: je moet een kerel zijn. In het Fries hoorde hij nu dit adagium van zijn vader. 'Moast in keardel wêze.' Lieuwe rechtte zijn rug, met een ruk, zoals hij had gedaan als jong luitenant op het exercitieplein van de kazerne.

'Laten we maar gaan, jongens. Afspraak is afspraak.'

'Er is helemaal niets afgesproken,' zei Dina verontwaardigd. 'Dit is gewoon weer een handigheidje.'

'Er is afgesproken dat we een tochtje zouden maken en dat we daarna...'

'Wanneer is dat dan afgesproken, pa?' vroeg Otto, die het stuk touw als een band om zijn hoofd had gewikkeld en daar alle gevonden meeuwenveren in had gestoken. Hij begon rond de anderen te dansen en stootte zachte kreten uit.

'Het is misschien niet letterlijk zo afgesproken,' gaf Lieuwe toe, 'maar stilzwijgend is dit toch de afspraak. Jongens, alle gekheid op een stokje, we moeten nu echt terug.'

Er ontstond geen beweging. Het gebakkelei ging voort. Met handgebaren moest Lieuwe hun stilte opleggen.

'Jongens, jongens, luister...'

Instinct dreef hem naar Abel. Hij richtte zijn blik op de jongen en vroeg hem zo gemoedelijk mogelijk:

'Abel, jongen, wat vind jij ervan?'

Iedereen zweeg.

'Gewoon weer zo'n handigheidje,' zei Dina woedend.

'Abel, laat je niet inpakken,' riep Otto, die nog steeds zijn ontregelende indianendans danste.

Abel onderging haast lijfelijk het gemanipuleer van zijn machteloze vader. Hij walgde ervan. Hij kon zijn vader opzijzetten, hij kon hem vernederen als hij dat wilde, hij had genoeg honende woorden tot zijn beschikking. Maar nú kon hij het niet. Hij kon zijn vader niet van zijn waardigheid beroven waar Digna bij was. En de man had – het was aan zijn onzekere gezichtsuitdrukking en smekende ogen te zien – een beroep op hem gedaan. Abel keek zijn vader aan, een tikje spottend en met een zweem van bewondering voor de sluwheid waarmee hij toch weer een uitweg had weten te vinden.

'Laten we maar gaan,' zei hij tegen de anderen. 'Deze keer krijgt hij nog zijn zin, maar de volgende keer gaat hij gewoon niet meer mee.'

Met zijn voet wipte hij de bal uit het zand omhoog en knalde hem over het paalhoofd, richting Vlissingen, richting auto's, richting kerk, waar ze zouden zitten met het zand nog in hun haren en tussen hun tenen, hun huid nog nagloeiend van de zon, om te horen dat Jezus voor hen was gestorven en zijn kostbaar bloed had vergoten, opdat zij eeuwig zouden leven. Alle ogen volgden de weggetrapte bal door de lucht. Hij viel dood in een plas op het ebstrand. Maar de terugtocht werd aanvaard.

9

Volgde nog een rit door de polders, na het avondeten. Ze durfden het niet uit te spreken, ze durfden het zichzelf niet eens te bekennen, maar ze waren alleen maar op zoek naar een plek waar ze 'het' konden doen. Ze zochten de eenzaamheid, maar nergens leek het eenzaam genoeg. Ze zochten beschutting, maar nergens was het beschut genoeg.

Op een lommerrijke dijk kneep Abel geërgerd in de remmen. Toen de brommer stilstond, zette hij de motor uit.

'Even wat stilte.'

Ze stapten af. Aan de voet van de dijk lag een klein water. Abel hoorde de vogels in het riet, nog druk voordat de zon onderging. Weer zochten zijn ogen naar een plek. Maar in het riet konden ze niet liggen, daar zou het drassig zijn en vol muggen, en in het gras op de dijk waren ze zichtbaar voor voorbijgangers, en die hoogst enkele fietser of wandelaar die hier op dit uur nog langs kon komen was al voldoende om hen af te schrikken.

'Laten we het eerst maar over die idiote brief hebben,' zei hij.

Digna zweeg en keek van hem weg.

'Barst maar los.' Hij zag haar lippen nerveus trekken. 'Kom op, geef me ervan langs.'

Toen Digna naar Amsterdam vertrok, had zich de mogelijkheid voorgedaan van een amoureuze correspondentie, van hartstochtelijke brieven zoals geliefden die uitwisselen. Zo had Abel het zich voorgesteld. Maar met geen mogelijkheid had hij aan dit onwerkelijke en opgeschroefde ideaal kunnen voldoen. Met moeite had hij haar twee, drie brieven geschreven. Brieven vol onwil en stroeve zinnen. Hij had er een hekel aan om over zijn dagelijks leven te schrijven, want dat leek hem banaal en onbetekenend. Tot enig spontaan gebabbel op papier was hij niet in staat. Hij verstijfde van afschuw wanneer hij over alledaagse dingen begon te schrijven. Van zijn werkelijke gevoelens, van zijn neerslachtige buien en de verschrikkelijke dingen die hij dan dacht over anderen en over zichzelf durfde hij Digna Maelcote niets te laten zien.

Niet lang na zijn eindexamen was hij een hele avond bezig geweest haar te schrijven. Hij was wel vier keer opnieuw begonnen. Elke brief had hij halverwege afgebroken en verscheurd. Ten slotte had hij achter elkaar alleen maar kolder opgeschreven onder het mom van 'écriture automatique'. Hij had flarden van dromen genoteerd, zinnen over een vrouw die in bad lag met een stuk zeep 'zo groot als een baksteen', dingen die hij op straat had gezien, gespreksflarden die hij in het voorbijgaan had opgevangen, een lijst van plantennamen uit de gids van Thijsse omdat hij die zo poëtisch vond, schuttingtaal, een martelscène, een meisje dat niet wilde spreken. Hij had Digna zogenaamd een brief met experimenteel proza geschreven. Meteen diezelfde avond had hij hem gepost. Vagelijk besefte hij hoe teleurgesteld zij zou zijn en hoe gekunsteld zijn geschrijf was geweest. Maar hij had gemeend haar te kunnen imponeren met zijn experimentele gedrocht. In het donker was hij naar de eiken gelopen om bij te komen, ontevredener over zichzelf dan ooit tevoren. Daar had hij het gevoel gekregen dat hij werd beslopen: twee kerels die hem zouden grijpen en zijn hoofd kapotslaan tegen de eiken, die hem zouden spiesen op de eg.

Half van hem afgewend stond Digna nu tussen de bomen op de dijk. Abel pakte haar hand.

'Brand nou es los, kom op!'

Hulpeloos keek ze hem aan.

'Kunnen we niet gewoon kusjes geven?'

'Je moet eerst iets zeggen. Praten. Je weet wel: je mond opendoen, je lippen bewegen...'

Het meisje trok haar hand los, deed een paar stappen bij hem vandaan en begon de riem van haar broek te verschuiven. Over haar schouder keek ze hem aan. Abel verroerde zich niet. Ze sloeg haar ogen neer, begon weer met die riem, keek hem toen weer smekend aan met die grote donkere ogen – en dit zou net zolang doorgaan tot hij bezweek. Abel volhardde.

'Ga je nog iets zeggen, Dig?'

'O lief, laten we het er niet over hebben, alsjeblieft, alsjeblieft... Het is gewoon niet zo belangrijk.'

'Het ebt wel weg.'

'Ja, het ebt wel weg.'

'Alles ebt op den duur wel weg. Maar gezegd is er dan weer helemaal niks!'

'Ik ben gewoon geschrokken van die brief. Dat is alles.'

'Geschrokken.'

'Ja, geschrokken.'

'Waarvan dan?'

Het meisje zweeg.

'Je hebt er iets verschrikkelijks in gezien, iets abnormaals, iets zieks,' riep hij tartend. 'Maar wat dan?'

Digna wendde zich nog verder van hem af. Abel stampvoette van drift.

'Waarom moet ik alles toch altijd zo uit je trekken?'

'Omdat ik niet heb leren praten!'

'Die vervloekte ouders van je die het nooit ergens over willen hebben! Geen emotie! O, geen emotie! Laten we het in godsnaam nooit ergens over hebben! Het ebt wel weg... Het ligt ze in de mond bestorven! Je vader, die jaren als dwangarbeider in Duitsland heeft gewerkt en daar nooit een woord over heeft gezegd. Dat is toch krankzinnig!'

'Hij heeft bombardementen meegemaakt. Daarom kan hij er niet over praten.'

'Maar waarom kun jíj dan niet praten?'

Het meisje barstte in tranen uit. Abel moest wel naar haar toe lopen om haar te troosten.

Het schemerde al toen hij van een smalle landweg plotseling een boomgaard in reed. Achter de windhaag stond een kleine schuur. Hij parkeerde zijn brommer uit het zicht. Ze gingen de schuur binnen. In het halfdonker rook het naar appels. Allebei trilden ze van opwinding.

Hij trok haar de broek van zijn moeder uit en hielp haar uit haar slip, die hij in zijn zak propte, en onder zijn oude trui maakte hij haar bh los. Intussen knoopte Digna haastig zijn kleren open.

Krap vijf minuten later was het achter de rug. Snakkend naar adem omklemden ze elkaar, hun harten hamerend in hun borst. Digna lachte en trok aan zijn haar. Abel overdekte haar gezicht met kussen.

'O meissie,' zei hij hijgend. 'O, meissie.'

IV

'HÉ, ZUSJE!'

1

'Hé, neef!'

Abel zweeg verbaasd.

'Jij bent toch Abel?'

Gregoor Houttuyn herkende hem niet: het joch dat hij vele jaren geleden op een wintermiddag in de Metsustraat had moeten fotograferen. In het gezicht van de lange jongen met zijn lange haar zag hij alleen maar een verbluffende gelijkenis met het gezicht van Dina zoals het er vroeger uit had gezien. Hij herkende zijn jongste zusje in een hem verder onbekende knaap met baardstoppels. Maar dit moest Abel zijn, want hij loenste.

'U bent oom Gregoor.'

Abel herkende zijn oom, ook al had hij hem sinds zijn kinderjaren niet meer gezien.

Elk jaar kwam er een nieuwjaarskaart uit Amsterdam, een glanzende foto waarop zijn oom met zijn tweede vrouw en drie zoons te zien was. Zijn moeder bekeek de kaart altijd met een onzeker lachje – die gekke broer van haar, wat had hij nu weer bedacht? En elk jaar viel ze weer voor de dikke, donkere wenkbrauwen van haar neven. Vertederd wees ze de jongens aan en noemde hun namen. Elk jaar waren ze groter geworden en moeilijker te herkennen.

Abel bekeek de kaart met een spottend oog: daar had je ze weer, die Amsterdamse aanstellers. De ene keer lagen ze met z'n vijven op hun rug in de sneeuw, lachend, hun armen en benen in de lucht gestoken. De volgende keer hadden ze een grote kartonnen doos uitgevouwen, er vijf gaten in gezaagd en daar hun hoofden doorheen gestoken. Elk jaar moest er weer iets grappigs worden bedacht. Elk jaar moesten ze weer laten zien hoe leuk en vrijgevochten ze waren. Tussen alle nieuwjaarskaarten met sneeuwlandschappen, zingende engelen en vrome wensen was dit wel de enige die hem opviel. De laatste jaren bekeek hij ze om er signalen van de nieuwe tijdgeest en het leven in Amsterdam uit op te pikken: hoe lang het haar van zijn neven inmiddels was, wat voor kleren ze droegen en vooral keek hij naar zijn oom, de fotograaf.

Nu had hij maar een ogenblik nodig om zijn oom te herkennen. De man had de imposante en glanzende schedel van de Houttuyns, die allemaal vroeg kaal werden. Alleen boven zijn oren fladderden nog wat grijze plukken haar in de wind. Zijn ogen straalden vrolijk en snaaks achter een opvallend zwart brilmontuur. Hij droeg een rood jasje over een helblauw overhemd. Achter zijn oom stond aan de stoeprand een zilvergrijze Citroën DS geparkeerd. Door het zien van deze auto met zijn opvallende lijnen werd Abel helemaal wakker. Hij deed een stap achteruit, trok de voordeur verder open en riep over zijn schouder:

'Mam, oom Gregoor!'

Dina kwam aanlopen met een kleur als vuur. Ze droeg een spijkerbroek, een witte blouse, een ketting van bloedkoraal om haar hals. Door haar nog altijd dikke haar liepen grijze strengen. Terwijl ze door de hal liep was ze zich er in alle verwarring toch van bewust hoe ze eruitzag. Ze voelde zelfs haar grote neus weer staan, net als vroeger.

'Hè?!'

Haar stem sloeg over. Gregoor moest lachen om haar verbazing.

'Hé, zusje!'

'Nou ja!'

Abel stapte nog verder achteruit en zag hoe zijn moeder en zijn oom elkaar omhelsden, onhandig, na al die jaren dat ze elkaar niet hadden gezien. Zijn oom bleef de onderarmen van zijn moeder vasthouden, steeds maar lachend. Dina trok zich los en gaf hem een klap op zijn borst.

'Gek!'

Haar ogen stonden vol tranen.

'Hé, zusje.'

Onwennig pakten ze elkaars handen weer vast. Abel had zich verlegen afgewend.

2

Ergens bij Antwerpen had Gregoor Houttuyn besloten zijn zusje op te zoeken in haar afgelegen Zeeuwse dorp. Hij was in Parijs geweest voor een opdracht en had meteen geprobeerd het schilderij van Appel te verkopen. Lang geleden had hij het van de schilder gekregen, nadat hij in diens atelier zijn werk had gefotografeerd. Hij had geld nodig. Hij wilde een buitenhuis kopen, ergens aan zee. Steeds vaker hoorde hij zichzelf zeggen: 'Die kolerestad.' Hij was zestig, nog niet oud, maar kennelijk al te oud voor de stad.

Door het schilderij in zijn kofferbak was hij gaan denken aan de tijd waarin hij het had gekregen: de etagewoning aan de Oudezijds, de boomkruin pal voor het raam, de smalle gracht, het ijzeren bruggetje, de meiden. Dat was zijn beste tijd geweest. De oorlog en de tien jaar erna. Ondanks alles was de oorlog de mooiste tijd van zijn leven geweest. Het beste, meest intense, meest onvergetelijke met anderen had hij in die jaren meegemaakt. In het gevaar vervaagden rangen en standen. Op de mensen met wie hij in het verzet werkte had hij blindelings moeten vertrouwen. Er was een verbondenheid geweest – hij kreeg het woord haast niet uit zijn bek, maar vooruit – die hij na de oorlog nooit meer had ervaren. Het lag ver achter hem. Nu ging hij zijn Appel verkopen. Niet de meest formidabele Appel. Maar hij was aan het schilderij gehecht, want het herinnerde hem aan zijn wilde jaren. Nu ging hij het verkopen voor een buitenhuis.

Hij had beseft dat de tijd van zijn beste foto's allang voorbij was. Vijftien, twintig jaar was hij goed geweest. Toen was de klad erin gekomen. Hij moest in kleur gaan werken, terwijl hij bij uitstek een zwart-witfotograaf was. Hij kreeg last van depressies. Dagenlang deed hij niets anders dan biljarten. Jaloers geweest op de jongens die het verder hadden geschopt dan hij. Te lui om op reis te gaan en reportages te maken. Het heilig vuur was gedoofd. Nu wilde hij niks meer. Overal tegenaan trappen, ja, dat bleef, dat wilde hij altijd wel.

Bijna een week had hij door Parijs geslenterd. De geur in de metrogangen opsnuiven. Stille binnenplaatsen op lopen. Die oude conciërgehokken – hier en daar zag je ze nog. De cafés rond de Hallen. Aan de oude Brassaï gedacht, die hij hier ooit had opgezocht. Groot fotograaf. Gestopt met fotograferen, werd er gezegd. Waar hing hij uit? Hij zocht naar dat armoeiige hotel in rue Saint-Jacques, waar hij vlak na de oorlog had gezeten. Maar vooral had hij rondgedwaald, los van zijn vertrouwde bestaan.

Op de terugweg moest hij in de buurt van Antwerpen zo sterk aan Dina denken dat hij de afslag nam. Een uur later reed hij het dorp binnen waar haar vent een huis had laten bouwen. In de dorpsstraat joeg hij een vrouw de stuipen op het lijf door naast haar te stoppen, het raam open te draaien en de weg te vragen. Ze antwoordde hem in dialect, dodelijk verlegen, maar intussen heimelijke doch fel-nieuwsgierige blikken werpend, op hem, op zijn rode jasje, zijn opvallende bril en het interieur van zijn auto. Toen hij verder reed had het mens hem uitgebreid staan nakijken.

3

Opgeschrikt door de komst van een familielid dat ze zo lang niet hadden gezien, stonden moeder en zoon bij de eettafel, in afwachting van Gregoor Houttuyn, die zich in de wc had teruggetrokken. Dina had op het punt gestaan om naar haar slaapkamer te lopen voor de onontbeerlijk geworden middagrust. Abel hield het glanzende tijdschrift in handen dat hem de grote wereld toonde: de *Avenue*, met fotoreportages uit Afrika of een Zuid-Amerikaanse dictatuur, fotomodellen die de nieuwste mode toonden op de top van een New Yorkse wolkenkrabber, en een handvol pagina's over eten en wijnen. Achterin stonden korte verhalen, die een vaag verlangen in hem opriepen. Op die pagina's achter in het blad wilde hij zelf ooit staan. Hij was van plan met het tijdschrift op de bank te gaan liggen terwijl zijn moeder sliep, zich te concentreren op schrijven, op zoek naar iets, zonder te weten wat hij zocht.

Zwijgend stonden ze te wachten. Buiten deed een windstoot de boot op de trailer schudden. De jonge boompjes bogen diep. Abel bladerde in het tijdschrift en klapte het weer dicht toen zijn moeder haar haren begon te kammen.

'U gaat zich niet optutten, mam. Kom op.'

'Alleen even mijn haar kammen.'

In hun nervositeit durfden ze elkaar haast niet aan te kijken. Verstoord wachtten ze tot er voetstappen klonken en Gregoor Houttuyn handenwrijvend de kamer binnenkwam.

'Zo, mensen. Tjongejonge.'

Hij wendde zich tot Dina, die hem met starre blik, haast kinderlijk, stond op te nemen.

'Wat sta je te kijken, zusje?'

'Dat rooie jasje!'

Dina stootte een harde en nerveuze lach uit.

'Dit komt anders wel van dinges dinges, hoe heet hij, de couturier. Vind je het niet chic?'

'Zo overdreven!'

Gregoor wist een glimlach tevoorschijn te toveren. Al zijn vier zusjes waren zo: een beetje mal, een beetje dommig.

'Ach, ik moest naar iets officieels,' zei hij. 'De succesvolle fotograaf uithangen. Dan trek ik dit soort dingen aan: rood jasje, knalblauw overhemd, en ik zet mijn grote, zwarte bril op waardoor ik meteen stukken intelligenter lijk. Hé, neef! Lang end! Wat sta je naar buiten te staren?'

'Hé, oom.'

'Wat een uitzicht, zeg. Machtig mooi. Bootje in de tuin. Je hoort nu echt bij de notabélen, Dina.'

'Hè, jasses!'

Gregoor keek zijn zusje aan: vrolijk, uitdagend. Er kwam een vurige blos op uit haar hals terwijl hij haar zo aankeek. Ze voelde haar neus weer staan, haar kunstgebit weer zitten, net als vroeger, en ze werd het kleine meisje dat niet weet wat haar oudere broer van haar wil, of hij haar voor de gek houdt of niet. Gregoors blik verlamde haar. Haar bevangenheid sloeg over op haar zoon. Abel straalde een haast vijandige stugheid uit.

'Zo, mensen,' probeerde Gregoor nog maar eens, al bijna besluitend tot de terugtocht.

Dina zocht vergeefs naar woorden. Bijna twaalf jaar had ze hem niet gezien. Bij het verdelen van de erfenis had hij ruzie gemaakt. Woedend was hij tekeergegaan. Ze wist niet meer waarom. Sindsdien had hij zijn hele familie links laten liggen. Elk jaar was er alleen die uitdagende nieuwjaarskaart gekomen waarop ze met z'n allen in de sneeuw lagen of hun hoofd door een stuk karton staken. Nu stond hij daar opeens.

'Ik moet zo verschrikkelijk wennen,' zei ze ten slotte met verstikte stem.

4

In de auto betastte Abel de stof van de achterbank waarop hij zat. Het leek hem een chique stof. Hij keek naar de lijnen van het dashboard, naar de welving van de voorruit en de neus van de wagen. Ondanks de paraplu's, petten, tijdschriften, lege filmdoosjes en wat er verder rondslingerde, ademde het interieur van de DS een sfeer van luxe en comfort. Dit was de wereld van de *Avenue*, maar dan wat slordiger, achtelozer, een beetje bohemien-achtig. Op het hele eiland was er geen auto die er zo uitzag.

Hij leunde naar voren met zijn onderarmen op de zachte rugleuningen van de stoelen.

'Ik heb nog nooit in zo'n mooie wagen gezeten,' zei hij, oprecht enthousiast, en ook wel een beetje om zijn oom in te palmen. 'En vooral dat de kont van de wagen omhoogkomt voordat je wegrijdt.'

'Ja, meesterlijk, hè,' zei zijn oom.

'Toen ik een jaar of tien was heb ik in een Amerikaanse wagen gezeten die vanbinnen helemaal in lichtblauw leer was uitgevoerd. Maar wat toen de meeste indruk op me maakte was dat je op het dashboard een knop kon indrukken die een minuut later terugsprong, je trok hem eruit, je zag een roodgloeiende spiraal en je kon je sigaret aansteken.'

'Ook meesterlijk,' riep zijn oom.

'Onze huisarts rijdt in een Cadillac. Maar dat is toch helemaal niks vergeleken bij deze wagen.'

'Een Cadillac,' zei zijn oom, zijn hoofd wat draaiend in zijn richting, 'dat is Amerikaanse patserigheid, en deze Citroën DS, dat is Franse verfijning. Daar zit drie eeuwen beschaving achter. Zo, nu weet je hoe het zit.'

'Ik háát de Amerikanen om wat ze doen in Vietnam.'

'Echt waar?' zei zijn oom quasi-verbaasd.

'Een paar bommen op Washington en New York. Wat zouden ze daarvan vinden, die klootzakken?'

'Now we're talking business, neef.'

'Het zijn anders wel onze bevrijders,' zei Dina. Haar stem klonk onzeker, zo onzeker dat de anderen geen acht sloegen op wat ze zei.

'U hebt toch jaren in een Amerikaanse jeep gereden,' vroeg Abel zijn oom.

'Die kon je op een gegeven moment voor een krats kopen. In die jeep ben ik in '53 naar Zeeland gegaan, de dag na de grote overstroming.'

'Ik heb uw foto's gezien in *De ramp*.'

'Op de eerste avond... Nu niet schrikken, Dina.'

Dina keek hem met grote ogen aan. Haar broer lachte.

'Op de eerste avond ben ik in het donker over een paar koeienpoten gestruikeld. Opeens lag ik languit op een dooie koe en hoorde ik vlak bij me het water klotsen en boven mijn hoofd de wind door de bomen gieren. Dat beest was al helemaal opgezwollen.'

'Hè, jasses!'

Gregoor zat te schudden van het lachen.

'Zoiets lulligs blijft je dan het meeste bij. Kijk, neef, ik heb er ook een.'

Hij drukte op het dashboard een knop in en haalde een pakje sigaretten tevoorschijn. Even later dreef er een pittig geurende sigarettenrook door de auto. Abel leunde achterover op de zachte bank en trok aan de Gauloise die zijn oom hem had aangeboden. Tussen de tijdschriften op de achterbank zag hij een boek liggen: Brassaï, *Paris de nuit*. Op het omslag een foto van een mistige, nachtelijke straat in Parijs. Het boek was nieuw. Zijn oom moest het in Parijs hebben gekocht. Abel begon de foto's te bekijken en opeens was hij waar hij wezen wilde en vergat alles om zich heen.

Gregoor Houttuyn had de oplossing snel gevonden: beweging. Niet op de bank gaan zitten. Hij had die twee introverten een tochtje aangeboden en zo snel mogelijk in zijn auto geladen. Wegwezen. In geen geval thee drinken op de bank. Op theevisite bij je zus. Sodemieter op! Hij had de jongen ook meegenomen, want die kon mooi als buffer dienen tussen hem en zijn zusje. Hoefden ze geen drama te maken van het weerzien, geen moeilijk gesprek te voeren, en konden ze eerst rustig aan elkaar snuffelen.

Hij had dat zelf ook nodig, want het weerzien had hem dieper geraakt dan hij had voorzien. Daar stond ze, in de hal van een villa, een forse vrouw van middelbare leeftijd, in gezelschap van een slungel van achttien. Een vreemde haast, maar toch onmiskenbaar familie. Ze had vele grijze haren en kringen onder haar ogen. Haar gezicht was bleek. Ze was zesenveertig, had hij uitgerekend. Na haar huwelijk had hij haar vrijwel niet meer gezien. Alles wat op die overhaaste bruiloft was gevolgd had hij gemist: vijf kinderen, een baby die stierf, verhuizingen, een heel leven waar hij niets van wist.

Nu zat ze naast hem in de auto, in een suède jasje en met een zijden sjaaltje om haar hals, opgetut zoals mevrouwen dat deden. Onder het rijden keek hij nu en dan een ogenblik opzij om haar in zich op te nemen. Ze zei niet veel. Precies haar moeder, die ook altijd langdurig moest 'wennen' aan nieuwe mensen, nieuwe situaties. Hij praatte, hij maakte grappen en lachte, maar met steeds meer tegenzin. Het liefst had hij zwijgend naast haar gezeten. Aan elkaar wennen. Zonder iets te zeggen. Tot de eerste, echt belangrijke woorden opkwamen. Maar hij moest praten, over Parijs, over zijn Amsterdamse leven. Hij had er al spijt van dat hij de jongen had meegenomen.

5

In de harde wind stonden ze op de kruin van de dam tussen twee eilanden. Vanaf het strand stoof het zand langs het asfalt omhoog in lange, kronkelende slierten. Zandkorrels striemden hun schoenen. De zee was grauw en met schuim overdekt. Tussen de wolken door plensde het zonlicht op de watermassa. Op de horizon verschenen nu en dan, oplichtend in een vlaag zonlicht, de duinen op de kop van Schouwen.

Abel had het boek van Brassaï in zijn hand. Hij stak een halve kop boven zijn moeder uit. Dina hield haar jasje kouwelijk dicht bij haar hals. Samen keken ze naar die woeste zee. Op enige afstand stond Gregoor, een pet op zijn hoofd, waar zijn grijze plukken onder uitstaken, en keek in de zoeker van zijn Rolleiflex. Op zijn gezicht was de aanstekelijke beroepslach verschenen waarmee hij iedereen die hij wilde fotograferen wist in te palmen.

'Nog een beetje draaien,' riep hij. 'Nee, andere kant op, van mij af. Zo, ja. Houen zo. Ja, dat is mooi.'

Hij maakte een opname.

'Nou geef jij hem een arm, Dina. En hou Brassaï nu even zo vast dat we zijn naam niet kunnen zien, neef. Daar gaat ie.'

Half onwillig stonden ze daar, de introverten. Abel dacht aan de foto's die zijn oom van hem had gemaakt in de Metsustraat, in de serre, een dag voordat zijn grootvader stierf. Tussen de onbenullige kiekjes van zijn vader waren het de enige opvallende foto's van zijn kindertijd. Hij was ze onlangs tegengekomen toen hij in de secretaire van zijn moeder aan het rommelen was. De foto met de vliegenierskap op zijn hoofd, zijn handen ernaar opgeheven – toen was hij even blij geweest. Op de overige foto's stond er een diepe groef boven zijn neuswortel, zijn 'denkrimpel'. Ten slotte de foto die zijn oom in de besneeuwde Metsustraat van hem en zijn moeder had genomen, terwijl ze op de tramhalte stonden. Het was de enige foto die hij zonder gêne kon bekijken: de straat met zwarte bandensporen in de sneeuw, de kale bomen, de deftige huizenrij en in de verte het Concertgebouw.

Voorovergebogen, tegen de wind in, liepen ze langs de dam naar beneden naar het strand. Abel begon over de foto die zijn oom destijds van hen had genomen in de Metsustraat.

'Toen u die foto nam,' zei hij, 'stond u op de motorkap van die jeep.'

'Jezus, dat je dat nog weet! Ja, dat deed ik toen wel, op die jeep gaan staan.'

Zijn antwoord klonk afwezig. Bij de trap naar het strandpaviljoen op palen gaf Gregoor zijn zuster plotseling een arm en voerde haar het strand op, de jongen achterlatend.

'Hé zusje,' zei hij hartelijk, zodra ze alleen waren.

Dina wist niet waar te kijken.

'Heerlijk om hier te zijn,' zei ze.

'Heerlijk om hier met jou te zijn.'

In verwarring keek ze hem aan, terwijl de haren haar in het gezicht woeien.

'Meen je dat nou?'

'Nou en of.'

'Ik kan het haast niet geloven.'

Zwijgend stonden ze naar de zee te kijken, naar het vlagerige licht op de golven, tot opeens de vervreemding toesloeg en ze elkaar loslieten. Achter elkaar zeulden ze door het zand naar het paviljoen.

Abel zat bij een raam, naar buiten starend, in beslag genomen door een stroom van beelden: foto van Brassaï – vier bijna naakte vrouwen, op de rug gezien, rond een heer in avondkleding –, de grauwe zee, in de verte de kust van Schouwen, waar de duinen nu eens oplichtten en dan weer verdwenen, de herinnering aan het zomerhuis bij het zweefvliegveld achter die duinen, de altaarstenen die hier vlakbij uit zee waren gehaald, de bluesband in de schuur, Toni die huilend op zijn brommer over de dijken reed, de rozenkrans, de zeven eiken – al die beelden gleden door zijn hoofd en razendsnel tastte hij ze af op zoek naar het begin van een verhaal.

'Zo, peinzer!'

Als verstrooid wendde hij zijn gezicht af van het raam naar zijn oom, die hem toegrijnsde, zich vrolijk omdraaide naar het buffet en meteen de aandacht had van de meisjes.

Ook in het strandpaviljoen kwam Dina niet los. Ze schaamde zich voor de onnozele en onhandige manier waarop ze haar broer had begroet. Naarmate ze zich scherper bewust werd van wat ze had geroepen over zijn rode jasje – 'zo overdreven!' – en wat ze had gedaan – zich losgemaakt van haar broer, die haar zo innig vasthield – werd haar schaamte dieper. Bij de schaamte voegde zich achterdocht. Waarom kwam hij opeens op bezoek? Wat moest hij van haar? Hoe kon hij zo makkelijk over dingen heen stappen? Ze was ook gekwetst: nog geen tien minuten was hij in haar huis geweest, toen had hij hen al meegetroond naar zijn auto, die handige piechem.

Ze stond op en ging naar de wc om zichzelf toe te spreken. Haar blaas stond bovendien op knappen.

Maar in het houten hok, waar ze door een klein klapraam het helmgras op de duinen zag buigen, veroorzaakte de bulderende wind zoveel onrust dat ze niet kon nadenken. Na het plassen waste ze haar handen, keek naar het buigende helmgras en wachtte. Het zweet brak haar uit. Ze kuchte en schuifelde met haar voeten over de zanderige vloer om zichzelf te horen. Buiten klapperden vlaggen. Ergens klonk een zenuwslopend gerammel. Rug recht, zei ze tegen zichzelf. Ze nam een kalmeringspil, maar die zou pas over een halfuur beginnen te werken. Ze schraapte haar keel en hoorde hoe haar vader zijn keel schraapte voordat hij moest telefoneren. Met Houttuyn, de kwestie is deze… Gregoor leek nu sprekend op hem… In het dorp was onlangs een vrouw van haar leeftijd in een dwangbuis afgevoerd. Ze had het gezien. Het was haar door merg en been gegaan: de verwilderde blik in haar ogen, het schuim op haar mond. Arm mens… Dina werd bang. Ga naar buiten, zei ze tegen zichzelf. Maar ze bleef staan. Ze hoopte op voetstappen, stemmen aan de andere kant van de deur die de ban zouden breken. Maar er kwam niemand om haar te verlossen. Bijna tien minuten stond ze met bonzend hart voor de wc-deur, voordat ze zich weer durfde te vertonen.

'Nu vinden ze me nog leuk,' zei Gregoor, die met de meisjes achter de bar had staan grapjassen. 'Maar als ik straks mijn pet afzet en ze mijn kale kop zien, is het meteen afgelopen. Dan ben ik opeens een ouwe zak.'

De bestelling werd gebracht. Toen het meisje het blad op de tafelrand liet steunen en vlak naast de fotograaf stilstond, bloosde ze. Nadat de koppen koffie en het gebak op tafel waren gezet, legde Gregoor een hand op haar onderarm.

'Let op,' zei hij.

Terwijl hij haar snaaks aankeek, lichtte hij langzaam zijn pet en ontblootte zijn glanzend kale hoofd. Het meisje bloosde opnieuw. Met gespeelde verontwaardiging tikte ze even met de onderkant van het dienblad op zijn kale hoofd. Lachend en heupwiegend liep ze weg.

Gregoor zette zijn pet weer op, maar nu wat meer achter op zijn hoofd. Hij boog zich over tafel naar Abel.

'Heb jij al een meisje?' vroeg hij.

Abel knikte.

'Toch niet een kneusje, hè?'

'Ze is best wel knap.'

Gregoor boog zich nog verder over tafel.

'En… eh… neuk je al?'

'Ik neuk al,' antwoordde Abel stroef. 'En u, neukt u nóg?'

'Nou ja!'

Dina wierp haar zoon een bestraffende blik toe. Met een drieste beweging wendde Abel zich tot zijn moeder.

'Als mijn oom mij een grove vraag stelt, mam, krijgt hij een grove vraag terug!'

De drift trilde in zijn stem, maar hij bleef glimlachen. Secondelang staarde Dina naar haar zoon, die wegkeek door het raam. Ze had het niet willen weten. Zelfs toen hij in Amsterdam bij Digna logeerde, had ze aangenomen dat ze 'het' niet deden, zoals zijzelf en Lieuwe het jarenlang niet hadden gedaan. Ze kon het zich ook niet bij hem voorstellen. Zo onrijp was hij nog, zo onvolgroeid, zo nog bijna een kind soms.

'Fel baasje, hoor, die zoon van je,' zei Gregoor.

'Hij is zo driftig,' zei Dina misprijzend.

Er viel een stilte. Gregoor Houttuyn was pijnlijk getroffen door de repliek van zijn neef, vooral door dat hatelijke woordje 'nog'. Ondanks zijn ervaring met een inmiddels volwassen zoon verraste het hem toch dat je bij zo'n lummel van achttien al op iets stuitte wat hard en onwrikbaar was. Dina keek naar haar zoon, die in zijn appeltaart hakte. Nog steeds kon ze zich niet voorstellen dat hij met zijn meisje in bed lag en die bepaalde bewegingen maakte. Of blufte hij alleen maar om indruk te maken op zijn oom?

'Ik geef mijn jongens vanaf hun zestiende kapotjes,' zei Gregoor.

'Wat zijn kapotjes?' vroeg Dina.

'Condooms, mam.'

Ongelovig keek ze haar broer aan.

'Op hun zestiende?'

'Ja.'

'Maar dan zijn het nog kinderen!'

'Ik gaf ze alleen maar voor het geval dat en om ongelukken te voorkomen.'

Dina's hart begon te bonzen.

'De tijden zijn veranderd, zusje. Als jullie destijds kapotjes hadden gebruikt, had je al die ellende niet gehad.'

'Ellende?' vroeg Abel.

Weer viel er een ongemakkelijke stilte. Van achter het buffet keken de meisjes onder het praten en poetsen nu en dan naar hun tafel.

'Jezus, Dina, heb jij dat die jongen nooit verteld?'

'Ik wil er nu niet over praten,' zei Dina fel.

'Ellende... ellende... al die ellende...' zei Abel. 'O, ik weet het al. Het was een moetje. Zeven jaar zijn jullie verloofd geweest, en toen is er iets misgegaan. Is dat het?'

Dina zweeg.

'Dat is het dus. Nou, gelukkig hebben jullie geen kapotjes gebruikt, mam, anders was ik er niet geweest.'

Gregoor Houttuyn lachte zijn aanstekelijke lach. De meisjes keken op.

'Goed zo, neef.'

Abel pakte het fotoboek van tafel en stond op.

'Geef mij de autosleutel maar, dan kunnen jullie rustig verder praten. Ik vermaak me wel.'

Terwijl hij het paviljoen uit liep voelde hij hoe de meisjes achter het buffet hem nakeken.

Maar kort zat hij in de auto, die stond te schudden onder de windstoten. Toen stapte hij uit en klom weer tegen de dam omhoog. Daar liep hij heen en weer, uitziend over de grauwe zee met zijn vlagen zonlicht, verrukt over wat hij zag en over de kracht van de wind, waar hij bijna op kon leunen. Hij dacht aan wat hij 'eeuwig' noemde. Het leek vlakbij. Hij had het boek met de foto's van Brassaï bij zich onder zijn jack en drukte het tegen zijn borst. Hij raakte vervuld van dromen en grote verwachtingen. De wind kon hem niet hard genoeg zijn.

Aan het begin van de avond namen ze afscheid. Abel had gehoopt dat zijn oom hem het boek van Brassaï cadeau zou doen. 'Hier, neem maar. Neem het nou! Ik bestel wel een nieuw in Amsterdam.' Maar hij moest het teruggeven. Het werd op de achterbank van de Citroën gegooid en daar zag hij het liggen, onbereikbaar. Hij kreeg een pakje Gauloise toegeworpen en hij mocht, nee, hij moest langskomen zodra hij in Amsterdam was.

'Doe je het?'

'Ja, natuurlijk.'

'Ga je het echt doen?'

'Waarom niet?'

'Nou, ik moet het nog zien. Met die rare introverten weet je het nooit.'

6

Na het afscheid reed Abel op zijn brommer naar de verlaten hoeve aan de rand van het dorp. Toen hij op het pad tussen de meidoornhagen zijn motor afzette, hoorde hij de wind door de struiken stuiven en boven zijn hoofd het zware ruisen van de eiken. Het pad was bezaaid met afgerukte jonge twijgen. Hij liep er rond, keek omhoog langs de stammen en probeerde tot rust te komen door de aanblik van het vertrouwde: de schuur met de gaten in het dak, de verroeste werktuigen op het erf, de door gras en onkruid overwoekerde drinkbak, het prikkeldraad in de schors van de eik. Maar hij bleef niet lang.

In de stad stond hij op de Joachimikade en keek naar de burgemeesterswoning aan de overkant van het water. De luiken voor de ramen, die dagenlang gesloten waren geweest, stonden weer open. Iedereen in de stad wist het nu. Er was een summier bericht in de krant verschenen: de naam van de verdronkene met initialen aangeduid, zijn leeftijd, op het Sas gevonden. Verder geen bijzonderheden. Intussen deed het gerucht de ronde over het eiland. In de stad waren alle ogen gericht op de kleine en onberispelijk geklede man die zich elke ochtend te voet van zijn ambtswoning aan de kade naar het stadhuis op de Grote Markt begaf. Abel had hem aan het eind van een werkdag over het plein zien lopen, terwijl hij met Watse stond te praten. Met kleine passen was de man vlak langs hen gelopen. Aan zijn gezicht viel niets af te lezen. Hoogstens was dat smalle en voorname gezicht nog ondoordringbaarder dan gewoonlijk.

Nu wierp hij blikken op het huis met de lege kamer. De kamer waar René's spullen al weken onaangeroerd lagen, zoals hij zich voorstelde, precies zoals de jongen ze had achtergelaten. Steeds stuitte hij op het onbevattelijke, het meest wanneer hij zich de spullen in de kamer van de dode jongen voorstelde: zijn tennisracket in de spanner, zijn tennisschoenen, zijn kleren in de kast. Misschien was zijn bed zelfs onopgemaakt gebleven. Niemand durfde het meer aan te raken. Hij keek naar de plek op de kade waar hij René voor het laatst had gezien, die middag vlak voor het eindexamen. De wind joeg daar nu een leeg conservenblik over de kasseien, ratelend rolde het voort, achternagezeten door twee kleine jongens die het nauwelijks konden bijhouden.

Hij reed de stad uit en een kwartier later draaide hij het erf op van de hoeve van de Moermans.

In de keuken vond hij Dankers moeder, een forse vrouw met grote hangborsten, een haakneus, felle spottende ogen en een hese stem. Bij de keukendeur stond hij met haar te praten. Ze was welbespraakt, net als Dankers vader, en sprak in pittig dialect. Hij luisterde graag naar haar.

'Ons Danker is in de schuur,' zei ze ten slotte, 'met zijn… eh… muziek.'

Een hese, honende en licht hatelijke lach kwam uit haar keel. Ze moest ervan hoesten.

Lopend langs de schuur hoorde Abel het gedempte geluid van Dankers elektrische gitaar. In de schuur beklom hij de ladder naar de hooizolder. In een hoek, bij een dakraam, had Danker met op elkaar gestapelde strobalen een klein vertrek gemaakt. De strobalen dempten het geluid van zijn gitaar. Hij kon er zo hard spelen als hij wilde en luisteren naar zijn muziek. De wind rommelde luidruchtig om het dak van de schuur, de bomen op het erf ruisten, en die geluiden vermengden zich met een melancholieke blues. Abel stond een ogenblik stil om ervan te genieten.

Liggend tegen een strobaal luisterden ze naar de diepe en vette stem van Muddy Waters. Ze praatten, ze dronken restjes jenever die Danker heimelijk aan zijn vaders voorraad had onttrokken en rookten van de Gauloises die Abel had meegebracht. In de schemer stonden ze buiten op het erf om afscheid te nemen. Abel voelde de ruimte van de akkers om zich heen, boven de horizon lag een laatste streep roze in de grijze lucht, de wind woelde in zijn haren. De drank, de muziek en de vriendschap hadden hem losgemaakt. Hij legde even een arm om Dankers schouders. Maar nog altijd had hij er niets over gezegd. Hij had verteld over het bezoek van zijn oom, over diens vraag in het strandpaviljoen, neuk je al, en wat hij daarop in drift had geantwoord. Maar hij had gezwegen over wat er meteen daarna zo terloops was onthuld. Terwijl hij al pratend nog een tijd met Danker voor de schuur stond, voelde hij dat het geheim van zijn moeder ook het zijne was geworden. Hij had het al diep in zichzelf weggesloten.

V

DE STAMHOUDER

1

De reis naar het noorden was lang. Maar Abel vond dat geen bezwaar: hij wilde onderweg zijn, hij wilde reizen. Al om halfzeven stapte hij in de trein. Na het passeren van de landengte die het eiland met het vasteland verbond voelde hij zich vrij, een reiziger. Het was of hij de dingen met andere ogen bezag, of ze meer indruk op hem maakten.

In Roosendaal kocht hij koffie bij een kerel die een kar met een koffieketel langs de trein duwde. Terwijl de trein al wegreed kreeg hij zijn beker koffie aangereikt en werd er nog rustig met hem afgerekend. Hij las verder in zijn dikke boek. Toen de trein over de Moerdijkbrug denderde en de schaduwen van de brugdelen door de coupé flitsten, keek hij op en tuurde naar de schepen die in de diepte over het ochtendblauwe water gleden. Het opspattend schuim van hun boeggolven gaf hem zin op dat water te zijn.

Bijna zeven uur was hij onderweg. Bij het overstappen op de grote en drukke stations waande hij zich een geroutineerd reiziger. Niemand onder de mensen om hem heen maakte zo'n lange reis als hij. Al dagen was hij bij wijze van spreken onderweg.

Een streekbus bracht hem ten slotte naar het veendorp. Het was inmiddels omsingeld door uitgestrekte nieuwbouwwijken. Maar het busstation was nog hetzelfde. Hij herkende de reeks schuin gelegde vluchtheuvels met halteborden en herinnerde zich hoe zijn grootmoeder daar destijds had gestaan om hem en Otto op te vangen.

Eenmaal aangekomen liep hij met grote aarzeling naar het huis van zijn grootouders, zich afvragend waarom hij gehoor had gegeven aan zijn impuls hen op te zoeken. Misschien had hij alleen maar willen reizen? Hij stond op het punt om meteen terug te gaan. Het dorp stond hem tegen. Hij had hier niets te zoeken. De straat van zijn grootouders was een lelijke winkelstraat geworden. Alle huizen waren er veranderd in winkels: de pui was eruit gesloopt en door een etalage vervangen. Er liepen drommen mensen. Ook in het veendorp, dat eeuwenlang drie schamele turven in zijn wapen had gevoerd, was het grote consumeren begonnen. Uit de slagerij, die hij aan de hand van zijn grootmoeder had bezocht, kwam de vertrouwde geur van worst. Maar in de winkel ernaast stonden niet langer de meubels van zijn grootvader in hun eeuwige halve schemer, maar paspoppen in herenkostuums in het licht van tl-lampen.

2

'Daar hebben we de stamhouder van de familie!'

Zo werd Abel door zijn grootmoeder begroet toen hij op de binnenplaats van het huis was gekomen. Elk jaar moest hij in de zomervakantie wel een keer horen dat hij de stamhouder van de familie was. Het vervulde hem met een vage trots, maar het riep toch vooral weerzin in hem op, want hoe jong hij ook was, instinctief wist hij al dat hij het niet zou zijn.

'Zo, jongeman! Je wordt al een echte jongeman!'

Trots en opgewonden legde zijn grootmoeder haar handen op zijn schouders, waarvoor ze boven zichzelf uit moest reiken. Abel boog zich voorover en kuste haar, haar gladde wangen herkennend. Hij vond de natte kus die ze hem zoals gebruikelijk gaf een beetje vies en had de neiging zijn wang af te vegen.

'Nou, nou, nou! Je bent alwéér langer geworden!'

Nogmaals sloeg ze hem met beide handen stevig op zijn schouders, steeds maar lachend. Toen dribbelde ze voor hem uit naar de keuken, onderwijl haar schort losknopend.

In de woonkamer vond hij zijn grootvader, die niet de moeite had genomen om naar de deur te komen. Hij zat achter zijn krant, die hij nu liet zakken. Lang, mager en streng ogend zat hij in een moderne, leren fauteuil op een stalen poot, een stoel die moest getuigen van zijn 'smaak'. De zwartheid van zijn brilmontuur contrasteerde met zijn wit geworden haar. In de linkerrevers van zijn jasje prijkte het lintje. Het had de koningin behaagd hem te onderscheiden wegens zijn 'verdiensten voor de gemeenschap'. Nog enkele tartende seconden bleef hij zitten met de krant in zijn handen.

'Nou, vader, toe! Hier is je oudste kleinzoon!'

'Dat zie ik ook wel, moeder.'

Abel gaf zijn grootvader, die bleef zitten, een hand. Het was altijd zaak daarbij de nodige spierkracht te tonen, dus hij kneep maar stevig. De hele vertoning van zijn grootvader, die niet voor hem op wenste te staan, kwam hem nogal kinderachtig voor.

'Wat is hij lang geworden, vader! Moet je toch eens zien!'

Binnen de kortste keren stond hij rug aan rug met zijn grootvader, die zich in volle lengte oprichtte, net als op de dag waarop hij zijn lintje had gekregen, en die nog enkele centimeters langer bleek te zijn dan zijn oudste kleinzoon.

'Nog even, vader, dan ben je de langste niet meer.'

'Die jongen moet nog maar zien dat hij boven de een meter negentig komt.'

Aan de eettafel was voor één persoon gedekt. Zijn grootmoeder zag Abel kijken naar dat eenzame bord.

'Ja, vader wilde niet wachten met het middageten. Maar alles staat klaar. De soep is warm. Wil je wel een bord soep?'

'Hij lijkt net een meisje,' grapte zijn grootvader en ontblootte zijn onnatuurlijk witte tanden. 'Geeft je moeder je geen geld voor de kapper, jong?'

'Ach vader, toe nou!'

'Toen ik zo oud was als jij, werd het haar van een jongen opgeschoren tot er alleen boven op het hoofd nog een pluk lag. Als je dan naar huis liep, voelde je je een kérel.'

'Een echte kerel,' zei Abel glimlachend.

'Je zou eens zien hoe je daarvan opknapt.'

'Toe, vader.'

'Hoe lang moet het worden, jong?'

'Geen idee. Tot mijn schouders?'

'Dan word je op straat nagefloten door de jongens.'

'Moeten zij weten.'

Even viel er een stilte.

'Maar hier in het dorp zou je er niet mee wegkomen.'

3

Na het middageten bracht zijn grootmoeder hem naar de zolderkamer, waar hij zou logeren. Twee trappen op in het stille huis, waar al jaren niets was veranderd. Alles stond nog op dezelfde plaats, zag hij op zijn tocht naar boven. De zolderkamer rook naar jarenlange leegstand.

Nerveus en onophoudelijk pratend dribbelde zijn grootmoeder er rond, het raam naar de binnenplaats wat verder openend, de sprei op het bed nog eens straktrekkend en maar opgetogen naar hem kijkend, alsof ze nog steeds niet kon geloven dat hij er was.

'Je moet me maar niet kwalijk nemen dat ik zoveel praat,' zei ze. 'Ik kan zo weinig praten met je grootvader. Soms ga ik een boodschap doen om met iemand te kunnen praten.'

Ze moest er zelf om lachen: dat ze een boodschap ging doen om te kunnen praten.

'Dit was vroeger je vaders kamer,' zei ze. 'In de oorlog heeft hij hier ook ondergedoken gezeten.'

'Op die tafel voor het raam stond dan zeker dat bord met eten.'

'Welk bord, jong?'

'Op de dag van de razzia. De Duitsers kwamen de straat in en drongen de huizen binnen om jongens op te pakken. Toen mijn vader beneden in het huis de Duitsers hoorde, zat hij hier te eten. Hij is de schuilplaats in gedoken, maar van schrik liet hij zijn bord met eten staan.'

'Nou, nou, nou! Je bent goed op de hoogte. Dat zie ik wel.'

Goedhartig lachte ze hem toe, maar ook een beetje verdrietig en allenig, almaar redderend aan de zijde van een man die nauwelijks meer met haar sprak en die ze niettemin verafgoodde en moest blijven verafgoden om niet alle grond onder haar voeten te verliezen.

Toen Abel alleen was, keek hij naar de kleine tafel bij het raam. Hij had zich de tafel uit het verhaal van zijn vader groter voorgesteld, beladen met boeken. Daar stond dat bord met eten dat zijn tante maar net op tijd had kunnen wegnemen. Als zijn vader was opgepakt, had hij in Duitsland als dwangarbeider in de fabrieken moeten werken, net als de vader van Digna, die na de oorlog uitgemergeld thuis was gekomen en er nooit over had kunnen praten. Daar op die tafel had dat halflege bord gestaan dat zijn vader had kunnen verraden. Het maakte indruk op hem, ook al was de oorlog ver weg.

De zolderkamer met zijn kille netheid beklemde hem. Hij liep naar het open raam. Toen hij naar beneden keek en een blik wierp op de binnenplaats, zag hij zijn grootvader lopen in een lichtgrijs pak en een hoed op zijn hoofd. Een sliert sigarettenrook gleed over zijn schouder. Hij maakte zijn wekelijkse gang naar de Sociëteit, waar hij zijn leeftijdgenoten zou ontmoeten, onder wie waarschijnlijk ook ingenieur Bosma, een man wiens naam hij nooit uitsprak zonder er vol ontzag diens titel aan toe te voegen. Abel keek recht op de gleuf van zijn grootvaders hoed en de neuzen van zijn glanzend gepoetste schoenen, en het was of hij hem zag in zijn beste jaren, de jaren van de tien knechts in de fabriek, de vrachtwagens die zijn meubels 'door het hele land' afleverden, de tijd van de maatpakken, toen zijn grootvader ervan droomde om 'industrieel' te worden. Hij zag er goed uit. Een rijzige gestalte, hoorde hij zijn grootmoeder vol trots zeggen.

Abel draaide zich om en keek naar het ijzeren bed met de spijlen aan hoofd- en voeteneind. Daar had zijn vader jaren in geslapen.

Op het bed lag een wijnrode, gewatteerde sprei te glanzen. Toen hij op de koele en gladde stof was gaan liggen, er een ogenblik voor terugdeinzend om er zijn handen op te leggen, moest hij denken aan de slaapkamer van zijn grootouders, waar zijn grootmoeder nu in haar onderjurk in bed lag voor haar middagslaap – ook zij had een 'zwak hoofd', net als zijn moeder. De kamer met de glanzende linoleumvloer, het gepolitoerde mahoniehouten bed, de immer strakgetrokken sprei, de stilte waarin de wekker metalig tikte. Nooit hing er ergens een overhemd of colbert, nooit lag er een jurk of broek op het bed, nooit zelfs had hij er schoenen zien staan. Altijd was alles er opgeruimd. Altijd stond de weegschaal op dezelfde plaats, jaar in jaar uit. Altijd rook hij er dezelfde geur. Altijd stonden op de nachtkastjes de glazen met water waarin zijn grootouders voor het slapen gaan hun kunstgebitten lieten glijden.

Abel sprong van het bed en keek naar de afdruk die zijn lichaam in de sprei had achtergelaten. Het was doodstil in huis. Van buiten kwam het geritsel van de perenboom.

Na enige aarzeling pakte hij toch zijn tas uit. Het schilderijtje van Patinir legde hij op de tafel, op de plek waar zijn vaders bord had gestaan. Hij had een afbeelding van het schilderij uit een tijdschrift geknipt en op een stuk karton geplakt. *Rust op de vlucht naar Egypte* heette het.

Het onderwerp zei hem aanvankelijk niets. Hij zag een in de zestiende eeuw geschilderd landschap, weids, vol vergezichten. In het midden zat een jonge vrouw met een baby onder een boom, naast een rieten korf en een knapzak, nog aan de stok waarmee hij over de schouder was gedragen. Het moest Maria zijn. Op het middenplan, heuvelafwaarts, ontdekte hij een man die bezig was een vuurtje te stoken. Dat moest Jozef zijn. Maar het ging hem om het landschap en alles wat erin te zien was, en daar leek het ook de schilder om te doen te zijn geweest. In het midden verrees een uitgeholde berg en in die uitholling lag een stad. In de verte een baai, een kustlijn met een havenstad en schepen. Verstrooid door het landschap: grillige rotsen, bosschages, kastelen, dorpen, boerderijen, een rivier, jagers en boeren. Het schilderijtje straalde een wonderbaarlijke rust uit en wonderbaarlijk was ook de sereniteit van de jonge vrouw. Hij had zich afgevraagd of het landschap net zo mooi zou zijn zonder die vrouwenfiguur en had toen gevoeld dat dit hele landschap werd geladen door haar aanwezigheid.

Al een paar maanden was dit kleine schilderij haast een fetisj. Hij had het meegenomen op reis. Het moest bij hem zijn, net als de rozenkrans, die hij nu eens uitdagend om zijn hals droeg, dan weer in zijn broekzak stopte, waar hij hem met zijn vingers betastte.

Ook de naam van de schilder bekoorde hem: Patinir, Joachim Patinir.

Al meer dan een jaar was hij verrukt van de Vlaamse primitieven. Uit de provinciale bibliotheek had hij het ene na het andere kostbare deel van Friedländers *Early Netherlandish Painting* gehaald. Als zielsverhuizing bestond, dan was dát de tijd waaruit hij afkomstig was: rechtstreeks uit het landschap van Bosch' *Aanbidding der koningen*, uit Breughels landschap op de *Vier jaargetijden* of *De val van Icarus* was zijn ziel naar de twintigste eeuw gekomen. In zielsverhuizing geloofde hij niet, hoe prachtig hij het woord zelf ook vond. Maar de weerklank die deze oude schilderijen in hem opriepen was ongekend. Met een loep voor zijn oog bekeek hij die wereld van heiligen en demonen, hemel en hel, ommuurde steden en dorpen met riet gedekte stulpen, dorpsbruiloften en krijgstaferelen, paradijstuinen vol dieren, hooiwagens, narrenschepen, boeren, jagers en landlopers, ver weg in de tijd en toch vertrouwd. Het was of hij die wereld al kende.

Abel hing zijn kleren in de kast, legde zijn boeken op tafel. Het speet hem dat hij niet meer van zijn eigen spullen had meegenomen, meer voorwerpen vooral, om deze zolderkamer in bezit te nemen. De kamer bleef kil en leeg. Hij begon meubels te verschuiven. Hij rukte de sprei van het bed.

Daarna doolde hij door het stille huis en bekeek een voor een de lege kamers. Nu en dan kraakte er een plank onder zijn voeten en stond hij roerloos, de geur opsnuivend van het vertrek waar hij was, kijkend naar al die meubels van lang geleden, die zijn grootmoeder maar bleef afstoffen. Soms kraakte een oude kast uit zichzelf, zacht en kort.

Intussen liep hij rond met een erectie, zocht al half en half naar een plek waar hij zich aan zijn geilheid zou kunnen overgeven en stelde zich Digna voor met haar zondagse kousen en jarretels, bloot onder haar jurkje, achter een gordijn, waar hij meteen in haar gleed en haar zeelucht begon te ruiken. Maar vooralsnog stelde hij het uit.

In de woonkamer hield hij stil voor de piano. Te midden van de vele familiefoto's stond daar, geklemd tussen twee glasplaatjes, een foto met een witte kartelrand: de vier-generatiesfoto. Zoals het woord 'stamhouder' weerzin bij hem opriep, zo deed ook deze foto dat, waar hij van kindsbeen af op was gewezen. De foto was genomen op de binnenplaats, in het schuchtere voorjaarslicht van een zondagochtend in 1953. In zijn witte babykleren had hij daar in de armen van zijn overgrootvader gelegen, die op een stoel zat en werd geflankeerd door zijn zoon en kleinzoon, de laatste in militair uniform. De schaduw van de perenboom met zijn bloesems viel over hen heen. Het was er vredig geweest, die ochtend op de binnenplaats, na kerkgang en koffie. Hij kon ze haast horen praten, een beetje lacherig, omdat ze op de foto zouden gaan. Voor zijn overgrootvader was een stoel naar buiten gehaald, en daar zat hij in zijn zwarte pak, een kleine boerse man. Abel wist niet meer van hem dan dat hij de kastenmaker van het dorp was geweest, nadat hij eerst een tijd op een scheepswerf in de daar gebouwde tjalken de kasten en bedsteden had getimmerd. Onwennig had zijn overgrootvader hem vastgehouden, een stram oud mannetje dat geen interesse meer kon opbrengen voor de jongste loot aan de stam.

Op de binnenplaats vond Abels oog het kelderraam, vlak boven de klinkers van de bestrating. Hij herinnerde zich hoe hij een middag in de kelder opgesloten had gezeten nadat hij zijn grootvader was aangevlogen. Er was nooit meer over gesproken.

Hij ging de fabriek binnen, het voormalig koetshuis waar in het schemerige licht nog altijd hout lag opgeslagen. Hij rook aan het hout. Hij liep de trap op naar de opslagruimte voor de stoffen. In het kantoor van zijn grootvader drukte hij op de toetsen van de oude Underwood, waarop al jaren geen rekeningen meer werden getypt. Zo te zien was zijn grootvader hier nog aan het werk, want op het bureau lagen schetsen van het 'ronde huis', het ronde huis aan het water, dat op een rails zou staan en zou meedraaien met de zon. Zijn grootvaders laatste droom. Hij had het stuk grond al gekocht.

In de fabriek lag het stof op de machines. Abel trok met zijn vinger een lijn door het stof op het koude staal en keek naar de zware bouten waarmee de machines in de vloer waren verankerd. Vroeger, als ze stonden te trillen onder het geweld van draaiende assen, was hij er beducht voor geweest dat ze zouden losschieten. Hij zag zijn grootvader in zijn stofjas aan het werk, zijn handen die altijd trilden van ongeduld en jachtigheid. Het rek met de lijmtangen, de tot het plafond reikende houtkachel die de fabriek had verwarmd, de lampen boven de machines, de vensters in de achtermuur – hij bezag het met een enkele verveelde blik. Wat deed hij hier in godsnaam?

In een hoek van de fabriek liep hij de trap op naar de verdieping, alsof hij alles nog een keer gezien wilde hebben, en daar werd hij verrast door het bovenlicht: door de glazen kappen op het dak viel een warm en sereen licht in de vensterloze ruimte. Nog tientallen meubels stonden er te wachten op een eigenaar. Met kloppend hart keek hij om zich heen.

Hij liet zich op een bank ploffen en schoof zijn hand in de nauwe ruimte tussen de zitting en de leuning tot hij klem zat. Hij rukte hem eruit, maar stak hem er meteen opnieuw in, nog dieper, en terwijl hij met zijn vingers de ruwe stof betastte, dacht hij aan de slaapkamer van zijn grootouders, zijn grootmoeder die in haar onderjurk in bed lag, zijn grootvader die was blijven zitten toen hij het huis binnenkwam, dat hij gedaan had of hij bad voor zijn bord soep en na het eten nog een keer, hoe zijn grootvader een psalm op de piano had gespeeld en hoe zijn grootmoeder in de keuken voor het aanrecht had meegezongen, aan de Moerdijk dacht hij en het ochtendblauwe water, de stilte in huis toen hij vanochtend in alle vroegte was opgestaan. Eindelijk vond hij Digna, zoals hij haar in de schemer van een winterochtend op haar Amsterdamse zolderkamer had gezien, in haar hempje, terugkomend van de wc. Hij was nog half in slaap toen ze weer naast hem kroop, zijn stijve in haar hand nam, het stille meisje dat niet wist hoe ze over zichzelf moest praten en dat toen op hem was gekropen. Nogmaals stoorden hem de beelden van zijn grootouders. Met kracht verdrong hij ze.

Op dat moment gleed een vlaag zonlicht door de verlaten werkplaats. Bijna net zo snel als het licht voortgleed door de ruimte liep Abel tussen de meubels door. Het was of hij erin mee werd gevoerd. Hij dook ergens achter, op zijn knieën, en ontblootte zichzelf. Was dit slecht? Was dit schandalig? Digna, bloot van onder, was bij hem.

4

Tegen het eind van de middag kwam Roorda thuis, in een geur van sigaren, verlevendigd door de borrels die hij had gedronken en de gesprekken die hij had gevoerd. Hij was op de Sociëteit met respect bejegend. Hij was daar de voormalige wethouder die een gloeilampenfabriek naar het dorp had weten te halen en voor duizend of meer arbeidsplaatsen had gezorgd. Even had hij zich weer een man van de wereld gevoeld.

Hij bood zijn kleinzoon een fles bier aan en nam zelf nog een borrel, die hij met licht bevende hand inschonk. Hij ging in de leren fauteuil met de stalen poot zitten en draaide zich naar Abel toe.

'Nu moet jij me eens vertellen,' zei hij, terwijl hij zijn ene been over het andere sloeg en er boven zijn rechtersok een stukje spierwit onderbeen zichtbaar werd, 'wat er is geworden van die polsstok die ik eens voor je heb gemaakt.'

'Die ligt in de garage,' antwoordde Abel prompt.

'In de garage.'

'Ik zie hem elke dag.'

'Je ziet hem, zeg je, maar je doet er dus niets mee.'

'Nee, ik doe er niets mee.'

Elf jaar nadat hij afscheid had genomen van zijn polsstok, kreeg Abel nog een gevoel van ontrouw nu hij zijn grootvader moest vertellen dat het ding ongebruikt in de garage lag.

'En spreek je nog wel eens een woordje Fries?'

'Ook niet,' antwoordde hij ietwat ongemakkelijk.

'En als ik nu Fries spreek, versta je het dan wel?'

'Ja, natuurlijk.'

'Alle woorden.'

'Nee, niet alle woorden.'

Om de subtiliteit, zo niet de superioriteit van de Friese taal te demonstreren begon zijn grootvader woorden en uitdrukkingen op te sommen die niet in het Nederlands vertaald konden worden. Elk woord, elke uitdrukking sprak hij zowel trots als haast liefkozend uit om daarna, al zeker van zijn overwinning, uitdagend tegen zijn kleinzoon te zeggen: Probeer dat maar eens in het Nederlands te vertalen, dat kun je niet, dat is onmogelijk. Steeds nieuwe woorden en uitdrukkingen kwamen in hem op. Langzaam sprak hij ze uit, hij proefde elk woord, herhaalde het nog eens om de schoonheid ervan nog meer te laten uitkomen en ten slotte, reikend naar het allerhoogste, begon hij zinsnedes uit de Friese bijbelvertaling te citeren – terwijl intussen de geur van Friese worst, Friese kazen en Fries krentenbrood door de kamer dreef.

'Het Fries is een zingende taal,' zei Abel ten slotte, wetend dat hij daar zijn grootvader een plezier mee deed.

'Kijk,' riep Roorda en stak zijn wijsvinger in de lucht, 'zoveel heb je er toch wel van begrepen!'

Onder het eten hield Roorda's milde stemming aan. Hij was spraakzaam. Op de Sociëteit had hij bij sommigen ontzag gevoeld voor zijn verschijning. Er werd naar hem geluisterd. Met een vlijmscherp mes, dat hij eerst nog langs het wetstaal had gehaald, sneed hij nu dunne plakken rosbief af en deelde ze uit op de punt van het mes.

Abel waagde het erop.

'Is het waar,' vroeg hij, 'dat u vroeger eens hebt gezegd: ik had wel wijnproever kunnen worden?'

Zijn grootmoeder begon te lachen. Een merkwaardig onbeheerst lachen met een malicieuze ondertoon, dat maar niet ophield. Zijn grootvader zweeg en wachtte.

'Nou, ben je uitgelachen, lieve?'

'Ja, vader.'

Nog naproestend, maar getemd boog ze het hoofd. Roorda keek zijn kleinzoon aan.

'Had ik dat maar nooit gezegd, jong.'

'Waarom niet?'

'Omdat het me al jaren wordt nagedragen. Wijnproever! Hij heeft gezegd dat hij wel wijnproever had kunnen worden! Intussen, jong, ben ik niet van mening veranderd. En ik zal je zeggen waarom.'

Hij legde zijn bestek neer.

'Toen nog niemand in dit dorp van de Poire William had gehoord, had ik die boom hier al op de binnenplaats staan. En zijn het peren met een fijne smaak of niet? Toen nog niemand in dit dorp achter het stuur van een Citroën Traction Avant had gezeten, reed ik er al in rond. En is het een mooie wagen of niet? Nog niemand hier had ooit in een Lark gezeild, en ik heb hem gebouwd.'

'Maar wijn drinken doet u toch niet,' zei Abel.

'Daar ging het mij ook helemaal niet om. Het ging me om de fijne smaak, en een wijnproever is een man met een fijne smaak. Of niet soms?'

'Geef mij van dat rode, dat rode daar,' riep zijn vrouw nu, een in de familie geliefde zinsnede uit Genesis citerend, en weer begon ze onbeheerst te lachen. Haar pruimenmondje met de vooruitstekende bovenkaak ging open en dicht, haar hele lijf schokte ervan. Met een handgebaar legde Roorda haar het zwijgen op.

'Zo is het wel genoeg, lieve. Wat moet die jongen wel niet van je denken?'

'Hij heeft mij wel eens vaker zien lachen, vader.'

'Stil nu maar.'

's Avonds keek hij met zijn grootouders televisie. Sinds een paar jaar stond in een hoek van de kamer een toestel. Er werd koffiegedronken en rond tienen nog een kopje thee, een half kopje eigenlijk, want zijn grootmoeder schonk altijd zuinige, halve kopjes. Zijn grootvader minachtte de televisie vanwege de 'rommel' die avond aan avond werd uitgezonden en omdat iedereen zich daar aan zat te vergapen. Onophoudelijk vuurde hij zijn sarcasmen af op de bewegende beelden. Rond het tijdstip van de thee was zijn ongenoegen zo groot geworden en de atmosfeer in de kamer zo verstikkend dat zijn vrouw opstond en het toestel uitzette.

Minutenlang werd er gezwegen en in die minuten kwam Roorda tot bedaren. De lucht klaarde op.

Al weken, zei hij, was er niets goeds uitgezonden. Het enige programma waar hij aandachtig naar had gekeken was een documentaire over Israël, het heilige land. Hij had nooit gereisd, maar als hij nog eens op reis ging zou hij naar het heilige land willen om Jeruzalem te zien en al die andere plaatsen waarvan hij de namen al van kindsbeen af kende en waar zoveel wonderlijks was gebeurd: het Meer van Galilea, waar Jezus' discipelen vissers waren geweest, Jericho, waarvan de muren waren ingestort, de Jordaan, waarin Johannes de mensen had gedoopt, de berg waar Mozes de tien geboden had ontvangen, en de woestijn zou hij willen zien, waar het volk Israël veertig jaar had rondgedoold.

Het zweet stond Abel in zijn handen. Hij wilde opstaan om naar de zolder te vluchten. Maar juist toen hij overeind wilde komen, wendde zijn grootvader zich tot hem.

'Nu zal ik je nog eens één ding vertellen, jong. Het is een idee waar het fenomeen televisie mij op heeft gebracht. Je moet me eens zeggen wat jij daarvan vindt.'

Een beetje lacherig keek Abel zijn grootvader aan.

'Het is een idee over de wederkomst van Christus,' zei Roorda met ogen die oplichtten, alsof hij nu een buitengewoon boeiend onderwerp aansneed. 'Dat houdt mij de laatste tijd bezig. De wederkomst van Christus, het einde der tijden – hoe dat in zijn werk zal gaan. In de bijbel wordt gezegd dat Christus zal wederkomen op de plaats waar hij ook ten hemel is gevaren: op de Olijfberg bij Jeruzalem. De profeet Zacharia heeft voorspeld dat de Olijfberg dan in tweeën zal splijten, de ene helft zal noordwaarts wijken en de andere helft zuidwaarts en er zal een groot dal ontstaan. In het boek Openbaringen staat precies beschreven hoe Christus zal wederkomen: Hij zal komen met de wolken en alle oog zal Hem zien.'

Abel probeerde belangstellend naar zijn grootvader te kijken. Het was of hij ineenkromp, of iets in hem zich steeds verder terugtrok.

'Vaak heb ik me afgevraagd,' vervolgde zijn grootvader, 'hoe dat kan. Alle oog zal Hem zien. Hoe kan dat? Hoe zal iedereen op aarde de wedergekomen Christus op de Olijfberg kunnen zien? Heb je daar wel eens over nagedacht?'

'Eigenlijk niet, nee.'

'Ik heb het me jarenlang afgevraagd. Maar sinds we dat ding in huis hebben, begrijp ik het. De wederkomst van Christus zal op televisie te zien zijn. God heeft dit allemaal voorzien.'

Er viel een stilte.

'Nou jong, wat vind je ervan?'

Abel zweette nog heviger. Hij moest zich gevleid voelen dat zijn grootvader hem deze overpeinzingen had toevertrouwd. Zijn grootvader probeerde als een gelijke met hem te praten. Maar juist nu wist hij niets te zeggen. Eindelijk zei hij met schorre stem:

'Meent u dat nou allemaal?'

'Ik ben ervan overtuigd dat het zo zal gaan.'

'Televisiecamera's op de Olijfberg,' zei Abel zo neutraal mogelijk, 'die de wederkomst van Christus registreren.'

'Tegenwoordig kan dat, jong! De techniek is nu zover gevorderd dat dat kan! Waarom zou God de techniek niet gebruiken? Het ligt zo voor de hand. Ik begrijp niet dat ik dit nog nooit ergens heb gelezen. Alle oog zal hem zien. Door de televisie. Zou nog niemand op dit idee zijn gekomen?'

'Misschien moet u er octrooi op aanvragen,' zei Abel met een spottende glimlach.

'Octrooi?'

De opmerking van zijn kleinzoon was voor Roorda niet zonder venijn. Zijn hele werkzame leven had hij 'uitvinder' willen zijn. Een Edison die de gloeilamp uitvond en er fortuin mee maakte. Hij had ook dingen 'uitgevonden'. Een lange staak met een mes en een netje aan het uiteinde om er zijn Poire William mee te plukken zonder op een ladder te hoeven klimmen. Later bleek dat werktuig al te bestaan. Hij had een verbetering bedacht voor de schuurmachine in zijn fabriek, maar de bouwer in Engeland had nooit op zijn brief gereageerd. In de tijd van de tien knechts en de vrachtwagens die zijn meubels door het hele land afleverden had hij een procedé ontwikkeld om de fabricage van potloden te vereenvoudigen. Daar had hij octrooi op aangevraagd. Maar het procedé bleek al door een Fransman te zijn bedacht en gepatenteerd. Hij had een speedboot gebouwd met de motor van een T-Ford erin. Maar dat was geen uitvinding. Het woord 'octrooi' was voor Roorda een pijnlijk woord, dat hem herinnerde aan wat hij had willen zijn en nooit was geworden. Nu had zijn kleinzoon hem spottend voorgesteld om octrooi aan te vragen op zijn idee over de wederkomst van Christus.

'Op zulke ideeën kun je geen octrooi aanvragen, jong.'

Roorda zweeg gekwetst en keek naar zijn handen, zijn mooie handen waaraan hij nooit een kwetsuur had opgelopen, waaraan nog geen kootje miste, omdat hij altijd 'secuur' had gewerkt, de handen die hem altijd de handen van een edelman hadden geleken. Hij maakte er een krampachtige, knijpende beweging mee. Toen zei hij, met een nog altijd van zijn kleinzoon afgewende blik:

'Ik zie wel, jong, dat ik deze zaken nog niet met jou kan bespreken.'

5

In zijn bed, in de donkere en vreemde kamer, staarde Abel naar het open raam en het silhouet van de perenboom op de binnenplaats. Hij voelde zich schuldig. Nooit had hij zijn grootvader mogen bespotten. Nooit had hij het woord 'octrooi' mogen gebruiken om hem voor schut te zetten. Waar kwam zo'n duivelse opmerking vandaan? Toni had het hem al eens voor de voeten geworpen: zijn gemeenheid. Hij had aan één opmerking genoeg om iemand op zijn ziel te trappen. Het was of hij zijn grootvader had vermoord. Het was of hij hiervoor morgen of meteen vannacht al gestraft zou worden. In het donker of tegen het ochtendgloren zou zijn grootvader hem met het lange en scherp gewette vleesmes de keel afsnijden.

Pas na een tijdje wist hij die kinderlijke angst van zich af te zetten. Hij staarde in het donker. Hij voelde zich eenzaam, het meest nog door de muffe geur van de kamer, en begon zijn geslacht te kneden. Hij likte zijn lippen en probeerde Digna's lippen op de zijne te voelen. Maar hij kon niet vergeten dat hij in het huis van zijn grootouders was. Opnieuw, net als vanmiddag, leek het schandalig wat hij deed. Dit kon niet. Niet hier. Maar juist daarom moest het. Zelfbevlekking. Het ouderwetse woord kwam in hem op. Zelfbevlekking. Je kreeg het ervan aan je ruggenmerg, was nog aan zijn vader verteld, je teerde eraan weg. Het gaf bovendien vlekken op de ziel. Vlekken op je ziel, jong! Hij liet zijn geslacht weer met rust. Zijn grootouders waren te dichtbij. De roze step-in van zijn grootmoeder, die hij aan een drooglijn op zolder had zien hangen. Haar mond met de vooruitstekende bovenkaak, waarmee ze alleen natte kussen kon geven. Het spierwitte onderbeen van zijn grootvader. Het huis waarin nooit iets veranderde… Hier in deze kamer hadden Duitse soldaten gestaan. Ze hadden door het raam de binnenplaats gezien. *Der Innenhof*... Digna's *Innenhof*... Ze gebruikte een fles met een lange hals. Op de hals zat een witte aanslag. Hij had hem bij toeval aangetroffen onder haar bed en het meteen begrepen door de witte aanslag... Nu lag Digna bij hem in het ijzeren bed... Digna in haar hempje... Hij schoof zijn middelvinger in dat weke, wijkende, nadat hij hem door een korstje van klittende haren had gedrukt.

Doldriest maakte hij een gleuf tussen de matras en de rand van het bed waar hij net met zijn stijve geslacht in kon. Het bed kraakte, ritmisch. Hij hoorde het. Het kon hem niet schelen. Hij stortte zijn zaad. Dat zijn grootmoeder de vlekken in het laken onder ogen zou krijgen, kon hem evenmin iets schelen. Hij wilde zelfs dat ze ze zou zien.

Midden in de nacht schrok hij wakker uit een droom. Duitse soldaten waren de zolderkamer binnengedrongen, ze sloegen met hun geweerkolven tegen het ijzeren bed, ze sleurden hem eruit. Hij kreeg een klap tegen zijn hoofd. Opeens zag hij alles wazig. En er lag iets nats op zijn wang. Toen hij er met zijn hand naar tastte, voelde hij dat zijn rechteroog, het enig goede, aan een paar spiertjes op zijn wang hing. Hij wist dat hij zoiets onlangs op een foto had gezien. Nu hing zijn eigen oog eruit. Dodelijk geschrokken drukte hij het terug in de oogkas. Hij rook de uniformen van de soldaten, het leer van hun laarzen. Terwijl hij met zijn linkerhand het losse oog in zijn oogkas hield, gebruikte hij zijn rechter om zich haastig aan te kleden. Hij werd de trappen af geduwd. In het voorbijgaan zag hij zijn grootouders, maar jonger. Op straat klom hij in een legertruck. Hij zat er tussen andere jongens. Ergens in de vrachtauto bevond zich ook Watse. De truck reed door de nacht. Met rechts zag hij niets. Maar misschien waren de oogzenuwen alleen maar verdoofd. Om zijn oog te redden, om bij een arts te komen, sprong hij op een pikdonkere landweg uit de laadbak. Hij rolde door het gras. Hij begon door een bos te rennen, zijn hand tegen zijn rechteroog gedrukt, terwijl hij in de verte achter zich de soldaten en hun honden hoorde.

Na het wakker worden knipte hij het bedlampje aan om het angstbeeld te verjagen. Hij pakte het schilderijtje van Patinir en kuste pardoes de jonge vrouw met haar baby, hij kuste het landschap en keek ernaar. Hij hing de rozenkrans om een bedstijl bij het hoofdkussen.

Het duurde lang voordat de beklemming week. Eindelijk dorst hij het licht weer uit te doen. In het donker onder de dekens was Digna opeens haast tastbaar aanwezig. Ze gaf hem kusjes, haar geurige haar viel over zijn gezicht. Hij schoof zijn geslacht in de nauwe opening naast de matras en begon te bewegen, half uit het bed hangend, met een hand op de vloer steunend. Opnieuw deed hij het schandalige, juist omdat hij het in dit bed deed, in het huis van zijn grootouders. Het was een soort blasfemie.

VI

DE HEMELPOORT

1

Twee winters geleden had Roorda in de fabriek zijn laatste boot gebouwd. Hij had besloten dat dit zijn laatste zou zijn. Hij had ervoor leren lassen en zich nog eens in een voor hem volkomen nieuwe techniek verdiept: hoe een schip van staal wordt gebouwd. Het was zo groot geworden dat hij het maar net door de achteruitgang van de fabriek naar buiten had weten te krijgen. Een kraan had het op een truck met oplegger gezet. Toen Roorda achter de truck door het dorp reed, zijn schip hoog op de oplegger, was hij trots geweest. Langs de weg stonden de mensen stil om te kijken.

Abel had het schip nog niet gezien, maar er wel het nodige over gehoord. Gnuivend had zijn vader over deze nieuwste onderneming van zijn eigen vader verteld, half spottend, half bewonderend.

Nu zag hij, op een zaterdagochtend, in het schemerige schiphuis het nieuwe schip liggen: groot, wit en roerloos. Het was een motorboot. Tientallen jaren had op deze plaats in het schiphuis een zeilboot gelegen en ten slotte gehangen. Al die tijd had het water er aan de gelakte romp van een zeilboot gelikt. Nu sloeg het dof en plomp tegen de stalen romp van een motorboot.

'Zo, pake, dat is hem dus.'

Hij probeerde bewonderend te klinken.

'Ja, jong, dat is hem.'

Het was een schok voor Abel om op die vertrouwde plek een motorboot te zien liggen. Nooit meer zou zijn grootvader met een 'poesterige' wind naar het meer stuiven, naar het baken, daar overeind komen in zijn boot om te zien welke boten er vóór hem lagen en zwijgend de achtervolging inzetten. Nooit zou hij meer met een zachte avondwind over de Wijde Ee naar huis zeilen.

Varen op een motorboot ging in tegen een ook op Abel overgedragen overtuiging, die haast een ethiek was: de ware liefhebber van de Friese meren was een zeiler, de ware liefhebber kon alleen maar een zeiler zijn. Voor wie er op een motorboot voer had zijn grootvader altijd minachting getoond. Motorboten ontheiligden de stilte op het water. Motorboten waren tweederangs vaartuigen. Meestal konden de lui op zo'n boot ook niet varen. Ze droegen de verkeerde kleren. Het waren oppervlakkige pleziermakers.

In het schemerlicht van het schiphuis zag Abel zijn grootvader aan boord klimmen, een beetje stijf, niet helemaal zeker in zijn bewegingen. Het stemde hem triest. Nog triester werd hij toen hij het nieuwe schip nauwkeuriger bekeek. Het is een grundel, had zijn grootvader gezegd, een platbodem. Het was een grundel, maar hij lag te hoog op het water, alsof er te weinig ballast onder in het schip lag. Ook de roef was te hoog. En wat van een grundel een zeilschip maakte, dat was er niet: de boot had geen mast en zeilen, en ook de zwaarden, die aan weerszijden van de romp hoorden te hangen, ontbraken. Abel keek naar zijn grootvader, die voorovergebogen, ongeduldig, ergens aan stond te morrelen. In een paar minuten werd voor hem zijn grootvader, nog zo rijzig van gestalte, een *Macher* waar de mensen bang voor waren, een oude man.

Achter zijn rug kwam zijn grootmoeder het schiphuis binnen met een tas proviand en begon tegen hem te babbelen. Het was of ze zich aan hem vastklampte met haar onophoudelijk gepraat. Na drie dagen kon hij het niet meer verdragen. Hij kreeg het er benauwd van en had de neiging zich van haar af te wenden zodra ze haar mondje weer begon te roeren.

Hij hielp zijn grootmoeder aan boord. Intussen had zijn grootvader de dieselmotor gestart en liet hem warm draaien. De geur van uitlaatgassen vulde het schiphuis. Niets restte er van de gebruikelijke en opwindende voorbereidingen: met de vaarboom het schiphuis uit naar de vaart, daar het riet in, aan de ene of aan de andere kant, afhankelijk van de wind, de mast omhoog, de zeilen hijsen, het gekanker van zijn grootvader als hij de boot niet snel genoeg uit het riet kreeg, het geklapper van de zeilen, dat plotseling ophield als ze bolden in de wind en de boot vaart begon te maken.

'Wat sta je daar te dromen, jong? Trek de deuren maar open!'

Met een touw trok Abel de schiphuisdeuren open, het gepiep van de katrollen mismoedig herkennend. Hij stapte aan boord. Achterwaarts gleed de boot naar buiten.

Weldra tuften ze langs de werf onder de oude bomen, langs de helling met de zwart geteerde schuur, waar zijn overgrootvader had gewerkt. Het was of de werf zijn magie had verloren nu hij er niet meer laag op het water in een zeilboot langsvoer. Het ruisen van de bomen, gewoonlijk aandachtig beluisterd om de kracht van de wind te bepalen, had geen betekenis meer. Er was geen verwachting meer, geen opwinding. Er kon hun met deze boot niets overkomen. Zijn grootvader had zijn oude gymschoenen, waarop hij een half leven had gezeild, verruild voor bootschoenen van de bekende soort, en hij droeg opeens een schipperspet, een nieuw ding dat hem niet stond.

Ergens midden op de Wijde Ee kwam de regen. Tussen de regenwolken door, uit het donkere grijs dat in de verte laag en dreigend boven het land hing, viel een schuine baan zonlicht, vals licht, dat snel over de weilanden gleed, toen over het meer en over de grundel, die wit oplichtte. Een rukwind kwam erachteraan gestoven, gevolgd door een tweede, een derde. In een ommezien was het meer met venijnige schuimkoppen overdekt. Een vlucht eenden repte zich laag over het water naar de beschutting van het riet. In de verte naderde, breed uithangend onder de wolken, een witte sluier van regen.

Opgewonden over de rukwinden, de regen die eraan kwam, keek Abel naar zijn grootvader, die met de helmstok tussen zijn dijen het schip bestuurde. Het gezicht van zijn grootvader werd er alleen maar nog stuurser van.

'Nou jong, daar komt wat aan! Precies wat ik heb voorspeld.'

Hij boog zich naar de roef.

'Moeder, de joppers!'

'De joppers?'

'Heb je me niet verstaan?'

'Ja, jawel, de joppers.'

'Onder de linkerbank.'

'Onder de linkerbank?'

'Ja, die. Til het deksel maar op, lieve, en maak een beetje voort!'

Windvlagen striemden het water. De grundel, tot dan toe onverstoorbaar stabiel, begon te schommelen. De witte sluier had nu het meer bereikt, voorafgegaan door windstoten. Nog voordat ze zich in de joppers hadden kunnen steken, kletterde de regen op het dek.

Abel genoot. Weggedoken in de kraag van zijn jopper keek hij om zich heen, nu en dan een blik op zijn grootvader werpend om hem te zien staan in de striemende regen.

Hij kende het zo goed. De hemel die dichttrok, de windstoten, de wilgen op de oever die diep doorbogen en de zilverige onderkant van hun bladeren lieten zien, sinister oplichtend tegen de donkere hemel. Dikwijls was hij met Otto het riet in gevlucht en hurkend onder het gestreken zeil had hij de regen wit op het loodgrijze water zien dansen.

'Geweldig!' riep hij tegen zijn grootvader.

Zijn grootvader grijnsde en stootte een kreet uit. Eindelijk lichtte zijn stuurse gezicht wat op. De ransel van de regen scheen ook hem goed te doen. Nu gebeurde er tenminste wat.

Na de regen was de stemming veranderd. Abel begon eroverheen te komen dat hij op een onttakeld zeilschip stond, dat zijn grootvader niet meer zeilde. Roorda had zijn verzet tegen een hele dag varen opgegeven. Er werd besloten een tocht te maken langs oude plaatsen.

'Ik zal je een plek laten zien,' zei Roorda, 'waar je nog nooit bent geweest.'

2

Het was altijd met een zekere weerspannigheid dat Abel de familieverhalen van de Roorda's aanhoorde. Zijn vader, grootvader en anderen hadden de neiging ze steeds opnieuw te vertellen. Elke zomer, als ze in het land van de Roorda's over een smal en half dichtgegroeid kanaal reden, zei zijn vader tegen hem: 'Weet je wel dat een van je voorvaderen hier nog heeft staan graven?' Een van zijn ooms had hem al minstens drie keer verteld hoe hij op een dag 'de mast overboord had gezeild' en tot ieders ontzetting met twee stompen hout op zijn schouders was thuisgekomen. Nog vaker had hij gehoord hoe zijn grootvader voor de ogen van een groot publiek, dat zich in afwachting van een zeilwedstrijd langs de waterkant had verzameld – het zag 'zwart van de mensen' –, met zijn pas gebouwde Lark was omgeslagen, juist toen hij had willen stunten.

Op familiebijeenkomsten kwamen na een paar borrels de bekende anekdotes weer ter tafel. Men bood tegen elkaar op. Men probeerde elkaar te overtroeven. Abel luisterde met aandacht, hij absorbeerde elk verhaal en toch was hij weerspannig. Meer nog dan de herhaling was het het sentiment dat hem tegenstond. Hij bespeurde een verlangen naar saamhorigheid in dat opdissen van oude verhalen, hoe honend er vaak ook bij werd gelachen. Hij wantrouwde elke vorm van saamhorigheid, en vooral de saamhorigheid van zijn bij voorkeur over zichzelf sprekende, meestal te luid lachende en altijd weer met vochtige ogen psalmen zingende familieleden – psalmgezang dat moest dienen om de onderlinge haat en nijd in religieus gesnotter te smoren. Hij geneerde zich wanneer zijn ooms en tantes zich om de piano schaarden en een van zijn ooms op de toetsen begon te beuken. Net als zijn moeder verliet hij dan de kamer.

Maar ondanks alle weerspannigheid kon hij niet ontkennen dat hij zich aangetrokken voelde tot het landschap van zijn familie. Eeuwenlang was het veen er afgegraven en tot turf verwerkt. Er was een labyrint van plassen en sloten ontstaan met hooi- en rietlanden ertussen. Zijn vader had hier in de oorlog maandenlang in het riet geleefd om zich voor de Duitsers te verbergen. Zijn grootvader had er zijn halve leven gezeild. Zijn overgrootvader was afkomstig uit een gehucht aan een van de plassen, zijn betovergrootvader had er zijn fuiken gezet.

Voor Abel bestond deze geschiedenis vrijwel niet. De anekdotes speelden zich af in een andere tijd, in een andere wereld. Hij besefte nauwelijks dat hij vanaf zijn twaalfde elke zomer een maand had doorgebracht in de streek van zijn familie. Zijn vader had hem de plek laten zien waar hij in de oorlog ondergedoken had gezeten, aan een bijna onvindbare sloot, in een woonboot die met riet was afgedekt. Zijn grootvader had hem naar het eiland gebracht, de verborgen poel waar hij zijn ketel met theewater placht te vullen. Maar voor hem was het een landschap dat hij, roeiend en zeilend met zijn broer, zélf had ontdekt.

Hij voelde nu een diepe vertrouwdheid met dat labyrint van water en riet, de eilanden met hun elzenbosjes, het hooiland waar de zon op zijn nek brandde, de fluweelzachte modder, de libelles, de lisdodden en het vlijmscherp riet waar hij zijn vingers aan openhaalde. Als hij er zwom, dacht hij soms aan het zoute water van de Oosterschelde. Hij zag het voor zich op een dag dat het zonlicht ervanaf spatte zover hij kon kijken, hij herinnerde zich de tinteling die het gaf op zijn huid, het helderwitte schuim waarmee het brak op het zwart basalt van de dijken. Het zoute water trok hem meer dan het zoete. De zee was imposanter dan een meer. Maar hij moest erkennen dat dit zoete en troebele veenwater dichter bij hem stond dan het zoute en heldere water van de Oosterschelde, of hij het wilde of niet. Ontrouw voelde hij zich dan aan dat andere water.

3

Na de regen was het dampig. De natte weilanden schitterden en fonkelden in de doorgebroken zon. In het riet waren weer overal de vogels te horen. Abel stond met zijn grootvader aan dek. Zijn grootmoeder was erbij komen zitten in haar zwarte pilobroek. Ze had een hoofddoekje omgeknoopt om haar kapsel in de wind op orde te houden.

'Heeft je vader je wel eens de plek gewezen waar je betovergrootvader is gevonden,' vroeg zijn grootvader.

'Nee, pake.'

'Maar je kent toch het verhaal?'

'Hij is gestorven terwijl hij zijn fuiken aan het lichten was.'

'Precies. Maar het bijzondere was dat hij geknield lag voor zijn roeibank. Hij voelde dat hij ging sterven, dat zijn hart het begaf en toen is hij geknield voor de roeibank om te bidden.'

'Of hij lag te bidden en werd door de dood verrast.'

'Nee, jong. Dat zou hij nooit hebben gedaan tijdens het werk: knielen in zijn boot om te bidden. Hij moest zijn fuiken immers leeghalen, en het was november. Nee, hij voelde dat zijn tijd was gekomen, en toen is hij op de knibbels gegaan.'

Abel zag dat de ontroering zijn grootvader nu al naar de keel greep.

'Op de knibbels!'

'Dat versta je toch wel?'

'Op zijn knieën.'

'Dus je vader heeft je die plek nooit laten zien.'

Voor Abel was het verhaal niet meer dan een legende, en dan ook nog van de ergerlijke, Roorda-achtige soort. Het klonk hem net zo onnozel in de oren als het verhaal over de bastaard die ergens in het voorgeslacht voorkwam, een bastaard die door een edelman was verwekt, wat dan bepaalde ongewone eigenschappen in de familie zou verklaren, met name bepaalde ongewone eigenschappen van zijn grootvader, zoals zijn 'goede smaak'. De spreekwoordelijke bastaard van adellijke afkomst die hij inmiddels in flink wat romans was tegengekomen, en dan was er ook nog diep in de mist der tijden een vrome visser die knielend voor zijn roeibank was gestorven.

De boot voer door de Kruisdobbe, die almaar smaller en smaller werd. De rietkragen leken zich te sluiten, alsof er geen doorgang was. Maar toen ze in het nauwste vaarwater waren, in de luwte van manshoog riet en elzenbosjes, lag het meer opeens voor hen.

In stilte begroette Abel dit meer, dat hij nu zo ongebruikelijk vroeg in het jaar te zien kreeg. Zijn ogen gleden langs de rietkragen en bosschages die hij bij het zeilen als herkenningspunten gebruikte. In het schelle licht van na de regen was het riet van een haast fluorescerend groen. Het stond hem tegen er op een motorboot te varen, hoog boven het water. Het verhaal over zijn betovergrootvader kwam hem nog onwaarschijnlijker voor nu het zich op een voor hem zo vertrouwde plek bleek te hebben afgespeeld.

Roorda stak het meer over. Hij stuurde zijn boot naar een uithoek en legde hem stil bij een rij fuiken. Hier en daar staken de ringen van de ronde netten boven het water uit. Het oeverriet was dichtbij en ruiste en boog in de wind.

'Hier was het dus,' zei Abel met een lachje.

'Hier was het, jong.'

Abel probeerde zich een grijze dag in november voor te stellen, een kille wind, het water dat tegen de romp van een roeiboot klotste, en een man die geknield lag in die boot.

'Hoe weet u dat het hier was?'

'Ja, hoe weet ik dat? Denk eens na, jong.'

Zijn grootvader gaf hem tijd om na te denken. Abel deed geen moeite om het antwoord te vinden. Het was immers de bedoeling dat zijn grootvader het gaf.

'Door die fuiken weet ik het, jong, door die fuiken!'

Roorda bracht het als een slimmigheidje waarmee hij zijn kleinzoon met zijn pas behaalde gymnasiumdiploma mooi te grazen had genomen.

'Al sinds mensenheugenis staan er fuiken in deze hoek van het meer, en ooit had jouw betovergrootvader dit stuk water gepacht. Dat weten de mensen hier altijd heel precies, jong, waar de fuiken staan en van wie ze zijn.'

Abel glimlachte.

'Toch vind ik het moeilijk te geloven.'

'Mijn vader, jouw overgrootvader, heeft het me zelf verteld. En hij zal toch wel weten hoe zijn eigen vader is gestorven.'

'Hij zal wel in zijn boot zijn gestorven,' zei Abel. 'Dat zal wel kloppen. Maar dat knielen en bidden en in die houding gevonden worden, dat lijkt me gewoon een legende. Precies wat ze in de familie graag willen horen. Een mooi sentimenteel verhaal.'

Hij kon zijn lachen niet meer houden. Het hele gesprek was voor hem te zot voor woorden. Aan het gezicht van zijn grootmoeder zag hij dat zijn lachen ongepast was, dat ze hem waarschuwde, dat ze hem een veel te vrijgevochten jongen vond, dat hij geen eerbied kende, dat hij zijn grootvader pijn deed, dat hij zich moest schamen, maar hij kon zijn lachen niet bedwingen, het werd zelfs steeds onbedwingbaarder. Lachend keek hij zijn grootvader aan, schrok en keek toen weg naar de fuiken.

Opeens trok een scherpe pijn door zijn bovenarm. Zijn grootvader had hem vastgepakt. Abel schrok toen hij de vingertoppen van zijn grootvaders nog sterke hand in zijn bovenarm voelde nijpen.

'Oordeel niet te snel, jong.'

'Het verstand komt met de jaren, vader,' zei zijn grootmoeder sussend.

'Later zul jij het weer aan je eigen kinderen vertellen.'

'Ik krijg geen kinderen.'

'Dat beslis jij niet, m'n jong.'

'Wie dan?'

'Er is er maar één die daarover beslist!'

Er klonk een vervaarlijke trilling in zijn grootvaders stem. Abel zweeg. Pas toen Roorda zijn kleinzoon het zwijgen had opgelegd liet hij hem los. Er stond een vurige afdruk in Abels arm.

4

Een uur later naderde de boot opnieuw een ogenschijnlijk ondoordringbare massa riet en elzenbosjes en pas toen hij er vlakbij was gekomen, opende het ondoordringbare zich, het schoof uit elkaar. Een landtong met bosschages verscheen en daarachter lag de toegang tot een smal water. Roorda had zijn gashendel al bijna dicht gezet, maar nu boog hij zich voorover en zette de dieselmotor in zijn laagste toerental. Met een langzame bocht gleed de boot om de landtong heen.

'De Saiter,' zei Abel.

'Dit is de Saiter,' antwoordde Roorda met gedempte stem. 'Je hebt een goed geheugen, jong.'

Achter de landtong lagen een paar motorboten afgemeerd, in diepe rust, een paar hengels staken over het water. Na een bocht in de kronkelende sloot verdwenen ze uit zicht.

De Saiter – bijna teder had zijn grootvader de naam uitgesproken. Ook Abel onderging de betovering. Op de ene oever de donkere elzenbosjes, over het water hangend, op de andere het riet en daarachter de langgerekte petgaten, ooit uitgegraven langs rechte lijnen, nu verwilderd, een moeras met dode bomen en vogels die er ogenschijnlijk doelloos, ver van de mensenwereld, op het water dreven. In de stilte klonk alleen de zachte klop van de diesel. Maar weldra begon zijn grootmoeder weer te praten. Niemand luisterde naar haar. Toch wist ze niet van ophouden.

'Lieve,' zei Roorda scherp.

'Ja, vader.'

'Kun je nou eindelijk even je mond houden!'

Als een zweepslag kwam het eruit, in het Fries. Verschrikt en verbolgen bedwong ze haar praatzucht. Ze zocht oogcontact met haar kleinzoon, maar ook die had zich van haar afgewend.

Langzaam gleed de grundel voort, nu eens in de schaduw van de elzenbosjes, dan weer in het felle en dampige zonlicht. Abel was op het achterdek gaan staan, een hand boven zijn ogen, om een beter uitzicht te hebben over het riet en de petgaten en om uit het spanningsveld van zijn grootouders te raken. Hij zag het witte haar op zijn grootvaders achterhoofd. Bij het binnenkomen van de Saiter had zijn grootvader de schipperspet van zijn hoofd genomen en in de roef gegooid, alsof het ding hem plotseling hinderde. Abel keek naar de verfomfaaide witte haren waarin de pet een afdruk had achtergelaten. Opeens herinnerde hij zich de hand van zijn moeder, hoe ze die eens door zijn grootvaders haar had gehaald om het te fatsoeneren.

Abel ging weer naast zijn grootvader staan.

'De Saiter,' zei hij nog eens.

'Hier is niks veranderd,' zei zijn grootvader.

5

Na het middageten sliepen zijn grootouders in de roef. Abel zat op het voordek en probeerde te lezen, maar hij nam niets op. Steeds kwam hij overeind om naar de wildernis aan de andere kant van het riet te kijken, naar een ontschorste boom die kaal en naakt aan een van de petgaten stond, naar de eenden die op het glinsterende water dreven.

Ten slotte kon hij de verleiding niet langer weerstaan. Hij kleedde zich uit en liet zich in het water glijden. Het was nog fris. De modder op de bodem, in juli aangenaam koel als hij er met zijn voeten in wegzonk, was nog koud. In het midden van de Saiter kon hij niet meer staan. Hij zwom, hij verwijderde zich een flink eind van het schip om de druk van zich af te schudden. Toen zocht hij naar een opening in het riet. Dicht opeen stonden de stengels. De oever brokkelde af onder zijn vingers als hij zich eraan vastgreep. Maar ergens lukte het hem om zich erop te hijsen. Hij boog het riet opzij. Een zwerm muggen steeg op. Zijn voeten zakten weg in de drassige bodem. Hij rook rottende planten. Behoedzaam werkte hij zich door het riet tot hij de petgaten voor zich zag, blinkend in het schelle licht. Het was of hij opeens een nog groter stilte betrad.

Hij liep naar de kale, ontschorste boom. Het water in de petgaten was helder, vervuld van licht. De eenden vlogen niet op. Hij betrad een wereld waar hij niet hoorde. Zijn naaktheid maakte hem schuw, ook al was er niemand. Toen hij de boom had bereikt, hurkte hij in een smal reepje schaduw en legde zijn hand op de kale stam. Bijna onmiddellijk zag hij een jongen voor zich die hier rondzwierf met een kauwtje op zijn schouder. Het kauwtje vloog op en verdween boven de bomen. Een halfuur later was het plotseling terug. Gefladder van vleugels naast zijn oor, de pootjes krampten zich in zijn bloes. Hij zag de jongen met het kauwtje op zijn schouder in de schemering tussen donkere elzenbosjes een poel met waterlelies in lopen, erin wegzinken, erin ondergaan. Het kauwtje vloog op en verdween boven de elzen.

Toen was de onrust er weer. Abel keek om zich heen. Hij zweette. De muggen hadden zijn zweet ontdekt en staken hem. Het landschap leek plotseling troosteloos.

Vanaf de grundel zag Roorda zijn kleinzoon langs de petgaten lopen. Hij zag het magere, gespierde jongenslijf en herinnerde zich hoe hij zelf naakt in de weilanden had gestaan, nadat hij bij het polsstokspringen een nat pak had opgelopen. Het was voorjaar. Zijn kleren hingen op een hek te drogen. De wijde wereld lag om hem heen. Hij kon er niet naar kijken, naar het jonge lichaam van zijn kleinzoon in de wildernis van de petgaten.

Zo stil mogelijk, om zijn vrouw niet te wekken, liep hij door het gangboord naar het voordek. Daar lag het boek van de jongen. Met een voet schoof hij het uit het zicht en ging op de roef zitten. Hij keek naar de Saiter, de aloude Saiter, die hem niet meer boeide.

Roorda zonk weg in de somberheid die hem de laatste dagen kwelde – vanaf het moment dat de jongen in huis was gekomen. Wat bleef er over van een mens als hij zich had teruggetrokken, als bijna niemand hem meer kende, bijna niemand meer wist wat hij tot stand had gebracht? Wat bleef er van hem over? Bijna alles waar anderen aan hechtten was hij gaan verachten. Hij zocht de stilte in zijn kantoor boven de houtopslag. Hij las de psalmen. Vele verzen kende hij uit zijn hoofd. Hij las in het boek Spreuken, zocht naar die ene vingerwijzing die hij nodig had. Intussen kwelden hem de bitterheid, de verveling, zijn rusteloosheid waar met het klimmen der jaren geen eind aan scheen te komen, en schuldgevoel jegens zijn vrouw. Was dat wat er van hem overbleef: een ontevredene, een ongedurige, een man die het na een heel leven nog altijd aan gemoedsrust ontbrak, die jong wilde zijn, gekrenkt als hij was door het verval van zijn lichaam? Hij zocht de stilte, las de psalmen en hoopte op licht van boven, zoals hij het noemde. In zijn kantoor ontwierp hij zijn ronde huis aan het water, dat zou meedraaien met de zon. Hij keek naar de perenboom op de binnenplaats, geplant toen hij hier begon. Elke dag besloot hij zachter te zijn voor zijn vrouw, maar het lukte hem zelden. Er bleef niet veel over van een mens. Hij had ervaring opgedaan, maar wijs was hij niet geworden. Hij moest voortploeteren met degene die hij altijd was geweest.

Roorda keek naar de Saiter, de aloude Saiter. In de verte zag hij de jongen uit het riet breken en in het water plonzen.

6

'God zal ze straffen, pake!'

De luchtige en spottende toon waarop dit werd gezegd kwetste Roorda. De blaag die deze woorden had uitgesproken zat tegenover hem in zijn kantoor, een beetje onderuitgezakt in zijn stoel. De jongen was lenig en sterk, zoals hij net nog had kunnen zien: in de fabriek was hij opgesprongen naar de oude rekstok en had zich er zonder zichtbare moeite aan opgehesen, tien keer zijn kin tot boven de stok. Toen hij losliet en weer op de vloer landde, hijgde hij een beetje, meer niet, en na een halve minuut had hij zich hersteld.

'Wat zeg je daar, jong?'

'God straft de goddelozen. Zo staat toch geschreven? Dus zeg ik: God zal ze straffen, de karakterlozen met hun karakterloze nieuwbouwwijken en karakterloze winkelstraten en karakterloze wegwerpartikelen. En hij zal ook al die stomkoppen straffen die de oude landschappen vernielen om er karakterloze landbouwgebieden van te maken. God zal ze straffen!'

Lachend, bezwerend als een profeet, hief de jongen een wijsvinger in de lucht.

'Je gebruikt zijn naam lichtvaardig, jong.'

'Een beetje. Maar een beetje lichtvaardig, dat mag.'

'Alle kwaad straft zichzelf, jong.'

'Was het maar waar, pake.'

'Uiteindelijk straft alle kwaad zichzelf.'

Roorda zweeg. Het lage vertrek stond blauw van de rook. Hij had zich opgewonden over 'de karakterloze maatschappij' die hij zag ontstaan en zijn kleinzoon had hem nu met zijn spot de pas afgesneden. Hij draaide zijn bureaustoel en met een nijdige beweging van zijn voet duwde hij het raam naar de binnenplaats verder open. Langzaam draaide hij zich weer naar Abel en met een vervaarlijke trilling in zijn stem zei hij:

'Geloof jij eigenlijk wel in God, jong?'

Na een fietstocht door de nieuwbouwwijken had zijn grootvader hem meegenomen naar zijn kantoor voor een gesprek. Abel had voorvoeld waar dat gesprek heen zou gaan. Hij wist dat zijn grootvader hem op de pijnbank zou leggen, dat er geen ontkomen aan was.

'Je hebt je bij de spotters gevoegd,' zei Roorda, nadat hij de cruciale vraag had gesteld.

Abel zweeg. De kegel van zijn sigaret gloeide vlak bij zijn vingertoppen, maar hij durfde zich niet voorover te buigen naar de asbak op het bureau.

'Zeg eens eerlijk, jong, geloof jij wel in God?'

Abel durfde zijn grootvader niet meer aan te kijken. Het vertrek leek nog kleiner en lager te worden dan het al was. Star hield hij zijn blik gericht op het raam, op de binnenplaats waar het zonlicht door de perenboom viel.

'Of ik in God geloof?' vroeg hij ten slotte zo opgewekt mogelijk.

'Ja, jong.'

'Nog steeds niet.'

'Nog steeds niet.'

'Nee, nog steeds niet.'

'En je lijkt het ook niet van plan.'

'Nee, ik ben het niet van plan.'

Eindelijk durfde hij zich naar voren te buigen om zijn sigaret te doven. Er viel een stilte die minutenlang duurde. Buiten ritselde de perenboom. In een buurhuis stond de radio aan en klonk het geluid van een voetbalreportage. Alom heerste de zondagmiddagse stilte.

'Jij moet op de knibbels, jong.'

'Op de knibbels.'

'Ja, op de knibbels.'

'Dwang.'

'Soms is het goed om jezelf te dwingen.'

'Onderworpen worden.'

'Jezelf onderwerpen, jong. Dat is heel wat anders.'

'Aan wie of wat?'

'Aan iets wat groter is dan jijzelf, jong.'

Abel hoorde de emotie in zijn grootvaders stem. Hij schrok toen hij achter de brillenglazen in het zwarte montuur zijn ogen vochtig zag glanzen. Met trillende hand bracht zijn grootvader de sigaret naar zijn lippen.

'Ik zal je vertellen hoe ik zelf ben gaan geloven,' zei zijn grootvader, 'wat mij heeft bekeerd.'

'Bent u bekeerd?'

'Interesseert dat je?'

'Ja, natuurlijk.'

'Mooi.'

'Alle bewustzijnstoestanden die ik niet ken interesseren me.'

'Bewustzijnstoestand? Waar heb je dat rare woord vandaan, jong? Het is geen bewustzijnstoestand. Het is een ingrijpen van God zelf.'

'Ja, kijk, daar geloof ik dus al niet in.'

Roorda glimlachte moeizaam.

'Ik ben net zo geweest als jij,' zei hij. 'Net zo hoogmoedig, net zo vervuld van mijzelf, net zo waanwijs.'

Nu was het Abels beurt om moeizaam te glimlachen.

'Maar op een dag ben ik op mijn plaats gezet. Ik zal je niet alles vertellen. Dat kan ook niet.'

Roorda doofde zijn sigaret.

'Het was op een dag in september.'

'U herinnert u de datum?'

'Ik herinner me de datum. Het was een zondagmiddag. Op zondagmiddag mocht ik altijd graag even door de fabriek lopen, omdat alles er dan stillag. Ik was in de werkplaats boven. Tussen de werkbanken stond ik stil. Ik herinnerde me iets wat ik had gelezen in het boekje van Bunyan. Jij weet natuurlijk niet wie Bunyan was, John Bunyan. Hij was een prediker, ergens in de zeventiende eeuw, een man die de mensen wist te raken. Ik herinner me het verhaal van de man die bij de hemelpoort komt. De man probeert door de poort te gaan. Maar bij elke poging loopt hij vast. Ten slotte begrijpt hij waarom hij er maar niet doorheen komt. Hij draagt iets op zijn schouders wat tegen de bovendorpel van de poort stoot. Het is het pak van zijn zonden.'

Roorda zweeg om zijn woorden meer indruk te laten maken en schoof de asbak op het bureau verder van zich af.

'Ik herinner me die middag ook een zin die ik ergens had gelezen: elke zonde verduistert het koninkrijk, het koninkrijk Gods in de mens. Dat begrijp je waarschijnlijk niet. Maar ik begreep het die middag toen ik in de werkplaats was. Daar ben ik voor het eerst werkelijk op de knieën gegaan. Ik lag op mijn knieën tussen de werkbanken en voelde wroeging over het kwaad dat ik had gedaan, iets wat veel dieper ging dan alleen maar spijt. Ik zag het kwaad in mijzelf. Ik besefte hoe klein ik was, hoe zwak, hoe weinig ik voorstelde, ondanks al mijn eigendunk. Ik weet niet hoelang ik daar op mijn knieën heb gelegen. Toen ik naar buiten liep, was ik veranderd.'

Abel zweeg beleefd. Roorda ademde moeizaam. Hij had er meteen spijt van dat hij dit verhaal had verteld, dat hij zich zo had blootgegeven, tegenover een achttienjarige nog wel. Hij voelde een afkeer van de knaap tegenover hem. Zwijgend wachtte hij tot hij zich had hersteld.

'Dit wilde ik je toch doorgeven,' zei hij.

'Elke zonde verduistert het koninkrijk.'

'Precies, jong.'

'Maar voor mij bestaat de zonde niet, pake.'

'Bestaan goed en kwaad niet voor jou, jong?'

'Goed en kwaad wel. Maar niet de zonde. Het hele woord zegt me niks.'

Roorda kwam overeind. Bij de deur van het kantoor trok hij het boekje van Bunyan uit een klein boekenrek. Abel voelde een haast fysieke afkeer toen het in leer gebonden en stukgelezen traktaat hem werd overhandigd. Voor de vorm bladerde hij er wat in en las een paar zinnen.

'Ik kan er niets aan doen,' zei hij, 'maar alleen al van die taal word ik misselijk.'

'Zit het zo diep, jong?'

Ze verlieten het kantoor. Zwijgend liepen ze door de fabriek naar de moestuin, die zijn grootvader nog altijd onderhield. De tuin lag er mooi bij met de groentebedden in twee lange stroken aan weerszijden van het pad dat naar de kastanjeboom leidde. Abel was een beetje duizelig. Hij had twee uur achter elkaar zitten roken. Lopend langs de groentebedden zag hij hoe zijn grootvader, die voor hem uit ging, zijn bril afnam, de glazen schoonwreef met zijn zakdoek en daarna zijn ogen bette. Hij bleef achter zijn grootvader tot het voorbij was.

Roorda stond stil bij de kruisbesstruiken, die naast de Poire William zijn grote trots waren. Hij plukte een paar bessen en gaf ze aan zijn kleinzoon. Hij stak er een in zijn mond en kauwde.

'Ze zijn nog niet rijp,' constateerde hij.

‘Mijn sterkste herinnering aan de moestuin,’ zei Abel, ‘dat zijn de rabarber en de kruisbessen.’

‘De kruisbes heeft een fijne smaak.’

‘Met die haartjes op dat doorzichtige vel.’

Abel herademde. Hij was blij dat God het veld had moeten ruimen voor de kruisbessen. Hij was blij dat hij hier en nu met zijn grootvader bij de kruisbesstruiken stond.

VII

DE ONGODIST

1

De frisse wind die over de Westerschelde kwam aanwaaien deed Lieuwe Roorda goed. Hij had de afgelopen nacht al met al niet meer dan twee uur geslapen en om halfzeven alweer naast zijn bed gestaan. Een uur later was hij met zijn oudste zoon in de Mercedes van meneer Padmos gestapt om de boot van acht uur te halen. Op de kade van de veerhaven had meneer Padmos hem aangeraden uit te stappen, want op het achterdek van de veerboot werden de auto's meestal zo strak geparkeerd dat je moeite had om er 'uit het blik te komen'.

Naast Abel liep hij langs de rij auto's op de kade. De wind streek over zijn nog natte, achterovergekamde haren en deed hem huiveren. Op het water van de haven lag de schittering van de vroege ochtend, een vreugdevolle schittering die hem nog sterker deed voelen hoezeer hij was aangeslagen door de gebeurtenissen van de nacht. De eerste auto's reden over de veersteiger naar de Prins Willem I. Elk bandenpaar deed de stalen leggers tussen steiger en schip met een klap op het dek slaan.

In een opwelling legde Lieuwe een arm om de schouders van zijn zoon.

'Zo jongen, heb je er zin in?'

Abel zweeg. Hij schrok ervan om zijn vaders arm om zijn schouders te voelen, want hij was het niet gewend om door hem te worden aangeraakt. Wat zijn vader hem vroeg, had hem bovendien vreemd in de oren geklonken. Hij vroeg het hem nooit: of hij er zin in had. Zijn vader nam zijn arm weg.

'Een merkwaardig heer, die Padmos, vind je niet?'

Abel bleef zwijgen. Hij hield er niet van als zijn vader zich aan hem opdrong. Het was altijd uit onzekerheid als hij toenadering zocht.

Zwijgend liepen ze tussen de andere passagiers de hellende veersteiger af. Lieuwe ergerde zich opeens aan de 'slordige' kleding van zijn zoon: een sleetse spijkerbroek (dat scheen zo te horen tegenwoordig), die eeuwige basketbalschoenen en dat witte jack dat zijn meisje op het Waterlooplein uit een hoop oude kleren had gevist. Kleding die wel erg slecht paste bij de statige, donkerblauwe Mercedes van meneer Padmos. De jongen liep er als een schooier bij. Bij de reling van de veerboot liet Lieuwe zijn kaartjes afscheuren door de dekknecht. Toen hij aan boord ging van het schip, toen hij het onder zijn voeten voelde deinen, kwam een grondeloos verdriet in hem op.

Eenmaal uit het gedrang wachtten ze aan de verschansing op meneer Padmos, uitziend over de half drooggevallen haven waarover nog steeds de klappen van de stalen leggers op het dek weerkaatsten. Opzijkijkend zag Lieuwe het langwerpige gezicht van zijn zoon met een inmiddels forse neus, omlijst door bijna tot op zijn schouders reikend haar dat in een pony op zijn voorhoofd lag. Hij werd getroffen door de gelijkenis van dat in zichzelf gekeerde gezicht met dat van Dina toen zij halverwege de twintig was. Zo had zij eruitgezien toen ze voor het eerst zwanger was, zo had ze eruitgezien toen het kind was geboren dat nu naast hem stond. Maar hoe frappant de gelijkenis ook was, hij kon die toch maar een fractie van een seconde zien.

Die aai over zijn hoofd, die mismoedige aai over zijn hoofd die Dina hem ten slotte aan het eind van de nacht had gegeven. Ze hadden op de bank gezeten, een trui over hun pyjama's, leeggepraat. Boven de weilanden begon de lucht te verbleken. Zwijgend hadden ze voor zich uit gestaard naar de tuin met de jonge bomen, wachtend op een ingeving die niet kwam. Toen was Dina opgestaan om naar bed te gaan en had hem in het voorbijgaan toch nog een aai over zijn hoofd gegeven, alsof ze zijn moeder was. Die aai, dat had hij nog het meest vernederende gevonden, die moederlijke aai, nadat ze hem eerst urenlang had afgebroken en hun huwelijk failliet had verklaard.

'Zeg jongen,' zei Lieuwe bijna vleierig, 'luister eens.'

'Ja, pa.'

Het klonk verveeld.

'Het zou geen kwaad kunnen als je je zou verwaardigen om een paar zinnen tegen meneer Padmos te zeggen.'

'Daar zit hij echt niet op te wachten, pa.'

'Je rijdt wel mee in zijn auto, jongeman.'

'Het moet een beetje vanzelf gaan, pa.'

Nog steeds die verveelde toon, met zelfs iets van geduldig uitleggen erin, alsof het om iets vanzelfsprekends ging dat hem maar niet viel bij te brengen.

'Dwing jezelf nou eens ergens toe!'

'Dwing jezelf nou eens ergens toe?'

'Ja, dwing jezelf ertoe om een paar zinnen te zeggen tegen een man die je een dag meeneemt naar Gent. Gewoon af en toe een duit in het zakje doen. Zet jezelf ertoe!'

'Ik vind het zo'n rare vent, een aansteller.'

'Je zit in zijn auto. Punt.'

Het leek een herhaling van talloze confrontaties met Dina. De afweer tegenover vreemden. Het gebrek aan manieren. Het hooghartig oordelen. Het even koppige als onnozele geloof in 'spontaniteit'. Zijn oudste zoon leek het allemaal te hebben overgenomen. In al zijn kinderen hoorde hij Dina, herkende hij haar gedrag, haar opvattingen, haar oordelen. Ook zij zou zwijgend achter in de Mercedes hebben gezeten, net als die jongen, alles in zich opnemend, zonder iets te zeggen, niet in staat zich een houding te geven. Ook zij had zo'n man die zich uitputte in vriendelijkheden kunnen wegzetten als een 'aansteller'.

'Beloof me dat je je gaat gedragen.'

'Komt vanzelf, pa. Hou nou op.'

Abel liep bij zijn vader weg, naar de andere kant van het schip, om het losgooien van de trossen te zien.

Van tussen de auto's en vrachtwagens op het achterdek kwam meneer Padmos tevoorschijn. Hij was begin zeventig, een kleine man in een driedelig pak. Hij hield een zojuist opgestoken sigaar in zijn hand. Nadat hij Lieuwe Roorda had opgemerkt en met een zwierig handgebaar had gegroet, liep hij met zelfverzekerde, maar ook enigszins moeizame pasjes op hem toe. Al op enkele meters afstand begon hij te praten.

'Zo, Lieuwe. Zeg, ik zie jou daar zo staan en je oogt nog als een jongeman! Toen je me onlangs vertelde dat je vijfenveertig bent, kon ik het niet geloven. Maar nu ik je oudste zoon heb gezien, moet ik het natuurlijk wel geloven. Je hebt iets van de eeuwige jongeling.'

'Dat hoor ik wel vaker.'

Lieuwe glunderde. De rook van meneer Padmos' sigaar streek langs zijn neus. Hij keek neer op de wilde haardos van de man. Opeens viel het hem op dat het pak van meneer Padmos om zijn lichaam leek te hangen. Het zat hem veel te ruim. Alsof hij voelde dat het werd opgemerkt, schoof meneer Padmos twee vingers tussen zijn hals en de boord van zijn overhemd.

'Zeg, laten we een bak koffie gaan halen.'

Op weg naar de salon zag Lieuwe zijn zoon staan: met zijn handen in zijn zakken sloeg hij de dekknecht gade die bezig was de losgegooide trossen in te halen, druipend nat.

'Zeg, die zwijgzame zoon van je…'

'Abel.'

'Ja, Abel. Weet hij ons te vinden?'

'Hij moet nog ontbijten. Dus de weg naar het buffet zal hij wel weten te vinden.'

Achterwaarts varend, met veel schroefgeweld in het ondiepe water, maakte de Prins Willem I zich los van de steiger. Op de drempel van de salon, achteromkijkend, zag Lieuwe het wijken van de steiger, het terugwijken van wat achterbleef, mensen die zwaaiend afscheid namen. Hij wendde zich meteen af om het niet te zien.

2

Als jongen was Arjaan Padmos elke ochtend in alle vroegte naar de stad gefietst om er de hogere burgerschool aan de Joachimikade te bezoeken, een zeldzaam voorrecht voor de zoon van een kleine boer. Maar hij had dan ook een zeldzaam goed verstand. Het was in de jaren van de Eerste Wereldoorlog. Uit het geteisterde Vlaanderen waren stromen vluchtelingen gekomen. Hij was bevriend geraakt met Patrick, een jonge evacué, die hij na diens vertrek nooit meer was vergeten. Toen de oorlog bijna voorbij was, deed hij eindexamen. De weg naar de universiteit lag voor hem open. Maar nog een trede hoger stijgen in de maatschappij – dat leek de goden verzoeken. Er moest een grote lening voor worden afgesloten. Zijn ouders durfden het niet aan. Een paar dagen na zijn eindexamen had hij in de stad zijn eerste pak gekocht, op afbetaling. De maandag daarop was hij in dienst getreden van het plaatselijk filiaal van een grote bank waarvan hij, na zich te hebben opgewerkt, meer dan een kwart eeuw de discrete en gewaardeerde directeur was geweest.

Hij was aanvankelijk een begeerde partij, maar allengs met rust gelaten door vrouwenogen en toegetreden tot de kaste der vrijgezellen. Een huishoudster bestierde zijn comfortabele woning aan de Oostsingel. Vanuit zijn werkkamer op de eerste verdieping zag hij uit over het brede water van de stadsgracht, op de beboomde stadswal aan de overkant, en tussen de bomen door zag hij de daken en spitse dakruiter van de Grote Kerk.

Aan orde en regelmaat ontleende meneer Padmos een zeker genoegen. Hij rookte graag een sigaar, maar nooit meer dan vier per dag. Elke maand werden zijn pakken door zijn huishoudster geschuierd en gelucht. Eenmaal per jaar liet hij zich in Antwerpen door zijn kleermaker twee nieuwe pakken aanmeten. Naar de kerk gaan deed hij weinig. Voor de vorm – hij hechtte aan vorm – begaf hij zich op zondagochtend wel eens te voet naar de Grote Kerk en nam goed zichtbaar plaats in het middenschip. Het behoorde in zekere zin ook tot zijn werk, want veel van zijn cliënten leefden nog in een ongeschokt godsvertrouwen en een volmaakt solide indruk zou hij op het eiland als bankier nooit kunnen maken als hij niet van tijd tot tijd eer bewees aan het opperwezen. In de zomer verdween hij steevast een maand uit de stad. Dan was hij in Italië, net als dokter Jongepier, die andere mysterieuze vrijgezel in de stad. Gebruind kwam meneer Padmos terug. Maar over zijn reizen, die hij zelf kunstreizen noemde, vernam men niet veel.

In zijn familie heette hij Arjaan of oom Arjaan. Hij genoot er groot aanzien. Als er bij begrafenissen en bruiloften 'mooi' gesproken moest worden, richtten alle ogen zich als vanzelf op hem. Hij was een geletterd man en een goed spreker, en maakte indruk met zijn zware stem en woeste haardos. Als geen ander kende hij de geschiedenis van de familie. Intussen werd er over niemand in de familie zoveel geroddeld als over oom Arjaan en zijn dikke Mercedes, oom Arjaan en zijn maatpakken, oom Arjaan en zijn huishoudster, oom Arjaan en zijn beleggingen, oom Arjaan en zijn 'kunstreizen'. Het meest geliefde onderwerp waren die 'kunstreizen', goed voor nimmer eindigende speculaties, knipogen en vileine verzuchtingen, alles in het dialect van het eiland.

'Ie 'ou toch zovee van kunst, eeh, oom Arjaen.'

'Ja, 'eel, 'eel vee...'

'Zovee dat 'n elk jaer wee terugghaet, eeh, nae Italië, voe de kunst, eeh...'

Op vrijdagmiddag verliet meneer Padmos het statige pand van zijn bank aan de Grote Markt en begaf zich naar het twintig pas verderop gelegen, eveneens statige pand van hotel De Korenbeurs voor de wekelijkse lunch van de Rotary. Daar ontmoette hij iedereen die ertoe deed op het eiland en sinds een jaar of tien ook

Lieuwe Roorda. Bij de eerste kennismaking had hij hem zo'n 'jong broekje' gevonden dat hij zich niet kon voorstellen dat ze hem rector van een lyceum hadden gemaakt. Maar hij raakte gesteld op deze altijd ietwat gehaaste, maar ook altijd opgewekte, openhartige, hardwerkende 'jongeman', met wie hij over boeken kon praten en die hem zomaar een koraal uit een Bach-cantate kon voorzingen of het begin van Mozarts *Jeunehomme*-concert. Langzaam maar zeker – hij ging altijd voorzichtig te werk – was het hem gelukt deze man voor zich te winnen. Sinds enige tijd waren ze op voet van 'je' en 'jij' en trokken ze zich na de lunch wel eens terug in twee fauteuils in een hoek van de salon voor een gesprek. Meneer Padmos liet zich dan een kelkje jenever brengen en vermaakte zich met het gezicht van zijn 'jonge vriend', die met verbazing gadesloeg hoe hij al om twee uur in de middag een kelkje jenever naar zijn gulzige lippen hief.

Geruime tijd geleden al had hij de nog zo jong ogende rector voorgesteld om hem in Gent, in de Sint-Baafs, het fameuze Lam Godsaltaar te laten zien. Uiteindelijk had Lieuwe toegestemd en gevraagd of zijn oudste zoon, die net eindexamen had gedaan, misschien mee mocht op deze tocht. Meneer Padmos had zich van alles voorgesteld bij die oudste zoon, maar niet de lange en slanke jongeman met zijn gevoelige en door het lange haar ietwat meisjesachtige gezicht. Daarbij bleek hij heel charmant te loensen.

3

Toen ze in Gent op de brug over de Graslei liepen, waar de oude koopmanshuizen zich in het water spiegelen, en ze in de verte de imposante Sint-Niklaas en daarachter de nog imposantere Sint-Baafs aan hun ruime pleinen zagen oprijzen, bleef meneer Padmos stilstaan.

'Hier kan Gent werkelijk wedijveren met de mooiste Italiaanse steden,' zei hij vergenoegd.

Deze opmerking maakte op Abel een diepe indruk. Het leek hem te getuigen van een duizelingwekkende kennis en bereisdheid om zo'n vergelijking te kunnen maken. Vanaf dat ogenblik bewonderde hij meneer Padmos.

Op de veerboot had hij zich van zijn verlegenheid jegens meneer Padmos weten te ontdoen en met hem gesproken. Het ijs was gebroken. Maar het bleef een man die hij met een zekere spot bezag. De vooroordelen van zijn moeder kleurden zijn instinctieve reacties. Alle mensen die zijn moeder afwees, stuitten ook in hem op afkeer. Meneer Padmos reed in een dure auto, hij was bankdirecteur geweest, dus een 'geldman' en een 'materialist'. Hij was lid van de Rotary, een woord dat door zijn moeder steevast met een spottend-bekakte stem werd uitgesproken. Van de zwierige en wereldse manieren van meneer Padmos was hij onder de indruk, maar ook die pleitten uiteindelijk tegen hem. Zijn moeder zou hem 'onecht' hebben gevonden, 'een aansteller'.

Meneer Padmos kwam weer in beweging en liep de brug af. Hij scheen onder het lopen rustpauzes nodig te hebben.

'Ik zal jullie later meer van de stad laten zien. Maar laat ons nu eerst opgaan naar Sint-Baafs. Jongeman, vertel eens, wat weet je van het Lam Gods?'

'Jezus... eh...'

'Het begin is goed.'

'Van Jezus wordt gezegd dat hij als een lam ter slachting is geleid. Heeft het daar iets mee te maken?'

'Als dat alles is wat je weet, dan is het niet veel. Je vader moest zich schamen.'

Meneer Padmos knipoogde naar de vader en trok vergenoegd aan zijn tweede sigaar van de dag.

'Doe nog es een gooi, zou ik zeggen.'

'Het lam staat voor Christus, van wie dus gezegd wordt dat hij als een lam ter slachting is geleid. Omdat hij Gods zoon is, wordt er gesproken van het Lam Gods. Zoiets moet het zijn.'

'Zoiets moet het zijn.'

'Nou ja, ik bedoel, zo zit het, zo is het.'

'O, nu weet je het opeens zeker.'

Meneer Padmos lachte en wendde zich tot de vader.

'Nu en dan moet de jeugd gepijnigd worden, opdat zij later vrucht drage. Dat zul je wel met me eens zijn, Lieuwe.'

'Gepijnigd?'

'Is de school niet vaak een pijniging voor kinderen? Alleen al dat urenlange zitten op de harde banken. Maar zo is het nu eenmaal. Als je een jonge appelboom flink wilt laten groeien, steek je in het voorjaar zijn wortels af. Oef, mensen, het wordt al warm.'

Met zijn zakdoek, gemaakt van een witte stof met bijna onzichtbare roze spikkels, depte meneer Padmos het zweet van zijn voorhoofd.

'Maar nu terug naar jou, jongeman, die ik zojuist een beetje heb gepijnigd. De klassieke tekst over het Lam Gods is uiteraard een uitspraak van Johannes de Doper over Jezus: "Zie het Lam Gods, dat de zonde der wereld wegneemt." Dat moet er bij jou toch ook ingestampt zijn: het Lam Gods dat de zonde der wereld wegneemt.'

'Het komt me bekend voor.'

'Het komt je bekend voor. Welnu, in het midden van het altaarstuk zul je een lam zien: het mystieke lam, het offerdier, weerloos en onaanzienlijk, dat niettemin door iedereen wordt gezocht en aanbeden. Koningen en kerkvorsten, heiligen en kluizenaars, ridders en hun voetknechten, het gewone volk, allemaal zoeken ze het lam om het te aanbidden. Je verstand staat erbij stil. Maar zo is het. Een mysterie, mogen we wel zeggen.'

Fijntjes glimlachend nam meneer Padmos een trekje van zijn sigaar.

'Daar laat ik het bij. De rest zullen we dadelijk zien in Sint-Baafs. En nadat we ons aan de schilderkunst van de broertjes Van Eyck hebben verzadigd, zal ik jullie een lamsstoverij laten proeven zoals je nog nooit hebt gehad. Hou je van lamsstoverij, Abel?'

'Ik denk het wel.'

'Je denkt van wel.'

'Ik heb nog nooit lamsvlees gegeten.'

Meneer Padmos stond stil, licht hijgend alweer, en raakte Abels arm aan.

'Jongeman, ik wou dat ik dát nog kon zeggen.'

Het was de eerste keer dat meneer Padmos de jongen een ogenblik durfde aan te kijken. Abel keek weg. Het viel hem op dat het pak om het lichaam van de oude man leek te slobberen.

4

In de kathedraal weerkaatste het geroezemoes van honderden bezoekers in de gewelven. Het was er druk op de zaterdagochtend. Abel vroeg zich af of er misschien net een mis was geweest.

In het voorbijgaan zag hij kleine houten bouwsels, fraai gemaakt en bewerkt, die hij herkende als biechtstoelen omdat er achter een gordijntje mensen geknield lagen. Hij zag een jonge monnik in bruine pij, blootsvoets in sandalen; in zijn hand slingerde een rozenkrans. Hij zag vrouwen met bossen bloemen naar een kapel lopen, waar aan de voeten van een Maria met kind honderden kaarsen brandden. Hij stond stil en keek naar de vrouwen die kaarsen opstaken in de kapel, hun gezichten door de vlammen verlicht. Her en der waren er in gebed verzonken. Ze lagen tussen de komenden en gaanden op hun bidstoel geknield. Emmers met bloemen werden over de plavuizen gesleept. Met een luide klap viel er iets om, weergalmend in de kapel. Maar het hinderde niemand.

Verwonderd sloeg Abel de riten van een vreemde godsdienst gade. Het meest verwonderde hem dat alles door elkaar liep: het komen en gaan, het neerzetten van bloemen, opsteken van kaarsen, bidden, biechten, een praatje maken met bekenden, stilte en lawaai, eerbied en achteloosheid. Het versterkte zijn gevoel van ver van huis te zijn. Hij liet meneer Padmos en zijn vader een ogenblik uit het zicht verdwijnen om zich alleen te kunnen wanen, een reiziger in het buitenland.

Het altaarstuk stond in een kapel, omringd door een menigte bezoekers, waar het hoog boven uitstak. Abel volgde zijn vader en meneer Padmos. Ergens midden op het immense schilderij ontdekte hij het Lam Gods: een lam dat in een groene wei op een verhoging stond. Het werd omringd door honderden figuren, dicht opeengedrongen in lange stoeten. Uit zijn borst spoot een straal bloed in een gouden kelk. Op de voorgrond waren met de grootste nauwkeurigheid honderden planten en bloemen geschilderd.

Al op het eerste gezicht voelde hij teleurstelling. Hij had gehoopt, tegen beter weten in, op een altaarstuk dat was geschilderd in de trant van Hieronymus Bosch, zijn eerste, nog prille liefde in de schilderkunst. Hij had de panelen van het *Lam Gods* bevolkt willen zien door de wonderlijke figuren die hij op de schilderijen van Bosch had aangetroffen. Hij had iets willen zien dat leek op *De hooiwagen, Het narrenschip* of *De aanbidding der koningen,* waarop alleen al de wrakke stal met die halfnaakte, sinistere figuur in de deuropening hem in vervoering bracht. Uren had hij naar afbeeldingen van de schilderijen van Bosch gekeken, betoverd door de ondoorgrondelijke voorstellingen: naar de bebloede vis aan de staf van de reus Christophorus, die door een rivier waadde met een kind op zijn schouder, terwijl elders een dode beer in een boom werd gehesen en aan de overkant van de rivier een gigantische aardewerken kruik in een boom hing, bereikbaar via ladders, alsof daar iemand woonde. Maar zo was het *Lam Gods* niet geschilderd. Hij had er zo naar verlangd om een schilderij van Bosch in het echt te zien dat dit hier hem alleen maar kon teleurstellen.

Meneer Padmos vertelde. Abel luisterde met een half oor. De uitleg leek hem vooral voor zijn vader bedoeld. Maar allengs begon hij meer en meer te luisteren en zelfs vragen te stellen. Omdat meneer Padmos een kop kleiner was dan hij moest hij zich naar hem toe buigen om hem in het geroezemoes te kunnen verstaan. Hij begon de man te ruiken: de pepermuntlucht uit zijn mond, vermengd met die van zijn aftershave; de geur van zijn sigaar, die nog om hem heen hing. Hij probeerde zijn hoofd zo te houden dat hij de oude man niet hoefde te ruiken. Met snelle blikken verkende hij diens gezicht, opgeheven naar het altaarstuk. Het was of zijn ogen, door het kijken naar de figuren op het schilderij, het gezicht van meneer Padmos scherper waarnamen: het vermoeide vlees van zijn wangen, zijn gulzige lippen, de vurige en donkere ogen onder zijn borstelige wenkbrauwen, de neus waar het vel strak overheen stond. Elke blik op dat gezicht was een waagstuk. Om de een of andere reden schrok hij van elk oogcontact.

'Kijk,' zei meneer Padmos, 'aan weerszijden van het grote tafereel rond het Lam zie je in die nissen Adam en Eva. Levensgroot, naakt, ten voeten uit. Adams ene voet is zo geschilderd dat hij over de rand van de nis lijkt te steken. Stuntwerk van de schilder natuurlijk. Reken maar dat dat werd opgemerkt en gewaardeerd. Een kunstenaar moet weten te verblúffen. Hier deed onze goede Jan dat. Welnu, Adam en Eva, de zondeval – jullie weten er alles van, neem ik aan. Zolang ze het verschil tussen goed en kwaad niet kenden, leefden ze in het Paradijs. Geen schuld, geen schaamte. Wat een genot. Maar ja, toen pikten ze toch wat van die ene boom en was het uit met de pret. Overigens vind ik Eva maar een doetje. Zoals ze d'r bij staat met d'r buikje en pronte borstjes. Erg snugger lijkt ze me niet. Adam is een veel interessantere figuur. Wat een schitterende kop met die woeste, zwarte haren en die naar binnen gerichte blik. Vrouwengezichten kunnen me in de regel toch minder boeien dan mannengezichten. Alleen als vrouwen ouder worden, ontstaat er in hun gezicht soms iets wat me boeit. In Italië heb ik portretten van oudere vrouwen gezien: heerszuchtig, sluw, door alle wateren gewassen, meestal de vrouwen van de grote zakenlui en bankiers van die dagen, gezichten die half en half mannelijke trekken hebben gekregen, ja, dat vind ik boeiend. Maar die lege, onnozele snoetjes, zoals van onze Eva hier, ik zie er niks in, nog steeds niet, en het zal er ook wel nooit meer van komen.'

Zo sprak meneer Padmos, achter elkaar door, bedwelmd door eigen welsprekendheid en de nabijheid van de jongen. Na zijn uitdagende woorden over Eva en vrouwengezichten viel er een stilte.

'Maar ze ziet er toch wel lief uit, die Eva,' meende Lieuwe.

'Onnozele vrouwtjes zien er altijd lief uit, Lieuwe.'

Meneer Padmos lachte. Abel durfde niet meer naar hem te kijken. Er was iets vreemds aan deze man, die steeds zijn blik probeerde te vangen. Maar hij wist niet wat het was.

5

Terwijl Lieuwe rond het altaarstuk werd geleid had hij moeite om er zijn aandacht bij te houden. Hij had het warm. Hij was onrustig. Steeds gleed zijn blik naar de mensen om hem heen. Het slaapgebrek deed zich gelden. Hij begon zich steeds beroerder te voelen.

Intussen deed hij zijn best om naar het altaarstuk te kijken en in de smaak te vallen bij zijn gastheer. Maar zijn opmerkingen kwamen te laat of waren niet ter zake. Toen hij merkte dat hij terrein begon te verliezen bij meneer Padmos, die zich steeds meer tot Abel wendde, nam hij zelf het woord en weidde uit over zijn vader, die meubelmaker was geweest, een secuur man, die alles wist van hout, bekwaam ook in het houtsnijden, getuige een theeblad dat hij op zijn veertiende had gemaakt, en die zeker zo'n altaarstuk met zijn vele zijpanelen en lijsten had kunnen vervaardigen. Hij vertelde ook dat zijn vader nog gezellen had gehad, zoals in de Middeleeuwen gebruikelijk was, jongens die te voet uit Noord-Duitsland kwamen en een paar jaar bleven om het vak bij hem te leren. Meneer Padmos luisterde beleefd, een beetje afwezig, met een ironische glimlach, geleidelijk aan toch ongeduldig, hem ten slotte onderbrekend.

Na deze faux pas, deze opschepperij, keurde Abel zijn vader geen blik meer waardig. Nog meer raakte hij daardoor in de greep van meneer Padmos, die hem prees omdat hij 'zo goed keek'.

Toen Lieuwe het orgel hoorde, ver weg, in een ander deel van de kerk, stond hij onmiddellijk te luisteren.

'Je hoort een orgel en je bent vertrokken.'

De stem van meneer Padmos klonk spottend, maar ook toegeeflijk.

'Vind je het erg als ik even ga luisteren?'

'O, nee.'

'Werkelijk niet?'

'Werkelijk niet, beste Lieuwe.'

Ergens in het middenschip zette Lieuwe zich op een stoel. Maar luisteren naar het orgelspel kon hij niet.

Nu hij alleen was voelde hij zich nog beroerder. Hij zweette. Zijn handen trilden. Het was of nu pas tot hem doordrong wat er was gebeurd, vannacht, wat er was gezegd. Hij herinnerde zich het moment waarop hij van de vaste wal op de deinende veerboot was gestapt. Toen was het begonnen: het gevoel dat hij geen vaste grond meer onder de voeten had. Toen was hij gaan beseffen dat hij alles kwijt zou raken als Dina werkelijk wegging. Ze was koppig. Met geen tien paarden zou hij haar van een eenmaal genomen besluit kunnen afbrengen. Ze zou ongetwijfeld alle kinderen met zich meenemen. Zelfs zijn baan zou hij misschien moeten opgeven, want een gescheiden man als rector van een lyceum – dat zou op het eiland niet geaccepteerd worden.

Hij probeerde te luisteren. Van wie was dit stuk? Vlak voor hem knielden twee gezette vrouwen, twee Gentse madammen, een hoofddoek om hun pas gekapte haren. Ze bekruisten zich en verzonken in gebed, met nu en dan een verstrooide blik op een voorbijganger of de handtas die ze op de stoel naast zich hadden gezet… Bijna twintig jaar was hij getrouwd. In al die jaren had hij nooit een ander gehad. Met de gynaecologe en haar Guarneri was hij er het dichtstbij geweest. Tijdens het musiceren had ze hem uitgedaagd: met de punt van haar strijkstok over zijn bladmuziek wrijvend, met haar strijkstok die ze op zijn knie had laten rusten. Ze waren alleen in dat grote huis. Hij had zich ingehouden, want hij wilde trouw zijn. Maar hij had haar kunnen hebben… En lang geleden de doktersvrouw. Had hem na het concert in de lege garderobe plotseling omhelsd, op die avond vlak voor de verhuizing. Haar blote armen om zijn hals. Toen had het ook kunnen gebeuren. Maar hij was met die kettingrokende pianist naar De Posthoorn gelopen en naar huis gefietst, terwijl in de nacht het onweer rommelde. Hij had er nog een novelle op gebaseerd. Moest nog ergens liggen… Met die twee vrouwen was hij er vlakbij geweest. Maar hij had het niet gedaan. Hij was niet bezweken, hij had zijn rug recht gehouden… Het was pittoresk, die biddende en onderwijl nieuwsgierig rondkijkende Gentse madammen. Eerst naar de kapper voor een nieuwe permanent, dan te biecht bij meneer pastoor, tien weesgegroetjes om boete te doen, dan nog ergens een kop koffie, een stuk taart en een uurtje kletsen en ze konden er weer tegen.

Een paar orgeltonen raakten hem. Een buiging, een verootmoediging hoorde hij erin.

Aan het eind van de nacht, toen ze weer in bed lagen, had hij Dina voorgesteld samen te bidden. Ze had geweigerd en hem de rug toegekeerd. Hij had geaarzeld. Maar toen was hij in zijn eentje voor het bed geknield en had hardop het Onzevader gebeden. Lieuwe boog zijn hoofd en haalde onhandig zijn zakdoek tevoorschijn. Hij snoot zijn neus… Leefde hij werkelijk alleen voor zichzelf? Zocht hij in elke situatie alleen zichzelf? Gaf hij zijn kinderen alleen aandacht als het hem uitkwam en als zijn eigen eer in het geding was? Draaide hij werkelijk elk gesprek naar zichzelf toe om zelf te kunnen praten? En was hijzelf de enige die dat niet zag? Was dat mogelijk? Dat hij geen benul had van zijn eigen manier van doen?

De twee vrouwen kwamen moeizaam overeind. Ze pakten hun tassen, bekruisten zich nog eens en liepen weg. Lieuwe volgde ze met zijn blik. Moest hij een week met Dina naar Parijs? Haar broer had erover zitten vertellen en haar opgehitst: ga nou toch en neem een vriendin mee als die kerel van je niet wil… Hij was nooit in Parijs geweest. Maar als het moest, gingen ze naar Parijs… Vannacht had hij haar willen troosten toen ze zo wanhopig lag te huilen. De eenzaamheid van dat huilen. Ging hem door merg en been. Ga weg, had ze gesnauwd. Een heksachtige felheid in haar stem. Het leek de stem van een andere vrouw, die diep in haar verborgen zat. Ga weg… Nooit had hij haar mogen troosten. Altijd had ze hem afgeweerd als hij het probeerde. Van meet af aan was dat zo geweest... Die drukkend warme dag in '52. Toen voor het eerst... Ze was naar Amsterdam gevlucht, zeven maanden zwanger. De hospita had haar peignoir opengetrokken, haar naakte lichaam laten zien. Nooit had hij begrepen waarom ze toen op de vlucht was geslagen. 's Avonds was ze thuisgekomen. Hij zat te lezen, net terug van vijf dagen bivak. Laat op de avond waren ze nog naar buiten gegaan en naar het bos gewandeld. Daar kwam die uitbarsting. Woedend had ze hem afgeweerd toen hij haar wilde troosten. Ze was weggerend. In de stilte van de maannacht had hij in het bos haar voetstappen gehoord, dof op de dennennaalden.

Lieuwe stond op, nadat hij nog eens zijn neus had gesnoten, en rechtte zijn rug. Lid van de Tweede Kamer der Staten-Generaal. Hij was het haast vergeten. Ze hadden hem onlangs gepolst.

6

In het restaurant begon meneer Padmos zijn lunch met een half dozijn oesters. Vergenoegd hief hij een van de schelpen op.

'Kijk toch eens! Er gaat niets boven onze eigen Zeeuwse oesters. Tot in Parijs weten ze ervan te genieten. Eeuwig zonde dat jullie ze niet lusten.'

Hij zette de schelp aan zijn getuite lippen en liet de oester in zijn mond glijden, de schelp slurpte hij leeg. Hij bette zijn lippen met het nog smetteloze, gesteven servet, reikte met licht bevende hand naar het glas wijn dat op het eveneens nog smetteloze, gesteven tafellaken stond te wachten. Lieuwe Roorda en zijn zoon zagen het aan. Abel pakte de lege oesterschelp van de schaal met ijsgruis en bekeek hem van alle kanten.

'Dit doet me denken aan taferelen in Russische romans,' zei Lieuwe.

Abel sloeg zijn ogen neer. Aan de lacherige toon die zijn vader aansloeg hoorde hij al dat hij zou gaan praten over zaken waar hij geen verstand van had, dat hij op het punt stond zijn hand te overspelen, omdat hij zo nodig weer eens indruk moest maken.

'Aan Russische romans?' vroeg meneer Padmos, die zijn tweede oester al van de schaal had genomen.

'Je weet wel, die taferelen van de een of andere landheer die met geld smijt in een Petersburgs restaurant en dan dozijnen oesters laat aanrukken en een kist champagne!'

'Ik neem zes oesters en een glaasje wijn en jij denkt al aan losbandige taferelen, Lieuwe.'

Meneer Padmos lachte.

'Ik ben nog een beetje high door wat we in de Sint-Baafs hebben gezien. Daar zal het wel door komen,' zei Lieuwe behendig.

Het modieuze woord 'high' in de mond van zijn vader, zijn belachelijk slechte uitspraak, de onwaarachtigheid van zijn opmerking – het was meer dan Abel kon verdragen.

'High,' zei hij sarcastisch.

'Ja jongen, ik word daar echt een beetje high van.'

'En jij,' zei meneer Padmos, zich tot Abel wendend met ogen die oplichtten, van diens gezicht naar beneden gleden en bleven rusten op zijn openstaande bloes, 'ben jij ook een beetje high geworden?'

Toen de lamsstoverij werd opgediend, begon meneer Padmos weer wat kleur te krijgen. Tijdens de rondleiding door de Sint-Baafs was zijn gezicht asgrauw geworden. Steeds had hij zijn vingers tussen zijn boord en hals geschoven, alsof hij niet genoeg lucht kreeg. Maar nu het dampende vlees op zijn bord lag en hij een stevige rode wijn in zijn glas had, leefde hij op. Hij vertelde over een fietstocht die hij lang geleden met een vriend door Vlaanderen had gemaakt. De vriend heette Patrick, een naam die meneer Padmos op zijn Vlaams uitsprak als 'Patriek'. Het was een tocht geweest over stoffige landwegen, tussen het rijpend graan, langs stille dorpen en nog half verwoeste steden. Ze sliepen bij de boeren in het hooi. Ze aten in cafés langs de baan, dikke sneden brood met hesp en een pot bier erbij. Uit een oude kasteeltuin waren ze door een heuse graaf met geweerschoten verjaagd. Op de pier van Oostende had hij de veerboot nagekeken waarmee zijn vriend naar Engeland terugkeerde. Het was lang geleden, maar hij scheen het zich allemaal nog goed te herinneren.

Intussen wist Abel zich geen raad met de blikken van meneer Padmos. Steeds rustten diens ogen te lang op hem, steeds ook gleden ze van zijn gezicht omlaag naar zijn borst. Toen hij de mouwen van zijn bloes oprolde, hief de man juist zijn wijnglas naar zijn mond. Over het glas heen bleven zijn ogen op hem gericht, alsof hij niets wilde missen van het ontbloten van zijn armen. Het waren blikken die niet te rijmen vielen met het beleefde gezicht dat meneer Padmos gewoonlijk aan de mensen toonde.

In afwachting van het dessert, terwijl ze verzadigd achteroverleunden, meende Lieuwe Roorda dat dit het moment was voor een wat verder gaande vraag aan zijn gastheer.

'Zeg Arjaan,' zei hij, 'wat doet jou nou zo'n altaarstuk?'

Het klonk een beetje hulpeloos, alsof hijzelf niet wist wat hij ermee aan moest. Het klonk veel te ernstig. Abel sloeg zijn ogen weer neer. Meneer Padmos leegde zijn glas en zette het zwijgend op tafel, terwijl Lieuwe aan zijn eerste vraag nog een tweede toevoegde:

'Heeft het, hoe zal ik het zeggen, voor jou ook een religieuze betekenis?'

Abel boog zijn hoofd nog dieper. Hij herkende dit van familiebijeenkomsten in het veendorp. Na verloop van tijd kwam daar altijd hetzelfde onderwerp bovendrijven: het geloof. Het was haast dwangmatig. Altijd weer: het geloof. Gespannen keek hij naar meneer Padmos, die quasi-bedachtzaam zijn servet opvouwde en een glimlach probeerde te bedwingen.

'Beste Lieuwe,' antwoordde hij toen, 'voor mij is dit gewoon schilderkunst. Niets meer en niets minder. Ik geniet in dit altaarstuk van een vaardig penseel, van de schoonheid van een ver verleden.'

Hij pauzeerde. Er gleed een glimlach over zijn gezicht.

'Weet je, Lieuwe, eigenlijk ben ik een ongodist.'

Het was even stil.

'Ongodist,' zei Abel verrukt, 'wat een goed woord!'

'Een woord,' zei meneer Padmos, 'dat helaas in onbruik is geraakt. Tegenwoordig zeg je atheïst. Maar in goed Nederlands is het ongodist.'

'Ik meen dat ik het bij Vondel wel eens ben tegengekomen,' zei Lieuwe.

'In mijn familie,' vervolgde meneer Padmos, 'heeft men eeuwenlang huiverend van afschuw gesproken over ongodisten. Dat waren lieden die naar de hel gingen. En er zijn er die het woord nog steeds gebruiken en wel voor mij. Voor hen ben ik Arjaan de ongodist.'

Gnuivend van genoegen zat hij dit te vertellen, vooral aan Abel, en ditmaal zonder hem met zijn ogen te betasten. Abels verrukte lach om het woord 'ongodist' had een snaar bij hem geraakt. Plotseling leek een dieper gaande verstandhouding met deze jongen mogelijk.

7

De zon stond in het westen, waar de zee was. Verblindend fel weerkaatste zijn lage licht in de ruiten van de salon en over de bakboordzijde van de Prins Willem I lag een rossige gloed.

Abel liep naar de boeg van het schip om de boeggolf te zien, het zilvergrijze water, door de voorsteven opengereten, opzijgeworpen, bruisend langs de zwarte romp, die rees en daalde, rees en daalde, onophoudelijk. Wanneer hij zich buitenboord boog en zijn hoofd achter de verschansing liet hangen, kwam hij in de stilte. Het geluid van de bonkende scheepsmotor vervaagde en hij bespeurde de grote stilte die boven het water hing, die overal om hem heen was en waartoe hij niet kon behoren. Hij kon er alleen maar naar reikhalzen, zich over de verschansing buigend. Als hij nu in een jol op de Schelde voer, zou hij in die stilte zijn, elke waterspat rond zijn riemen horen en verder niets. Maar ook dan zou er iets zijn wat hem ongedurig maakte, zoveel wist hij al van zichzelf. Een paar druppels van de boeggolf spatten in zijn gezicht – de afgezanten van een onbereikbaar geluk, de natte vingers van een zeegod die hem even aanraakten.

Op weg naar het achterdek kwam hij langs de plek waar hij met Irma aan de verschansing had gestaan, op die stormachtige zomerdag, zij zeeziek, de plek waar ze over de verschansing had gehangen om over te geven en hem had verteld dat ze ongesteld moest worden. Hij wist nog precies waar ze hadden gestaan. Op het achterdek schoof hij tussen de auto's door naar de achtersteven.

Alsof het zijn laatste overtocht was op deze veerboot, zo nam hij alles in zich op. Met zijn broertje had hij gedaan of ze op zee waren, hier bij de achtersteven, bij de zo zeewaardig ogende verschansing, waar bij zwaar weer het water van het dek uit de spuigaten stroomde 'als op het dek van een zeesleper'. Altijd hadden ze naar het westen getuurd en geprobeerd zichzelf ervan te overtuigen dat ze daar in de verte, waar het lichtte op de horizon, de zee zagen. Hier bij de achtersteven had hij die vage vrees gevoeld dat hij zou worden 'weggenomen' als hij er te sterk en te lang aan dacht.

Nu staarde hij naar het water dat langs de scheepsromp stroomde. Hij kon er niet naar kijken zonder te denken aan degene die zichzelf verdronken had, die op de dijk bij het Sas was aangespoeld en daar in het gras had gelegen aan de voeten van zijn vader.

Abel werd gestoord door een paar jongens, leeftijdgenoten, die van tussen de auto's tevoorschijn kwamen. Ze zetten hun voet op de verschansing. Ze keken naar hem. Hij keek weg. Hij had geen zin iets tegen ze te zeggen, temeer nu hij zo zeker wist dat hij hier wegging, dat hij misschien voor het laatst op deze boot stond.

Abel liep naar de machinekamer. Als kind had hij ook altijd in de machinekamer gekeken. Op de veerboten stond de deur naar de machinekamer meestal open. Zo'n deur met een hoge drempel. Wanneer bij zwaar weer het water over het dek spoelde, kon het niet in de machinekamer stromen. Alles wat van de veerboten zeewaardige schepen maakte, werd door hem en zijn broer genoteerd. Abel boog zich naar voren door de open deur. Het lawaai was oorverdovend. In de diepte stond de machine te stampen, glanzend van het koper. Het motorblok was zo hoog dat er halverwege een balkon omheen was gelegd. Daar stond de machinist in zijn overall, een poetslap hing uit zijn zak. Abel vond het, als altijd, onbegrijpelijk hoe de man het uithield in het lawaai.

Toen Abel zich terugtrok uit de machinekamer en zich omdraaide, zag hij meneer Padmos. De man kwam uit de toiletten. Zijn pak leek nog meer te slobberen om zijn vermagerde lichaam. Met langzame stappen, zijn gezicht asgrauw, was hij op weg naar de verschansing. Abel schrok. Toen liep hij naar de zich voortslepende meneer Padmos toe.

'Gaat het wel goed met u?' vroeg hij.

'Ik kom even een luchtje scheppen.'

Ze stonden aan de verschansing, in het rossige licht. Meneer Padmos klampte zich vast. Abel zag hoe zijn hand als een klauw om het hout lag. De man trok aan zijn sigaar en begon te hoesten. Mismoedig wierp hij hem in het water. Hijgend bleef hij voor zich uit staan kijken. Abel durfde niets te zeggen. Hij wist alleen dat hij vlak bij meneer Padmos moest blijven.

'Waar was u vroeger goed in op school?' vroeg hij op goed geluk.

Meneer Padmos bette zijn gezicht.

'Ik kon eigenlijk alles,' zei hij moeizaam. 'Het kwam me gewoon aanwaaien. Maar wat me het meest is bijgebleven, dat is Homerus. Die impressies ben ik mijn hele leven niet meer kwijtgeraakt... Ik ben hem weer aan het lezen. Het zal de leeftijd wel zijn... Dat ik daarnaar terugkeer. Gisteravond... Gisteravond las ik over Odysseus' nachtelijke sluiptocht door de vijandelijke linies... Zo levendig. Zo menselijk... Voor het eerst... zie ik nu hoe dat hele dichtwerk... hoe dat hele dichtwerk ook een verheerlijking is van de dingen. Al die glanzend gewreven tafeltjes... Al die goed gemaakte roeiriemen... Het bed van Odysseus. Dat hij zelf heeft gemaakt. Hoe uitvoerig... Hoe uitvoerig dat wordt beschreven. Het is één grote verheerlijking van de... van de dingen.'

Met moeite had meneer Padmos deze lofrede eruit geperst. Hijgend stond hij bij de verschansing. De aderen op zijn slapen waren gezwollen.

'U kunt misschien beter niet meer praten,' zei Abel.

'Het gaat zoals het gaat.'

'Misschien moet u even ergens gaan zitten.'

'In mijn wagen. Daar trek ik wel bij.'

Abel bracht meneer Padmos naar zijn Mercedes, hem ondersteunend. Hij trok een achterportier open. Meneer Padmos liet zich op de achterbank zakken, sloot zijn ogen en zei niets meer. Abel keek om zich heen, maar zag niemand om te hulp te roepen. Hij boog zich in de auto, schoof meneer Padmos' stropdas losser en opende twee knoopjes van zijn overhemd. Met zijn vingertoppen schampte hij langs de strot van de oude man, langs het zachte en bezwete vlees.

'Voorin ligt een fles water, een doosje met tabletten,' zei meneer Padmos met gesloten ogen.

Abel haalde de fles water en het pillendoosje uit het dashboardkastje. Hij gaf de man te drinken. Twee tabletten gleden mee naar binnen. Meneer Padmos deed zijn ogen open.

'Je zou een goeie verpleger zijn.'

Hij hief zijn hand op en legde hem even op Abels bovenarm. Toen sloot hij vermoeid zijn ogen. Abel richtte zich op. Hij zag de auto's om zich heen weer staan in het rossige avondlicht. De wijde Schelde was er weer. Hij was de ergste schrik te boven, maar zijn hart sloeg nog fel.

8

In de salon van de veerboot zat Lieuwe Roorda naar buiten te staren. Voor het eerst in jaren rookte hij een sigaret. Hij had de buffetjuffrouw om Golden Fiction gevraagd, maar dat merk bestond allang niet meer. Ze had hem iets anders meegegeven.

Vroeger had Dina eindeloos Golden Fiction gerookt. Eén pakje

Golden, alstublieft. Hij hoorde het haar nog zeggen. Met die geknepen stem die ze had als ze aan een buffet iets moest bestellen. Dezelfde geknepen stem die ze had op visites en recepties, de weinige keren dat ze meeging, de weinige keren dat ze daar iets durfde zeggen… Soms sprak ze op zo'n hele avond geen woord en werden de mensen bang van haar scherpe blik. De starre blik van een roofvogel. Op weg naar huis barstte ze los. Wat er allemaal niet deugde aan de mensen die ze net had ontmoet… Altijd zo geweest. Maar het was erger geworden… Eén pakje Golden, alstublieft. Geknepen stem. Geknepen. Dat was het woord. In de loop der jaren was het erger en erger geworden. Het zou nog erger worden als hij niet ingreep. Elke dag had ze uren de tijd om zich over haar zielenroerselen te buigen, om alles op een goudschaaltje te wegen. Een dienstmeisje wilde ze niet meer in huis. Hij begreep nu waarom: een dienstmeisje verstoorde haar gedachten, haar malende gedachten, het alleen zijn met haar zielenroerselen.

Lieuwe trok aan zijn sigaret.

Hij was gepolst. Ze hadden hem al eerder gepolst. Nu was er van verschillende kanten aangedrongen op zijn 'komst naar het parlement'. Zo probeerden ze hem te paaien. Schobbejakken waren het… Vier, vijf dagen in de week zou hij van huis zijn. Hij kon het Dina niet verkopen… Het trok hem ook niet om uren in de banken van de Kamer door te brengen en te luisteren naar het gehakketak. Hij had op de publieke tribune gezeten en enkele debatten meegemaakt. Onvoorstelbaar geleuter soms. Hij had er geen geduld voor. Alleen de bewindslieden achter de regeringstafel hadden hem geïnteresseerd én de hele gang van zaken in de Kamer: de bodes in livrei, die briefjes rondbrachten, de griffiers, het heen en weer lopen van Kamerleden, de gefluisterde onderonsjes in de banken, en achter in de zaal het gordijn naar de wandelgangen, dat door in en uit lopende Kamerleden werd opengeplooid en weer achter hen dichtviel. Het meest had hem dat gordijn geïnteresseerd – wat daarachter allemaal gebeurde, wat zich daarachter afspeelde. Maar niet dat geleuter op het spreekgestoelte. Na twee, drie debatten was hij zelfs gaan twijfelen aan zijn democratische gezindheid... Zijn vader en moeder. Trots zouden ze zijn. Zijn vader zou over hem opscheppen in de Sociëteit. Mijn zoon vertelde mij laatst... Iedereen wist welke zoon hij bedoelde. Zijn zoon die in de Tweede Kamer zat. Mijn zoon vertelde mij laatst...

Lieuwe trok weer aan zijn sigaret. Net als vroeger blies hij de rook meteen uit, zonder hem door zijn longen te laten circuleren. Waar bleef dat eigenaardig heerschap? Hij was een homofiel... Hij had al een tijd zo'n gevoel over hem gehad. Maar vandaag was hij ervan overtuigd geraakt... Vreemd dat zo'n man homofiel was... Alom gerespecteerd bankdirecteur. Zijn hele leven iets verborgen moeten houden... Ik kan niet meer! Ik kan het niet meer! Arme Dina... Hij had haar hulp aangeboden. Een psychiater. Aangeboden om samen te gaan. Woedend was ze geworden, woe-dend. Alsof hij van plan was haar in een gesticht te laten opsluiten. Heeft geen zin om samen... Jij lult je er toch altijd weer uit bij zo'n man... Elena, ook homofiel. Geen van beiden hadden ze destijds geweten wat het was: homofiel. Toen een vreemd, licht huiveringwekkend woord. Homofiel. Een aberratie. Hij had het opgezocht, haar uitgelegd wat het was... Je had ook Chief Whip, op ieders lip, Lucky Strike, en die dure, die platte, Players, dat waren de beste... De verlovingsfoto's die Gregoor van hen had gemaakt. Had die avond op zijn knieën voor hen op de vloer gelegen met zijn camera. Hijzelf in die stoel, Dina op de leuning. Vol goede moed waren ze geweest... Saffie, een saffie roken, zei ze... Het eerste pakje dat ze samen hadden gerookt. De Canadezen die het dorp binnenreden en vanaf hun tanks pakjes sigaretten hadden gestrooid. Pakjes van tien. Hij had er een gevangen en het aan Dina gegeven. Zij had het lege pakje bewaard... Elena. Dat lange mens. Iets voornaams. Zeer goed opgevoed, dat zag je meteen. Tweemaal ontmoet in het kindertehuis zonder iets te vermoeden. Zag er niets van. Maar had ook altijd iets verborgen moeten houden. Had het ten slotte niet langer volgehouden. Verdronken... Misschien had Dina destijds alleen maar uit goeiigheid, uit medelijden... Want zo was ze wel.

Uit onnozelheid ook. Geen nee durven zeggen. Overrompeld door een vrouw tegen wie ze opkeek... Elena's liefdesbrieven had ze hem later nog eens laten lezen. Zo had hij ze niet geschreven. En de brieven die Elena had geschreven nadat Dina ontslag had genomen. Ik zie alleen maar jou... Misschien nog een kop koffie... Ik zie alleen maar jou.

Lieuwe wendde zijn hoofd naar het buffet, maar hij stond niet op. Hij doofde zijn sigaret.

Stond natuurlijk met Abel te praten. Straks toch es aan die jongen vragen... Ongodist. Ongodisterij. Afgoderij... Vondel weer gaan lezen. Zulke schitterende taal. Het was al eerder bij hem opgekomen. Misschien een vingerwijzing. Kort na de oorlog was hij er helemaal vol van geweest. De Verwey-editie had hij toen gekocht. Een kostbaarheid. Een *Hochgefühl* wanneer hij met zo'n boek thuiskwam in zijn kamer aan de Prinsengracht. Onderuitgezakt in zijn leunstoel, tot diep in de nacht... Op donderdag, haar vrije dag, kwam Dina en ruimde zijn kamer op. Ze maakte zijn kamer 'weer gezellig'... Vondel lezen. Terug naar de Amsterdamse schouwburg in de zeventiende eeuw en zijn proefschrift. Half af. Nu afmaken... Vijfenveertig. Kwam er voor hem nu al een eind aan? Was het nu al voorbij? In de zeventiende eeuw waren de meesten op hun vijfenveertigste al dood... Verschrompelde dat ding als je het niet gebruikte? Dina had hem nooit durven vastpakken... Op zijn vijfenveertigste kwam er een einde aan zijn seksuele leven. Juist in die tijd schreef hij zijn aangrijpende... Proefschrift afmaken. De Amsterdamse Stadsschouwburg en het verzet der predikanten in de periode zestienzoveel tot zestienzoveel. Ook een handelseditie. Doctorstitel. Gaf toch aanzien. Het was een voltooiing. Voltooi wat gij ooit begonnen zijt. Tijd om het af te maken had hij genoeg. De school deed hij nu met zijn linkerhand... Thuis zijn. Met Dina praten. Vertrouwen geven. Haar naar buiten zien te krijgen... Op het eiland had hij bovendien een mooi leven. Kon hier van nut zijn. Het orkest, elk jaar beter. De plekken der roerloosheid... Ook *Het concert* afmaken. Kan het zo nog oproepen. Die avond. Haar blote armen om zijn nek. In de garderobe. Opeens. Dat was de vonk geweest. Na het concert had hij de pianist naar De Posthoorn gebracht. Net Schubert gespeeld en dan binnenkomen in zo'n rokerige gelagkamer. Er werd gebiljart... Een pianist met nicotinevlekken op zijn vingers. Gekreukte regenjas. Optreden in de provincie. Daar ziet hij haar terug, inmiddels getrouwd met de plaatselijke arts, en speelt op haar vleugel, zonder dat te weten. Kan het verhaal zo weer oproepen. Zit er dus nog steeds... *Het concert* afmaken. Misschien begint het nu. Nadat er een einde was gekomen aan mijn... Het is weg, had ze vannacht gezegd. We hebben het laten wegglippen.

Grote onrust beving de nog jonge en nog zo jong ogende Lieuwe. Hij stond op en ging aan dek.

9

Meneer Padmos reed eigenhandig de Mercedes van de veerboot. De pillen hadden hem over zijn dodelijke vermoeidheid heen geholpen. Bij het verlaten van de boot stak hij zijn linkerhand uit het open portierraam en drukte de dekknecht, die hem aanwijzingen had gegeven bij het manoeuvreren, een fooi in de hand.

'Die jongens verdienen zo weinig,' zei hij, terwijl hij gas gaf en de steiger op reed. 'En ze staan daar maar in weer en wind hun werk te doen. Ik geef ze altijd wat extra's.'

Een dergelijke vrijgevigheid verwonderde zowel de vader als de zoon.

Tijdens de rit over het eiland zat Abel zwijgend op de achterbank. Hij genoot van de Mercedes, die bijna geluidloos voortgleed, en verwonderde zich erover hoeveel er in één dag kon gebeuren. Flarden van de tocht kwamen op in zijn hoofd. Achter hem stak de Prins Willem I de Westerschelde alweer over, nu met zijn boordlichten aan, en ver daarachter stond het altaarstuk in de bijna donkere kerk. Hij was moe van het zien, zwaar van alles wat hij die dag in zich had opgenomen. Aan wat hij op de veerboot met meneer Padmos had meegemaakt durfde hij nauwelijks terug te denken. Het drong ook nog niet goed tot hem door. Hij had het in een roes beleefd.

Terwijl hij achteroverleunde in de leren kussens en de landerijen voorbij zag glijden, herleefde een oude dagdroom: hij was de zoon van een baron en keerde terug naar het landgoed van zijn vader, na een buitenlandse reis. Weldra zou de oprijlaan met zijn statige bomen opdoemen. Een bordes. Zusjes die hem om de hals vlogen. Zijn moeder. Zijn vader, een strenge man, ontving hem in de bibliotheek. Het parket kraakte onder zijn laarzen. Op weg naar boven herkenden zijn voeten de traptreden. Met een flakkerende kaars in de hand trad hij zijn oude kamer binnen. Daar hing het schilderijtje van Patinir met de Madonna en het landschap, de rieten reiskorf en het vuurtje met de bijna onzichtbare Jozef, het schilderijtje dat hij al van kindsbeen af kende, dat al eeuwen in de familie was en dat later van hem zou zijn. Door het raam zag hij de vertrouwde contouren van de eiken, waarvan er een, de mooiste, gehavend was. Het kwam dichterbij, steeds dichterbij. Maar vooralsnog was hij onderweg in zijn rijtuig.

In de schemering reed de Mercedes de Oostsingel op, onder de bomen langs het water. Meneer Padmos reed langzaam, bijna stapvoets, met open raam, genietend van de thuiskomst. Hij parkeerde voor zijn huis. Toen Abel was uitgestapt en om zich heen keek, kon hij zich nauwelijks voorstellen dat hij in zijn eigen stad was. Alles leek anders. Nog nooit had hij de singel met zijn bomen en huizen in de schemering zo beleefd.

In zijn huis leidde meneer Padmos hen meteen de trap op naar zijn bibliotheek, omdat hij Abel nog wat boeken wilde meegeven. Hij maakte maar nauwelijks licht. In de achterkamer knipte hij een kleine schemerlamp aan, zo ook in de voorkamer. Hij hield van schemeren.

'Gaat zitten,' zei hij, 'gaat zitten, mensen.'

Maar Abel en zijn vader bleven staan, onwennig, geïmponeerd door de weelde van een klassieke bibliotheek met parketvloeren, tapijten, oude prenten, een buste op een piëdestal en overal statige boekenkasten tot aan de gestuukte plafonds. De twee kleine schemerlampen en het vele dat in de schaduw bleef, maakten de twee vertrekken nog imposanter.

'Alsof je in een andere tijd stapt,' verzuchtte Lieuwe.

Abel keek naar meneer Padmos. Pas nu hij hem in zijn eigen huis zag, drong tot hem door dat deze man ongeveer even oud moest zijn als zijn grootvader. Hij had hem de hele dag als veel jonger ervaren en zelfs nu hij het besefte kon hij zich moeilijk voorstellen dat zijn grootvader Roorda en meneer Padmos generatiegenoten waren.

In de achterkamer klom meneer Padmos op een kleine trap. Bijna op de tast vond hij ergens hoog in de schaduw de boeken die hij zocht. Het viel Abel op hoe vlug meneer Padmos zich hier in zijn eigen wereld bewoog. Opeens ving hij een glimp op van een snelle werker. Meneer Padmos gaf hem drie plaatwerken over de Vlaamse primitieven in handen.

'Leen ze zolang je wilt.'

Haastig, een beetje gejaagd, nam hij vader en zoon mee naar de twee hoge ramen die uitzagen op de singel.

'Tot slot wil ik jullie toch ook even de schoonheid van je eigen stad laten zien. Er is nog net genoeg licht.'

Meneer Padmos toonde hun het uitzicht, waar hij zelf nog krap twee maanden van zou kunnen genieten. Achter de stammen van de bomen schemerde het water van de singel, aan de overkant rees de stadswal op en daarachter zagen ze, boven de daken van de stad uitstekend, het koor, de luchtbogen en de spitse dakruiter van de Grote of Maria Magdalena Kerk.

'Ik heb flink wat jaren moeten wachten voordat ik dit huis kon kopen,' zei meneer Padmos. 'Maar ik heb erop gewacht, want ik wilde dit uitzicht. Het brede water en de stadswal, waar ik veel studie van heb gemaakt. Verdedigingswerken hebben me altijd geïnteresseerd.'

Hij hoestte.

‘Meer nog dan op de stadswal wilde ik uitzien op wat daarachter oprijst: dat voorbeeld van Brabantse gotiek, bijna te mooi en te groot voor deze stad, neergezet door Antwerpse bouwmeesters. Alle dagen heb ik naar haar gekeken, de mooie Maria Magdalena, beschermheilige van de gevangenen. Ik ken haar in alle seizoenen, op alle tijdstippen van de dag, in elke belichting... Een kerk... Ik heb me van de kerk en van het geloof altijd weinig aangetrokken, want ik heb er in mijn familie te veel ellende door zien ontstaan, tot aan godsdienstwaanzin toe... Maar je kunt van de traditie wel leren... We hebben het *Lam Gods* gezien, en dat gaat over het offer. Bijna elk mens moet ergens in zijn leven wel een groot offer brengen. Ik heb dat zelf ook moeten doen, zoals jullie begrijpen. Maar ik kan je zeggen: ik ben er uiteindelijk niet slechter van geworden. Het neemt de hoogmoed weg en daardoor groeit het inzicht.’

Meneer Padmos stokte. Abel zag zijn borst op en neer gaan.

‘Afijn, dat is het gereutel van een oude man.’

Hij wendde zich af van het raam, opnieuw een beetje gejaagd.

‘Dit was het, mensen. Ik heb genoten van deze dag en ik heb het gewaardeerd dat jullie mee wilden gaan. Maar nu gooi ik jullie eruit. Ik ga een taxi bellen.’

10

In het donker van de slaapkamer durfde Lieuwe zich nauwelijks te bewegen. Het was of er vanuit het bed op hem geschoten kon worden, of ze hem ergens met een mes stond op te wachten. De lucht verdikte zich, de duisternis leek tot leven te komen. Hij begon vage contouren te onderscheiden en op de tast vond hij zijn stoel. Hij kleedde zich uit, zo stil mogelijk, maar toch met enig gerucht van kleren om een gewone indruk te maken. In de badkamer maakte hij geen licht en poetste zijn tanden in het donker.

Toen hij opnieuw de slaapkamer binnenkwam, voelde hij dat Dina wakker lag. Opnieuw overviel hem die merkwaardige angst voor fysiek geweld en onderging hij iets dreigends, vooral aan die kant van zijn lichaam die naar het bed was toegewend. Behoedzaam kroop hij onder de dekens, ervoor wakend te ruften. Hij hield zijn ogen open en bewoog zich niet.

Lange tijd lagen ze zwijgend naast elkaar.

'Hoe was het?'

In het donker had eindelijk Dina's stem geklonken. Een schorre stem. Een trieste stem. Een geknepen stem.

'Ach, het was wel aardig.'

'En je vriend, hoe was hij?'

'Het is een eigenaardig heer.'

Ze zwegen. Lieuwe wilde het liefst gaan slapen. Hij overwoog om zijn hand onder de deken naar haar uit te steken, maar durfde haar niet aan te raken. Hij durfde ook zijn ogen niet dicht te doen en in slaap te vallen. Hij dacht aan de nachtelijke patrouilles, lang geleden, het op wacht staan in een aardedonker bos, de duisternis die tot leven leek te komen, de angst – terwijl het toch maar om een oefening ging. Hij herinnerde zich hoe hij Dina in het maanlicht het bos in had zien hollen, haar voetstappen in de stilte had gehoord, en dat hij haar niet achterna was gegaan.

'Waarom heb je míj eigenlijk niet meegenomen vandaag?'

Lieuwe zweeg en woog zijn antwoord.

'Jou?'

'Ja, mij.'

Aan de andere kant van het bed klonk nu een zacht en hoog janken, als van een hond, dat overging in gierend huilen. Hij hoorde de wanhoop van een kind, ontroostbaar om verlies. Zijn hart kromp ineen.

'Het is weg,' zei ze met verstikte stem, met de meest wanhopige stem die hij ooit had gehoord, 'het is weg.'

Een ogenblik opende zich voor Lieuwe Roorda de afgrond van de waarheid, en hij zag dat het waar was wat ze zei. Meteen kwam hij woedend in verzet. Hij kroop naar Dina toe. Voor de eerste en enige keer in zijn leven mocht hij haar toen vasthouden terwijl ze huilde, haar uitgeputte en willoze lichaam. Maar het was te laat. Het was weg.

VIII

DOMBURG

1

De dag nadat hij in Gent het *Lam Gods* had gezien, reed Abel met Toni Mesu naar Domburg. Het was zondagmiddag, het eiland lag in rust verzonken. Ze reden langs de rijksweg, Abel steeds achter de zoon van de veearts, wiens brommer harder liep dan de zijne. Ze passeerden de dorpen op enige afstand, gadegeslagen door mannen in donkere pakken die na het middageten naar de weg waren gekuierd om naar het verkeer te kijken. Van de velden kwam de geur van gemaaid gras, dat in de zon lag te drogen.

Met tegenzin reed Abel westwaarts, steeds verder van huis.

Toen ze de Sloedam over waren en Walcheren op reden, begon hij zich zelfs enigszins unheimisch te voelen. Hij verlangde terug naar de duffe dorpen van zijn eigen eiland, waar nu de geur van gekookte aardappels en gebraden vlees door de achtertuinen dreef, waar hij op zondagmiddag met zijn vader en broers en zussen doorheen reed op weg naar de 'plekken der roerloosheid' waar zijn vader zo van hield, hij verlangde haast terug naar die saaie zondagmiddagen. Hij keek zelfs om toen ze Zuid-Beveland verlieten. Achter op zijn brommer hing de maar half gevulde weekendtas.

Walcheren kende hij niet. Middelburg bood nog een vertrouwde aanblik: het kanaal waar een rij schepen met open luiken op de maandag lag te wachten, het station waar met piepende remmen een trein tot stilstand kwam, de brug, de torens in de stad. Daarna: onbekende wegen, onbekende dorpen. Geen inlandse dijken die polders omsloten, alleen maar vlak land met grote akkers, alleen maar jonge bomen en in de verte de bultige duinen.

Na een uur bereikten ze Domburg, het oude dorp aan zee. De straten lagen er verlaten bij, stovend in de zon, maar op het pad op de duinen was het druk en van achter de duinen kwam het gejoel van baders, verwaaiend in de wind en vermengd met het dof geluid van brekende golven. Het zonlicht, weerkaatst door de immense spiegel van de zee, was zo verpletterend fel dat Abel zijn ogen moest dichtknijpen.

Op het dorpsplein stopte Toni voor een deftig etablissement. Hij trok zijn brommer op de standaard en rekte zich uit. Vlak voor zijn eindexamen had hij zijn blonde haren laten millimeteren en gister had hij er opnieuw de schaar in laten zetten om er 'netjes' uit te zien. De glazen van zijn zonnebril weerspiegelden de lage huizen rond het plein.

'Zullen we dat babbeltje meteen maar doen?' vroeg hij.

'Wel ja.'

'Maar gedraag je dan een beetje, Roorda.'

In het etablissement waren de laatste gasten voor de lunch vertrokken en werden nu, met gedempte geluiden van bestek en borden, de tafels gedekt voor het diner. Aan een ronde tafel bij de bar troffen ze de eigenaar, meneer Turkenburg, die net zijn lippen afveegde aan zijn servet, zijn half leeggegeten bord liet wegnemen en zich een nieuw glas wijn liet inschenken.

'De jongeheer Mesu.'

'Goeiendag, meneer Turkenburg,' zei Toni met voorgewende onderdanigheid, 'dat is lang geleden.'

'Een jaar, zou ik denken.'

'Tsjongejonge, een jaar alweer.'

Handenwrijvend onderhield Toni zich met meneer Turkenburg. Abel stond er enigszins afwezig bij. Hij keek naar de hoge en statige gelagkamer en naar twee meisjes die met stapels borden en schone tafellakens naar het restaurant liepen.

Aan tafel met meneer Turkenburg bleef Abel afwezig. Ook al had hij er niet het minste bezwaar tegen op zondagmiddag in een café-restaurant een sollicitatiegesprek te voeren, toch bleek hem dat nu een ongemakkelijk gevoel te geven. Daarbij kwam een plotselinge, hevige twijfel aan zijn onderneming met Toni, met wie hij pas het afgelopen jaar bevriend was geraakt. Hij had ook een onmiddellijke afkeer van meneer Turkenburg vanwege zijn hangbuik en de deodorantgeur die het overdadig zweten van zijn vette lijf moest camoufleren, vanwege de donkerblauwe blazer met rode pochet die hem een heer van stand moest doen lijken en zijn etablissement een zaak van standing. Het meest van al hinderde hem het verlies van zijn vrijheid dat aanstaande was. Het was of hij willens en wetens zijn hoofd in een strop stak.

'En jij, wil jij hier ook komen werken?' vroeg meneer Turkenburg hem ten slotte.

'Ja, daarom ben ik hier.'

Het klonk bot en arrogant. Onder tafel kreeg hij van Toni een trap tegen zijn been. Hij ging rechtop zitten, eindelijk bij de les, en begon te praten. Een kwartier later had hij zijn baantje, maar alleen omdat meneer Turkenburg om personeel zat te springen en vooral omdat hij was geïntroduceerd door Toni, wiens familie hier al sinds jaar en dag over de vloer kwam.

Buiten deed het helle licht hem knipperen met zijn ogen. Toni had zijn zonnebril alweer opgezet. Aan zijn afgewend hoofd zag Abel dat hij nijdig was.

'Sorry,' zei hij, 'ik was er niet helemaal bij.'

'Dat was te merken, ja.'

Een ogenblik zag hij niets dan Toni's wang, de welvingen van zijn oor en de dunne huid daar, die nu ook door zijn blos van woede werd bereikt.

'Het is een kakfiguur,' zei Abel.

'Een kakfiguur? Gewoon een aardige vent. Ik ken hem al jaren.'

'En hij zuipt te veel.'

'Zo heeft iedereen wel wat. Mijn vader zuipt ook te veel, maar niemand heeft over hem te klagen.'

'Maar jouw vader is sterk,' zei Abel om hem te vleien en zijn woede te temperen.

‘Sterk als een paard.’

‘En in de stal staat hij zijn mannetje.’

‘Daar weet jij geen donder van, Roorda.’

Zwijgend liepen ze naar hun brommers.

‘Gaan wij het vier weken met elkaar uithouden, jongeheer Mesu?’

Abel lachte, een beetje vals. Opnieuw zag hij een blos over Toni’s wangen trekken. Hij herinnerde zich hoe de jongen hem een paar weken geleden bij de strot had gegrepen en tegen de wand van de schuur had gedrukt.

2

Het zomerhuis lag aan de rand van het dorp, bijna tegen de duinen aan. Het stond op een zanderig terrein, waar niet veel meer wilde groeien dan helmgras en duinroos. Een smalle weg scheidde het terrein van de duinen. In het zomerhuis met zijn rotanmeubels en hol klinkende kamers hing een geur van leegstand. Abel opende de deuren naar het terras en liep weer naar buiten. Croquetpoortjes van verleden zomer waren in het zand blijven staan. Hij hoorde meeuwen, de stemmen van mensen hoog op het duin. Hij liep weg van het huis. Her en der op het terrein waren sikkelduintjes ontstaan. Hij hurkte en stak zijn hand in het zand van zo’n volmaakte sikkel: het was warm.

Ze betrokken elk een kamer op de eerste verdieping. Abel opende het raam om ook daar de frisse lucht binnen te laten, het geluid van de wind die woelde in de struiken. Hij zat op de rand van zijn bed en voelde zich armoedig omdat hij zo weinig bij zich had. De weekendtas lag als een lege huid op de vloer.

In de keuken was Toni bezig de kasten open te trekken.

‘Inspectie van de voorraden,’ riep hij.

Hij opende twee flessen bier.

‘Zo, eerst even rustig een bodempje leggen. Straks moeten we maar eens naar de drankvoorraad van mijn vader kijken. We kunnen er ruim van gebruiken, want hij is toch allang vergeten wat hij hier allemaal heeft liggen. Alleen de dure flessen zitten in zijn hoofd.'

In twee ligstoelen zaten ze op het terras, uitkijkend over het ruige veld naar het hoge duin waarop steeds kleine figuren stonden, klein als op een toren. Het licht weerkaatste op de witte borst van de meeuwen die, balancerend op de wind, in de lucht hingen. Kinderen in badpak renden op blote voeten langs het veld, giechelend, omkijkend, en verdwenen op een pad onder kromgegroeide bomen.

Abel wist geen woord meer uit te brengen. Hij hoorde de wind, de verwaaide stemmen op het duin, hij zag de vergeten croquetpoortjes, zijn voeten in gymschoenen op een vreemd terras, en dit alles stemde hem triest.

'Zie ik het goed en bent u enigszins... eh... gedeshumeurd,' vroeg Toni ten slotte met komisch verdraaide stem.

'Gedeshumeurd?'

'Ja, bent u gedeshumeurd?'

'Ik moet wennen.'

'Ach, natuurlijk, u bent wennende!'

In ongemakkelijke situaties viel Toni terug op een komisch heer-van-standtaaltje dat hij zich het afgelopen jaar had eigen gemaakt en waarmee hij succes had behaald. Het paste bij het rechtse imago dat hij zich had aangemeten in een klas vol linkse sympathieën. Om dat imago kracht bij te zetten bezocht hij geregeld de kapper en liet zijn haar hoog opscheren. Met een uitdagend gezicht betrad hij dan op maandagochtend het klaslokaal vol langharigen en liet zijn stekelhaar knisperen onder zijn handpalm.

'En het is zondag,' zei Abel, de eerste de beste vluchtweg nemend.

'Zondag? Inderdaad, zeer juist, het is zondag. Maar wat bedoelt u daarmee, jongeheer Roorda?'

'Het zondagsgevoel.'

'Het zondagsgevoel?'

'Verveling, lamlendigheid, beklemming. Er drukt iets op die

dag, altijd en overal. Zelfs hier achtervolgt het me. Ik zie die rij geparkeerde auto's blikkeren in de zon, en het is zondag. Maandag zou het niet kunnen zijn. Zelfs met mijn ogen dicht zou ik weten dat het zondag is.'

'Op zondag draaf ik over de hockeyvelden, alwaar ik mij heb ontwikkeld tot een specialist van de strafbal.'

Toni leegde zijn bierfles.

'Of ik sta op de tennisbaan. Of ik tuf op het jachtje van mijn ouders door het kanaal naar het Sas om de dag op de Oosterschelde door te brengen. Bij terugkeer, des avonds, pleegt mijn vader bij het binnenvaren van de sluis nog wel eens een ander jachtje te rammen, omdat hij met zijn dronken kop de gashendel de verkeerde kant op draait. Maar dat mag de pret niet drukken. Over het geheel genomen is de zondag mij altijd goed bevallen.'

Abel kon zich wel voor zijn kop slaan dat hij precies dat deel van zijn achtergrond aan Toni had laten zien waar hij zich voor schaamde. Toni behoorde tot de klasse van welgestelde liberalen, die neerzag op gelovigen, die er zich graag een beetje vrolijk over maakte.

In het zomerhuis van zijn ouders behoorde Toni nog meer tot die klasse, die zich op zondag vermaakte met tennissen of zeilen in plaats van zich aan de tucht van Gods woord te onderwerpen. Meteen na aankomst had hij een oude tennisbroek aangetrokken, een broek van een ouderwetse snit die bijna tot zijn knieën reikte met vage oranje gravelvlekken in het wit, maar voor Abel toch een broek met een zekere chic. Bij die tennisbroek had hij een tennisshirt aangetrokken met een opstaand kraagje, ook oud en toch mooi en stijlvol, en zijn blote voeten had hij gestoken in versleten, uitgelopen, door zeewater aangetaste, maar nog altijd dure leren mocassins. Hij zag eruit als de zoon van welgestelde ouders. Met een zeker dedain bezag Abel die kleren en tegelijkertijd was hij ervan onder de indruk. En juist nu had hij aan deze achteloos-chique jongen, die van zijn zondagen genoot, iets laten zien van een achtergrond die hij zelf al voor bekrompen hield.

‘Het zondagsgevoel,’ herhaalde Toni geamuseerd.

Hij schoof de mocassins van zijn voeten. Abel wierp een blik op Toni’s blote voeten. In de gymzaal had hij ze vele malen gezien. Maar nu was het of hij iets intiems zag. Hij wendde zijn blik af. Zelfs de nabijheid van Toni’s blote voeten geneerde hem plotseling.

‘Kijk,’ zei Toni met zijn gewone, zware en goedhartige stem, ‘daar aan de overkant…’ – hij wees met zijn lege bierfles naar de lage, kromgegroeide bomen waarachter nog net een wit huis zichtbaar was – ‘daar woont Van Schagen, de dichter. Je zult hem wel zien. Een krasse oude baas, altijd met een alpinopet op.’

Abel bloosde licht.

‘Jezus, een dichter in Domburg!’

Een ogenblik keek hij naar de kromgegroeide dennenbomen rond het huis, die hem deden denken aan een haardos die door een harde wind naar één kant wordt geblazen.

‘Heb je wel eens iets van hem gelezen?’

‘Je weet toch dat ik een cultuurbarbaar ben! Gedichten, wat moet ik daar nou mee? Wat zijn dat eigenlijk… eh… gedichten?’ Toni lachte. ‘Nou ja, eigenlijk is het ook een schande dat ik nog nooit iets van die kerel heb gelezen.’

Hij hees zich overeind uit de ligstoel.

‘Ook nog een biertje, jongeheer Roorda?’

Toni’s schaduw viel over hem heen. Abel keek omhoog en voelde zich bedreigd, louter en alleen omdat de schaduw van die forse knaap in zijn tennisbroek over hem heen viel.

Toni liep het huis in. Om de ban te breken, om zich minder ongemakkelijk te voelen kwam ook Abel overeind uit zijn ligstoel. In de kamer stond hij stil voor een boekenrek dat aan de muur was geschroefd. Al bij een eerste blik ontdekte hij een boek waarvan de titel hem een schok gaf: *The Temple of Nehalennia at Domburg.*

Het beeld van de altaarstenen, opgevist uit de Oosterschelde, was hem bijgebleven. Hij had de krantenartikelen uitgeknipt. Hij had zich een voorstelling gevormd van het ruige landschap rond de kleine tempel. Slikken en schorren waar de zee via slenken en geulen diep in doordrong. Hij zag de altaarstenen voor zich: de godin in haar nis, altijd met een korf vruchten op haar schoot en een hondje aan haar voeten. Hij zag de kleine tempel voor zich – op school had hij geleerd hoe een Romeinse tempel in de buitengewesten eruitzag. Je hoorde de zee. Als grafzerken stonden de altaarstenen rond het gebouw, geschonken door handelaars, meestal nadat ze een storm op zee hadden overleefd. Op elke steen eindigde de tekst met dezelfde Latijnse woorden: *votum solvit, libens merito,* hij loste zijn gelofte in, gaarne en met reden.

Haastig bladerde Abel in het boek. Binnen een minuut had hij de essentiële informatie te pakken: een reeks onder elkaar geplaatste tekeningen waarop te zien was hoe de tempelruïne bij het oude Domburg in de loop der tijd onder de zich landinwaarts uitbreidende duinen was geraakt, na een reeks stormen en duinafslag halverwege de zeventiende eeuw aan zeezijde tevoorschijn was gekomen, omringd door de brokstukken van altaarstenen – die een tekenaar toen had getekend; vervolgens geleidelijk aan in zee terecht was gekomen, aan het begin van de eeuw bij laag laagwater nog was te zien en nu voorgoed onder het zand in de Noordzee was verdwenen.

Toni kwam de kamer binnen met flessen bier en hompen brood met kaas.

'Wat bijzonder dat jullie dit boek hebben,' zei Abel.

'*The Temple of Nehalennia,*' las Toni met schuingehouden hoofd. Hij grinnikte. 'Je bent waarschijnlijk de eerste die het inkijkt.'

Een gevoel van ontheemd zijn bleef Abel kwellen. Niets beviel hem in zijn nieuwe omgeving. De drank verhielp er weinig aan. Tegen zessen trok Toni een bestoft blik macaroni open. Abel begaf zich naar de kelder om een fles wijn uit te zoeken – voor het eerst in zijn leven, met als enige richtlijn dat die fles niet ouder dan vijf jaar mocht zijn.

In het koele schemerdonker van de kelder herademde hij. Zijn hoofd tolde van de drank. Hij liet zich op zijn hurken zakken en leunde met zijn rug tegen de muur. Boven zijn hoofd, maar in een ander deel van het huis, hoorde hij vagelijk de voetstappen van Toni. Buiten, voor het kleine kelderraam, rukte de wind aan de struiken.

Terwijl hij daar zat, nam het bezit van hem: het besef dat er iets onherroepelijks was gebeurd. Het bloed steeg naar zijn hoofd. Zonder er een ogenblik bij stil te staan, zonder het zelfs maar te beseffen, had hij die ochtend voorgoed het huis van zijn ouders verlaten. Zelfs als hij vanavond terugging, was het een feit. Het was gebeurd. Over een maand, wanneer het werk in Domburg erop zat, zou hij met Digna op reis gaan. Voor zijn vertrek naar Amsterdam zou hij nog wel een paar dagen bij zijn ouders zijn, maar dan zou hij al niet meer bij hen wonen, hij zou iemand zijn die een paar dagen langskwam en in zijn oude kamer sliep. Opeens was het gebeurd. Hij was weggereden alsof hij die avond terug zou komen. Hij was zomaar het huis uit gehold met zijn weekendtas, aan de late kant, zoals gebruikelijk, terwijl zijn moeder hem nog dingen nariep.

Abel probeerde zich te herinneren hoe zijn vertrek die ochtend was verlopen. Waar zijn moeder had gestaan, waar de anderen waren geweest, zijn vader. Hij probeerde zich te herinneren hoe zijn kamer er die nacht had uitgezien terwijl hij lag te lezen en naar de zacht spelende radio luisterde en het stof op de warm geworden radiobuizen rook. Opeens was zijn kamer een plek geworden die hij zich probeerde te herinneren.

3

Na zonsondergang beklommen ze het duin. Toni deed het langzaam. Abel rende met twee treden tegelijk de houten trappen op om zichzelf te bewijzen dat de drank geen vat op hem had, dat hij helemaal niet zoveel had gedronken, en ook om tegen de drank in te werken en terrein terug te winnen. Toen hij boven op het duin kwam, hijgde hij, maar hij was niet gestruikeld of tegen de grond geslagen, dus dronken kon hij niet zijn.

Hij had nu een minuut voor zichzelf. Hij ging achter de struiken staan, zodat Toni hem vanaf de trappen niet kon zien. Het baatte niet. Het bracht geen opluchting. Elke seconde was hij in afwachting van de ander. De zee leek van satijn, een lichtblauw satijn met vegen roze erin. Op het strand de paalhoofden, op regelmatige afstand van elkaar, bijna zwarte silhouetten waren het nu. Abel herinnerde zich de avond waarop hij ze voor het eerst had gezien, een serene zomeravond als deze, met een zee die bijna geruisloos tussen de palen door gleed en brak in de avondstilte. Met Otto was hij over de paalkoppen de zee in gelopen tot ze niet verder konden.

Toni verscheen op het duin. Met een glimlach liep Abel op hem af, zijn dronkenschap onwillekeurig een beetje overdrijvend.

'Kent u dit bekende panorama?' vroeg Toni met verdraaide stem.

Ze liepen over het schelpenpad dat over de rug van de duinen voerde. Alle bankjes waren bezet met badgasten. Abel probeerde te genieten van het uitzicht, maar zijn beklemming wilde niet wijken. Hij wilde hier niet zijn. Met het naderen van het Strandhotel bekroop hem de vrees dat Toni daar koffie zou willen drinken op het terras.

Hij had nog nooit op het terras van zo'n groot hotel gezeten. Met zijn ouders was hij niet verder gekomen dan de houten strandtenten die op palen aan de voet van de duinen stonden en daar beperkten ze zich tot het eenvoudigste ('nee, jongens, we nemen geen dure dingen'). Het terras van het Strandhotel zouden zijn ouders hebben gemeden. Alles wat 'duur' was, riep schrik en afkeer in hen op. 'Moet je zien, bijna honderd gulden, voor zo'n snertding!' Steevast voegde zijn moeder daaraan toe: 'Wat een afzetters!' Abel had de handen van zijn vader zien trillen als hij zijn portemonnee trok om de rekening te betalen. Een vreemde nervositeit maakte zich dan van hem meester.

Met elke stap nam zijn weerstand tegen het hotel toe. Hij hoorde zichzelf praten om Toni's aandacht af te leiden. Hij hoorde de versnelling in dat praten, die zijn nervositeit verried. Maar hij kon er niets tegen beginnen. Voor het hotel gekomen zei Toni alleen maar:

'Hier drinkt Van Schagen elke dag een kopje koffie.'

Op het strand trok Abel zijn gymschoenen uit en gooide ze met een armzwaai zo ver hij kon van zich vandaan. Zijn sokken propte hij in zijn zakken. Het zand was nog warm. Toen hij zijn schoenen had bereikt, gooide hij ze opnieuw voor zich uit in de richting van de zee.

Hij keek opzij en zag Toni's hoofd, haast oplichtend blond, tegen de achtergrond van de palen van het paalhoofd. Een vlaag van kameraadschap trok door hem heen. Daar liepen ze toch maar. Hij snoof de zachte, haast geparfumeerd aandoende zeelucht op. Op het hellende ebstrand werden naast hen de palen steeds hoger en imposanter, begroeid met bruine en zwarte wieren, bezaaid met zeepokken, kleurrijk en haarscherp in het avondlicht. Onweerstaanbaar voelde Abel zich aangetrokken tot het nat glanzende ebstrand, dat het lichtblauw en roze van de hemel weerspiegelde. Tot zijn enkels zakte hij erin weg, zijn hielen het diepst. Terwijl het zeewater rond zijn enkels spoelde en het zand rond zijn voeten wegzoog, stelde hij zich voor dat de brokstukken van Nehalennia's tempel en de altaarstenen net zo waren weggezonken in het zand.

Ze liepen over de palenrijen, Toni over de ene, Abel over de andere rij, balancerend, lachend, zo ver mogelijk de zee in. Ze gingen zitten, hun benen bungelend langs de paal. Het was daar stil. Het strand lag ver achter hen. Onder hen door gleed de zee over het basalt, met een zacht slurpend en gorgelend geluid bij elke terugtrekkende beweging.

Niet ver buiten het paalhoofd zag Abel de ebstroom kolkend langs de kust trekken, en vanzelf dacht hij aan de kleine en bescheiden knaap in zijn tenniskleren voor de burgemeesterswoning, de plek waar hij hem voor het laatst had gezien. Hij wees naar de ebstroom en zei:

'Als je daarin terechtkomt, dan ben je weg.'

'Dan ben je zeker weg,' antwoordde Toni.

Abel zweeg nog een ogenblik, maar toen waagde hij het erop.

'Denk je veel aan René?'

'Elke dag.'

Toni keek recht voor zich uit. Abel zweeg en wachtte.

'God nog aan toe,' verzuchtte Toni, 'natuurlijk denk ik aan hem, elke dag! Om niet te zeggen: elk uur. Om niet te zeggen: onophoudelijk. Soms, ik durf het haast niet te zeggen, maar soms zou ik wel iemand kunnen vermoorden. Gewoon de een of andere rotzak wurgen, als een soort plaatsvervanger voor René, zodat hij kan terugkomen.'

Hij nam een trek van zijn sigaret.

'Afijn, dat zijn van die vreemde gedachten die men na bepaalde vreemde gebeurtenissen soms heeft.'

Deze laatste woorden had hij weer met verdraaide stem gesproken. Hij schoot zijn peuk de zee in en tastte meteen naar het pakje sigaretten in zijn borstzak.

'En nooit iets aan hem gemerkt?' vroeg Abel.

Toni stak een nieuwe sigaret op.

'Nooit. Niets. Dat houdt me het meest bezig, net als iedereen. De dag voordat het gebeurde was ik nog met hem wezen tennissen.'

'Hij had wel dat teruggetrokkene.'

'Omdat hij altijd en overal de zoon van de burgemeester was. Hij wilde nooit de aandacht op zich vestigen. Maar op de tennisbaan was hij fel, daar vocht hij voor elk punt.'

Ze zwegen. Abel voelde dat hij iets wilde gaan zeggen dat hij beter niet kon zeggen. Maar de drank maakte hem loslippig en roekeloos.

'Nadat ik gehoord had dat hij zichzelf had verdronken,' zei hij, 'heb ik iets raars gedaan.'

Nog eens voelde hij dat hij het niet moest vertellen. Maar hij kon het niet tegenhouden. Hij vertelde hoe hij na de zelfmoord van deze jongen, die hij maar vaag had gekend, 's nachts naar de stad was gereden, op de Joachimikade had gestaan en naar de burgemeesterswoning aan de overkant had gekeken, het huis met de gesloten luiken, verlicht door de maan. Dat hij er ook de volgende nacht heen was gereden. Dat hij zich René's kamer had voorgesteld. Terwijl hij vertelde raakte hij in steeds groter verwarring. Hij had zich ergens in verstrikt en kon niet meer terug. Pas nu hij over deze nachtelijke tochten naar de burgemeesterswoning vertelde, drong tot hem door dat hij mogelijk iets vreemds had gedaan, misschien zelfs iets wat niet deugde. Hij probeerde het voor te stellen als een eerbetoon aan de verdronkene. Maar het overtuigde niet.

Toni zweeg een tijd. Toen zei hij:

'Wat een rare vent ben je soms toch.'

In zijn stem hoorde Abel een mengeling van onbegrip, weerzin en een vleug ontzag voor gevoelens en neigingen die de jongen zelf niet kende. In plaats van de afstand tussen hen te verkleinen, zoals hij had gewild, had hij hem alleen maar nog groter gemaakt.

In zijn kamer, na middernacht, moest Abel de neiging onderdrukken om het huis uit te sluipen, zijn brommer een paar straten verderop te duwen en weg te rijden, terug naar huis. De lichtbundel van de Westkapelse vuurtoren gleed over het eiland. In de nachtelijke stilte hoorde hij de zee, dof brekend op het strand. Hij keek naar zijn spullen in de vreemde kamer en vroeg zich af waarom hij voor vier weken zo weinig had meegenomen. Een toilettas, wat kleren, twee boeken en een pak rozijnen dat zijn moeder er op het laatste moment nog in had kunnen stoppen. Waarom zo weinig? Zelfs het schilderijtje van Patinir had hij niet bij zich. Zijn tas, die trieste lege tas, had hij weggeborgen in een kast.

Midden in de nacht schrok hij wakker uit een droom.

Hij sloop door een schorrenlandschap met kronkelende geulen naar een tempel. Hij zag het kleine gebouw in de verte, de bulten van de duinen erachter. Zeevogels stegen in grote troepen op en daalden weer neer. Opeens werd hij gegrepen door een stel kerels, meegesleurd en opgesloten in een hut bij de tempel. Ogen loerden door spleten, waardoor ook het daglicht viel. Het werd donker. Het werd nacht. De deur werd opengestoten en in het licht van de maan kwamen mannen binnen. Ze ontblootten zijn geslacht. Terwijl zijn hoofd met kracht achterover werd getrokken en zijn mond met een hand werd afgedekt, voelde hij het snijden in zijn onderlichaam.

4

Aan de zwarte schoenen, de zwarte broek, de zwarte stropdas en het witte overhemd die hij zelf had meegebracht, werd een wit jasje van de zaak toegevoegd. Op de borstzak waren met gouddraad de beginletters van de naam van het etablissement geborduurd en met elkaar vervlochten. Toni's jasje zat hem als gegoten. Van het zijne moesten, vanwege zijn lange armen, de mouwen worden uitgelegd.

'Gerdi, wil jij dat even doen,' zei meneer Turkenburg tegen een van de serveersters.

Abel volgde het meisje, dat indrukwekkend mooi was, door de gang die van de gelagkamer naar de keuken leidde. Onwillekeurig keek hij naar haar billen en naar de strikken van haar witte schort die op die billen dansten. Halverwege de gang ging ze het raamloze vertrek binnen waar kelners en serveersters hun maaltijden gebruikten. Er brandde een tl-lamp en daaraan hingen glanzende stroken kleverig papier, bezaaid met vliegen. Op tafel stonden lege koffiekoppen. De hakken van het meisje klonken hol op de houten vloer. Abel keek naar haar benen en omhoogkruipende rok toen ze zich rekte bij een kast om een doos te pakken die erbovenop stond. Het was onmogelijk om niet naar haar te kijken.

Hij was alleen met Gerdi, aan wie hij net was voorgesteld. Hij trok het kelnersjasje uit. Vanaf het moment dat zijn jasje – het was meteen zíjn jasje – op haar dijen lag, wist hij niet goed wat te zeggen. Ze tornde de mouwen los en trok het jasje steviger tegen zich aan toen het weg dreigde te glijden. Abel vroeg haar waar ze vandaan kwam, hoelang ze hier al werkte. Ze antwoordde verlegen en kortaf, zonder hem aan te kijken, en hanteerde driftig de tornnaald. Hij trok zijn jasje weer aan om de mouwlengte vast te laten stellen. Hij stond vlak bij haar terwijl ze de mouwen afspeldde. Haar vingertoppen raakten zijn hand. Terwijl het meisje de mouwen opnieuw omzoomde, wist Abel helemaal niets meer te zeggen. Ze hief haar hoofd met een ruk omhoog van het naaiwerk en zei:

'Ga alsjeblieft even ergens anders staan, want hier word ik zo nerveus van!'

'Als ik je daar een plezier mee doe.'

In verwarring verliet hij het vertrek en wachtte in de gang op zijn jasje. Even later werd het hem aangereikt. Zonder een woord te zeggen schoof ze langs hem, de struise Gerdi.

Een half etmaal later stond Abel opnieuw in die gang. Het was na sluitingstijd. Met de andere kelners en serveersters stond hij bij de kassa, bezweet en vermoeid. De kassa was in een nis geplaatst en werd door een kleine lamp beschenen. Meneer Turkenburg rekende af. De kassa ratelde lang achtereen, een gestaag langer wordende strook papier uitspuwend. Voor elke kelner en serveerster verscheen er zo'n lange strook met daarop de aangeslagen bedragen die bij elkaar waren opgeteld. Er werd nauwelijks gesproken.

Toen Abels kassastrook was uitgedraaid, haalde hij de bankbiljetten uit zijn portefeuille. Meneer Turkenburg telde ze. Het was te weinig. Abel legde zijn kleingeld erbij, guldens en rijksdaalders. Het bleef te weinig. Hij kwam tientallen guldens tekort, terwijl de anderen tientallen guldens overhielden. Er werd gegeneerd gezwegen.

'Waarschijnlijk heeft hij iemand van honderd teruggegeven in plaats van vijfentwintig, meneer Turkenburg,' giechelde Gerdi.

Meneer Turkenburg zweeg, terwijl hij de bankbiljetten sorteerde en telde. Abel voelde dat de eigenaar zijn tekort als een bewijs voor zijn ongeschiktheid beschouwde: hij hoorde hier niet. De bankbiljetten ritselden. De stilte duurde. Zijn ontslag hing in de lucht.

‘Dit is gewoon een beginnersfout,’ zei Toni toen resoluut en trok zijn portefeuille om een tientje bij te leggen. ‘Hij heeft net zo hard gewerkt als wij. Dit is gewoon pech.’

De serveersters volgden met tegenzin zijn voorbeeld en offerden elk een tientje van hun fooien. De twee kelners in vaste dienst deden bijna onmerkbaar een stapje achteruit: met het gestuntel van vakantiekrachten hadden zij niets te maken. Abel, verlamd van schrik, had niet de tegenwoordigheid van geest om het hem aangeboden geld te weigeren en meneer Turkenburg, handenwrijvend, was allang blij dat de zaak was geregeld.

Nadat in het restaurant alle lichten waren gedoofd, bood de eigenaar nog een glas aan bij de ronde tafel voor de bar. Gerdi schonk in. Abel kwam als laatste aan de beurt.

‘Mag hij ook een drankje, meneer Turkenburg?’

‘Vooruit dan maar.’

‘Wat mag ik voor je inschenken?’ vroeg het meisje treiterig.

Lange tijd stond hij in het donker van zijn kamer en keek naar de witte schim van zijn no-iron overhemd, dat hij in navolging van Toni had gewassen en druipnat in de tuin aan de waslijn had opgehangen. Het was zo stil dat hij de druppels die uit het overhemd lekten in het zand kon horen vallen. Andermaal stond hij op het punt om op de vlucht te slaan, zijn brommer de straat uit te duwen en terug te keren naar waar hij vandaan kwam.

In bed, doodmoe, maar niet in staat om te slapen, verlangde hij naar Digna. Haar zachte en aarzelende stem. De druk van haar lichaam op het zijne, die hem geruststelde. Haar borsten tegen zijn borst. Haar slaperige gebrabbel. Hij probeerde zich voor te stellen dat ze samen in het bed op haar Amsterdamse zolderkamer lagen. Hij probeerde haar lichaam op te roepen. Gewoonlijk kon hij zich haar aanwezigheid zo sterk inbeelden dat het was of ze naast hem lag. Maar ditmaal kon hij haar niet dichtbij halen. Andere beelden schoven steeds voor het hare, vooral het beeld van Gerdi.

5

Elke dag begon hij met nieuwe hoop. Het was haast onmogelijk geen nieuwe hoop te voelen als hij buitenkwam, de blauwe lucht zag en de zeelucht opsnoof. Met Toni beklom hij de trappen van het duin en liep over het schelpenpad naar het Strandhotel, vanwaar ze het dorp in liepen. Als ze een vroege dienst hadden, waren de straten nog leeg. De leveranciers leverden hun bestellingen af bij de hotels en pensions, terrassen werden schoongespoten. Alom heerste dorpse gemoedelijkheid en rust en het was of de stilte van de zee zich nog uitstrekte tot boven het dorp. Als hun dienst rond het middaguur begon, was de badplaats in vol bedrijf. Onophoudelijk passeerden ze badgasten die op weg waren naar het strand. Het zonlicht was overweldigend fel.

Elke dag kreeg Abel bij het naderen van het etablissement de hoop op een ommekeer, tegen beter weten in. Hij betrad het plaatsje aan de achterkant van het gebouw, waar de kratten met lege flessen stonden opgestapeld, en ging naar binnen via de keuken. Daar viel hem de enige normale begroeting ten deel. De kok was als enige op zijn hand sinds hij een emmer met appels voor hem had geschild en met hem had kunnen praten. Na de keuken betrad hij, innerlijk al verkrampend, de lange gang naar de gelagkamer. Daar kwam hij de anderen tegen, net aangekomen of al uren aan het werk, bedragen aanslaand op de kassa, teruglopend naar de bar om de bestellingen op te pikken, met nauwelijks tijd voor een groet. Nog voor er vijf minuten voorbij waren, wist hij al dat er niets was veranderd, dat hij nog steeds door antipathie werd omringd, dat niemand zich voor hem interesseerde, dat hij hier alleen maar werd gedoogd.

Toni was al na een dag door de anderen geaccepteerd. Er werden grappen met hem gemaakt. Met Abel werden geen grappen gemaakt. De drie serveersters meden hem zelfs. Ze stonden liever niet tegelijk met hem voor de kassa en zelfs als ze grote haast hadden, als het dringen was, waakten ze ervoor hem aan te raken. Het ontging hem niet. Niets ontging hem, meende hij. Maar hij begreep niet dat deze snelle en handige meiden bang voor hem waren. Want wie zich zo inhield als hij, die moest een keer uitbarsten.

Het had hem niet geholpen dat hij hun al op de derde avond, goed bedeeld met fooien, hun tientjes had terugbetaald. Eerst hadden ze zijn geld niet willen aannemen en pas toen hij erop had gestaan, met een begin van drift, hadden ze de bankbiljetten aangepakt. De volgende dag meden de meisjes hem evenzeer en wilden hem in het voorbijgaan zelfs niet met een slip van hun rokje aanraken.

Meneer Turkenburg gaf geen enkel blijk van waardering, hoe hard hij ook werkte. Hij corrigeerde hem alleen maar als hij dingen niet goed deed en volgde zijn bewegingen met een half oog van achter de tafel bij de bar, waar hij een groot deel van zijn dagen doorbracht.

Alleen aan het eind van de werkdag, als er werd afgerekend en bleek dat hij niet minder afdroeg dan de anderen, ontstond er een luwte. Alleen in die paar minuten dat de kassa ratelde en meneer Turkenburg zijn geld telde, voelde Abel zich zeker van zichzelf, beschermd door het onaantastbare van dit ritueel en de onaantastbaarheid van de feiten. Maar na het afrekenen bespeurde hij weer de onverschilligheid, het doen alsof hij er niet was, het langs hem heen kijken, en waren er weer de blikken, de opmerkingen, de grapjes en de lachjes waarmee kleine krasjes op zijn ziel werden gezet.

6

Op een avond, vrij na een vroege dienst, wist Abel in z'n eentje naar het strand te ontkomen. Hij liep langs de zee, de dalende zon schuin achter zich, een lange schaduw schuin voor zich. Om de zoveel honderd meter wrong hij zich zijdelings tussen de palen van een paalhoofd door. Sommige stukken rende hij. Maar zelfs toen hij in de verte achter zich alleen nog de Domburgse watertoren en het hotel op de duinen zag liggen, voelde hij zich niet vrijer. In de eenzaamheid drong alles wat hem verwarde en kwelde zich alleen maar nog sterker aan hem op. Het meisje Gerdi beheerste zijn brein. Hij kon alleen nog maar denken aan alles wat er tussen hen was voorgevallen.

Nog steeds begreep hij niet waarom ze zich tegen hem had gekeerd, terwijl ze bezig was de mouwen van het kelnerjasje uit te leggen. Had hij te lang naar haar gekeken? Was zijn blik onbeschaamd geweest? Waarom was het jasje dat over haar bovenbenen lag gedrapeerd voor hem meteen zíjn jasje geweest, terwijl het vijf minuten eerder nog een wildvreemd ding was, hem aangereikt door meneer Turkenburg? Dat hij zich had laten wegsturen omdat ze nerveus van hem werd, was een ondraaglijke schande.

Gerdi deed haar werk achter de bar. Elke bestelling bracht hem bij haar. Telkens wist ze hem te treffen: door de achteloze manier waarop ze de glazen op zijn blad kwakte, door langs hem heen te kijken, niets tegen hem te zeggen maar wel tegen degene die achter hem stond te wachten. Hij bleef maar hunkeren naar haar blik, een vriendelijk woord, een schikken van de glazen op zijn dienblad, zoals ze dat voor de anderen deed. Op weg naar de keuken had hij haar eens in het voorbijgaan in het personeelshok zien zitten. Ze had haar schoenen uitgetrokken en haar voeten op een stoel gelegd, ze rookte en likte gedachteloos aan de vingers waarmee ze in de catalogus van een postorderbedrijf bladerde. Het had hem getroffen. Ze maakte een volkomen andere indruk, ze was niet langer het meisje naar wie de mannen in de gelagkamer hun hoofden draaiden. Hij had gewoon bij haar kunnen zitten en met haar kunnen praten.

Op een middag merkte hij in de gelagkamer hoe drie, vier mannenhoofden zich gelijktijdig naar de bar draaiden, juist toen Gerdi daar omhoog reikte om een fles te pakken. Hij had het vaker gezien. Maar opeens was het of hij wakker werd. Hij begreep dat het meisje onophoudelijk aan dergelijke blikken was blootgesteld. Hij begreep ook dat ze zich probeerde te verschuilen achter goedlachsheid en een overmaat aan ijver. Tegenover meneer Turkenburg was ze van een haast slaafse gedienstigheid. Hij zat aan zijn tafel bij de bar, de krant voor zich uitgespreid, en regelde daar zijn zaken. Gerdi serveerde hem zijn maaltijden, ze bracht hem alles wat hij nodig had, tot een balpen toe. Hij was haar meester. Hij was haar beschermer. Omdat hij er was, hadden de blikken van andere mannen minder vat op haar. Er werd gefluisterd dat ze 'wat had' met meneer Turkenburg, die gescheiden van zijn vrouw leefde. De man woonde boven de zaak. Ook Gerdi had daar een kamer.

'Meneer Turkenburg, wilt u nog wat drinken?'

Abel hoorde de gedienstige, haast slaafse intonatie in dergelijke zinnetjes van Gerdi, hij zag hoe ze zich vooroverboog, haar magnifieke borsten vlak bij de schouder van meneer Turkenburg, en het glas neerzette. Hij volgde al haar bewegingen. Hij was aan haar geketend, nog meer dan aan de ongenaakbare Antona die hij jaren met zijn ogen had gevolgd en die met de geringste gunst aan anderen zijn jaloezie opwekte.

Lopend over het avondlijke strand dacht hij aan stiletto's. Als jongen van een jaar of tien had hij op een dag op het schoolplein in een groepje jongens van de hoogste klas een metalige klik gehoord, die hem deed stilstaan. Hij was dichterbij gekomen, had tussen twee jongens door gekeken, opnieuw die metalige klik gehoord en uit de vuist van een van hen een mes tevoorschijn zien springen. Even later hoorde hij voor het eerst het woord 'stiletto'. Het wapen fascineerde hem: de kille klik, het tevoorschijn springen van het vlijmscherpe mes uit een vuist waarin het heft van de stiletto verborgen zat.

Hij dacht aan stiletto's door wat er die ochtend in het personeelshok was voorgevallen. Hij was met Toni binnengekomen. Gerdi zat aan tafel en had haar hoofd afgewend om hem niet te hoeven zien. Het was maar een kleine beweging, maar het was hem niet ontgaan. Hij had de anderen goeiemorgen gewenst en háár had hij begroet als 'mevrouw Turkenburg'. Ook goeiemorgen, mevrouw Turkenburg. Het gesprek stokte, het was stil geworden. Gerdi was opgestaan en met bonkende hakken weggelopen.

'Dit komt nooit meer goed,' had Toni verzucht.

'Des te beter,' had hij gesnauwd, terwijl de drift hem benevelde.

Eindelijk was hij uitgebarsten. Hij had het mes erin gezet. Een kwartier lang verwachtte hij de komst van meneer Turkenburg en onmiddellijk ontslag. Hij was in staat om wie dan ook aan te vliegen, blind van woede. De koffiekop trilde in zijn hand.

Hij zocht de beslotenheid van het paalhoofd op. Soepel schoof de zee door de palenrijen, aanzwellend tot een golf die zich rekte, omkrulde en zich te pletter wierp op de stenen, terwijl de volgende al in aantocht was, voortschuivend met zachte klapjes tegen elke paal. De zon was ondergegaan. Boven zijn hoofd stonden immense parabolen van rode en oranje wolken. Juist in de avondrust laaide zijn onrust nog feller op. Hij liep heen en weer tussen de palen, stak zijn handen in de natte wieren alsof daar genezing te vinden was. Hij probeerde de zeepokken op een paal te fixeren om zijn hoofd leeg te maken. Maar langer dan een paar seconden hield hij het niet vol. Hij hees zich op de palen. Stap voor stap liep hij over de paalkoppen de zee in. Hij wist dat het geen zin had. Het zou hem niets brengen. Op de laatste paal wachtte hem niets. Toch liep hij ernaartoe, alsof hem daar vanuit de stilte iets te hulp zou kunnen komen.

Op de laatste paal liet hij zich zakken en ging zitten, zijn voeten vlak boven het water. Het hielp niet. De storm in zijn hoofd luwde niet. Hij draaide zich om en keerde de zee de rug toe. Nu was het of er vanuit zee een machtige hand naar hem kon worden uitgestrekt, zich al uitstrekte, om hem te grijpen en te laten verdwijnen. Hij durfde opeens niet meer over de palen terug te lopen. Zittend, zich opdrukkend met zijn handen, schoof hij van de ene paal op de andere tot hij het strand weer had bereikt.

Op de terugweg kwam opnieuw het denkbeeld op om in de nacht Domburg te ontvluchten. Maar de schande die hij daardoor op zich zou laden was te groot. Hij dacht erover Digna te bellen op het waddeneiland waar ze met twee vriendinnen kampeerde. Hij had de naam van de camping. Haar stem zou hem kalmeren. Maar hij liet het idee varen: hij kon Digna niet vertellen over de dingen waarin hij verstrikt was geraakt.

Abel zeulde door het zand. Boven zijn hoofd stonden de kleurige parabolen. Er kwam een koelere lucht uit zee. Het was of het op het strand nog stiller werd, nog verlatener. Alles leek verloren. Hij moest zijn werk opgeven. Het was zeker dat hij vannacht zou vluchten. In een paar weken was de pijn van zijn kwetsuren ondraaglijk geworden.

Opeens hield het op. Het was of hij struikelend en vallend door de laatste ondoordringbare struiken van een ondoordringbare wildernis een open plek had bereikt. De obsessie week. Hij liet zich languit in het zand vallen, draaide zich op zijn rug en staarde naar de parabolen, die langzaam maar zeker oplosten in het blauw en grijs.

IX

EEN ZWEEM ROOD

1

Sinds het feest in de schuur – het leek lang geleden – had hij Antona Duvekot niet meer gezien. Er ging een schok door hem heen toen ze onder de bomen voor de notariswoning kwam aanlopen, in een witte jurk met rode ceintuur, gebruind, ouder en zelfbewuster dan hij zich haar herinnerde. Ze trok het tuinhek met een klap achter zich dicht en zwaaide nog even plichtmatig naar haar vader. De man stond in het portiek van het huis met het rieten dak en zag zijn dochter en enig kind kennelijk niet zonder bezorgdheid vertrekken. Het was de eerste maal dat hij haar vader te zien kreeg (de man leefde zeer teruggetrokken) en het trof hem, want de dochter was het evenbeeld van haar vader: hetzelfde donkere Zeeuwse uiterlijk, hetzelfde gezicht met de gebogen neus, dezelfde gereserveerdheid. Later herinnerde hij zich vreemd genoeg hoe haar vader voor het huis had gestaan, haar groet nauwelijks beantwoordend, ingehouden, een beetje triest, alsof hij net woorden had gehad met zijn dochter.

Het meisje ging bij Toni achter op de brommer zitten, haar jurk onder zich gladstrijkend, en glimlachte liefjes naar Abel en Digna, voordat ze haar zonnebril opzette. Toni nam een elegante rieten tas van haar over en zette hem tussen zijn knieën. Later herinnerde Abel zich ook dat. Eerst de vader, zoals die voor het huis had gestaan en zijn dochter nakeek, en dan die tas tussen Toni's knieën, de inhoud zedig afgedekt met een handdoek. Hij herinnerde zich die dingen omdat ze een vooruitwijzing bleken te zijn geweest.

Een uur later waren ze in Domburg. Het zomerhuis werd door de meisjes bewonderd. Toen Antona vanuit het huis het terras op stapte, zwikte ze op haar espadrilles met hun hakken van kurk. Abel greep haar uitgestrekte hand. Het gaf hem een diep en wild geluksgevoel om haar een ogenblik op zijn hand te voelen steunen. Hij was erdoor verrast dat ze haar hand naar hem had uitgestoken. Het meisje bloosde. Haar witte jurk golfde om haar benen toen ze met snelle stappen het terrein voor het huis op liep, zich bukkend om met haar hand over de toppen van het helmgras te strijken.

Abel nam Digna mee naar boven om haar zijn kamer te laten zien. Het huis maakte een andere indruk op hem nu de twee meisjes er waren. Hij had opeens oog voor de manier waarop het licht er naar binnen viel, voor de mooie trap, waarvan hij steeds vagelijk had beseft dat hij mooi was, maar waaraan hij nooit een seconde aandacht had besteed. Het was of de leegte uit het zomerhuis was verdwenen. Toen hij Digna midden in zijn kamer zag staan, maakte het vertrek een minder kale en anonieme indruk.

Zittend in de raamopening trok hij haar tussen zijn benen en drukte zijn hoofd tegen haar borsten. Minutenlang stonden ze zwijgend tegen elkaar aan. Digna's kin rustte op zijn hoofd. Abel kreeg er maar geen genoeg van om haar lijf te voelen, licht transpirerend onder de linnen blouse, om haar vertrouwde geur op te snuiven.

'De eenzaamheid is meteen weg,' zei hij toen hij eindelijk zijn hoofd losmaakte van haar borsten.

Zonder een woord te zeggen keek Digna hem aan. Niets roerde zich in de dromerige uitdrukking van haar ogen. Abel verbaasde zich erover. Met zijn vingertoppen betastte hij haar wenkbrauwen. Ze boog zich voorover om hem kusjes te geven. Terwijl ze zich naar hem toe boog, vernauwden zich haar ogen. Ze kreeg iets in het vizier en trok haar hoofd terug.

'Het is heel stom,' zei ze, 'maar ik zie er meteen een.'

Abel lachte.

'Begin je weer?'

'Ja, het is heel stom. Maar ik kan er gewoon niet afblijven. Hij moet meteen weg.'

Opgewonden wapperde ze met haar handen in de lucht.

'Niet nu, Dig.'

'O, liefje, mag ik? Mag ik? Alsjeblieft!'

Abel ging op het bed liggen, Digna nam schrijlings op hem plaats, boog zich voorover en zette haar duimnagels tegen de mee-eter die ze bij een van zijn neusgaten had ontdekt. Ze kreeg hem er niet meteen uit. Nog eens wapperde ze opgewonden met haar handen in de lucht voordat ze een nieuwe poging ondernam. Intussen had ze nog een tweede ontdekt. Ze zaten altijd bij dat ene neusgat. Abel gaf zich over aan de behandeling. Digna zat over hem heen gebogen, haar dikke zwarte haar streek langs zijn gezicht. Abel keek langs haar lichaam naar de kamer waarin hij zich zo eenzaam had gevoeld en verbaasde zich.

2

Op het strand was het druk. Heel even besefte Abel dat het zondag was, heel even bevond hij zich in een heidense wereld. Maar toen vergat hij het volkomen. In zee krioelde het van de mensen. Een rood-witte Piper Cub vloog met zijn sleepreclame boven de branding langs de kust, zo laag dat Abel de stof van het doek kon horen klapperen.

Ze liepen een eind om een rustig stuk strand te vinden. Ten slotte kozen ze een plek aan de voet van de duinen. Abel en Toni zetten het windscherm op. De meisjes trokken hun kleren uit. Hun bikini's hadden ze al aan. Vooralsnog zeiden ze niet al te veel tegen elkaar. Digna beantwoordde Antona's vragen naar haar studentenleven met een enkele zin, blozend, en trok zich dan weer terug in stilzwijgen. Maar Antona deed haar best om met het andere meisje te praten. Ze zaten naast elkaar op hun handdoek, een grote zonnebril op hun neus, bezig met hun haren, met hun crèmes en het inwrijven van hun benen. Abel zag ze van achter, terwijl hij de laatste haring in het zand sloeg: twee gebogen ruggen, twee haardossen. Bijna synchroon wreven ze hun onderbenen in. Hoever ze ook van elkaar af stonden, iets dwong hen nu om zusterlijk te zijn.

Het was voor Abel de eerste keer dat hij Antona in zee zag. Hij kon zijn ogen niet van haar af houden. Zelfs in een schuimende zee, in de uitbundigst denkbare zee, bleef ze een ingehouden en gereserveerde indruk maken. In de wildheid van de golven viel het nog meer op dat ze zich niet kon laten gaan. Het was of ze de een of andere wrok bij zich droeg, een nooit verdwijnend ongenoegen. Er hing iets donkers om haar heen. Hij ving glimpen op van het platte schaambeen in haar broekje en de donkere uitlopers van haar schaamhaar in haar liezen. Toni zette behoedzaam zijn avances in.

Intussen hing Digna aan zijn nek, haar benen om zijn middel geslagen. De golven tilden hen op, spatten tegen hen uiteen. Ze voelde dat zijn aandacht elders was, ze zag dat zijn blikken opzijgingen. Elke keer als zijn blik opzijging, duwde ze zijn gezicht naar zich toe.

'Je mag alleen naar mij kijken, hoor,' zei ze.

Nukkig bleef de donkere Antona de golven haar rug toekeren. Maar eindelijk werd ze toch gegrepen. Abel zag haar languit voorovervallen in het schuimende water en meteen weer overeind komen. Ze trok de haarklem uit haar haren, wild haar hoofd schuddend, en rustte niet voordat ze die zwarte manen weer in bedwang had. Toen liep ze wankelend de zee uit. Schuimend water spatte op tegen haar billen.

'Zo, die heeft er genoeg van,' zei Digna.

3

Zijdelings schoven ze met z'n tweeën tussen de palen van de golfbrekers door, voorzichtig, om hun huid niet open te halen aan de zeepokken. Ze liepen tot ze bijna niemand meer tegenkwamen. Abel herinnerde zich hoe hij hier nog niet zo lang geleden had gelopen en hoe verlaten alles toen had geleken. Maar hij vertelde Digna niets over de verwarring van die avond. Met geen woord repte hij over het meisje Gerdi.

Tussen de palen van een paalhoofd stonden ze stil, in het gebulder van de brekende golven, en kusten elkaar. Kleine zweetdruppels stonden in het dons op Digna's bovenlip. Abel rook haar opeens sterker, alsof ze heftiger transpireerde. Toen hij zijn ogen opende, gingen die van haar ook open.

'Ik heb zo'n zin,' zei ze met gesmoorde stem.

'Hier?'

Abel spiedde tussen de palen door, voor zich, achter zich. Aan beide kanten wandelaars, in de verte, maar ze naderden. Terwijl hij rondkeek, had Digna haar broekje al uitgetrokken. Ze sloeg haar armen om een van de palen en vlijde zich ertegenaan, ze keek naar hem over haar schouder en duwde haar billen naar hem toe. Abel deed wat ze wilde. Algauw draaide ze zich om.

'Ik heb je toch liever van voren.'

Daarna ging het op dezelfde manier als een paar weken geleden in de boomgaard, in de schuur waar het zo naar appels rook. Ze deden het snel, zo snel als ze konden, en daarna stonden ze met hamerend hart tegen elkaar aan gedrukt uit te hijgen. Net op tijd trok Digna haar broekje weer aan. Toen de wandelaars door het paalhoofd schoven, wendde ze kuis haar gezicht naar zee. Abel zag een blos opstijgen uit haar hals. Instinctief was hij tussen haar en de wandelaars in gaan staan.

In het warme zand aan de voet van de duinen kwamen plotseling Digna's tranen en daarna haar verhaal over haar week op het waddeneiland. Abel moest het eruit trekken. Over haar geilheid, hoe kuis ook, was ze openhartig, maar over zichzelf vertellen kon ze niet. Op het waddeneiland was het haar opgebroken. Op de boot naar het vasteland had een van haar vriendinnen haar voor de voeten geworpen dat ze in een hele week vrijwel niets over zichzelf had verteld. Digna was geschokt en heel verdrietig.

Abel haalde het verhaal uit haar naar boven, zin voor zin. Het was een situatie waarin hij haar niet mocht aanraken. Terwijl ze haar verhaal deed zat ze met een stokje in het zand te tekenen, steeds lijnen uitwissend, het zand weer vlak makend. Tranen liepen over haar wangen. Abel mocht haar gezicht niet zien. Maar hij ving er toch glimpen van op. Het huilen, zo viel hem op, maakte de lijnen van haar gezicht weker.

Toen ze was uitgepraat, zweeg Digna lange tijd. Abel keek naar haar rug. Vanonder was het een sterke rug, fors, en naar boven toe werd hij tengerder. Sinds hij Digna's modeltekeningen aan de balken van haar zolder had zien hangen, kon hij met het oog van de tekenaar naar haar kijken. Lange tijd zaten ze in het zand. Digna's stokje bewoog niet meer.

'Wat wil je?' vroeg Abel ten slotte.

Digna gaf geen antwoord. Maar het stokje begon te bewegen.

'Dig, wat wil je?'

'Eigenlijk zou ik nu het liefst in mijn blootje in het zand liggen.'

Ze klommen tegen de duinen op. In een kleine duinpan, omringd door wuivend helmgras, trok Digna haar bikini uit. Ze rekte haar armen boven haar hoofd en koesterde zich in de zon. De vormen van haar bikini stonden afgetekend op haar gebruinde lijf.

'Niet zo kijken,' zei ze.

Als een schuw dier kwam ze naar Abel toe en stootte speels met haar kop tegen zijn borst. Ze strekten zich uit in het warme zand, tussen twee bossen helm, en keken naar de zee en de paalhoofden, die bijna zwart waren in het tegenlicht. Abel was plotseling afwezig. Hij leek niet meer te horen wat Digna zei. Toen kriebelde er iets op zijn gezicht. Hij keek naar Digna, die met de punt van een stuk helmgras over zijn gezicht penseelde. Ze draaide zich van haar buik op haar zij, haar hoofd met haar hand ondersteunend.

'Weet je wel,' zei ze met naïeve trots en een beetje koket, 'dat ik een Maillol-figuur heb?'

4

Hij zag het meteen: hun handdoeken lagen tegen elkaar aan. Toni was gaan zitten. Vanuit de verte had Abel die beweging van zich oprichten waargenomen, een stille aankondiging die zijn hartslag had versneld. De jongen had zijn armen om zijn knieën geslagen, een houding die geforceerd aandeed. Toni zat nooit met zijn armen om zijn knieën, hij zat nooit in die deugdzame padvindershouding. Antona Duvekot lag op haar rug, haar zonnebril bedekte haar ogen en haar hoofd rustte op Toni's badtas.

Abel kon zich niet voorstellen dat Toni haar had gekust, dat dat al licht spekkige bovenlichaam zich over haar heen boog, dat zijn lippen die onkusbare lippen beroerden, dat zij zich had láten kussen, zij met haar nukken en ongenaakbaarheid. Maar de tekenen waren niet mis te verstaan: van het ongemakkelijke dat het tweetal van zich moest afschudden tot aan de richel zand tussen hun handdoeken, opgestuwd door hun naar elkaar toe gedraaide lichamen. Het was gebeurd.

Hijzelf had dit veroorzaakt. Want hij was degene geweest die had gezegd: we laten de meisjes komen. Het was op de dag waarop hij zich voor het eerst geaccepteerd voelde in het etablissement, zij het niet door Gerdi, en een soort natuurwet ontdekte: dat hij met hard werken altijd respect zou kunnen afdwingen, zelfs in een vijandige omgeving. Zittend bij het vuur, in het donker, had hij tegen Toni gezegd: we laten de meisjes komen. Hij had Toni opgestookt een laatste poging te wagen om Antona Duvekot te veroveren. Nu lag haar hoofd op Toni's badtas.

Het meisje richtte zich op, haar zonnebril in haar haren schuivend.

'We dachten dat jullie nooit zouden terugkomen,' zei ze geeuwend.

'We hebben een eind gelopen,' antwoordde Abel.

'Even wat stamtijden repeteren,' grapte Toni.

Antona glimlachte liefjes naar Digna. Ze schudde haar haren uit, nam de haarklem tussen haar lippen en begon met gebogen hoofd, plotseling blozend, haar haren bij elkaar te brengen.

Abel ging de zee in om alleen te zijn. Toen hij terugkwam, reikte Antona hem zijn handdoek aan.

Aan het begin van de avond liepen ze de trappen tegen het duin op. Met trage tred klommen ze omhoog, de dalende zon brandend in hun nek. De meisjes gingen voorop, Abel en Toni volgden, tassen aan hun schouders. Abel keek naar Toni's blote voeten op de traptreden. Zwijgend klommen ze naar boven. Niet eerder had Abel de andere jongen zo dichtbij gevoeld. Door de aanwezigheid van de meisjes drong het nu tot hem door dat ze al drie weken elkaars leven deelden.

Boven op het duin stonden ze stil en keken omlaag naar het leegstromende strand. De meisjes waren doorgelopen. Abel zag Digna al pratend een streng haar over haar schouder gooien.

'Maak je vorderingen?' vroeg hij Toni.

'Het is gewoon niet te geloven.'

'Zoveel vorderingen.'

'Zoveel vorderingen. Jullie waren nog niet weg of ze lag al zowat tegen me aan.'

'Met haar ogen vroeg ze erom.'

'Zo zou je het kunnen zeggen.'

Toni zette zich in beweging, enigszins gehaast, alsof hij zijn prooi uit het oog dreigde te verliezen. Zwijgend liepen ze verder over het schelpenpad. Abel was verbrand – zo weinig was hij de afgelopen weken in de zon geweest. Onder zijn kleren gloeide zijn huid. Hij voelde Toni naast zich lopen, dichterbij, vertrouwder dan hij ooit was geweest.

'Met elke stap komt het bier nu nader,' zei Toni.

'Ik zie de flessen al in de koelkast liggen, jongeheer Mesu.'

'Keurig opgestapeld.'

'Goed gekoeld.'

'Van ganser harte bereid zich uit te laten schenken.'

'In onze glazen.'

Ze grinnikten.

'En je zult zien,' vervolgde Toni, 'dat de meisjes voor ons gaan koken. Een uitstekend idee overigens, amice, om de meisjes te laten komen.'

5

Toen het donker begon te worden maakte Abel een vuur, ook al was het nauwelijks koeler geworden. Hij lag op zijn knieën in het zand om het aan te blazen tussen de stenen, zwart geblakerd door eerder vuur. De droge takken vatten knetterend vlam, de vlammen laaiden op en verlichtten hun gezichten. Hij had het vuur aangelegd voor een klein sikkelduin. Twee aan twee lagen ze tegen de zandwal en staarden in het vuur. De laatste, aan de voet van de duinen geparkeerde auto's waren vertrokken. Het vuur laaide hoog op in de windloze lucht.

Loom en verzadigd lagen ze daar. Er vielen stiltes in het gesprek, steeds langduriger. Ten slotte was er geen gesprek meer. Toen Abel langs Digna's achterhoofd opzijkeek, zag hij Toni's arm om Antona's schouders liggen, hun monden hadden zich aan elkaar vastgezogen en een hand van het meisje kwam omhoog om een haar van tussen hun lippen te trekken. Terwijl hij op zijn beurt Digna kuste, bespiedde hij door zijn oogharen die twee naast hem. Nog nooit had hij Toni bezig gezien met een meisje. Hij was er snel aan gewend. Het waren Antona's bewegingen die hij wilde gadeslaan. Opeens was ze een gewoon meisje, dat deed wat zoveel meisjes deden. Verbaasd zag hij hoe ze het stekelhaar van Toni streelde. Abel sloot zijn ogen en kuste zijn eigen meisje, maar in het donker achter zijn ogen zag hij nog altijd de door de vlammen verlichte gezichten van Toni en Antona. Hij maakte zich los van Digna om een nieuw stuk hout in het vuur te schuiven. Toen hij zich weer terugtrok, zag hij hoe een lach op Antona's gezicht verscheen terwijl ze luisterde naar wat Toni in haar oor fluisterde.

'Is het niet te warm?' vroeg hij Digna.

Ze schudde haar hoofd.

‘Ik ben vandaag van top tot teen verbrand,’ zei hij, ‘en nu zit ik ook nog eens bij een vuur.’

Hij hoopte Toni en Antona in een gesprek te trekken. Maar ze reageerden niet en raakten steeds inniger verstrengeld.

Er was met geen woord over gerept, maar vanaf een zeker ogenblik was het duidelijk dat de meisjes zouden blijven. Digna belde haar ouders, die zuchtend toestemden in wat onvermijdelijk scheen. Ze konden een eerstejaarsstudente niet meer bevelen om naar huis te komen. Toni schonk nog eens in. Ze dronken zwijgend, terwijl Antona geagiteerd heen en weer liep over het terras. Ze had er haar schoenen weer voor aangetrokken.

‘Wat moet ik nou zeggen?’ vroeg ze zich hardop af.

Vanuit een rotanstoel in de door kaarsen verlichte kamer keek Abel naar haar. Hij vond haar lief en aandoenlijk, terwijl ze daar nerveus op en neer beende. Ten slotte liep ze gedecideerd naar de telefoon en nam de hoorn op. Ook dat was nieuw, ook dat was een schouwspel voor hem. Hij had haar nog nooit zien telefoneren.

‘Ja, papa, met mij.’

Stilte.

‘U begrijpt het zeker wel.’

Toni lachte gesmoord.

Terwijl Antona met haar vader sprak, schoot haar hoofd met nukkige bewegingen heen en weer. Met haar vrije hand opende ze al pratend de haarklem en schudde haar haren los. Papa wilde haar met de auto komen halen.

‘Geen sprake van,’ zei ze nuffig, en toen kwam die zin waar ze allemaal even stil van werden: ‘Er zijn hier vier slaapkamers, papa, en over mijn maagdelijkheid hoeft u zich geen zorgen te maken.’

Ze hing op. Verhit draaide ze zich om naar de anderen, het uitproestend met haar hand voor haar mond.

‘Zullen we dan nog maar een flesje nemen?’ stelde Toni voor. ‘Mag ik onze sommelier verzoeken ons nog zo’n voortreffelijke… eh… wat was het ook alweer… te bezorgen?’

Abel haalde nog een fles Pouilly. Sinds hij in het etablissement de wijnkaart had bestudeerd, wist hij een stuk beter de weg in de wijnkelder van Toni's vader.

6

In het donker van de slaapkamer kleedde hij Digna uit. Haar huid gloeide na van de zon. Hij schoof zijn vingers in de dichte vacht van haar schaamhaar. Zacht drukte hij de muis van zijn hand tussen haar naar buiten gestulpte schaamlippen, nat en warm, en voelde hoe ze zich om zijn hand sloten, als de bladen van een vleesetende plant.

'Doe dat nog eens.'

Ze deed het nog eens.

'Dat je dat kan.'

Hij was er verrukt over: dat ze dit met haar schaamlippen kon.

'Ik wil zo graag gaan liggen,' zei Digna.

'Je klinkt een beetje dronken.'

'Kom nou…'

Ze strekte zich uit op het bed, op het gekreukelde laken. Ze leunde op haar elleboog, haar benen al uit elkaar, en om hem te lokken schoof ze met een verlegen gebaar haar hand in haar schaamhaar. Abel kwam naar het bed. Het meisje richtte zich half op om hem in zich te zien komen, en toen ze hem in zich had, wierp ze zich achterover en klemde haar benen om zijn heupen.

Tien minuten later lagen ze nat van het zweet naast elkaar op het omwoelde laken. Digna draaide zich op haar zij naar hem toe, al wegzakkend in slaap. Abel ging ook op zijn zij liggen en legde zijn geslacht in haar hand. Hij sloot zijn ogen. Vrede wilde hij nu, wegzakken, diepe slaap.

Maar zijn geest was al begonnen het zich voor te stellen: Antona in Toni's bed, hetzelfde smalle bed als het zijne. Hij luisterde, maar afgezien van de branding achter de duinen hoorde hij niets. Lag in die halfdonkere kamer aan de andere kant van het huis zij nu te hijgen? Kon zij ook veranderen in een heftig hijgend meisje dat je tussen haar benen wilde?

'Abel, liefje.'

Half slapend fluisterde Digna zijn naam. Ze legde een hand op zijn hoofd, vlak bij al die voorstellingen waar ze niet van wist. Abel kuste haar gezwollen lippen en legde haar hand weer om zijn geslacht.

'Vanmiddag stonden we in dat paalhoofd,' zei hij.

'Ja... Ik ben al bijna weg...'

'Ik ga nog even het raam verder openzetten.'

Hij stond op en liep naar het raam. Daar lagen ze, de roerloze duinen, daar was de windloze nacht. Het zweet op zijn huid begon te drogen. Hij boog zich naar buiten als om meer van de sterrenhemel te zien en keek opzij. De deur van het balkon voor Toni's kamer stond open.

'Lekker, die nachtlucht.'

Hij keek achterom naar Digna, die half onder het laken lag en al leek te slapen. Hij boog zich weer naar buiten en toen begon hij het te horen. Het was een geluid dat hij aanvankelijk weigerde te herkennen, dat hij anders probeerde te duiden, maar dat onbarmhartig en onmiskenbaar het geluid bleef van een bed waarvan het hoofdeinde tegen de muur stootte met een zacht en regelmatig bonken. Hij onderging het als iets sensationeels: het gebeurde, het was gaande, Antona gaf zich aan Toni, als een gewoon meisje. Opgewonden stond hij te luisteren. Hij werd er ook triest van en onderging een gevoel van verlies. In de tuin smeulde nog het vuur. De lichtbundel van de vuurtoren zwiepte over het eiland.

'Abel... '

'Ik kom.'

Hij bleef bij het open raam staan.

'Wat doe je toch?'

Digna's stem was al in slaap gedrenkt. Hij haalde een paar keer diep adem om tot bedaren te komen. Met een ruk wendde hij zich af van het raam, van het geluid uit Toni's kamer. Hij ging schrijlings over Digna's onderbenen zitten en boog zich voorover om haar buik te kussen, haar zilte geur op te snuiven, om bij haar te zijn.

7

De zee, het ijle geluid van de morgenzee, daarmee werd hij wakker, zonder zijn ogen open te doen, en met de frisse lucht die over zijn blote schouders stroomde, en onder het laken Digna's lichaam tegen het zijne aan, zijn bovenbeen tussen haar dijen – niet alleen.

'Hé liefje,' mompelde ze, nog half in slaap.

Abel kuste op de tast haar gezicht. Loom en willoos lag ze tegen hem aan. Bij het genot om zo wakker te worden – hij hield zijn ogen dicht om het sterker te ondergaan – voegde zich nog een stille vreugde: dat Antona in huis was, dat hij haar zo dadelijk zou zien, haar gezicht aan de ontbijttafel. Digna was er, die hij kon bezitten, en die ander was er, die hij niet kon bezitten.

'Kom je nog even in me?' fluisterde ze.

Nog lomer en weker leken haar dijen om zijn knie te sluiten. Abel wachtte. Hij hoorde aan het andere eind van de gang een deur opengaan, blote voeten op de linoleumvloer – niet die van Toni – en de deur van de badkamer die open- en dichtging.

'Eerst even naar de plee,' fluisterde hij.

Hij stond op en schoot zijn broek aan.

Later begreep hij niet dat hij het had gedurfd. Was hij nog half in slaap geweest, nog half in een droom? Een beetje warrig voelde hij zich, zacht, in staat om elk meisje te strelen, elk naakt meisjeslichaam. Hij liep de gang op. Daar begon zijn hart te bonzen. Zijn keel werd droog. Maar hij kon zichzelf niet tegenhouden. Hij had de deurkruk van de badkamer al in zijn hand en hoorde achter de deur het water klateren. Hij duwde de kruk naar beneden. Hij had verwacht dat de deur op slot zou zijn.

De badkamer begon zich net te vullen met waterdamp. In de nevel zag hij Antona onder de douche staan: een nat glanzend lichaam, van hem af gewend, met de omtrekken van een bikini erop afgetekend. Ze stond met haar handen voor haar gezicht, dat ze ophief naar de douchekop. Eén enkele blik kon hij werpen. Meer tijd was er niet. Hij keek naar haar billen. Vandaar schoten zijn ogen omlaag. In het water rond haar voeten zat een zweem rood.

Onmiddellijk trok hij de deur weer dicht. Hij vloog naar de trap en vandaar liep hij duidelijk hoorbaar naar beneden. Een paar minuten later lag hij op zijn nog slaapwarme en lome lief, dat verzaligd zuchtte terwijl hij met zachte stoten in haar binnendrong.

Als laatste kwam Abel die ochtend de keuken binnen. De anderen zaten al aan tafel, de meisjes in hun kleren van gister. Hij had onder de douche gestaan, met zijn ogen het afvoerputje onderzocht en tevergeefs geprobeerd in de dampen Antona's geur te onderscheiden. Eenmaal aangekleed was hij met vreemd stramme benen de trap af gelopen.

'Goeiemorgen allemaal.'

Hij zag Antona's achterhoofd: haar zwarte, nat glanzende haar, dat los op haar rug hing, en de rode ceintuur om haar witte jurk. Aan één enkele hoofdbeweging las hij het ongemak af dat haar beving toen ze hem achter zich hoorde binnenkomen. Digna glimlachte naar hem, haar held van zoëven. Toni schraapte zijn keel en zei met verdraaide stem:

'Ook goeiemorgen, jongeheer Roorda.'

Aan tafel ontweek Antona zijn blik. Maar dat was alles, meer gebeurde er niet. Ze ontweek alleen zo veel mogelijk zijn blik.

In de hoofdstraat van het dorp zetten ze de meisjes op de bus. Abel keek naar hen terwijl ze instapten en een kaartje kochten bij een spraakzame en grappen makende chauffeur. Antona met haar elegante rieten tas, de zonnebril in haar haren geschoven, haar jurk zwierend om haar blote benen – een jongedame. Digna die zich naar hem omdraaide, verdrietig omdat ze wegging, en het liefst weer was uitgestapt om kusjes te geven.

Toen de bus wegreed, draaide Digna zich om en zwaaide naar hem en naar Toni. Ook Antona draaide zich om, maar te laat, alsof ze in gedachten al was vertrokken en door Digna's voorbeeld moest bedenken dat het wel zo aardig was om nog even te zwaaien.

De bus was de straat nog niet uit of Abel had het al gezegd.

'Ik ben benieuwd hoe dit verder gaat.'

'Hoe wát verder gaat?' vroeg Toni.

'Dat van jou en Antona.'

'Ik vrees dat het niet verder gaat dan hier.'

'Hoezo niet verder?'

'Tja, hoe zal ik het zeggen.'

'Gaan we nog even naar het Strandhotel voor een bak koffie? We hebben nog tijd.'

Ze staken de straat over en liepen in de richting van de duinen. De stilte van de zee hing nog boven het dorp.

'Maar je hebt het toch met haar gedaan?'

Abels stem klonk enigszins onvast.

'Ik heb gedaan wat ze wilde dat ik deed,' zei Toni. 'Maar vanochtend heeft ze me laten weten dat het… eh… eenmalig was. Ze wilde niet… eh… als maagd naar de grote stad. Daarom heeft ze zich nu dus alvast maar laten ontmaagden. Door een vertrouwd iemand, zoals ze dat noemde.'

'Je-zus!'

Toni bloosde en zweeg. Hij drukte zijn zonnebril vaster op zijn neus en haalde met een nerveus gebaar zijn hand over zijn kortgeknipte haar.

'Je-zus,' zei Abel nog eens, vol verbazing. 'Dat kan toch niet! En dat ze het ook nog gewoon zegt!'

'Ze is niet mis. Maar dat wisten we al.'

Toni drukte zijn zonnebril nog eens vaster op zijn neus.

'Afijn, ik ben aan mijn gerief gekomen, en goed ook.'

Zwijgend liepen ze de trappen op naar het hotel. Boven op het duin gleed een zachte wind langs hun gezichten. Vanaf het strand in de diepte klonk het fel gekef van een hondje. Abel zag hem achter een tennisbal aan stuiven, weggeworpen door de lange, magere vrouw die hij wel eens tegenkwam op het schelpenpad. Hij kende inmiddels tientallen gezichten in het dorp. Naast zich hoorde hij Toni een trap tegen een afvalbak geven.

‘Sorry,’ zei Toni, ‘maar dat moest even!’

Met hun handen in hun zakken liepen ze het terras van het hotel op. Abel genoot van het ogenblik. De ochtendzee, mooie en stille Digna die zijn lief was, Digna die woest haar benen om zijn heupen klemde, de rode zweem in het douchewater, Toni die het had gedaan, Antona die zich in koelen bloede had laten ontmaagden, het keffende hondje op het strand en dat ze koffie gingen drinken op een chic terras met uitzicht op zee.

‘Kijk, daar heb je hem,’ zei Toni.

In een hoek van het terras zat, een beetje in elkaar gedoken, als een kleine vogel, de oude dichter voor zich uit te staren.

X

MOEDER EN ZOON

1

Het was een grote en glanzend afgedrukte zwart-witfoto, die licht opbolde toen ze hem uit de envelop had getrokken. Na een eerste blik al schoof Dina hem van zich af, met een boos en verschrikt gebaar, alsof iemand haar een misselijke streek had geleverd.

Ze stond op van de eettafel en ging naar boven om de bedden van de kinderen op te maken. Vier bedden maakte ze op en vier kamers ruimde ze op. Ze opende de deur van Abels kamer. Haar oog viel op het schilderij van Patinir, de Maria met kind in een landschap, een foto uit een tijdschrift die hij op een stuk karton had geplakt. Ze keek er altijd naar als ze in zijn kamer kwam. Zolang ze boven in huis aan het werk was, voelde ze zich veilig. Maar toen ze de trap af liep begon de foto haar weer op de zenuwen te werken. Pas nadat ze zich in haar eigen slaapkamer had opgefrist, haar haren had geborsteld en zichzelf voor de spiegel had toegesproken, vond ze de moed om terug te gaan naar de eettafel waarop de post lag en de grote, glanzende foto steeds meer opbolde in de zon.

Het begon haar te dagen. De foto was genomen door haar broer Gregoor in zijn huis aan de Oudezijds Achterburgwal, en zij was in verwachting geweest van Abel. Ze stond voor een deur in dat huis waarop tientallen kinderfoto's waren geprikt, foto's die hij van zijn kinderen had gemaakt, van Aleid en de kinderen, het soort foto's waar hij in de jaren vlak na de oorlog zijn brood mee verdiende en waarmee hij die verveloze deur had afgedekt. Hij had haar voor die deur gezet toen ze wegging, zij met haar bolle buik, vol schrik omdat ze op de foto moest, geforceerd lachend. Ze herinnerde zich dat ze tijdens haar eerste zwangerschap bij hem op bezoek was geweest aan de Oudezijds. Wat deed ze die dag in Amsterdam? Waar was Lieuwe? Als hij bij haar was geweest, zou Gregoor hen samen hebben gefotografeerd. Uit de manier waarop ze daar stond kon ze afleiden dat ze alleen was. Maar wat deed ze in haar eentje in Amsterdam? Tevergeefs zocht Dina in haar altijd zo doffe en weigerachtige geheugen naar herinneringen aan een warme dag in de zomer van 1952.

Toen pas kwam ze op het idee om haar hand nog eens in de envelop te steken. Haar vingers vonden het briefje van haar oudste broer.

'Lief zusje! Na ons heugelijk weerzien ben ik in mijn oude negatieven gedoken en daar kwam ik deze tegen. Nooit afgedrukt! Jij, in glorievolle verwachting, nadat Lieuwe vergeten was voor het zingen de kerk uit te gaan. God strafte het kind met een lui oog, maar verder kwam het allemaal goed. Je bent een echte mevrouw geworden.

Wat lijkt dat eiland waar je woont ver weg, van hieruit gezien.

Wees nogmaals uitgenodigd, zusje, en van harte. Pak je koffertje en kom gauw logeren!'

Dina vond het een vervelend briefje. De bekende ironische en neerbuigende toon die haar zo onzeker maakte. Je wist nooit wat je aan hem had. Ze vouwde het briefje dubbel, met een scherpe vouw waar ze de nagel van haar duim overheen haalde. Nog eens liet ze de realiteit van negentien jaar geleden op zich inwerken: de jonge vrouw die ze was geweest, het bezwete haar dat aan haar slapen plakte, de mengeling van schrik en lachen op haar gezicht, de jurk die ze zich begon te herinneren, de rieten tas. Het leek allemaal ver weg, en ook degene die ze toen was geweest, zo jong nog: ver weg.

Ze besloot de foto voorlopig niet aan Lieuwe te laten zien. Hij zou ongetwijfeld weten hoe ze die dag in Amsterdam terecht was gekomen, prat gaan op zijn goede geheugen, herinneringen ophalen, sentimenteel worden, zich met zijn herinneringen opdringen aan zijn kinderen, gloriëren omdat hij alles nog zo goed wist. Ze wilde niet dat hij deze foto onder ogen kreeg voordat ze er zelf mee in het reine was gekomen, de schok had verwerkt. Maar vooral wilde ze hem deze foto onthouden. Ze wilde hem bewaren voor zichzelf en zichzelf alleen. Dina verborg de envelop in haar klerenkast.

'S Nachts werd ze wakker uit een onrustige slaap en wist meteen dat ze de rest van die nacht niet meer zou slapen. Hoofdpijn smeulde rond haar slapen en in haar achterhoofd, door pillen onderdrukt. Ze duwde de deken een eind van zich af en draaide zich op haar zij om te proberen toch weer in te slapen. Werktuiglijk vouwde ze haar handen en bad om de slaap die ze zo nodig had, ze smeekte erom. Maar iets in haar wilde wakker zijn, met geweld haast, klaarwakker, en stortte zich op die foto van toen.

Negentien jaar geleden was het, maar in het donker van de nacht herleefde die 'hele geschiedenis', die ze diep in zichzelf had verborgen. Ze herinnerde zich het huis in de Metsustraat, haar kamer met het balkon waarover ze in een winternacht naar de logeerkamer en Lieuwes bed was geslopen. De hal van het Amstelstation, waar ze hem had verteld dat ze zwanger was. De brief aan haar vader, geschreven na weken vol angst. De woede van haar vader, die voor het eerst in zijn leven een dag niet naar kantoor was gegaan. De zondagmiddag in de Metsustraat, de in het zwart geklede mannen voor wie ze met Lieuwe had moeten knielen om schuld te bekennen. In haar broek geplast, naar boven gevlucht. De bruiloft, de gehuurde bruidsjurk, haar lekkende borst die een voor iedereen zichtbare vlek had veroorzaakt. In de overvolle trein naar Breda was ze flauwgevallen. Maar sterker dan deze herinneringen herleefde het gevoel van de maanden aan de Delpratsingel, waar ze op de bevalling had zitten wachten: de eenzaamheid, dat altijd in de schaduw liggende achtertuintje tussen schuttingen waar ze op uit zat te kijken, de hospita die haar bespioneerde, Lieuwe die in de kazerne leefde. En zijzelf met haar zwellende buik in die achterkamer, nu eens terneergeslagen en vol schuldgevoel, dan weer opstandig en razend van woede, steeds maar pogend haar ellende voor anderen te verbergen. Flink zijn was het parool.

Toen het licht begon te worden, zat Dina aan de eettafel naar buiten te staren, een vest over haar pyjama. Er hing nevel boven de velden, waar her en der een meidoornhaag of de rug van een koe bovenuit stak. Doodstil was het. Ze had naar de foto willen kijken, naar zichzelf van toen, maar ze durfde de envelop niet uit de slaapkamer te halen, bang dat Lieuwe wakker zou worden, dat hij de foto zou willen zien en haar met zijn herinneringen zou overweldigen. Weer vouwde ze haar handen en probeerde te bidden. Leg alles maar aan zijn voeten neer, kind, geef alles maar over aan hem. Ze deed wat haar vader haar zo vaak had voorgehouden. Maar nog maar nauwelijks was ze begonnen of ze hield er alweer mee op en keek naar de nevelige velden, waar de zon opkwam.

2

Een paar dagen later reed Dina na het middageten naar Vlissingen. Ze had een van de peppillen genomen die dokter Jongepier haar had voorgeschreven. Gewoonlijk nam ze maar een halve, want als ze een hele nam kon ze 's nachts niet slapen. Maar nu had ze toch een hele genomen. Ze had zich ook 'opgedoft': haar wenkbrauwen bijgetekend, rouge op haar wangen gedaan en zelfs lipstick op haar lippen, wat ze zelden deed.

Onder het rijden keek ze in de autospiegel. De kapster had verleden week haar haren geverfd. Thuis pas, voor de spiegel in de badkamer, was het tot haar doorgedrongen dat ze veel te donker waren, waardoor haar gezicht vreemd bleek oogde. Ze had zich erover opgewonden dat ze zo achteloos was behandeld. Voortdurend was de kapster met anderen in de zaak aan het praten en lachen geweest, terwijl ze onderwijl met háár haren bezig was. Zonder nadenken had ze een kleur gekozen. Ze had maar wat gedaan! De hele verdere dag liep Dina zich op te winden over de kapster, die geen respect had getoond, die het niet nodig vond om met haar te praten, maar zich met anderen onderhield terwijl ze ook nog het haar van die saaie mevrouw deed. Dagenlang had ze geprobeerd de kleur van haar haren met wassen te temperen.

In de autospiegel zag ze dat haar haar nog steeds veel te donker was. Haar gezicht zag er bleek en uitgeput uit, ondanks de rouge op haar wangen. Het gevoel van vernederd zijn herleefde, alsof het niet al een week geleden was dat dit haar was overkomen. Ze schaamde zich ervoor. Dat ze zo lang bezig kon zijn met zoiets kleins. Klein, dat was het. Klein, dat was zijzelf. Dat meisje had er niets aan kunnen doen. Ze had zich geen raad geweten met dat rare mens dat maar ongemakkelijk zat te zwijgen. Dat lachen was van de zenuwen geweest, en van de weeromstuit had ze de verkeerde kleur gekozen.

Het bevrijdde Dina om zo te denken, om het meisje te vergeven. Nu was ze 'Gode welgevallig', zoals haar vader gezegd zou hebben. Wees Gode welgevallig, kind. Zag God haar? Ze voelde alleen maar de leegte van de auto om zich heen. Niemand zag haar. Niemand wist wat er in haar omging. Ze was alleen, alleen met haar leven in een auto.

Maar het autorijden deed haar goed. Sinds ze een eigen auto had, voelde ze zich minder opgesloten. Ze kon naar de stad rijden wanneer ze wilde, naar het Sas, waar ze op de dijk in haar dagboekje schreef of zat te lezen. Ze hield van haar auto. Ze hield van het geluid van de wind die onder het rijden om de auto bulderde, onstuimig, vrij.

Vlak na de oorlog was ze eens met Lieuwe tegen zo'n bulderende wind in over de Afsluitdijk gefietst, 's middags was ze op haar knieën over een akker gekropen om aardappels te rooien en 's avonds had ze in een schuur staan koken voor de ploeg vrijwilligers waarbij ze zich hadden aangesloten. Sterk was ze toen. Opeens was die herinnering er, en meteen ook herinnerde ze zich de foto die Gregoor in die naoorlogse jaren had genomen van Aleid en de paarden: aan weerszijden van haar stond een paard dat ze bij de halster hield, ze lachte, en om haar heen lag het wijde Friese land.

Dina graaide in de handtas op haar schoot. Haar vingers gleden langs de envelop met de foto, die ze op het laatste moment toch had meegenomen. Ze schoof een sigaret tussen haar lippen en stak hem op. Voor ze het wist had ze weer een blik in de spiegel geworpen en haar veel te donkere haar gezien.

'Het is gewoon een obsessie van je!'

Woedend schreeuwde ze het uit.

In Vlissingen verdwaalde ze. Ze was er onderweg al bang voor geweest, vanochtend al, ze was er zelfs mee wakker geworden: de angst dat ze niet in staat zou zijn om de boulevard te vinden.

Ze vroeg de weg, maar kon de aanwijzingen niet onthouden en raakte steeds hopelozer verdwaald in de binnenstad. Al drie keer had ze aan het eind van een nauwe straat de zweefmolen van de kermis zien draaien, meisjes met wapperende jurken horen gillen, al twee keer was ze op een plein met een standbeeld gekomen en had ze de nabijheid van de zee bespeurd. Pas toen ze voor de derde keer dat plein rondreed, haar rug nat van het zweet, ontdekte ze de oprit naar de boulevard. Ze gaf gas en schoot omhoog. Het standbeeld van de zeeheld op zijn sokkel doemde op, het rode lichtbaken op zijn hoge poten. Nu nog ergens zien te parkeren. Er was hier altijd zo weinig plaats. Er was zelfs nauwelijks ruimte om rond het standbeeld te rijden. Meteen ook zat er een kerel achter haar die haar opjoeg. Als opgejaagd wild keek ze om zich heen en ontdekte een lege plek in de rij geparkeerde auto's. Met een laatste krachtsinspanning draaide ze haar auto erin en trapte op de rem. Meteen zette ze de motor af, als om de lege plek definitief in bezit te nemen.

De auto stond naast het lichtbaken. Door de voorruit zag ze de zee en door het open raam hoorde ze de golven breken aan de voet van het bastion. Ze had nog een kwartier om bij te komen.

3

Toen Dina zich weer omdraaide, zag ze hem. Hij kwam van het vak waarin de brommers werden geparkeerd en liep langs de achterbumpers van de auto's. Onmiddellijk zonderde haar blik hem af van al het andere. Moederlijke trots vervulde haar, ook al zag hij er slordig uit met die eeuwige basketbalschoenen, zijn spijkerbroek, zijn half eruit hangende hemd en zijn verwaaide, lange haren. De gymnasiast, dacht ze. Al een paar jaar noemde ze hem zo als ze hem van enige afstand zag: de gymnasiast. Het klonk zowel trots als spottend. Binnenkort zou hij 'de student' zijn.

Ze bleef staan bij het hek rond het standbeeld. Onwillekeurig kroop ze in haar schulp. Ze had hem weken niet gezien. Hij leek opeens zo lang. Voor het eerst ontdekte ze een begin van mannelijkheid in zijn gezicht, zijn manier van lopen, iets dat haar wezensvreemd was en angst aanjoeg.

Abel had zijn moeder al gezien voordat zij hem zag. Een vrouw met een grote zonnebril en een donkerblauwe schoudertas, die gedwee stond te wachten aan de voet van het standbeeld. Half van hem afgewend stond ze te kijken naar een jonge moeder die langs de auto's schuifelde met vlak voor zich een jongetje dat ze leerde lopen en van wie ze de handjes vasthield. Zoals zijn moeder hem had afgezonderd met haar blik, zo deed hij dat ook met haar. Daar stond ze. Het was haar gelukt. Hij vond altijd maar weinig reden om trots te zijn op zijn moeder, maar nu was hij het: het was haar gelukt om in haar eentje naar de boulevard te rijden. Na die haast opgetogen blik op haar kwam onmiddellijk de tegenzin op, een voorgevoel van alles wat hem te wachten stond. Hij had daar geen rekening mee gehouden toen hij haar belde. Hij was geschrokken van haar diepe neerslachtigheid en had net zolang op haar ingepraat tot ze ermee instemde om een middag weg te gaan en naar de boulevard te komen.

Glimlachend en een beetje afwezig liep hij op zijn moeder toe. Dina maakte een kalme en vriendelijke indruk.

'Hé mam.'

'Hé jochie.'

Hij boog zich voorover en kuste haar wang.

'Sorry dat ik zo laat ben.'

'Ik dacht al dat je het was vergeten.'

'Ergens onderweg schoot mijn gaskabel los. Het was nogal een gehannes om hem vast te zetten.'

'Je hebt allemaal zwarte vegen op je wang. Kom eens hier.'

Abel trok zijn hoofd weg.

'Het is geen gezicht.'

Werktuiglijk bevochtigde Dina twee vingers met speeksel, pakte zijn kin stevig vast en begon met haar natte vingertoppen zijn wang te bewerken. Onwillig stond Abel haar toe de zwarte vlekken op zijn wang weg te vegen, maar algauw trok hij zijn hoofd weg.

'Doe het dan zélf,' zei ze gebiedend.

'Ik doe het straks wel, mam, als we ergens zitten.'

Dina voelde dat ze hem had geërgerd. Sussend pakte ze zijn jack vast.

'Dag lieverd. Fijn dat je er bent en dat je me hiernaartoe hebt gehaald.'

4

Op de boulevard was Abel zijn ergernis snel te boven. De wind omspoelde hem. Het uitzicht over de monding van de Westerschelde was adembenemend en zonovergoten strekte de boulevard zich voor hen uit tot waar de duinen begonnen, een wazige gele vlek. Hij was er trots op dat hij met zijn moeder over de boulevard wandelde en dat ze hem een arm had gegeven.

Jarenlang al kwam hij hier, maar altijd met de anderen. Op stormachtige zondagmiddagen, in het begin nog met z'n zevenen opeengepakt in één kleine auto, reden ze naar de boulevard om de zee te zien, om de golven te zien breken op de dijk en metershoog boven de borstwering omhoog te zien spuiten. Het water stroomde over het asfalt, onder de auto door. Als er een schip door de stroom op een van de paalhoofden was gezet of op het strand was gelopen, wandelden ze er bij laagwater met honderden nieuwsgierigen omheen. Vol ontzag keken ze omhoog langs de scheepsromp, ze raakten de scheepsschroef aan. Hoe ver hij zich in gedachten ook van de anderen verwijderde, altijd hoorde hij toch bij die kleine kudde van het gezin. Ook als hij zich met Otto op het bastion waagde, onder het lichtbaken stond met wapperende haren en wapperende kleren die de wind aan flarden leek te willen rukken en keek naar het Roeiershoofd, dat onder golven werd bedolven, als ze zich van de anderen hadden losgemaakt en zich alleen waanden tussen de mannen, dan nog had hij bij zijn ouders gehoord.

Nu was hij alleen uit Domburg gekomen en liep hij in z'n eentje met zijn moeder over de boulevard.

Hij onderging ook een merkwaardige schaamte. Het was of hij een afspraakje met zijn moeder had, of ze elkaar in het geheim zagen. Hij herinnerde zich zijn eerste masturbaties, waarbij hij zich het naakte lichaam van zijn moeder had voorgesteld. Met kracht zette hij ze van zich af.

'Zeg es wat, jochie.'

Dina had het stilzwijgen van haar zoon geëerbiedigd, de afwezigheid waarin hij zo dikwijls wegzakte. Onderwijl liep ze zich te ergeren aan de zwarte vegen bij zijn oor, ze ontdekte er steeds meer, zelfs ín zijn oor zat het zwart.

'Zeg es wat?' vroeg Abel.

'Ja. Hoe gaat het?'

'Hoe het gaat?'

'Ja, hoe gaat het met je?'

Dina gaf een gezellig bedoeld rukje aan zijn arm.

'Hard werken.'

'En kun je het vinden met die andere jongen, met die, hoe heet hij ook alweer?'

'Toni.'

'Kun je het met hem vinden?'

'Ja, dat gaat wel goed.'

Nog onlangs had Toni hem weer bij zijn strot gepakt. In het donker op een duinovergang had hij hem plotseling bij de strot gegrepen en tegen een paal gedrukt, die hij meteen 'de worgpaal' was gaan noemen. Hij had weer eens een kwaaie dronk gehad, ditmaal veroorzaakt door zijn avontuur met Antona. Abel had nog last van zijn strottenhoofd.

'En je werk?'

'Ik begin er genoeg van te krijgen. In het begin is alles nieuw. Nu is het elke dag hetzelfde. Maar goed, zaterdag zit het erop. Dan hoef ik nooit meer te zeggen: "Met of zonder slagroom, mevrouw?" "Kijkt u eens, meneer, uw groentesoep." "Heeft het gesmaakt?"'

'We hebben je gezien!'

Dina's stem klonk trots.

'Gezien?'

'We hebben je aan het werk gezien. Verleden week zijn we op een avond met z'n allen naar Domburg gereden. Maar toen we er waren, dacht ik dat je het misschien helemaal niet leuk zou vinden om ons te zien. Dus zijn we op een terras er schuin tegenover gaan zitten.'

'Wat raar. Wat raar om me zo te bespioneren.'

'Het was geen bespioneren.'

'Ik blijf het raar vinden.'

'Er ging een schok door me heen toen ik je naar buiten zag komen in je witte jasje met een dienblad vol glazen. Helemaal echt was het.'

'Wat raar dat jullie zelfs niet even gedag zijn komen zeggen.'

'Ik wist gewoon zeker dat pa zich zou zijn gaan aanstellen. Anderen vertellen dat jij zijn zoon bent en zo. Enfin...' Dina schakelde over naar de hautaine en bekakte stem die ze doorgaans gebruikte om kwesties te beslissen. 'We wilden je gewoon niet in verlegenheid brengen, jochie, dat is alles.'

5

Aan het eind van de boulevard daalden moeder en zoon af naar het strand. Dina trok haar sandalen en sokken uit, rolde haar broekspijpen op, zoals ze altijd deed wanneer ze een strand op liep. Ze wilde blootsvoets zijn en onmiddellijk door het water lopen. Schuimend spoelde de zee rond haar enkels. Het zand werd onder haar voeten weggezogen. Ze wankelde en lachte. Soms had ze het gevoel dat ze elke dag naar zee zou moeten rijden.

'Ga lekker even zwemmen,' zei ze tegen Abel.

'En u niet?'

'Ik heb mijn pir.'

'Pir' was haar huistaal voor 'periode'.

Er was bijna niemand op het strand op deze doordeweekse dag. Abel kleedde zich uit aan de vloedlijn en liep naakt het water in. Vlak onder de kust gleed een tanker voorbij. Met zijn scherpe rechteroog kon hij de naam op de boeg en de achtersteven lezen.

Hij zwom weg van de kust. Het was misschien het zo nabije schip dat hem aantrok. Of de stilte boven zee, of de bedwelmende schittering. De koelte van het water was weldadig. Het leek zijn lichaam te strelen. Hij zwom door. Plotseling voelde hij de stroming. Een snelle blik naar twee kanten leerde hem dat hij zich buiten de paalhoofden bevond en op hetzelfde moment besefte hij dat hij door de stroming werd meegevoerd.

Het was opkomend tij, maar een tegenstroom vlak langs de kust sleurde hem mee naar zee. Hij voelde de woeling en werveling van het water rond zijn lichaam. Hij gleed langs een paalhoofd en zag daar het water kolken rond de net onder water verdwenen palen. Het was een afstand van nauwelijks tien meter die hem van het paalhoofd scheidde, maar hij kon het niet bereiken. Geluidloos voerde de stroom hem mee. Terwijl hij wegdreef zag hij een man op het strand zitten, rokend, bladerend in een tijdschrift. Hij zwom met krachtige slagen, met de stroom mee, maar in een schuine lijn naar de kust toe om eruit te raken, tegen zichzelf pratend om het hoofd koel te houden. Hij hoopte op een verzwakking van de stroom, ergens, maar hij bleef overal even sterk. Hij bleef in de greep van dat lugubere, geruisloze kolken. Intussen zag hij wandelaars op het strand, nietsvermoedend, niet eens zo ver weg, in een andere wereld. Rondom hem de stilte. Hij voelde de verleiding die uitging van het koele water.

Opeens was hij eruit, opeens bevond hij zich in warmer en stilstaand water. Abel zwom tot hij weer grond onder zijn voeten voelde, hij zwom nog verder terug naar het strand om volkomen zeker te zijn en richtte zich toen op, hijgend, met wild slaand hart, zonder om te kijken.

Op het strand was het of hij terugkeerde uit een ander universum en lang was weggeweest. Hij bevond zich weer in een ongevaarlijke en vertrouwde wereld, waar kinderen in het zand speelden. Niemand had opgemerkt dat hij was afgedreven. Hij was langs vier paalhoofden meegesleurd. Naakt rende hij langs de vloedlijn naar zijn moeder.

Dina stond hem op te wachten met een handdoek in haar handen.

'Waar was je nou? Ik zag je nergens meer!'

Zwijgend duwde Abel zijn gezicht in de handdoek.

'Wat is er gebeurd?'

'Ik ben in een stroming geraakt.'

'Hè jasses!'

Met bonkend hart had Dina naar de zee staan turen. Nergens in de schittering op het water had ze zijn hoofd kunnen ontdekken.

'Ik ben mee gezwommen met de stroom, in een schuine lijn, en zo ben ik er weer uit gekomen.'

'Hè jasses!'

'Ik was er zo weer uit, mam.'

Abel droogde zich af en trok zijn spijkerbroek aan, waarvan opeens een grote geruststelling uitging. Met zijn hand boven zijn ogen keek hij naar de tanker die nu bijna stillag, naar de loodsboot die kwam aanstuiven met opgeheven boeg en bijdraaide in de schaduw van de scheepsromp. Hij zag de loods langs de touwladder omhoogklimmen.

Zijn hart bleef maar bonzen. Hij ging in het warme zand zitten, draaide twee sigaretten en merkte dat hij het trillen van zijn handen nauwelijks kon bedwingen. Hij stak de sigaretten tegelijk op en gaf er een aan zijn moeder. Al die tijd had Dina beklemd gezwegen.

Abel liet zich achteroverzakken en strekte zich uit in het zand. Op de tast schoof hij vier vingers tussen de broeksband en blouse van zijn moeder, ze langs haar zachte vetrollen duwend, en haakte ze vast. Even ontspande hij. Hij ademde dieper. Het warme zand en de zon koesterden zijn naakte bovenlijf. Hij luisterde naar de wind. Maar zodra hij zijn ogen sloot, werd hij weer meegesleurd door de stroom, zag hij dat lugubere, geluidloze kolken voor zich, het strand met wandelaars, dat onbereikbaar was geworden.

6

Op weg naar het strandpaviljoen was Abel over de schrik heen. In zee, meegevoerd langs de kust, was het geen moment bij hem opgekomen dat hem iets zou kunnen overkomen. Hij had het gevaar gevoeld, hij wist dat hier elk jaar mensen verdronken, maar het stond onmetelijk ver van hem af dat het hem zelf kon overkomen. Terug op het strand was hij zelfs een beetje verbaasd geweest over de reacties van zijn lichaam: de hartkloppingen, het trillen van zijn handen – zoveel was er toch niet gebeurd?

Zwijgend en zwetend liep Dina naast haar zoon. Het liet haar niet los. Ze was ervan overtuigd dat het geen toeval was dat dit juist nu was voorgevallen, nu hij in gezelschap van zijn moeder op het strand was, met haar alleen. Het verwarde haar. Ze voelde zich er zelfs schuldig aan dat haar zoon bij het zwemmen buiten de paalhoofden was geraakt.

Onder het lopen schoof Abel een hand onder zijn moeders oksel en omvatte haar bovenarm. Door de stof van haar blouse heen voelde hij de stevige band van haar bh.

'Lekker vlezig,' zei hij, terwijl hij zijn hand nog dieper in haar zweterige oksel schoof.

Dina bewoog ongemakkelijk haar schouder. Ze schaamde zich voor haar vetrollen, voor de forsheid van haar bovenarm. Maar ze durfde zich niet te verzetten tegen die onbeschaamde hand in haar okselholte.

'Lekker vlezig,' zei Abel nog eens.

'Hou op!'

'Ik mag mijn eigen moeder toch wel vasthouden?'

'Maar niet zo!'

Op het bijna lege terras van het strandpaviljoen zaten drie mannen in hun hemd in de zon, wijdbeens, een fles bier in de hand. Ze bekeken Abel en zijn moeder toen ze de trap op kwamen. Vlaggen klapperden. Uit het paviljoen kwam de prikkelende geur van gebakken vis.

Dina koos een stille plek. Een beetje verbaasd kwam de serveerster naar de uithoek van het terras lopen.

'Zo, u gaat lekker apart zitten,' zei ze en haalde plichtmatig een vochtige doek over de tafel.

Dina verstrakte. Afgemeten bestelde ze haar koffie. Abel vroeg om koffie en een uitsmijter, op een gemoedelijke toon om tegenwicht te bieden aan de stugheid van zijn moeder. Onderwijl probeerde hij zich te herinneren waar hij dit meisje van kende. Hij keek haar na, hij keek naar haar billen, naar de slippers die tegen haar hielen kletsten.

'Wat een brutaal nest,' zei Dina.

'Het is ook wel een beetje vreemd om zo in een hoek weg te kruipen.'

Dina zweeg.

'Waarom wilt u niet gewoon bij de anderen zitten?'

'Omdat daar die vervelende kerels zitten.'

'Dat zijn mannen die een biertje drinken en tegen iedereen die voorbijkomt wat te zeggen hebben. Soms doen mannen dat, mam, als ze bier drinken en vrolijk zijn.'

'Ik vind het engerds.'

Ze zwegen. De vlaggen klapperden. Abel hoorde de slippers van het meisje naderen. De koppen koffie werden neergezet. Bij het vooroverbuigen raakte ze even zijn schouder aan, vlinderlicht.

'Zo, geniet er maar van in uw stille hoekje.'

Er klonk iets moederlijks in haar stem.

'De uitsmijter komt er zo aan.'

'Dank u,' zei Dina stijfjes.

Abel keek omhoog naar het gezicht van het meisje. Toen hij het spleetje tussen haar tanden zag wist hij het.

Hij kwam met Danker uit de schuur waar de band net zijn eerste set had gespeeld. Ze passeerden de bont beschilderde Volkswagenbus van de band, waarvan de laaddeur aan de zijkant was opengeschoven. Op een bank in de bus zaten twee meiden te blowen. Een van de twee droeg een minirok en zat met gekruiste benen op de bank. Een beetje een slonzig en treurig meisje. Tussen haar gekruiste benen kon je haar slip zien. Naar haar had hij omgekeken toen hij die avond met Danker over het erf liep.

'Waar denk je aan?' vroeg Dina.

'Ik zou het niet weten, mam.'

'Natuurlijk denk je ergens aan.'

'Ik zou het niet weten. Soms ben ik plotseling helemaal vertrokken. Het is echt idioot.'

'Dat had je vroeger al.'

Terwijl hij zijn koffie dronk, keek Abel naar zijn moeder, die met onverwachte lenigheid een hiel op de rand van haar stoel had gezet om het zand van haar voet te vegen. Hij keek naar de grote teen, die over de twee ernaast gelegen tenen heen was gegroeid, naar de dikke knobbel van het gewricht. Het was een vertrouwd gezicht. Maar nu hij haar een tijd niet had gezien, viel het hem weer op. Hij had haar dikwijls horen vertellen dat ze in de Hongerwinter schoenen had moeten dragen die te klein waren en dat haar voeten daardoor waren vergroeid. Het leek hem nu onwaarschijnlijk. Zelfs als ze een hele winter op te kleine schoenen had gelopen, hadden haar voeten niet zo monsterlijk kunnen vergroeien. Hij zag er iets heksachtigs in.

Dina trok haar andere voet op. Zwijgend zaten ze bij elkaar. Abel hield daarvan: als ze zonder te praten bij elkaar konden zitten.

Bijna ongemerkt trad die toestand die hij zocht in. Het begon terwijl zijn moeder het zand van haar voeten veegde, haar kin steunend op haar opgetrokken knie, en hij in de donkere glazen van haar zonnebril de weerspiegeling zag. In full colour, dieper van kleur dan de kleuren in werkelijkheid waren, weerspiegelden ze de rieten stoelen en tafels, de ruiten van het windscherm, het strand met de paalhoofden en de zee. Van kindsbeen af had de weerspiegeling hem geboeid. Op de een of andere manier kalmeerde het hem om de wereld weerspiegeld te zien. Hij boog zijn hoofd en dacht aan het verhaal dat hij wilde schrijven. Nog steeds zocht hij naar het begin. Het begin leek hem de jongeman die terugkeerde op het landgoed van zijn ouders en in zijn oude kamer het schilderijtje van Patinir terugzag. Maar waarom was hij daar? Wat betekende zo'n oud schilderij voor hem? Hij wist het niet. Hij wist sowieso niet wat te beginnen met de beelden die zich aan hem opdrongen. Soms zat hij er tijden over na te denken zonder dat het iets anders opleverde dan verveling, moedeloosheid, ergernis en een razende teleurstelling. Al twee jaar zag hij een jongeman door een oprijlaan naar een landhuis lopen zonder te weten wat hij daar kwam doen. Nadat Irma en hij het hadden uitgemaakt, die zondagmiddag op de Beestenmarkt, was hij gaan rennen, en daarna had hij in het lege busstation gezeten en voor het eerst die jongeman met zijn koffer tussen de bomen van een oprijlaan gezien en het landhuis in de verte.

Abel hoorde de slippers weer naderen. Toen het meisje de uitsmijter voor hem neerzette, voelde hij zich haar collega, kelner immers in Domburg. Hij kende het zo goed, zo'n uitsmijter neerzetten, het in een papieren servet gerolde bestek ernaast, peper en zout, 'eet u smakelijk', hij was het haast zelf die dit deed, en dat gaf hem de moed het meisje aan te spreken.

'Opeens weet ik waar ik je eerder heb gezien.'

Er veranderde niets aan haar treurige blik. Maar ze glimlachte, alsof ze wel had verwacht dat hij haar zou aanspreken.

'Je was op dat feest in die schuur met de band van Dave Sinke.'

'Dat klopt.'

Abel maakte een praatje met de serveerster, verbaasd gadegeslagen door zijn moeder. Het meisje was toeschietelijk, bijna te toeschietelijk.

'Je uitsmijter wordt koud,' zei ze ten slotte.

Hij keek haar na. Daar ging ze met haar half loshangende haren, haar slonzig afzakkende minirok, haar schuin afgetrapte slippers die tegen haar hielen kletsten.

7

'Afgelopen weekeind was Digna in Domburg,' zei Abel niet lang daarna, nog kauwend op een hap.

'Dat heb ik gehoord.'

'Van wie? Van haar?'

'Een dag later kwam ze even bij me aanwaaien. Ik kreeg het gevoel dat ze ergens mee rondliep.'

Dina wachtte.

'Waarom schrijf je haar zo weinig?'

'Ik hou niet van brieven schrijven.'

'Pa en ik schreven elkaar in onze verlovingstijd elke week een brief, soms wel twee.'

'Ik hou er gewoon niet van.'

'Maar voor jou moet dat toch een kleine moeite zijn?'

'Ik weet niet wat ik haar moet schrijven, mam. Alles wat ik opschrijf lijkt me zo banaal.'

'Voor jou moet het natuurlijk meteen iets belangrijks zijn!'

Driftig tikte ze de as van haar sigaret.

Abel zweeg. In zijn Domburgse weken was hij het als een drukkende verplichting gaan voelen: Digna een brief schrijven. Hij had zichzelf erom vervloekt dat hij het niet deed, dat hij na het werk met Toni naar het café ging, of op het strand van zijn kater lag bij te komen of in een verloren uurtje nog wat las in plaats van haar te schrijven. Hij zag het postvak in het schemerige Amsterdamse trappenhuis voor zich, het glazen luikje naast de voordeur, afgesloten met een hangslot. In het postvak het daglicht dat door de spleet in de muur naar binnen viel. Digna die de trappen af liep om in het postvak te kijken. Weer geen envelop met zijn handschrift. Zucht. Hij zag haar zonder brief de trappen op lopen. Er waren momenten geweest waarop hij zich haar teleurstelling zo levendig had kunnen voorstellen dat hij op het punt had gestaan haar te schrijven. Hij hoorde de zinnen al in zijn hoofd. Een klein briefje. Hij kon het zo opschrijven. Maar iets weerhield hem er altijd weer van. Hij had zichzelf gedwongen ervoor te gaan zitten. Eerst had hij voor de tafel aan het raam gezeten, toen in de rotan leunstoel, ten slotte op de rand van zijn bed. Na een uur stond de kamer blauw van de rook, maar er was geen zin op papier verschenen. Hoe gaat het met je? Hij verdomde het om dat op te schrijven.

'Je kunt toch spontaan een brief schrijven,' zei Dina.

'Spontaan een brief schrijven.'

'Ja.'

'Spontaan…'

'Nou ja, laat maar!'

Dina zweeg gebelgd.

'Je houdt gewoon niet van haar,' zei ze met verstikte stem. 'Ik mag het niet zeggen, maar ik zeg het toch, want ik kan het niet langer aanzien hoe dat arme kind rondloopt.'

'Waarmee rondloopt?'

'Met dat rotgevoel over jou!'

Met toegeknepen ogen tuurde Abel naar de vonkende zee, waar opnieuw een loodsboot met een sierlijke bocht bijdraaide naast een binnenlopend schip. Bijna dwangmatig wachtte hij nu tot het minuscule figuurtje van de loods zichtbaar zou worden, omhoogklimmend langs de uitgeworpen touwladder. Hij hoefde hem niet helemaal naar boven te zien klimmen. Het ging om het moment waarop de loods zichtbaar werd.

'Ik hou wél van haar,' zei hij, stug voor zich uit kijkend.

'Probeer dat dan wat vaker te tonen.'

'Ik toon het genoeg.'

'Waarom is dat arme kind dan zo radeloos?'

'Dat weet ik niet, mam.'

'Je bent ook nooit enthousiast over haar.'

'Dat ben ik over niemand, mam, ook niet over mijzelf.'

'Je vindt het wel makkelijk dat ze er is.'

'Het zal wel.'

'Je bent alleen maar geïnteresseerd in seks, en dat komt omdat jullie er veel te vroeg mee zijn begonnen.'

Dina nam het woord 'seks' met tegenzin in de mond. Ze vond het een 'kil en naar' woord. In kranten en tijdschriften dook het steeds vaker op, het werd steeds gewoner. Als ze het tegenkwam had ze de neiging haar blik af te wenden, het artikel niet verder te lezen. Seks, een kil en steriel woord. Ze gebruikte het nooit. Maar nu, boos, had ze het toch in de mond genomen, met precies zoveel verachting als haar zoon zoëven het woord 'spontaan' had uitgesproken.

'Digna en ik foezelen maar wat, mam. Het stelt echt niets voor. De complete daad hebben we nog nooit uitgevoerd.'

'Tegen Gregoor zei je dat je het al met haar deed!'

'Dat zei ik om hem te pakken.'

'Ik geloof er niks van.'

'Toch is het zo.'

'Ik heb je bed horen bonken.'

'Dat was een grap. Die avond had ik zo schoon genoeg van jullie eeuwige controle dat ik aan het voeteneind van het bed ben gaan staan en tegen de muur ben gaan bonken om jullie daar beneden de stuipen op het lijf te jagen.'

'Ik geloof er niks van.'

Dina greep haar tas en maakte hem open om er een nieuw pakje sigaretten uit op te diepen.

'Wat is dat voor envelop?' vroeg Abel.

'Dat gaat je niks aan.'

'Wie stuurt u zo'n grote envelop?'

'Dat komt straks.'

Resoluut klapte ze haar tas dicht.

'Maar we zijn nu bij die envelop, mam. U hebt hem meegenomen om mij iets te laten zien. En u kunt eindeloos wachten op het juiste moment, het moment waarop alles volkomen zuiver is en het spontaan gebeurt, maar dat moment komt niet want u zit erop te wachten en dan komt het niet. Er is altijd wel weer de een of andere onzuiverheid.'

'Ik vind dit niet de goede plek.'

'Kom op, mam. We zitten lekker apart. Niemand die ons ziet.'

Dina zwichtte, zoals ze altijd zwichtte wanneer ze onder druk werd gezet, bang om het verkeerde te doen.

Voorzichtig trok Abel de foto uit de envelop. Onmiddellijk herkende hij in de zwangere jonge vrouw zijn moeder. Onmiddellijk wist hij ook dat de foto was genomen door zijn oom, de fotograaf, want hij herkende zijn stijl.

'Eindelijk een goeie foto voor het familiealbum,' was het eerste wat hij zei. 'Als je dit vergelijkt met de klunzige kiekjes die pa met zijn box en Agfa Click heeft gemaakt. Wat een verschil!'

'Hij heeft er nu eenmaal geen oog voor.'

'Maar als je een Leica koopt, heb je meteen wel honderd keer zoveel kans op een behoorlijke foto.'

'Ach, dat is toch niks voor hem. Hij is er ook veel te onhandig voor.'

Abel veegde zijn vingers af aan zijn broek, voordat hij ze op de randen van de foto zette om hem plat te drukken op de envelop.

'Jee, mam, wat een goeie foto!'

'Ik zie er vreselijk uit.'

'Helemaal niet.'

'Die neus, die blik.'

'Ach, hou op, dit is gewoon een prachtige foto.'

Afgezien van de huwelijksreportage, ook door zijn oom gemaakt, was dit de eerste grote en scherpe foto van zijn moeder in haar jonge jaren die hij onder ogen kreeg. Een foto die niet door een klunzige amateur was genomen, niet onscherp, niet stijf geposeerd, maar helder en vol leven. Daar stond ze met dik, donker, golvend haar tot bijna op haar schouders.

'En u was zwanger.'

'Ja, van jou.'

'Van mij?'

'Ik kan er nog steeds haast niet naar kijken.'

8

Abel nam zijn moeder mee naar het pad dat over de duinen liep. Nu hij de foto van zijn jonge moeder had gezien, maakte hij zich nog meer zorgen. Ze moest uitrusten, niet alleen vanmiddag, maar veel en veel langer. Onder haar ogen had ze kringen zo donker als hij ze nog nooit bij haar had gezien, haar gezicht was bleek. Nog dieper dan haar uitputting trof hem haar wanhoop, die ze niet voor hem kon verbergen, hoe ze ook haar best deed om opgewekt te klinken. Maar ze kon het niet voor hem verbergen. In de stemmingen en gemoedstoestanden van zijn moeder was er maar weinig wat hem ontging. Van jongsaf aan was hij de seismograaf van die stemmingen en gemoedstoestanden geweest, zoals zij dat was geweest van de zijne.

'U moet uitrusten,' zei hij, 'echt uitrusten.'

'Daar is geen tijd voor, lieverd.'

'Maar neem dan die tijd!'

'Ik weet niet hoe ik dat zou moeten doen.'

Abel keek opzij naar het hoofd van zijn moeder, dat tot zijn schouder reikte. De veel te donkere kleur die ze haar haren had laten geven, trof hem opnieuw pijnlijk. De egale kleur gaf het haar iets levenloos. Het kostte hem moeite om er niet woedend over te worden. Waarom had ze zich dit in godsnaam aan laten doen? Waarom werd ze altijd weer de dupe van anderen? Het haar kleefde aan haar slapen. Hij zag de tere, blauw dooraderde slapen die hij als kind al had gemasseerd om haar hoofdpijn te verdrijven, hopend dat hij over 'magnetische krachten' beschikte, wonderbaarlijke gaven waarmee hij zijn moeder zou kunnen genezen.

'Binnenkort begint in elk geval de vakantie,' zei hij om haar te bemoedigen.

'Ik zie er alleen maar tegen op.'

'Pa op de stretcher.'

'Pa op de stretcher, ja.'

Over een paar dagen zou de jaarlijkse tocht naar het noorden weer worden ondernomen, dwars door het land, in twee kleine Renaults, de trailer met de zeilboot achter de auto van zijn vader, de beide auto's en de boot volgestouwd met bagage voor een maand. De kinderen zouden weer zijn verdeeld over de twee auto's. Op elke halteplaats – er werd om de honderd kilometer gestopt om de warm geworden assen van de trailer te laten afkoelen – moesten ze van auto wisselen. In de auto van zijn moeder was het 'gezellig'. Iedereen hing in met kussens en dekens volgepropte stoelen. Degene die voorin zat kon zijn hoofd op zijn moeders schoot leggen, terwijl zij de auto bestuurde en een hand vrijmaakte om het hoofd op haar schoot te strelen. Het kind dat achter haar zat, kon hangerig zijn armen om zijn moeders hals slaan en zijn hoofd op haar schouder leggen. Er werd gepraat, er werden spelletjes gedaan, de snoeptrommel ging rond. In de auto van zijn vader was het stil. Er zat een man achter het stuur die in gepeins was verzonken en daar nu en dan uit opschrok om in zijn spiegels te loeren of de boot nog wel goed vastzat, een man die zijn nerveuze zorg om zich heen verspreidde, zodat Abel ten slotte ook zelf door de achterruit naar de witte boot op de trailer ging kijken, naar de touwen waarmee hij was vastgezet, naar de kleine wielen, de warmlopende assen, en schrok bij elke hobbel in de weg, alsof de catastrofe zich elk ogenblik kon voltrekken.

Abel was de enige die zonder tegenzin in de auto van zijn vader zat. Het was een kwestie van verwantschap. Het was ook om tegenwicht te bieden aan de pijnlijke afkeer van de anderen dat hij de hele rit in de auto van zijn vader doorbracht. De infantiele sfeer in de auto van zijn moeder met de 'kussentjes' en de 'dekentjes' stond hem tegen. Op die dag van de tocht naar het noorden stond hij aan de kant van zijn vader.

'Pa op de stretcher,' herhaalde hij gnuivend.

'Ja, lach er maar om.'

Die paar woorden riepen in moeder en zoon hetzelfde beeld op, dezelfde hoon, dezelfde afkeer. Abel hoefde het woord 'stretcher' alleen maar uit te spreken of hij hoorde het geluid dat het aluminium buisframe maakte als het op het terras voor de bungalow werd gezet, het schrapende geluid, resonerend in de holle buizen, als de stretcher over de tegels werd versleept, het gerikketik van de scharnieren, het kreunen van de veren als zijn vader zich erop uitstrekte. De stretcher was het eiland waarop zijn vader een maand lang zijn dagen doorbracht, met zijn boeken en transistorradio. Onder het lezen tastte zijn hand blindelings naar de beker koffie die bij hem was neergezet. De stemmen van zijn kinderen, het gedoe om hem heen – het drong niet of nauwelijks tot hem door. Hij leefde in een capsule, waar hij alleen uit kwam voor de maaltijden, voor het boodschappen doen in het dorp en voor een enkel zeiltochtje. Wanneer hij voor korte tijd toetrad tot zijn gezin werd hij daar beschouwd als een buitenstaander. Met voorgewende interesse, met praatjes die niemand overtuigden, met stemverheffing of, als ten slotte niets meer hielp, met woede probeerde hij zijn gezag te herstellen. Niets maakte hem verachtelijker in de ogen van zijn kinderen dan die voorgewende interesse. Om zijn driftbuien – waar hij zelf bang voor was –, om de spastische bewegingen die hij in zijn drift maakte, werd besmuikt gelachen. Zelfs in zijn drift was hij niet een man, eerder een onhandige jongen die zich geen raad wist met zijn woede.

Op het duinpad onderging Dina al de ergernissen, de beklemming van een maand vakantie met haar echtgenoot. Soms kon ze wel een mes in hem steken. Zover ging ze in haar woedende voorstellingen.

'Kunnen we niet even ergens gaan zitten,' zei ze.

Abel bracht haar naar een bank aan de rand van het duin.

Dina trok haar sandalen en sokken uit. Ze had zich al haar kleren wel van het lijf willen rukken. Ze stak haar voeten in het warme zand. Het was het gevoel van het zand, dat haar voeten warm en stevig omsloot, dat haar laatste weerstand brak.

Abel had zijn moeder dikwijls zien huilen, maar altijd in familieverband om zo te zeggen, nooit was hij alleen geweest met zijn huilende moeder en nooit eerder had hij haar zo smartelijk zien huilen. Hij keek het pad af in beide richtingen. Gelukkig zat ze er met haar rug naartoe. Het ging hem door merg en been om haar zo wanhopig te zien. Ze huilde met haar hand voor haar mond, alsof ze moest kokhalzen.

'Ik kan het niet meer,' snikte ze, 'ik kan het gewoon niet meer opbrengen.'

Overweldigd door haar verdriet, plotseling net zo radeloos als zijzelf, drukte Abel een kus in zijn moeders bezwete hals. Maar toen liet hij haar weer los, wetend dat ze niet aangeraakt wilde worden als ze huilde.

'Ik weet gewoon niet meer wat ik moet doen,' zei ze snikkend.

Abel ging schrijlings op de bank zitten, naar haar toegewend. Hij zag zijn huilende moeder, het in de wind buigende helmgras en verderop een scheef in het duin weggezakte bunker, een kolos van beton. Vlak onder de kust voer een roestig schip uit Lagos langs de paalhoofden. Met een langzaam draaiende beweging van zijn hoofd leek hij de scène te filmen. Zelfs nu, terwijl zijn hart ineenkromp, kon hij nog buiten het gebeuren blijven staan. Hij schaamde zich ervoor. Waarom kon hij niet alleen met zijn ongelukkige moeder begaan zijn? Ergens in zichzelf bespeurde hij ook een gevoel van trots, van gestreelde ijdelheid, omdat hij zijn moeder nu zo voor zichzelf alleen had, omdat ze hem zozeer in vertrouwen nam. Het maakte zijn schaamte nog groter. Het kon niet anders of hij was een slecht mens, koud en harteloos. Of sprak het vanzelf dat al deze tegenstrijdigheden er tegelijkertijd waren? Hoe kon hij nog nadenken terwijl zijn moeder haast stikte van verdriet?

'Mam.'

'Schrik maar niet, lieverd. Ik moet dit even kwijt. Het is zo over.'

'Waarom gaan jullie niet uit elkaar,' zei Abel driest. 'Hebt u daar wel eens aan gedacht?'

'Natuurlijk heb ik daar wel eens aan gedacht.'

Abel schrok ervan dat hij dit had durven zeggen, alsof het daardoor nu ook werkelijkheid zou worden. Innerlijk deinsde hij ervoor terug, alsof hij verboden gebied betrad. In de hele stad kende hij welgeteld één gescheiden echtpaar: zijn gymleraar en diens vrouw. Op een middag was hij met zijn vader in de auto door een buurt gereden waar hij zelden kwam. Zijn vader had hem door de voorruit gewezen op een vrouw die de straat overstak, energiek bewegend, en hem verteld dat dat de vroegere vrouw van de gymleraar was. Ze heet Machteld, zei hij, als altijd geboeid door een ongebruikelijke naam, en misschien ook wel door de vrouw zelf. Abel had naar haar gekeken en tevergeefs geprobeerd er een gescheiden vrouw in te zien.

Ook Dina was geschrokken.

'Ik wil niet scheiden,' zei ze.

'Ja ja, wat God verbonden heeft, zal de mens niet scheiden.'

'Spot er maar mee.'

'God heeft jullie niet bij elkaar gebracht, mam, dat was de oorlog en dat waren de hormonen, want die had je in 1945 ook al, en in die nacht dat ik werd verwekt waren het zeker de hormonen die jullie bij elkaar brachten.'

'Je bent grof,' zei Dina driftig, 'grof en cynisch.'

Ze bette haar wangen met een zakdoek.

'Ik ben geen zweverd, als je dat soms denkt. Van begin af aan heb ik geweten hoe hij was. Al na een jaar wist ik hoe op zichzelf gericht hij was. Ik heb enorm geaarzeld. Maar ten slotte ben ik er toch vol overtuiging aan begonnen. En onze hormonen, zoals jij dat noemt, konden wij best in bedwang houden. Dat hebben we jaren volgehouden.'

'Tot het misging.'

'Toen waren we eraan toe.'

Abel volgde met zijn blik het schip uit Lagos, dat nu bijdraaide om de loods aan boord te nemen. De loodsboot kwam aanstuiven.

'Hé jochie.'

Dina pakte zijn hand en legde er haar andere hand overheen, alsof zij hem nu moest troosten.

'Liefje, je moet niet schrikken van zo'n huilbui. Er knapte gewoon even iets in me. Als ik straks thuiskom, voel ik me beter.'

'Toch kan dit niet zo doorgaan, mam. Deze ellende duurt gewoon te lang.'

Hij was opeens vastbesloten om op een scheiding aan te dringen, om zijn moeder ernaartoe te praten. Tegelijkertijd was hij doodsbang dat het hem zou lukken. Het was ondenkbaar voor hem dat zijn ouders zouden scheiden, dat er ooit een einde zou komen aan vanzelfsprekendheden als zijn vader op de stretcher, de radio tegen zijn oor gedrukt, zijn moeder in bed met een washand vol ijsblokjes op haar voorhoofd, de jaarlijkse tocht naar het noorden en niemand die bij zijn vader in de auto wilde behalve hij. Het was ondenkbaar dat er een einde zou komen aan alles wat hem zo vertrouwd was.

'Dit duurt echt al jaren,' herhaalde hij.

'Hoe weet jij dat nou?'

'Ja, hoe zou ik dat nou weten?'

'Je moet het je gewoon niet zo aantrekken.'

'U leeft op pillen, mam, om dit vol te houden, ook al jarenlang.'

Dina werd prompt duizelig. Ze moest zich vasthouden aan de bank. Ze herinnerde zich hoe ze was flauwgevallen in de trein, de dag na haar huwelijk. Lieuwe, die er trots op was geweest dat hij haar had opgetild en op een bank had gelegd. Later ging het vooral daarover: hoe hij was opgetreden in een stampvolle trein. Haar hart bonkte. Ze sperde haar ogen open om het in haar opkomende zwart de baas te blijven. Langzaam zakte het weg. Maar toen kwam de wanhoop weer op.

'Ik kan hem gewoon niet bereiken,' zei ze. 'Jarenlang heb ik het geprobeerd. Maar alles glijdt langs hem af.'

'Pa achter de piano.'

'Als hij begint, loop ik al de kamer uit.'

'Hij probeert die stukken van vroeger weer te spelen.'

'Dat doet hij om mij te paaien.'

'Een sonate van Mozart die hij lang geleden heeft ingestudeerd,' zei Abel met een grijns. 'Maar hij kan hem niet meer spelen. Sommige maten lukken nog, maar in andere blijft hij steken. Wat doet hij dan? Met handigheidjes probeert hij al die haperingen en vergissingen te camoufleren. Hij speelt eroverheen. Net zolang tot er weer een paar maten zijn die hij foutloos kan spelen. Maar dan weer fouten. En steeds dezelfde fouten, waar hij weer overheen speelt zonder er iets aan te doen. Steeds weer die trucjes. Tot hij echt vastloopt. Dan schakelt hij over op een improvisatie, omdat hij dan foutloos kan spelen. Maar die improvisatie hebben we ook al honderd keer gehoord. Dat zijn ook weer trucjes. Maar zelf krijgt hij er tranen van in zijn ogen, en als hij het laatste akkoord heeft laten wegsterven en een beetje geknakt blijft zitten, verwacht hij een lovend woordje. Je ziet gewoon dat hij erop zit te wachten. Geweldig, pa, hoor je dan te zeggen. Zodat hij kan zeggen: Ja, dat floepte er zomaar uit.'

Abel zweeg. Tranen gleden van onder Dina's zonnebril. Ze had zich willen uitstrekken in het warme zand om in een diepe slaap weg te zinken. Ze had jaren achtereen willen slapen.

9

Het was allemaal geëindigd met dat stomme vreten van hem. Ze waren teruggelopen naar de strandtent en daar bestelde hij nog eens een uitsmijter en een glas bier, om vier uur in de middag nota bene. Hij gluurde maar naar die slonzige meid in haar minirok. Ze had zich van hem vervreemd gevoeld. In een maand was hij al zo veranderd.

Van vertellen was niets gekomen. Ze wilde hem, nadat hij de foto had gezien, vertellen over de dingen die destijds waren gebeurd. Ze vond dat hij het moest weten nu hij het huis uit ging. De schande die het was geweest, de woede van haar ouders, haar schuldbekentenis voor de ouderlingen, hoe ellendig ze eraan toe was geweest in de maanden dat ze zat te wachten op de bevalling en, vooral, hoe dat alles op hem had doorgewerkt. Want ze was ervan overtuigd dat het op hem, terwijl hij nog in haar buik zat, een uitwerking had, dat hij daarom die eerste jaren zo onhandelbaar was, zo lastig dat haar zusje Cora had gezegd: Zonder jouw geduld was er van dat kind niets terechtgekomen. Ze had het hem willen vertellen. Hij was er oud genoeg voor. Maar meneer zat maar te schransen, bier te drinken en naar die meid te loeren.

Bij het afscheid op de boulevard was hij gehaast geweest, alsof hij alweer genoeg van haar had, zijn domme moeder. Van het vele dat ze hem had willen zeggen – nadat hij haar had gebeld en zo heel volwassen uitnodigde voor een ontmoeting op de boulevard – was niets over haar lippen gekomen. Wat ze had verwacht, waar ze op had gehoopt, was niet gebeurd. Ze was boos op zichzelf. Ze had er niets van terechtgebracht.

Beschaamd, met het gevoel te zijn vernederd door haar eigen zoon, reed Dina Houttuyn de veertig kilometer naar huis.

Voortdurend zag ze Abel voor zich: hoe hij op dat terras zijn tweede uitsmijter naar binnen zat te werken, steeds maar dat onhandige lange haar achter zijn oren vegend, steeds opzijkijkend als dat dienstertje in zijn buurt kwam. Daar zat meneer zich vol te proppen en naar een ordinaire meid te gluren. Zonder het zelf te beseffen was hij volkomen oversekst. Geen meisje kon er voorbijkomen of hij keek naar haar. Zijzelf had er voor spek en bonen bij gezeten.

Eerst was hij lief voor haar geweest en volwassen, en hij had haar ingepalmd. Ja, hij had haar gewoon ingepalmd. Daar was hij zo handig in. Maar op het strand was er meteen al iets vreemds gebeurd toen hij zo ver de zee in was gezwommen en in die stroming terecht was gekomen. Het was niet toevallig gebeurd. Hij wilde aan háár ontkomen, hij wilde zich losscheuren van de sfeer van zijn moeder, waar hij zo'n hekel aan had, daarom was hij zo ver weg gezwommen. Hij besefte het zelf waarschijnlijk niet eens. Op weg naar de strandtent had hij zijn hand in haar bezwete oksel geschoven, gewoon om haar te pesten, te kijken hoever hij kon gaan. Lekker vlees of zoiets, had hij gezegd. Zelfs van zijn moeder kon hij niet afblijven. Oversekst. In Digna's tas had ze de doordrukstrip van de pil zien zitten. Wisten haar ouders daarvan? Veel te vroeg begonnen. Van wie had hij dat?

Op het terras van de strandtent had hij met zijn nieuwsgierige ogen natuurlijk de envelop in haar tas ontdekt. Hij had haar geprest om de foto te laten zien. Terwijl zij er nog niet aan toe was. Ze had haar eigen gevoel moeten volgen. Altijd weer liet ze zich imponeren, bang om iets verkeerd te doen. Op het duinpad gaf ze hem een arm om vertrouwelijk met hem te praten. Maar hij liep onder het praten naar de schepen te kijken. Ze had zich nooit zo mogen laten gaan, hem ook nooit mogen toestaan om over een scheiding te beginnen. Zo'n snotneus. Wat dacht hij wel? Maar hij had haar weer eens zo handig bespeeld dat ze er geen verweer tegen had gehad. Het meest was ze geschrokken van zijn agressie, van de razende woede die ergens in hem huisde. De jongen was zijn vader gaan haten, en niet alleen zijn vader, hij haatte ook haar – ze hoorde het aan zijn stem toen hij losbarstte over dat 'jezelf wegcijferen'. Ze hadden hem teleurgesteld, allebei, en die teleurstelling maakte hem woedend.

Laat jezelf los. Het was Dina's nieuwste mantra, haar aangereikt door haar leidsman Krishnamurti, de opvolger van een lange reeks dominees die haar geen van allen 'naar God' hadden kunnen voeren. Laat jezelf los… Bij het afscheid had ze het hem wel willen toeschreeuwen: wees niet zo op jezelf gericht, dan zal alles je veel gemakkelijker afgaan... Krishnamurti, die enorme haardos. Vurige man. Bij het afscheid had ze zo sterk aan hem moeten denken. Alles wat zijzelf niet had kunnen zeggen. Laat jezelf los... Zogenaamd had hij een meisje en hield hij van haar. Ze mocht komen opdraven als hij haar nodig had en voor de rest moest ze het zelf maar uitzoeken, dat arme kind. Zo stil, zo ingetogen. Hyperintelligent. Maar nooit een woord over zichzelf. Verliefd, zij was het echt. Hij niet. De complete daad, nog nooit, zogenaamd. Maar ze zag het gewoon aan hem, vooral nu ze hem een tijd niet had gezien... Iets mannelijks... Hij had het met haar gedaan. Je zag het ook aan haar. Zo mooi, met die grote ogen. Stil en diep... Heel gewone ouders. Daar kwam dan zoiets prachtigs uit. Hij zag het niet eens... Ze had gehoopt dat het werk in Domburg, elke dag moeten aanpakken, hem met beide benen op de grond zou zetten. Het was alleen maar erger geworden: dat op zichzelf gericht zijn, de neerbuigendheid waarmee hij over anderen sprak, niets was meer goed genoeg voor meneer. Krishnamurti zou hem ervan langs gegeven hebben. Eén blik van zo'n man was genoeg... Brandde dwars door je heen... Brandde je schoon.

10

Vlak voordat ze het dorp bereikte, verliet Dina de grote weg. Ze had nog een halfuur over en in deze opgewonden toestand kon ze niet thuiskomen. Ze reed over een oude landweg met kasseien die zich door de velden slingerde. Ze stopte in een gehucht van vijf huizen, waarvan ze de naam altijd weer vergat, in de schaduw van een grote lindeboom. Aan de overkant van de weg glooide het vlakke land plotseling wat en boven aan de glooiing lag een oude hoeve met een zwart geteerde schuur. Een zanderig pad leidde erheen. Op de glooiing een boomgaard met grillig uitgegroeide bomen waaronder schapen graasden. Dina vond het altijd net 'een plaatje uit een oud boek'.

Uitstappen deed ze liever niet nu ze alleen was, want misschien kwam er dan een kerel op haar af die dacht dat ze pech met de auto had. Ze stak een sigaret op en schoof het raam van het portier verder open. Ze zette haar zonnebril af. Niemand op de weg. Ze keek nog eens in haar spiegels. Niemand.

Met gesloten ogen leunde ze achterover en dacht terug aan het moment waarop ze in Vlissingen het bastion was op gereden en de zee had gezien. Dat moest ze zien vast te houden. Zo ruim was alles toen geweest. Dat was een zuiver ogenblik. Daarna was meteen de onzuiverheid weer begonnen: het gedoe van mensen. Ze had nooit haar met speeksel bevochtigde vingers mogen uitstrekken naar Abels gezicht om die zwarte vlekken van zijn wang te vegen. Een jongen van achttien verdroeg dat niet meer. Ze deed het ook niet voor hem, maar voor zichzelf, ze had even zijn gezicht willen aanraken nadat ze het zo lang niet had gezien, en die vlekken ergerden haar. Dat was meteen de eerste onzuiverheid geweest, en daarna waren er steeds nieuwe gevolgd.

Driftig doofde Dina haar sigaret. Nu even helemaal niets. Alleen ademhalen. Loskomen van al dat kleine menselijke gedoe. Terwijl ze zat te ademen hoorde ze het geluid van de ruisende lindeboom. Maar zodra ze stilzat, kwam haar wanhoop naar boven. Het was weg. Ze hadden het laten wegglippen. Het zou er nooit meer zijn. Ze vouwde haar handen in haar schoot, maar hield haar duimen om de onderrand van het stuur, bang dat iemand zou zien dat ze zat te bidden. Zou God ooit haar gebed aanvaarden als ze te laf was om haar handen voluit voor hem te vouwen? Ze liet het stuur los. Maar zodra ze de vertrouwde gebedshouding had aangenomen, vloeide alle overtuiging weer uit haar weg. Gewoon de vaste formules blijven uitspreken, had Lieuwe haar voorgehouden. Juist die vaste formules waren haar zo gaan tegenstaan. Een gebed moest spontaan zijn, recht uit het hart, vurig. Juist die vaste formules maakten voor haar alles dood.

Enigszins besmuikt, opdat God het niet zou zien, schoof Dina haar handen uit elkaar. Alleen maar ademhalen, droeg ze zichzelf andermaal op, loskomen van het gedoe. Ze sloot haar ogen en probeerde de zee weer te zien, de ontelbare vonken op het water, ze probeerde de weidsheid te voelen, de wind die aan haar kleren rukte, maar ze zag Lieuwe opdoemen in zijn korte broek met inkijk, waar hij maar geen afstand van wilde doen, zijn oude gympen en de zwarte alpinopet die hij al droeg in hun verlovingstijd. De komende dagen zou ze de hutkoffer vullen met stapels kinderkleren, met Lieuwes kleren, zijn onderbroeken, zijn overhemden. Een maand lang zouden ze weer op elkaars lip zitten. Een maand lang zou ze weer alle ergernis en woede moeten oppotten. Als hij met zijn ademhaling dicht bij haar kwam, ergerde het haar al.

In een van haar slapeloze nachten had ze het onbarmhartig helder voor zich gezien: haar huwelijk was voorbij. Maar nog tien jaar zou ze het moeten volhouden – tot het laatste kind het huis uit was. Alleen om de kinderen groot te brengen zou ze het volhouden. Intussen zou Lieuwe steeds hoger klimmen in de maatschappij, steeds meer mensen zou hij leren kennen, voor steeds meer dingen zou hij worden gevraagd. Hij zou stijgen, steeds verder en ook steeds verder bij haar vandaan, en zij zou stilstaan, gevangen in een gezin, gevangen in haar gevoelens van onmacht en minderwaardigheid. Ze had een man nodig die haar hielp, die haar de weg naar de buitenwereld wees. Maar hij hielp haar niet. Hij had er de tijd en het geduld niet voor. Ze wilde hem ook niet hinderen in zijn weg omhoog. Zij stond stil. In feite was in haar leven de neergaande lijn al begonnen. Op haar zesenveertigste voelde ze zich al bijna versleten. Haar lijf begon het te begeven. Ze had peppillen nodig om op de been te blijven. Nog tien jaar zou ze in deze tredmolen moeten rondgaan, zichzelf opofferend, haar leven, en dan was het voorbij.

Achter zich hoorde ze paardenhoeven naderen, trage paardenhoeven die over de kasseien van de weg schraapten. Een groot en zwaar werkpaard kloste voorbij, ruig behaard. Onder zijn kortgeknipte staart, die tevergeefs zwiepte om de vliegen te verjagen, zag ze de zwarte prop van zijn anus. Het paard werd geleid door een jongen. Er konden wel vier van die jongens op zijn rug zitten. Ze rook de prikkelende paardengeur.

Toen het paard voorbij was, durfde ze opeens uit de auto te stappen. Achter het halfgeopende portier stond ze, met haar onderarmen leunend op het dak van de auto, en keek naar de oude hoeve, de boomgaard, de schapen, opeengedrongen in de schaduw onder een van de bomen. Ze stak een sigaret op. Haar dagboekje lag bij haar elleboog. Onder het elastiek, dat kaft en beschreven bladzijden omknelde, was een foto geschoven van Dürers *Akelei*. Terwijl ze het paard nakeek – gedwee liep het het pad naar de hoeve op, steeds maar zwiepend met zijn te korte staart – herinnerde ze zich de foto die ze negentien jaar geleden, op die warme juli-middag aan de Oudezijds, van haar broer had gekregen en die ze al die jaren in een reeks van tassen had bewaard: Aleid met de paarden. Ze stond in een Friese wei tussen twee paarden die ze bij de halster vasthield, in een overall, op klompen, in de wind, en ze lachte. Dina begreep waarom ze die foto altijd bij zich had gehad. Zo had zij zelf willen zijn.

Ze ging weer in de auto zitten, het portier bleef open. Ze schroefde de dop van haar kleine, groen gemarmerde vulpen en schreef in haar dagboekje. 'Na het gesprek met Abel in Vliss. Ik moet het nog verwerken. Alles lijkt in te storten. Blijf toch trouw aan het ideaal. De vakantie: verwacht er voor jezelf niets van, wil er niets van voor jezelf en (heb ik ergens gelezen) maak jezelf leeg van alle dingen – dan komt het goed. Blijf bidden om vrede in je hart. Ik bid nu om vrede in mijn hart.'

XI

HET GEVECHT

1

De laatste etappe was begonnen. Zo voelde het. Op vrijdagavond reden ze in de Studebaker naar Vlissingen om het einde van hun kelnerschap te vieren. Ergens op de vloer van de auto lagen de laarzen die Toni's vader aantrok wanneer hij uitstapte op het erf van de boeren om in de stallen zijn werk te doen. Ze hadden de wagen zomaar te leen gekregen: cadeautje na een maand hard werken. Meneer Mesu wist kennelijk maar weinig van het drankgebruik van zijn zoon of, wat waarschijnlijker was, wilde er niets van weten.

Ze reden over de rijksweg, de dalende zon tegemoet, zwijgzaam in afwachting van wat komen ging. Het eiland lag er mooi bij. Abel raakte bevangen door een gevoel van afscheid. Het licht van de zomeravond, de onbekende auto, de wind die langs het raam bulderde, de geur van hun sigaretten – alles stemde hem weemoedig.

Nadat hij was teruggekeerd uit Domburg, had hij zijn vader en moeder, zijn broers en zussen maar kort gezien. Ze waren zich aan het voorbereiden op het vertrek naar het noorden. Morgenochtend zouden ze in alle vroegte wegrijden. Zijn moeder lag op haar knieën voor de hutkoffer en legde er de laatste stapels kleren in. Zijn vader was druk bezig zijn bureau leeg te werken en paperassen op te ruimen. De trailer met de boot stond op het pad naar de garage. Het speet hem nu toch dat hij niet meeging, dat hij niet was opgenomen in die sfeer van voorbereidingen op het vertrek. Hij voelde zich ontheemd. Het was ook of hij zijn moeder in de steek liet, of ze er nu alleen voor stond.

Hij was maar kort in zijn eigen kamer, die zijn kamer eigenlijk al niet meer was. Hij nam het schilderijtje van Patinir in zijn handen en keek ernaar. Hij draaide nummers van Thelonious Monk, terwijl hij onder de douche ging en zich omkleedde, beluisterde snel nog de drumsolo in Ornette Colemans *Town Hall Concert*. Beneden speelde hij staande aan de piano de eerste maten van Schuberts D. 894. Hij voetbalde op straat met zijn jongste broer en zus, hij liep door het dorp naar de eiken. Maar het was te kort dag om thuis te komen. Ten slotte had hij met de anderen aan tafel gezeten en toen had het hem moeite gekost om niets te laten doorschemeren van zijn ware gevoelens.

'Waarom moet je nu alweer weg,' zei zijn moeder ook nog eens.

Hij moest zich losrukken van de anderen. Op de brommer reed hij naar de stad, waar Toni al klaarstond met de Studebaker, zijn haren natgemaakt en recht naar voren gekamd, zijn kaken glanzend gladgeschoren en een nog niet aangebroken pakje sigaretten in zijn borstzak.

Toni parkeerde op het bastion, vlak bij de plek waar de auto van zijn moeder had gestaan. Met zijn handen op het stuur keek hij een ogenblik naar de zee.

'Godverdomme, wat is het hier toch mooi!'

Het was een blijk van zijn feestelijke en tevreden stemming dat hij dit zei. Hij was niet snel geneigd iets 'mooi' te vinden en al helemaal niet om het dan nog te zeggen ook. Abel genoot ervan om op deze plek uit een Studebaker te stappen. De zee was kalm en glad. In de monding van de Schelde lagen vijf, zes schepen voor anker, hun boeg naar zee gekeerd.

Ze dronken een kop koffie en een eerste biertje in het restaurant van het Belgisch loodswezen op de kop van de boulevard, het licht van de ondergaande zon op hun gezicht, nog steeds wat stroef en zwijgzaam, en wachtten daar tot het donker was geworden. Met licht bonzend hart liep Abel naar La Cave. Hij was op zijn qui-vive voor Toni, deze laatste avond, en had zich voorgenomen matig te drinken.

2

In La Cave speelde een Engelse band: vier bleke knapen die die ochtend met de nachtboot uit Engeland waren gekomen en kennelijk niet of nauwelijks hadden geslapen, getuige de wallen onder hun ogen. Hun vette haren hingen tot op hun schouders. Op een vreemd mechanische manier werkten ze zich door hun nummers heen. Ze wankelden soms. Het was of ze nauwelijks beseften waar ze waren.

Maar Abel liepen de rillingen over zijn rug: door het keiharde geluid, door de rauwheid van de muziek, door wat hij te zien kreeg op het krap bemeten podium van La Cave. Ze komen zo uit de achterbuurten van Londen, schreeuwde Toni in zijn oor. Maar dat maakte deze knapen voor Abel alleen maar indrukwekkender. Vergeleken met dit stadse tuig straalde de band van Dave Sinke een landelijke gemoedelijkheid uit.

Terwijl ze met een glas bier in een hoek stonden en de opeengepakte menigte in ogenschouw namen, zag Abel haar staan: de serveerster van de strandtent. Ze droeg een wat properder minirok dan een paar dagen geleden, een strak truitje en schoenen met hakken in plaats van slippers. Maar het veranderde niets aan haar droeve blik. Hij keek naar haar. Toen ze door een kalende man in een jasje met stropdas ten dans werd gevraagd, ging ze mee en legde gedwee en onverschillig haar handen op zijn schouders. Abel keek nu beurtelings naar het treurige meisje, hoe ze danste, en naar de jongens van de band wier uitputting, of wat het ook was dat hen zo mechanisch deed spelen, hem intrigeerde. Af en toe wisselde hij een blik met Toni, die zich niet op zijn gemak scheen te voelen – muziek was voor hem algauw een kwelling.

Na anderhalf uur stonden ze weer buiten, met tuitende oren, verdoofd, opgewonden lachend, alsof ze iets heel vreemds hadden meegemaakt. Abel was het liefst meteen weer naar binnen gelopen (het stempel van La Cave stond op de rug van zijn hand) om zich verder te verdiepen in die knapen uit Londen en alles wat zij aan onduidelijks en onduidbaars om zich heen hadden hangen en met bonzend hart te kijken naar het meisje in het roodachtig halfduister van de club.

Ze zwalkten door de binnenstad, van café naar café. Nergens hadden ze het naar hun zin. Toni goot het bier naar binnen. Hij sprak steeds woester en uitdagender, met Jan en alleman. De bekende thema's kwamen bovendrijven: de tiran, de ijzeren vuist, de mariniers die met de koppelriem het langharig tuig van het monument op de Dam hadden verjaagd. Dat het vaker moest gebeuren: de koppelriem erover. Hij begon in dialect te spreken. Steeds luider klonk zijn hinniklach. Hij beukte met zijn vuist op een weigerende sigarettenautomaat.

Abel wilde alleen zijn. Hij wilde het zo graag dat hij Toni nauwelijks meer in zijn blikveld kon verdragen. Toen ze weer eens buiten liepen, op weg naar een volgende kroeg, hoorde hij de zee en verlangde ernaar alleen op het Roeiershoofd te staan, in het donker, met het woelige water om zich heen. Daar staan in de nacht, met al zijn voelsprieten opgericht om iets nieuws op te vangen, om ergens in door te dringen. Soms leek 'het' nu vlakbij, onder handbereik. Maar hij moest er alleen voor zijn. Op een straathoek keek hij om naar de silhouetten van de scheepskranen boven de donkere stad en toen was 'het' dichtbij. Hij liep langs een hoog oprijzend en halfrond fabrieksgebouw dat hem aan het Colosseum deed denken, een soort Colosseum met scheepskranen erboven, en daar op die plek leek 'het' zich te kunnen voordoen. Maar hij had geen tijd om stil te staan en zich te concentreren. Hij moest verder in het kielzog van Toni.

Het enige waar hij nog met Toni over had willen praten, wat hij grondig met hem had willen doornemen, was de ontmaagding van Antona Duvekot. Hoe ze in bed was, wilde hij weten. Was ze in bed anders? Sloeg ze haar benen om je heen? Door Toni's verhaal had hij het zelf willen meemaken. Hij had Antona met Toni willen delen. Maar na zijn verrassende openhartigheid, die ochtend in Domburg, meteen na het vertrek van de meisjes, nog onder de invloed van het gebeurde, had Toni niets meer losgelaten. Het leek een onderwerp waarover hij nooit meer iets zou loslaten. De naam Antona wilde hij niet meer horen.

Tegen twee uur reden ze in de Studebaker naar huis, ontevreden en onvoldaan. Aan de rand van de stad stopte Toni voor twee liftende mannen. Het bleken zeelui te zijn die geen geld meer hadden om een taxi naar hun schip te nemen. Weldra waren ze met die kerels achterin op weg naar de havens. Twee Britten waren het, stomdronken, nauwelijks te verstaan. Pas na herhaald vragen kwam de naam van hun schip er verstaanbaar uit.

Uitgestorven kades, het zwarte water van de havenbekkens, hier en daar een schip en om hen heen de duizenden lichten van de chemische industrie. Na kilometers over lege kades te zijn gereden vonden ze het schip. Het was een tanker, afgemeerd aan een aantal pontons die tussen het schip en de kade lagen. Toni, altijd een heer, reed over twee stalen leggers een ponton op, schuin naar beneden, maakte een bocht en parkeerde de Studebaker parmantig voor de scheepstrap.

'Gentlemen!'

Lodderig keken de Britten naar buiten.

'Your ship!'

3

Toen liep hij opeens alleen over een tanker. Hij was weggelopen uit de scheepshut, de kale, slecht verlichte en door de airco ijzig koude hut waar de zeelui nog een halve fles whisky hadden weten te vinden en Toni zich tegoed deed aan de *hard liquor* van de 'gentlemen'. Zonder een woord te zeggen was hij opgestaan en weggegaan. Toni had hem iets nageroepen wat niet vriendelijk klonk. Hij had beseft dat de jongen zich al de hele avond aan hem ergerde – aan iets in hem, aan zijn blik, zijn houding die een steeds grotere reserve uitdrukte, hoezeer hij ook zijn best deed om dat te verbergen.

Rond het schip hing een monotoon gezoem. Hij dwaalde door een soort flatgebouw met trappen en gangen. Alles trilde: de vloer, de deuren, de trappen, de leuningen. Hij wilde ontkomen aan dat trillen en aan dat gezoem. Opeens kwam hij in de open lucht en zag beneden zich het dek van de tanker, glanzend nat. Hij keek uit over de havens. Nadat hij nog een paar trappen was af gelopen stond hij aan de voet van het scheepshuis, recht voor hem strekte zich een loopbrug uit over het onafzienbaar lange scheepsdek en in de verte lokte de boeg.

Abel ging de loopbrug op. Twee meter onder hem lag het dek, overwoekerd door pijpleidingen. Een fijne motregen woei hem in het gezicht. Hij likte de druppels van zijn lippen. Het zenuwslopende gezoem dat rond het schip hing werd zachter, alsof hij het achter zich liet, het trillen van alles wat hij aanraakte werd minder en hij was los van Toni. Halverwege keek hij nog eens om naar het hoge en witte gebouw achter op het schip. Toen ging hij verder, zijn blik gericht op de scheepsboeg.

Terwijl hij naderde werd de boeg met zijn trossen een plek die hij niet zomaar leek te kunnen betreden. Het was of hem daar iets zou overkomen. Het was of daar, juist daar, het onvoorstelbare zou gebeuren. Daar zou het gebeuren, op dat natte dek vol scheepstrossen: daar zou zijn leven ten einde zijn, zomaar, plotseling. Slingerend, zich nu en dan vastgrijpend aan de reling, ging hij voort. Vroeger, op het achterdek van de veerboten, had hij al voorzien wat nu te gebeuren stond. Daar op die scheepsboeg hield het op.

Het was onzin. Hij hechtte er geen enkel geloof aan. Een kinderlijke angst uit de tijd waarin hij onder het lopen bepaalde stoeptegels niet mocht aanraken omdat er dan iets verschrikkelijks zou gebeuren. Door zijn hoofd kolkten beelden van de afgelopen uren. Het roodachtige duister in La Cave, het meisje dat gedwee en onverschillig haar handen op de schouders van de kalende man had gelegd en wegkeek. Toni die tegen een sigarettenautomaat beukte. Toni aan het stuur van de auto. De hut van de Britten, het licht uit de geopende koelkast dat een van hen had beschenen.

Aan het eind van de loopbrug deinsde hij er toch voor terug om de boeg te betreden. Hij deed of hij stilstond om uit te zien over de havens, naar het open water van de Westerschelde in de verte, naar een schip dat daar voorbijvoer in de maanloze nacht. Ten slotte liep hij de trap af. Toen hij niet werd weggenomen, toen hij niet tot as verging en de aanraking van een scheepstros geen einde had gemaakt aan zijn bestaan, voelde hij geen opluchting. Bliksemsnel verlaagde hij de inzet. Een visioen. Nog tien passen scheidden hem van de punt van de boeg en een visioen. Twee vingers die zijn voorhoofd aanraakten en een stem die zei: Voor altijd zul je de mijne zijn.

'Sodemieter op,' zei hij luid en met dikke tong. 'Hou nou toch eens op met die onzin.'

Hij had de punt van de boeg bereikt. Hij legde zijn handen op het natte staal van de verschansing, die hier zo hoog en breed was dat hij zich erop moest hijsen om naar beneden te kunnen kijken. In de diepte glansde het water. Tussen het schip en de ponton golfde een tapijt van wrakhout en plastic afval. Een balk stootte tegen het schip. Abel hoorde dat geluid in de nachtelijke stilte. Meer was er niet. Alleen dat gebonk van die balk tegen het schip.

4

Zwijgend liepen ze de scheepstrap af. Toni ging hem voor: slingerend, met onzekere stappen, zich met beide handen vasthoudend aan de reling, hinniklachend om zijn dronkenschap.

Toen ze op de ponton waren gekomen en naar de Studebaker liepen, zag Abel het.

'Jongeheer Mesu, ik geloof dat we even iets over het hoofd hebben gezien.'

'Over het hoofd… gezien? Wij zien nooit… iets… over het hoofd. Er ontgaat ons… niets… helemaal… niets!'

'Kijk dan toch maar eens goed.'

'Ik kan niet kijken. Godsallejezus, ik ben zo starnakelzat. Eerst moet ik nu pissen... dan moet ik ergens mijn kop... mijn kop... onder de kraan houden... dan moet ik de autosleutels zien te vinden... en dan... dan kan ik misschien weer kijken.'

'Het is eb, Mesu.'

'Maar als ik zo dadelijk heb gepist... is het... is het misschien geen eb meer.'

'Ja, leuk.'

'Je wordt toch niet... je wordt toch niet... nerveus, Roorda?'

Toni verwijderde zich en begon te lozen met een eindeloos durend geklater. Hij liet een boer die in de nachtelijke stilte weerkaatste tegen de scheepsromp, en toen, nog steeds lozend, gevaarlijk heen en weer zwaaiend op de rand van de ponton, riep hij:

'Ik moet trouwens eerst... eerst... Wat moet ik eerst? Eerst... een hartig woordje met jou spreken, Roorda.'

'Dat klinkt dreigend, Mesu.'

'Zo is het ook bedoeld.'

Huiverend ritste Abel zijn jack dicht en keek naar de kade. In de tijd die ze op het schip hadden doorgebracht was de ponton anderhalve meter of meer gedaald. Geagiteerd draaide hij zich weer om naar Toni. De jongen lag op zijn knieën aan de rand van de ponton en plensde handenvol water in zijn gezicht. Abel keek naar de leggers tussen ponton en kade, die schuin omhoogstaken, nat en glimmend.

Toni kwam aanlopen, zwaaiend op zijn benen. Halverwege draaide hij zich plotseling om naar het schip, kromp ineen met gebalde vuisten en brulde:

'Secreet! Kreng!'

Bij de Studebaker gekomen steunde hij met beide handen op de motorkap. Abel bleef veiligheidshalve aan de andere kant van de auto.

'Gaat het een beetje?'

'Ik sta me af te vragen wat ik eerst zal doen... Eerst jou op je arrogante smoel... timmeren... of eerst die wagen... op de kade zien te krijgen.'

Toni ademde zwaar. Het water droop nog van zijn gezicht.

'Eerst die wagen,' zei Abel.

'Goed... Eerst die wagen.'

Toni gehoorzaamde, zoals altijd wanneer Abel gedecideerd sprak. Er was een neiging tot onderdanigheid in hem waaraan hij niet kon ontkomen, ook niet in zijn valse buien.

Hij stapte in de auto, startte, draaide het portierraam open en reed de Studebaker tot op de twee leggers. Toen liet hij hem een paar meter terugglijden, gaf vol gas en schoot de leggers op. Halverwege bleef de wagen hangen met loeiende motor en banden die slipten op het natte en gladde staal. Toni liet hem terugglijden, de ponton op.

Na zeven, acht pogingen stond de auto nog steeds op de ponton. De lucht stonk naar uitlaatgassen. Abel was natgeregend, zijn jack was doorweekt. Toni liet de wagen opnieuw achteruitglijden. Abel liep ernaast en riep:

'Verder, verder, nog verder, kom op nou, verder achteruit.'

Toni opende het portier, hing half uit de auto om de rand van de ponton in het oog te houden. Abel had een lange balk gevonden en schoof die tegen de achterbanden, zodat Toni kon wegrijden zonder de handrem los te hoeven gooien. De achterbumper van de Studebaker hing boven het water en Toni zelf hing nog altijd half uit de auto, zich vastklampend aan het portier, niet bij machte zich op te richten.

'Wat doe je toch, Mesu? Kom op!'

'Ik bestudeer de situatie.'

Hij bleef maar uit de auto hangen. Abel schopte de balk vaster onder de achterwielen en liep naar Toni om hem weer achter het stuur te helpen.

'Gaat het? Of moeten we stoppen? Hé Toni, gaat het?'

'Natuurlijk gaat het... Het gaat altijd.'

Abel klom naar boven langs de ladder in de kademuur en ging midden tussen de leggers staan om Toni een richtpunt te geven.

Eindelijk lukte het. Met loeiende motor en slippende banden spoot de wagen omhoog en wist de kade te halen. Toni trapte meteen op de rem. De neus van de wagen dook omlaag, de motor sloeg af. In de stilte klonk weer het monotone gezoem dat rond de tanker hing. De motregen viel in schuine stralen door het licht van de booglampen.

Het portier van de Studebaker ging open. Toni kwam uit de auto glijden, niet in staat zichzelf overeind te houden, en plofte als een zoutzak op de kade. Abel kwam aanlopen, roepend, opgelucht lachend.

'Eeh, Mesu! Eeh! Wat doe je? Wat doe je nou?'

Toni stond op handen en voeten naast de Studebaker en probeerde overeind te komen. Abel pakte hem onder zijn oksels en hees het overeind, dat grote lijf, dat zelfs in deze dronken staat nog hard aanvoelde. Hij stond zelf ook te wankelen. Toni pakte hem bij zijn strot.

'Nee, Mesu! Blijf met je poten van me af! Kom op nou!'

Abel werd driftig.

'Mijn poten... Mijn poten jou pijn gaan doen,' lalde Toni.

'Kom op nou, Mesu!'

Abel werd achterover op de motorkap gesmakt. Toni stond over hem heen gebogen en drukte hem neer, met twee handen zijn strot dichtknijpend. Het was of een groot, wild beest hem had besprongen en hem met zijn volle gewicht neerdrukte. Hij bespeurde het gevaar. Maar opeens was hij doodmoe. Hij voelde de verleiding om niets meer te doen, om weg te zakken in het donker. Toni was een onbekende geworden. Een onbekende stond hem te wurgen.

Toen sperde hij zijn ogen open – hij kreeg geen lucht meer. Het gezoem van de tanker drong weer tot hem door. Hij voelde de regen op zijn gezicht. Met zijn handen kon hij niets uitrichten tegen de vuisten om zijn keel. Hij nam zijn toevlucht tot zijn benen. Toni hield ze onder zich tegen de wagen gedrukt. Hij wist zijn ene been los te wringen, toen het andere. Hij trok ze omhoog, zijn knieën tegen zijn borst, zette zijn voeten tegen Toni's schouders en trapte hem van zich af. Hij hoorde de kraag van zijn jack scheuren onder Toni's wegglippende vingers.

Een tijd later zaten ze weer samen in de auto. Ze reden over de uitgestorven rijksweg, aan het einde van de nacht. Toni was weer bij zijn positieven gekomen, maar dronken was hij nog steeds.

'Ik zal maar langzaam rijden,' zei hij grappend, 'dan komt de klap niet zo hard aan en overleven we het misschien nog.'

Hij hing met zijn hoofd uit het raam om op te frissen en het linkervoorwiel 'strak' langs de witte strepen in het midden van de weg te sturen. Abel hield hem in de gaten, hij bleef tegen hem praten en zat klaar om een ruk aan het stuur te geven. Hij keek naar de bomen langs de weg, schimmig verlicht door de koplampen, naar de sloten, de akkers. In een graanveld belanden leek het minst schadelijk. Van tijd tot tijd trok hij de uit het raam hangende Toni weer naar binnen als hij weg dreigde te zakken.

Zijn strottenhoofd deed pijn. Maar hij had vreemd genoeg geen afkeer van Toni. Het was of het geweld hen dichter bij elkaar had gebracht.

5

Een half etmaal later, tegen het einde van de middag, werd Abel wakker. Het verbaasde hem dat hij zijn eigen kamer om zich heen zag, dat hij niet in Domburg was. Hij liep door het lege huis, van de ene plek naar de andere, en begon langzaam bij zijn positieven te komen.

In de keuken zette hij sterke koffie. Na het werk in Domburg wist hij dat nu: hoe koffie eigenlijk hoorde te smaken. Hij bakte een uitsmijter. Terwijl de eieren sissend in de pan lagen, zag hij op het pad naar de garage zijn brommer staan. Hij kon zich niet herinneren hoe hij afscheid had genomen van Toni, noch hoe hij vanuit de stad naar huis was gekomen. Heel vaag wist hij nog dat hij op het dak van de garage was geklommen zoals gebruikelijk en via de kamer van zijn broer zijn eigen kamer had bereikt. Zijn herinnering aan de dodenrit in de Studebaker beperkte zich tot beelden van Toni die onder het rijden met zijn hoofd uit het raam had gehangen en het licht van de koplampen dat over de bomen langs de weg gleed.

Terwijl hij in zijn eentje aan een grote lege tafel zijn uitsmijter at, hoorde hij in de werkkamer van zijn vader de telefoon gaan. Hij liet hem rinkelen. Toen de telefoon een halfuur later opnieuw ging nam hij op. Het was Toni. Hij klonk berouwvol en verontschuldigde zich omstandig.

'Afijn, maar de wagen is er zonder een schrammetje afgekomen,' grapte hij.

'De wagen wel, ja.'

Na het telefoongesprek bakte Abel nog een tweede uitsmijter en werkte hem naar binnen. Daarna dwaalde hij weer door het huis, van de ene kamer naar de andere, hij trok kasten open, hij kroop in het bed van zijn ouders, op de plek van zijn moeder, hij rook haar tussen de lakens, hij zakte weg, zwaar en roezig, hij begon zich af te trekken, maar hield ermee op. Het was of hij weer dronken werd. Hij kroop in zijn eigen bed en zette de wekker om nog een uur te pitten.

Aan het begin van de avond zat hij weer op zijn brommer en reed naar de stad. Hij was nog half in een roes, maar begon nu toch op te knappen. Alles om hem heen kwam hem mooi en bijzonder voor in het avondlicht. Het was of wat gisteravond was begonnen gewoon doorging. Een nieuwe avond en een nieuwe nacht lagen voor hem.

6

Ze besloten naar het Sas te rijden om het af te drinken en nog wat 'laatste smetjes' weg te nemen. Toen ze op hun brommers de brug voor de burgemeesterswoning naderden, zagen ze aan de overkant een kleine man lopen naast een nog kleinere vrouw. Het was het burgemeestersechtpaar, gearmd en zo te zien terugkerend van een receptie. De burgemeester in een lichtgrijs kostuum met in zijn borstzak, bescheiden maar toch scherp afstekend tegen het grijs, een zwarte pochet; zijn vrouw in een zomers mantelpak, haar gezicht ging schuil onder een breedgerande hoed met een zwart lint.

Abel schrok. Toni kneep na een korte aarzeling in zijn remmen, draaide het gas dicht en liet zijn brommer met afgezette motor van de brug rijden in de richting van het echtpaar, dat hij sinds de begrafenis van hun zoon niet meer had gezien. Abel stopte op de brug. Terwijl Toni naar hen toe reed, hadden de burgemeester en zijn vrouw hun gezichten van hem afgewend, hun pas versneld en haastig, zonder nog het voor hen vereiste decorum in acht te nemen, beklommen ze de stoep van hun huis. Met hun rug naar de straat, tegen elkaar aan gedrongen, stonden ze daar tot de monumentale voordeur openzwaaide. Ze stapten over de drempel, na nog een beleefd afwerend knikje in de richting van de straat. Toen duwden ze de deur achter zich dicht en waren ze verdwenen.

Vlak voordat hij het trottoir bereikte, startte Toni zijn brommer weer en scheurde weg. Abel volgde, maar liet een gat vallen tussen zichzelf en de andere jongen. Opeens zag hij zichzelf rijden langs de stille graanpakhuizen. Het bevreemdde hem dat de pakhuizen er stonden, zoals altijd, en dat hij hier reed, het grijze rubber van de gashendel in zijn hand, zijn levende hand, dat hij de snelheidsmeter in zijn koplamp zag, zijn voorwiel dat stuiterend over de kasseien ging.

Buiten de stad, onder de bomen aan het kanaal, reed Toni de berm in. Hij smeet zijn brommer in het gras en liep weg, schoppend tegen de grashalmen. Een minuut later stond Abel daar ook. In de stilte kwam het gebeurde nog heftiger op hem af. Opnieuw was hij zich van zichzelf bewust, dat hij hier stond, aan het kanaal, met een brak hoofd, waarvoor hij zich plotseling heftig schaamde.

Toni kwam vloekend aanlopen.

'God nog an toe! Die arme mensen!'

Abel zweeg.

'Die arme mensen! En wat kun je nou voor ze doen? Helemaal niks! En dan komen ze mij tegen, met jou, en ze denken: hij had hier net zo goed met René kunnen rijden, voor hetzelfde geld was hij vanavond met René op stap gegaan.'

'Daarom wilden ze ons niet zien.'

'Ik kreeg er kippenvel van.'

Ze zwegen. Abel dacht aan de jongen die zichzelf had verdronken, nadat hij eerst nog zijn kleren opgevouwen op een stapeltje had gelegd met erbovenop een brief onder een steen. Gewoon een steen van de dijk had hij erop gelegd. Niemand wist meer welke steen het was geweest. Boven hun hoofden ritselden de populieren – een onuitstaanbaar vredig geluid. Het kanaal, waarover de langgerekte schaduwen van de bomen vielen, had iets huiveringwekkends.

7

In de kleine en lage gelagkamer was het rustig. Twee zwijgzame stamgasten aan de bar, de baas die met zijn armen op de tapkranen leunde. Aan een tafel bij het raam twee Belgische sportvissers met hun vrouwen.

Abel was er trots op dat hij nu het café binnenliep waar hij als jongen nauwelijks naar binnen had durven kijken. Eenmaal had hij hier in zijn zwembroek tussen de mannen gestaan om voor zijn moeder een rijksdaalder te wisselen. Maar verder had hij alleen maar door de spiegelende ruiten een steelse blik geworpen in het ook op helle zomerdagen schaduwrijke café.

'Je drinkt vanavond op mijn kosten,' zei Toni.

'Veel zal het niet zijn.'

'Maar een kleintje pils gaat er nu toch wel in?'

'Vooruit.'

Daar ging hij weer. Het hielp misschien om op te frissen. Hij koos een tafel voor een omhooggeschoven raam.

Het café beviel hem. Het was niet veel groter dan een huiskamer.

Boven zijn hoofd hing een foto van de sluis in aanbouw, ergens in de vorige eeuw, mannen die poseerden op de bodem van de pas uitgegraven sluiskolk. Elders foto's van voetbalelftallen. Een foto van een doelman met zijn armen voor zijn borst gevouwen. Het moest Frans de Munck zijn, bijgenaamd 'de zwarte panter', de enige speler van het eiland die het nationale elftal had gehaald. Door het opengeschoven raam kwam de avondlucht naar binnen, een geur van teer, het getsjilp van mussen. Op de vloedplaten boven op de dijk liepen twee meisjes, balancerend met gespreide armen. Abel bezag het allemaal met een afscheidsblik. Het was waarschijnlijk de eerste en de laatste keer dat hij hier zat, in dit café onder de lindebomen. Hij zag de nauwe Amsterdamse straten voor zich, hoge gebouwen, auto's, trams, de tramkabels boven de straten. Ergens in die gigantische steenklomp moest hij een kamer zien te vinden. Zijn maag kromp ervan ineen.

Toni zette twee glazen bier op tafel.

'Goed idee om hiernaartoe te gaan,' zei Abel en stootte zijn glas tegen dat van Toni. 'God, wat een nacht.'

'Zeg dat wel.'

'Ik begin langzaam weer een beetje helder te worden.'

'Dan ben je verder dan ik.'

Ze keken naar buiten, naar het uitgestorven Sas, waar het tsjilpen van de mussen en het lachen en rennen van die twee meisjes de enige geluiden waren. Abel wierp een tersluikse blik op Toni. De jongen was er niet al te best aan toe. Zijn ogen waren rood, bloeddoorlopen, en zaten half dicht. De hand waarin hij zijn sigaret hield trilde.

'Daar liep je dan vroeger,' zei Abel, wijzend naar het grind onder de bomen. 'Soms waren die steentjes door de zon zo heet geworden dat je er op de zijkant van je voeten overheen waggelde op weg naar de kist met ijs voor het café.'

'Dat je het nog weet.'

Toni nam een slok bier en bleef naar buiten staren, met hangend hoofd, zijn ellebogen op tafel. Voordat hij het café binnenging had hij zijn nog halfnatte haren weer recht naar voren gekamd, zoals boerenjongens dat deden. Abel wist dat ergens op zijn achterhoofd die draaiing te zien was, die krachtige draaiing van de haren rond zijn kruin. Terwijl Toni zijn haar naar voren kamde, was Abels blik erop gevallen. In Toni's uiterlijk trok dat hem het meest aan: de kruin op zijn achterhoofd en de draaiing van het helblonde haar op die plek. Maar ook Toni's blote voeten in de uitgelopen mocassins. Ook het vierkante van zijn kop, de botte kracht die eruit sprak. Lelijk was zijn heel kleine en bijna liploze mond. Maar de lelijkheid van die veel te kleine mond intrigeerde hem ook, temeer omdat hij niet leek te passen bij dat vierkante hoofd. Terwijl Toni naar buiten staarde, gesloopt door de afgelopen nacht, aangeslagen door de ontmoeting met het burgemeestersechtpaar, drong dit alles tot Abel door. Hij kon het misschien juist nu beseffen omdat hij Toni in een van zijn zeldzame zwakke momenten zag. Hij had de neiging zijn hand even op zijn schouder te leggen.

'Zes weken geleden liep René Daendels daar,' zei Abel, met zijn hoofd naar buiten wijzend. 'Op zaterdagavond.'

Trefzeker zette hij dit kerfje in Toni's ziel. Hij schrok er zelf van.

Toni reageerde niet. Langzaam, met trillende hand, bracht hij het bierglas naar zijn mond. Nadat hij het weer had neergezet, begon hij met de muis van beide handen in zijn half dichtzittende ogen te wrijven, alsof hij net wakker werd. Daarna haalde hij zijn zakdoek tevoorschijn en bette zijn tranende ogen. Hij snoot zijn neus. Abel zweeg.

'Zijn je ouders weg?' vroeg Toni, terwijl hij zijn zakdoek wegstopte en met zijn vingers het laatste traanvocht van zijn wangen wreef.

'Als het goed is zijn ze nu aangekomen in Friesland.'

'In Friesland,' zei Toni afwezig.

'Daar zitten we elke zomer een maand aan het water.'

Abel zag de bungalow voor zich, de zeilboot die van de trailer het water in gleed, zijn broer Otto ernaast, wadend door het water, en aan de overkant de donkere elzenbosjes. In de bungalow was zijn moeder de hutkoffer aan het uitpakken. Een ogenblik voelde hij een fel heimwee naar die vertrouwde wereld. Voor het eerst was hij er niet bij.

'En over een paar dagen ga je met Digna op reis. Naar... wat was het ook alweer?'

'Finistère.'

'Finistère...'

'We willen de oceaan zien.'

'De oceaan zien... Ah, daar komen de frieten. Ik heb meteen maar wat te eten besteld.'

De vrouw van de kroegbaas zette een dampende schaal voor hen neer.

'Dank je beleefd,' zei Toni. Hij keek omhoog naar de vrouw. 'Hoe heet je nou ook weer?'

'Rini,' antwoordde de vrouw en veegde een haarlok achter haar oor.

'Dank je beleefd, Rini.'

Zwijgend aten ze van de dikke frieten, waarop de zoutkorrels glinsterden. Abel was getroffen door de manier waarop Toni tegen de vrouw had gesproken. In zijn persoon trok dit hem het meest: een gemoedelijkheid, een eenvoudige hartelijkheid waar hij zelf nooit toe in staat zou zijn, waar hij in elk geval nog mijlenver van was verwijderd. Hij voelde zich opeens de mindere van zijn vriend. Toni was bovendien een 'kerel'. Je moet een kerel zijn. Hij had het zijn Friese grootvader vele malen horen zeggen, in het Fries. Zijn grootvader was een kerel. Zijn vader was het niet. Hijzelf wílde het niet zijn. Het leek hem te beperkt, eenzijdig, niet interessant. Maar Toni was een kerel. Hij hoefde er niets voor te doen. Hij was het vanzelf.

8

Op de dijk streek bijna onmerkbaar een koelere lucht langs zijn gezicht, zacht als een veer, een lucht die van over het water kwam. Hij kende het zo goed. Het was een luchtstroom die hij voor het eerst had gevoeld toen hij als jongen op een avond op de dijk had gestaan, nauwelijks boven de vloedplaten uitstekend, en die altijd iets troostrijks voor hem had. Nu merkte hij het nauwelijks op. Hij keek om zich heen. Het Sas, een dooie plek die hem ongeduldig maakte. Wat deed hij hier nog? Hij keek naar de tonnen voor de havenmond, het lichtbaken op de strekdam, hij keek in beide richtingen langs de dijk. Maar zelfs de wetenschap dat daar verderop zijn verdronken leeftijdgenoot was aangespoeld, kon het Sas voor hem niet meer verlevendigen.

Toen hij zich omdraaide zag hij de mast van een jachtje in de sluis. Alleen het bovenste deel van de mast kon hij zien, schommelend, omdat er kennelijk heen en weer werd gelopen over het dek. Hij keek naar het café. Nog steeds geen Toni. Hij wipte over de vloedplaat, licht en lenig (dat versterkte altijd zijn zelfvertrouwen), hij stak de sluis aan de zeekant over, tweemaal zijn lichaam opzijbuigend voor de krukassen, hij liep de trap af naar de sluiskolk en had inmiddels het jachtje, een oude sloep, herkend. Hij had er dit voorjaar bij gestaan toen het in de jachthaven op een bok lag.

'Eeh, Dave!'

Op het voordek stond een jongeman, gebukt, meertouw in zijn handen, bezig om het vast te zetten. Hij hief zijn sproetig gezicht op naar de kade, zijn lange, warrige, roodblonde haren naar achter werpend.

'Eeh, Roorda. Oe ist mie joe?'

Dave Sinke, keurig opgevoed aan een van de Goese singels, sprak een ongegeneerd plat Zeeuws en weigerde tegen wie dan ook een woord Nederlands te spreken. Hij stond op blote voeten op zijn schip en droeg alleen een spijkerbroek, die met een riem om zijn magere lijf was gesnoerd. Zijn gezicht en ook zijn rug en borst waren met sproeten bezaaid.

'Alles goed,' antwoordde Abel.

'Ik hoor dat je in Domburg de horeca dient.'

Zo klein was hier de wereld.

'Vier weken gewerkt.'

Hij volgde Dave, die naar de achtersteven liep om zijn schip ook daar vast te maken. Hij ving de lijn die hem werd toegeworpen, legde hem om een bolder en wierp hem terug.

Terwijl hij zich oprichtte, keek hij naar de twee meisjes die in de kuip zaten, met hun rug tegen de kajuit. Een van hen was de serveerster die hij onlangs bij het strandpaviljoen in Vlissingen had gezien en gisteravond in La Cave. Ze droeg weer een minirok en de slippers die hij op het terras van het strandpaviljoen tegen haar hielen had horen kletsen. Abel voelde een blos op zijn wangen verschijnen – maar gelukkig stond hij met zijn gezicht vol in de avondzon. Hij glimlachte naar het meisje. Ze woof even naar hem en nam snel een trek van haar sigaret.

Abel bleef met Dave staan praten. Hij had inmiddels ook het andere meisje herkend. Het was de vriendin van Dave, die op het feest in de schuur als een soort lentegodin had rondgelopen in een lange jurk tot op haar enkels en met bloemen in haar haar.

Het water in de sluis daalde, het jacht daalde. Abel bleef maar staan.

'Eeh, Roorda, je zou nog es meevaren.'

Het klonk uitdagend, alsof wel zeker was dat hij dit nooit zou doen: meevaren. Het was afgesproken toen hij in het voorjaar naar de sloep had staan kijken en naar Dave, die de naden breeuwde. Hij was vol belangstelling geweest, haast verliefd op het schip. Dave had hem uitgenodigd. Nu had hij, naast die twee meiden – die niet geneigd leken om ook maar een hand uit te steken – misschien nog graag iemand aan boord.

'Ik ben hier met Toni Mesu.'

'Van de veearts.'

'Ja, die.'

'Altijd halfzat als hij de kalfjes ter wereld moet brengen. Altijd van die deukjes in de bumper van zijn Studebaker.'

De meisjes lachten.

'Laat Mesu dan toch ook meekomen. En neem nog wat flessen bier mee uit het café, dan hebben we zeker genoeg.'

Abel liep terug naar het café. Toni was nergens te bekennen. Hij vond hem ten slotte achter het café, waar hij op een vuilnisbak in de avondzon zat met een glas melk in zijn hand en over de aardappelakkers staarde. De frieten waren niet goed gevallen. Hij zat bij te komen.

'Wil je wel geloven,' zei Toni met lage en schorre stem, 'dat ik me nog altijd kapot schaam voor vannacht? Het is de whisky. *Whisky makes you evil,* zei een van die kerels op dat schip. Ik ben alles vergeten wat er in die hut is gezegd, maar dat bleef meteen hangen in mijn zatte kop.'

XII

NACHT OP DE ROGGEPLAAT

1

Abel was opgewonden toen ze de haven uit voeren. Hij wierp een blik op het lichtbaken op de punt van de strekdam, op de plek waar hij zo dikwijls had gezeten en zo dikwijls de jachten naar buiten had zien gaan, met klapperende zeilen die zich spanden wanneer de schoten werden aangehaald, terwijl het schip, overhellend, vaart begon te maken en werd gegrepen door de golven. Nu was hij zelf aan boord van zo'n jacht.

Op het voordek hielp hij Dave met het hijsen van de zeilen.

'Weinig wind,' constateerde hij.

'Daerom zet ik 't kluvertje d'r ok mae bie.'

Knielend op het dek trok Dave de kluiver uit de zeilzak en bevestigde hem op de boegspriet. Na het grootzeil en de fok hees Abel een derde zeil. Terwijl hij de val vastzette op de mastvoet, zag hij Toni bij het roer staan, zijn eerste fles bier alweer aan zijn mond. Achter hem het silhouet van het Sas. Het was niet de eerste keer dat hij het zag liggen vanaf het water. Hij had het gezien toen hij aan een van de tonnen hing met Marinus Wisse, jaren geleden. Het was haast niets, het Sas: twee boomkruinen achter een dijk, een kleine haven en zwarte sluisdeuren. Het was haast niets.

Met wijd uitstaande zeilen gleed het schip weg op de ebstroom.

Op de banken aan weerszijden van de kuip, met hun rug tegen de kajuit geleund, zaten de twee meisjes. Anja en Denise. Bij het handen schudden had de eerste haar naam ferm en vol zelfvertrouwen uitgesproken, de tweede haast met tegenzin, een beetje verontschuldigend.

Abel had ze gehoord, die namen, maar door de verwarring waarin hij was geraakt waren ze niet goed tot hem doorgedrongen. Aanvankelijk waren de meisjes voor hem nauwelijks meer dan een opeenvolging van losse indrukken: twee gebruinde gezichten, een spleetje tussen twee voortanden, de contouren van borsten in een blouse, handen die een minirok omlaagtrokken, een soort moederlijkheid bij de een, iets wrokkigs bij de ander, het vriendinnen zijn van die twee, de cocon van hun meisjesachtigheid, het vlekje in de roze slip onder de minirok. Het duurde even voordat hij rustig naar ze kon kijken.

Toni sprak met hen op zijn joviaal-uitdagende manier. Abel liet hem het initiatief, maar algauw begon hij zich te laten gelden. Terwijl hij met de meisjes sprak, gespitst op die ene speciaal tot hem gerichte opmerking, die ene voor hem alleen bestemde blik, nu en dan uitwijkend naar Dave, die tegen de reling zat en het roer met zijn voet bediende, werden die twee verwarrende verschijningen geleidelijk aan twee meisjes die samenvielen met de namen die hem in de sluiskolk als lege klanken waren aangereikt.

Anja, klein en stevig, was Daves vriendin. Ze droeg een wijde harembroek, om haar linkerenkel een snoer met belletjes die rinkelden bij elke beweging, en een kleurige doek om haar haar. Maar deze exotische kleding kon niet verhullen dat ze een pronte, Zeeuwse meid was die van aanpakken wist. Ze droeg zulke kleren, leek het, omdat ze de vriendin van Dave Sinke was. In de weekeinden vergezelde ze hem naar verenigingsgebouwen in de dorpen, naar zalen die tijdens het optreden van de band sprookjesachtig werden verlicht door de traag bewegende kleuren van vloeistofdia's die op de muren en het plafond werden geprojecteerd. Anja hielp met het in- en uitladen van de Volkswagenbus. Abel had hem eens zien rijden, volgestouwd met apparatuur en instrumenten, een stel langharige jongens op de voor- en achterbank, Anja tussen hen in en Dave aan het stuur, bijziend voorovergebogen. Uren was dat beeld in hem blijven hangen: het busje met de band, op weg naar een optreden.

Van tijd tot tijd pakten de meisjes elkaars hand vast in de ruimte tussen de twee banken. Elke keer was het Anja die zonder opzij te kijken haar kleine en stevige hand uitstak. Blozend gaf Denise haar de hare. Hun vingers verstrengelden zich. Elke keer als het gebeurde, keek Abel weg over het water. Maar tersluiks keerde zijn blik toch terug naar die verstrengelde vingers en via de goedmoedige Anja naar Denise, naar haar blote benen, haar gezicht, het spleetje tussen haar tanden, de hand waarmee ze Anja's hand vasthield – dezelfde hand waarmee ze een paar dagen geleden een glas bier en een uitsmijter voor hem had neergezet.

Denise leek maar half aanwezig. Ze liet het praten over aan haar vriendin en weerde vragen af. Abel herkende de geroutineerde serveerster nog wel in haar, maar minder en minder, alsof een ander beeld steeds sterker werd. Hij kon zijn ogen niet van haar afhouden. Juist het slonzige in haar verschijning trok hem aan. Het zat in haar huid met zijn grove poriën en in de slordig opgestoken haren, in haar hangende borsten, de schuin afgelopen teenslippers, haar vuile hielen. Het meisje had iets wrokkigs. Ze leek in beslag genomen door iets waarover ze niet kon spreken. Haar ogen stonden droef, ook als ze probeerde te lachen.

Abel doseerde zijn blikken op haar, legde er zo veel mogelijk terloopsheid in. Maar zodra zijn ogen op de opgewekte Anja rustten, of op Toni's verhitte gezicht, of op Daves magere en besproete lijf, moest hij weer naar het meisje kijken, en hoe langer hij haar buiten zijn blikveld hield, des te sterker werd hij zich van haar aanwezigheid bewust.

2

Het schip gleed voort op de aanwakkerende avondwind, die de zeilen deed bollen, en op de sterke ebstroom. Abel kon niet zonder huiveren kijken naar die kolkende stroom die hen zeewaarts voerde. Naarmate ze verder van de kust raakten begon de sloep hem steeds kleiner en kwetsbaarder voor te komen. Verschillende malen keek hij achterom. Maar de contouren van het Sas kon hij niet meer ontdekken.

'Waar varen we eigenlijk heen?' vroeg hij Dave.

'Ik had gedacht om weer eens droog te vallen op de Roggeplaat. Dat is toch zo mooi!'

'Waar ligt de Roggeplaat?'

'Onder de kust van Schouwen.'

Abel was ervan uitgegaan dat Dave hen had uitgenodigd voor een klein tochtje en dat ze tegen het donker of in elk geval voor het eind van de avond weer terug zouden zijn bij het Sas.

'Of moeten jullie soms op tijd thuis zijn?'

Dave zat in kleermakerszit op het achterdek naast de helmstok en draaide in alle rust een joint. Hij had twee vloeitjes aan elkaar geplakt, er tabak in gelegd en verkruimelde nu wat rode libanon boven de tabak.

'Niet per se,' antwoordde Toni.

'Niet per se.'

'Mijn ouders zijn weg.'

'Jij ziet het wel zitten.'

Behoedzaam hief Dave de joint naar zijn lippen en boog zijn hoofd, waardoor zijn lange haren voor zijn gezicht vielen. Met zijn tong bevochtigde hij de plakstrips van de vloeitjes en draaide hem dicht.

'Dus jij ziet het wel zitten,' herhaalde hij, terwijl hij zijn uit de koers geraakte schip bijstuurde.

'Het komt wat onverwacht,' zei Toni, 'maar als het jullie schikt, als ik jullie niet ontrief... Is dat trouwens de zogeheten... eh... joint?'

'Dat is hem, Mesu. Met goeie, kakelverse stuff, net gister uit Amsterdam gekomen. En jij, Roorda, wat denk jij ervan?'

Abel had inmiddels nagedacht. Er was niets wat hem belette om de nacht op het schip door te brengen. Het vooruitzicht van een nacht op de Roggeplaat wond hem op. Hij voelde dat Denise naar hem keek in afwachting van zijn antwoord. Ze keek naar hem! Van schrik gaf hij een heel ander antwoord dan hij van plan was geweest te geven.

'Als ik morgenochtend voor zeven uur thuis ben, is er niks aan de hand.'

Alsof zijn ouders er nog waren, alsof hij ze nog moest misleiden. Hij wisselde een blik met Toni.

'Het is rond zes uur hoogwater,' zei Dave. 'Maar ik ben al veel eerder los en dan vaar ik je wel op het motortje naar het Sas.'

'Dave, dat ga je nooit redden,' riep Anja.

'We zien wel. Wanneer het net licht wordt op het water, is het hier wel helemaal te gek trouwens. Net Genesis, het begin van de wereld, zo met die nevels, een soort totale vloeibaarheid van alles.'

Hij boog zich voorover en stak de brand in zijn joint. Hij liet de lange sigaret schuin omhoog uit zijn tot een bol gevouwen handen steken, tilde ze op en bracht ze haast ceremonieel naar zijn mond. Hij nam een trek en inhaleerde met gesloten ogen. Iedereen zweeg.

Abel kreeg als eerste de joint aangereikt. Hij vroeg zich af of dit nu de beroemde hasjiesj was. Hij kon het zich niet voorstellen dat het spul dat Dave Sinke hier op de Oosterschelde uit een stukje zilverpapier tevoorschijn had gehaald het legendarische dwelmmiddel was. Of was het marihuana die Dave langs geheime wegen uit Amsterdam kreeg aangevoerd? Wat was het verschil tussen marihuana en hasjiesj? Of was het hetzelfde spul? Dave was intussen gaan hoesten en spuwde een fluim overboord. Nee, dit kon niet de beroemde hasjiesj zijn, concludeerde Abel toen hij de jongen zo onromantisch zag hoesten en spuwen. Hij hief de joint in zijn eveneens tot een bol gevouwen handen, op het punt naar een andere wereld te vertrekken, leek het. Nadat hij een eerste trek had genomen, voelde hij de bedwelming in zijn hersens dringen, een onhelderheid die hem tegenstond. Om niet bang te lijken nam hij een tweede trek. Het lag voor de hand om de joint door te geven aan Anja, die het dichtst bij hem zat. Maar hij boog zich voorover en gaf hem aan Denise, de met rook omkringelde lange sigaret delicaat recht omhooghoudend.

'Dank je,' zei ze met doffe stem.

Ze trok er gulzig aan, nam nog een tweede hijs en rekte zich toen niet zonder welbehagen uit. Voor het eerst leek haar beklemming te wijken. Toni weigerde de joint gedecideerd. Hij hield het bij zijn biertje. Ook Anja liet hem voorbijgaan, zij leek er te nuchter voor.

De sloep passeerde de ene na de andere boei langs de vaargeul. De ondergaande zon scheen hun in het gezicht. Toen hij was verdwenen, leek er een nog diepere stilte over het water te komen en een begin van onherbergzaamheid. Allemaal zwegen ze. Abel dacht aan de klinknagels die de oude sloep bij elkaar moesten houden.

3

Tegen de schemering bereikten ze de plaat. Het schip werd aan de grond gezet. Abel trok een zwembroek van Dave aan en liet zich overboord zakken om het anker uit te brengen. Hij stond tot aan zijn middel in het water. Koel sloot het slik zich om zijn voeten. Opgetogen keek hij om zich heen: niets dan water. In de verte knipte het licht van een boei met tussenpozen aan en uit, nog verder weg gleed de lichtbundel van de vuurtoren op de kop van Schouwen door de schemering. Met het anker in zijn hand liep hij weg van het schip en drukte het een eind verderop in het slik. Hij zette zijn voet op het ijzer en voelde het wegzakken. Met zijn hand om de ankerlijn waadde hij terug.

Er scheen een zwak licht uit de patrijspoorten van de kajuit. Een schimmige gestalte bewoog zich over het dek. Het was Dave, die aan weerskanten van het schip de met lood beklede balken, die het overeind moesten houden wanneer het droogviel, in het water liet zakken. Abel hielp hem om de balken op hun plek te krijgen. Hij kon goed met Dave overweg, zoals hij in het voorjaar op de jachtwerf al had gemerkt. Hoe verschillend ze ook waren, iets in hen was hetzelfde.

Nadat het karwei was geklaard, stond hij nog even bij het roer, zogenaamd om het te bekijken. In het westen gloeide een laatste zweem rood tussen de donkere wolken. Het water glansde. Nehalennia. Haar naam kwam aanzweven uit de schemering. Votum solvit. Hij loste zijn gelofte in. Een zouthandelaar die een storm op zee had overleefd. Abel boog zich voorover, schepte water in zijn handen en plensde het in zijn gezicht. Het was of hij een onverklaarbare trouw aan een onverklaarbaar iets bevestigde. Vanuit de kajuit werd hij nu geroepen. Hij hing aan de reling, handen om de staaldraad. Lenig hees hij zich aan boord.

Bij het licht van een stormlamp zaten ze in de kajuit op de banken. Buiten was het donker geworden. Abel was neergeploft naast Denise, tegenover Toni, Anja en Dave. Ze aten soep met hompen brood en kaas. Na het eten gingen er truien rond, door Anja uit een plunjezak getrokken. Ze werden door de lucht gegooid. Abel gaf Denise een trui. Ze trok hem aan. Toen ze haar hoofd niet door de nauwe halsopening kon krijgen, hielp hij haar door aan de trui te trekken. Haar hoofd kwam tevoorschijn, blozend. Ze glimlachte naar hem. Er werd een nieuwe fles wijn uitgeschonken in plastic bekers.

Plotseling bewoog het schip en klonk er een zacht gekraak in de spanten. Het kwam een paar graden scheef te liggen. Iedereen verstarde en begon toen nerveus te lachen.

'Niks aan de hand, mensen,' zei Dave.

'Zijn we nu… eh… drooggevallen,' vroeg Toni.

'Hij zal nog ietsje verder scheefzakken misschien. Maar dat dondert niet. Die balken zijn goed.'

Toni stond op en liet zich met zijn volle gewicht achterover op de bank vallen. Onder luid geschreeuw van de anderen zakte het schip nog ietsje verder scheef. De loodrecht neerhangende stormlamp maakte het overhellen duidelijk zichtbaar.

'Doe mij nog maar een biertje,' zei Toni. 'Zolang het nog kan.'

Op het gelach volgde een stilte. Het zuigende geluid waarmee de kroonkurk van de bierfles werd gewipt, het rinkelend wegstuiteren ervan over de vloer – iedereen hoorde het. Daar zaten ze dan in dat kleine hulkje, omringd door water en duisternis, in het schamele licht van een stormlamp.

'Mensen, ik ga naar buiten,' zei Dave.

Ze kwamen overeind en gingen aan dek. De eerste sterren waren verschenen, zij het dat hun schijnsel maar zwak was tussen de wolken. Het water zakte nu zichtbaar. In een geheimzinnige stilte trok het zich terug, vloeide het weg. De stormlamp werd aan de giek gehangen, onder het slordig opgebonden zeil, en verlichtte hun gezichten. Er werd druk gepraat, als om de duisternis en stilte, het onherbergzame, buiten te sluiten.

Terwijl Toni wegzakte in een snel opkomende dronkenschap, begon Abel het gesprek te sturen met snelle associaties, steeds nieuwe vragen, plagerijen en brutale opmerkingen. Hij minachtte zichzelf als hij zo bezig was. Maar zijn levendigheid scheen zijn zaak bij Denise te bevorderen. Het meisje zat naast hem in het gangboord, net als hij met haar rug geleund tegen de staaldraad van de reling, haar armen om haar knieën geslagen, haar handen verstopt in de mouwen van haar trui. Hij probeerde haar aan het praten te krijgen. Ze glimlachte naar hem, sprak een enkel woord en zweeg dan weer, haar kin op haar knieën steunend. Alleen op de joint van Dave reageerde ze gretig. Ze boog zich opzij, weg van de anderen, om de dampen te inhaleren.

'Te gek goeie stuff, Dave,' zei ze met schorre stem.

Ze sloot haar ogen, strekte haar armen voor zich uit en maakte bewegingen alsof ze wilde gaan dansen.

'Echt te gek goed.'

Abel kon niet naar haar kijken terwijl ze zo aanstellerig met haar lichaam wiegde. In plaats daarvan keek hij naar haar blote voeten in de slippers, naar haar brede voorvoet.

Toen zagen ze plotseling Toni op het achterdek staan pissen, buiten de lichtkring van de stormlamp, al half oplossend in het donker. Een dikke straal viel klaterend neer op het natte slik. Hij zwaaide heen en weer.

'Dave, pakt 'n beet,' zei Anja, 'voedâ 'n nae beneje sodemietert.'

'Is dit een rechte straal of is dit geen rechte straal,' lalde Toni. 'Godsamme, mensen, ik geloof dat ik…'

Een ogenblik later hing hij met één hand aan de staaldraad van de achterstag buitenboord en begon over te geven. Hij hoestte en braakte, hoestte en braakte.

'Dave, pakt 'n noe toch beet,' riep Anja.

Gelijktijdig schoten Dave en Abel overeind. Samen hielden ze Toni vast tot hij leeggekotst aan de staaldraad hing. Met moeite maakten ze zijn hand los. Ze legden hem op het achterdek.

'Godsamme, mensen,' stamelde Toni, 'godsamme… alleen dankzij mijn ijzeren vuist… ben ik… ben ik nog aan boord… godsamme…'

Zijn hoofd viel opzij. Hij leek het bewustzijn te verliezen. Geschrokken duwde Abel een van zijn oogleden omhoog. De pupil bewoog niet. Toni leek hem aan te staren.

'Rustig laten liggen,' zei Dave.

Even later kwam Toni uit zichzelf overeind. Wankelend, zonder iets te zeggen, daalde hij af in de kajuit en liet zich languit op een van de banken vallen. Er ging een lichte trilling door het schip.

'Die is zat,' zei Dave gnuivend. 'Toe-ter-zát!'

Ze zwegen.

'Een van zijn vrienden is pas verdronken,' zei Abel toen. 'Daarom gaat het zo hard.'

'Wie dan?' vroeg Denise.

'Dat weet je toch wel,' zei Dave.

'Maar wie dan?'

'Die jongen van de burgemeester! Hoe heet hij ook alweer?'

'Maar die heeft toch zichzélf verdronken,' zei Denise.

Voor het eerst was ze er helemaal bij. Ze zwegen. Anja stelde de vlam van de stormlamp, die het glas beroette, lager en ging weer zitten, haar benen in haar harembroek onder zich vouwend. Ze trok de enkelband met rinkelende belletjes van haar been en stopte hem in haar zak. Ze bleven zwijgen. Dave wierp de peuk van de joint overboord. Sissend doofde hij uit in het slik.

Abel leunde naar voren en vertelde hoe hij met Toni aan het begin van de avond het burgemeestersechtpaar was tegengekomen, hoe deze mensen hen hadden ontweken, bijna hun huis in waren gevlucht. Hij vertelde over zijn laatste ontmoeting met René Daendels, de jongen in zijn tenniskleren, de haartjes op zijn bovenbenen die recht overeind stonden in de wind. Ten slotte het stapeltje opgevouwen kleren dat op de dijk was gevonden.

'Onvoorstelbaar,' zei Dave peinzend en bijna plechtig, 'gewoonweg onvoorstelbaar.'

Een ogenblik hoorde en zag Abel een oude landarbeider in de jonge bluesman – door de plechtige manier waarop hij dat zei: 'gewoonweg onvoorstelbaar.' Toen was hij weer in de ban van Denise. Hij leunde achterover tegen de reling en dat was bijna hetzelfde als het meisje naast hem aanraken. Door de druk die zijn lichaam op de staaldraad uitoefende kwam dat van Denise naar voren. Zodra hij maar even zijn bovenlijf bewoog, bewoog ook het hare. Zijn hele rechterkant was als geëlektriseerd. Quasi-achteloos hing hij tegen de reling, beneveld, verwonderd plotseling over waar hij zich bevond terwijl elke beweging van het meisje hem via de staaldraad doortrilde.

De meisjes wilden dat het 'nu weer vrolijk werd'. Dave moest spelen. Hij weerde af, weigerde.

'Sodemieter noe toch op!'

'Wees toch 's een bitje lief voe de misjes, Dave.'

Weldra zat hij op het achterdek zijn gitaar te stemmen, de mondharmonica in een beugel om zijn hals. Abel volgde zijn bewegingen, nog steeds verwonderd over waar hij was, een verwondering die extatische trekjes kreeg wanneer Denise bewoog en hij door de staaldraad haar bewegingen voelde. Plotseling doortrilde hem de muziek. Hij werd tot in het merg geraakt toen hij Dave op zijn mondharmonica dat loopje hoorde spelen, een spetterend loopje van hoog naar laag, in sprongen dalend naar de toon waarop hij zijn blues inzette. Het klonk hem verbluffend 'echt' in de oren, het klonk precies als op de bluesplaten waar hij met Danker

Moerman naar luisterde. Hij draaide zich naar Denise, keek naar dat opeens volledig vreemde gezicht dat naar hem glimlachte en zei door de nevels van zijn dronkenschap heen:

'Jee, wat klinkt dat goed!'

'Ja, hij kan het echt,' antwoordde Denise een beetje spottend.

Natuurlijk begon Dave niet meteen te spelen. Hij nam nog een slok bier, hij pielde nog wat aan zijn gitaar en veegde zijn haar achter zijn oren. Maar toen klonk opnieuw dat spetterende loopje, net even anders, en begon hij te spelen, een traag en droevig lied.

Abel vergat de onherbergzaamheid rond het schip. Er was alleen de lichtkring waarin ze zaten. Aan de overkant van de kuip had Anja haar hoofd gebogen en terwijl ze al luisterend naar de vlonders staarde, strekte ze haar armen zijwaarts en begon er trage bewegingen mee te maken, wringend en draaiend met haar schouders. Geroutineerde bewegingen waren het van de vrouw die Dave Sinke naar al zijn optredens vergezelde en die nu zomaar, terwijl hij speelde, het builtje shag mocht pakken dat bij zijn voeten lag. Wringend met haar schouders op het ritme van de muziek draaide ze een sigaret, voor Dave natuurlijk, voor als hij zo dadelijk een sigaret zou willen. Abel voelde hoe ook Denise haar bovenlijf begon te bewegen.

4

Hij had geen idee hoe ze op het voordek waren gekomen. In het donker kon hij alleen vaag de omtrek van het meisje onderscheiden en als ze aan haar sigaret trok een ogenblik haar gezicht. Ze zaten tegenover elkaar, het ene been buitenboord, onder de reling door geschoven, het andere onder zich gevouwen, en op het dek raakten hun knieën elkaar.

In het donker was Denise gaan praten. Eerst aarzelend, maar toen hij doorvroeg rolde het hele verhaal eruit. Ze kwam uit de Smallegangebuurt en was op haar zestiende van huis weggelopen. Ze had een tijd in België gezeten, eerst in een opvanghuis bij de nonnen, daarna bij familie van haar moeder, tot ze het ook daar niet meer uithield. Ze was naar huis teruggekeerd, maar na een paar maanden weer gevlucht. Nu woonde ze op kamers in de Smallegangebuurt en reisde elke dag naar Vlissingen om te werken in de strandtent van een oom. Ze vertelde alles met een soort dedain voor zichzelf en voor wat ze had gedaan. Ze moest thuis jarenlang mishandeld zijn. Zonder dat ze er ook maar iets over zei begreep Abel het. Het paste in zijn beeld van de Smallegangebuurt. Hij begreep ook dat ze een stuk ouder was dan hij: ze was al in de twintig.

Voortdurend voelde hij haar knie, haar blote knie tegen de zijne. De warmte van haar huid was door zijn spijkerbroek heen gedrongen. Voortdurend ook schaamde hij zich: alsof hij het niet waard was dat ze hem haar geschiedenis vertelde, alsof het niet klopte, alsof het hem alleen maar ging om haar knie tegen de zijne, haar lichaam in het donker en alsof zij het hem alleen maar vertelde om toch mee te tellen.

Toen kusten ze. Ze trokken hun benen binnenboord en al kussend gingen ze tegen elkaar aan liggen op het dek. Ze begon algauw te hijgen, net als Irma Wisse wanneer hij haar tongde en streelde. Het meisje was ervaren. Deed ze dit elk weekend, na een optreden van de band? Het kon hem niet schelen. Hij genoot ervan dat hij haar nu eindelijk kon betasten.

'Ik zag je meteen,' fluisterde ze met haar hese stem, terugvallend in het dialect van het eiland, dat ze de hele avond zo veel mogelijk had vermeden.

'Meteen waar?'

'Met je moeder zo helemaal apart in een hoekje van het terras.'

'Ik zag jou ook meteen.'

'En gisteravond was je in La Cave.'

Hij richtte zich op zijn elleboog op. Zwijgend streelde hij haar bijna onzichtbare gezicht, opgewonden dat hij het nu eindelijk kon voelen. Het meisje ging op haar rug liggen, afwachtend. Ze laat met zich doen, dacht Abel, ze laat graag met zich doen. Maar het dek was hard. Denise begon over het vooronder, waar ze een 'holletje' had. Abel hield haar hand vast toen ze hem voorging door het gangboord. In het donker rond het schip glinsterde het slik. Vanuit de kuip, licht heen en weer zwaaiend in zijn dronkenschap, zijn lippen al gezwollen van het kussen, de afdruk van haar hand nog op zijn kruis, zag hij in de kajuit Dave en Anja tegen elkaar aan liggen op een van de banken. Dave had zijn hand in haar harembroek geschoven, Anja's hand maakte kordate bewegingen in zijn spijkerbroek. Denise giechelde en beet zacht in zijn schouder.

'Ik moet piesen,' zei ze vlak bij zijn oor. 'Help je me even?'

Bij de reling op het achterdek trok ze haar rokje omhoog en haar slip omlaag en stak haar handen naar hem uit. Hij greep ze vast. Ze hurkte, schuifelde naar achter en duwde haar billen over de reling. Een dikke straal kletterde op het slik. Ze lachte schor.

Nadat Denise in de donkere kajuit was verdwenen, talmde Abel. Op de plek waar Toni had gestaan loosde hij zijn water, zich vasthoudend aan de achterstag. Hij stond er langer dan nodig was. Hij draaide de stormlamp nog wat lager, betastte het zeil dat vochtig begon te worden, bond het beter op en voelde dat een terugdeinzen was begonnen.

In het lage en nauwe vooronder vond hij op de tast het meisje. Ze lag onder een opengeritste slaapzak in haar kooi.

'Wat ben je lang weggebleven,' fluisterde ze slaperig. 'Kom maar gauw in m'n holletje.'

Zonder iets te zeggen knielde Abel naast haar en begon haar te kussen en te strelen. Ze had alleen haar slip nog aan. Haar borsten waren warm. Het leken hem de borsten van een volwassen vrouw, zo groot waren ze. Hij deed niet meer dan er vluchtig langsgaan met zijn handen.

'Kom nou,' fluisterde ze. 'Maak het nou even af.'

Maar Abel trok zich terug uit haar armen en richtte zich weer op. Hij tastte naar de andere kooi, alsof hij daar wilde gaan liggen. Toen stapte hij gebukt en zo stil mogelijk – alsof het ook maar enige zin had zijn vlucht voor Denise te verbergen – uit het vooronder de kajuit weer in. Zijn blik gleed langs de vaag zichtbare gestaltes van Dave en Anja, die zo te zien in elkaars armen in slaap waren gevallen, klaar met de dag.

Toen hij aan dek stond, was het of er iets verschrikkelijks was gebeurd. Hij kon bezwerend de helmstok aanraken, het opgebonden zeil, de reling, maar het veranderde niets aan wat er was gebeurd. Hij had de stormlamp uit willen draaien om zichzelf onzichtbaar te maken.

5

Het in rust verkerende schip was te klein voor zijn woede en schaamte. Abel hield het er niet uit. Hij klom over de reling en sprong naar beneden. Het slik spatte op onder zijn gympen. Hij stond weggedoken onder het achterschip, niet wetend wat te doen. Hij verlangde naar het meisje. Hij herinnerde zich haar naakte, warme lichaam onder de opengeritste slaapzak. Zijn handen herinnerden zich wat ze zoëven hadden aangeraakt: haar grote borsten. Had ze misschien al een kind? Was dat wat hij in haar hangende borsten had gezien? Hij kon het zich niet voorstellen. Hij zag haar half ontbloot over de reling hangen, zich vasthoudend aan zijn handen. Help je me even, had ze gefluisterd vlak bij zijn oor. Hij wilde teruggaan. Maar de hindernissen waren onoverkomelijk. Nadat hij een kwartier of langer onder het schip had gestaan, wist hij nog niet wat hij moest doen.

Toen liep hij weg van de sloep. Hij dwong zichzelf om het donker binnen te gaan. Het was een maanloze nacht. Na tien, twintig stappen vervaagden achter hem de contouren van het schip. Hij zag alleen nog het licht van de stormlamp en erboven een stuk opgebonden zeil. Na vijftig passen in het donker leek de band met het schip al verbroken. Hij moest zichzelf vooruit dwingen door een haast tastbaar geworden angst. Hij liep langzaam, behoedzaam, met gespitste oren. Maar toen hij nergens in wegzakte, toen niets hem van achteren besprong, toen niets in zijn neerhangende handen beet, werd hij rustiger. Nu en dan keek hij om naar het licht op het schip, niet meer dan een wazige vlek in het duister. Bij elk stilstaan hoorde hij in de verte, aan de rand van de plaat, de zee murmelen. Onder het lopen hoorde hij alleen het smakkende en zuigende geluid waarmee zijn schoenen in het slik wegzakten en er weer uit loskwamen. Een tijdlang kraakten er schelpen onder zijn zolen, een dikke laag schelpen.

Abel stond stil toen hij plotseling een koelere lucht langs zijn gezicht voelde stromen. Naderde hij het water? Nog steeds was er een drang voorwaarts, wilde hij zo ver mogelijk weg bij het schip, weg van het vooronder waar hij op zijn knieën naast haar kooi had gelegen en niet bij haar onder de slaapzak was gekropen. Ze lag al te slapen. Stoned. Het betekende niets voor haar. Maak het nou even af... Elk weekeind een ander... Ze had hem gewoon ingepakt met haar zwijgzaamheid, haar droevige ogen, dat onophoudelijke gefrunnik aan een te korte rok die steeds maar weer moest worden afgetrokken. Een knie tegen zijn knie. Hij was er gewoon ingeluisd. Een sletje uit de Smallegangebuurt. Elk weekeind een ander. Daar tuinde hij in... Ik moet piesen. Help je me even?... Zodra hij het meisje voor zich zag op het achterdek, in het licht van de stormlamp, terwijl ze haar rok omhoogsjorde en haar slip omlaag en haar handen naar hem uitstak, verlangde hij naar haar. Vol vertrouwen had ze haar handen naar hem uitgestoken en eraan gehangen, haar billen buitenboord. Zomaar had ze zich onder zijn ogen ontbloot... Stoned. Daar kwam het door... Een dikke straal, net als Toni. Kletterend op het slik... Zoals het bij koeien klinkt... Daar hing ze aan zijn handen en keek naar hem op, schor lachend omdat het klateren zo luid klonk in de stilte... Het spleetje tussen haar voortanden lachte ze bloot. Ogen bleven droevig... De nonnen, het opvanghuis. Daar had ze misschien haar kind ter wereld gebracht... Kom maar gauw in mijn holletje... Teruggaan. Ja. Leg het uit. Vraag het haar. Of leg niets uit. Vraag niets. Zeg helemaal niets.

Toen Abel zich omdraaide, zag hij het licht niet meer. Hij staarde in het donker en wachtte tot het weer zou verschijnen, wazig en trillend. Maar het verscheen niet. Zijn hart hamerde in zijn borst.

Stokstijf bleef hij staan en spitste zijn oren. Aan zijn rechterkant hoorde hij de zee. Het water was aan het opkomen, besefte hij, het steeg weer langs de brokkelige zandwallen aan de rand van de plaat, het vloeide misschien al uit over de laagste gedeeltes. Miljoenen liters water werden op dit ogenblik de zeearm in gestuwd. Hij staarde in de richting waar hij het schip vermoedde, hijgend van angst. Met zijn ene hand tastte hij onwillekeurig naar de half afgescheurde kraag van zijn jack om hem op te trekken, met de andere naar de talisman in zijn broekzak, de rozenkrans. Hij liet het voorwerp onmiddellijk weer los, hij had zelfs de neiging het weg te gooien om niet langer door nutteloze impulsen te worden afgeleid. Hij moest nu vooral zijn verstand gebruiken. Hoelang had hij gelopen? Hij kon er geen schatting van maken. Zijn gevoel voor tijd was weg. Misschien had hij langer gelopen dan hij dacht. Haastig beklopte hij de zakken van zijn jack op zoek naar zijn pak shag met de luciferstrip, maar hij vond het niet. Meteen wist hij dat hij het op het voordek van het schip had laten liggen. Hij wachtte. Geen licht. Alleen wazige sterren tussen de wolken.

Abel boog zich voorover en tastte naar zijn voetafdrukken in het slik. Zo probeerde hij de weg terug te vinden, steeds tastend naar zijn voetafdrukken. Op plekken waar hij stil had gestaan en gedrenteld duurde het zenuwslopend lang voordat hij de juiste richting had bepaald. Intussen verschenen in zijn door angst gescherpte brein gezichten: die van zijn vader en moeder, zijn broers en zusjes, Digna, zijn grootouders, Toni, de meisjes en de kelners in Domburg, meneer Turkenburg, meneer Padmos achter in zijn Mercedes, doodziek, en dan weer zijn vader en moeder, en ook de zeilboot op de trailer, zijn kamer. Zijn vingers verkilden door het natte slik, zijn gympen waren doorweekt, zijn rug begon pijn te doen van het bukken. Op handen en voeten kroop hij over de schelpenbank. Het spoor slingerde. Steeds stond hij op het punt om te gaan roepen, steeds wist hij dat te onderdrukken.

Het spoor boog af naar links en toen naar rechts. Het beschreef een boog. Hij kon zich niet herinneren dat hij ergens omheen was gelopen. Abel richtte zich op en luisterde. Hij stootte een zachte kreet uit en hoorde een weerkaatsing van het geluid. Zonder nog aan zijn sporen te denken liep hij in die richting, zijn handen voor zich uitgestrekt. Al na tien passen voelde hij de gewelfde romp van het schip, het natte aangroeisel.

6

In het vooronder trok Abel meteen al zijn kleren uit, driest geworden door zijn ontsnapping aan het water en de duisternis, nog hijgend van het aan boord klimmen. Het luik in het voordek was geopend om frisse lucht binnen te laten. Maar toch rook het in het vooronder naar slaap. Hij veegde zijn handen nog eens af aan zijn hemd, warmde ze haastig tussen zijn dijen. Vaag kon hij de omtrekken van het slapende meisje onderscheiden.

Hij kroop naast haar onder de slaapzak. Ze lag met haar rug naar hem toe. Er was nauwelijks plaats voor hem in de smalle kooi. Abel fluisterde haar naam tot ze zuchtend wakker werd. Ze schoof op, dichter naar de gewelfde scheepsromp toe. Er welde een diepe, schokkerige zucht in haar op. Zonder iets te zeggen tastte ze achter zich met een warme hand, tot ze zijn hand had gevonden. Ze trok zijn arm om zich heen, legde zijn hand om haar borsten en schikte haar billen in zijn kruis. Toen zakte ze weer weg in de slaap, zwaar door de drank en de 'te gek goeie stuff'.

Maar Abel kon niet langer wachten. Hij tilde haar rechterbeen een beetje omhoog, haar zware en lome been, en duwde zijn geslacht in haar. Het meisje liet met zich doen. Onder de matras kraakten de planken van de kooi. Toen Abel dieper in haar wilde, draaide hij haar op haar rug en gleed tussen haar dijen. Het meisje duwde haar bekken wat omhoog. Met een hand streelde ze slaperig zijn gezicht, zijn rug, terwijl ze tevreden geluiden voortbracht. De kooi kraakte heftiger. Met lange halen deed hij wat hij wilde.

Nadat hij was klaargekomen fluisterde ze bij zijn oor:

'Lekkere pik, lekkere pik...'

Ze fluisterde het met haar zware Zeeuwse tongval. Zelfs nu nog drong het tot hem door, zelfs nu nog was hij zich ervan bewust dat hij vree met een meisje van een andere stam, uit een andere wereld.

Abel liet zich van haar af glijden. Weldra tuimelde hij in een diepe, zwarte schacht en viel in slaap.

Toen hij wakker werd, begon het licht te worden. Hij hoorde wind, het klotsen van water en een zacht gebonk. De sloep dreef weer en de balken die hem hadden ondersteund bonsden zacht tegen de romp. Hij kon het gezicht van het meisje vaag onderscheiden, haar verwarde haren op het kussen, haar borsten, tegen elkaar aan gedrukt omdat ze op haar zij lag. Ook zij was wakker. Verwachtingsvol keek ze hem aan, verlegen. Abel kuste haar. Haar lippen waren een beetje droog en korstig door de slaap.

'Weet je wat of ik lekker vind?'

Denise trok hem tussen haar dijen, de wegglijdende slaapzak over hen heen schikkend. Liggend op haar zij, steunend op een elleboog, haar benen gespreid, begon ze zijn stijve pik langs haar klit te bewegen. Ze had een grote bos donker schaamhaar, net als Digna. Wat ze deed was nieuw voor hem. Nieuwsgierig keek hij toe.

'Heb je geduld?' vroeg ze.

'Ja.'

Denise durfde niet meer naar hem te kijken. Verlegen keek ze weg, terwijl ze met zichzelf bezig was, een hand om zijn geslacht, de ander om haar borst en een tepel, die ze kneedde. Soms rustte ze even, snakkend naar adem. De vlot geraakte balken bonkten zacht tegen het schip.

'Moet je niet naar huis,' fluisterde ze hijgend. 'Moet je Dave niet wakker maken?'

'Nee, echt niet.'

'Het duurt bij mij altijd zo lang.'

Zwetend en zwoegend was ze op weg naar haar orgasme. Het ging haar niet gemakkelijk af.

'O, toe nou,' fluisterde ze smekend, 'toe nou…'

Abel meende haar te helpen door haar zijn mond te bieden om te tongen. Maar driftig trok ze de hare weg om zich volledig te concentreren op wat gebeuren moest.

'O, toe nou, toe nou…'

Abel keek naar haar schuddende borsten, naar zijn geslacht in haar vuist.

'Doe ik je geen pijn? Doe ik je geen pijn?'

Ze kon bijna niet meer praten van het hijgen.

'O jezusmaria! Toe nou… Toe nou… Ik ben er bijna… Toe nou… toe nou… O… O… Ja… Ja… O ja! O ja! O ja!'

Het meisje ontspande zich en liet zich met gesloten ogen achteroverzakken. Terwijl ze uithijgde en nog naschokte, begon ze zacht te lachen. Ze keek hem aan. Twee tranen gleden uit haar droevige ogen. Ze veegde ze weg en bleef maar zachtjes lachen. Abel sloeg zijn armen om haar heen en drukte haar kletsnatte lijf tegen zich aan.

'O, sorry man,' fluisterde ze, 'sorry dat het zo lang duurde. Het duurt bij mij altijd zo lang, terwijl ik dan toch zo geil ben. Heb ik je echt geen pijn gedaan?'

'Het was alleen maar heel lekker.'

'Je hebt zo'n lekkere pik.'

Opgelucht trok ze Abel over zich heen om nog eens rustig te tongen en ervan te genieten. Ze streelde de haren uit zijn gezicht, trok ze tussen hun lippen vandaan. Abel wist nu zeker dat ze een kind had. Ze was niet strak meer van onder. Haar borsten hingen, haar tepels waren te dik voor die van een meisje.

In de kajuit klonk gestommel.

'Dave is wakker,' fluisterde ze.

'Ja, ik moet gaan.'

Nog eenmaal drukte Abel zich tegen dat mooie, forse en een beetje slonzige lichaam van Denise.

7

Met ontbloot bovenlijf verscheen Dave Sinke aan dek, zijn nog openstaande jeans dichtritsend. Abel zag het hem doen, die broek dichtritsen waarin Anja's hand vannacht zulke kordate bewegingen had gemaakt, en hij glimlachte. Dave geeuwde, rekte zich uit en keek met nog halfdichte ogen om zich heen.

'Wat had ik je gezegd, Roorda? Net Genesis. Prachtig, prachtig, prachtig is het weer.'

Hij liep het achterdek op om te wateren. Met zijn voet schoof hij twee slippers opzij, de slippers die Denise daar vannacht had achtergelaten. Abel wendde zich af en wierp een blik in de kajuit, waar Toni nog steeds uitgeteld op de bank lag, op zijn buik, onder de deken die Anja over hem heen had gelegd. Er kroop een dikke vlieg over zijn blonde stekelhaar.

'Eeh Roorda, bluuf noe toch ghewoon, man!'

Op het achterdek had Dave zich weer omgedraaid, opnieuw zijn broek dichtritsend.

'Kruup t'r wee lekker in. Om tien ure is 't er ghoeie zwarte koffie en bakt Anja eiers mee spek.'

'Ik moet echt weg, Dave. Sorry. Gisternacht ben ik ook al niet thuis geweest. Ik ga verschrikkelijk op mijn lazer krijgen als het weer gebeurt.'

'Ik begriep 't.'

Abel zelf begreep niet waarom hij zo volhardend was.

Ze hesen de balken aan boord en zetten ze vast op de kajuit. De buitenboordmotor werd gestart. Abel liep naar het voordek. Het luik was gesloten, zag hij. Bij de reling bukte hij zich om zijn pak shag op te rapen dat daar was blijven liggen. Hij trok het schip aan de ankerlijn naar het anker toe en haalde het anker op, dat droop van het slik. Toen de boot van de plaat wegvoer, lag Abel op zijn buik bij het door hem weer geopende luik. Hij stak zijn hoofd en armen naar binnen. Een ogenblik later stond Denise bij hem, haar armen om zijn hals. Gewillig liet ze zich nogmaals strelen. Maar hij voelde dat ze al afscheid had genomen.

Ze voeren de opkomende zon tegemoet, zwijgend, in zichzelf gekeerd, elk aan een kant van de helmstok. De sloep trok een breed spoor van rimpelingen door het gladde water. Wijd en zijd was het gebrom van de motor het enige geluid. Toen ze in de vaargeul waren gekomen, zei Abel:

'Als je me op de kaart aanwijst welke tonnen ik moet hebben, vaar ik de rest zelf wel.'

'Grandioos, Roorda. Dan kruip ik nog even tegen mevrouw Anja aan.'

Op een oude, gescheurde kaart wees Dave hem de tonnen aan. Nadat hij was afgedaald in de kajuit, wierp hij hem nog een kijker toe.

'Gewoon langs de rode tonnen blijven varen. Bij het passeren controleer je het nummer op de kaart en dan pik je met je kijker de volgende op.'

Staande, de helmstok tussen zijn benen, stuurde Abel de sloep langs de tonnen. Met de kijker tastte hij de kustlijn van de eilanden af. Zijn handen trilden plotseling van vermoeidheid en emotie.

Bij het binnenlopen van de haven bij het Sas nam Dave het roer over. Opnieuw werd Abel getroffen door de onooglijkheid van de plek. Een sluis en twee boomkruinen boven de dijk – meer was het niet.

'Ik spring wel op de remming,' zei hij tegen Dave, 'dan hoef je niet aan te leggen.'

Hij liep naar voren door het gangboord, pakte bij de mast de verstaging vast en klom over de reling. Hij keek naar de naderende remming. Het geluid van de motor weerkaatste tegen het basalt van de dijken. Abel hing met één been buitenboord en sprong op de remming, zich vastgrijpend aan een van de palen. De sloep gleed achter hem langs en maakte een bocht voor de sluis. Hij stak een hand op naar Dave, die nog een ogenblik omkeek, en nam met een armzwaai afscheid. Dave Sinke antwoordde met een korte, opwaartse ruk van het hoofd – de boerse groet van het eiland.

8

Plotseling was hij weer alleen. Plotseling had hij weer vaste grond onder zijn voeten. Hij klauterde naar het eind van de remming, naar de plank waarover hij de dijk kon bereiken, maar daar bleef hij toen staan om de verandering tot zich te laten doordringen. Vier weken was hij onophoudelijk in gezelschap geweest. Eindelijk was hij alleen. Hij duwde zijn voorhoofd tegen de paal en sloot zijn ogen. De sloep had de haven verlaten en het gebrom van de motor vervaagde. Onder zijn voeten klotste het water. Het was doodstil op het Sas.

Aan de voet van de dijk hurkte hij en plensde het frisse water in zijn gezicht. Toen zette hij zich weer in beweging en beklom de dijk. Op de hoge sluis herinnerde hij zich hoe hij een half etmaal geleden uit de tegengestelde richting was gekomen, op elke sluisdeur opzijbuigend voor de krukas, hoe hij hier had gelopen terwijl beneden in de sluiskolk juist de sloep afmeerde. Had Denise hem op dat moment al gezien en herkend? Had ze iets tegen Dave gezegd en had Dave hem daarom aan boord gevraagd?

Hij liep rond de haven over de strekdam naar het lichtbaken, aan de kant waar hij vanaf het water niet gezien kon worden. Nog steeds hoorde hij in de verte de motor van de sloep. Bij het lichtbaken plukte hij tussen de basaltblokken een paar takjes alsem. Hij geneerde zich ervoor. Maar hij wilde ze toch hebben. In Amsterdam zouden ze hem herinneren aan deze plek, aan een jakkerende wind, wit schuim dat uitvloeide over het basalt. Zijn maag kromp ineen wanneer hij dacht aan de grote stad, waar hij over een maand al zou zijn, en toch wilde hij hier nu weg. Hij had hier niets meer te zoeken. Hij wilde verder, hij wilde weg. Alleen het basalt sprak nog tot hem, het keiharde basalt, de rij verweerde houten palen ertussen, het rijzen en dalen van de zee, het deinen van de wieren en ook de alsem, het taaie kruid dat tussen de stenen overleefde.

Bijna hollend liep hij naar zijn brommer voor het café.

Hij reed langs het kanaal naar de stad en kon alleen maar denken aan wat zich in het vooronder van de sloep had afgespeeld. De borsten van Denise, die nog even door zijn handen waren gegaan, twee warme, gladde, malse uiers – terwijl hij op zijn buik op het voordek lag, zijn hoofd en armen door het luik gestoken. Hij hoorde haar weer klaarkomen in de ochtendschemer. Dat verbijsterende klaarkomen. Toe nou... Toe nou... O, jezusmaria, toe nou... Hij herinnerde zich Hanny, het katholieke dienstmeisje. Ze was veel losser dan de andere dienstmeisjes. Ook Denise had dat losse... Terwijl ik dan toch zo geil ben... Haar hamerende hart... Toch een vreemde... Ze was onder zijn ogen klaargekomen en toch een vreemde... In het aardedonker had hij haar op haar rug gedraaid en genomen. Zonder haar te kunnen zien... Toen had hij het gemerkt... Vlak voordat ze de haven van het Sas bereikten had hij het Dave gevraagd. Of ze een kind had. Dave had hem aangekeken met zijn nog halfdichte ogen en toen alleen maar een wijsvinger tegen zijn getuite lippen gelegd... Moeder op haar tweeëntwintigste... Ongelukje... Van wie? Waar was het kind? Geloven kon hij het nog steeds niet: dat hij het had gedaan met een meisje dat al een kind had.

Steeds dezelfde en steeds nieuwe herinneringen aan de nacht schoten door Abels hoofd. Hij had de neiging zijn brommer stil te zetten om alles beter tot zich te laten doordringen. Soms stond hij ook stil op de uitgestorven kanaalweg. Maar hij gaf meteen weer gas, want hij kon nu niet stilstaan. Hij verwachtte schuldgevoel, maar er was alleen euforie. Het was of hij voor de tweede keer was ontmaagd. Met Digna had hij bijna anderhalf jaar gevreeën voordat ze het op die donkere decembermiddag op haar Amsterdamse zolder voor het eerst 'echt' hadden gedaan, 'alleen maar om te passen', zoals hij grappend had gezegd om haar zover te krijgen. Nu was hij nogmaals ontmaagd, leek het, door een meisje dat hij nauwelijks kende. Nu was het pas echt gebeurd.

In de stad drong het tot hem door dat het zondag was. Er was niemand op straat. Alom heerste een diepe stilte. Het geluid van zijn brommer weerkaatste tegen de huizen.

Iets dwong hem om terug te keren langs de route waarlangs hij gisteravond was gekomen. Hij passeerde de burgemeesterswoning en reed over de brug waar hij de burgemeester en zijn vrouw had zien naderen. De banden van zijn brommer stuiterden over de kasseien van de Grote Kade. In de haven lag het water vredig te glanzen in het lage licht. Onder de bomen hing nog de koelte van de nacht. Iets dwong hem rond de haven te rijden, over de Bierkade, de Turfkade, de Kleine Kade. Langs het stadsmuseum, waar aan de balken een lang geleden aangespoelde Eskimo-kajak hing, die hij nooit had gezien maar waarvan hij van jongsaf aan had geweten dat hij er was. Langs de etalage met de gymnastiektoestellen, waar hij Irma Wisse had gekust en zichzelf en haar weerspiegeld had gezien terwijl ze tongden. Langs de nauwe straat die de Smallegangebuurt in voerde, de stenen trap die naar het water leidde. Op de Kleine Kade kreeg hij de brug weer in het oog, het statige gebouw van de belastingen, de geteerde schuren met de houtopslag langs het water, de graanpakhuizen. Vol gas, wild van opwinding, reed hij helemaal rondom de lege haven.

Daarna pas kon hij verder. Hij verliet de kades, schoot een nauw straatje in en reed langs de krotwoning waar de enige prostituee van de stad zich ophield. Het rode gordijn was gesloten. Hij sloeg weer af, daalde naar de Beestenmarkt en reed langs de plek waar Irma en hij het hadden uitgemaakt. Hij wist nog precies waar ze hadden gestaan, hoe hij afwezig in het lege interieur van een Ford Taunus had staan staren, hoe ze hem een kus had gegeven omdat ze met elkaar ook 'leuke dingen hadden meegemaakt'. Het knetteren van zijn brommer weerkaatste in het gewelf van de poort aan de korte kant van het plein. Hij reed langs de schutting waar hij zo dikwijls hoog was opgesprongen om tegen de overhangende takken het koppen te oefenen. Hier bij de schutting was hij gaan rennen.

Hij verliet de stad en begon te zingen op de grondtoon van de motor. Hij dacht aan dat spetterende loopje van Dave Sinke. Dave die zijn bestemming al had gevonden. Lekker muziek maken, man, dat is toch het enige wat of ik kan... Wees toch 's een bitje lief voe de misjes, Dave... De stormlamp onder het opgebonden zeil. De lichtkring in het donker. Vlak naast hem Denise, die tegen de staaldraad van de reling leunde en bewoog als hij bewoog... Het aardedonker op de plaat, waarin hij zomaar was gaan lopen. Niet aan denken... Het moment waarop hij met zijn handen de scheepsromp weer had gevoeld, de natte wieren... In het aardedonker had hij Denise op haar rug gedraaid. Met haar gevreeën zonder haar te zien. Hij probeerde zich voor te stellen dat ze bij hem achterop zat, tegen hem aangedrukt, maar kreeg het niet voor elkaar. Hij was alleen.

Zijn roes begon af te nemen. Plotseling huiverde hij in de ochtendkoelte.

In het dorp reed Abel naar de eiken achter de verlaten hoeve. De brommer hobbelde over het pad tussen de meidoornhagen. Toen hoefde hij niet verder, toen kon hij eindelijk stilstaan.

Onder de eiken verwarmde hem de zon. Hij begreep niet waarom hij nog hierheen was gereden. Liefst had hij nu in zijn bed gelegen, maar zijn route liep kennelijk via deze plek. Rondom hem stonden de honderd jaar oude stammen. Hij leunde tegen die ene die het prikkeldraad had opgenomen in zijn schors. Het gras was hoog. Op het rieten dak van de schuur, zwart van ouderdom, glansde het donkergroene mos, nog vol dauwdruppels. Hij draaide een sigaret, haalde de lucifer langs het strijkvlak, twee keer, drie keer, en van het ene op het andere moment was het er: concentratie.

Hij staarde naar de badkuip die ooit als drinkbak voor de paarden was gebruikt, naar de punten van de eg in het gras. Hij zag de jongen met de koffer lopen op de oprijlaan naar het landhuis en herinnerde zich nog eens Dave Sinke op het achterdek van de sloep, waar hij dat spetterende loopje had gespeeld. Een volkomen nieuwe gewaarwording deed zich voor: hij wilde aan het werk. Hij kwam al half overeind maar liet zich weer terugzakken tegen de stam van de eik. Op school had hij nooit veel uitgevoerd. Maar nu wilde hij aan het werk. Hij zag Amsterdamse straten voor zich en de tramkabels boven de straten, het web van tramkabels boven de kruispunten en pleinen, voor hem van kindsbeen af hét beeld van het ingewikkelde van het stadsleven. Massa's mensen in de regen, glimmend nat asfalt, straten en stegen, bioscopen, cafés, stromen auto's, volle trams, neonreclames – en daar ergens in dat gewoel liep hij zelf. Hij moest aan het werk. Door die stad lopen en alles zien. Ontzaglijk veel leren en beginnen met schrijven. De koffer openmaken. Hij zat nog bij zijn eiken, een hand om het prikkeldraad, maar hij was al op weg.

XIII

FINISTÈRE

1

Drie dagen deden ze erover om Finistère te bereiken. Een vrachtwagen van het eiland bracht hen tot ergens halverwege België. De chauffeur liet hen achter op een kruising tussen korenvelden, waar ze urenlang een stuk karton met een plaatsnaam erop omhooghielden voor de schaarse passerende auto's. Een losbarstend onweer bracht ten slotte verlossing. Er stopte een gammele vrachtwagen met drie lachende mannen in de cabine, die met hun duimen naar achter wezen. Ze klommen in de overdekte laadbak, waar ze een tiental manden met kippen aantroffen. Ze zaten elk aan een kant van de laadbak met hun rugzak en klampten zich vast. De regen roffelde op de kap, de banden denderden over de kasseiweg. Met elkaar spreken was onmogelijk. Onder het rijden zocht Abel de ogen van Digna en glimlachte haar bemoedigend toe. Hij reikte haar de veldfles aan, een stuk brood. Hij oefende zich in het camoufleren van zijn verwarring en ellende.

Drie dagen waren ze onderweg en drie dagen groeide het onbehagen. Abel zocht voortdurend gelegenheden om alleen te zijn, al was het maar een paar minuten in het stinkende toilet van een tankstation. Hij hoorde vaak niet wat Digna tegen hem zei. Het opzetten van de tent bezorgde hem woedeaanvallen.

Hij probeerde haar zijn gemoedstoestand te verklaren. Hij nam zelfs het woord 'depressie' in de mond, een nieuw woord waarvan hij nog niet precies wist wat het betekende. Digna luisterde, haar grote glanzende ogen gericht op zijn afgewende gezicht. Ze wilde hem graag geloven, al was het maar om haar angstige vermoedens de kop in te drukken. Maar geen enkel verhaal kon haar onrust wegnemen.

Na drie dagen stelde Digna voor om terug te gaan. De spanning was ondraaglijk geworden. Zelfs 's nachts kwam er geen einde aan, want ze sliepen nauwelijks meer. Abel registreerde waar ze het voorstelde: op het kerkhof van een Bretons kerkje, in de schaduw van het stenen hok waar de doodgravers hun gereedschap bewaarden. Hij zag de strijkvouwen in haar broek, haar tennisschoenen, gewit voor het vertrek, inmiddels stoffig geworden. Hij hoorde het gemekker van de geit achter de kerkhofmuur waar hij net naar had staan kijken, de zee was niet ver weg. Ze stonden bij het hok van de doodgravers, bij een lekkende kraan, en hij haatte de strijkvouwen in haar broek. De woede in haar stem deed hem goed. Emotie. Eindelijk. Wat had ze ook alweer gezegd? Hij kon het zich nauwelijks herinneren. Vervuld van totale lamlendigheid stond hij op een Bretons kerkhof. Zonder haar aan te kijken antwoordde hij:

'Ik wil in elk geval Finistère halen.'

De laatste lift naar de uiterste punt van het schiereiland werd hun gegeven door een vrouw die een chique kasjmieren sjaal om haar hoofd en hals had gewonden. Ze reed in een lichtblauwe Citroën DS-stationcar. Abel kwam plotseling tot leven. Onmiddellijk aangetrokken door deze dame (ze had de leeftijd van zijn moeder) en de auto waarin ze reed, was hij voorin gaan zitten. De portierramen stonden open, de sjaal om het hoofd van de vrouw wapperde in de wind, de pittige geur van haar Gitanes vulde de auto.

Abel onderhield zich met haar, zo goed en kwaad als dat ging, en stelde zich intussen voor dat deze vrouw met haar chique sjaal en haar schitterende lichtblauwe Citroën DS zijn moeder was. Een zeebiologe, want dat was ze, die de ene Gitane na de andere opstak, haar wagen met één hand bestuurde en de andere gebruikte om te roken en te schakelen en 'merde' riep toen ze bij het driftig schakelen haar sigaret liet vallen. Hij raapte hem snel voor haar op van de vloermat.

De auto verliet het donkere bos waarin ze een tijdlang hadden gereden. De neus van de wagen dook omlaag naar een donkerblauwe zee. De afdaling was steil. Weldra reden ze over een kustweg, in de rotsen uitgehouwen, hoog boven de zee. Opgewonden begon Abel tegen Digna te praten, te wijzen op eilanden in de verte.

'Hebben jullie zoiets nog nooit gezien?' vroeg de zeebiologe verbaasd.

'Jamais, madame, jamais!'

'La Hollande, c'est toute plate?'

'Tout a fait plate, madame!'

Ze maakte een omweg om hen af te zetten op het einde van het land, de uiterste punt van Finistère. Bij het afscheid op de winderige rotskaap, het gebulder van de golven al in zijn oren, had Abel de neiging haar een kus te geven op haar mooie wang. Terwijl ze de wagen keerde met een scherpe draai achteruit, wierp hij een haast verlangende blik in de laadruimte van de stationcar, die vol lag met de strandspullen van een gezin.

Een uur later deed hij zijn bekentenis.

Ze waren afgedaald naar het strand met een fles wijn, een stokbrood en een zak half geplette tomaten. Abel zat op een rotsblok, de lage zon op zijn gezicht. Digna was van hem weggelopen en dwaalde over het drooggevallen strand, hurkend bij kleine poelen tussen de rotsblokken. Toen ze eindelijk terugkeerde had ze een meterslange sliert wier bij zich, wier van een soort die hij nooit had gezien. Woedend wierp ze die natte sliert naast hem op de rots. Haar lippen trilden, maar praten deed ze niet. Abel sneed plakken tomaat op een stuk brood. Hij gaf het haar en zei met doffe stem:

'Ik zal je alles vertellen.'

Toen vertelde hij haar wat hij had meegemaakt in de laatste zesendertig uur met Toni Mesu. Hij beperkte de gebeurtenissen in het vooronder van de sloep tot een simpele vrijpartij in het donker.

'Moet je niet meteen terug naar dat meisje?' vroeg Digna niettemin.

2

Twee dagen na zijn bekentenis hadden ze in de tent hun slaapzakken weer aan elkaar geritst en gevreeën. Eerst een keer woest en snel, daarna nog een keer, maar nu rustiger en langzamer. Abel wist niet of het had geholpen. Digna wist het ook niet. Ze had zich op haar zij gedraaid, met haar rug naar hem toe. Op de tast had ze haar middel tegen muggen gevonden en zich ermee ingesmeerd. Toen was ze in slaap gevallen.

Abel lag wakker. Hij kon de golven horen breken aan de voet van het klif, het water dat opspatte en neerplensde op de rotsblokken, de zee die zich terugtrok met gerammel van keien op het strand, dan de volgende golf die brak met dezelfde doffe dreun. Na zijn bekentenis had Digna hem twee dagen niet willen aanraken, hem zelfs liever niet aangekeken. Vanavond was de kentering gekomen. Misschien had je het nodig, met zo'n meid, had ze gezegd. Even later, nadat ze haar trui had aangetrokken en haar haren met een woest gebaar uit de hals had getrokken: en misschien is het uiteindelijk ook nog goed voor ons. Terwijl ze met hem vree was haar woede weer opgelaaid.

Hij luisterde naar het breken van de golven, het gerammel van de keien. Langzaam droogde het zweet op zijn lichaam. Langzaam betijden de emoties. Hij voelde zich nog ellendiger, nog schuldiger, nu hij Digna's weerloze liefde had gezien, nu hij haar armen en benen weer om zich heen had gevoeld, nu hij haar had horen klaarkomen. Digna. Woedend en verliefd tegelijkertijd. Hij sloot zijn ogen en zag Denise. Ze was er nog steeds. Hij drukte de herinneringen weg. Maar toen – toen Digna diep in slaap leek – liet hij haar toch weer toe. Denise met haar droevige ogen. Zijn lichaam had naar haar gehunkerd. Nog steeds kon hij die hunkering voelen. Toe nou, toe nou, o jezusmaria toe nou. Haar schorre stem. Tweemaal was hij naar het station gereden om de trein naar Vlissingen te nemen zonder het te doen. De dag voor het vertrek was hij na het avondeten bij de Maelcotes naar huis gegaan en nogmaals langs het station gereden. Juist was daar de trein uit Vlissingen binnengekomen. Alsof het zo moest zijn. Het was vlak na een onweer. Damp steeg op van de straat, onder de bomen op het stationsplein hing een vochtige warmte. Hij zag Denise uit het station komen. Een flodderig nylon jack boven haar minirok. Een schoudertas, een boodschappentas. Een onbekend meisje dat hij kende. Ze hield een man staande en vroeg hem om een vuurtje. De man gaf haar vuur en maakte zich uit de voeten, alsof hij van haar was geschrokken. Hij zag haar het lege en dampende stationsplein oversteken en langzaam maar zeker verdwijnen onder de bomen in de laan naar de stad. Hij had haar achterna willen gaan om haar aan te spreken. Maar het was onmogelijk.

Abel luisterde naar de golven aan de voet van het klif. De doffe dreun. Het opspattend en neerkletterend water. Hij zakte dieper weg en dacht aan zijn vader en moeder, zijn broers en zusjes in de bungalow, ver weg. De zeilboot waar hij niet in voer. De witte romp in het donkere riet. De nieuwe maan die hij vanavond had zien opkomen was daar ook opgekomen... Toni, zoals hij hem voor het laatst had gezien: liggend op zijn buik in de kajuit van de sloep, een dikke zwarte vlieg op het blonde haar op zijn achterhoofd. Niets meer van hem gehoord... Dave met bloot bovenlijf en afzakkende jeans. Mevrouw Anja, pieken haar boven een deken, een stuk van haar harembroek, twee stevige blote voeten. In het vooronder het warme lijf van Denise onder de slaapzak. Het leek lang geleden... Nog steeds angst als hij terugdacht aan zijn tocht over de donkere plaat. Net aan boord geklauterd, bezig zijn bemodderde schoenen uit te trekken, had hij het opkomend water rond het schip zien vloeien, doodstil, glinsterend... Niet meer aan denken... Niet meer aan denken... Watse en Lena, ergens op een camping. Halve dagen lagen ze in hun tent te kaarten... Job studeerde cello, acht uur per dag... Danker hielp nu zijn vader op het land... Hijzelf met Digna in een tent op een klif in Finistère... Iedereen ver weg, op zichzelf. Ook Digna, die vlak naast hem lag.

Beelden van de zee gleden door zijn hoofd: kolkend tussen de rotsen, hoog opspattend in het schelle tegenlicht van de avondzon. Een onbekende kust, toch meteen vertrouwd. Een plek waar hij wilde zijn, en Digna ook… Lange wieren, aangespoeld op het strand. Meterslang. Dat is de oceaan… Zo'n lange sliert wier om m'n lijf wikkelen. Zo'n tros wieren op m'n hoofd. Word er vrolijk van… Of het me zou kunnen genezen. Maar waarvan? Zo'n tros wier op mijn kop, mijn hele lijf erin gewikkeld… Een mooie steen, op het strand gevonden. Daar verwacht je ook iets van. Vagelijk. Een seconde. Minder dan een seconde. Je verwacht vooral iets van een steen die zij heeft gevonden en aan je geeft… Ondanks haar woede heeft ze me toch een steen gegeven… Schaamhaar verspreidt de geur van haar geil… Je had gehoopt dat je leven anders zou zijn in een ander land. Maar het is hetzelfde… Het zal overal hetzelfde zijn.

3

Een week later bevonden ze zich in een nog ruiger deel van Finistère. Voor de kust van het vissersdorp lag een zwerm rotsen die bij vloed grotendeels onder water verdween, bij eb weer tevoorschijn kwam en in het maanlicht aan een oerwereld deed denken. Hun tent hadden ze mogen neerzetten op een veld aan de rand van het dorp bij een groepje lage, kromgegroeide bomen. Ze waren niet van plan nog ergens anders heen te gaan. Ze kwamen zelfs nauwelijks in het dorp. Er was niets anders meer dan deze plek en de zee.

Een groot deel van de dag brachten ze door bij de tent, in de aan elkaar geritste slaapzakken, bij de primus waarop nu voor het eerst sinds het vertrek werd gekookt, en onder de bomen. In de poelen tussen de drooggevallen rotsen plukte Digna wilde mossels voor het avondeten. Ze tekende in haar schetsboekjes: de rotsen, de lange wieren.

Het was of hun betrekkingen zich sneller herstelden door de nabijheid van de zee. Het slonzige meisje met de teenslippers begon uit zijn systeem te verdwijnen. Elke avond zat hij met Digna tegen een van de bomen naar de zwerm rotsen in de baai te kijken, en elke avond voelde hij dat ze wat dichterbij was gekomen.

Op een zaterdagochtend stonden ze om zeven uur al in het dorp op de kade. Van achter de pier met het lichtbaken kwamen, de een na de ander, de wit met blauwe kotters van de vissers tevoorschijn en liepen de haven binnen. Ze meerden af aan de kade. Er werd meteen met lossen begonnen. Dorpelingen omringden de kratten met vis, die op de kade waren gezet. Vissen kletsten op de weegschalen. Er werd geduwd en gedrongen.

Abel en Digna liepen van het ene schip naar het andere, zich tussen de mensen door wringend om te zien wat er die nacht uit zee was opgehaald: grote roggen, zeealen zo dik als een arm, vissen met stekels op hun kop, kleine haaien, sardines die met tientallen tegelijk door vlezige handen op de weegschalen werden gegooid, inktvissen, monsterlijk grote krabben. Het meeste van wat er lag uitgestald hadden ze nog nooit gezien. Ook dit was de oceaan. Zwijgend, hand in hand, liepen ze van de ene kotter naar de andere.

Ze dronken koffie in een stampvol café. Ook daar namen ze stil alles in zich op. De mannen aan de bar, de dikke vrouwen die met gespreide benen aan hun tafeltjes zaten en lachten. De oude tegelvloer in zwart en geel. Het luik naar de keuken. Dampende schalen die werden weggedragen. Een hond die in het gedrang de vloer afzocht. En dan weer die dikke wijven die lachten en schreeuwden naar de mannen aan de bar, terwijl ze met hun worstvingers gefrituurde inktvisringen in hun mond stopten.

Weer buiten liepen ze naar de laatst binnengelopen kotters aan de kade om nog meer vissen te zien, nog meer fabeldieren uit de diepzee. De zon begon al warmte te geven. Het water in de haven glinsterde schel. Meeuwen doken naar wat overboord was gezet.

Ze volgden vrouwen die met boodschappentassen en bossen bloemen naar de kapel aan het begin van de pier liepen. Het leek of het stoere bouwwerk met de rotsen was vergroeid. Het lag hoger dan de pier en aan de voet van een van de lange zijden braken de golven.

In de kapel was het donker en stenig als in een grot. Er viel nauwelijks licht door de kleine ramen, niet meer dan spleten in de dikke muren. De geur van brandende kaarsen kwam hun tegemoet. Er hing een zware en intense atmosfeer. Digna kneep in Abels hand en hield hem staande. Ze durfde niet naar binnen. In het portaal was het een komen en gaan. Ze wachtten een tijdje. Toen trok Abel haar mee naar binnen. Bedeesd liepen ze door de zijbeuk. De voet van de zuilen was zwart en glad door de vele aanrakingen. In het halfdonker tussen de zuilen hingen scheepsmodellen. De vloer werd hobbelig: ze liepen op de naakte rots. Zelfs de rots was in de loop der eeuwen glad geworden. Achter in de kapel, in het licht van honderden kaarsen, stond de madonna waar het dorp een zekere faam aan ontleende. Het smeedijzeren hek was geopend. Vrouwen, mannen en kinderen gingen er naar binnen, bekruisten zich, staken kaarsen op en knielden. Voor het hek stonden de boodschappentassen op een rij.

'Zou het een speciale dag zijn,' fluisterde Digna. 'Het is zo druk.'

Abel voelde haar adem langs zijn oor strijken. Het geringste blijk van haar nabijheid maakte hem blij. Maar hij bespeurde ook de geremdheid in wat ze zei, en meer dan ooit wilde hij dat het weer goed zou zijn. Hij kuste haar op haar wang.

'Dat mag hier vast niet,' zei Digna zacht.

'Dat mag hier juist wel.'

Zittend, half verborgen achter een zuil, keken ze toe. Wat Abel zag had hij eerder gezien in de Sint-Baafs in Gent, maar in dit vissersdorp, op deze oeroude plek aan zee, leek de devotie intenser. Hij staarde naar de madonna boven de kaarsenzee. Het was een houten beeld dat was aangekleed, een beetje kinderlijk en protserig, maar ook aandoenlijk. In het halfdonker, door de warmte en de zware geur van de kaarsen, werd hij loom. Hij ontspande zich. Het liefst had hij zich languit op zijn buik uitgestrekt op de rotsbodem, met Digna tegen zich aan, om weg te zakken in een diepe slaap, weg uit de boze droom waarin ze terecht waren gekomen. Weer kneep Digna in zijn hand, kinderlijk geschrokken.

'O Abel, kijk nou eens.'

Ze keek hem aan, een paar lange seconden, alweer vergetend waarvan ze was geschrokken, hem peilend, weer bezig met waar ze al dagen mee bezig was – dat ene, dat onuitwisbare. Abels hart kromp ineen door dat peilende en tegelijk onzekere en schuwe in haar blik. Toen keek ze weer opzij naar waar ze van was geschrokken. Door het middenpad kwam een vrouw aanschuifelen op haar knieën. Een jongetje liep naast haar, zijn hand op de schouder van zijn moeder.

'Wat vreselijk,' fluisterde Digna. 'Waarom doet ze dat?'

Ze keken naar de op haar knieën voortschuifelende vrouw. Abel keek vooral naar het jongetje, dat trouwhartig naast zijn moeder liep. Hij probeerde te begrijpen waarom de vrouw dit deed. Het was voor hem iets uit een andere tijd, uit oude verhalen. Maar het bestond dus nog. Hij stelde zich voor dat hij zelf op zijn knieën over de hobbelige rotsbodem voortschuifelde naar die brandende kaarsen en de madonna, met Digna naast zich, haar hand op zijn schouder. Zou het werken? Zou alles een uur later, buiten deze heilige plek, niet weer precies zo zijn als voorheen?

'Zal ik ook naar voren kruipen?' fluisterde hij.

'Spotter!'

Digna zweeg vertoornd. Toen keek ze hem weer aan. Zelfs in het halfdonker kon hij de blos zien die op haar gezicht was verschenen. Ze haalde moeizaam adem. Weer die langdurige, peilende, onzekere, schuwe blik van de mooiste ogen die hij kende. De kruipende vrouw had het hek bereikt. Andere vrouwen schoten toe om haar te helpen. Het jongetje werd er haast door verdrongen.

Op het uiteinde van de pier was een paalwerk aangebracht, halfrond. Abel leunde op de balustrade en keek naar de lange, rechtopstaande wieren in het water, traag bewegend in het afgaand getij. Hij kon er niet genoeg van krijgen. Bij de tent had hij een plek tussen de rotsen waar hij bij hoogwater tussen deze wieren kon zwemmen. Ze streken langs zijn lichaam, glad en vet. Hij duwde zijn hoofd onder water en dreef er rond als een verdronkene, met armen en benen die langzaam naar beneden zakten. Alleen tussen de wieren kon hij soms een ogenblik vergeten wat er was gebeurd – dat ene, dat onuitwisbare. Digna tekende wieren op het strand. Ze had hem een grote houtskooltekening van de wieren beloofd voor zijn kamer in Amsterdam. Geloofde ze er zelf in? Wilde ze koste wat kost geloven dat alles gewoon doorging? Hij was er niet zeker van of hij die houtskooltekening van de lange wieren ooit zou zien.

Hij staarde naar de voet van het paalwerk, naar de rusteloze beweging die hem juist kalmeerde. Hij dacht aan de strekdam van het Sas en de zwarte blaaswieren die daar rechtop stonden in het water. Hij herinnerde zich hoe hij van de sloep op de remming voor de sluis was gesprongen en daar had gestaan, boven het water en de deinende wieren, terwijl de sloep wegvoer met in het vooronder het meisje met wie hij de nacht had doorgebracht. Nu stond hij op een pier aan de oceaan en had roggen, haaien en inktvissen gezien. Het was of hij in een paar weken een paar jaar ouder was geworden.

Naast hem stond Digna te tekenen. De wind blies haar haren opzij. Ze had haar schetsboekje op de balustrade gelegd. Abel bewonderde haar om haar tekenende hand. Ze pakte een vel papier en tekende. Ze deed het graag. Ze deed niets liever. Ze zette een potlood op papier en haar hand begon te bewegen. Nu schetste ze de rotsformatie aan de andere kant van de havenmond.

'Zo gek,' zei ze.

'Wat?'

'In die kapel is er iets veranderd tussen ons.'

'Ja.'

'Misschien is die vrouw ook wel voor ons naar voren gekropen.'

Abel voelde plotseling de warme wind op zijn huid. Hij ademde dieper. De schaduw van een van de grote wolken gleed over hen heen. De haartjes op zijn onderarmen kwamen overeind. Toen zag hij niets anders meer dan de donkerblauwe zee vol lichtvonken. De tent begon voor hem op te doemen, het gelige licht in de tent, en tegelijk voelde hij verlangen ontstaan naar de rondingen van Digna's lichaam. Het was of ze het voelde, hetzelfde voelde als hij. Ze hield plotseling op met tekenen en klapte haar schetsboekje dicht. Abel herinnerde zich hoe het gistermiddag was geweest in de tent. Ze was half in slaap. Ze had hem toegestaan haar te nemen en was zelf passief gebleven. Met haar ogen half dicht had ze onder hem gelegen. Maar precies toen hij klaarkwam had ze in een dromerige beweging haar bovenlichaam even opgericht en haar borsten heel licht tegen zijn borst gedrukt. Het was geweest of er een soort wijsheid in haar lichaam school, iets wat veel groter was dan zijzelf. Hetzelfde was misschien aanwezig in die halfdonkere grot met zijn plompe zuilen en drukkende gewelven en zware muren.

'Kom je?' hoorde hij Digna zeggen.

Hij kon zich niet losmaken van de donkerblauwe zee vol lichtvonken, de schaduwen van de wolken die eroverheen gleden, het witte schuim overal op de golven in de baai, de warme wind om hem heen. Digna drukte zich vanachter tegen hem aan.

Nog nooit hadden ze zoveel gevreeën als die week, hopeloos veel. Om elf uur die zaterdagochtend waren ze alweer terug in de tent, loom geworden door de warmte, het vroege opstaan en het vele dat ze in de voorbije uren in zich hadden opgenomen met hun gretige ogen. Op haar knieën zat Digna voor hem in het gelige licht van de tent. Abel kleedde haar uit, nadat hij eerst zelf razendsnel zijn kleren had uitgetrokken. Digna jammerde een beetje omdat ze zo graag wilde en omdat het uitkleden haar te langzaam ging. Ze wapperde met haar handen van ongeduld. Boven de tent woei de wind door de kromgegroeide bomen. In de verte brak de zee tussen de rotsen.

Na een paar minuten al lag ze plotseling stil onder hem. Haar haren kleefden aan haar voorhoofd. Hijgend, wanhopig, boos en donker keek ze hem aan. Maar spreken kon ze niet.

'Wat is er, Dig?'

Ze zweeg.

'Dig, wat is er?'

'Wat we ook doen,' kreunde ze half huilend, 'het komt toch steeds weer terug.'

Abel kuste haar natte gezicht.

'Maar niet voor eeuwig, lief.'

'Wat wás het nou voor meisje?'

Abel richtte zich op. Hij ging naast haar liggen, op zijn zij, zijn benen nog steeds tussen de hare. Een tijdlang lagen ze doodstil in die snikhete tent op hun slaapzakken. Toen begon hij haar te vertellen wat voor meisje het was. Een kwartier later was hij klaar.

'Nu heb ik er meer vrede mee,' zei Digna na een lange stilte, 'nu ik weet hoe of ze is.'

Ze schoof naar Abel toe, trok hem dichter tegen zich aan. Stil keken ze elkaar aan, terwijl de wind door de bomen ging. Opeens draaide het meisje zich op haar rug, Abel met een zwaai van haar benen met zich meenemend, en ze lachte om haar kracht.

In het restaurant kregen ze van de bazin de laatst overgebleven tafel aan het raam omdat ze er, zoals ze zei, met z'n tweeën zo mooi uitzagen. Terwijl ze verlegen bij de ingang stonden te wachten, had Digna oogcontact gemaakt met de statige en donkere Bretonse, zodra die op hen afkwam. Ze had haar een smekende blik toegeworpen en een grappig-bedeesd, smekend stapje richting lege tafel gezet, en terwijl ze dat stapje zette had ze ook nog een plooi van haar jurkje opgetild, als om te laten zien hoe mooi ze zich had gekleed. De Bretonse glimlachte. Het was of zij en Digna elkaar als vrouwen onmiddellijk begrepen. Abel moest nog een taxerende blik ondergaan, langharig als hij was. Maar toen was de vrouw hun voorgegaan, beleefd, voorkomend, alsof ze volwassenen waren, en had hen naar die laatst overgebleven tafel in de serre gebracht waar ze uitzicht hadden op de haven, en nadat ze waren gaan zitten, had ze dat gezegd: dat ze met z'n tweeën zo mooi waren om te zien.

'Wat zei ze nou,' wilde Digna meteen weten.

'Dat weet je best,' antwoordde Abel met een glimlach, 'want ze zei het met opzet heel langzaam.'

Digna bloosde.

'Nou ja, ik wilde het gewoon nog een keer horen.'

Eindelijk droeg Digna het jurkje, wit met grote rode bloemen, dat ze bij elk uitpakken uit haar rugzak had gehaald (het lag bovenop) en dat al die tijd ongebruikt achter in de tent had gehangen. Abel had de rits op haar rug mogen dichttrekken. Ze had er haar adem voor moeten inhouden. Voor het eerst droeg ze haar espadrilles met hakken. Ook Abel had zich netter gekleed dan gewoonlijk. Hij had een oud, maar nog mooi batisten overhemd van zijn grootvader aangetrokken, dat hem bij zijn laatste bezoek aan het veendorp door zijn grootmoeder in handen was gestopt. Hij had precies dezelfde maten als zijn grootvader.

Zwijgend namen ze alles in zich op. Op het dak van de serre waren rietmatten gelegd, door kieren in de matten viel het helle licht her en der in de beschaduwde serre. De wind gleed naar binnen door de geopende ramen. Het rook er naar vissaus. Van de tafel achter Digna's rug kwam de geur van witte wijn, koel en kruidig. In de haven waren de vissersboten achter de kade verdwenen. Alleen de toppen van hun masten staken er nog boven uit. De kade was leeg, de pier was leeg. Het hele dorp zat te eten.

Abel schoof zijn hand over het damast in de richting van Digna's hand. Stil zat ze alles in zich op te nemen, dat oersterke meisje dat hem met haar dijen omklemde en uitdaagde om zich los te vechten. Met zijn vingertoppen raakte hij haar vingertoppen aan. Hij was loom. Dromerig keek hij naar het licht dat door de kieren van de rietmatten viel, op een rode kreeft, een mandje met brood, op Digna's haren, verstrooid, gezeefd, hij rook de witte wijn op de andere tafel, de wind gleed verkoelend langs zijn gezicht en intussen voelde hij op tafel de vingertoppen van Digna tegen en op de zijne. Hij had een foto willen nemen van Digna zoals hij haar daar voor zich zag, in de schaduw van de rietmatten, in het verstrooide licht, maar hij had zijn camera in de tent achtergelaten. Hij fotografeerde met steeds meer tegenzin, want op een foto kreeg hij toch nooit te zien wat zijn ogen zagen. Hij had eigenlijk al besloten ermee op te houden. Zijn geheugen sloeg meer dan genoeg op. Alleen wat hij zich herinnerde was belangrijk. Alleen wat hij zich herinnerde was kennelijk belangrijk genoeg. De pier waarop hij vanochtend had gestaan zou hij over een maand nog zo kunnen oproepen, de lange wieren in het afgaand getij, meegetrokken, dan weer terugbuigend. De paalhoofden op het strand van Domburg zou hij altijd voor zich kunnen zien, de palen, gebarsten, bezaaid met zeepokken, de golven die erdoorheen stoven. Zijn grootvader bij de kruisbesstruiken achter de fabriek. Het licht in een kruisbes. Meneer Padmos in zijn bibliotheek, doodziek, en toch nog snel bewegend.

'Abel?' hoorde hij Digna zeggen.

De menukaarten werden hun aangereikt. Digna legde de hare meteen weer op tafel.

'Ik weet al wat ik ga bestellen,' zei ze.

'Ik neem hetzelfde als jij.'

Abel legde zijn kaart ook terzijde. Nog steeds raakten hun vingertoppen elkaar. Abel wilde de draad van zijn gedachten weer oppakken, zijn hoofd draaide al opzij in de afwezigheidsstand, toen hij Digna's blik op zich gericht voelde. Ernstig keek ze hem aan. Ze wilde iets zeggen. Abel voelde het wee worden rond zijn maag.

'Abel?'

'Ja.'

'Hoor je me?

'Ja, ik luister, lief.'

'Abel, ik ga me hier overheen zetten. Ik wil nu verder gewoon een leuke vakantie. Dus ik ga er niet langer over piekeren. En jij moet nu zelf maar zien klaar te komen met wat je hebt gedaan.'

Digna had haar besluit genomen.

Na de vissoep werd er een grote schaal fruits de mer tussen hen in op tafel gezet. Digna's ogen glansden. Vol verrukking keek ze naar wat er zoal op de schaal lag uitgestald. Zoals alle Maelcotes was ze een viseetster. Sliptong, schar, bot, schelvis, makreel, zeebaars, haring, sprot, kabeljauw – dat alles kwam bij haar ouders op tafel. Enkelen van haar ooms stonden elke zaterdag op de zeedijk met hun werphengels en bij overvloedige vangst brachten ze een maaltje vis langs. Maar meer nog dan van vis hield Digna van schaal- en schelpdieren. Met de punt van haar mes wees ze nu alle soorten aan en noemde Abel hun namen voor zover ze die kende.

'Er ligt zoveel bij dat ik nooit heb gezien,' zei ze opgetogen. 'O, kijk, en met dit dingetje kun je die kleintjes uit hun schelp trekken. O, Abel, ik ga hier zo van genieten!'

Abel kreeg door Digna zijn eerste oester aangereikt en liet hem naar binnen glijden. Hij leunde achterover met zijn glas wijn in zijn hand. Hij voelde zich gered, aan een catastrofe ontkomen.

Een uur later betrad hij de binnenplaats achter het restaurant, roezig van de wijn en het eten. De muren rondom waren gewit, rode en gele stokrozen wiegden in de wind. Het was er vredig. Boven zijn hoofd stond de strakblauwe lucht met de grote wolken, voortgestuwd door de wind. Hij rook de geuren uit de keuken, hij hoorde de koks bezig.

Hij opende een van de houten deuren waarin een hart was uitgesneden. Erachter vond hij een ouderwetse hurkplee. De ribbels waar hij zijn schoenen op zette waren nat en vuil. Afwezig hurkte hij boven het gat in de grond. Hij wilde alleen zijn. Het was ook of er zich op de achtergrond van zijn bewustzijn iets aandiende. Het was al begonnen toen hij op de kop van de pier stond en naar de wieren staarde. Het was er geweest nadat hij met Digna had gevreeën en hoorde hoe ze buiten de tent hurkte boven een emmer en met haar hand water schepte om zich vanonder te wassen. Nu was het er weer.

Hij keek om zich heen. De muren waren lichtblauw geschilderd.

Aan de onder- en bovenkant van de deur viel het helle licht naar binnen, het zeelicht dat hem gelukkig maakte. Hij hoorde vliegen zoemen en dacht aan het veen, waar zijn familie nu was, de geur van rotting in het riet, aan de plassen, aan de verborgen poelen waar het zonlicht nauwelijks doordrong, waar libelles in blauwe flitsen over het zwarte water schoten en wolken muggen boven het riet hingen. Op hetzelfde ogenblik wist hij het. Het was niet dat landgoed, het landhuis met het schilderij van Patinir, de oprijlaan, de jongeman die terugkeerde. Het was het veen, een veendorp, een lange en broodmagere jongen, die met een kauwtje op zijn schouder door het dorp liep. Abel herinnerde zich hoe hij naakt bij een kale boom aan een petgat achter de Saiter had gezeten, in de wildernis van het veen, en daar diezelfde jongen met het kauwtje op zijn schouder al had gezien.

4

's Avonds zat hij met zijn rug geleund tegen een van de kromgegroeide bomen en keek uit over de baai. De zon was ondergegaan, de wind was gaan liggen. Digna dwaalde op blote voeten en in een korte broek over het nog droog liggende strand tussen de rotsen. Hij zag haar zich bukken, hurken, weer opstaan, tussen de rotsen verdwijnen. Boven zee stonden rode wolken, langgerekt en rafelig. De maan kwam op.

Langzaam kwam Digna zijn kant op met haar bemodderde voeten en onderbenen, zich steeds weer bukkend om op te rapen, te bekijken, neer te leggen. Het laatste stuk liep ze recht op hem af. Hij zag aan haar dat ze hem iets kwam brengen. Ze kon veel in zichzelf verborgen houden en in zekere zin kon ze ook niets verbergen. Verlegen, en ook een beetje driest om zich over haar verlegenheid heen te zetten, kwam ze op hem af. Ze ging naast hem in het gras zitten.

'Kijk.'

Opnieuw gaf ze hem een steen. Hij had de vorm van een halve maan, hij was grijs, wit dooraderd, en aan één kant was er een dikke, witte lijn die de hele omtrek van de steen volgde. Hij paste precies in Abels hand.

Zwijgend zaten ze een tijd bij elkaar onder de bomen. Toen stond Digna op.

'Ik ga nog even,' zei ze.

Ze liep het strand weer op, waadde door een plas om de modder van haar voeten te spoelen. Het begon al te schemeren. Veel kon ze niet meer zien tussen de rotsen. Maar misschien wilde ze dat ook wel: hurken tussen de rotsen in de schemering, wachtend op het maanlicht, het opkomende water. Abel volgde haar met zijn ogen. Hij werd naar binnen getrokken. Het was er weer. Hij was er weer: de lange en broodmagere jongen met het kauwtje op zijn schouder. Hij was dichtbij. Abel zag hem van top tot teen, tot aan zijn te korte broekspijpen toe. Van achteren zag hij hem. De jongen roeide, met de vogel op zijn schouder, in de schemering, op een zomeravond als deze. Hij ging ergens aan land en liep door het riet naar een poel tussen de bomen. Daar liep hij het zwarte water in, wegzakkend in de modder. Hij liep tot hij onderging. Het kauwtje vloog op van zijn schouder. Vanaf een tak aan de rand van de poel keek hij nog even naar de plek waar de jongen was verzonken. Toen verdween hij boven de donkere bomen.

Abel zag de maan stijgen tussen de wolken boven zee. Hij drukte zijn handen in het gras. Dit was het. Dit was het begin. Een ondergang. Een dood. Hij werd onrustig, alsof hij aan het werk moest, en stond op. Het maanlicht werd sterker, het begon te glanzen op het water. Hij liep het strand op om zijn meisje te vinden tussen de rotsen.

VERANTWOORDING

De vertaling van een passage uit de *Odyssee* op pagina 357 heb ik overgenomen van de site van de classicus Ben Bijnsdorp (www.benbijnsdorp.nl) en vervolgens aangepast aan mijn bedoelingen. Het verhaal over de haas op pagina 520-521 ontleen ik aan *Van hier tot hier* van Dirk van Weelden. De songtekst van John Mayall op pagina 550 is afkomstig uit het nummer *Looking back*. Mijn vriend Johan Sturm ben ik dank verschuldigd voor de nodige inlichtingen over Zeeuwse zaken.

De titel *Pier en oceaan* is ontleend aan een reeks schilderijen en tekeningen van Mondriaan.

OdJ

BOEKEN VAN OEK DE JONG

De onbeweeglijke. Verhalen

Lui oog. Novelle

Opwaaiende zomerjurken. Roman

Cirkel in het gras. Roman

De inktvis. Novellen

Een man die in de toekomst springt. Essays

Zijn muze was een harpij. Over het wereldbeeld van W.F. Hermans. Essay

Hokwerda's kind. Roman

De wonderen van de heilbot. Dagboek

Mevrouw Len. Verhaal

Brief aan een jonge Atlas. Autobiografische verhalen en essays

Pier en oceaan. Roman

Wat alleen de roman kan zeggen. Essay

BIOGRAFIE

Oek de Jong (1952) groeide op op het platteland van Friesland en Zeeland. Hij studeerde kunstgeschiedenis in Amsterdam. In 1975 debuteerde hij met het verhaal *De onbeweeglijke* in *Hollands Maandblad*. Zijn doorbraak naar een groot publiek kwam met de roman *Opwaaiende zomerjurken* in 1979.

Hij was redacteur van *De Revisor* (1998-2000) en gastdocent aan de universiteiten van o.a. Amsterdam (1986), Leiden (1993) en Berlijn (2000). In de loop der jaren publiceerde hij tientallen essays en artikelen in o.a. *Vrij Nederland*, NRC *Handelsblad*, *De Groene Amsterdammer*, *Hollands Diep*, *De Gids* en andere toonaangevende bladen. Zijn boeken zijn veelvuldig genomineerd; *Opwaaiende zomerjurken* werd bekroond met de F. Bordewijkprijs en *Een man die in de toekomst springt* met de Busken Huetprijs. Vertalingen van zijn romans verschenen in Frankrijk, Duitsland en Scandinavië.

OPWAAIENDE ZOMERJURKEN

Bekroond met de F. Bordewijkprijs

In september 1979 verscheen *Opwaaiende zomerjurken*, de eerste roman van Oek de Jong (1952). Direct na verschijning kopte *Vrij Nederland*: 'Een schrijver is geboren.' Critici en lezers herkenden het levensgevoel dat uit het boek spreekt, en prezen het om zijn stijl, diepgang en sensuele schoonheid. Inmiddels zijn er 230 000 exemplaren van *Opwaaiende zomerjurken* verkocht. Oek de Jong wordt beschouwd als een van de belangrijkste hedendaagse Nederlandse schrijvers. Zijn roman geldt als een moderne klassieker die je gelezen moet hebben.

'Een hoogtepunt in de traditie van de autobiografische literatuur.'
– K.L. Poll in NRC *Handelsblad*

'Ik heb zelden een verhaal gelezen waarin op zo'n overtuigende manier een jongen tussen kind en man werd neergezet, nu eens met de haast angstaanjagende wijsheid van een terugblikkende, gedesillusioneerde volwassene, dan weer als een kind spelend met kinderen, en alles, zowel het een als het ander, is doordrenkt met erotiek.' – Hans Warren in *Provinciale Zeeuwse Courant*

'Een van de allermooiste romans die ik las.' – Maarten Moll in *Het Parool*

CIRKEL IN HET GRAS

De journaliste Hanna Piccard gaat naar Rome als correspondente voor een Nederlandse krant. Ze wordt verliefd op de dichter en kunsthistoricus Andrea Simonetti, die met zijn dochter een teruggetrokken leven leidt. De rollen zijn omgedraaid: zij moet hém veroveren. Naast deze liefdesgeschiedenis bevat *Cirkel in het gras* de verhalen van het meisje Leda, de beeldhouwer en Vietnam-veteraan Joe Kurhajec en de ouder wordende cynicus Zucarelli. Op de achtergrond speelt de geruchtmakende ontvoering van een politicus door terroristen een belangrijke rol. Naast een liefdesroman is *Cirkel in het gras* ook een ideeënroman.

'Zijn solide karakter ontleent de roman aan De Jongs vermogen om diep onder de oppervlakte te raken en toch glashelder te blijven.' – Carel Peeters in *Vrij Nederland*

'*Cirkel in het gras* is een vreemd, glanzend en vreugdewekkend ei in ons literair rivierenland.' – Aad Nuis in *de Volkskrant*

'Het boek heeft het in zich klassiek te worden, een solide maatstaf voor toekomstige literatuur.' – Rob Schouten in *Trouw*

HOKWERDA'S KIND

Genomineerd voor de Gouden Uil
en voor de Libris Literatuurprijs

Lin Hokwerda is haar vaders oogappel, maar hij is onbetrouwbaar en wreed. Op haar tiende verhuist ze met haar moeder van het Friese platteland naar Amsterdam. Ze mist haar vader, een tafeltenniscoach wordt zijn vervanger. Nadat ze met de topsport heeft gebroken, gaat ze op zoek naar een 'gewoon leven'. Maar ze is getekend door de ervaringen van haar kindertijd. Ze ontmoet Marcus, Henri en Jelmer. In drie opeenvolgende liefdes voert haar weg naar de 'buitenste duisternis'.

'Oek de Jong is terug. Hij is er meer dan ooit.' – Hans Goedkoop in NRC *Handelsblad*

'Hier is een meesterhand aan het werk geweest.' – T. Van Deel in *Trouw*

'Overtuigend – zelden zag ik sterker verbeeld hoezeer geliefden zich elkaars slachtoffer kunnen voelen.' – Marja Pruis in *De Groene Amsterdammer*

'Scène na scène in *Hokwerda's kind* brandt zich op je netvlies.' – Jeroen Vullings in *Vrij Nederland*

DE WONDEREN VAN DE HEILBOT

In de jaren dat hij werkte aan *Hokwerda's kind* registreerde Oek de Jong in zijn dagboek de wonderlijke ontstaansgeschiedenis van deze roman. Hoe een kort verhaal voor een daklozenkrant uitgroeide tot een grote roman valt in *De wonderen van de heilbot* stap voor stap te volgen. Dit verhaal is in een brede bedding gelegd van notities over inspiratiebronnen als zeilen, hardlopen, schilderkunst en natuur, de plekken waar gewerkt wordt en het leven met de geliefde. Het is een intiem boek van de schrijver die in *Hokwerda's kind* excelleerde in de verbeelding van het intieme.

'Ik heb in lange tijd niet zo'n hevige fysieke ervaring bij het lezen gehad. Dit is zijn meest emotionerende boek.' – Jan Siebelink

'Het is een dagboek dat zich nestelt in de warmte van zijn geniale roman *Hokwerda's kind*.' – *Standaard der Letteren*

'Deze Begleitband bij een roman die uit een diepe duisternis kwam, is een fascinerend boek geworden. *De wonderen van de heilbot* noopt tot lezen en herlezen.' – *de Volkskrant*

BRIEF AAN EEN JONGE ATLAS

Brief aan een jonge Atlas bevat zes onbekende, autobiografische teksten uit het begin van Oek de Jongs schrijverschap. Het laat tot nu toe onbekende kanten van deze schrijver zien: minnaar in een uitzichtloze liefde, reiziger door Marokko, duiker bij Vulcano, een romanticus tegen wil en dank, bezig zich te ontworstelen aan zijn jeugd. Het titelverhaal, hoogtepunt van dit verrassende boek, is een zowel lichtvoetige als gedreven en originele benadering van het opnieuw actuele verschijnsel religie.

'Mooi zijn de beelden die De Jong oproept. Rustieke beelden uit de woning van Goethe in Weimar, een schilderij van Caspar David Friedrich, het vulkaaneiland Pantelleria in Italië. Aan de oppervlakte gebeurt er niet zo veel, onderhuids stormt het.' – *Nederlands Dagblad*

'Deze niet eerder gepubliceerde essays en een speciaal voor *Brief aan een jonge Atlas* geschreven verhaal, sluiten prachtig aan op zijn romans, waarin de kunstgeschiedenis en zijn queeste naar heelheid altijd een rol van betekenis spelen.' – *Dagblad van het Noorden*

'Goed geschreven, beeldend sterk.' – *de Volkskrant*

Bij de productie van dit boek is gebruikgemaakt van papier dat het keurmerk Forest Stewardship Council® (FSC®) draagt. Bij dit papier is het zeker dat de productie niet tot bosvernietiging heeft geleid. Ook is het papier 100% chlooren zwavelvrij gebleekt.

FSC
www.fsc.org
MIX
Papier van
verantwoorde herkomst
FSC® C004472